W0073209

Alle Rechte, einschließlich das des vollständigen oder
auszugsweisen Nachdrucks in jeglicher Form, sind vorbehalten.

Alle handelnden Personen in dieser Ausgabe sind frei erfunden.
Ähnlichkeiten mit lebenden oder verstorbenen Personen wären rein zufällig.

Der Preis dieses Bandes versteht sich einschließlich
der gesetzlichen Mehrwertsteuer.

Umwelthinweis:
Dieses Buch wurde auf chlor- und säurefreiem Papier gedruckt.

Gegensätze ziehen sich an

MIRA® TASCHENBUCH
Band 20058
1. Auflage: Oktober 2015

MIRA® TASCHENBÜCHER
erscheinen in der HarperCollins Germany GmbH,
Valentinskamp 24, 20354 Hamburg
Geschäftsführer: Thomas Beckmann

Copyright © 2015 by MIRA Taschenbuch
in der HarperCollins Germany GmbH

Titel der nordamerikanischen Originalausgaben:
Honor Bound
Copyright © 1986 by Erin St.Claire
erschienen bei: Silhouette Books, Toronto

Outback Nights
Copyright © 1987 by Emily Richards McGee
erschienen bei: Silhouette Books, Toronto

The Shy Bride
Copyright © 2010 by Lucy Monroe
erschienen bei: Mills&Boon, London

The Case Of The Mesmerizing Boss
Copyright © 1992 by Diana Palmer
erschienen bei: Silhouette Books, Toronto

Published by arrangement with
Harlequin Enterprises II B.V./S.àr.l

Konzeption/Reihengestaltung: fredebold&partner GmbH, Köln
Umschlaggestaltung: pecher und soiron, Köln
Redaktion: Maya Gause
Titelabbildung: Harlequin Enterprises S.A., Schweiz
Satz: GGP Media GmbH, Pößneck
Druck und Bindearbeiten: CPI books GmbH, Leck – Germany
Printed in Germany
Dieses Buch wurde auf FSC®-zertifiziertem Papier gedruckt.
ISBN 978-3-95649-234-1

www.mira-taschenbuch.de

Werden Sie Fan von MIRA Taschenbuch auf Facebook!

Sandra Brown

Unbestechliche Herzen

Roman

Aus dem Amerikanischen von
Johannes Heitmann

*D*ie Lampe in dem offenen Kühlschrank tauchte die Küche in ein blaues Licht. Auf der Anrichte stand eine Tüte Milch, und daneben lag ein angeschnittenes Brot.

Doch selbst ohne diese Anzeichen spürte Aislinn sofort, dass etwas nicht stimmte, als sie durch die Hintertür in die Küche kam. Sie fühlte, dass sich außer ihr noch jemand im Haus aufhielt und ihr auflauerte.

Unwillkürlich tastete sie nach dem Lichtschalter.

Noch bevor sie ihn erreichte, fühlte sie kräftige Finger, die ihre Hand eisern umklammerten und ihren Arm nach hinten auf den Rücken drehten. Aislinn öffnete den Mund, um aufzuschreien, aber eine Hand legte sich ihr über den offenen Mund. Ihr Schrei wurde zu einem unterdrückten Gurgeln.

Schon oft hatte sie sich überlegt, wie sie sich in einer solchen Situation verhalten würde. Würde sie ohnmächtig werden, würde sie um ihr Leben betteln?

Jetzt überraschte es sie, dass sie nicht nur verängstigt, sondern auch wütend war. Sie wehrte sich, indem sie versuchte, ihren Mund freizubekommen. Sie wollte unbedingt das Gesicht ihres Angreifers sehen. Jede Frauenorganisation riet den Frauen, den Angreifern ins Gesicht zu sehen, um einer Vergewaltigung zu entgehen.

Das war jedoch nicht so einfach. Sie kam einfach nicht gegen die körperliche Kraft des Eindringlings an. Er musste groß sein, denn sein warmer Atem strich ihr über das Haar. Mindestens einen Meter fünfundachtzig, schätzte sie.

Sein Körper, gegen den sie gedrückt wurde, war hart, aber nicht sehr stämmig. Vielmehr wirkte er drahtig und durchtrainiert. Aus dem Augenwinkel heraus erkannte Aislinn den festen Bizeps seines Oberarms.

Mittlerweile war sie erschöpft von ihren Befreiungsversuchen. Sie erkannte die Sinnlosigkeit, sich zu sträuben, und hielt in ihren Bewegungen inne. Durch die Nase versuchte sie angestrengt, genügend Luft zu holen. Allmählich lockerte ihr Angreifer den Griff etwas.

„Mein Name ist Lucas Greywolf."

Seine Stimme klang sanft und heiser. Er sprach ihr direkt ins Ohr, doch Aislinn ließ sich von dem vertraulichen Klang nicht täuschen. Sie wusste, dass der Tonfall rasch in Wut umschlagen konnte, zumal ihr der Name nicht unbekannt war.

Den ganzen Tag lang schon berichteten das Fernsehen und die Radiosender über die Flucht des Mannes aus dem Gefängnis von Florence, das ungefähr siebzig Kilometer entfernt lag. Überall in der Gegend wurde nach dem Flüchtling gesucht.

Und jetzt war er hier in ihrer Küche.

„Ich brauche etwas zu essen und muss mich ausruhen. Ich tue Ihnen nichts, wenn Sie mir keinen Ärger machen", sagte er ihr leise ins Ohr. „Wenn Sie aber schreien, bin ich gezwungen, Sie zu knebeln. Haben Sie mich verstanden?"

Aislinn nickte, und der Mann nahm langsam die Hand von ihrem Mund. Gierig atmete sie tief ein. „Wie sind Sie hierhergekommen?"

„Größtenteils zu Fuß", antwortete er sachlich. „Wissen Sie denn, wer ich bin?"

„Ja. Sie suchen überall nach Ihnen."

„Ich weiß."

Aislinns Wut war verflogen. Sie war zwar kein Feigling, aber auch kein Dummkopf. Sie würde nicht versuchen, die Heldin zu spielen. Lucas Greywolf war kein einfacher Dieb, sondern äußerst gefährlich. Darauf wurde in den Nachrichten ständig hingewiesen.

Was sollte sie tun? Überwältigen konnte sie ihn nicht, der Versuch allein würde ihn provozieren, und dann würde er ihr möglicherweise etwas antun. Nein, sie konnte nur abwarten und versuchen, ihn zu überlisten, wenn sich die Gelegenheit ergab.

„Setzen Sie sich!" Grob drückte er ihre Schulter.

Widerspruchslos ging sie zum Küchentisch, legte ihre Handtasche ab und setzte sich auf einen Stuhl.

Er bewegte sich vollkommen geräuschlos und unauffällig. Aislinn fuhr erschreckt zusammen, als sein Schatten über den Tisch fiel. Sie sah hoch und erkannte seine Umrisse im fahlen Licht des Kühlschranks. Er wirkte bedrohlich wie ein Raubtier, als er sich vorbeugte und eine Wurst aus dem Kühlschrank nahm.

Offenbar nahm er an, dass sie jeden Widerstand aufgegeben hatte, denn er schloss völlig gelassen die Kühlschranktür. Schlagartig wurde die Küche stockfinster. Aislinn sprang auf und rannte auf die Hintertür zu. Bereits nach zwei Schritten hatte der Mann sie eingeholt, umschlang mit einem Arm ihre Taille und riss sie an sich.

„Wohin soll's denn gehen?"

„Ich will nur … das Licht einschalten."

„Setzen Sie sich!"

„Die Nachbarn werden merken, dass …"

„Ich habe gesagt, Sie sollen sich setzen. Und genau das werden Sie jetzt auch tun." Er zerrte sie durch die Küche zurück zum Stuhl. In der Dunkelheit wäre Aislinn beim Hinsetzen fast mit dem Stuhl umgefallen.

„Ich will Ihnen lediglich helfen", sagte sie. „Die Nachbarn werden Verdacht schöpfen, wenn sie gesehen haben, dass ich nach Hause gekommen bin und kein Licht anmache."

Wahrscheinlich wusste er, dass das nur eine leere Drohung war. In diesem Neubaugebiet außerhalb von Scottsdale waren noch nicht einmal die Hälfte der Häuser verkauft. Sicher hatte Greywolf sich dieses abgelegene Haus ganz bewusst ausgesucht.

Aislinn hörte ein metallisches Geräusch aus dem Dunkeln, und vor Entsetzen erstarrte sie. Lucas Greywolf hatte die Fleischmesser entdeckt und eines davon aus dem Holzregal gezogen.

Innerlich machte sie sich bereits darauf gefasst, die Klinge des Messers zu spüren zu bekommen, als das Küchenlicht anging. Erst nach ein paar Sekunden gewöhnten sich ihre Augen an das grelle Licht. Der Mann hatte den Schalter mit der Messerklinge betätigt und hielt das Messer nach wie vor an den Lichtschalter.

Gebannt starrte sie auf die Klinge, dann glitt ihr Blick den gebräunten, sehnigen Arm entlang zu der muskulösen Schulter. Langsam blickte sie erst auf das ausgeprägte, kantige Kinn, die gerade, schmale Nase und schließlich in die eisigsten Augen, die sie jemals gesehen hatte.

Ihr Herzschlag setzte einen Augenblick lang aus. Noch nie hatte sie so einen abfälligen, verächtlichen Blick gesehen, so unverhohlenen Hass und eine solche Verbitterung.

Im Gegensatz zu seinem Äußeren, in dem sie deutlich eine indianische Herkunft erkannte, wirkten die Augen wie die von einem „Anglo", einem Weißen. Ihr Grau war so hell, dass die Augen fast durchsichtig wirkten. Dadurch bekamen die schwarzen Pupillen einen stechenden Ausdruck. Ohne zu blinzeln, sah er sie reglos an. Der Kontrast zwischen diesen hellen Augen und dem übrigen dunklen Gesicht war so auffällig, dass Aislinn den Mann viel zu lang anstarrte.

Sie senkte den Blick, doch das Aufblitzen der Messerklinge ließ sie sofort wieder hochsehen. Er hatte lediglich eine Scheibe von der Wurst abgeschnitten. Kurz bevor er hineinbiss und dabei seine ebenmäßigen weißen Zähne zeigte, entdeckte Aislinn den Anflug eines spöttischen

Lächelns auf seinem Gesicht. Offenbar kostete er ihre Angst aus, und das machte sie wieder wütend. Mühsam unterdrückte sie jede Gefühlsregung und betrachtete den Eindringling kühl.

Das war vielleicht ein Fehler. Bis heute Abend hatte sie sich einen ausgebrochenen Sträfling völlig anders vorgestellt. Undeutlich erinnerte sie sich an die Schlagzeilen von damals, als Lucas Greywolf verurteilt worden war. Doch das war schon einige Jahre her. Die Staatsanwaltschaft hatte ihn bei dem Prozess als Aufrührer beschrieben, der ständig Ärger suchte und überall die Indianer aufwiegelte. In den Schlagzeilen damals war jedoch naturgemäß nicht erwähnt worden, wie gut er aussah. Jedenfalls konnte Aislinn sich nicht daran erinnern.

Er trug ein einfaches dunkelblaues Hemd, das zweifellos zur Gefängniskleidung gehörte. Die Ärmel waren herausgerissen, und einen der Ärmel hatte er sich als Stirnband um den Kopf gebunden. Sein langes Haar war so tiefschwarz, dass es keinerlei Licht reflektierte. Doch das mochte vielleicht an dem Staub liegen, der auch seine Jeans und Stiefel bedeckte.

Sein Gürtel hatte eine kunstvoll aus Silber geschmiedete Schnalle, die mit Türkisen besetzt war. Um den Hals trug er eine Kette mit einem Kreuzanhänger, der von dunklem Brusthaar umgeben war. Offensichtlich war der Mann kein reinrassiger Indianer.

Wieder blickte sie von ihm weg. Selbst in ihrer Situation verwirrte es sie, dass er das verschwitzte Hemd fast offen trug und dass sie der Ohrring in seinem rechten Ohr nicht abstieß.

Die winzige silberne Maske an dem Ohrring deutete auf eine andere Religion als das silberne Kreuz hin. Doch der Ohrring passte so gut zu Lucas Greywolf, als sei er damit geboren worden.

„Wollen Sie mir nicht Gesellschaft leisten?", fragte er leise und streckte Aislinn auf der Messerklinge eine Wurstscheibe hin.

Abrupt hob sie den Kopf und richtete sich auf. „Nein danke. Ich warte mit dem Essen, bis mein Mann kommt."

„Ihr Mann?"

„Ja, mein Ehemann."

„Wo ist er?"

„Noch bei der Arbeit, aber er muss jeden Augenblick kommen."

Ruhig schnitt er sich eine Scheibe Brot ab und biss so genüsslich davon ab, dass Aislinn ihn am liebsten geschlagen hätte. „Sie sind eine schlechte Lügnerin."

„Ich lüge nicht."

Lucas Greywolf schluckte das Brot herunter. „Ich habe das Haus durchsucht, Miss Aislinn Andrews. Hier lebt kein Mann."

Es fiel ihr schwer, ruhig weiterzuatmen. Ihr Herz schlug wild, und sie schwitzte an den Händen. „Woher wissen Sie meinen Namen?"

„Aus Ihrer Post."

„Sie haben meine Briefe durchgesehen?"

„Weshalb so besorgt? Haben Sie etwas zu verbergen, Miss Andrews?"

Sie wollte sich nicht auf Diskussionen einlassen und presste die Lippen aufeinander.

„Heute kam Ihre Telefonrechnung."

Sein freches Grinsen versetzte sie wieder in Rage. „Man wird Sie schnappen und wieder hinter Schloss und Riegel bringen."

„Ja, das ist mir klar."

Seine ruhige Antwort ließ sie jegliche Erwiderung vergessen. Wortlos sah sie zu, wie er die Tüte Milch ansetzte, den Kopf zurückbog und sie leer trank. Mit dem Handrücken wischte er sich die Lippen ab. Nach wie vor hielt er das Fleischermesser fest.

„Wenn Sie schon wissen, dass Sie wieder gefasst werden, weshalb machen Sie es für sich selbst noch schlimmer, als es ohnehin schon ist?" Aislinn fragte aus ungespielter Neugier. „Warum geben Sie nicht auf?"

„Weil ich vorher noch etwas erledigen muss", entgegnete er entschlossen. „Bevor es zu spät ist."

Aislinn fragte nicht weiter, weil sie lieber nicht hören wollte, was für kriminelle Dinge Lucas vorhatte. Dennoch war es vielleicht nützlich, wenn sie sich mit ihm unterhielt. Möglicherweise ließ er dann in seiner Wachsamkeit nach, und sie bekam eine Gelegenheit zu fliehen. Wenn sie erst in der Garage war, würde sie durch das Garagentor weglaufen.

„Wie sind Sie hier hereingekommen?", fragte sie unvermittelt, als ihr klar wurde, dass sie kein zerbrochenes Schloss bemerkt hatte.

„Durchs Schlafzimmerfenster."

„Und wie konnten Sie aus dem Gefängnis fliehen?"

„Ich habe jemanden getäuscht, der mir vertraute." Verächtlich zog er die Mundwinkel herab. „Es war dumm von ihm, einem Indianer zu trauen. Jeder weiß schließlich, dass Indianer Betrüger sind. Stimmt's, Miss Andrews?"

„Ich kenne keine Indianer", antwortete sie vorsichtig. Sie wollte ihn nicht reizen. Die Anspannung seines Körpers beunruhigte sie.

Doch ihre Antwort regte ihn anscheinend trotzdem auf. Schweigend musterte er sie eingehend. Mit einem Mal wurde ihr bewusst, wie sie mit ihren hellblonden Haaren, den blauen Augen und der hellen Haut auf ihn wirken musste. „Das glaube ich Ihnen aufs Wort." Unvermittelt steckte er das Messer in seinen Hosenbund und griff nach Aislinn. „Stehen Sie auf!"

„Wieso?" Angstvoll sog sie die Luft ein, als er sie grob hochzog. Er presste ihren Rücken an sich, drückte ihre Schultern mit den Händen und drängte sie aus der Küche. Beim Hinausgehen löschte er das Licht. Im Flur war es dunkel. Aislinn stolperte vor ihm her. Er schob sie zum Schlafzimmer, und ihre Kehle war wie ausgedörrt. „Sie haben bekommen, was Sie haben wollten."

„Noch nicht alles."

„Sie sagten, dass Sie etwas zu essen wollten", erwiderte sie erschreckt und sträubte sich, weiterzugehen. „Wenn Sie jetzt gehen, verspreche ich Ihnen, nicht die Polizei anzurufen."

„Seltsam, aber ich kann Ihnen nicht glauben, Miss Andrews", sagte er in leisem Tonfall.

„Ich schwöre es!" Ihre Stimme zitterte, und Aislinn hasste sich für ihre Schwäche.

„Mir haben schon viele Weiße Versprechungen gemacht. Ich habe gelernt, misstrauisch zu sein."

„Aber dafür kann ich doch nichts. Ich … Sagen Sie doch, was haben Sie denn jetzt vor?"

Er schob sie ins Schlafzimmer. Sobald er die Tür geschlossen hatte, lehnte er sich mit dem Rücken dagegen. „Raten Sie mal, Miss Andrews." Mit einem Ruck drehte er sie zu sich herum und klemmte sie zwischen der Tür und sich ein. Eine Hand legte er ihr an die Kehle und drückte ihr Gesicht nach oben. Dann senkte er den Kopf zu ihr herab. „Was, glauben Sie, werde ich jetzt tun?"

„Ich … ich weiß nicht."

„Sie sind doch nicht eine dieser sexuell verklemmten Frauen, die sich heimlich vorstellen, vergewaltigt zu werden. Oder?"

„Nein!", stieß sie hastig aus.

„Haben Sie sich nie ausgemalt, von einem Wilden überwältigt zu werden?"

„Lassen Sie mich los! Bitte!" Sie drehte den Kopf weg, doch der Mann ließ sie nicht los. Vielmehr drängte er sich noch enger an sie und presste sie an die Tür.

Aislinn schloss die Augen und biss sich vor Angst und Verzweiflung auf die Unterlippe. Mit den Fingern strich er ihren Hals entlang.

„Ich jedenfalls bin eine sehr lange Zeit im Gefängnis gewesen." Er strich über ihr Dekolleté und zog mit einem Finger an ihrer Bluse, bis der oberste Knopf aufsprang.

Aislinn war den Tränen nahe. Sein Gesicht war dem ihren so nah, dass sie seinen Atem auf der Haut spürte. Sie musste ihn sogar einatmen, und das widerte sie an.

„Wenn Sie wirklich schlau sein wollen", warnte er sie mit trügerisch sanfter Stimme, „dann setzen Sie mir keinen Floh in den Kopf."

Als sie wahrnahm, was er sagte, wandte sie sich ihm zu und sah ihm in die Augen. Einen Moment blickten sie sich nur schweigend an, als wollten sie die Gedanken des anderen erforschen.

Endlich trat er langsam einen Schritt zurück. Als er sie nicht mehr berührte, wäre sie vor Erleichterung fast zu Boden gesunken.

„Ich habe Ihnen gesagt, dass ich Essen und Ruhe brauche." Seine Stimme klang jetzt schroffer.

„Sie haben sich ausgeruht."

„Schlaf, Miss Andrews. Ich brauche Schlaf."

„Sie meinen, Sie wollen hierbleiben? Hier?", fragte sie schockiert nach. „Wie lange?"

„Bis ich beschließe zu gehen", antwortete er gelassen. Er ging durch das Zimmer und schaltete die Nachttischlampe an.

„Das können Sie nicht!"

Er kam wieder zu ihr und zog sie an der Hand mit sich. „Sie sind nicht in der Situation, sich auf Diskussionen einzulassen. Seien Sie sich nicht sicher, dass ich Ihnen nicht doch noch etwas antue."

„Ich habe keine Angst vor Ihnen."

„Doch, das haben Sie." Er zog sie mit sich ins angrenzende Badezimmer und schloss die Tür. „Wenigstens sollten Sie Angst haben. Hören Sie zu", fuhr er angespannt fort. „Ich muss etwas erledigen, und niemand, vor allem keine weiße Frau, wird mich davon abhalten. Ich habe eine Wache bewusstlos geschlagen, um aus dem Gefängnis zu kommen, und bin bis hierher zu Fuß gegangen. Außer meinem Leben habe ich nichts mehr zu verlieren, und das ist im Gefängnis nicht viel wert. Also gehen Sie nicht zu weit, Lady. Ich werde Ihr Gast sein, so lange es mir gefällt." Um seine Drohung zu unterstreichen, zog er das Messer aus dem Hosenbund. Aislinn hielt die Luft an, als habe Lucas sie mit dem Messer bereits verletzt. „Das gefällt mir schon besser", stellte er fest, als er ihre Panik bemerkte. „Jetzt setzen Sie sich." Mit dem Kinn wies er auf einen Hocker.

Ohne den Blick von dem Messer zu wenden, folgte Aislinn seiner Aufforderung und setzte sich.

Greywolf legte das Messer auf den Rand der Badewanne, außerhalb von Aislinns Reichweite. Dann entledigte er sich seiner Stiefel und seiner Socken und zog das Hemd aus der Hose.

Aislinn saß reglos wie eine Marmorstatue da und sagte kein Wort, während er sich das Hemd auszog.

Seine Brust war mit dichtem schwarzen Haar bedeckt. Unter der braunen Haut zeichneten sich die stahlharten Muskeln ab. Seine Brustwarzen waren klein und dunkel. Die Haut an seinem Bauch war über der Muskulatur straff gespannt, und auch um den Nabel herum war sie mit dunklem Haar bedeckt.

„Was tun Sie da?", fragte Aislinn aufs Äußerste bestürzt, als er sich die Jeans aufknöpfte.

„Ich will duschen." Er beugte sich kurz vor und drehte die Wasserhähne in der Dusche auf. Selbst durch das Prasseln des Wassers hindurch hörte Aislinn noch das Geräusch des Reißverschlusses, als Greywolf sich die Jeans ganz öffnete.

„Muss ich Ihnen etwa dabei zusehen?", schrie sie auf.

„Sie sollen nur an einem Platz bleiben, wo ich Sie sehen kann." Gelassen streifte er die Jeans ab und stieg unter die Dusche.

Aislinn schloss die Augen. Ihr war schwindlig, und sie krallte sich an dem Badezimmerschränkchen fest. Noch nie in ihrem Leben hatte sie sich so beleidigt und gedemütigt gefühlt.

Gleichzeitig fühlte sie sich durch die Nacktheit des Mannes angegriffen. Er hatte einen vollkommenen Körper. Seine Schultern waren breit, die Hüften schmal. Die muskulöse Brust und die schlanken, sehnigen Beine und Arme vervollständigten das perfekte Bild. Die dunkle Haut wirkte wie polierte Bronze und lud förmlich dazu ein, gestreichelt zu werden.

Ohne den Duschvorhang zuzuziehen, ließ Greywolf sich das Wasser über die Schultern strömen. Mit abgewandtem Gesicht versuchte Aislinn währenddessen, ruhig und tief durchzuatmen.

„Was ist los, Miss Andrews? Haben Sie noch nie einen nackten Mann gesehen? Oder regt es Sie nur so auf, weil ich Indianer bin?"

Der spöttische Tonfall ließ sie herumfahren. Auf keinen Fall sollte er glauben, sie sei eine prüde Jungfer oder eine Rassistin. Doch bei seinem Anblick brachte sie kein Wort heraus. Sie konnte nur zusehen, wie er mit den schlanken Händen seinen Körper einseifte. Das Wasser musste sehr heiß sein, denn die Spiegel waren bereits beschlagen, und der Dunst in dem kleinen Bad wurde immer dichter. Aislinn bekam kaum noch Luft.

„Wie Sie sehen", zog er sie auf, während er sich einseifte, „sind wir Indianer genauso wie jeder andere Mann ausgestattet."

Eher etwas besser, stellte Aislinn für sich fest. „Sie werden ordinär", sagte sie bissig. „Aber etwas anderes darf man von einem Sträfling wohl nicht erwarten."

Er lächelte nur abfällig und nahm das Stirnband ab, um es zu den übrigen Kleidern zu werfen. Dann hielt er den Kopf kurz unter die Dusche, um die Haare nass zu machen. Aus einer Flasche Shampoo goss er sich etwas in die Hand und schäumte sich damit das Haar gründlich ein. „Mhm, das duftet besser als das Shampoo im Gefängnis", stellte er fest.

Aislinn erwiderte nichts, denn ihr war gerade ein rettender Gedanke gekommen. Der Mann musste schließlich den Kopf noch einmal unter die Dusche halten, um sich das Shampoo wieder aus den Haaren zu spülen. Ihr blieb nicht viel Zeit, denn in diesem Moment strich er sich bereits den Großteil des Schaums mit beiden Händen von den Haaren ab.

Im Schlafzimmer neben ihrem Bett stand ein Telefon. Wenn sie es schaffte, dorthin zu rennen und den Notruf zu wählen …

Greywolf hielt den Kopf unter den Wasserstrahl, und sie durfte keine Sekunde länger zögern.

Aislinn sprang hoch, riss die Tür auf und rannte wie von Hunden gehetzt ins Schlafzimmer. Hastig riss sie den Telefonhörer von der Gabel und tippte atemlos die Nummer des Notrufs ein.

Reglos presste sie den Hörer ans Ohr und lauschte. Es war kein Laut zu hören. Mist!

Hatte sie sich in der Panik etwa verwählt? Sie unterbrach die Leitung und wählte noch einmal. Ihre Hände zitterten so stark, dass sie kaum den Hörer festhalten konnte. Mit einem raschen Blick über die Schulter entdeckte sie Lucas Greywolf, der im Türrahmen zum Bad lehnte und scheinbar gelassen zu ihr herübersah.

Er hatte sich ein Handtuch um den Nacken gelegt, aber abgesehen davon war er nackt. Wasser rann ihm aus dem Haar und lief seinen bronzefarbenen Körper entlang. Als sie dem Lauf der Tropfen mit den

Augen folgte, sah Aislinn das Messer, mit dessen flacher Klinge er sich an den Schenkel klopfte.

Dann erst merkte sie, dass auch ihr zweiter Anruf nicht nach draußen gelangt war. Weitere Versuche waren demnach wohl zwecklos. „Sie haben etwas mit meinem Telefon gemacht!"

„Gleich nachdem ich im Haus war."

Hastig zog sie an der Telefonschnur, bis sie den zertrümmerten Anschlußstecker in den Fingern hielt. Offenbar hatte er ihn mit dem Stiefelabsatz zertreten.

Sie wurde von Verzweiflung gepackt. Und von Wut. Wie konnte er so ruhig bleiben, während sie erfolglos versuchte, einen Ausweg zu finden? Aislinn fluchte und schleuderte ihm das Telefon entgegen. Dann rannte sie zur Tür. Sie musste einfach hier heraus, weg von ihm. Auch wenn es ausweglos war, musste sie es wenigstens versuchen.

Sie erreichte tatsächlich die Tür und konnte sie sogar einen Spalt öffnen, bevor er sie direkt vor ihren Augen mit der flachen Hand wieder zuknallte. Aislinn fuhr herum und versuchte ihn zu kratzen.

„Hören Sie auf!", fuhr er sie an und hielt ihre Arme fest. Die Spitze des Messers stach ihr dabei in den Unterarm. Vor Schmerz schrie sie auf. „Sie kleine Närrin!"

Er gab einen überraschten Laut von sich, als sie plötzlich ruckartig das Knie hochriss, um seinen Unterleib zu treffen. Sie verfehlte zwar ihr Ziel, schaffte es jedoch, ihn mit einem kräftigen Stoß aus dem Gleichgewicht zu bringen, als er ihrem Tritt auswich. Kämpfend gingen sie beide zu Boden. Seine Haut war noch nass und glitschig, und beinahe mühelos wehrte er die Schläge und Hiebe ab, mit denen sie ihn zu treffen versuchte. Kurz darauf lag sie unter ihm, und mit einer Hand drückte er ihre Handgelenke auf den Boden.

„Was sollte das denn werden? Sie hätten sich verletzen können!", schrie er sie an. Sein Gesicht war dicht über ihrem, und sein Atem ging rasch. Die Wut in seinem Blick steigerte Aislinns Angst ins Unermessliche, doch das ließ sie sich nicht anmerken. Stattdessen hielt sie dem Blick stand.

„Wenn Sie mich umbringen wollen, dann bringen Sie es endlich hinter sich", stieß sie hervor.

Bevor sie noch reagieren konnte, zog er sie wieder auf die Füße hoch. Ihre Zähne schlugen aufeinander, und sie bemühte sich noch, das Gleichgewicht zu finden, als sie sah, wie das Messer seitlich an ihrem Kopf herunterfuhr. Sie wollte schreien, doch sie bekam nur ein leises

Wimmern heraus, als sie die blonde Haarsträhne in seiner Hand sah. Dadurch wurde ihr bewusst, wie verletzlich sie war und wie leicht er sie mit seiner körperlichen Kraft überwältigen konnte.

„Ich mache keine Scherze, Lady", sagte er, noch immer schwer atmend. „Ich habe nichts mehr zu verlieren. Noch so ein plumper Trick, und es sind nicht nur ein paar Haare, die Sie verlieren. Verstanden?"

Stumm nickte Aislinn und blickte dabei auf die Haarsträhne in seinen kräftigen Fingern. Achtlos warf er sie zu Boden.

Nach einem Moment ließ er sie los und trat einen Schritt zurück. Er hob das Handtuch auf und trocknete sich ab. Abschließend strich er sich mit dem Handtuch noch einmal über das schulterlange Haar. Dann warf er ihr das Handtuch zu. „Ihr Arm blutet."

Aislinn hatte es nicht bemerkt. Als sie an sich heruntersah, bemerkte sie verblüfft, dass sie gleich über dem Handgelenk blutete, und presste das Tuch auf die Wunde. „Tut Ihnen sonst noch etwas weh?" Sie schüttelte nur den Kopf. „Gehen Sie rüber zum Bett."

Der unbändige Zorn darüber, in ihrem eigenen Haus von einem Fremden herumkommandiert zu werden, wurde nur noch von ihrer Furcht übertroffen. Ohne Widerspruch gehorchte sie deshalb dem Befehl. Ihr Arm blutete nicht mehr, und sie legte das Handtuch weg. Dann sah sie wieder zu Greywolf.

„Ziehen Sie sich aus."

Aislinn hatte gedacht, Greywolf könnte ihr nicht noch mehr Angst machen, aber das war ein Irrtum gewesen. „Was?", flüsterte sie.

„Sie haben mich richtig verstanden."

„Nein."

„Wenn Sie nicht tun, was ich sage, war die Wunde an Ihrem Arm nur der Anfang." Die Messerklinge blitzte auf, als der Mann die Waffe vor Aislinns Gesicht hin und her bewegte.

„Ich glaube nicht, dass Sie mir etwas antun würden."

„Seien Sie sich nicht zu sicher."

Mit kaltem, gefühllosem Blick starrte er sie an, und ihr wurde klar, dass sie kaum Chancen hatte, diese Nacht heil zu überstehen.

„Wieso ... wieso muss ich mich ausziehen?"

„Wollen Sie es wirklich wissen?"

Nein, sie wollte es lieber nicht hören, dazu hatte sie bereits eine zu genaue Vorstellung von dem, was ihr bevorstand. Wenn er es jetzt noch aussprach, würde sie dadurch nur noch mehr in Panik geraten.

„Aber wenn Sie über mich herfallen wollen", sie musste sich dazu zwingen, ihre Gedanken in Worte zu fassen, „warum haben Sie es dann nicht schon …"

„Ziehen Sie sich aus." Er betonte jedes Wort einzeln. Seine Stimme klang eiskalt.

Einen Augenblick überlegte sie noch und kam zu dem Schluss, dass ihr keine Wahl blieb. Wenn sie sich selbst auszog, gewann sie dadurch vielleicht etwas Zeit. Falls jemand sie inzwischen anrufen wollte und feststellte, dass ihr Telefon defekt war, rief er möglicherweise die Störungsstelle an, die dann jemanden schicken würde. Vielleicht klingelte auch jemand an ihrer Haustür. Sie musste in jedem Fall versuchen, den Mann hinzuhalten. Hatte die Polizei das Haus eventuell schon umstellt, weil sie wusste, dass Greywolf hier war?

Langsam hob sie die Hände zum zweiten Knopf ihrer Bluse, da Greywolf den obersten bereits geöffnet hatte. Ein letztes Mal sah sie bettelnd zu dem Eindringling hoch. Sein versteinerter Gesichtsausdruck und die kalten Augen nahmen ihr die letzte Hoffnung. Ihr Stolz verbot es ihr, den Mann anzuflehen, doch sie war ohnehin überzeugt, dass sie ihn mit keinem Wort umstimmen konnte.

Sie schob den Knopf durch das Knopfloch und senkte zögernd die Hände zum nächsten.

„Beeilung!"

Sie blickte wieder auf. Nur einen Meter von ihr entfernt stand er nackt und reglos da. Auch unter ihrem Blick zeigte er keinerlei Reaktion. Aislinn ließ sich dennoch mit jedem Knopf Zeit und stellte damit seine Geduld auf die Probe. Schließlich hatte sie die Bluse geöffnet.

„Jetzt ziehen Sie sie aus." Er machte eine unwillige Bewegung mit dem Messer. Mit gesenktem Kopf zog Aislinn die Bluse von den Schultern, presste sie sich jedoch anschließend vor die Brust.

„Fallen lassen!"

Kraftlos ließ sie die Bluse zu Boden fallen.

Eine Weile schwieg er. „Jetzt den Rest", sagte er dann.

Hier in Arizona war bereits Sommer. Aislinn hatte das Studio schon früh am Nachmittag verlassen, weil sie keine Termine mehr hatte. Sie war ins Fitness-Center gefahren, und nach dem Duschen hatte sie dort einen Rock, die Bluse und Sandalen angezogen, weil sie in Strumpfhosen nur wieder geschwitzt hätte.

„Den Rock, Aislinn", stieß er gepresst hervor.

Dass er sie mit ihrem Vornamen ansprach, war der Gipfel der Demütigung, und sie spürte wieder Wut in sich aufsteigen. Sie griff nach hinten, riss den Reißverschluss auf und ließ den Rock fallen.

Als sie ein unterdrücktes Räuspern hörte, sah sie zu dem Mann auf. Seine Gesichtsmuskeln waren angespannt, und sein hungriger Blick fuhr an ihrem Körper auf und ab.

Warum hatte sie nicht einfachere, weniger aufreizende Unterwäsche angezogen? Der seidene BH und der dazu passende Slip waren hellgelb und mit Spitze abgesetzt. Diese Unterwäsche war nicht nur dazu da, ihren Zweck zu erfüllen, sondern sie sollte auch reizvoll sein. Sie überließ nicht viel der Fantasie, und Aislinn war davon überzeugt, dass bei einem Sträfling die Fantasie recht ausgeprägt war.

„Den BH."

Mühsam versuchte sie die Tränen zurückzuhalten, während sie die Träger von den Schultern schob, die Arme herauszog und schließlich den Verschluss vorn öffnete. Greywolf streckte eine Hand aus, und unwillkürlich zuckte Aislinn zusammen.

„Geben Sie ihn mir", verlangte er heiser.

Ihre Hand zitterte, als sie ihm den seidenen BH reichte. In seiner geballten Faust wirkte er noch winziger und weiblicher. Greywolf ertastete den weichen Stoff, und Aislinn hatte ein merkwürdiges Gefühl, als ihr bewusst wurde, dass er noch ihre Körperwärme darin spüren musste.

„Seide", sagte er leise mit tiefer Stimme. Er hob den BH hoch und presste ihn sich an die Nase. Aufstöhnend schloss er die Augen und verzog das Gesicht. „Dieser Duft. Dieser wunderbare, weibliche Duft."

Aislinn merkte, dass er nicht zu ihr, sondern zu sich selbst sprach. Er meinte auch nicht ihren Duft im Speziellen, sondern lediglich generell den Duft von Frauen. Sie wusste nicht, ob sie das eher erschreckend oder beruhigend finden sollte.

Der Augenblick dauerte nur wenige Sekunden, dann warf Greywolf den BH wütend von sich. „Machen Sie weiter."

„Nein. Lieber lasse ich mich umbringen."

Eine quälend lange Zeit blickte er sie starr an, dann ertrug Aislinn seinen musternden Blick nicht länger und schloss die Augen.

„Sie sind sehr schön."

Innerlich bereitete Aislinn sich darauf vor, dass er sie berührte. Doch stattdessen wandte er sich von ihr ab, als ob er sich über ihre Reglosigkeit oder die Tatsache, dass er ihr einen Schwachpunkt von sich gezeigt hatte, ärgerte.

Auf jeden Fall war er jetzt wütend. Er riss einige ihrer Schubladen auf, bevor er fand, wonach er gesucht hatte. Mit zwei Strumpfhosen kehrte er zu ihr zurück.

„Legen Sie sich hin." Er umfasste Aislinn, die reglos und wie angewurzelt dastand, und zog gleichzeitig die Bettdecke weg.

Sie legte sich hin, starr vor Angst. Entsetzt riss sie die Augen auf, als der Mann sich über sie kniete. Doch er blickte sie nicht einmal an. Sein Gesicht war vollkommen ausdruckslos, während er ihren Arm griff und nach oben zum Kopfende des metallenen Bettgestells bog.

„Binden Sie mich fest?", fragte sie mit bebender Stimme.

„Ja", erwiderte er nur knapp und fesselte ihr Handgelenk mit dem Seidenstrumpf an das Bettgestell.

„Oh, bitte tun Sie das nicht!" Unzählige schreckliche Vorstellungen wirbelten ihr durch den Kopf. Schlagartig konnte sie sich an jede Abartigkeit erinnern, von der sie jemals gehört hatte.

Wieder lächelte er spöttisch, als könne er an ihrer Angst ihre Gedanken erkennen. „Entspannen Sie sich, Miss Andrews. Wie bereits gesagt, will ich mich nur ausruhen, und genau das werde ich auch tun."

Immer noch völlig reglos, ließ Aislinn sich das andere Handgelenk an seinen Arm fesseln. Als er fertig war, wurden ihre Handrücken aneinander gepresst, und Aislinn blickte ungläubig zu ihm auf. Er schaltete nur das Licht aus und legte sich mit dem Rücken zu ihr neben sie.

„Sie Mistkerl!" Mit aller Kraft zog sie an der Fessel, die sie an ihn band. „Binden Sie mich los!"

„Schlafen Sie."

„Ich sagte, Sie sollen mich losbinden!", schrie sie und versuchte sich aufzusetzen. Greywolf drehte sich nur um und drückte sie wieder aufs Bett. Obwohl sie ihn nicht erkennen konnte, ging von seinem Körper dicht neben ihr eine schreckliche Drohung aus, die lähmender wirkte als jede körperliche Gewalt.

„Ich hatte keine andere Wahl, als Sie zu fesseln."

„Weshalb musste ich mich ausziehen?"

„Damit es für Sie schwieriger wird zu fliehen. Sicher werden Sie nicht mitten in der Nacht nackt auf die Straße laufen. Und dann …"

„Und dann?", fuhr sie ihn verärgert an.

Nach einer langen Pause kam endlich seine Antwort. Leise und fast verschämt. „Und dann wollte ich Sie auch betrachten."

2. KAPITEL

*S*tehen Sie auf!"

Aislinn öffnete langsam die Augen und konnte sich im ersten Moment nicht erinnern, weshalb sie sich vor dem Aufwachen fürchtete. Dann wurde sie grob an der Schulter geschüttelt, und schlagartig fiel ihr alles wieder ein. Sofort riss sie die Augen weit auf. Sie richtete sich halb auf und hielt die Decke über ihrer nackten Brust fest. Hastig strich sie sich das wirre Haar aus dem Gesicht und blickte Lucas Greywolf an.

Sie hatte Stunden gebraucht, um endlich einzuschlafen. In diesen Stunden hatte sie auf seinen Atem gelauscht und erkannt, dass er tief schlief. Dann hatte sie versucht, ihren Arm vom Kopfende des Bettes zu befreien, bis ihr ganzer Körper vor Anstrengung schmerzte. Schließlich hatte sie aufgegeben und die Augen geschlossen. Dann war sie vor Erschöpfung eingeschlafen.

„Aufstehen!", wiederholte Lucas Greywolf ungeduldig. „Und ziehen Sie sich an. Wir müssen los."

Beide Strumpfhosen, mit denen sie gefesselt gewesen war, lagen am Fußende des Bettes. Der Mann musste sie losgebunden haben. Wieso war sie dabei nicht aufgewacht? Jetzt konnte sie sich auch entsinnen, dass sie in den frühen Morgenstunden gefroren hatte. Hatte er sie zugedeckt? Der Gedanke ließ sie erzittern.

Sie war erleichtert, als sie sah, dass er bereits angezogen war. Er trug dieselben Sachen wie gestern, bevor er ihre Dusche benutzt hatte. Lediglich als Stirnband trug er eines von ihren statt des ausgerissenen Ärmels. Der Ohrring und die Halskette glänzten auf der bronzefarbenen Haut, und Aislinn konnte den Duft seiner frisch gewaschenen tiefschwarzen Haare riechen.

Also hatte sie sich das alles nicht eingebildet. Lucas Greywolf stand wirklich vor ihr und verkörperte alles, wovon Frauen Albträume bekamen. Oder wovon sie träumten.

Schlagartig riss sie sich aus diesen Gedanken heraus. „Wohin wollen Sie mit mir gehen? Ich werde nicht mitkommen."

Abfällig stieß er die Luft aus, öffnete den Kleiderschrank und musterte prüfend ihre Kleider. Die Seidenblusen und Kostüme beachtete er nicht weiter und zog stattdessen alte Jeans und ein Baumwollhemd heraus. Beides warf er Aislinn aufs Bett.

Dann bückte er sich und suchte ein Paar flache Stiefel heraus, die er ihr vor das Bett stellte. „Entweder ziehen Sie sich selbst an", er machte eine kurze Pause und betrachtete ihre Umrisse unter der Bettdecke, „oder ich ziehe Sie an. Auf jeden Fall verlassen wir das Haus in fünf Minuten."

Mit leicht gespreizten Beinen stand er vor ihr und streckte entschlossen das Kinn vor. Die Überheblichkeit, die von ihm ausging, konnte Aislinn einfach nicht wortlos hinnehmen. „Wieso können Sie mich nicht hier zurücklassen?"

„Eine dumme Frage, Aislinn. Ich hätte Ihnen eigentlich mehr Intelligenz zugetraut."

Darüber dachte sie kurz nach. Sobald er ging, würde sie schreiend durch die Straßen laufen, bis jemand ihr zu Hilfe kam. Dann käme er nicht einmal bis zur Stadtgrenze.

„Sie sind meine Absicherung. Jeder richtige Ausbrecher nimmt sich eine Geisel." Er kam einen Schritt näher. „Und allmählich verliere ich die Geduld mit meiner Geisel. Kommen Sie endlich aus dem verdammten Bett!", fuhr er sie mit einem Mal an.

Obwohl es ihr widerstrebte, folgte sie dem Befehl und zog die Bettdecke mit sich, während sie aufstand. „Drehen Sie sich wenigstens um, wenn ich mich anziehe."

Er zog nur eine Augenbraue hoch. „Sie bitten tatsächlich einen Indianer, sich wie ein Gentleman zu verhalten?"

„Ich habe keine Rassenvorurteile."

Verächtlich lächelnd betrachtete er ihr wirres blondes Haar. „Das glaube ich Ihnen sogar. Sicher wussten Sie bis gestern nicht einmal, dass es uns dort draußen gibt." Damit wandte er sich um und ging hinaus.

Wütend zog sie sich die Sachen an, die er für sie herausgesucht hatte. Vorher zog sie sich einen BH und einen Slip an, die er auf seiner Suche aus den Schubladen gerissen hatte.

Sobald sie die Jeans zugeknöpft hatte, lief sie zum Fenster und zog das Rollo hoch. Gerade als sie das Fenster öffnen wollte, hielt eine kräftige braune Hand ihren Arm fest.

„Langsam habe ich genug von Ihren kleinen Spielchen, Aislinn."

„Und ich habe von Ihrer herrischen Art allmählich genug", schrie sie und versuchte, ihren Arm freizubekommen. Erst als er das Rollo wieder heruntergezogen hatte, ließ er ihren Arm los. Aislinn rieb sich das Handgelenk und blickte wütend zu Greywolf auf. Sie hatte es schon immer gehasst, bevormundet zu werden.

„Hören Sie mir zu, wenn ich Sie nicht als Sicherheit brauchen würde, wäre meine Geduld mit Ihnen schon längst zu Ende. Also spielen Sie sich nicht auf." Er drehte sie am Arm herum und gab ihr einen Stoß in den Rücken. „Gehen Sie."

Er führte sie in die Küche, wo er eine Thermoskanne und einen Beutel mit Proviant nahm.

„Wie ich sehe, fühlen Sie sich hier schon richtig zu Hause", bemerkte sie bissig. Innerlich ärgerte sie sich, dass sie so tief geschlafen hatte. Während er hier in aller Ruhe Kaffee gekocht hatte, hätte sie genug Zeit zum Fliehen gehabt.

„Sie werden noch froh sein, etwas zu essen dabeizuhaben."

„Und wohin gehen wir?"

„Dorthin, wo die anderen leben." Er ging nicht weiter darauf ein, sondern ergriff nur ihren Oberarm und zog sie mit sich in die Garage. Er schob Aislinn auf den Beifahrersitz und setzte sich hinter das Lenkrad. Zunächst musste er den Sitz richtig einstellen, um Platz für seine langen Beine zu finden. Dann öffnete er mit der Fernsteuerung das Garagentor und fuhr auf die Straße. Von dort aus schloss er das Tor wieder und bog in die Hauptstraße ein.

„Wie lange werde ich weg sein?", fragte Aislinn beiläufig und sah sich dabei aufmerksam um.

Greywolf fuhr nie lange genug neben einem anderen Wagen, dass sie Blickkontakt zu einem der Fahrer hätte aufnehmen können. Und Polizisten waren nirgendwo in Sicht. Greywolf fuhr vorsichtig und überschritt nie die Höchstgeschwindigkeit. Er war nicht dumm. Gesprächig war er auch nicht.

„Man wird mich vermissen. Schließlich habe ich ein eigenes Geschäft. Wenn ich nicht zur Arbeit komme, werden die Leute nach mir suchen."

„Gießen Sie mir einen Becher Kaffee ein."

Die ruhige Art, in der er ihr ständig Befehle gab, machte Aislinn einen Moment sprachlos. Sollte sie hier die kleine Indianersquaw für den großen tapferen Krieger spielen? „Sie spinnen doch", sagte sie schließlich.

„Geben Sie mir einen Kaffee."

Wenn er sie angeschrien hätte, wäre sie auf den Streit mit ihm eingegangen. Aber er sprach leise, und seine Worte klangen so bedrohlich, dass es ihr kalt den Rücken hinunterlief. Bislang hatte er sie noch nicht ernsthaft verletzt, doch er war ein kräftiger Mann. Das Küchenmesser steckte immer noch in seinem Gürtel, und ein eiskalter Blick aus seinen Augen überzeugte sie davon, dass er ein gefährlicher Gegner war.

Aislinn fand zwei Plastikbecher in dem Proviantbeutel und goss ihm einen davon halb voll. Schweigend nahm er ihr den Becher ab und trank einen Schluck, wobei er die Augen wegen des heißen Dampfs zusammenkniff.

Auch Aislinn schenkte sich Kaffee ein, bevor sie die Kanne wieder verschloss. Gedankenverloren sah sie in den Becher und überlegte, was Greywolf wohl mit ihr vorhatte. Als er sie unvermittelt ansprach, zuckte sie regelrecht zusammen.

„Was für ein Geschäft ist das?"

„Was?"

„Sie sagten, Sie hätten ein Geschäft."

„Oh, es ist ein Fotostudio."

„Sie fotografieren?"

„Ja. Meistens Brautpaare, Babys, Kinder und so weiter."

Sie konnte nicht erkennen, was er davon hielt. Aus seinem Gesichtsausdruck ließ sich keinerlei Gefühlsregung ablesen. Sicher, ihr Beruf war nicht sehr aufregend, das wusste sie selbst. Als sie ihr Journalistikstudium abgeschlossen hatte, wollte sie mit Fotoreportagen aus aller Welt die Menschen aufrütteln. Aber ihre Eltern hatten andere Pläne für sie gemacht. Willard Andrews war ein bekannter Geschäftsmann in Scottsdale, und seine Frau Eleanor fehlte auf keiner gesellschaftlichen Veranstaltung der Stadt. Von ihrer Tochter erwarteten sie beide, dass sie sich dementsprechend verhielt. Das bedeutete, sie sollte einer angemessenen Tätigkeit nachgehen, bis sie einen passenden jungen Mann heiratete. Es gab eine ganze Reihe von Vereinen, denen sie hätte beitreten und wohltätige Organisationen, die sie hätte leiten können. Wohltätigkeit war etwas Anständiges, solange man persönlich nicht davon betroffen wurde. Durch die Welt reisen und Bilder von schrecklichen Dingen zu machen, passte jedenfalls nicht in die Vorstellung ihrer Eltern. Nach Wochen der Auseinandersetzung hatte Aislinn sich schließlich deren Willen gebeugt.

Als Kompromiss richtete ihr Vater ihr das Studio ein, in dem sie die Bekannten ihrer Eltern und deren Nachwuchs fotografieren konnte. Das war keine langweilige Beschäftigung, es hatte lediglich nichts mit ihren Vorstellungen von einer sinnvollen Tätigkeit zu tun.

Sie fragte sich, was ihre Eltern sagen würden, wenn sie sie jetzt mit Lucas Greywolf zusammen sehen könnten. Bei diesem Gedanken konnte sie ein Lachen nicht unterdrücken.

„Finden Sie die Situation amüsant?", fragte Greywolf.

„Überhaupt nicht", widersprach sie, sofort wieder ernst. „Warum lassen Sie mich nicht gehen?"

„Ich hatte nicht vor, eine Geisel zu nehmen. Lediglich essen und schlafen wollte ich und dann wieder verschwinden. Aber dann sind Sie gekommen und haben mich in Ihrer Küche überrascht. Deshalb habe ich jetzt keine andere Wahl, als Sie mitzunehmen." Rasch sah er sie an. „Natürlich habe ich noch eine andere Wahl, aber ich bin kein Mörder. Noch nicht."

Mit einem Mal schmeckte ihr der Kaffee nicht mehr. Sie hatte nur noch den beißenden Geschmack der Angst im Mund. „Haben Sie vor, mich zu töten?"

„Nur, wenn ich keinen anderen Ausweg mehr sehe."

„Ich werde mich auf Schritt und Tritt gegen Sie wehren."

„Dann werden wir Schwierigkeiten miteinander bekommen."

„Los doch, bringen Sie es am besten gleich hinter sich. Besser für mich, als noch lange in dieser Erwartung zu leben."

„Im Gefängnis zu leben ist auch nicht schön."

„Was haben Sie denn erwartet?"

„Ich habe gelernt, keine Erwartungen zu stellen."

„Es ist ja nicht meine Schuld, dass Sie ins Gefängnis mussten. Sie haben ein Verbrechen verübt und müssen dafür büßen."

„Und was genau war mein Verbrechen?"

„Ich … ich weiß nicht mehr. Irgendetwas mit …"

„Ich habe eine Demonstration vor dem Gerichtsgebäude in Phoenix organisiert. Es gab Ausschreitungen, wobei Polizisten verletzt und öffentliche Gebäude beschädigt wurden." Es klang nicht nach einem Geständnis, sondern eher so, als wiederhole er nur die Vorwürfe, die er oft genug gehört hatte. „Aber mein wirkliches Verbrechen bestand darin, als Indianer geboren zu sein."

„Das ist lächerlich. Sie können niemandem außer sich selbst die Schuld geben, Mr Greywolf."

„Ich glaube, die Geschworenen haben auch etwas in der Art gesagt, als sie mich verurteilt haben."

Eine Zeit lang schwiegen sie beide, ehe Aislinn weiter nachfragte. „Wie lange sind Sie im Gefängnis gewesen?"

„Vierunddreißig Monate."

„Und wie viel müssen Sie noch absitzen?"

„Noch drei."

„Drei Monate?" Bestürzt sah sie ihn an. „Sie brechen aus dem Gefängnis aus, obwohl Sie nur noch drei Monate vor sich haben?"

Einen Moment blickte er zu ihr hin. „Wie gesagt, ich habe etwas Wichtiges zu erledigen, und nichts wird mich davon abhalten."

„Aber wenn Sie gefasst werden ..."

„Man wird mich fassen."

„Warum tun Sie dann dies alles hier?"

„Ich muss es einfach."

„Nichts kann so wichtig sein", widersprach sie. „Sie werden noch zusätzliche Monate, vielleicht Jahre aufgebrummt bekommen."

„Ja, das weiß ich."

„Sie werfen Jahre Ihres Lebens weg. Denken Sie doch an all die Dinge, die Sie aufgeben."

„Wie zum Beispiel eine Frau." Seine Antwort klang knapp und kühl, und Aislinn verstummte. Dieses Thema wurde ihr zu heiß.

Beide schwiegen, obwohl sie beide an die Ereignisse der vergangenen Nacht denken mussten. Aislinn wollte die verwirrenden Erinnerungen verdrängen. Sie sah Greywolf nackt in der Tür zum Bad stehen, sie sah, wie er den BH an sein Gesicht drückte. Dann malte sie sich aus, wie er sie losgebunden oder mitten in der Nacht zugedeckt hatte.

Schließlich schloss sie die Augen und tat das einzig Mögliche, um diese Gedanken aus ihrem Kopf zu verbannen: Sie lehnte sich zurück und versuchte einzuschlafen.

„Mist!"

Sie musste tatsächlich eingenickt sein. Aislinn fuhr bei Greywolfs Fluch hoch. Mit der rechten Faust schlug er aufs Lenkrad.

„Was ist los?", wollte sie wissen, richtete sich immer noch leicht benommen auf und blinzelte ins Licht.

„Eine Straßensperre", stieß Greywolf aus, wobei er die Lippen kaum bewegte.

Durch das flirrende Licht der Nachmittagssonne über der Straße sah Aislinn die Polizeiwagen, die den Highway blockierten. Die Beamten hielten jedes Fahrzeug an, das die Sperre passieren wollte.

Noch bevor sie Erleichterung empfinden konnte, fuhr Greywolf in eine Haltebucht und hielt an. Mit einer einzigen fließenden Bewegung beugte er sich über Aislinn und knöpfte ihr die Bluse auf. Dann zog er ihr den BH ein Stück über die Brüste hinunter.

„Was tun Sie da?", fragte sie atemlos und schlug nach seinen Händen. Sie war noch zu schläfrig, um schnell genug reagieren zu können. Schon hatte Greywolf ihr die Bluse halb aufgeknöpft, und ihre Brüste traten fast nackt aus dem tiefen Ausschnitt hervor.

„Ich vertraue auf die menschliche Natur, das ist alles." Sachlich prüfte er die Wirkung seines Werks, und offensichtlich zufrieden kletterte er auf den Rücksitz. „Sie sind jetzt mit Fahren dran. Bringen Sie uns durch die Straßensperre."

„Aber … Nein!", widersprach sie wütend. „Nichts wünsche ich mir sehnlicher, als dass Sie geschnappt werden, Mr Greywolf!"

„Fahren Sie endlich los, ehe die Leute dort Verdacht schöpfen, weil wir hier stehen. Setzen Sie sich hinter das Steuer. Los!"

Aislinn sah ihn feindselig an, doch sie gehorchte, als er das Fleischermesser wieder aus dem Hosenbund zog und drohend damit vor ihr herumfuchtelte.

„Wagen Sie es nicht zu hupen", warnte er sie genau in dem Augenblick, als ihr dieser Gedanke durch den Kopf schoss.

Trotz des Messers hatte sie fest vor, in dem Moment, in dem sie die Sperre erreichte, aus dem Wagen zu springen und den Beamten den Rest zu überlassen.

„Falls Sie irgendwelche Fluchtpläne schmieden, vergessen Sie das lieber wieder", sagte er leise.

„Sie haben doch keine Chance."

„Sie aber auch nicht. Ich werde nämlich sagen, dass Sie mir geholfen haben. Dass Sie mich letzte Nacht bei sich aufgenommen und mir bis hierher geholfen haben."

„Jeder wird erkennen, dass Sie lügen", fuhr sie ihn an.

„Nicht, wenn man die Laken in Ihrem Bett untersucht."

Geschockt drehte sie sich zu ihm um. Er lag auf dem Rücksitz, als würde er schlafen. In den Händen hielt er eine Fotozeitschrift, die er sich offenbar über das Gesicht legen wollte. „Was soll das heißen?", fragte sie unsicher nach. Sein selbstsicherer Gesichtsausdruck gefiel ihr nicht. „Was haben meine Bettlaken damit zu tun?"

„Die Polizei wird Anzeichen von Sex darauf finden."

Aislinn wurde blass und umklammerte das Lenkrad. Peinlich berührt schluckte sie.

„Wenn Sie wollen", sprach er leise weiter, „erkläre ich Ihnen das ganz genau. Aber bei Ihnen als erwachsener Frau sollte das eigentlich nicht nötig sein. Seit langer Zeit habe ich keine nackte Frau mehr gesehen, geschweige denn, mit ihr in einem Bett gelegen, ihren Duft gerochen, ihren Atem gehört."

Aislinn wollte nicht weiter darüber nachdenken. Sie schwitzte an den Händen, und ihr wurde übel. Vielleicht log er einfach, aber es konnte auch wahr sein.

Würde die Polizei ihr zuhören, bevor sie sie verhafteten? Wie sollte sie ihre Version der Geschichte beweisen? Natürlich würde man sie nicht lange festhalten, weil sich irgendwann herausstellen würde, dass er log. Aber in der Zwischenzeit würde es für sie sehr peinlich werden. Und so etwas würde sie ihr Leben lang nicht vergessen können. Und ihre Eltern wären sicher furchtbar schockiert.

„Und kampflos werde ich mich auch nicht ergeben", flüsterte er, während Aislinn vor der Sperre abbremste. Nur ein anderer Wagen stand vor ihnen. Einer der Polizisten beugte sich zum Seitenfenster, um mit dem Fahrer zu sprechen.

„Wenn Sie nicht wollen, dass mein Blut Ihr Gewissen belastet oder das irgendwelcher Unschuldiger, die ich mit mir ins Unglück reiße, dann sollten Sie lieber Ihr Bestes geben, damit wir durch diese Sperre kommen."

Ihr blieb keine Zeit mehr, noch länger nachzudenken. Der Polizist winkte den Wagen vor ihr weiter und gab ihr ein Zeichen, vorzufahren. Wie bin ich bloß hier hineingeraten? Was soll ich tun? fragte sie sich angsterfüllt.

Merkwürdigerweise fiel ihr die Entscheidung dann gar nicht mehr schwer. Sie hatte nicht einmal Gewissensbisse, sondern reagierte ganz einfach aus der Situation heraus.

Noch bevor der Polizist ihr ein Zeichen gab, kurbelte sie schon die Scheibe herunter und redete los: „Oh, ich bin ja so froh, dass Sie hier stehen. Irgendetwas ist mit meinem Wagen nicht in Ordnung. Dieses kleine rote Licht hier geht immer an und aus. Was hat das bloß zu bedeuten? Nichts Ernstes, hoffe ich."

Ihr Plan ging auf. Mit großen Augen und leicht außer Atem sah sie zu dem Beamten auf. Ihr Haar war vom Schlafen im Auto noch mehr zerzaust und hing ihr wirr über die Schultern.

Für die Augen dieses Polizisten musste das sehr reizvoll wirken. Immerhin hatte er die undankbare Aufgabe, in der prallen Hitze des Augusts jeden Wagen anzuhalten und nach einem flüchtigen Indianer zu suchen, von dem er selbst glaubte, dass er sich längst nach Mexiko abgesetzt hatte.

„Na dann, junge Frau", sagte er gedehnt und schob sich den Hut aus der Stirn, „wollen wir mal sehen, wo Ihr Problem liegt."

Er lehnte sich in den Wagen, als wolle er herausfinden, welches Licht aufblinkte. Doch Aislinn wusste, dass er in erster Linie auf ihre Brüste sah. Dennoch veränderte sich seine Miene, als er auf den Rücksitz des Wagens blickte.

„Wer ist das?"

„Ach so, das ist mein Mann", sagte sie abfällig und zuckte nur mit den Schultern. Sie spielte mit einer Haarsträhne. „Der ist unglaublich schlecht gelaunt, wenn ich ihn während der Fahrt aufwecke. Immer muss ich fahren. Aber heute bin ich froh darüber." Sie schlug die Augen kurz nieder, und der Polizist lächelte.

Lucas Greywolf besaß eigentlich eine gute Menschenkenntnis, doch weshalb Aislinn ihre Rolle dermaßen überzeugend spielte, konnte er sich im Moment nicht erklären. Ihm blieb auch keine Zeit zum Nachdenken, denn der Polizist sprach weiter.

„Ich kann kein rotes Licht entdecken." Er flüsterte, als wolle er den schlafenden Ehemann nicht aufwecken. Offenbar befürchtete der Polizist, der Mann könne etwas mehr als schlecht gelaunt sein, wenn er bemerkte, dass jemand mit seiner Frau flirtete.

„Wirklich nicht? Trotzdem vielen Dank." Aislinn verließ allmählich der Mut. Jetzt hatte sie tatsächlich einem Sträfling bei der Flucht geholfen, und sie wollte so schnell wie möglich weg von hier. „Dann war es wohl nichts Schlimmes."

„Könnte bedeuten, dass Ihr Motor überhitzt ist." Der Polizist redete vertraulich weiter. „Meiner ist es jedenfalls." Seine Stimme sank noch weiter ab, und Aislinn musste sich zum Lächeln zwingen.

Greywolf bewegte sich und murmelte etwas Unverständliches. Abrupt verschwand das Lächeln auf dem Gesicht des Beamten.

„Vielleicht treffen wir uns mal wieder", sagte sie und setzte den Fuß aufs Gaspedal. Sie wollte nicht den Eindruck erwecken, es eilig zu haben, obwohl der Fahrer hinter ihr bereits ungeduldig hupte.

Der Polizist warf kurz einen einschüchternden Blick zu dem nächsten Wagen. „Sie sollten den Wagen lieber überprüfen lassen, wenn das Licht wieder aufblinkt. Ich könnte per Funkgerät …"

„Nein, nicht nötig", unterbrach Aislinn ihn. „Ich werde dann doch lieber meinen Mann wecken. Vielen Dank."

Sie kurbelte das Fenster hoch und gab Gas. Im Rückspiegel sah sie, wie der Polizist das nächste Fahrzeug heranwinkte.

Erst als die Straßensperre außer Sicht war, entspannte Aislinn sich etwas. Tief durchatmend sackte sie auf dem Fahrersitz zusammen.

Greywolf kletterte behände auf den Beifahrersitz. „Das haben Sie gut gemacht. Man glaubt kaum, dass Sie keinerlei Erfahrung als Kriminelle haben."

„Seien Sie still!", schrie sie ihn an und bog in die nächste Haltebucht ein. Sobald das Auto still stand, lehnte sie die Stirn gegen das Lenkrad und schluchzte los.

„Ich hasse Sie. Bitte lassen Sie mich gehen. Wieso habe ich das getan? Wieso? Ich hätte Sie auffliegen lassen sollen. Ich habe Angst, Hunger und Durst und bin müde. Sie sind ein Krimineller, und ich habe noch nie in meinem Leben jemanden getäuscht. Jetzt wandere ich vielleicht auch ins Gefängnis, oder? Warum helfe ich Ihnen, wenn Sie ohnehin vorhaben, mich umzubringen?"

Reglos saß Greywolf neben ihr. Als sie sich schließlich ausgeheult hatte, trocknete sie sich die Tränen ab und sah zu ihm.

„Ich würde Ihnen gern sagen, dass wir das Schlimmste hinter uns haben, aber ich fürchte, jetzt fängt der Ärger erst an, Aislinn."

Als er auf ihre Brüste blickte, knöpfte sie die Bluse hastig wieder zu. „Was meinen Sie damit?"

„Ich meine die Straßensperre. Damit hatte ich nicht gerechnet. Wir müssen einen Fernseher finden."

„Einen Fernseher?", wiederholte sie mit bebender Stimme.

Prüfend überflog er den Highway in beiden Richtungen. „Ja. Sicherlich wird in den Nachrichten über die Polizeiaktion berichtet. Hoffentlich sagen sie auch etwas über die weiteren Pläne der Polizei. Fahren wir."

Mit dem Kinn wies er in Richtung Highway. Müde fuhr Aislinn weiter. „Was ist mit dem Autoradio? Im Radio wird sicher auch darüber berichtet."

„Nicht so ausführlich", widersprach er kopfschüttelnd.

„Ich gehe mal davon aus, dass Sie mir sicherlich sagen werden, wo ich langfahren soll."

„Genau. Fahren Sie einfach."

Fast eine Stunde fuhren sie, ohne sich miteinander zu unterhalten. Zwischendurch reichte er ihr schweigend Sandwiches mit Käse aus dem Proviantbeutel. Obwohl es ihr widerstrebte, etwas aus seiner Hand zu essen, aß sie, denn sie hatte wirklich Hunger.

Als sie eine halb verfallene kleine Ortschaft erreichten, wies Greywolf Aislinn an, langsamer zu fahren. Sie kamen an einer Wirtschaft vorbei, die auch schon bessere Zeiten erlebt haben musste.

„Dort", sagte er nur knapp und zeigte auf die Kneipe. „Halten Sie vor dem ‚Tumbleweed'."

Angewidert sah Aislinn zu ihm hinüber. Das „Tumbleweed" war die schäbigste Kneipe, die sie jemals gesehen hatte. „Vielleicht haben wir Glück und bekommen als erste Kunden seit Jahren einen Drink umsonst", spottete sie.

„Sie haben einen Fernseher", sagte Greywolf nur und wies auf die Antenne auf dem flachen Blechdach. „Steigen Sie aus."

„Zu Befehl." Erschöpft öffnete sie die Tür. Es tat ihr gut, wieder zu stehen, und Aislinn reckte sich.

Nur wenige Autos standen auf dem staubigen Parkplatz. Greywolf zog sie in den Arm und ging mit ihr auf die Tür der Kneipe zu. Aus der Nähe wirkte das Gebäude noch heruntergekommener als von der Straße aus. Aislinn fügte sich widerstandslos. Sie hatte vor, in der Kneipe um Hilfe zu schreien.

„Was immer Sie jetzt denken, vergessen Sie es."

„Woran denke ich denn Ihrer Meinung nach?"

„Dass Sie sich losreißen und in die starken Arme eines Retters fliehen. Glauben Sie mir, ich bin die sicherste Begleitung, die Sie an einem Ort wie diesem finden können." Er hatte sich im Auto das Messer in den Stiefel gesteckt. „Geben Sie sich etwas Mühe", fuhr er fort. „Tun Sie, als ob wir beide viel Spaß miteinander hätten."

„Was?" Aislinn traute ihren Ohren nicht.

„Doch, doch. Wir haben eine heiße Affäre und den ganzen Nachmittag für uns."

„Sie müssen krank sein, wenn Sie glauben … Und hören Sie auf damit!" Sie versuchte sich loszureißen, als er den Arm noch enger um sie legte und dabei fast ihre Brust berührte. Doch gegen seinen eisernen Griff kam sie nicht an.

„Na, na, Liebling, spricht man so zu seinem Liebhaber?", zog er sie auf.

Nach außen hin gelassen, schob er die Tür auf und schlenderte in das verrauchte Innere der Kneipe. Um bei seinem leicht schwankenden Gang das Gleichgewicht zu behalten, krallte Aislinn sich an seinem Hemd fest und presste dabei die Hand an seinen flachen Bauch. Greywolf sah sie an und zwinkerte anerkennend. Am liebsten hätte sie ihn laut angeschrien.

Doch Aislinn sagte kein Wort. Die Einrichtung der Kneipe machte sie sprachlos. Solche Lokale kannte sie bislang nur aus Filmen. Unter der niedrigen Decke hing ein dichter Rauchschleier. Einen Moment mussten Aislinns Augen sich erst an das Dämmerlicht gewöhnen, doch der Anblick, der sich ihr dann bot, entmutigte sie noch mehr.

Die Barhocker vor dem Tresen waren mit rotem Plastik bezogen, das Rot glich allerdings jetzt eher einem dunklen Braun. Nur drei der Hocker waren besetzt, und als die Tür hinter ihnen zuschlug, wandten sich drei Augenpaare um und musterten Greywolf und sie feindselig.

Eine geschmacklos geschminkte Blondine stützte sich mit einem nackten Fuß am nächsten Hocker ab und lackierte ihre Fußnägel. „Hey, Ray, wir haben Gäste", rief sie laut.

Aislinn nahm an, dass Ray der fette Kerl hinter der Theke war. Er stützte sich schwerfällig auf den Kühlschrank vor ihm und starrte auf den Fernseher, der oben unter der Decke hing. Die Fernsehserie schien ihn völlig zu fesseln. „Dann bedien sie", rief er zurück. Er blickte nur auf den Bildschirm.

„Meine Nägel sind noch nicht trocken."

Ray ließ einen Schwall an Flüchen vom Stapel, richtete sich schwer atmend auf und blickte böse zu Greywolf und Aislinn. Greywolf konnte das allerdings nicht bemerken, denn er hatte das Gesicht in ihrem Haar vergraben und leckte ihr über das Ohr.

Trotzdem schien er alles um sich herum mitzubekommen. „Zwei Bier", sagte er laut genug. Dann gab er Aislinn einen leichten Stoß und drängte sie zu einer Sitzgruppe, von der aus sie sowohl den Fernseher als auch die Tür gut sehen konnten. „Setzen Sie sich, und rücken Sie durch", flüsterte er ihr ins Ohr.

Ihr blieb keine andere Wahl, zumal er sie praktisch vor sich her schob. Sie konnte nicht sehen, ob die Sitzbank sauber war, doch das war vielleicht auch besser so. Greywolf setzte sich neben sie und drängte sie ganz in die Ecke. „Sie klemmen mich ja ein", beschwerte sie sich leise.

„Genau das ist auch meine Absicht."

Als Ray mit den beiden Bieren herüberkam, knabberte Greywolf gerade an ihrem Hals. Lautstark stellte Ray die beiden Flaschen ab. „Hier wird sofort bezahlt. Drei Dollar."

„Bezahl du den Mann, Liebling", säuselte Lucas Greywolf und strich ihr über den Rücken. „Ich bin gerade beschäftigt."

Sie biss die Zähne wütend zusammen, holte das Geld aus der Handtasche und bezahlte. Jetzt verstand sie, was Greywolf gemeint hatte. Niemals würde sie hier einen Aufruhr veranstalten und sich auf Rays

Hilfe verlassen. Auch wenn sie hier nicht freiwillig mit Lucas Greywolf saß, so kannte sie ihn wenigstens ein bisschen.

Ray schnappte sich das Geld und schlurfte wieder zurück.

„Gut gemacht", lobte Lucas sie leise.

Aislinn wünschte nur, dass er nicht so angestrengt mit seinen Vertraulichkeiten weitermachen würde. Wenigstens konnte er die Hand aus ihrer Bluse nehmen, wo er den Träger ihres BHs in den Fingern hielt. „Und was jetzt?", fragte sie.

„Jetzt spielen wir miteinander."

„Das hätten Sie wohl …"

„Schscht", zischte er verärgert. „Wollen Sie Ray auf uns aufmerksam machen? Oder vielleicht gefallen die beiden Cowboys dort drüben Ihnen besser? Die warten sicher bloß darauf, einer hilflosen Frau zu Hilfe zu kommen."

„Hören Sie auf", sagte sie, als er mit den Lippen ihren Hals entlangstrich. „Ich dachte, wir seien zum Fernsehen hier."

„Natürlich. Aber das soll niemand wissen."

„Dann soll ich hier herumsitzen und mich von Ihnen befingern lassen?" Als Antwort kam nur ein zustimmendes Raunen von ihm. „Und wie lange soll das dauern?"

„So lange wie nötig. Wir werden alle halbe Stunde neues Bier bestellen, damit Ray nicht ärgerlich wird."

Wie konnte dieser Mann bloß so ruhig und beherrscht reden, während er ihre Halsbeuge küsste? Unwillkürlich bewegte sie sich etwas von ihm weg. „So viel Alkohol vertrage ich nicht."

„Schütten Sie das Bier unauffällig auf den Boden. Das wird sicher niemand bemerken."

„Da haben Sie recht", sagte Aislinn angewidert und hob einen Fuß an. Der Boden klebte überall, und sie wollte gar nicht daran denken, was dort unten alles den Boden bedeckte. „Glauben Sie, dass sich der Besuch hier wirklich lohnt?"

„Was ist denn los, Kleines? Amüsierst du dich nicht?" Langsam fuhr er über ihre Bluse und machte den obersten Knopf auf.

„Nein."

„Möchtest du lieber noch mehr Straßensperren erleben? Hast du es genossen, den Polizisten verrückt zu machen?"

„Ich verachte Sie." Aislinn lehnte sich zurück und versuchte, die Berührungen seiner Hände und Lippen teilnahmslos über sich ergehen zu lassen.

„Ich bin nicht überzeugt davon, dass Sie es genießen, und die übrigen Leute hier werden es auch nicht sein. Sie sollten sich ein wenig mehr anstrengen", murmelte er dicht an ihrem Ohr.

„Nein, das hier ist widerwärtig."

Unvermittelt hob er den Kopf und sah sie kalt an. „Warum?"

Offenbar fühlte er sich angegriffen. Vermutete er wieder irgendwelche Rassenvorurteile bei ihr, oder fühlte er sich als Mann beleidigt? Aber konnte ihr das nicht völlig egal sein? „Ich bin es nicht gewohnt, solche Intimitäten in der Öffentlichkeit auszutauschen, Mr ..."

Sie kam nicht dazu, seinen Namen auszusprechen. Abrupt presste er die Lippen auf ihren Mund und erstickte jeden Laut. Es war ein gefühlloser Kuss, der lediglich dem Zweck diente, Aislinn nicht aussprechen zu lassen. Dennoch drehte sich alles in ihr, und sie bekam keinen Ton mehr heraus.

„Vorsicht", sagte er, als er schließlich den Kopf wieder hob.

Sie nickte nur und hoffte, ihr Atem würde bald wieder ruhig gehen. Wenn sie nicht wollte, dass er sie noch einmal küsste, durfte sie ihn nicht mehr verärgern.

Auch wenn sie sich über die Gründe nicht ganz im Klaren war, wusste sie dennoch ganz genau, dass sie nicht wieder von ihm geküsst werden wollte.

Zum Glück schien niemand in der Kneipe auf sie beide zu achten. Hier herrschte anscheinend das ungeschriebene Gesetz, dass sich jeder um seinen eigenen Kram kümmerte.

Obwohl er nach außen hin ausschließlich mit seinen Zärtlichkeiten beschäftigt schien, nahm Greywolf genau wahr, was in dem Lokal vor sich ging. Aus halb geschlossenen Augen heraus beobachtete er jede Bewegung in dem Raum. Niemand schien ihn zu erkennen. Ray oder die blonde Frau brachten von Zeit zu Zeit frisches Bier an den Tisch, wenn Greywolf mit lallender Stimme bestellte.

Hin und wieder kamen neue Gäste herein. Die meisten blieben nur auf ein Bier und gingen dann wieder. Ein Gast spielte lange an dem Flipperautomaten in einer Ecke, und das Blinken und Klingeln des Geräts machte Aislinn fast verrückt. Der Fernseher lief die ganze Zeit, und Ray sah jede Sendung, als habe er noch nie etwas Spannenderes angesehen.

Für Aislinn zog sich die Zeit endlos hin. Aber nicht aus Langeweile, denn ihre Nerven waren bis zum Zerreißen angespannt. Sie redete sich ein, dass sie lediglich gespannt auf einen möglichen Retter wartete.

Aber innerlich gestand sie sich ein, dass Greywolfs Vorspiel sie in diesen Zustand versetzte.

Denn seine Liebkosungen waren eine Art Vorspiel. Er strich ihr mit den Fingern durchs Haar, umfasste ihr Gesicht, während er mit den Lippen über ihren Hals fuhr, und streichelte ihren Oberschenkel, wenn die Kellnerin neues Bier brachte. Zwischendurch sog er immer wieder sanft an ihrem Ohrläppchen.

„Lassen Sie das", stieß sie einmal leise stöhnend aus, als sie davon eine Gänsehaut bekam.

„Das Stöhnen klang überzeugend. Weiter so", flüsterte er zurück, als zwei Lastwagenfahrer kurz zu ihnen herübersahen.

Greywolf nahm ihre Hand und führte sie unter sein Hemd, wo er sie fest an seine nackte Brust drückte. Aislinn versuchte die Hand zurückzuziehen, aber er ließ es nicht zu. Daraufhin nützte Aislinn die Situation aus, um unauffällig seine Haut zu ertasten. Als sie die Hand ein kleines Stück bewegte, berührte sie seine Brustwarze, die sich augenblicklich zusammenzog.

Unvermittelt atmete Lucas Greywolf tief ein. „Meine Güte", flüsterte er. „Hören Sie auf damit." Schon vorher war sein Körper angespannt gewesen, doch jetzt verkrampfte er sich noch mehr.

Aislinn blickte ihn an. „Ich tue doch nur, was Sie ..."

„Schscht!"

„Sagen Sie nicht immer ..."

„Schscht! Sehen Sie! Auf dem Bildschirm."

Sie sah zum Fernseher. Ein Nachrichtensprecher las einen Bericht über die Suche nach einem flüchtigen Sträfling, dem Führer einer Indianerbewegung, Lucas Greywolf. Gerade wurde ein Bild von ihm gezeigt, doch Aislinn erkannte ihn kaum. Sein Kopf war fast kahl rasiert.

„Kein sehr schmeichelhaftes Foto", flüsterte sie trocken.

Greywolf lächelte schwach, konzentrierte sich jedoch sofort wieder auf die gezeigte Landkarte von Arizona. Wie er gehofft hatte, taten die Medien den Behörden keinen Gefallen und wiesen ausführlich auf alle eingerichteten Straßensperren hin.

Sobald der Sprecher zur nächsten Nachricht überging, rückte Lucas ein Stück von Aislinn ab. „Okay, fahren wir weiter. Und denken Sie daran zu schwanken. Sie haben immerhin angeblich einige Biere getrunken."

Er hielt ihr die Hand hin, wurde aber abgelenkt, als die Tür aufging und ein neuer Gast hereinkam. Mühsam unterdrückte er einen Fluch, als er die Uniform des Mannes bemerkte.

3. KAPITEL

*R*uhig nahm der Polizist den Hut ab und wischte sich mit einem Ärmel den Schweiß von der Stirn. Aislinn richtete sich neben Greywolf auf, um besser sehen zu können. Er trug die Uniform eines Sheriffs.

„Stella, bring mir ein Bier", rief er, als die Tür hinter ihm zuschlug. Die blonde Kellnerin drehte sich um und lächelte ihn strahlend an. Die beiden kannten sich anscheinend gut. „Na, wen haben wir denn da?" Sie lehnte sich an den Tresen und stützte sich mit den Ellbogen auf, wobei ihre Brüste sich deutlich unter der Bluse abzeichneten.

Das lüsterne Lächeln des Sheriffs drückte seine Anerkennung aus. „Hast du mich vermisst?"

„Ach Quatsch", entgegnete sie gedehnt und legte ihm einen Arm um den Nacken, als er sich auf den Hocker neben ihr setzte. „Du kennst mich doch. Aus den Augen, aus dem Sinn."

„Seit zwei Tagen suche ich jetzt so einen verdammten Indianer, den niemand zu Gesicht bekommen hat. Ich brauche dringend ein paar kühle Biere und etwas menschliche Wärme."

„In dieser Reihenfolge?" Sie lehnte sich vor und sah ihm tief in die Augen. Er küsste sie und schlug ihr dann auf den Po.

„Bring mir das Bier."

Stella ging um die Theke herum, während Greywolf wieder dichter an Aislinn rückte. „Mist", flüsterte er und schlug sich unter dem Tisch mit der Faust aufs Bein. „Ein paar Minuten später, und wir wären weg gewesen."

Er schimpfte noch weiter, wobei er sich über Aislinn beugte, als wären sie beide in Zärtlichkeiten vertieft. „Wagen Sie es nicht, irgendwie seine Aufmerksamkeit auf uns zu ziehen. Denn um Sie zu retten, muss er über meine Leiche."

„Was haben Sie jetzt vor?"

„Fürs Erste machen wir so weiter wie bisher", sagte er und küsste ihren Hals. „Vielleicht geht er ja bald wieder."

Aber der Sheriff hatte offenbar vor, den ganzen Abend in der Kneipe zu verbringen. Nach und nach trank er vier Bier, und Stella wich nicht von seiner Seite. Die beiden flirteten hemmungslos, und schließlich flüsterten sie nur noch vertraulich miteinander. Hin und wieder lachte Stella sinnlich auf, während der Sheriff ihr unablässig über den Schenkel strich.

Aislinns anfängliche Hoffnung, dass der Sheriff ihr helfen könnte, schwand allmählich. Sie glaubte kaum noch daran, dass es dem Polizist überhaupt etwas bedeutete, ob der Sträfling gefasst wurde oder nicht. Schon bei Lucas' Verurteilung hatten viele Leute, Indianer und auch Weiße, ihre Sympathie für ihn zum Ausdruck gebracht. Vielleicht gehörte dieser Sheriff auch dazu. Möglicherweise würde er sogar wegsehen, wenn Lucas ihm über den Weg lief.

Dennoch war der Sheriff Aislinns einzige Chance, von Greywolf loszukommen. Sie wollte die Chance nutzen, auch wenn der Sheriff hinterher vielleicht wütend auf sie war, weil sie ihm einen angenehmen Abend verdorben hatte.

„Wenn der Zeitpunkt günstig ist, werden wir aufstehen und gehen, verstanden?"

„Ja", stimmte sie Greywolf etwas zu hastig zu.

Er hob den Kopf etwas an und sah ihr starr in die Augen, wobei er unter den Tisch griff. Noch bevor er es ihr zeigte, wusste sie, dass er das Messer aus dem Stiefel holte. „Bringen Sie mich nicht dazu, das hier zu benutzen, Aislinn."

„Würden Sie mir etwas antun?"

Langsam glitt sein Blick über ihren Körper. „Es täte mir leid, besonders nach diesem angenehmen Nachmittag hier dicht neben Ihnen."

„Ich verachte Sie aus tiefster Seele", stieß sie voller Abscheu hervor.

„Wahrscheinlich haben Sie allen Grund dazu." Er konzentrierte sich wieder auf das Pärchen an der Bar. Als der Sheriff mit einer Hand seitlich an Stellas Brust entlangstrich, richtete Greywolf sich leicht auf. „Jetzt!"

Aislinn hatte erwartet, er werde sich mit ihr unauffällig zur Tür schleichen. Stattdessen riss er sie unvermittelt hoch und überrumpelte sie damit. Als Resultat davon schwankte sie und musste sich Halt suchend an ihm festhalten. Sofort schlang er den Arm um sie und presste sie an seine Seite. Mit beiden Fäusten versuchte sie, sich von ihm wegzudrücken. Sie machte den Mund auf, um etwas zu sagen, doch als sie das Messer zwischen ihren Körpern spürte, stieß sie nur tonlos die Luft aus.

„Nicht." Seine leise Stimme klang gefährlich ruhig. Augenblicklich gab sie jede Hoffnung auf Flucht auf.

Schwankend gingen sie zur Tür, wobei Lucas den Kopf senkte, als sei er angetrunken.

„Hey, Mister!"

Aislinn wäre fast gestolpert, aber Greywolf ging ruhig weiter.

„Hey, ich rede mit Ihnen, Chef!"

An der Wange spürte Aislinn seinen Atem, als er stehen blieb und den Kopf hob. „Was gibt's?", fragte er Ray, der ihn angesprochen hatte.

„Wir haben ein paar Hinterzimmer. Wollen Sie eines davon für den Abend?"

„Nein, danke." Lucas schüttelte träge den Kopf. „Ich muss sie zurückbringen, bevor ihr Mann nach Haus kommt."

Ray lachte höhnisch auf und blickte weiter auf den Bildschirm, wo gerade eine Krimiserie lief. Der Sheriff war so in einen Kuss mit Stella versunken, dass er nicht einmal hochsah. Draußen atmete Aislinn tief ein. Sie hatte den Eindruck, als würde sie den Gestank von Rauch und Alkohol niemals mehr aus ihren Lungen herausbekommen. Greywolf drängte sie ungeduldig zum Auto.

Minuten später waren Aislinn und Greywolf schon Kilometer vom „Tumbleweed" entfernt. Erst jetzt holte er tief Luft. Er kurbelte das Fenster herunter und genoss den Fahrtwind, der ihm ins Gesicht wehte.

„Sie werden allmählich sehr geschickt darin, die Gesetzeshüter hinters Licht zu führen."

„Besonders dann, wenn mir ein Messer in die Rippen gedrückt wird", erwiderte sie bissig.

Er schien genau zu wissen, wohin er fuhr, obwohl sie in immer entlegenere Gegenden kamen. Die Straße wurde schmaler, und nur noch ganz vereinzelt standen Hinweisschilder. Immer seltener kam ihnen ein Wagen entgegen.

Greywolf fuhr schnell und sicher. In der Dunkelheit waren nur die Mittelstreifen auf der Fahrbahn zu erkennen, und nach einiger Zeit wurde Aislinn müde und schlief ein. Kurz darauf schreckte sie jedoch wieder hoch, weil Greywolf laut fluchte.

„So ein verdammter Mist!"

„Werden wir verfolgt?", fragte sie hoffnungsvoll.

„Dieses Licht hier blinkt auf."

Enttäuscht sank sie wieder in den Sitz. Einen Moment hatte sie sich ausgemalt, dass er doch im „Tumbleweed" erkannt worden war und dass der Sheriff ihnen jetzt mit Verstärkung folgte. „Das hat es heute Nachmittag schon getan", sagte sie nur erschöpft.

Sein Kopf fuhr herum, und Greywolf starrte sie wütend an. Im grünlichen Licht des Armaturenbretts wirkte er noch Furcht einflößender.

„Wollen Sie damit etwa sagen, dass der Motor heute Nachmittag schon überhitzt war?"

„Haben Sie denn dem Polizisten an der Straßensperre nicht zugehört?"

„Ich dachte, das wäre nur ein Ablenkungstrick von Ihnen gewesen",
rief er aus.

„Tja, da haben Sie sich geirrt."

„Und warum haben Sie mir nichts davon gesagt, bevor ich in diese
abgelegene Gegend gefahren bin?"

„Sie haben mich nicht gefragt!"

Er beendete den Streit mit einem neuerlichen Fluch und bog so unvermittelt vom Highway ab, dass Aislinn sich erschreckt am Sitz fest-
klammerte. „Wohin fahren wir jetzt?", fragte sie ängstlich.

„Der Motor muss abkühlen, sonst geht er kaputt. Hier in der Dunkelheit kann ich ihn ohnehin nicht reparieren." Er fuhr mit dem Wagen
hundert Meter vom Highway weg. Als er schließlich anhielt, zischte der
Motor wie ein Teekessel. Greywolf machte die Tür auf und stieg aus.
Er lehnte sich mit dem Rücken gegen den Wagen und senkte den Kopf.

„Wie viel Zeit ich heute schon vergeudet habe! Erst in dieser schmie-
rigen Kneipe, und jetzt das noch." Die Verzögerung schien ihn maßlos aufzuregen. Er ging zur Kühlerhaube und trat zornig gegen einen
der Reifen.

Auch Aislinn stieg aus und reckte sich. „Gibt es irgendwelche drin-
genden Termine, die wir einhalten müssen?"

„Ja, die gibt es allerdings." Seine wütende Erwiderung ließ sie ver-
stummen. Nach einer Weile seufzte er auf. „Solange wir hier festhän-
gen, können wir die Zeit auch ausnutzen und schlafen. Setzen Sie sich
hinten in den Wagen."

„Ich bin nicht müde", entgegnete sie mürrisch.

„Sie steigen trotzdem in den Wagen!"

Seine Stimme klang wie weit entfernter Donner. Aislinn sah ihn
wütend an, gehorchte aber. Greywolf ließ die vorderen Türen offen
und öffnete auch eine der hinteren Wagentüren. Dann stieg auch er
hinten ein, lehnte sich gegen die einzige geschlossene Tür und spreizte
die Beine. Noch bevor Aislinn erkannte, was er vorhatte, zog er sie zu
sich zwischen seine Beine.

„Lassen Sie mich los", protestierte sie aufgebracht. Sie wand sich,
doch als sie sich dadurch nur noch enger an den Reißverschluss seiner
Jeans presste, hielt sie in der Bewegung inne.

„Ich werde jetzt schlafen. Und Sie auch." Er drückte sie an seine
Brust und schlang die Arme um sie.

Aislinn hatte das Gefühl, als wäre sie von zwei Stahlbändern direkt unterhalb ihrer Brüste gefesselt. Obwohl es nicht wehtat, wusste sie, dass sie in dieser Position nicht einschlafen konnte. Dazu müsste sie sich erst entspannen, und das konnte sie nicht.

„Ich kann doch sowieso nirgendwohin flüchten, Greywolf. Wir sind doch mitten in der Wüste. Lassen Sie mich los."

„Keine Chance. Wenn Sie wollen, kann ich Sie allerdings auch ans Lenkrad fesseln."

„Was glauben Sie denn, was ich tun könnte?"

„Mittlerweile habe ich herausgefunden, dass Sie eine einfallsreiche Frau sind."

„Wir sind mitten im Nichts, und es ist stockdunkel."

„Es gibt immerhin noch den Mond."

Ja, das war ihr aufgefallen. Und Sterne. So viele Sterne hatte sie noch nie am Nachthimmel gesehen. Normalerweise hätte sie diesen Anblick genossen und sich von der zauberhaften Stimmung mitreißen lassen.

Doch an dieser Nacht wollte sie nichts Schönes finden. Später wollte sie sich nur an die schrecklichen Ereignisse erinnern. „Ich müsste wahnsinnig sein, allein loszulaufen, selbst wenn ich wüsste, wo wir jetzt sind."

„Es hat keinen Sinn, weiter auf mich einzureden. Seien Sie ruhig, und lassen Sie mich schlafen."

Der gespannte Tonfall ließ sie auch die Anspannung seines Körpers registrieren. Seine Arme zitterten leicht, und Aislinn bemühte sich, nicht an den Druck über ihrem Po zu denken, wo sie an seine Jeans gepresst wurde.

„Bitte tun Sie das nicht." Sie war bereit, ihn anzubetteln, weil sie wusste, dass sie die Nacht in dieser Lage nicht ertragen konnte. Nicht weil es sie anwiderte, ihm so nah zu sein, sondern weil es sie viel zu wenig anwiderte. „Lassen Sie mich los."

„Nein."

Es war aussichtslos, und Aislinn konzentrierte sich deshalb darauf, sich nicht zu entspannen. Ihr Rücken war starr wie ein Brett. Kurze Zeit später fing jedoch ihr Nacken an zu schmerzen, und als sie überzeugt war, dass Greywolf schlief, ließ sie den Kopf an seine Schulter sinken.

„Sie sind sehr stur, Aislinn Andrews."

Zähneknirschend schloss sie die Augen. Offenbar hatte er ihren Kampf gegen die eigene Schwäche noch genau mitbekommen. „Wenn Sie den Griff etwas lockerten, könnte ich leichter atmen."

„Und besser an das Messer kommen." Schweigend lagen sie eine Weile da, bis er sagte: „Sie sind etwas Besonderes."

„Inwiefern?"

„Bislang habe ich noch mit wenigen Frauen mehr als eine Nacht verbracht."

„Das soll mir jetzt wohl schmeicheln."

„Nein. Ich glaube kaum, dass sich eine Anglo-Jungfrau etwas Schlimmeres vorstellen kann als einen Indianer in Kontakt mit ihrem blütenweißen Körper."

„Sie sind geschmacklos, und eine Jungfrau bin ich auch nicht."

„Waren Sie verheiratet?"

„Nein."

„Hatten Sie Affären?"

„Geht Sie nichts an."

Lieber wollte sie sterben, als ihn wissen zu lassen, dass es in ihrem Leben erst einen Mann gegeben hatte. Das Ganze war eine eher enttäuschende Affäre gewesen, und sie hatte sich lediglich darauf eingelassen, um ihre eigene Neugier zu stillen.

Sie hatte mit diesem Mann kaum geredet, und zwischen ihnen hatte es keine Zuneigung oder Wärme gegeben, nicht einmal sehr viel Leidenschaft. Hinterher war sie enttäuscht gewesen, und sie nahm an, ihrem Partner war es ähnlich ergangen.

Auf eine solche Affäre hatte sie sich nie wieder eingelassen, und mittlerweile glaubte sie, dass sie sexuell kalt war. Die Männer, mit denen sie ausging, machten zwar Annäherungsversuche, doch sie hatte nie Lust, die oberflächliche Bekanntschaft über unregelmäßige Verabredungen zum Essen hinaus zu vertiefen.

Statt jedoch mit ihm über ihr nicht vorhandenes Liebesleben zu reden, fragte sie: „Was ist mit Ihnen? Wie viele ernsthafte Beziehungen haben Sie denn schon hinter sich?"

Entweder war er schon eingeschlafen, oder er wollte nicht mit ihr darüber reden. Jedenfalls kam keinerlei Antwort.

Aislinn schmiegte sich enger an die Wärme.

Im Halbschlaf hörte sie ein tiefes Schnurren wie von einer Raubkatze. Sie streckte sich etwas aus, und als ihr Gehirn endlich die verschiedenen Sinneseindrücke verarbeitet hatte, schreckte sie abrupt hoch und riss die Augen auf.

„Oh nein!", rief sie aus.

„Das ist mein Text", widersprach Lucas Greywolf schläfrig.

Irgendwann in der Nacht hatte sie sich umgedreht, sodass ihre Wange jetzt an seiner nackten Brust lag. Ihre Brüste pressten sich in seine Magengegend, und zwischen den Schenkeln spürte sie den Druck seiner körperlichen Erregung. „Nein!", schrie sie noch einmal auf und rutschte hastig in die andere Ecke der Rückbank. „Es tut mir leid", brachte sie hervor und wandte dabei das Gesicht ab.

„Mir auch", gab er zu, öffnete die Wagentür hinter sich und fiel förmlich aus dem Auto. Lange Zeit stand er nur reglos neben dem Auto. Aislinn brauchte gar nicht zu fragen, was mit ihm los war. Sie konnte es sich denken.

Schließlich ging er nach vorn und öffnete die Kühlerhaube. Er werkelte im Motorraum herum und kam dann wieder nach hinten zu Aislinn. „Ziehen Sie den BH aus."

Verständnislos blickte sie zu ihm hoch. „Wie bitte?"

„Sie haben richtig verstanden. Entweder den BH oder die Bluse. Aber beeilen Sie sich, wir haben schon genug Zeit verloren."

Die Sonne stand bereits hoch am Himmel. Aislinn errötete, als ihr klar wurde, wie tief sie beide geschlafen hatten.

„Entweder Sie ziehen ihn selbst aus, oder ich werde es tun."

„Drehen Sie sich um."

Er stieß ungeduldig die Luft aus, wandte sich dann aber ab. Hastig zog sie das Hemd aus, nahm den BH ab, zog das Hemd wieder an und knöpfte es schnell zu.

„Hier." Sie warf ihm den BH zu. Wortlos verschwand er damit wieder unter der Kühlerhaube. Nach einigen Minuten, die nur von Klappern und Flüchen unterbrochen wurden, knallte er die Motorhaube zu und wischte sich die Hände an den Jeans ab.

„Das sollte für eine Weile halten", sagte er nur.

Doch es hielt nicht sehr lang. Nach knapp dreißig Kilometern Fahrt kamen die ersten weißen Dampfwölkchen aus dem Motorraum. Schließlich wurden die Schwaden immer dichter.

„Wir sollten lieber anhalten, bevor das ganze Auto in die Luft fliegt", schlug Aislinn vor. Seit dem Start hatten sie kein Wort miteinander gesprochen. Aislinn nahm an, dass auch er immer noch an die vertrauliche Position denken musste, in der sie beide aufgewacht waren, und sie konnte seine Schweigsamkeit verstehen.

Die ganze Zeit über versuchte sie schon, die Erinnerungen daran zu verdrängen. Sie spürte noch die weiche Brustbehaarung an den

Lippen, fühlte noch seine Hände, mit denen er ihren Po umfasst hatte, und sie konnte sich glasklar an das wohlige Gefühl der Geborgenheit erinnern, bevor ihr bewusst geworden war, in welcher Situation sie sich befand.

Sein Gesichtsausdruck gab keinerlei Aufschluss über seine Gedanken. Wortlos fuhr er an den Straßenrand und hielt an. „Kommen Sie."

Fragend sah sie ihn an. „Wohin?"

„Zur nächsten Ortschaft."

„Heißt das, wir gehen zu Fuß?", hakte sie ungläubig nach. Um sie herum war nichts, was auf menschliche Behausungen schließen ließ. Am Horizont konnte sie die dunklen Umrisse der Berge sehen. Dazwischen erstreckte sich felsiger Boden, der nur von dem grauen Asphalt der Straße abgelöst wurde.

„Bis jemand vorbeikommt und uns mitnimmt", antwortete Lucas. Mit diesen Worten stieg er aus und ging los. Aislinn blieb keine andere Wahl, als ihm nachzugehen.

Sie wollte nicht dort in dem Wagen allein zurückbleiben. Vielleicht kam Greywolf nicht zurück, und es sah so aus, als könne es Tage dauern, bis ein anderer Wagen hier entlangfuhr. Schon jetzt hatte sie Durst, und die paar Kekse, die von dem Proviant noch übrig waren, würden nicht mehr lange reichen.

Stundenlang schritten sie nebeneinander her. Aislinn musste fast laufen, um mit Lucas Schritt zu halten. Gnadenlos brannte die Sonne auf sie herab, und ein paar Eidechsen, die hin und wieder vor ihnen entlanghuschten, waren das einzige Anzeichen von Leben.

Endlich hörten sie von hinten das Geräusch eines Transporters, der sich ihnen näherte. Noch bevor Greywolf den Arm hob, bremste der Fahrer bereits ab und hielt neben ihnen an. Im Fahrerhaus des alten Wagens saßen drei Navajo-Indianer mit ausdrucksloser Miene, und nach einer kurzen Unterhaltung half Greywolf Aislinn auf die Ladefläche und stieg selbst hinauf.

„Haben sie Sie erkannt?"

„Wahrscheinlich."

„Haben Sie keine Angst, dass sie Sie verraten könnten?"

Sein Kopf fuhr herum, und bei seinem Blick lief ihr trotz der Hitze ein Schauder über den Rücken. „Nein."

„Ah, ich verstehe. Das Ehrgefühl verbietet ihnen, Sie zu verraten."

Greywolf gab sich nicht die Mühe, ihr darauf zu antworten. Stattdessen blickte er nur nach Nordwesten zum Horizont.

Während der Fahrt bis zu einem kleinen schmutzigen Ort schwiegen sie beide sich feindselig an. Es wäre ohnehin schwierig gewesen, sich zu unterhalten. Der heiße Wind machte es Aislinn bereits schwer, überhaupt zu atmen.

Noch am Ortsrand klopfte Greywolf an das Rückfenster der Fahrerkabine, und der Fahrer brachte den Wagen vor einer Tankstelle zum Stehen. Greywolf half Aislinn beim Absteigen. „Besten Dank", rief er dem Fahrer zu, der nur kurz an seine Hutkrempe tippte, bevor er weiterfuhr.

„Und was jetzt?", fragte Aislinn müde. Sie hatte sofort gewusst, dass die Navajo-Indianer keine Hilfe für sie darstellten, doch beim Anblick der Ortschaft hatte sie neue Hoffnung geschöpft.

Diese Hoffnung war ihr jetzt vergangen. Die Straßen wirkten vollkommen verlassen, und außer ein paar Hühnern gab es hier keine Anzeichen von Leben. Der Ort wirkte genauso leblos und abweisend wie die Wüste ringsumher.

Greywolf ging auf das kleine Blechhäuschen der Tankstelle zu, und Aislinn folgte ihm erschöpft. Noch nie in ihrem Leben hatte sie sich so unwohl gefühlt. Ihre Kleidung war verschwitzt, und der Staub juckte überall an ihrem Körper. Ihr Haar hing wirr von ihrem Kopf, und ihre Lippen waren ausgedörrt.

Hoffnungslos seufzte sie auf, als sie das Schild an der Tankstelle entdeckte. „Mittagspause!", beschwerte sie sich dann lauthals.

„Bis fünf Uhr ist sie geschlossen", stellte Greywolf fest.

Neben dem Gebäude war ein schmaler, schattiger Streifen, den Aislinn sofort aufsuchte. Sie lehnte den Kopf zurück und schloss die Augen. Doch beim Klang von splitterndem Glas schreckte sie wieder hoch.

Greywolf hatte eine Scheibe in der Tür eingeschlagen und die Tür von innen geöffnet. Quietschend schwang sie auf, und er ging hinein. Aislinn wäre nie der Gedanke gekommen, absichtlich eine Scheibe einzuschlagen und obendrein noch in ein Gebäude einzubrechen. Dennoch folgte sie Greywolf ins kühle Innere des kleinen Häuschens.

Als ihre Augen sich erst an das Dämmerlicht gewöhnt hatten, erkannte sie, dass dies hier nicht nur eine Tankstelle, sondern auch ein kleiner Laden war. An den Wänden befanden sich voll gepackte Regale.

Greywolf steuerte auf einen altmodischen Getränkeautomaten zu. Er brach das verrostete Schloss auf und nahm zwei Dosen Cola heraus, von denen er eine an Aislinn weiterreichte.

„Ich werde für meine Dose bezahlen", sagte sie entschuldigend.

Er setzte gerade die Dose zum Trinken an. „Ich möchte, dass Sie auch für meine Dose bezahlen. Und auch für die kaputte Glasscheibe und den Kühlschlauch."

Gierig trank sie von der Cola. Es kam ihr vor, als habe sie noch nie etwas so Köstliches getrunken. „Was für ein Kühlschlauch?"

„Um den defekten im Wagen zu ersetzen. So einen hier." Er hielt einen Schlauch hoch, den er aus einer Schublade herausgekramt hatte.

Mit der anderen Hand suchte er weiter nach passendem Werkzeug. Das metallische Klappern machte Aislinn nur noch deutlicher, wie verlassen sie hier beide waren.

Sie kam sich fremd vor in dieser Einsamkeit. Lucas Greywolf schien keine derartigen Gefühle zu kennen. Er nahm sich die nötigen Werkzeuge, als hätte er jedes Recht dazu. Gerade als Aislinn ihre letzte Hoffnung begraben wollte, entdeckte sie das Münztelefon.

Greywolf konnte es noch nicht bemerkt haben, denn er hatte noch nicht in diese Richtung gesehen. Und das Telefon wurde fast vollständig von einem Zeitschriftenregal verdeckt.

Wenn sie ihn dazu brachte, weiter mit ihr zu sprechen, konnte sie vielleicht das Telefon erreichen und einen Anruf tätigen, ohne dass er etwas davon bemerkte. Aber wo war sie hier? Hatte dieser Ort hier überhaupt einen Namen? Möglicherweise befanden sie sich gar nicht mehr in Arizona.

„Fertig?"

Schuldbewusst zuckte sie beim Klang seiner Stimme zusammen. „Ja", sagte sie und reichte ihm die leere Dose. Mit einem Mal war sie hellwach und überlegte fieberhaft, wie sie ihn von dem Telefon ablenken konnte.

„Geben Sie mir etwas Geld." Fordernd streckte er die flache Hand aus.

Eifrig suchte sie aus ihrer Handtasche einen Zwanzigdollarschein hervor. „Das sollte reichen."

Er faltete den Geldschein und steckte ihn unter einen Aschenbecher vor der Kasse. „Hier gibt es auch Waschräume", bemerkte er. „Wollen Sie einen aufsuchen?"

Ja, das wollte sie, aber am liebsten hätte sie Nein gesagt und vorgeschlagen, hier auf ihn zu warten. Andererseits hätte das nur einen Verdacht in ihm geweckt, und sie wollte ihn lieber in dem Glauben lassen, sie habe nicht mehr vor zu fliehen.

„Ja, gern", sagte sie schwach. Schweigend führte er sie aus dem Laden und zur Rückseite des Gebäudes, wo zwei Türen zu den Waschräumen führten. Zögernd betrat sie die Damentoilette. Der Gestank war fast zu viel für sie, und innerlich aufs Schlimmste gefasst, schaltete sie das Licht ein.

Der Anblick war nicht so schlimm, wie sie gedacht hatte, obwohl der Raum sehr schmutzig war. Nach der Toilette benutzte sie das verrostete Waschbecken, und selbst das lauwarme Wasser kam ihr angenehm kühl vor.

Sie schüttelte das Wasser von den Händen und ging zur Tür. Dort schob sie den Riegel zurück und drückte dagegen. Doch die Tür ging nicht auf.

Zuerst dachte sie noch, dass sie vielleicht ziehen oder stärker drücken musste, doch dann wurde sie von Panik erfasst und warf sich mit aller Kraft gegen die Blechtür. Schließlich wurde ihr klar, dass Greywolf die Tür von außen blockiert hatte.

„Greywolf!", schrie sie. „Öffnen Sie die Tür! Sofort!"

„Das werde ich, wenn ich zurückkomme."

„Zurück? Wo wollen Sie denn hin? Wagen Sie es nicht, mich hier eingesperrt zu lassen!"

„Ich muss es tun. Sonst benutzen Sie das Telefon, das Sie so ostentativ übersehen haben. Ich bin so schnell wie möglich wieder hier."

„Wohin gehen Sie?", wiederholte sie verzweifelt. Der Gedanke, auf unbestimmte Zeit hier in dem Waschraum zu bleiben, war grauenhaft.

„Zum Auto. Wenn ich es repariert habe, komme ich hierher zurück und hole Sie ab."

„Sie wollen zurück zum Auto? Wie wollen Sie da hinkommen?"

„Ich werde laufen."

Sprachlos stand sie einen Moment da. Dann kam ihr ein rettender Gedanke. „Sobald der Eigentümer um fünf Uhr kommt, wird er mich finden. Ich werde pausenlos schreien."

„Bis dahin bin ich wieder hier."

„Mistkerl! Lassen Sie mich raus!" Wieder warf sie sich gegen die Tür, die sich allerdings keinen Zentimeter bewegte. „Ich werde hier drin ersticken."

„Sie werden schwitzen, aber nicht sterben. Ruhen Sie sich lieber aus."

„Das werden Sie büßen!"

Von draußen kam keine Antwort mehr. Noch ein paar Mal rief sie seinen Namen, bis ihr klar wurde, dass sie allein war.

Entkräftet lehnte sie sich gegen die Tür und ließ ihren Tränen freien Lauf. Nichts in ihrer Erziehung hatte sie auf solche Situationen vorbereitet. Selbst öffentliche Schulen hatte sie nicht besuchen dürfen, weil sie dort „schlechten Einflüssen" ausgesetzt gewesen wäre. Auf der exklusiven Mädchenschule hatte sie weiter in einer heilen Welt gelebt. Das alles hier kam ihr wie ein einziger Albtraum vor.

Mit sechsundzwanzig Jahren erlebte sie jetzt zum ersten Mal richtige Angst. Was, wenn Greywolf nicht zurückkam? Vielleicht hatte der Eigentümer diese Tankstelle schon vor Wochen aufgegeben?

Sie würde hier verdursten.

Nein, überlegte sie, auch wenn das Wasser nicht das sauberste war, sie würde genug zu trinken haben.

Aber verhungern konnte sie, wenn hier lange Zeit niemand vorbeikam. Sie würde auf Motorengeräusche achten müssen, damit sie auf sich aufmerksam machen konnte.

Ersticken würde sie auch nicht, weil sich hoch unter der Decke ein kleines Fenster befand, das einen Spalt breit geöffnet war. Viel eher jedoch würde sie vor Wut sterben. Wie konnte Greywolf ihr das antun? Während sie in dem kleinen Waschraum hin und her lief, belegte sie Lucas Greywolf mit jedem Schimpfnamen, der ihr einfiel.

Schließlich musste sie wieder daran denken, dass er sie einfallsreich genannt hatte. Irgendwie musste sie hier herauskommen.

Sich weiter gegen die Tür zu werfen, hatte keinen Sinn. Nachdenklich blickte sie sich um, und ihr Blick fiel wieder auf das Fenster.

In einer Ecke stand eine Blechtonne, die anscheinend als Mülleimer diente. Aislinn wollte lieber keinen Blick hineinwerfen, um sich davon zu überzeugen. Mit aller Kraft zerrte sie an der Tonne und schaffte es endlich, sie unter das Fenster zu ziehen.

Als sie auf der Tonne stand, konnte sie gerade das Fenstersims erreichen. Ein paar Minuten versuchte sie angestrengt, sich hochzuziehen, wobei sie mit den Füßen an der glatten Wand nach Halt suchte. Endlich konnte sie sich auf die Ellbogen stützen und riss das Fenster ganz auf. Sie steckte den Kopf nach draußen und atmete tief durch. Eine Weile hing sie nur so aus dem Fenster und erholte sich. Ihre Arme zitterten von der Anstrengung und brauchten dringend diese Pause.

Das Fenster war sehr klein, doch Aislinn glaubte, dass sie es schaffen konnte, hinauszuklettern. Sie zog ein Knie hoch und versuchte sich so zu drehen, dass sie mit den Füßen zuerst nach draußen kam.

Als sie das andere Knie nachzog und beide Füße aus dem Fenster hängte, rutschte sie ab. Sie fiel und riss sich beim Hinausfallen den Arm an einem Nagel vom Handgelenk bis zum Ellbogen auf.

Sie landete zwar auf den Füßen, doch der Boden war uneben. Während sie unwillkürlich den verletzten Arm festhielt, stolperte sie nach hinten und fiel zu Boden, wobei sie mit dem Hinterkopf an einen Stein stieß.

Ein paar Sekunden sah sie nur die gleißende Sonne vor ihren Augen, dann wurde alles um sie herum schwarz.

4. KAPITEL

*L*ucas Greywolf hatte es eilig, zurückzukommen. Er hatte sich die Landschaft genau eingeprägt und wusste, dass es nur noch ein paar Kilometer sein konnten. Ungeduldig trat er das Gaspedal bis zum Anschlag durch.

Zum Glück lief der Wagen wieder einwandfrei. Es war kein Problem gewesen, den Ersatzschlauch einzubauen. Viel schwieriger war der lange Lauf zum Auto gewesen, noch dazu mit dem schweren Werkzeug in den Taschen und dem Kanister Wasser, um das verlorene Kühlwasser wieder aufzufüllen. Er war es gewohnt, lange Strecken zu laufen, und auch die Hitze machte ihm dabei nichts aus. Aber diese zusätzlichen Gewichte störten seinen Laufrhythmus.

Greywolf war dankbar dafür, dass er hier im Wagen einmal in Ruhe nachdenken konnte. Der Wind pfiff ihm durchs Haar, denn wann immer er konnte, fuhr Greywolf mit offenen Fenstern. Die Kühlung der Klimaanlage war nicht nach seinem Geschmack, und nur Aislinn zuliebe war er bislang mit geschlossenen Fenstern gefahren.

Diese Frau.

Er bekam ein schlechtes Gewissen, wenn er daran dachte, dass sie jetzt in dem kleinen Raum eingesperrt war. Was aber hätte er sonst tun sollen? Sie hätte den Weg zurück zum Wagen nicht mehr geschafft, zumindest hätte es noch sehr viel länger gedauert, und ihm blieb nicht mehr viel Zeit.

Wie lange mochte es noch dauern, bis sie ihn einfingen? Würde er noch rechtzeitig kommen? Er musste es einfach schaffen.

Er wusste von vornherein, was ihn dieser Ausbruch kostete, doch das nahm er in Kauf. Er bedauerte lediglich, dass andere auch dafür bezahlen mussten. Nur ungern hatte er den Wächter bewusstlos geschlagen, der in ihm den Freund gesehen hatte. Und es machte ihm auch keinen Spaß, dieser Frau Angst einzujagen. Sie verkörperte alles, was er selbst verachtete. Sie war eine Weiße, und wohlhabend noch dazu. Trotzdem wünschte er sich, er hätte sie da nicht mit hineingezogen.

War das wirklich nötig gewesen?

Verärgert schaltete er das Autoradio ein und drehte die Lautstärke voll auf. Er redete sich ein, dass er nur auf Nachrichten wartete, doch im Grunde wollte er nur seine Gedanken an diese Frau verdrängen.

Wieso hatte er sich diese Verantwortung aufgeladen? Er hätte sie doch nur bewusstlos schlagen und ihr Haus verlassen müssen. Bis sie zu sich gekommen wäre und die Polizei alarmiert hätte, wäre er längst verschwunden gewesen.

Dummerweise war er dort geblieben und hatte sich mit dieser Frau abgegeben. Die Dusche war nicht zwingend notwendig gewesen, und einen Schlafplatz hätte er auch sonst irgendwo gefunden.

Und wenn er schon über Nacht geblieben war, wieso war er dann nicht wenigstens im Morgengrauen verschwunden? Vielleicht wäre sie erst Stunden nach ihm aufgewacht.

Statt vernünftig zu handeln, hatte er dagelegen und diese schöne blonde Frau angesehen. Es war ihm schwergefallen, ihrer Schönheit zu widerstehen, noch dazu, wo es so lange her war, dass er eine Frau zu Gesicht bekommen hatte. Fast berauscht hatte er ihren Duft eingeatmet.

Und dann hatte er sie auch noch mitgenommen. Dabei hatte er ihr nie etwas antun wollen.

Was sollte das dann mit dem Messer? Die ewigen Drohungen? Wieso hatte er sie sich ausziehen lassen? Er redete sich ein, dass er sich mit den Drohungen nur absichern wollte und dass er sich einfach zu sehr danach gesehnt hatte, eine nackte Frau zu sehen.

Andererseits hatte er sie begehrt, und er hatte bisher noch nie den Wunsch gehabt, mit einer weißen Frau zu schlafen.

Er würde sein Begehren unter Kontrolle halten. Wenn er diese Frau nur in seiner Nähe hatte, reichte ihm das völlig. Jedenfalls redete er sich das ein. Immer wieder rief er sich in Erinnerung, aus welchen Gründen er die Weißen verachtete.

Sie war reich und charakterlich bestimmt verdorben. Diesen Rühr-mich-nicht-an-Blick kannte er nur zu gut aus der Schulzeit und vom College. Mädchen wie Aislinn Andrews flirteten vielleicht mit Indianern, aber auf mehr ließen sie sich nicht ein. Und wenn sie mit einem Indianer schliefen, dann nur, um vor ihren Freundinnen damit zu prahlen. Danach verhielten sie sich kühler und abweisender denn je.

Diese Frau allerdings war zäh, das musste er ihr zugestehen. Sie wirkte die meiste Zeit über sehr gefasst, egal, was er ihr antat.

Er musste fast schmunzeln, als er daran dachte, wie Aislinn sie beide durch die Straßensperre geschleust hatte. Warum hatte sie das getan?

Nach der letzten Nacht war er sich nicht mehr so sicher, ob er es schaffen würde, sie körperlich in Ruhe zu lassen. Die Stunden im „Tumbleweed" waren Himmel und Hölle zugleich gewesen. Ein paar Mal hatte er sich danach gesehnt, ihr einen richtigen Kuss zu geben und mit der Zunge ihren Mund zu erforschen.

Es hatte sich gut angefühlt, ihren Körper zu spüren. Und dann heute früh, als er ihren Atem an der Brust gespürt hatte, ihre Brüste und ihre Schenkel …

Nein, er musste sie gehen lassen.

Er würde den Wagen voll tanken, nachsehen, ob es ihr gut ging, und dann eine Nachricht für den Tankstellenbesitzer hinterlegen, damit er Aislinn fand. Sie würde der Polizei nicht sagen können, wohin er verschwunden war. Die ungefähre Richtung seiner Flucht kannten sie ohnehin schon. Über kurz oder lang würde er gefasst werden.

Greywolf hoffte nur, dass er bis dahin erledigt hatte, weswegen er ausgebrochen war.

Beim Anblick der Ortschaft gab er noch einmal Gas. Jetzt, wo er entschieden hatte, die Frau freizulassen, wollte er es hinter sich bringen und verschwinden. Er würde ihren Wagen mitnehmen müssen, aber für eine Frau wie sie würde es kein Problem sein, einen anderen Wagen zu bekommen.

Er hielt vor der Zapfsäule der Tankstelle, und während der Tank voll lief, überprüfte er den Kühlwasserstand. Rasch reinigte er noch die Scheiben und prüfte den Reifendruck. Er beeilte sich, um so schnell wie möglich wegzukommen.

Schließlich ging er um das Gebäude herum zu den Toiletten. Er entfernte den Stahlträger von der Tür und klopfte laut an. Als er keine Antwort hörte, rief er nach Aislinn.

„Antworten Sie mir. Ich weiß, dass Sie da drin sind. Das ist doch lächerlich."

Nachdem er ein paar Sekunden gelauscht hatte, öffnete er die Tür. Fast hoffte er, dass sie ihn überlisten wollte, doch innerlich wusste er, dass der Raum leer war.

Hitze und Gestank schlugen ihm entgegen, und sofort fiel ihm das offene Fenster auf. Seine Sorge verwandelte sich in ohnmächtige Wut. Diese kleine Schlange war tatsächlich entkommen!

Er stürzte aus dem Waschraum und lief um das Gebäude herum und in den Verkaufsraum, doch auch hier fand er keinerlei Anzeichen dafür, dass Aislinn hier gewesen war.

Die Scherben lagen immer noch auf dem Boden, und der Geldschein steckte nach wie vor unter dem Aschenbecher. Auch in der Staubschicht auf dem Telefonhörer entdeckte er keine Spuren.

Verwirrt schob er die Hände in die Jeanstaschen. Wohin konnte sie gegangen sein? War vielleicht jemand vorbeigekommen, der sie mitgenommen hatte? Hätte sie aber nicht als Erstes telefoniert? Das alles ergab keinen Sinn.

Greywolf ging zurück zum Waschraum.

„Vorsichtig, trinken Sie ganz langsam, sonst werden Sie sich noch verschlucken."

Aislinn genoss das Gefühl, als der erste Schluck der Cola ihre Kehle hinunterlief. Sie richtete sich etwas auf, gab den Versuch jedoch stöhnend auf, als sie rasende Kopfschmerzen bekam.

„Legen Sie sich zurück", sagte die sanfte Stimme. „Das reicht jetzt sowieso fürs Erste."

Sie öffnete die Augen. Greywolf beugte sich über sie, sein Gesicht lag im Schatten und wirkte unergründlich. Dann entdeckte sie, dass die Sonne bereits untergegangen sein musste. Es war dunkel. Aus dem Augenwinkel heraus erkannte sie, dass sie auf dem Rücksitz des Autos lag. Die Fenster waren alle heruntergekurbelt, um die frische Wüstenluft hereinzulassen. Greywolf hockte neben ihr.

„Wo ...", setzte sie an.

„Ungefähr fünfzig Kilometer von der Tankstelle entfernt. Ich habe Verbandszeug dabei."

„Wofür?"

„Sie haben im Schlaf gestöhnt", antwortete er knapp, als würde das alles erklären.

Unter größter Anstrengung streckte sie den Arm aus und griff nach seinem Hemd. „Reden Sie endlich mit mir. Diese indianische Sturheit macht mich langsam verrückt. Wo bin ich, und weswegen brauchen Sie Verbandszeug? Haben Sie mich jetzt doch mit dem Messer verletzt?"

Dieser Gefühlsausbruch kostete sie den Rest ihrer Kraftreserven, und sie sackte wieder zurück. Aber sie blickte Greywolf weiterhin feindselig an, auch wenn sie aus seinem Gesichtsausdruck nichts ablesen konnte.

„Erinnern Sie sich nicht, dass Sie aus dem Fenster gefallen sind?"

Nachdenklich schloss sie die Augen. Jetzt erinnerte sie sich. Die Angst, die Verzweiflung und der Hass auf Greywolf, das alles kam mit einem Mal zurück.

„Ich habe ein paar Aspirin gegen Ihre Kopfschmerzen."

Als sie die Augen wieder öffnete, nahm er gerade zwei Tabletten aus einem Röhrchen. „Wo haben Sie die her?"

„Aus dem Laden. Können Sie sie mit Cola runterspülen?" Sie nickte nur. Er reichte ihr die Tabletten, und sie legte sie sich auf die Zunge. Mit einem Arm stützte Greywolf sie bei den Schultern hoch, während er mit der anderen Hand die Cola-Dose an ihre Lippen hielt.

Als sie geschluckt hatte, ließ er sie langsam wieder auf den Sitz zurücksinken. „Ihre Lippen sind von der Sonne ausgetrocknet." Noch während er das sagte, strich er ihr mit einem Finger, den er mit Lippencreme bedeckt hatte, über die Lippen.

Die Berührung seiner Fingerspitze weckte Empfindungen in ihr, für die sie sich schämte, denn sie ähnelten stark körperlichem Verlangen. Zunächst fuhr er schnell über ihre Lippen, um die Salbe zu verteilen, doch dann wurde er langsamer, und als er erneut ihre Oberlippe entlangstrich, konnte Aislinn kaum noch still halten. Sie fühlte sich von einer Unruhe ergriffen, die nichts mit ihren Verletzungen zu tun haben konnte.

Als er den Finger zurückzog, berührte sie tastend die Lippen mit der Zunge. Die Salbe schmeckte leicht nach Banane und Kokosnuss. „Lecken Sie sie nicht ab", wies Greywolf sie an und blickte unverwandt auf ihren Mund. „Die Lippen sollen doch heilen."

„Danke."

„Danken Sie mir nicht. Ihretwegen wäre ich beinahe gefasst worden."

Beim harten Klang seiner Stimme, der der sanften Berührung völlig widersprach, zuckte Aislinn zusammen. Wie hatte sie sich einbilden können, dieser Mann sei zärtlich zu ihr? Wütend sah sie wieder zu ihm hoch. „Meiner Meinung nach geschieht es Ihnen nur recht, wenn Sie gefasst werden. Besonders, da Sie mich so misshandelt haben."

„Sie sind niemals in Ihrem Leben misshandelt worden, Miss Andrews", erwiderte er abfällig. „Sie wissen nicht einmal, was dieses Wort bedeutet. Als Weiße aus gutem Haus haben Sie bisher schließlich nur die schönen Seiten des Lebens erlebt."

„Was den Indianern angetan wurde, ist nicht meine Schuld." Aislinn wusste, dass seine ganze Verbitterung daher stammte. „Klagen Sie jeden Weißen deshalb an?"

„Ja", stieß er wütend hervor.

„Und was ist mit Ihnen selbst?", rief sie zurück. „Sie sind auch kein reinrassiger Indianer. Sind Sie selbst auch zur Hälfte verdorben?"

Wütend umfasste er ihre Schultern und drückte sie auf den Sitz hinunter. Sein Blick war kalt. „Ich bin Indianer", flüsterte er und unterstrich jedes Wort damit, dass er Aislinn leicht schüttelte. „Vergessen Sie das niemals."

Sie wusste, dass sie das nicht konnte. Die Wut in seinem Blick löschte jede Hoffnung in ihr aus, dass er ihr gegenüber etwas nachgiebiger wurde. Er war gefährlich, und sie zitterte verschüchtert, als er sich über sie beugte.

Das ärmellose Hemd, das Lucas trug, ließ seine muskulösen Arme in Aislinns Augen hart wie Stein wirken. Die meisten der Knöpfe waren offen, und seine nackte Brust hob und senkte sich bei jedem seiner hastigen Atemzüge. Der kräftige Hals betonte die versteinerte Reglosigkeit seines wütenden Gesichts noch mehr.

Fast drohend blitzte der silberne Ohrring auf, und das Kreuz an seiner Halskette pendelte höhnisch hin und her. Der Duft, der von Greywolf ausging, war eine Mischung aus Sonne, Schweiß und Männlichkeit.

Jede Frau mit einem Rest gesunden Menschenverstand hätte sich gehütet, diesen wutentbrannten Mann durch weitere Bemerkungen noch mehr zu reizen. Aislinn war klüger als der Durchschnitt, sie wagte nicht einmal zu blinzeln.

Allmählich entspannte er sich ein bisschen. „Ich sollte Ihren Arm lieber verbinden, bevor die Wunde sich entzündet." Er sprach vollkommen teilnahmslos, als hätten sie sich nie gestritten.

„Mein Arm?" Erst als Aislinn versuchte, den Arm zu bewegen, stellte sie fest, dass er schmerzte. Jetzt fiel ihr auch wieder der schmerzhafte Augenblick während ihres Sturzes ein.

„Sehen Sie", sagte er nur, als er ihr schmerzverzerrtes Gesicht bemerkte. „Lassen Sie mich mal machen." Er stützte sie hoch und half ihr, sich halb aufzusetzen. Als seine Hände zu den Knöpfen ihrer Bluse glitten, hielt Aislinn unwillkürlich die Bluse vor ihrer Brust verkrampft zu. Greywolf sah sie eindringlich an. „Sie müssen sie ausziehen, Aislinn."

Sie sah an sich hinunter und stellte erschreckt fest, dass der Ärmel blutdurchtränkt war. „Das … das wusste ich nicht." Innerlich wehrte sie sich gegen das Schwindelgefühl, das sie ergriff.

„Ich musste dringend weg von der Tankstelle, deshalb habe ich Sie nur auf den Rücksitz gelegt. Jetzt sind wir weit genug entfernt, sodass ich mir Ihren Arm genauer ansehen kann."

Schweigend blickten sie einander in die Augen. Ihr kam es wie eine Ewigkeit vor, bis Greywolf ungeduldig den Kopf schüttelte. „Wie gesagt, ich brauche Sie als Sicherheit."

Wieder fuhr er mit den Händen zu den Knöpfen ihrer Bluse, und diesmal wehrte sie sich nicht. Rasch und nüchtern öffnete er die Bluse, und Aislinn errötete, als ihre Brüste allmählich entblößt wurden. Doch sein Gesicht verriet nichts von seinen Gedanken.

Als er ihr die Bluse von den Schultern schob, wurden seine Bewegungen vorsichtiger und sanfter. Zuerst zog er den unverletzten Arm aus der Bluse und dann langsam den linken mit der Wunde.

Aislinn stöhnte auf, als der blutverkrustete Stoff sich von der Wunde löste.

„Tut mir leid." Bevor sie sich darauf vorbereiten konnte, riss er den Stoff schon mit einem Ruck herunter. „Das ist immer noch der schmerzloseste Weg. Es tut mir wirklich leid."

„Ich weiß. Schon in Ordnung." Tränen traten ihr in die Augen, aber sie kämpfte dagegen an. Einen Augenblick betrachtete er nur ihre Augen, als sei er gefesselt von dem Anblick. Vielleicht wollte er aber auch nur prüfen, ob eine weiße Frau sich zu Tränen und Jammern hinreißen lassen würde.

Dann zog er Aislinn unvermittelt hoch und zog ihr die Bluse vom Rücken. Eine Sekunde lang berührten ihre Brüste seinen Brustkorb.

Unzählige Empfindungen durchschossen sie gleichzeitig. Ihre Brustspitzen fühlten sich an seiner muskulösen Brust noch zarter an, und sie spürte seine Brusthaare, die ihre Haut kitzelten. Seine Haut war warm.

Sie taten beide so, als hätten sie die flüchtige Berührung nicht wahrgenommen, doch Greywolfs Gesicht wirkte noch angespannter, als er Aislinn langsam wieder auf den Autositz herabließ.

Die wieder aufgerissene Wunde zog sich über den gesamten Unterarm und blutete. Greywolf warf die Bluse zur Seite und holte aus einer Papiertüte ein Päckchen mit Verbandszeug und eine Flasche mit einer keimtötenden Flüssigkeit. „Es wird sehr stark brennen", sagte er, während er die Flasche öffnete und einen Wattebausch tränkte. „Sind Sie bereit?"

Aislinn nickte. Er hob ihren Arm und strich mit der Watte über die Wunde. Unwillkürlich zog sie die Knie an und stieß die Luft aus. Jetzt konnte sie die Tränen nicht länger zurückhalten. Er rieb die ganze Wunde ab und presste die Watte dann auf die Stellen, an denen der Nagel tiefer eingedrungen war.

„Oh, bitte", stöhnte sie auf und schloss vor Schmerz die Augen.

Rasch verschloss er die Flasche wieder, hob Aislinns Arm noch höher und blies sacht über die Wunde. Mit einer Hand hielt er ihr Handgelenk, während er sich mit der anderen neben ihrem Kopf abstützte. Aislinn beobachtete sein Gesicht und seine Wangen, die sich blähten, wenn er mit seinem Atem ihre Haut kühlte. Seine Lippen waren dicht an ihrem Arm. Als er langsam den Kopf parallel zu ihrer Wunde bewegte, kam er ihren Brüsten immer näher.

Schließlich spürte sie den Lufthauch auch an ihren Brustspitzen, die sich augenblicklich aufrichteten. Als Greywolf das bemerkte, zuckte er zusammen, als wolle er den Kopf heben. Doch stattdessen neigte er den Kopf noch tiefer und blies erneut. Diesmal noch sanfter und direkt auf ihre Brustknospe.

Genau wie er verharrte auch Aislinn vollkommen still. Er sah sie an, und sie erkannte die Lust in seinem Blick. Er neigte sich zu ihr, doch er berührte sie nicht.

Sie wagte nicht, sich zu bewegen, obwohl die Versuchung stark war. Dem Drang, ihm mit den Fingern durchs Haar zu streichen und ihn zu sich zu ziehen, konnte sie kaum widerstehen. Eine ungeahnte Woge der Zärtlichkeit überkam sie. So ein starkes Gefühl hatte sie noch nie empfunden. Sie sehnte sich mit einem Mal danach, eins mit ihm zu werden und mit ihm zu schlafen. Obwohl sie ihn eigentlich hassen sollte.

Wieso hatte er sie nicht an der Tankstelle zurückgelassen? Und warum hatte er seine knappe Zeit damit verbracht, Aspirin und Verbandszeug zu suchen? Besaß er doch so etwas wie menschliches Mitgefühl? Vielleicht war seine abweisende Haltung nur eine Schutzreaktion auf die ganzen Ungerechtigkeiten, die er erlebt hatte.

Ihr Gesichtsausdruck verriet, wie empfänglich und verletzlich sie in diesem Moment war. Schlagartig wirkte seine Miene wieder wie versteinert. „Sehen Sie mich nicht so an", warnte er sie leise.

Verständnislos schüttelte sie den Kopf. „Was meinen Sie?"

„Als hätten Sie vergessen, dass ich lange im Gefängnis war. Wollen Sie wissen, ob ich Sie begehre?", fragte er barsch. „Ja, das tue ich." Sein Griff wurde wieder stahlhart. „Ich begehre Sie. Ihren ganzen Körper möchte ich berühren, ich möchte an Ihren Brustspitzen saugen und so tief in Sie eindringen, dass ich Ihren Herzschlag spüre. Und wenn Sie nicht wollen, dass das geschieht, sollten Sie mich besser nicht wieder so ansehen, Miss Andrews."

Wie hatte sie nur glauben können, dass er so etwas wie menschliches Mitgefühl besaß? Wütend auf ihn und auf sich selbst, bedeckte sie mit dem freien Arm ihre Brüste. „Bilden Sie sich bloß nichts ein", zischte sie ihn an. „Lieber würde ich sterben."

„Das glaube ich." Er lachte auf. „Aber verbluten sollen Sie nicht. So weit lasse ich es nicht kommen."

Sie wandte den Kopf ab, während er ihr einen Verband um den Unterarm anlegte. Anschließend packte er das restliche Verbandszeug und das Medikament wieder in den Papierbeutel.

Furchtsam riss sie die Augen auf, als er wieder nach dem Messer griff, aber er benutzte es lediglich, um die Ärmel aus ihrer Bluse herauszutrennen. Dann warf er ihr das zerstörte Kleidungsstück zu.

„Ziehen Sie das wieder an. Wir haben genug Zeit vergeudet." Er stieg aus und ging zum Fahrersitz herum.

Wütend schwieg Aislinn und starrte auf seinen Hinterkopf, während Greywolf losfuhr. Dutzende von Fluchtmöglichkeiten gingen ihr durch den Kopf, doch sie verwarf jede von ihnen sofort wieder. Selbst wenn es ihr gelingen sollte, Greywolf zu überwältigen, wusste sie nicht, wo sie sich befände. Sie hatte keine Ahnung, in welcher Richtung sie auf Menschen treffen würde, und wenn das Benzin ausging, wäre sie vollkommen hilflos.

So gab sie den Gedanken an Flucht auf und blieb reglos sitzen, bis sie vor Erschöpfung schließlich wieder einschlief.

Aislinn wachte auf, als Greywolf den Wagen anhielt. Mühsam richtete sie sich auf und versuchte, in der Dunkelheit ringsum etwas zu erkennen.

Greywolf warf ihr nur einen flüchtigen Blick zu, bevor er aus dem Wagen stieg. Er ging einen Pfad zu einem kleinen Haus entlang. In der Dunkelheit konnte sie die Umrisse nur undeutlich erkennen, dennoch sah sie, dass es von Indianern erbaut war. Nur durch das Licht, das in dem Häuschen brannte, konnte sie überhaupt etwas davon erkennen.

Die Hütte lag an einem Berghang, und selbst das Blechdach lag im Schatten des Bergs, während die übrige Landschaft silbern im Mondlicht schimmerte.

Einerseits war es Neugier und andererseits die Angst, in dieser seltsamen, verzauberten Umgebung allein gelassen zu werden. Jedenfalls stieg Aislinn aus und ging Greywolf nach. Sie hatte Mühe, nicht ständig über Steine und Geröll auf dem schmalen Weg zu stolpern.

Noch bevor er die Hütte erreichte, kam eine Person nach draußen, die von den Umrissen her viel kleiner war als er. Es war eine Frau.

„Lucas!"

Es klang wie ein freudiger Aufschrei, und die Frau rannte Greywolf entgegen. Sie warf sich an ihn, und er schloss sie in die Arme. Beschützend beugte er sich über die kleine, zierliche Frau.

„Lucas, warum hast du das bloß getan? Wir haben im Radio davon gehört und im Fernsehen dein Bild gesehen."

„Du weißt, warum. Wie geht es ihm?"

Er schob die Frau etwas von sich und sah ihr prüfend ins Gesicht. Traurig schüttelte sie den Kopf. Ohne ein weiteres Wort führte Greywolf sie am Arm zurück zur Tür.

Gespannt folgte Aislinn ihnen und betrat zum ersten Mal eine Indianerhütte. In dem einzigen Raum war es sehr heiß. Im Kamin brannte ein Feuer, und der Rauch drang durch ein Loch im Blechdach nach draußen. Brennende Petroleumlampen stellten die einzige Beleuchtung dar. Auf einem großen, rechteckigen Tisch mit vier alten Stühlen darum standen eine Kanne Kaffee und einige zerbeulte Blechtassen. In einer Ecke des Raums war ein Waschbecken mit einer handbetriebenen Wasserpumpe.

Der Boden bestand aus gestampfter Erde, und nicht weit vom Eingang war er mit einer schönen Sandmalerei verziert. Aislinn konnte die verschlungenen Muster nicht deuten, doch sie wusste, dass diese Malereien zu Heilzwecken dienten.

An der gegenüberliegenden Wand war in einer Nische ein schmales Bett, das mit indianischen Stoffen bedeckt war. Greywolf kniete neben dem Bett, in dem ein alter Indianer lag. Sein eingefallenes Gesicht wurde von langen grauen Haarsträhnen eingerahmt. Mit den alten, knorrigen Händen krallte er sich in die Decken. Seine Augen glänzten fiebrig, während er zu Greywolf hochsah. Leise sprach er zu ihm in einem indianischen Dialekt.

Außer ihnen befanden sich noch zwei Personen in dem Zimmer – die Frau, die Greywolf begrüßt hatte, und dann noch ein Mann, ein Weißer. Er war mittelgroß und hatte schütteres braunes Haar. Seine Schläfen waren grau, und Aislinn schätzte ihn auf ungefähr fünfzig Jahre. Gedankenverloren blickte er zu Lucas und dem alten Mann.

Aus Gründen, über die sie lieber nicht näher nachdenken wollte, hatte Aislinn es bislang vermieden, die Frau genauer anzusehen. Das holte sie jetzt nach. Sie war eine schöne Indianerin. Hohe Wangenknochen, tiefschwarzes Haar, das glatt bis zu den Schultern reichte, und lebhafte dunkle Augen. Sie war wie eine Weiße gekleidet und trug ein einfaches Baumwollkleid, flache Schuhe und schlichten Schmuck. Ihre

Kopfhaltung verlieh ihr eine elegante Ausstrahlung, und ihr Körper war schlank und weiblich.

Greywolf presste die Stirn fest gegen die abgearbeiteten Hände des alten Mannes und wandte sich dann an den Mann am Fuß des Bettes. „Hallo, Doc."

„Lucas, du Dummkopf."

Ein flüchtiges Lächeln zog sich über Lucas' Gesicht. „Eine nette Begrüßung nenn ich das."

„So etwas Verrücktes. Aus dem Gefängnis ausbrechen!"

Greywolf zuckte nur mit den Schultern und blickte wieder auf den alten Mann. „Er sagt, er habe keine Schmerzen."

„Ich habe es für ihn so bequem wie möglich gemacht", sagte der andere Mann. „Obwohl ich ihn gedrängt habe, wollte er nicht ins Krankenhaus."

„Er will hier sterben", sagte Lucas. „Das ist wichtig für ihn. Wie lange noch?", fragte er heiser.

„Bis zum Morgen. Vielleicht."

Die Frau fing an zu zittern, gab jedoch keinen Laut von sich. Greywolf ging zu ihr und nahm sie in die Arme. „Mutter."

Sie ist seine Mutter! dachte Aislinn bestürzt. Die Frau sah so jung aus, viel zu jung, um einen Sohn in Lucas' Alter zu haben.

Er sprach ihr leise ins Ohr, und Aislinn nahm an, dass er sie zu trösten versuchte. Entgeistert stellte sie fest, dass der Mann, der sich in den vergangenen zwei Tagen so kalt und teilnahmslos verhalten hatte, tatsächlich Mitgefühl zeigte. Diese Empfindungen zeigten sich auch auf seinem sonst so hart wirkenden Gesicht. Als er schließlich hochblickte, sah er Aislinn, die nach wie vor reglos in der Tür stand.

Sanft schob er seine Mutter von sich und wies mit dem Kinn in Aislinns Richtung. „Ich habe eine Geisel mitgebracht."

Diese Äußerung ließ seine Mutter herumfahren und Aislinn ansehen. Furchtsam legte sie eine Hand an die Brust. „Eine Geisel? Lucas!"

„Hast du den Verstand verloren?", fragte der Doktor verärgert. „Mensch, weißt du nicht, dass sie überall nach dir suchen?"

„Das habe ich mitbekommen", sagte Greywolf leichthin.

„Sie werden dich so schnell wieder ins Gefängnis bringen, dass du nicht mal mitbekommst, was mit dir geschieht. Und diesmal wird es für eine lange Zeit sein."

„Das Risiko musste ich eingehen", sagte Lucas nur. „Ich habe um die Erlaubnis gebeten, meinen Großvater noch einmal zu sehen, bevor er stirbt. Mein Antrag wurde abgelehnt. Es nützt eben nichts, nach ihren Regeln zu spielen. Mittlerweile habe ich dazugelernt. Frag nicht lange, sondern handle."

„Oh, Lucas." Seine Mutter seufzte und sank auf einen Stuhl. „Vater hätte verstanden, dass du nicht hier sein kannst."

„Aber ich habe es nicht verstanden", erwiderte Lucas wütend. „Was hätte es für einen Unterschied gemacht, wenn sie mich ein paar Tage freigelassen hätten?"

Die drei schwiegen, weil niemand von ihnen eine Antwort darauf wusste. Schließlich kam der eine Mann auf Aislinn zu und reichte ihr die Hand. „Ich bin Dr. Gene Dexter."

Sie mochte ihn sofort. Er sah unauffällig aus, aber seine Art war beruhigend und gutmütig. Aber vielleicht erschien ihr das auch nur so im Gegensatz zu Lucas Greywolf. „Aislinn Andrews."

„Sie kommen aus …?"

„Scottsdale."

„Sie wirken erschöpft. Wollen Sie sich nicht setzen?"

Gene Dexter bot ihr einen Stuhl an, und sie setzte sich dankbar. „Vielen Dank."

„Dies ist Alice Greywolf", stellte Gene Dexter die Frau vor.

„Ich bin Lucas' Mutter", sagte sie und beugte sich vor. Ernsthaft sah sie Aislinn an. „Werden Sie uns jemals vergeben, was geschehen ist?"

„Ist er Ihr Vater?", erkundigte Aislinn sich vorsichtig und wies auf den alten Mann im Bett.

„Ja, Joseph Greywolf." Alice nickte.

„Es tut mir leid."

„Danke."

„Kann ich Ihnen etwas anbieten?", fragte Dr. Dexter nach.

Müde seufzte sie auf und lächelte schwach. „Sie können mich nach Hause bringen."

Verächtlich stieß Greywolf die Luft aus. „Es war für Miss Andrews eine unangenehme Überraschung, als sie vorgestern Abend nach Hause kam und entdeckte, dass ich etwas aus ihrem Kühlschrank gegessen hatte."

„Du bist bei ihr eingebrochen?" Ungläubig sah Alice zu ihm hoch.

„Ich bin ein Krimineller, Mutter. Hast du das vergessen? Ein Sträfling auf der Flucht." Er schenkte sich einen Becher Kaffee ein. „Entschuldigen Sie mich." Er lächelte Aislinn verkrampft zu und wandte sich dann wieder dem Bett zu.

„Er ist aus dem Gefängnis geflohen, in mein Haus eingebrochen und hat mich als Geisel mitgenommen, damit er hier seinen Großvater sehen kann, bevor er stirbt?" Aislinn konnte das einfach nicht fassen. Wenn sie daran dachte, wie sehr Greywolf ihr Angst gemacht hatte, wie er sie mit dem Messer bedroht und sie gedemütigt hatte, dann wollte sie am liebsten aufspringen, ihn an seinen Haaren reißen und ihn mit aller Kraft ohrfeigen.

Sie hatte sich all dem gefügt, weil sie ihn für gewalttätig gehalten hatte. Wenn sie ihn jetzt ansah, wie er sich über den sterbenden Mann beugte und leise auf ihn einredete, während er ihm über die Stirn strich, zweifelte sie daran, dass er einer Fliege etwas zuleide tun konnte.

Aislinn sah wieder zu den beiden Leuten am Tisch, die sie ansahen, als komme sie aus einer anderen Welt. „Ich verstehe das alles nicht."

Alice Greywolf lächelte sanft. „Mein Sohn ist auch nicht leicht zu verstehen. Er handelt oft unüberlegt und ist aufbrausend. Aber im Grunde ist er ein netter Kerl."

„Ich würde ihm am liebsten den Hintern versohlen, weil er diese junge Frau hier noch mit hineingezogen hat", sagte Dr. Dexter. „Wieso macht er es sich selbst noch schwerer, indem er Miss Andrews entführt?"

„Du kennst ihn doch, Gene", sagte Alice aufseufzend. „Wenn er es sich erst mal in den Kopf gesetzt hat, hierherzukommen, bevor Vater stirbt, lässt er sich durch nichts aufhalten." Besorgt sah sie Aislinn an. „Er hat Ihnen doch hoffentlich nichts angetan?"

Sie zögerte mit der Antwort. Sollte sie ihnen erzählen, dass er sie erniedrigt hatte, indem er sich vor ihr auszog, um zu duschen? Dass er sie danach gezwungen hatte, sich auch auszuziehen, und sie dann ans Bett gefesselt hatte? Er hatte sie zwar oft beleidigt und mit Worten verletzt, aber körperlich hatte er ihr nichts angetan.

„Nein", entgegnete sie ruhig. Verwirrt blickte sie auf ihre verkrampften Hände. Jetzt nahm sie ihn schon wieder in Schutz, warum nur?

„Ihr Arm ist verbunden", stellte Gene fest.

„Ich habe mich verletzt, als ich aus einem Waschraum herauswollte ... Er hatte mich eingeschlossen."

„Was?"

Aislinn erzählte alles von Anfang an, wobei sie über die persönlicheren Einzelheiten hinwegging und den Zwischenfall an der Straßensperre ausließ. „Lucas hat meinen Arm vor ungefähr einer Stunde verbunden."

„Wir sollten lieber nachsehen", beschloss Gene und pumpte Wasser in das Waschbecken. Dann wusch er sich die Hände. „Alice, bitte hol meine Tasche. Wir sollten Miss Andrews eine Tetanusspritze geben."

Eine halbe Stunde später ging es Aislinn besser. Die Wunde an ihrem Arm war kaum mehr als ein Kratzer. Sie hätte sich an dem Waschbecken frisch gemacht und sich das Haar gebürstet. Alice hatte ihr eine bestickte Bluse und einen indianischen Rock geliehen. „Es ist sehr nett von Ihnen, hier zu warten, bis ... bis Vater stirbt."

Aislinn knöpfte sich die Bluse zu. „Ich hatte damit gerechnet, in irgendeinem Unterschlupf zu landen." Sie blickte zum Bett, wo Gene und Lucas sich um den alten Mann kümmerten. „Ich verstehe nicht, weshalb er mir nicht gleich gesagt hat, weswegen er geflohen ist."

„Mein Sohn verhält sich oft abweisend."

„Er ist sehr misstrauisch."

Kurz legte Alice Aislinn eine Hand auf den Arm. „Wir haben noch warme Suppe. Möchten Sie einen Teller?"

„Ja, gern." Jetzt erst wurde ihr klar, was für einen Hunger sie hatte. Alice saß ihr am Tisch gegenüber, während sie aß. Aislinn nutzte die Gelegenheit, um Alice Fragen über Lucas zu stellen, die sie schon früher beschäftigt hatten.

„Heißt das, er hat eine dreijährige Haftstrafe für ein Verbrechen abgesessen, das er nicht begangen hat?"

„Ja", antwortete Alice. „Lucas hat diese Demonstration vor dem Gerichtsgebäude in Phoenix lediglich organisiert. Er bekam die Erlaubnis dazu, und niemand sah voraus, dass es zu Gewalttätigkeiten kommen könnte."

„Was ist geschehen?"

„Ein paar Mitdemonstranten, die viel radikaler in ihren Ansichten sind als Lucas, fingen damit an. Bevor Lucas etwas unternehmen konnte, zerstörten sie bereits öffentliches Eigentum. Bei den anschließenden Ausschreitungen und Straßenkämpfen wurden einige Leute verletzt, auch ein paar Polizisten."

„Ernstlich verletzt?"

„Ja. Und weil er bereits ein bekannter Anführer war, wurde Lucas als Erster verhaftet."

„Wieso hat er denn vor Gericht nicht angegeben, dass er versucht hat, die Leute aufzuhalten?"

„Er hat sich geweigert, die Namen der Verantwortlichen preiszugeben. Vor Gericht hat er sich selbst verteidigt, aber ich denke, für die

Richter und die Geschworenen stand das Urteil schon zu Beginn der Verhandlung fest. Es gab einen großen Presserummel um das Urteil. Er wurde schuldig gesprochen, und die Strafe war unverhältnismäßig schwer."

„Hätte er sich nicht lieber einen Anwalt nehmen sollen?", fragte Aislinn nach.

Alice lächelte. „Mein Sohn hat Ihnen wirklich nicht viel von sich erzählt, oder?" Aislinn schüttelte den Kopf. „Er ist selbst Anwalt."

Sprachlos sah Aislinn Lucas' Mutter an. „Anwalt?"

„Jetzt hat er allerdings Berufsverbot", wandte Alice traurig ein. „Deshalb ist er so verbittert. Er wollte unseren Leuten mit rechtlichen Mitteln helfen. Das ist ihm nun nicht mehr möglich."

Aislinn konnte die Neuigkeiten gar nicht so schnell verdauen. Anscheinend steckte viel mehr hinter Lucas Greywolf, als sie angenommen hatte. Sie sah zum Bett. Gerade in diesem Moment stand er auf und drehte sich zum Tisch um. Tröstend legte Gene ihm eine Hand auf die Schulter.

„Sie sprechen von ‚unseren Leuten'." Aislinn sah Alice prüfend an. „Anscheinend bedeutet Ihnen Ihr indianisches Erbe sehr viel. Nennen Lucas und Sie sich deshalb Greywolf?"

„Welchen Namen sollten wir denn sonst annehmen?", fragte Alice völlig verblüfft.

„Na, Dexter." Auch Aislinn wirkte jetzt verwundert. „Ist Gene denn nicht Lucas' Vater?"

Alle drei sahen Aislinn starr an. Dann errötete Alice und blickte weg. Gene Dexter räusperte sich unbehaglich. Nur Lucas antwortete ihr schließlich.

„Nein, das ist er nicht."

„Alice, Joseph fragt nach dir", sagte Gene sanft und legte Alice den Arm um die Schultern. Beide drehten sich zum Bett um.

Aislinn wünschte, sie würde im Erdboden versinken. „Ich ... ich dachte, weil ... weil Sie nur zur Hälfte Indianer sind ..."

„Ja, da haben Sie sich geirrt." Greywolf ließ sich auf einen der Stühle fallen. „Was tun Sie hier eigentlich noch? Ich war sicher, dass Sie Gene längst dazu gebracht hätten, Sie zurück in die Zivilisation zu fahren."

„Er hat hier Wichtigeres zu tun. Zum Beispiel muss er sich um Ihren Großvater kümmern."

Spöttisch sah er Aislinn an. „Vielleicht gefällt Ihnen dieses Leben unter Kriminellen auch, und Sie wollen gar nicht mehr zurück?"

Erbost blickte sie ihn an. „Natürlich will ich nach Hause. Aber ich bin nicht so gefühllos und selbstsüchtig, wie Sie denken."

„Und das heißt?"

„Das heißt, ich habe Verständnis für Sie und Ihre Mutter. Anstatt ständig mit diesem Messer herumzufuchteln, hätten Sie bloß zu sagen brauchen, was Sie vorhaben. Dann hätte ich Ihnen geholfen."

Abfällig lachte er auf. „Eine hübsche, gesetzestreue Bürgerin wie Sie, die einem ausgebrochenen indianischen Sträfling bei der Flucht hilft? Das bezweifle ich. Aber ich konnte ohnehin nicht auf Ihre Warmherzigkeit zählen. Ich habe gelernt, misstrauisch zu sein." Er beugte sich über den Tisch vor. „Ist noch Suppe übrig?"

Als sie ihm aus dem Topf Suppe auf einen Teller schöpfte, stellte sie fest, dass sie immer noch nichts über Lucas' Vater wusste. Offenbar sprach er nicht gern über seine weiße Herkunft, und das machte es für Aislinn noch interessanter.

Er löffelte die heiße Suppe. Ohne zu fragen, schenkte Aislinn ihm Kaffee ein. Noch vor ein paar Stunden wollte sie nichts sehnlicher, als von diesem Mann fortzukommen. Jetzt rückte sie einen Stuhl zurecht und setzte sich Lucas gegenüber. Fragend blickte er sie an, aß dann jedoch schweigend weiter.

Er wirkte nicht mehr so bedrohlich. Es fiel Aislinn schwer, sich vor einem Mann zu fürchten, der neben dem Bett seines sterbenden Großvaters niederkniete und sanft auf ihn einredete.

Dennoch war sein Blick weiterhin eiskalt, und die Muskeln unter seiner kupferbraunen Haut wirkten angespannt. Aber irgendetwas war anders an ihm.

Auf Aislinn wirkte er jetzt vielmehr fesselnd. Er unterschied sich grundlegend von den Männern, mit denen ihre Eltern sie bekannt gemacht hatten. Jene Männer waren einer wie der andere. Sie trugen maßgeschneiderte Anzüge in unterschiedlichen Grautönen. Sie gaben sich lebhaft und aufgeschlossen und konnten stundenlang über die verschiedensten Themen reden, wie zum Beispiel den Tennisclub, teure Sportwagen und gemeinsame Bekannte aus der gehobenen Gesellschaft.

Wie langweilig sie alle im Vergleich zu diesem Mann wirkten, der einen silbernen Ohrring trug und heiße Suppe in sich hineinlöffelte, als sei es die letzte warme Mahlzeit, die er für lange Zeit bekommen würde. Dieser Mann hier machte keinen großen Bogen um Schweiß, Schmutz und die grundlegenden Dinge im Leben wie den Tod.

„Sie haben mir nicht erzählt, dass Sie Anwalt sind." Aislinn wusste nicht, wie sie ihn sonst zum Reden bringen sollte, als durch das direkte Ansprechen von Themen.

„Es spielte keine Rolle."

„Sie hätten es dennoch erwähnen können."

„Wieso? Wäre es für Sie leichter gewesen, wenn Sie gewusst hätten, dass Sie von einem Anwalt mit dem Messer bedroht werden?"

„Sicher nicht", erwiderte sie. Damit war die Unterhaltung wieder beendet. Es war unglaublich schwer, Informationen aus ihm herauszubekommen. „Ihre Mutter sagte, Sie hätten ein Stipendium für das College bekommen."

„Sie haben sich anscheinend blendend unterhalten." Er aß weiter seine Suppe. „Warum interessiert Sie das alles?"

Sie hob die Schultern. „Ich ... ich weiß nicht."

„Sie wollen bloß hören, wie es ein armer kleiner Indianer in der weißen Welt zu etwas gebracht hat, stimmt's?"

„Das hätte ich mir denken können, dass Sie sich sofort wieder angegriffen fühlen. Vergessen wir das Ganze." Ärgerlich stand sie auf, um die Teller zum Waschbecken zu tragen, doch er hielt sie an der Hand fest.

„Setzen Sie sich, dann erzähle ich Ihnen alles, wenn es Sie schon so brennend interessiert."

Einen Ringkampf hätte Aislinn gegen Lucas kaum gewonnen, und da er ihre Hand nicht losließ, setzte sie sich wieder. Einen Moment hielt er sie noch fest, bevor er ihre Hand losließ. Aus seinem Blick sprach unverhohlene Verachtung. Unruhig rutschte sie auf dem Stuhl hin und her.

„Ich habe hier im Reservat den Schulabschluss gemacht", setzte er an. Seine Lippen bewegten sich kaum, während er sprach. „Das Stipendium habe ich bekommen, weil ich ein guter Dauerläufer war. Ich habe mich am College in Tucson eingeschrieben. Die Sportkurse sind mir leichtgefallen, aber abgesehen davon war ich einer der schlechtesten Studenten im ersten Semester. Obwohl die Lehrer hier im Reservat ihr Bestes geben, war ich überhaupt nicht auf die Hochschule vorbereitet."

„Sehen Sie mich nicht so an, als müsse ich mich wegen meiner blonden Haare und blauen Augen schämen."

„Jemand wie Sie wird das vielleicht nicht nachvollziehen können, aber wenn man ein Außenseiter ist, nützt es eine ganze Menge, wenn man wenigstens irgendetwas gut kann. Deshalb habe ich gepaukt und gepaukt, während Sie und Ihre Leute sich wahrscheinlich auf irgendwelchen Partys amüsiert haben."

„Sie wollten einer der Besten werden."

Er stieß die Luft aus. „Ich wollte nur mithalten. Wenn ich nicht im Unterricht oder in der Bücherei oder auf dem Sportplatz war, habe ich gearbeitet. Ich hatte zwei Jobs auf dem College-Gelände, damit niemand behaupten konnte, ich hätte den Platz nur bekommen, weil ich Indianer und ein guter Läufer bin." Er faltete die Hände auf dem Tisch und blickte auf sie hinunter. „Wissen Sie, was ein Halbblut ist?"

„Natürlich weiß ich das. Es ist ein widerlicher Ausdruck."

„Sicher können Sie sich aber nicht vorstellen, was es heißt, mit einem solchen Namen leben zu müssen. Oh, ich war auch bekannt, weil ich ein guter Läufer war", sagte er nachdenklich. „Als ich mein College-Studium mit Auszeichnung abschloss …"

„Dann waren Sie also doch einer der Besten."

Er ging nicht darauf ein. „Ich war so bekannt, dass sogar in der Zeitung ein Bericht über mich war. Kurz zusammengefasst stand darin, wie bemerkenswert mein Erfolg sei … für einen Indianer." Durchbohrend sah er sie an. „Sehen Sie, das war immer der Unterschied: für einen Indianer."

Aislinn wusste, dass er recht hatte, und sie erwiderte nichts.

„Ich habe sofort angefangen, Jura zu studieren. So schnell wie möglich wollte ich eine Anwaltskanzlei eröffnen, um den Indianern zu helfen, nicht mehr ausgebeutet zu werden. Ein paar Fälle habe ich gewonnen, aber bei Weitem nicht genug. Das Rechtssystem hat mich sehr enttäuscht, weil auch dort Unterschiede zwischen den Rassen gemacht werden." Er machte eine kurze Pause. „Dann fing auch ich an, mich nicht mehr an die Spielregeln zu halten. Ich habe mich viel offener und kritischer geäußert, und dann begann ich, die Indianer zu organisieren, damit ihre Stimmen mehr Gewicht bekommen. Es gab friedliche Demonstrationen, aber ich bekam den Ruf eines Aufrührers, den man im Auge behalten musste. Als sie die Gelegenheit bekamen, mich festzunehmen und einzusperren, taten sie es sofort." Er lehnte sich zurück. „Das war's. Sind Sie jetzt zufrieden?"

Es war eine längere Rede geworden, als sie es sich bei ihm hatte vorstellen können. Den Rest konnte sie sich gut genug ausmalen. Lucas gehörte zu keiner Gesellschaft richtig, er war weder ganz Indianer noch ganz Weißer. Sie konnte sich vorstellen, welche Beschimpfungen er über sich hatte ergehen lassen müssen.

Er war klug und körperlich stark. Ohne Zweifel stellte er für die anderen Indianer eine Führerfigur dar. Dadurch wurde er jemand, den die weiße Gesellschaft fürchtete. Dennoch war Aislinn überzeugt, dass ein Großteil seiner Verbitterung von seiner eigenen Dickköpfigkeit herrührte.

Er hätte sich die Jahre im Gefängnis ersparen können, wenn er die Namen der Schuldigen genannt hätte, und Aislinn konnte sich seinen Gesichtsausdruck vor dem Gericht sehr gut ausmalen.

„Sie fühlen sich ständig angegriffen", stellte sie fest.

Überraschenderweise lächelte er, obwohl es ein bitteres Lächeln war. „Das ist richtig, aber das war nicht immer so. Als ich das Reservat verließ, war ich sehr naiv und voller Ideale."

„Aber dann wurden Sie von der Gesellschaft enttäuscht."

„Machen Sie ruhig weiter. Ziehen Sie mich auf. Das bin ich gewohnt."

„Sind Sie nie auf den Gedanken gekommen, dass Sie nicht wegen Ihrer Hautfarbe ein Außenseiter wurden, sondern wegen Ihrer abweisenden, unfreundlichen Art?"

Wieder streckte er die Hand aus und umfasste ihr Handgelenk. „Was wissen Sie schon darüber? Nichts", stieß er aus. „Sind Sie jemals zu einer Party eingeladen worden, wo man Ihnen Unmengen an Alkohol aufnötigt, um zu sehen, wie viel Sie vertragen? Dann fragt man Sie, wo Sie Pfeil und Bogen gelassen haben und ob Sie nicht einen dieser Tänze aufführen wollen."

„Hören Sie auf!" Vergeblich versuchte sie sich loszureißen.

Ohne es zu merken, waren beide aufgestanden. Er hatte sie über den Tisch zu sich gezogen und blickte sie aus vor Wut blitzenden Augen an. „Wenn Sie erst mal so lächerlich gemacht wurden, Miss Andrews, können Sie gern zurückkommen und mir noch mal erzählen, dass ich mich leicht angegriffen fühle."

„Lucas!"

Der Ausruf seiner Mutter beendete Lucas Greywolfs Wutausbruch. Einen Moment lang noch sah er Aislinn zornig an, dann ließ er plötzlich ihre Hand los.

„Er will dich sprechen." Alice blickte zwischen Lucas und Aislinn hin und her, als spüre sie das Knistern zwischen den beiden. Sie nahm Lucas am Arm und führte ihn zum Bett.

Aislinn sah ihnen nach. Alice reichte ihrem Sohn kaum bis zur Schulter. Mit einem Arm umschlang Lucas die Taille seiner Mutter, und Aislinn konnte sich gar nicht vorstellen, dass dieser Mann zärtliche und liebevolle Gefühle empfand.

„Sie müssen Lucas verzeihen." Gene Dexters sanfte Stimme riss Aislinn aus ihren Gedanken.

„Warum? Er ist erwachsen und für sich selbst verantwortlich. Schlechtes Benehmen ist unentschuldbar, egal, welchen Grund es dafür gibt."

Der Arzt seufzte auf und schenkte sich einen Kaffee ein. „Natürlich haben Sie recht." Auch er sah jetzt zu Mutter und Sohn, die beide neben dem Bett des sterbenden Mannes niederknieten. „Ich kenne Lucas, seit er ein kleiner Junge war. Er war immer temperamentvoll und aufbrausend."

„Kennen Sie ihn schon so lange?"

Gene Dexter nickte. „Ich kam gleich nach meiner Assistenzzeit in das Reservat."

„Wieso?" Sie errötete, als der Arzt ihr schmunzelnd ins Gesicht sah. Färbte Lucas' schroffe Art auch auf sie ab? „Entschuldigung. Es geht mich nichts an."

„Schon in Ordnung. Ich antworte Ihnen gern." Er wählte seine Worte sehr sorgfältig. „Ich fühlte mich in gewisser Weise berufen. Damals war ich jung und idealistisch. Ich wollte helfen und nicht unbedingt viel Geld verdienen."

„Sie haben sicher vielen geholfen." Sie machte eine kurze Pause. „Jedenfalls Alice und Lucas Greywolf." Als sie ihn unauffällig aus dem Augenwinkel heraus ansah, merkte sie, dass er sich durch ihr vorsichtiges Nachhaken nicht täuschen ließ.

„Ich traf Alice, als sie mit Lucas in die Klinik kam, weil er sich einen Arm gebrochen hatte. Während der folgenden Wochen wurden wir Freunde, und ich fragte sie, ob sie mir nicht in der Klinik helfen wolle. Ich brachte ihr alles Notwendige bei, und seitdem arbeiten wir zusammen."

Seine Gefühle für Alice waren mehr als die Dankbarkeit eines Arztes für seine aufopfernde Krankenschwester, doch Aislinn hatte keine Gelegenheit, weiter zu fragen. In diesem Augenblick wandte Alice sich voller Panik an den Arzt.

„Gene, komm schnell! Er …"

Der Doktor lief ans Bett und kniete sich neben Alice und Lucas. Er legte das Stethoskop an die Brust des alten Mannes. Selbst aus der Entfernung konnte Aislinn das rasselnde, keuchende Atmen des alten Mannes hören.

Und bis zum Morgengrauen quälte der alte Indianer sich noch weiter. Die Stille, nachdem Lucas' Großvater den letzten Atemzug getan hatte, war noch beklemmender als der Todeskampf zuvor. Aislinn bedeckte die bebenden Lippen mit den Händen und wandte sich von den drei Trauernden ab, um nicht zu stören. Leise setzte sie sich auf einen der Stühle und senkte den Kopf.

Sie hörte das Geräusch von Füßen auf dem Boden der Hütte, das leise Weinen von Alice und gedämpfte, tröstende Worte. Dann vernahm sie das laute Trampeln von Stiefeln. Die Tür ging auf, und als sie den Kopf hob, sah sie Lucas, der gerade aus der Hütte ging.

Durch die offene Tür sah Aislinn Lucas den Pfad entlanggehen. Seine Bewegungen waren fließend wie immer, doch seine Schultern wirkten verspannt. Nur durch reine Willenskraft schien er sich zusammenreißen zu können. Obwohl sie sein Gesicht nicht sehen konnte, wusste sie, welchen versteinerten Ausdruck seine Züge jetzt hatten.

Er ging an Aislinns Auto vorbei und lief in langen, entschlossenen Schritten den gegenüberliegenden Hügel hinauf.

Sie dachte nicht groß über das nach, was sie tat. Sie stand einfach auf und lief zur Tür. Mit einem raschen Blick zu Alice sah sie, dass Gene Dexter sie tröstete.

Aislinn rannte aus der Hütte. Der Morgen dämmerte bereits. Hier in den Bergen war es erheblich kühler, doch das alles nahm Aislinn kaum wahr. Sie sah nur den Mann, der vor ihr in einiger Entfernung scheinbar mühelos den Berg hinaufkletterte.

Sie kam nicht so schnell voran. Die von Alice geliehenen Stiefel bereiteten ihr zwar keine Probleme, doch der weite Rock verfing sich immer wieder in den Büschen und behinderte sie beim Klettern. Ein paar Mal schürfte sie sich die Knie auf, und ihre Handflächen waren bald voller Risse.

Noch bevor sie die Hälfte des Aufstiegs hinter sich hatte, war sie außer Atem und rang nach Luft. Trotzdem kletterte sie weiter, von einem inneren Drang getrieben, über den sie nicht nachdenken wollte. Sie musste das hier einfach tun. Sie musste Lucas einholen.

Schließlich wirkte das Felsplateau, das die flache Bergkuppe darstellte, nicht mehr so unerreichbar. Noch einmal kletterte Aislinn etwas schneller. Wenn sie hochsah, konnte sie Lucas oben erkennen. Seine Umrisse zeichneten sich dunkel vor dem wolkenlosen Himmel ab.

Als sie endlich den Gipfel erreichte, musste sie das letzte Stück buchstäblich kriechen. Oben angekommen, ließ sie sich gegen einen Felsbrocken sinken und schöpfte Atem. Ihr Herz schlug so rasend schnell, dass es ihr wehtat. Ungläubig sah sie auf ihre aufgerissenen Handflächen und die abgebrochenen Fingernägel.

Normalerweise wäre sie über die Verletzungen entsetzt gewesen, doch im Moment bedeutete ihr dieser Schmerz überhaupt nichts im Vergleich zu diesem Mann.

Greywolf stand reglos mit dem Rücken zu ihr da. Er blickte über die Landschaft, die sich unter ihm erstreckte. Die Beine hatte er leicht gespreizt, und die Hände hingen zu Fäusten geballt an seinen Seiten herab.

Während sie ihn besorgt betrachtete, warf er den Kopf in den Nacken, schloss die Augen und stieß ein lautes Wolfsheulen aus, dessen Echo von den umliegenden Bergen widerklang. Dieser tierische Schrei kam direkt aus seiner Seele und drückte seinen tiefen Schmerz so kraftvoll aus, dass Aislinn ihn wie den eigenen empfand. Tränen liefen ihr über die Wangen. Sie streckte die Hand nach ihm aus, aber er stand einige Meter außerhalb ihrer Reichweite.

Merkwürdigerweise fühlte sie sich von diesem Gefühlsausbruch nicht angewidert. In ihrer Familie war eine solche Hemmungslosigkeit im Zeigen der Gefühle verboten. Man verbarg das, was man empfand. Alles andere galt als anstößig und ungehörig.

Noch nie hatte Aislinn so etwas erlebt. Ihr kam es vor, als würde durch diesen Schrei etwas tief in ihr aufgerissen, das sie in all den Jahren verschlossen gehalten hatte.

Lucas sank auf die Knie, beugte sich vor und umschlang den Kopf mit beiden Armen. Er sprach in einem Singsang Worte vor sich hin, die sie nicht verstand. Aber sie begriff, dass dieser Mann untröstlich war und mit seinem Kummer allein nicht zurechtkam.

Aislinn ging zu Greywolf, hockte sich neben ihn und berührte seine Schulter. Er reagierte wie ein verwundetes Tier. Sein Kopf fuhr herum, seine Augen waren eisig und tränenlos, und doch erkannte sie in seinem Blick den tiefen Schmerz.

„Was tust du hier?", fragte er verächtlich. „Du gehörst nicht hierher."

Damit gab er ihr nicht nur zu verstehen, dass sie nicht auf diesem Felsen sein durfte, sondern auch, dass sie seinen Schmerz niemals nachempfinden konnte.

„Das mit deinem Großvater tut mir leid."

Seine Augen verengten sich. „Was kann dir schon der Tod eines alten, nutzlosen Indianers ausmachen!"

Bei diesen Worten traten ihr wieder Tränen in die Augen. „Warum tust du das? Du schließt andere Menschen aus, Menschen, die dir helfen wollen."

„Ich brauche keine Hilfe." Voll unverhüllter Verachtung sah er sie an. „Schon gar nicht deine."

„Denkst du, du seist der einzige Mensch auf der Welt, der jemals enttäuscht, verletzt oder betrogen wurde?"

„Du hast so etwas erlebt? Du in deiner heilen Welt?"

Auf so eine beleidigende Frage wollte sie nicht antworten. Jede Erklärung wäre nur lächerlich gewesen. Außerdem war sie zu wütend, weil er ihr Mitgefühl von sich wies. „Du trägst deine Verbitterung wie einen Schutzschild vor dir her. Hinter dieser Wut versteckst du dich wie ein Feigling, der Angst hat, menschliche Wärme zu erleben. Jemand bietet dir Zärtlichkeit, und du deutest es als Mitleid. Und auch Mitleid braucht jeder von uns hin und wieder."

„Na dann", sagte er leise, „bemitleide mich."

Er bewegte sich wie ein Blitz, und seine Berührung hatte etwas Elektrisierendes. Mit einer Hand fuhr er ihr durchs Haar, krallte sich mit einer Faust in den Haarsträhnen fest und zog ihren Kopf so weit in den Nacken zurück, dass es Aislinn schmerzte.

„Du willst die Wohltäterin für Indianer spielen? Dann zeig mal, wozu du bereit bist."

Unvermittelt presste er die Lippen auf ihren Mund. Wütend versuchte sie etwas zu sagen, doch sie brachte nur ein ersticktes Stöhnen heraus. Es schien ihn nicht zu stören, er küsste sie nur noch brutaler.

Sie konnte den Kopf nicht wegdrehen, und so versuchte sie, Greywolf von sich wegzustoßen. Die Haut seiner Oberarme war warm und glatt. Die Muskeln darunter fühlten sich wie Stahlseile an. Es war zwecklos.

Er hob den Kopf nur ein paar Zentimeter und lächelte spöttisch. „Hat Sie schon einmal ein Indianer geküsst, Miss Andrews? Davon werden Sie Ihren Freunden bei der nächsten Teeparty erzählen können."

Wieder presste er den Mund hart auf ihre Lippen. Diesmal hatte sie das Gefühl zu fallen und spürte kurz darauf tatsächlich den steinigen Boden unter ihrem Rücken. Er streckte sich über ihr aus und drückte eine Seite von ihr mit seinem Körpergewicht zu Boden.

„Nein!", stieß sie atemlos hervor, als er mit den Lippen über ihren Hals fuhr. Sie wollte ihn treten, doch er legte nur einen Schenkel über ihre Beine und verhinderte damit jede Bewegung.

„Was ist los? Hast du den Gefallen am Mitleid schon verloren? Dann pass mal auf, was jetzt kommt."

Er küsste sie wieder, und Aislinn spürte seine Zunge zwischen den Lippen. Beharrlich presste sie die Zähne aufeinander. Er ließ ihren Kopf los und drückte ihre Kiefer, bis sie keine andere Wahl hatte, als den Mund zu öffnen.

Seine Zunge drang besitzergreifend in ihren Mund ein. Vor Wut versuchte sie zu schreien und bog den Rücken durch, um ihn von sich abzuschütteln.

Doch damit erreichte sie nur, dass er ein Knie zwischen ihre Schenkel drückte und die Hüfte an sie presste. Verzweifelt wollte sie diese grausame Umarmung beenden. Entschlossen hob sie die Finger mit den langen Nägeln zu seinem Gesicht.

Doch in dem Moment, in dem sie sein Gesicht berührte, spürte sie die feuchten Stellen auf seinen Wangenknochen. Augenblicklich löste ihre Wut sich in Nichts auf, und fasziniert strich sie ihm mit den Fingerkuppen über die Wangen.

Das Ende ihres Widerstands besänftigte auch Lucas wieder etwas, und er unterbrach den Kuss. Schweigend sahen sie einander in die Augen. Durch einen Tränenschleier hindurch betrachtete sie seine hellen Augen, die sich von der dunklen Gesichtsfarbe abhoben.

Wie von selbst bewegte ihre Hand sich und strich ihm die Tränenspuren von den Wangen. Beim Gedanken daran, wie tief sein Schmerz sein musste, dass ein so unbeugsamer Mann wie er weinte, krampfte sich alles in ihr zusammen.

Lucas sah ihre von dem wütenden Kuss geschwollenen Lippen und bedauerte sofort, was er ihr angetan hatte. Noch nie zuvor hatte er einer Frau Gewalt angetan, und ihm wurde fast schlecht vor Wut auf sich selbst.

Er wollte sich von ihr hochstützen, doch Aislinn berührte immer noch sein Gesicht und betrachtete seinen Mund. Reglos hielt er inne.

„Ich habe Sie gewarnt, mich nie wieder so anzusehen", sagte er grob. „Sie wissen, was Sie dadurch bei mir auslösen."

Immer noch zeigte sie keine Regung.

Es dauerte nur wenige Sekunden, doch beiden kam es wie eine Ewigkeit vor, ehe er aufstöhnend wieder die Lippen auf ihren Mund senkte.

Diesmal berührte er ihre Lippen sanft und strich mit seinen so zart darüber, als wolle er Aislinn auf diese Weise um Vergebung bitten. Unweigerlich seufzte sie auf.

Langsam öffnete sie den Mund, und zögernd drang er mit der Zunge ein. Tief stöhnte er auf, bevor er das Innere ihres Mundes erkundete.

Noch nie war sie so sinnlich und aufreizend geküsst worden. Immer wieder drang er mit der Zunge vor, bis Aislinn atemlos aufstöhnte. Sie sehnte sich nach mehr.

Sanft berührte sie das Ohrläppchen mit dem Silberring, und Lucas verharrte reglos. Nur sein keuchender Atem verriet, wie sehr ihn diese Liebkosung erregte. Mit der anderen Hand fuhr Aislinn ihm durch das dichte Haar. Sie streifte ihm das Stirnband ab, und sein Haar fiel ihr wie schwarze Seide über die Finger.

Lucas tastete mit fiebriger Hast nach den Knöpfen ihrer geliehenen Bluse, und Aislinn tat nichts, um ihn davon abzuhalten.

Denk nicht nach, befahl sie sich immer wieder. Wenn sie jetzt einen Moment zögerte, würde sie das Ganze beenden. Und das wollte sie nicht.

Seit sie ihn in ihrer Küche überrascht hatte, wurde sie von den widersprüchlichsten Empfindungen bestürmt. Beinahe pausenlos war sie in den letzten Tagen ihren Gefühlen ausgeliefert. Manchmal hatte sie diese Gefühle nicht schnell genug verdrängen können, dann hatte sie gespürt, wie tief sie reichten. Noch vor drei Tagen war ihr Leben eintönig und langweilig verlaufen. Und in diesen drei Tagen hatte sie Empfindungen erlebt, deren Höhepunkt sie jetzt auch auskosten wollte. Zusammen mit Lucas Greywolf.

Heiß spürte sie seinen Atem an der Kehle. Er küsste den Ansatz ihrer Brust und strich mit der Hand sanft über die Knospe. Allein die Vorstellung seiner dunklen, kräftigen Finger auf ihrer weißen Haut ließ Aislinn erbeben.

Sie biss sich auf die Unterlippe, um nicht vor Lust aufzuschreien, als er ihre Brustspitze immer weiter reizte. Lucas umspielte sie mit der Zunge und sog mit den Lippen an ihr. Aislinn konnte den Aufschrei nicht länger unterdrücken und umfasste seinen Kopf mit beiden Händen.

Ohne Hemmungen liebkoste Lucas sie mit der Zunge, den Zähnen und den Lippen. Aislinn konnte nicht genug davon bekommen. Jede seiner Bewegungen erlebte sie als etwas Einzigartiges und Neues. Sie öffnete sein Hemd, schob den Stoff zur Seite und strich Lucas über die Brust. Das Ertasten seiner glatten Haut, des Brusthaars, das Berühren seiner Brustwarzen ließ sie erschauern.

Lucas barg das Gesicht zwischen ihren Brüsten und stöhnte lustvoll. Mit einer Hand schob er ihr den Rock hoch und berührte die Innenseite ihrer Schenkel.

Wie Donner dröhnte ihm der eigene Pulsschlag im Kopf. Seine Erregung steigerte sich immer mehr, und drängende Hitze breitete sich in seinen Lenden aus. Er hatte sich nach irgendeiner Frau gesehnt, doch sein Verlangen hatte sich auf diese eine Frau konzentriert. Diese blonde, blauäugige Frau, die alles verkörperte, was er hasste, stellte gleichzeitig alles dar, wonach er sich sehnte.

Seit er gesehen hatte, wie ihr Körper im Licht des Badezimmers golden schimmerte, regte sich bei ihrem Anblick sein Verlangen. Wie sehr hatte er davon geträumt, sie am ganzen Körper zu berühren, sie zu schmecken und ihren Duft in sich aufzunehmen.

Ihre zierlichen runden Brüste reizten ihn unsagbar, und der Gedanke an den noch verhüllten Rest ihrer schlanken, weiblichen Figur stachelte sein Begehren noch weiter an.

Lebhaft konnte er sich an ihren nackten Körper erinnern. Zitternd, aber dennoch stolz hatte sie vor ihm gestanden, ihre zarte Haut hatte leicht geschimmert.

Jetzt endlich konnte er sie berühren. Die weichen Haare zwischen ihren Schenkeln fühlten sich so warm und weiblich an, wie er es sich ausgemalt hatte. Er fuhr mit der Hand tiefer in ihren Slip und ertastete das Zentrum ihrer Lust. Mit einem Mal wurde er von brennender Ungeduld gepackt und zog ihr den Slip hastig herunter.

Kein Laut war zu hören außer ihrem hastigen Atmen. Lucas stützte sich über sie und sah ihr ins Gesicht. Ruhig und dennoch herausfordernd erwiderte sie den Blick.

Die Morgensonne schien auf ihre Brüste. Aislinn genoss die begehrlichen Blicke, mit denen Lucas sie ansah. Der Rock war ihr bis zur Taille hochgeschoben. Aislinn war so schön, so verführerisch. Unwillkürlich schloss er die Augen, um sich gegen die auf ihn einstürzenden Gefühle zu wehren.

Er öffnete seine Jeans und kniete sich zwischen ihre gespreizten Schenkel. Langsam beugte er sich über Aislinn und verschloss ihren Mund mit einem Kuss. Vorsichtig drang er in sie ein. Jede Sekunde kostete er aus, und er verlor sich in dem Gefühl, von ihr umschlossen zu werden. Als er ganz in ihr war, senkte er sich auf sie herab. Das Gesicht barg er in der Mulde an ihrem Hals. Fast wünschte er sich, in diesem Augenblick zu sterben, denn nie wieder würde er so etwas Schönes erleben.

Aislinn hatte die Augen geschlossen. Sie fuhr unter sein Hemd und strich ihm über den Rücken, genoss es, die kräftigen Muskeln zu spüren. Dann zog sie die Hände zurück. Sie wollte seinen Po umfassen, als könne sie ihn dadurch noch enger an sich pressen. Gleichzeitig fühlte sie sich ganz von ihm ausgefüllt.

Sie drehte den Kopf zur Seite und küsste sein Ohrläppchen. Tief stöhnte Lucas dabei auf und neigte den Kopf zu der zarten Spitze ihrer Brust. Mit offenen Lippen strich er darüber, bis Aislinn sich ihm drängend entgegenbog.

Dann begann er, sich in ihr zu bewegen. Immer wieder drang er tief in sie ein, und Aislinn konnte nicht verstehen, wie sie all die Jahre ohne ihn gelebt hatte.

Er murmelte etwas auf Indianisch, dann flüsterte er ihren Namen. „Ich will dich, ich will uns sehen", stieß er hervor.

Langsam senkte er den Blick zu der Stelle, an der sie beide verschmolzen. Mit einer kreisenden Bewegung seiner Hüften steigerte er Aislinns Lust, sodass sie den Kopf von einer Seite auf die andere warf. Doch sie konnte die Augen nicht schließen, obwohl sie sich unaufhaltsam dem Gipfel der Ekstase näherte.

Sie sah in sein Gesicht, um es sich ins Gedächtnis einzubrennen. Wild und schön sah er aus, und auf seiner Stirn bildeten sich kleine Schweißperlen, als er seine Bewegungen beschleunigte.

„Ich werde es nie vergessen, niemals", flüsterte er heiser. „Egal, wie lange sie mich wieder einsperren."

Aufstöhnend warf er den Kopf in den Nacken, dann blickte er sie durchdringend an, kurz bevor er die Augen schloss. Jeder Muskel an seinem Körper spannte sich an, als er den Höhepunkt erreichte.

Aislinn schlang ihm die Arme um den Nacken und presste das Gesicht an seine Brust. Aufschreiend gab sie sich ihrem eigenen Gipfel der Lust hin.

Lucas sank kraftlos auf sie. Seine Lippen bewegten sich dicht an ihrem Ohr, aber Aislinn konnte kein Wort verstehen. Sie streichelte seinen Hinterkopf und genoss das Gefühl, sein Haar auf ihrer Wange zu spüren.

Sie erinnerte sich später nicht, wie lange sie so dagelegen hatten. Und sie wusste ebenso wenig, weshalb sie sich schließlich voneinander lösten.

Doch sie würde niemals seinen Gesichtsausdruck vergessen, als er den Kopf hob. Einen Moment wirkte er unendlich traurig, dann bekam sein Gesicht wieder diesen kühlen, abweisenden Ausdruck.

Er stand auf und zog seine Jeans wieder hoch. Sein Hemd knöpfte er nicht wieder zu. Gedankenversunken ging er an den Rand des Plateaus und sah zu Joseph Greywolfs Hütte hinab.

„Zieh dich lieber wieder an. Sie sind gekommen, um mich zu holen."
Seine Worte trafen sie wie Messerstiche. Sie wollte schreien, doch
das wäre sinnlos gewesen. Wo sollte sie ihn verstecken? Wie konnte sie
ihn beschützen? Außerdem wirkte Lucas, als sei ihm nun alles egal. Die
Festnahme, seine weitere Zukunft und auch Aislinn.

Trotz der Hitze war Aislinn eiskalt, und sie zog sich hastig an. Zitternd stand sie auf und klopfte den Rock ab. Noch immer versuchte sie
zu begreifen, was gerade geschehen war. Vor Scham errötete sie, während ihr Körper noch immer in der ausklingenden Lust bebte.

Es war viel zu schnell vorüber. Sie sehnte sich nach einem zärtlichen
Nachspiel, nach Lucas' Wärme.

Hatte sie ein Liebesbekenntnis erwartet, einen Dank oder einen
Scherz? Lucas sah sie nur noch einmal abwesend an, bevor er den Berg
hinabstieg.

Hilflos bedeckte sie das Gesicht mit beiden Händen. Ihre Beine versagten ihr fast den Dienst, als sie an den Rand des Plateaus ging.

Polizeiwagen mit Blaulicht standen rings um die kleine Hütte herum. Überall liefen Polizisten herum. Einer von ihnen steckte gerade
den Kopf durch das Fahrerfenster ihres Wagens.

„Nehmen Sie die Hände über den Kopf, Greywolf", donnerte eine
Stimme Lucas entgegen.

Er gehorchte, obwohl er dadurch nur noch langsamer den Berg hinunterkam.

Hilflos sah Aislinn von oben zu. Ein Krankenwagen fuhr vor die
Hütte, und kurz darauf wurde Joseph Greywolfs zugedeckte Leiche
herausgetragen. Dicht dahinter folgte Alice, die sich an Gene Dexter
lehnte.

Zwei Polizisten kamen Lucas entgegen und drehten ihm die Arme
auf den Rücken.

Trotz der angelegten Handschellen ging Lucas aufrecht und stolz. Er
schien nicht wahrzunehmen, was um ihn herum geschah. Alice rannte
auf ihren Sohn zu und umarmte ihn. Lucas senkte den Kopf und gab
ihr einen Kuss, bevor ihn einer der Polizisten auf einen der wartenden
Wagen zustieß.

Kurz bevor er einstieg, hob Lucas den Kopf und sah zu Aislinn empor, die immer noch reglos auf dem Berg stand. Abgesehen von diesem
Blick schien es, als gäbe es für ihn Aislinn überhaupt nicht.

5. KAPITEL

*W*ann wirst du mich endlich heiraten?"

„Wann hörst du endlich mit dieser ewigen Fragerei auf?"

„Wenn du Ja gesagt hast."

Alice Greywolf faltete das Geschirrtuch und legte es in eine Schublade. Aufseufzend wandte sie sich Gene Dexter zu. „Ich weiß nicht, ob du nur so halsstarrig oder begriffsstutzig bist. Warum gibst du nicht endlich auf?"

„Weil ich dich liebe." Er legte die Arme um sie und zog sie zu sich heran. „Seit dem ersten Tag damals in der Klinik."

Und das stimmte. An jenem Tag hatte er sich in sie verliebt. Sie war damals sehr jung gewesen und unglaublich schön. Voller Panik war sie zu dem Arzt gekommen, weil ihr kleiner Junge sich den Arm gebrochen hatte. Nach einer Stunde war der Arm versorgt und Gene Dexter rettungslos der jungen Mutter verfallen gewesen. Seit damals hatte seine Liebe keinen Tag nachgelassen.

Leicht war ihm das nicht immer gefallen. Einige Male hatte er ihr aus purer Enttäuschung Fristen gesetzt. Doch sein ganzes Toben und Reden hatte nichts genützt. Nach wie vor lehnte sie seine Anträge ab.

Ein paar Mal hatte er sich von ihr ferngehalten und vorsätzlich Affären mit anderen Frauen angefangen. Doch die hielten niemals lange. Seit Jahren jedoch benutzte er den Trick mit der Eifersucht nicht mehr, besonders, weil es den anderen Frauen gegenüber unfair war. Alice war die Liebe seines Lebens, auch wenn sie ihn niemals heiraten würde. Damit hatte er sich abgefunden.

Alice legte die Wange an seine Brust und lächelte traurig, als sie an den ersten Tag zurückdachte. Gene Dexter war ihr seit so langer Zeit der beste Freund, dass sie sich ein Leben ohne ihn nicht mehr vorstellen konnte.

„Lucas hatte sich damals gestritten", sagte sie erinnernd. „Die älteren Jungs von der Schule hatten ihn gereizt. Einer von ihnen hatte ihm einen Schimpfnamen zugerufen." Selbst heute noch bedrückte es sie, dass ihr Sohn als Außenseiter aufgewachsen war.

„Wie ich Lucas kenne, hat er sich bestimmt sofort mit allen gleichzeitig angelegt."

„Ja", stimmte sie lachend zu. „Ich habe mir damals Sorgen wegen seines Arms gemacht, aber gleichzeitig war ich wütend, weil er ihre Beschimpfungen nicht einfach ignoriert hatte."

Gene nahm an, dass die Jungen nicht nur Lucas, sondern auch Alice als seine Mutter verunglimpft hatten. Immer hatte Lucas seine Mutter in Schutz genommen, doch das wollte Gene nicht erwähnen.

„Ich wollte nicht, dass er in der Schule in Streitereien gerät, weil er dadurch nur Interesse auf sich zog", fuhr Alice fort. „Und ich wusste damals nicht, wie ich den weißen Arzt bezahlen sollte." Sie legte den Kopf zurück und sah Gene an. Obwohl er nicht mehr so jung wie damals war, sah er auf seine Weise immer noch genauso gut aus. „Ich hatte das Geld nicht, um dich zu bezahlen. Wieso hast du mir damals Zahlungsaufschub gewährt?"

„Weil ich deinen Körper wollte", sagte er nur und knurrte wie ein wildes Tier. „Ich wollte deinen Sohn behandeln, um Spielraum für Verhandlungen zu bekommen."

Lachend schob Alice ihn von sich. „So ein Unsinn. Dazu bist du viel zu nett. Außerdem hast du mir gleich einen Job angeboten, damit ich dir später das Geld zurückgeben konnte."

Liebevoll umfasste er ihr Gesicht mit beiden Händen. „Ich konnte dich damals doch nicht einfach wieder gehen lassen. Deshalb musste ich dafür sorgen, dass du wiederkommst." Er küsste sie zärtlich und gleichzeitig leidenschaftlich. „Heirate mich, Alice." Seine Stimme klang fast verzweifelt, und Alice wusste, dass das nicht gespielt war.

„Mein Vater …"

„Er ist tot." Gene ließ die Arme sinken. „Es ist erst ein paar Monate her, seit er gestorben ist, und ich weiß, dass du noch unter dem Verlust leidest. Aber du hast ihn seit Jahren als Ausrede benutzt, um mich nicht zu heiraten. Jetzt benutzt du seinen Tod auch noch als Ausrede. Wie lange soll das noch so weitergehen?"

Alice ging aus der Küche ins Wohnzimmer ihres kleinen, sauberen Hauses. „Bitte, bedräng mich nicht, Gene. Ich muss schließlich auch an Lucas denken."

„Lucas ist ein erwachsener Mann."

„Er braucht immer noch den Rückhalt der Familie, und ich bin die einzige Angehörige, die er hat."

„Er hat mich doch schließlich auch!"

Entschuldigend sah sie zu ihm hoch und zog ihn zu sich auf das Sofa. „Das weiß ich. Ich wollte dich nicht ausschließen."

Gene besänftigte sich wieder etwas. „Alice, auch wenn er kein Kind mehr ist, lässt Lucas sich trotzdem noch immer wieder auf Streit ein.

Er macht sich das Leben so schwer wie möglich. Denk nur an seinen Ausbruch und die Frau, die er als Geisel genommen hat."

„Diese Frau ist mir immer noch unbegreiflich", unterbrach Alice ihn, als er Aislinn Andrews erwähnte. „Es sieht Lucas auch gar nicht ähnlich, jemand anderen in seine Angelegenheiten hineinzuziehen."

„Darauf will ich hinaus. Er hat dich nicht um Rat gefragt und mich auch nicht. Weshalb findest du dann, du müsstest ihn um Erlaubnis fragen, ob du heiraten darfst? Wie ich für dich empfinde, weiß er sehr genau, und vielleicht wäre er heute nicht so wild, wenn du mich damals schon geheiratet hättest." Er seufzte auf, als er ihren verletzten Gesichtsausdruck sah. „Tut mir leid, das war nicht fair."

„Lucas musste schon mit genügend Dingen fertig werden, als er groß wurde. Mit einem weißen Stiefvater, der für die Leute im Reservat als reich gilt, wäre es noch schwerer geworden."

„Ich weiß", gab er zu. „Aber auch Lucas benutzt du seit Jahren als Ausrede. Als er erwachsen und auf der Universität war, sagtest du, dein Vater sei der Grund, weswegen du mich nicht heiraten könntest." Er drückte ihre Hand. „Keiner von ihnen war ein glaubhafter Grund. Das waren nur Ausflüchte, und jetzt hast du keine Ausrede mehr."

„Können wir nicht einfach wie bisher weitermachen?"

Er schüttelte energisch den Kopf. „Nein, Alice. Ich werde dich bis zu meinem letzten Atemzug lieben, aber ich bin auch nur ein Mann. Ich will und brauche eine liebevolle und erfüllende Beziehung." Gene beugte sich vor und sprach ernsthaft weiter: „Ich weiß, weshalb du Angst hast, mich zu heiraten."

Alice senkte den Kopf und atmete tief ein, als wolle sie sich innerlich gegen das wappnen, was jetzt kommen musste. Gene strich ihr das tiefschwarze Haar aus dem Gesicht und blickte sie teilnahmsvoll an. „Du denkst bei Sex immer nur daran, dass du einmal ein Opfer gewesen bist. Ich schwöre dir, dass ich dich niemals so verletzen werde, wie es dir schon einmal geschehen ist."

Mit Tränen in den Augen sah sie zu ihm auf. „Was meinst du damit?"

„Diese Unterhaltung hätten wir schon vor Jahren führen müssen, Alice, aber ich wollte dir nicht wehtun, indem ich darüber spreche." Einen Moment schwieg er. „Du hast Angst davor, wieder einen Mann zu lieben, besonders einen Weißen." Sie presste die Kiefer aufeinander, und Gene wusste, dass er ins Schwarze getroffen hatte. „Du denkst, dass dir niemand wehtun kann, solange du auf Distanz bleibst."

Er führte ihre Hände an den Mund und strich ihr mit den Lippen über die Knöchel. „Ich verspreche dir, dass ich dir niemals, niemals wehtun werde. Kennst du mich nicht gut genug, um zu wissen, dass du der Mittelpunkt meines Lebens bist? Ich liebe dich, und ich werde deinen Körper verehren, wenn du mich nur lässt. Weshalb sollte ich jemandem etwas antun, der der wichtigste Teil meines Lebens ist?"

„Gene." Leise schluchzend lehnte sie sich an ihn.

Er umarmte sie und zog sie beschützend zu sich. Lange und liebevoll küsste er sie. Schließlich fragte er: „Wann wirst du mich heiraten?"

„Sobald Lucas aus dem Gefängnis kommt."

Besorgt runzelte er die Stirn. „Wer weiß, wann das ist."

„Bitte, Gene, lass mir noch so lange Zeit. Er würde uns nie verzeihen, wenn wir ohne ihn heiraten. Und schließlich soll er ja nicht noch ein zweites Mal ausbrechen", fügte sie leise lachend hinzu.

Schmunzelnd nickte er, obwohl er glaubte, dass Lucas beruhigter wäre, wenn er wüsste, dass seine Mutter glücklich verheiratet war. Doch er wollte jetzt nicht streiten. „In Ordnung. Aber dabei bleibt es. Und in der Zwischenzeit", eindringlich sah er ihr in die Augen, „tue ich, was ich mein Leben lang getan habe: Ich werde ungeduldig auf dich warten, Alice Greywolf."

„Kommen Sie herein, Mr Greywolf."

Lucas betrat das Büro.

„Setzen Sie sich." Dixon, der Direktor des Gefängnisses, blieb hinter seinem breiten Schreibtisch sitzen, aber das war kein Zeichen der Verachtung seiner Gefangenen. Interessiert sah er den Häftling an.

Lucas ging durch das Büro und setzte sich auf einen der Stühle. Dixon wunderte sich, dass Lucas keine Unterwürfigkeit in seiner Haltung erkennen ließ. Vielmehr verhielt dieser Gefangene sich wie ein stolzer, ungebeugter Mann. Und seine kühlen grauen Augen wichen seinem Blick nicht aus.

„Offenbar tut die Gefängniskost Ihrer körperlichen Fitness keinen Abbruch", stellte Mr Dixon fest. Seit seiner Wiederfestnahme war Greywolf in Einzelhaft und ohne jede Straflockerungen gewesen.

„Mir geht's gut", sagte Lucas nur.

„Ein bisschen dünner, finde ich. Aber wenn Sie erst wieder in die Cafeteria dürfen, wird sich das sicher ändern."

Lucas schlug lässig ein Bein lang über das andere. „Wenn Sie etwas an mir auszusetzen haben, dann schießen Sie los. Ich möchte nämlich zurück in meine Zelle."

Der Direktor zügelte seinen Ärger. In Jahren der Berufserfahrung hatte er gelernt, sich auch von der derbsten Beleidigung nicht aus der Fassung bringen zu lassen. Er kam hinter dem Schreibtisch hervor und ging zum Fenster. „Die Disziplinarstrafe ist entscheidend kürzer ausgefallen, als es nach Ihrer Flucht normalerweise möglich gewesen wäre."

„Danke", entgegnete Lucas spöttisch.

„Bis zu Ihrem Ausbruch waren Sie ein Mustergefangener."

„Ich habe versucht, mein Bestes zu tun."

Wieder ging der Direktor nicht auf die Ironie der Bemerkung ein. „Wir haben Ihre Führungsberichte sorgfältig durchgelesen und uns dann für eine halbjährige Strafe zusätzlich zu den drei Monaten, die Sie sich ohnehin schon eingehandelt haben, ausgesprochen. Unsere Entscheidung fand die Zustimmung der zuständigen Richter."

Rasch wandte Dixon sich um, und er konnte noch Lucas' Reaktion sehen, bevor dieser wieder einen verschlossenen Gesichtsausdruck aufsetzte. Mr Dixon drehte sich wieder zum Fenster und unterdrückte ein Schmunzeln. Auch wenn Lucas Greywolf versuchte, es zu verbergen, er war menschlicher als die meisten anderen Häftlinge.

„War es denn wirklich ein halbes Jahr Gefängnis wert, Ihren Großvater sterben zu sehen?"

„Ja." Lucas bemerkte Bewunderung in der Haltung des Direktors.

„Warum?" Mr Dixon ging an seinen Schreibtisch zurück.

Lucas setzte sich aufrechter in den Stuhl. „Joseph Greywolf war ein stolzer Mann. Er hat an den Traditionen festgehalten, und dass ich im Gefängnis war, hat ihm mehr zu schaffen gemacht als mir selbst. Er konnte den Gedanken nicht ertragen, dass der Enkel eines Häuptlings hinter Gittern sitzt."

„Er war ein Häuptling?"

Lucas nickte. „Hat ihm nicht viel genützt. Er starb als armer, enttäuschter Mann, wie viele meines Stammes."

Der Direktor sah in seine Unterlagen. „Hier steht, dass Ihr Großvater Land besessen hat."

„Aber um drei Viertel der Fläche ist er betrogen worden. Schließlich hat er das Kämpfen aufgegeben. Zum Schluss hat er für Touristen die alten Tänze aufgeführt, die eine sehr tiefe religiöse Bedeutung haben."

Lucas sprang vom Stuhl auf, und der Direktor fuhr mit der Hand schon zum Alarmknopf, als er bemerkte, dass Lucas ihn nicht bedrohte.

„Ich war Großvaters einzige Hoffnung." Lucas ging in dem Raum hin und her. „Er vergab mir mein weißes Blut und liebte mich trotzdem. Aufgezogen hat er mich mehr wie einen Sohn als wie einen Enkel, und die Vorstellung, dass ich im Gefängnis sitze, war ihm unerträglich. Deshalb musste er mich noch einmal als freien Mann sehen, bevor er in Frieden sterben konnte. Ich musste es einfach tun."

Er drehte sich um, und Dixon rief sich in Erinnerung, dass er einem erfahrenen Anwalt zuhörte. Dieser Mann wirkte entschlossen, redegewandt und überzeugend. Wie schade, dass er Berufsverbot hatte.

„Ich wollte nicht fliehen, Mr Dixon. Ich habe um zwei Tage Ausgang gebeten, um meinen Großvater ein letztes Mal zu sehen. Nur zwei Tage! Aber mein Gesuch wurde abgelehnt."

„Es entsprach nicht den Regeln", erwiderte der Direktor ruhig.

„Das ist doch Unsinn. Können Sie sich nicht vorstellen, wie sehr es einem Häftling helfen würde, wenn man ihm ein paar Vorteile gewährt und ihm etwas von seiner Würde wiedergibt?" Lucas beugte sich jetzt drohend über den Schreibtisch.

„Setzen Sie sich, Mr Greywolf." Dixon sprach fest und bestimmt, um dem Häftling klarzumachen, dass er die Regeln überschritt. Nach einer Weile ließ Lucas sich zurück in den Stuhl fallen und blickte den Direktor finster an.

„Sie sind Anwalt", sagte der Direktor. „Sicher merken Sie selbst, wie ungeschoren Sie diesmal davongekommen sind." Er setzte eine Brille auf und las in dem Bericht, der vor ihm lag. „Da war diese junge Frau, Miss Aislinn Andrews." Über den Brillenrand hinweg sah er Lucas an, als habe er eine Frage gestellt.

Lucas erwiderte nichts und sah den Direktor nur teilnahmslos an. Mr Dixon wandte sich daher wieder dem Bericht zu. „Merkwürdigerweise wollte sie keine Anklage gegen Sie erheben." Er klappte die Mappe zu. „Sie dürfen jetzt wieder in Ihre reguläre Zelle zurückkehren, Mr Greywolf. Das war alles."

Lucas stand auf und ging zur Tür. Er hatte sie schon geöffnet, als der Direktor ihn zurückhielt. „Mr Greywolf, waren Sie persönlich für die Ausschreitungen bei jener Demonstration verantwortlich?"

„Ich habe die Demonstration organisiert. Das Gericht hat mich für schuldig befunden", sagte Lucas nur knapp, bevor er aus dem Büro ging.

Lange Zeit, nachdem Lucas gegangen war, starrte Mr Dixon noch auf die geschlossene Tür. Er wusste, wann ein schuldiger Mann log, und er spürte auch, wann jemand unschuldig war. Entschlossen ging er zum Telefon auf dem Schreibtisch.

Während Lucas zu seiner Zelle begleitet wurde, wirkte er nach außen hin gleichgültig, obwohl er innerlich völlig in Aufruhr war.

Er hatte sich auf eine Anklage wegen Einbruchs, Entführung, Diebstahl und noch mehr gefasst gemacht. Und eine zweite Verhandlung wäre für seine Mutter sicherlich zu viel gewesen.

Umso überraschter war er jetzt, dass er nur ein halbes Jahr länger als vorher im Gefängnis bleiben musste. In dieser Zeit hatte er genug zu tun. Sicher lag der kleine Tisch in seiner Zelle voll mit Briefen von Leuten, die seinen Rat als Anwalt suchten. Auch wenn er aus der Anwaltskammer ausgeschlossen war, so konnte es ihm niemand verbieten, kostenlose Ratschläge zu geben. Unter den Indianern war der Name Lucas Greywolf weit bekannt. Er würde nie jemanden abweisen, der Hilfe bei ihm suchte.

Aber warum hatte Aislinn Andrews keine Anschuldigungen gegen ihn erhoben? Sicher hatte man sie gedrängt, um ihn noch einmal verurteilen zu können. Doch ohne ihre Zeugenaussage konnten sie ihm nichts außer dem Ausbruch nachweisen. Wieso hatte Aislinn nicht mit den Behörden zusammengearbeitet?

Aislinn schloss die Schlafzimmertür leise hinter sich. Schon zum zweiten Mal klingelte es an der Haustür. Während sie durch den Flur lief, um zu öffnen, steckte sie einige lose Haarsträhnen fest. Im Spiegel prüfte sie rasch ihr Aussehen, bevor sie die Tür öffnete.

Das Lächeln auf ihren Lippen erstarb schlagartig. Mit beiden Händen hielt sie sich Halt suchend am Türrahmen fest, als sie sah, wer vor ihrer Tür stand, und einen Augenblick fürchtete sie, dass sie tatsächlich ohnmächtig werden würde.

„Was tust du hier?"

„Habe ich dir schon wieder Angst gemacht?"

„Bist du … frei?"

„Ja. Seit heute entlassen. Ich bin ein freier Mann."

„Herzlichen Glückwunsch."

„Danke."

Die Unterhaltung kam Aislinn lächerlich vor, doch sie fand, dass sie unter diesen Umständen noch verhältnismäßig normal redete. Sie war beim Anblick von Lucas Greywolf nicht ohnmächtig geworden, obwohl ihre Hände vor Schweiß so glitschig waren, dass sie meinte, jeden Moment an der Tür abzurutschen. Ihr Mund war wie ausgedörrt, doch es gelang ihr noch zu sprechen.

„Darf ich hereinkommen?"

Unbewusst fuhr sie sich mit einer Hand an die Kehle. „Ich ... glaube nicht, dass das eine gute Idee ist." Lucas Greywolf wieder in ihrem Haus? Auf keinen Fall!

Einen Moment sah er auf seine Stiefelspitzen, dann sah er Aislinn wieder aus seinen hellgrauen Augen an. „Wenn es nicht wichtig wäre, würde ich dich nicht belästigen."

Sie sah ihn nur wortlos an.

„Ich bleibe nicht lange. Bitte."

Aislinn wich seinem Blick aus. Schließlich nickte sie und ging einen Schritt zur Seite. Hinter Lucas machte sie die Tür zu. Kaum zehn Sekunden war sie mit Lucas Greywolf unter einem Dach, und schon fiel ihr das Atmen schwer.

„Möchtest du etwas zu trinken?", fragte sie höflich und hoffte gleichzeitig inständig, dass er ablehnen würde.

„Ja, gern. Ich bin direkt zu dir gekommen."

Fast wäre sie auf dem Weg in die Küche gestolpert. Wieso kam er als Erstes zu ihr? Ihre Hände zitterten, als sie ein Glas aus dem Schrank holte. „Mineralwasser?", fragte sie nach.

„Gern."

Sie holte eine Flasche aus dem Kühlschrank. Beim Öffnen spritzte ihr das Wasser über die Hände, und sie wischte es ungeschickt mit einem Lappen auf. Hastig nahm sie Eiswürfel aus dem Eisfach und warf sie in das Glas Wasser. Dann erst wandte sie sich um und war überrascht, direkt auf seine Brust zu blicken.

„Entschuldigung. Setz dich doch bitte." Sie wies mit dem Kopf auf einen Küchenstuhl.

Lucas setzte sich hin und nahm das Glas dankend entgegen. Dabei blickte er sich genau in Aislinns Küche um. Beim Bord mit den Küchenmessern hielt er inne und sah wieder zu Aislinn. „Ich hätte dich niemals mit dem Messer verletzt."

„Ich weiß." Bevor ihre Knie nachgeben konnten, sank sie auf den Stuhl ihm gegenüber. „Das heißt, jetzt weiß ich es. Damals hatte ich nämlich Todesangst."

„Du hast sehr viel Mut bewiesen."

„Wirklich?"

„Ich denke, ja. Aber vor dir habe ich noch nie eine Geisel genommen."

„Auch für mich war es die erste Entführung."

Keiner von ihnen lächelte.

„Ist dein Haar nachgewachsen? Ich meine, die Strähne, die ich abgeschnitten habe?"

„Oh ja", sagte sie abwesend. Unbewusst griff sie nach der immer noch etwas kürzeren Strähne. „Ich stecke sie zurück. Da sieht man es nicht."

„Gut." Er trank einen Schluck.

Aislinn steckte die Hände zwischen die Knie. Die Anspannung, unter der sie stand, fühlte sich fast wie ein Herzinfarkt an. Sie meinte, jeden Moment zu ersticken. Ihre Unruhe steigerte sich immer weiter, und sie wusste nicht, wie lange sie noch so reglos dasitzen konnte. Schließlich ertrug sie das Schweigen nicht länger. „Warst du schon zu Hause bei deiner Mutter?"

Lucas schüttelte den Kopf. „Ich sagte doch, dass ich direkt zu dir gekommen bin."

Gerate nicht in Panik! rief sie sich zur Ordnung. „Wie bist du hierher gekommen?"

„Letzte Woche sind Mutter und Gene zum Gefängnis gekommen. Gene hat den Transporter dort stehen lassen."

„Ach so." Sie wischte sich die schweißnassen Hände an den Jeans ab. Ihr war gleichzeitig heiß und kalt. „Wieso bist du hergekommen?"

„Um dir zu danken."

Verblüfft sah sie zu ihm auf. Unter seinem Blick verkrampfte sich ihr Magen. „Du willst dich bedanken?"

„Warum hast du keine Anzeige gegen mich erstattet?"

Sie stieß die Luft aus. Wenn das alles war, was er von ihr wollte, dann konnte sie damit umgehen. „Der Sheriff und die Polizisten, die dich abgeholt haben, wussten gar nichts von mir." Sie berichtete ihm alles, was nach seiner Festnahme geschehen war. „Sie waren ja schon mit dir weggefahren, noch bevor ich wieder unten bei der Hütte war."

Flüchtig trafen sich ihre Blicke, während beide daran dachten, was auf der Bergkuppe geschehen war.

Rasch sprach sie weiter. „Die zurückgebliebenen Beamten fragten mich, wer ich sei und was ich bei dir gemacht hätte." Sie errötete bei der Erinnerung, weil sie sich gefragt hatte, ob die Polizisten auf den Gedanken kommen würden, dass sie gerade mit Lucas geschlafen hatte. Denn ihr Haar war durcheinander und ihre Lippen noch geschwollen gewesen.

„Was hast du gesagt?"

„Ich habe gelogen. Ich sagte, ich hätte dich auf der Straße getroffen und mitgenommen. Ich habe so getan, als hätte ich nicht gewusst, dass du ein entflohener Sträfling warst. Dann sagte ich, ich hätte dich aus Mitleid zu deinem todkranken Großvater gefahren."

„Haben sie dir geglaubt?"

„Wahrscheinlich."

„Du hättest in alles hineingezogen werden können."

„Das wurde ich aber nicht."

„Du hättest mich wegen vieler Dinge anzeigen können, Aislinn." Sie sahen sich an, als er ihren Namen nannte. „Wieso hast du ihnen nicht die Wahrheit gesagt?"

„Was hätte das gebracht?", fragte sie nach, strich sich über das Haar und rutschte unruhig auf dem Stuhl herum. „Ich war in Sicherheit, und du musstest ohnehin zurück ins Gefängnis."

„Aber du bist … verletzt worden."

Diese beschönigende Umschreibung durchschauten sie beide sofort. Sie wussten, dass Aislinn ihn wegen Vergewaltigung hätte anklagen können und wahrscheinlich auch Erfolg damit gehabt hätte. Wer hätte ihm schon geglaubt?

„Der Kratzer an meinem Arm war schon zum Teil verheilt. Und außerdem traf dich keine Schuld." Sie wussten beide, dass sie damit nicht den Kratzer meinte. „Ich fand, dass es von der Gefängnisleitung ungerecht gewesen war, dich nicht zu deinem Großvater fahren zu lassen. Meiner Ansicht nach war deine Flucht gerechtfertigt, und es war niemandem ein Leid geschehen. Jedenfalls kein ernsthaftes."

„Hat dich niemand vermisst?"

Es fiel ihr schwer zu antworten, doch sie sagte die Wahrheit. „Nein." Sie war gleich nach der Vernehmung nach Hause gefahren, und die Presse hatte von der Festnahme noch nichts erfahren. Ihr Name tauchte nirgendwo in den Medien auf.

„Was war mit den Leuten in deinem Fotostudio?", fragte er.

„Was für Leute?"

„Du sagtest, du würdest vermisst werden."

„Natürlich habe ich das gesagt."

„Ach so." Schmunzelnd schüttelte er den Kopf. „Es gab dort gar keine Angestellten."

„Damals nicht. Aber jetzt habe ich zwei Angestellte."

Sein Schmunzeln verstärkte sich. „Keine Angst. Ich habe nicht vor, dich ein zweites Mal mit Waffengewalt zu entführen."

Aislinn erwiderte das Lächeln. Sie konnte ihn jetzt ruhiger ansehen, und sie war überrascht, wie gut er aussah. Vorn trug er das Haar kürzer, obwohl es hinten immer noch bis zum Kragen reichte. Er war sonnengebräunt und durchtrainiert. Das lag sicher daran, dass er weiterhin seine Dauerläufe auf dem Gefängnisgelände durchgeführt hatte.

Der Silberring steckte immer noch in seinem Ohrläppchen, und das kleine Kreuz lag in seinem Brusthaar. Die obersten Knöpfe seines Hemds standen offen. Anscheinend hatte seine Mutter ihm neue Kleidung ins Gefängnis gebracht. Nur der verzierte Gürtel kam ihr bekannt vor.

„Also gut", sagte er und stand auf. „Ich habe versprochen, dass ich nicht lange bleiben würde. Nochmals vielen Dank dafür, dass du es für mich nicht noch schlimmer gemacht hast."

„Du hättest dir keine Sorgen zu machen brauchen."

„Erst wollte ich dir schreiben, aber dann wollte ich mich lieber persönlich bedanken."

Ein schriftliches Dankeschön hätte es ihr allerdings sehr viel leichter gemacht. „Freut mich, dass du frei bist."

„Ich stehe nicht gern bei anderen in der Schuld, aber …"

„Du schuldest mir nichts. Ich habe nur getan, was ich für richtig hielt, genau wie du."

„Trotzdem danke."

„Keine Ursache", sagte sie und hoffte, dass die Unterhaltung damit beendet sei. Durch das Wohnzimmer begleitete sie ihn zur Tür.

Lucas hatte diesem Treffen mit gemischten Gefühlen entgegengesehen, weil er nicht gewusst hatte, wie sie reagieren würde. In dem Augenblick, in dem sie ihn erblickt hatte , hätte sie genauso gut schreiend weglaufen können.

In jener Nacht, als er sich zufällig für ihr Haus entschieden hatte, war er verzweifelt gewesen, weil er Schutz und Nahrung gebraucht hatte. Und verzweifelte Menschen taten Dinge, die sie sonst niemals tun würden. Wie zum Beispiel unschuldige Frauen als Geiseln nehmen. Immer noch war es ihm unverständlich, weshalb sie ihn dafür nicht hatte büßen lassen.

Doch jetzt, wo er sich bei ihr bedankt hatte, zögerte er, sie allein zu lassen. Das war merkwürdig, denn er hatte geglaubt, dass er froh sein würde, sich von Aislinn Andrews zu verabschieden und damit ein unrühmliches Kapitel in seinem Leben zu beschließen.

Er gestand sich nur ungern ein, dass er im Gefängnis häufig an sie gedacht hatte. Monate waren schon vergangen, seit sie sich auf dem Berg geliebt hatten, und es kam ihm immer unvorstellbarer vor. Vor seiner Flucht hatte er sich nur nach irgendeiner Frau gesehnt.

Aber danach hatte sein Verlangen ein Gesicht und einen Namen bekommen. Viele Nächte hatte er auf der schmalen Pritsche in der Zelle gelegen und sich eingeredet, dass Aislinn nur eine Fantasie sei.

Sein Körper versuchte, ihn vom Gegenteil zu überzeugen. Besonders jetzt, als er ihre Schenkel und Hüften betrachtete. Sie trug eine einfache Hose und war kleiner, als er sie in Erinnerung hatte. Doch das konnte daran liegen, dass sie barfuß vor ihm stand. Das Hemd steckte unordentlich darin. Es musste ein altes Hemd sein, denn es war ihr viel zu klein. Schon als er mit ihr am Tisch gesessen hatte, war ihm aufgefallen, wie sich das Hemd über ihren Brüsten dehnte.

Als sie vor ihm zur Tür ging, bemerkte er den wippenden Pferdeschwanz. Ob ihr Haar immer noch so seidig war wie damals? Hatte er wirklich durch dieses dichte blonde Haar gestrichen, das so deutlich ihre weiße Abstammung verriet? Aislinn lächelte ihn flüchtig an. Konnte sie sich an die fordernden, hungrigen Küsse genauso gut erinnern wie er?

„Viel Glück, Lucas. Ich wünsche dir wirklich alles Gute für die Zukunft." Sie streckte die Hand aus.

„Danke." Er schlug ein, und sie sahen sich an.

Dann hörte er das Geräusch.

Das Geräusch kam aus den hinteren Räumen des Hauses und passte so wenig in diese Umgebung, dass Lucas zunächst dachte, sein Gehör spiele ihm einen Streich. Aber dann hörte er es wieder. Er sah in die Richtung und runzelte die Stirn.

„Das klingt wie …"

Aislinn zog abrupt die Hand zurück, die seine immer noch hielt. Verblüfft fuhr sein Kopf zu ihr herum. Als er ihr Gesicht sah, wusste er, dass er sich nicht getäuscht hatte. Bleich und schuldbewusst sah sie ihn an. Reglos stand er vor ihr und blickte sie so durchdringend an, als könne sie nichts vor ihm verbergen.

„Was war das?"

„Nichts."

Er schob sie zur Seite und ging durch das modern eingerichtete Wohnzimmer.

„Wohin willst du?", schrie sie und rannte ihm nach.

„Rate mal."

„Nein!" Sie hielt ihn am Hemd fest und zerrte mit aller Kraft an ihm.

„Du kannst hier nicht einfach hereinplatzen und …"

Er fuhr herum und schüttelte ihre Hände ab. „Das habe ich schon einmal getan."

„Du kannst das nicht tun."

„Täusche dich nicht."

Er wollte auf jeden Fall herausfinden, woher das Geräusch stammte. Schluchzend lief Aislinn ihm nach und versuchte verzweifelt, ihn zurückzuhalten. Aber wie eine lästige Fliege schüttelte er sie immer wieder von sich ab.

Der erste Blick in ihr Schlafzimmer zeigte ihm, dass es noch genauso aussah, wie er es in Erinnerung hatte. Weiblich eingerichtet und ordentlich aufgeräumt. Wortlos ging er daran vorbei und kam am Ende des Flurs zu einer verschlossenen Tür. Ohne zu zögern, drehte er am Türknauf und öffnete die Tür.

Und dann wusste selbst er, der sonst nie aus der Fassung zu bringen war, nicht, was er sagen sollte.

Drei der Wände waren in hellem Gelb gestrichen, und an der vierten hing ein großes Poster, das eine Gänsefamilie zeigte. In einer Ecke stand ein großer Schaukelstuhl, der mit dicken Kissen gepolstert war. Auf einem Schubladenschrank lag eine gepolsterte Unterlage, neben der Cremes und einige Flüssigkeiten standen. Weiße Vorhänge dämpften die grelle Nachmittagssonne, doch das Licht reichte immer noch, um die Umrisse der Kinderwiege vor dem Fenster zu erkennen.

Lucas schloss die Augen und war überzeugt, dass er sich das Ganze lediglich einbildete. Doch als er die Augen wieder öffnete, sah er, dass er sich nicht getäuscht hatte. Und auch nicht in diesem eindeutigen Geräusch.

Vorsichtig näherte er sich so lautlos wie möglich der Wiege. Sie war seitlich mit einer dicken Einlage gepolstert, und in einer Ecke saß ein großer Teddybär. Das Gelb der Laken passte zu der Farbe der Wände.

Und unter der Decke lag ein strampelndes, zappelndes, hin und wieder schreiendes kleines Baby.

6. KAPITEL

*D*as Baby schrie weiter, ohne die Verwirrung zu beachten, die es bei dem großen dunkelhäutigen Mann hervorrief, der vor ihm stand. In dem sonst so unergründlichen Gesicht spiegelten sich tiefe Gefühle.

Aislinn stand dicht neben Lucas und presste die Hand vor den Mund, um ihre eigenen Empfindungen zu unterdrücken. Sie fühlte Panik in sich aufsteigen.

Zunächst wollte sie Lucas erzählen, sie sei nur Babysitter und das Baby gehöre Freunden von ihr. Doch das wäre lächerlich gewesen. Der Vater des Babys war eindeutig Lucas Greywolf, da genügte ein einziger Blick auf das Kind.

Der schön geformte Kopf war mit tiefschwarzem Haar bedeckt, und auch die Augenbrauen, das Kinn und die Gesichtsform verrieten deutlich, wie sehr das Baby später einmal Lucas ähneln würde.

Mit wachsendem Entsetzen sah sie zu, wie Lucas einen Finger ausstreckte und das Baby an der Wange berührte. Fast ehrfürchtig betrachtete er das Kind, und seine Lippen zuckten kaum merklich. Aislinn bemerkte die aufrichtigen tiefen Gefühle, weil sie selbst dasselbe empfand, sobald sie ihr Baby im Arm hielt.

Es erschreckte sie jedoch, diese Rührung bei Lucas zu sehen. Sie zuckte zusammen, als Lucas die Decke zurückschob. Gegen ihren mütterlichen Beschützerinstinkt konnte sie kaum ankämpfen, als er die Klebestreifen der Windel öffnete. Schließlich hielt sie seinen Arm fest, doch er drückte ihre Hand nur weg und zog die Windel herunter.

„Ein Sohn."

Der heisere Klang seiner Stimme kam Aislinn wie ein Todesstoß vor. Sie wurde fast verrückt vor Angst und wollte sich am liebsten die Ohren zuhalten und losschreien. Panisch versuchte sie sich einzureden, dass dies alles hier nur ein böser Albtraum war.

Doch es geschah wirklich. Hilflos sah sie zu, wie Lucas das nackte Baby aus der Wiege hob und auf den Arm nahm. In dem Moment, in dem er sich das Baby gegen die Brust legte, hörte es auf zu schreien.

Auch dieses Anzeichen sofortiger Zuneigung zwischen den beiden besänftigte Aislinn nicht. Sie hätte es lieber gesehen, wenn das Baby weitergeschrien hätte. Doch der Kleine gab nur glucksende, zufriedene Geräusche von sich.

92

Lucas ging mit dem nackten Baby zum Schaukelstuhl. Er setzte sich behutsam nieder und verschränkte die langen Beine. Reglos sah Aislinn zu. Ihre schlimmsten Albträume wurden Wirklichkeit.

Wenn die Situation nicht so entsetzliche Vorahnungen in ihr geweckt hätte, wäre Aislinn von dem Anblick gerührt gewesen, wie Lucas sein Baby mit väterlichem Stolz untersuchte.

Sanft drehte er den Kleinen herum, um ihn von allen Seiten zu betrachten. Mit einer Hand stützte er es am Bauch und streichelte mit der anderen über den Rücken und den winzigen Po. Jede Zehe und jeden kleinen Fingernagel berührte er. Dann betrachtete er eingehend die winzigen Ohren.

Schließlich legte er sich das Baby auf den Schoß und sah zu ihr hoch. „Wie heißt er?"

Sie wollte ihm sagen, dass es ihn nichts angehe, aber das entsprach leider nicht der Wahrheit. „Anthony Joseph." Sie bemerkte sofort die Reaktion in seinem Gesicht. „Auch ich hatte einen Großvater, der Joseph hieß", fügte sie rasch hinzu. „Ich nenne den Kleinen Tony."

Lucas sah wieder zu seinem Sohn, der wild mit den Fäustchen fuchtelte. „Wann ist er geboren?"

Sie zögerte und überlegte einen Moment, ob sie einen falschen Termin angeben und damit Lucas' Vaterschaft anzweifeln sollte. Aber bei seinem Blick verwarf sie diesen Gedanken wieder. „Am siebten Mai."

„Du hättest es mir nie gesagt, stimmt's?"

„Dazu gibt es keinen Grund."

„Er ist mein Sohn."

„Mit dir hat er nichts zu tun."

Lucas lachte kurz auf. „Von jetzt an hat er sehr viel mit mir zu tun."

Tony weinte jetzt ernstlich, nachdem sein Interesse an der neuen tiefen Stimme abgeklungen war und er sich wieder an seinen Hunger erinnerte. Als Lucas ihn an die Schulter legte, fing Tony sofort an, mit den Lippen zu suchen. Lucas lachte leise, und das war das erstaunlichste Geräusch, das Aislinn je von ihm gehört hatte. „Das ist etwas, womit ich dir nicht dienen kann, Anthony Joseph." Er stand mit dem Baby auf und reichte ihn Aislinn. „Er braucht dich."

Sie nahm das Kind und legte es zurück in die Wiege, wo sie ihm rasch eine neue Windel anlegte. Das Gestrampel des schreienden Babys machte es ihr nicht leicht, doch als sie Tony fertig angezogen hatte, nahm sie ihn an die Schulter und ging zum Schaukelstuhl. Dort wiegte sie ihn, klopfte ihm auf den Rücken und redete leise auf ihn ein. Es half alles nichts.

„Er hat Hunger", stellte Lucas fest.

„Das weiß ich", fuhr sie ihn an. Wollte er ihr zeigen, dass sie nicht wusste, was ihr Baby brauchte?

„Na dann ... füttere ihn."

Sie blickte zu Lucas hoch. „Könntest du mich dann für einen Moment entschuldigen?"

„Du meinst, ich soll den Raum verlassen? Auf keinen Fall."

Wütend sahen sie einander an. Merkwürdigerweise lenkte Lucas ein, drehte Aislinn den Rücken zu und sah aus dem Fenster, nachdem er die Vorhänge ein Stück zur Seite gezogen hatte. In diesem Moment wusste Aislinn, dass sein Sohn ihn verletzlicher machte als alles andere. Zwischen ihnen beiden war bereits eine tiefe Bindung entstanden, obwohl Lucas vor wenigen Minuten noch nicht einmal von der Existenz seines Sohnes gewusst hatte. Jetzt würde er ihr das Leben vielleicht zur Hölle machen.

„Warum hast du es mir nicht gesagt?"

Aislinn überging die Frage, knöpfte sich die Bluse auf und zog die eine Hälfte ihres Still-BHs herunter. Tony sog sofort an ihrer Brustspitze und trank schmatzend. Sie legte sich ein leichtes Tuch über die Schulter, um sich und den Kopf des Babys zu bedecken.

„Ich habe dich etwas gefragt." Diesmal hatte Lucas' Stimme etwas Befehlendes.

„Weil Tony mein Baby ist."

„Er ist genauso mein Kind."

„Das kannst du nicht mit Sicherheit sagen."

Abrupt fuhr er zu ihr herum, und sie zuckte zusammen. „Natürlich bin ich sicher." Er wirkte so überzeugt, dass es keinen Sinn hatte zu streiten.

„Tony war biologisch gesehen ein ... Unfall", sagte sie und gab damit Lucas' Vaterschaft zu.

„Warum hast du ihn dann nicht abgetrieben?"

Ein Zittern durchlief ihren Körper. Genau dieselbe Frage hatte ihre Mutter ihr schreiend gestellt, als sie ihre Eltern über ihre Schwangerschaft unterrichtet hatte. Sicherheitshalber hatte sie es ihnen erst dann mitgeteilt, als es für eine Abtreibung bereits zu spät gewesen war.

Noch bevor sie zum ersten Mal zum Arzt gegangen war, hatte sie bereits ihren eigenen Verdacht, woher ihre Übelkeitsanfälle und ihr zeitweiliger Heißhunger kamen. Sie hatte sich zuerst nicht eingestehen wollen, dass sie schwanger war. Doch als der Arzt ihr die Ergebnisse seiner Untersuchungen mitteilte, war sie nicht sonderlich überrascht. Vielmehr hatte sie sich sofort unbändig über die Nachricht gefreut.

Erst später hatte sie über die negativen Seiten nachgedacht, wenn sie als alleinstehende Frau ein Kind aufzog. Doch bei all den anschließenden Überlegungen hatte sie niemals an eine Abtreibung gedacht.

Von dem Augenblick an, in dem sie von seiner Existenz erfahren hatte, hatte sie ihr Baby geliebt. Mit einem Mal hatte ihr Leben einen Sinn bekommen. Sie hatte neue Ziele bekommen, die sie verfolgen konnte.

Deshalb konnte sie Lucas' Frage jetzt ohne Zögern beantworten. „Ich habe mich unglaublich auf das Kind gefreut." Sie griff unter das Tuch und berührte Tonys Köpfchen, während er gierig an ihrer Brust sog. „Von Anfang an habe ich ihn geliebt."

„Fandest du nicht, dass ich ein Recht hatte, von ihm zu wissen?"

„Ich wusste nicht, ob du dir etwas aus ihm machst."

„Dann weißt du es jetzt: Ich mache mir sehr viel aus ihm."

„Was ... was hast du jetzt vor?", fragte sie ängstlich und hasste das Zittern in ihrer Stimme.

„Ich will ihm ein Vater sein."

Ungeduldig pochte Tony mit der Faust gegen ihre Brust. Nur dadurch wurde sie von Lucas' durchbohrendem Blick abgelenkt. „Ich muss ihn an die andere Brust legen", sagte sie leise.

Lucas sah auf ihre Brüste und schluckte, bevor er sich abwandte.

Sie legte Tony an die andere Brust, und er nuckelte sofort weiter. „Ich verlange nichts von dir, Lucas. Die ganze Schwangerschaft und die Geburt habe ich auch allein durchgestanden. Finanziell bin ich gut versorgt ..."

Er kam so plötzlich einen Schritt auf sie zu, dass sie Angst hatte, er würde sie schlagen.

„Denkst du denn wirklich, ein Scheckbuch kann ihn mit allem versorgen, was er im Leben braucht?"

„Das meinte ich nicht", brauste sie auf. „Ich liebe ihn."

„Ich auch!" Er wurde so laut, dass Tony einen Moment mit dem Nuckeln aufhörte.

„Sei still! Du machst dem Kleinen Angst."

Lucas senkte die Stimme etwas. „Wenn du denkst, ich würde meinen Sohn hier bei dir in dieser gefühllosen, kalten Welt aufwachsen lassen, dann hast du dich getäuscht."

Unwillkürlich umarmte sie ihr Baby enger. „Was heißt das?"

„Das heißt, dass er morgen mit mir ins Reservat fährt."

Aislinn wurde blass. Sogar ihre Lippen wurden kreidebleich. Aus schreckgeweiteten Augen sah sie den Mann an, der wieder zu ihrem Feind geworden war. „Du kannst ihn nicht mitnehmen."

„Ich werde es tun."

„Nein! Ich werde dich verfolgen lassen, wohin du auch gehst", drohte sie ihm.

Spöttisch lächelte er sie an. „Wenn ich nicht gefunden werden will, dann wird mich auch niemand finden, Miss Andrews. Aber selbst wenn, dann würde ich bis zum Obersten Gerichtshof gehen, um das Sorgerecht für meinen Sohn zu bekommen. Als Anwalt weiß ich, wie ich das anstellen muss. Ich glaube, er ist fertig."

Bei seinen Drohungen war sie vollkommen erstarrt. Er kam auf sie zu und hockte sich vor sie. Noch bevor sie ihn aufhalten konnte, nahm er ihr die Decke von der Schulter.

Tony lag satt in ihren Armen. Seine Wange lag an ihrer Brust, und auf den Lippen hatte er noch einen letzten Tropfen Milch. Er schlief zufrieden und ruhig.

Lucas strich ihm über die Wange und berührte die Lippen mit einem Finger. Dann beugte er sich tief über den Säugling und küsste ihn auf die Stirn.

Aislinn war vor Entsetzen wie gelähmt. Sie konnte kaum atmen, als Lucas mit einer Hand zwischen ihren Körper und Tony fuhr und das Kind hochnahm. Er richtete sich auf und trug ihn zur Wiege. Tony rülpste leise, und wieder lachte Lucas leise auf.

Mühsam riss Aislinn sich aus der Erstarrung. Lucas' Nähe hatte sie zu sehr überrascht. Jetzt zog sie den BH hastig wieder an und knöpfte die Bluse zu. Leicht schwankend stand sie auf. „Er kann jetzt schlafen", sagte sie und stellte sich neben Lucas an die Wiege. Behutsam legte sie Tony auf den Bauch.

„Er schläft auf dem Bauch?"

„Ja."

Das Baby zog die Knie an, schmatzte noch ein paar Mal und schlief ein.

„Er sieht glücklich aus", stellte Lucas fest.

„Im Moment jedenfalls", schränkte Aislinn ein und legte ein Tuch über die Wiege.

„Ich bin aber nicht zufrieden."

Verblüfft blickte sie zu Lucas hoch und sah den entschlossenen Ausdruck auf seinem Gesicht. „Du würdest nicht wirklich versuchen, ihn mir wegzunehmen, oder?" Sie war sehr bemüht, dass es nicht wie ein Flehen klang.

Außerdem glaubte sie nicht, dass ein Vater das Sorgerecht bekam, wenn ein Kind eine liebevolle und fürsorgliche Mutter hatte. Daran konnte auch Lucas mit seiner Erfahrung nichts ändern. Aber vielleicht würde Tony in der Zwischenzeit sogar in ein Pflegeheim gesteckt, bis das Sorgerecht geklärt war. „Denk an Tony."

„Das tue ich." Er fasste Aislinn bei den Schultern. „Wird deine Umwelt ihn akzeptieren?" Lucas ließ ihr keine Zeit zu antworten. „Niemals, Aislinn." Sie spürte die Wärme und Kraft seiner Hände und musste unweigerlich an die anderen Situationen denken, in denen er sie berührt hatte. „Glaub mir, ich weiß es. In der weißen Gesellschaft ist ein Halbindianer nicht besser angesehen als ein richtiger. Und wegen seiner weißen Herkunft wird er auch in der indianischen Gesellschaft ein Außenseiter sein. Nirgendwo wird er richtig hingehören."

„Ich werde dafür sorgen, dass er akzeptiert wird."

Gleichzeitig mitleidig und spöttisch blickte er sie an. „Du machst dir etwas vor, wenn du denkst, du könntest das schaffen. Ich werde meinen Sohn davor bewahren, dieselben Erfahrungen wie ich zu machen."

„Und wie? Was ist denn deine Lösung? Willst du ihn ganz von der übrigen Welt abschotten?"

„Wenn es sein muss, ja", antwortete er gepresst.

Ungläubig sah sie ihn an. „Und du glaubst wirklich, das wäre ihm gegenüber fair?"

„Das Leben ist niemals fair. Diesen Glauben habe ich schon lange aufgegeben."

„Ja, und du trägst deine Verbitterung wie einen Schutzschild vor dir her", beschuldigte sie ihn und stieß seine Hände von sich. „Ich werde nicht zulassen, dass Tony in deiner hasserfüllten Welt aufwächst, Lucas. Weißt du, wen er am Ende am meisten hassen wird? Dich! Soll er dir dann vielleicht auch noch dankbar sein, dass du ihn von allen anderen Menschen fern gehalten hast?"

Offenbar erkannte Lucas, dass Aislinn recht hatte, denn er nagte unschlüssig an der Unterlippe. Aber so leicht wollte er ihr nicht nachgeben. „Was wolltest du ihm denn erzählen? Dass sein indianisches Aussehen purer Zufall ist? Wolltest du meine Identität völlig vor ihm geheim halten?"

„Ich … ich hatte noch nicht so weit im Voraus geplant."

„Dann solltest du lieber mal darüber nachdenken. Denn irgendwann wird er nach seinem Vater fragen. Ich habe das auch getan."

Ein paar Sekunden herrschte angespanntes Schweigen zwischen ihnen. „Und was hat man dir erzählt?", wollte sie dann wissen.

Er sah sie so lange schweigend an, dass sie schon dachte, er würde ihr nicht antworten. Schließlich ging er zum Fenster und drehte ihr den Rücken zu.

„Mein Vater war ein weißer Soldat, der im Fort Huachuca stationiert war. Meine Mutter war damals sechzehn und lebte nach der Schule bei Freunden von Joseph in Tucson. Dort arbeitete sie als Kellnerin in einem Restaurant."

„Hat sie dort deinen Vater getroffen?"

Lucas nickte. „Er flirtete mit ihr und wollte mit ihr ausgehen, doch sie lehnte ab. Trotzdem kam er immer wieder. Sie sagte, er sei sehr gut aussehend und charmant gewesen."

Er steckte die Hände in die hinteren Taschen der Jeans, und Aislinn konnte Alice Greywolf gut verstehen, wenn sie davon ausging, dass Lucas' Vater so gut ausgesehen hatte wie Lucas.

„Irgendwann willigte sie ein, mit ihm auszugehen. Er hat sie verführt. Ich weiß nicht, wie oft die beiden miteinander ausgegangen sind, jedenfalls wurde er nach ein paar Wochen versetzt. Er hat sich nicht verabschiedet. Als Mutter sich endlich aufraffte und ihn anzurufen versuchte, weil sie schwanger war, wurde ihr nur mitgeteilt, dass er nicht mehr da war."

Lucas drehte sich um und wirkte abweisender denn je. Aislinn verstand, dass er darunter litt, keinen richtigen Vater zu haben.

„Sie hat nie wieder etwas von ihm gehört und hat auch nicht versucht, ihn zu finden. Es war eine Schande für sie, mit dem Kind eines Weißen in das Reservat zurückzukehren. Kurz vor ihrem siebzehnten Geburtstag hat sie mich entbunden. Sie fing an, kleine Puppen zu basteln, weil sie für diese Arbeit zu Hause bleiben konnte. Großvater hat mit der Pferdezucht genug Geld verdient, um uns mit zu versorgen. Wir lebten in einem alten Anhänger, bis Mutter Gene Dexter traf. Er bot ihr eine Arbeit in der Stadt an, und danach ging es uns zum Glück etwas besser." Er wandte sich wieder Aislinn zu. „Du siehst, ich war für meine Mutter nur eine zusätzliche Last."

„Sie hat das sicher anders gesehen." Ein Kloß der Rührung steckte ihr im Hals. „Sie liebt dich sehr."

„Das weiß ich. Sie hat sich niemals beklagt. Aber du kannst meine Verbitterung niemals nachempfinden, denn du bist nicht als Halbblut aufgewachsen. Und meinem Sohn soll es nicht genauso ergehen wie mir."

„Aber dein Vater wusste doch von nichts. Vielleicht …"

„Mach dich nicht lächerlich", unterbrach er sie scharf. „Für ihn war Alice Greywolf, die schöne Indianerin, nur eine unbedeutende Affäre. Wenn er von ihrer Schwangerschaft gewusst hätte, wäre er erst recht verschwunden." Er schüttelte den Kopf. „Aber ich will meinem Sohn ein Vater sein."

An seiner Entschlossenheit erkannte Aislinn, dass sie ihn nicht umstimmen konnte. Er meinte, was er sagte. Und er würde ihr Leben unerträglich machen.

Sie hatte damit gerechnet, Lucas Greywolf nie mehr wiederzusehen. Vielmehr hatte sie geglaubt, er würde den Morgen auf dem Berg als belanglosen Zwischenfall ansehen.

Das stimmte anscheinend nicht. Oder er hatte seine Meinung geändert, nachdem er Tony gesehen hatte. Auf jeden Fall hatte er von seiner Vaterschaft erfahren, und jetzt musste sie das Beste aus dieser verfahrenen Situation machen.

„Was schlägst du vor, Lucas? Sollen wir Tonys Leben zwischen uns aufteilen? Das macht es für ihn doch nur schwieriger. Es wird Jahre dauern, bis er das verstehen kann. Sechs Monate hier, sechs Monate bei dir." Es tat ihr weh, diesen Vorschlag auch nur auszusprechen. „Was für ein Leben wäre das für einen kleinen Jungen?"

„So etwas habe ich gar nicht vor."

„Sondern?"

„Wir werden heiraten. Ihr werdet beide bei mir leben." Es klang nicht wie ein Vorschlag, sondern vielmehr wie ein Beschluss.

Als Aislinn das einigermaßen verdaut hatte, lachte sie leise. „Das meinst du nicht ernst." Aber sein entschlossener Gesichtsausdruck verriet ihr das Gegenteil. „Bist du verrückt? Das ist unmöglich."

„Es ist sehr wichtig. Mein Kind soll nicht mit getrennt lebenden Eltern aufwachsen."

„Aber wir können nicht heiraten."

„Ich bin darauf auch nicht vorbereitet", stellte er schlicht fest. „Aber es muss sein. Ich komme morgen zurück."

Er beugte sich vor und strich Tony über den Kopf. Zärtlich lächelte er und redete leise in seiner Muttersprache auf ihn ein. Dann richtete er sich auf und verließ das Zimmer.

Aislinn lief ihm nach und hielt ihn fest, als er gerade die Haustür öffnen wollte. „Ich kann dich nicht heiraten."

„Bist du schon verheiratet?"

Einen Moment konnte sie nicht antworten. „Nein, natürlich nicht."

„Dann gibt es keinen Grund, weswegen wir nicht könnten."

„Außer, dass ich es nicht will."

„Na, ich will es ja auch nicht", gab er zu und beugte sich dicht zu ihr. „Aber wir müssen unsere persönlichen Gefühle zurückstecken, unserem Sohn zuliebe. Wenn ich damit klarkomme, eine Weiße zur Frau zu haben, kannst du auch einen Indianer als Mann verkraften."

„Oh, das ist nicht zu fassen!", schrie sie wütend. „Das hat nichts mit der Hautfarbe zu tun. Gibt es für dich eigentlich noch etwas anderes, woran du denken kannst?"

„Wenig."

„Dann mach mal eine Ausnahme. Denk mal dran, wie wir uns kennengelernt haben. Findest du da eine Heirat nicht auch lächerlich?"

„Na ja, eine Geiselnahme ist kein sehr charmanter Antrag."

„Genau."

„Was soll ich tun? Vor dir auf die Knie fallen?"

Vernichtend sah sie ihn an. „Ich wollte lediglich darauf hinweisen, dass wir uns kaum kennen. Wir haben ein Baby, aber ..." Von ihren eigenen Worten geschockt, unterbrach sie sich. An jenen Morgen wollte sie sich nicht mehr erinnern.

Sie hatte mit in die Hüften gestemmten Händen vor ihm gestanden. Jetzt ließ sie die Arme rasch sinken, weil durch diese Pose ihre Bluse über ihren Brüsten spannte. Nervös befeuchtete sie sich die Lippen und wich Lucas' Blick aus.

„Ja, wir haben ein Baby gemacht", sagte er ruhig. „Das ist der entscheidende Punkt, nicht? Tony hat nichts mit dem zu tun, was zwischen uns geschehen ist, also wird er nicht sein Leben lang dafür bezahlen. Aber wir", fügte er betont hinzu, „wir beide haben diese Lust geteilt. Und jetzt können wir nichts anderes tun, als auch die Verantwortung für das Leben, das daraus entstanden ist, zu teilen."

Er legte ihr einen Finger unter das Kinn und hob ihren Kopf, bis sie ihn ansehen musste. „Und Tony wird immer einen Vater haben." Dann trat er einen Schritt zurück. „Ich komme morgen wieder. Und ob du dann bereit bist, mich zu heiraten oder nicht, ich werde meinen Sohn mitnehmen, wenn ich gehe."

„Auch wenn du mich dann wieder mit einem Messer bedrohen musst?", fragte sie bissig.

„Wenn es sein muss, ja!"

Sein Blick verriet ihr, dass er nicht scherzte, und sie war sprachlos vor Angst. Ohne ein weiteres Wort verließ er das Haus.

Aislinn war nervös. Obwohl sie sich ärgerte, dass sie so schreckhaft war, zuckte sie dennoch bei jedem Geräusch im Haus zusammen. Als es an der Tür klingelte, geriet sie beinahe in Panik. Doch es war nur der Postbote.

Sie versuchte sich einzureden, dass sie sich umsonst ängstigte. Vielleicht kam Lucas Greywolf nie zurück. Tonys Anblick mochte bei ihm Vatergefühle geweckt haben, aber mittlerweile hatte er seine Ansicht möglicherweise geändert.

Andererseits erschien es ihr unvorstellbar, dass Lucas Greywolf ein Mann war, der seine Meinung so rasch änderte. Und er machte auch keine Versprechen, die er nicht hielt. Irgendwann würde er heute vor ihrer Tür stehen. Was sollte sie tun, wenn das geschah?

Sie würde alle ihre Überredungskünste anwenden. Die ganze Nacht lang hatte sie dieses Problem hin und her gewälzt. Lucas war wieder in ihr Leben getreten, und sie musste sich ihm stellen.

Noch einmal ging sie in Gedanken die Regelungen durch, die sie sich für Lucas' Besuchsrechte überlegt hatte. Sicher würde Lucas erkennen, wie vernünftig ihre Vorstellungen waren. In den ersten Jahren brauchte ein Kind die Mutter in besonderem Maße. Das musste auch Lucas einsehen. Und sie wusste, dass er sie nicht wirklich heiraten wollte, genauso wenig wie sie ihn.

Sie genoss ihr ausgeglichenes Leben. Im fünften Monat ihrer Schwangerschaft hatte sie eine Fotografin eingestellt, die ihr Studio leitete. Später hatte sie noch eine Buchhalterin angeworben, die den Papierkram regelte. Die beiden Frauen arbeiteten fleißig, und das Fotostudio warf mehr Gewinn ab als jemals zuvor.

Ab und zu ging Aislinn in das Studio, um zu sehen, wie die Geschäfte liefen. Doch viel wichtiger war für sie Tony, der ihre ganze Zuneigung brauchte. Er war erst wenige Wochen alt, und dennoch stellte er bereits das Wichtigste in ihrem Leben dar.

Nur ein Punkt machte sie unglücklich, nämlich dass ihre Eltern sie nicht in Ruhe ließen. Nachdem sie sich damit abgefunden hatten, dass ihre Tochter einen unehelichen Sohn hatte, versuchten sie alles, um einen Ehemann für sie zu finden, der sie mit ihrem Kind akzeptierte. Eine Heirat mit einem angesehenen Mann würde den Makel auslöschen, der jetzt auf der Familie lag.

Aislinn ließ sich von der Offenheit der jungen Männer, denen sie vorgestellt wurde, nicht täuschen. Sie sahen über die Tatsache, dass Tony unehelich war, großzügig hinweg. Alle hatten jedoch das Bankkonto ihres Vaters im Kopf und vertrauten auf seine gönnerhafte Unterstützung. Doch trotz der Sturheit ihrer Eltern konnte Aislinn noch eher mit ihnen fertig werden als mit Lucas Greywolf.

Als es kurz vor Mittag zum zweiten Mal klingelte, wusste sie, wer vor der Tür stand. Einen Augenblick faltete sie die Hände und kniff die Augen zu. Dann atmete sie tief durch. Es klingelte noch einmal, und langsam ging sie zur Tür.

Mit einem Mal wünschte sie sich, sie wäre nicht so eitel gewesen und hätte sich unauffälliger angezogen. Sie hatte noch Umstandskleider getragen, um ihrem Körper Zeit zu geben, wieder schlanker zu werden. Heute hatte sie jedoch einen Sommerrock angezogen und festgestellt, dass er ihr wieder passte.

Der weite, wadenlange Rock war blau und leicht. Dazu trug sie eine weiße Bluse, die vorn durchgeknöpft war, was das Stillen von Tony erleichterte. Ihr frisch gewaschenes Haar war an den Seiten nach hinten gesteckt, damit ihre goldenen Ohrringe zur Geltung kamen.

Vielleicht war sie mit dem Make-up und dem Parfüm etwas zu weit gegangen. Zum ersten Mal seit Monaten hatte sie sich heute einparfümiert. Doch dagegen konnte sie jetzt nichts mehr tun, denn es klingelte bereits zum dritten Mal.

Sie öffnete die Tür und blickte Lucas in die Augen. Eigentlich wollten sie beide auf Konfrontation gehen. Stattdessen waren sie beim Anblick des anderen freudig überrascht.

Diese hellgrauen Augen in dem dunklen Gesicht überraschten Aislinn jedes Mal aufs Neue. Er trug ein frisches Hemd, ansonsten war er wie am Vortag angezogen. Die Jeans, die abgetragenen Stiefel, das silberne Kreuz und der Ohrring.

Sie trat zur Seite und ließ ihn hereinkommen. Lucas blickte auf sie herab. Sein Blick blieb auf den runden Brüsten ruhen.

Vor Verlangen verkrampfte sich sein Magen, als er sich an die rosigen Spitzen erinnerte, an denen sein Sohn gesaugt hatte. Er hätte ihr gestern beim Stillen nicht zusehen dürfen. Doch er hatte einfach hinsehen müssen, er hatte nicht anders gekonnt.

Ihre Brüste waren jetzt deutlich größer als noch vor zehn Monaten. Dadurch wirkte ihre übrige Figur allerdings nur noch schlanker. Und in den Sandalen erschienen ihre Füße klein wie die eines Kindes.

Er räusperte sich. „Wo ist Tony?"

„Er schläft in seinem Zimmer."

Vollkommen lautlos und mit sparsamen Bewegungen drehte er sich um und ging in das Kinderzimmer. Aislinn bewunderte seinen geschmeidigen Gang.

Als Aislinn das Kinderzimmer betrat, beugte Lucas sich gerade über Tonys Wiege. Die Zärtlichkeit in seinem Blick weckte Gefühle in ihr, die sie nicht wahrhaben wollte. Ausweichend fragte sie: „Dachtest du, dass ich lüge? Musstest du dich mit eigenen Augen überzeugen? Denkst du, ich verstecke ihn vor dir?"

Mit derselben katzenartigen Anmut drehte er sich zu ihr. „Das würdest du nicht wagen."

Einige Augenblicke sahen sie einander schweigend an. Noch einmal sah er auf sein Kind, bevor er durch das Zimmer ging, ihren Arm ergriff und sie in den Flur führte.

„Ich würde gern etwas trinken", sagte er.

Ihr lag schon eine Bemerkung wie: „Das hier ist keine Kneipe!" auf der Zunge, doch dann beschloss sie, dass es besser war, mit ihm in der Küche zu sitzen, wo sie den Tisch zwischen sich hatten.

„In Ordnung. Aber lass mich los." Sie wand den Arm aus seinem Griff. Sie wollte seine warmen, kräftigen Finger nicht spüren. Die Berührung weckte zu viele Erinnerungen in ihr, die sie in all den Monaten aus ihrem Gedächtnis zu verdrängen versucht hatte. Andererseits wollte sie mit ihm keinen Streit anfangen.

„Tonys Sachen sind noch nicht gepackt", stellte er fest, während er sich auf denselben Stuhl wie am Vortag setzte.

„Was hättest du gern? Saft, Cola, Wasser?"

„Cola."

Sie holte eine Dose aus dem Kühlschrank und schenkte ein Glas ein.

„Tonys Sachen sind nicht gepackt", wiederholte er.

Sie setzte sich ihm gegenüber und kämpfte gegen das Zittern ihrer Hände an. „Das stimmt."

„Dann schließe ich daraus, dass du mich heiraten willst."

„Falsch, Mr Greywolf. Ich werde weder dich noch sonst jemanden heiraten."

Er trank einen Schluck und wischte sich den Mund ab. „Ich werde meinen Sohn bekommen."

Aislinn befeuchtete sich die Lippen. „Ich finde, dass Tony dich kennenlernen sollte. Das ist nur fair euch beiden gegenüber. Ich werde dich nicht davon abhalten, ihn zu sehen. Du darfst kommen, wann immer du möchtest. Ich möchte das lediglich ein paar Stunden im Voraus erfahren, um mich darauf einstellen zu können. Ich werde mich auf dich einrichten ... Wohin gehst du?" Lucas war mit einem Mal aufgestanden und ging zur Tür.

„Ich hole meinen Sohn."

„Warte!" Sie sprang auf und hielt ihn fest. „Lass uns vernünftig miteinander reden. Ich werde nicht dastehen und zusehen, wie du mir meinen Sohn wegnimmst."

„Er ist auch mein Sohn."

„Im Moment braucht er aber dringender seine Mutter. Erst gestern hast du festgestellt, dass du ihn nicht stillen kannst."

„Da gibt es andere Wege." Er versuchte sich loszumachen.

Aislinn hielt seinen Arm noch stärker fest. „Bitte. Vielleicht, wenn er älter ist."

„Ich habe dir meine Alternativen genannt. Offenbar willst du nicht einwilligen."

„Du meinst die Heirat?" Sie ließ seinen Arm los und bemerkte, wie dicht er vor ihr stand. Abrupt wandte sie sich ab und ging zur Spüle. „Heiraten kommt überhaupt nicht in Frage."

„Ich sehe nicht den Grund."

Seine Beharrlichkeit regte sie auf, und sie musste sich mühsam beherrschen. Er zwang sie, alles offen auszusprechen, und das fiel ihr schwer. „Ich kann dich nicht heiraten, weil das vieles nach sich ziehen würde."

„Du meinst, dass du dieses Haus verlassen müsstest?"

„Unter anderem. Da ist auch noch mein Fotostudio."

„Das läuft auch ohne dich sehr gut."

„Na gut", schrie sie auf und fuhr zu ihm herum. „Es ist das Leben mit dir ... und ..."

„Mit mir zu schlafen." Er beendete den Satz für sie. Seine tiefe Stimme klang so vertraulich, dass Aislinn ein Schauer über den Rücken lief.

Als Antwort wandte sie sich wieder ab und senkte den Kopf.

„Dann reden wir also nicht über die Ehe. Es geht um den Sex. Ich meinte Heirat nur im rechtlichen Sinne. Anscheinend deutest du mehr in meinen Vorschlag hinein."

„Ich …"

„Nein, nein. Wenn wir schon darüber reden, sollten wir alles klären."

Er trat hinter sie, und sie konnte seine Nähe spüren, noch bevor sie seinen Atem im Nacken fühlte. Sie kam sich wie in einer Falle vor.

„Du kannst den Gedanken nicht ertragen, mit mir zu schlafen, ist das der Punkt?" Er legte einen Arm um ihre Taille und zog sie an sich. „An jenem Morgen auf dem Berg hattest du nichts dagegen."

„Hör auf." Ihr geflüsterter Einwand klang schwach.

Lucas fuhr mit der Nase durch ihr Haar und berührte ihr Ohr mit den Lippen. „Habe ich an jenem Morgen etwas nicht mitbekommen? Oder sagen weiße Frauen anders nein?"

„Schluss damit. Hör auf." Sie seufzte auf.

Mit einem Finger berührte er flüchtig ihre Brustspitze, und sofort trat ein Tropfen Milch hervor. „Es klang in meinen Ohren viel mehr wie ein Ja."

„Das hätte niemals passieren dürfen."

„Was ist los, Miss Andrews? Haben Sie nach der langen Zeit auf einmal ein schlechtes Gewissen, mit einem Indianer geschlafen zu haben?"

Sie stieß seine Arme weg, drehte sich um und ohrfeigte ihn. Der Knall hallte durch die Küche wie ein Peitschenhieb. Beide verharrten verblüfft über den plötzlichen Wutausbruch und die boshaften Worte, die dazu geführt hatten.

Rasch zog sie die Hand zurück. „Sprich nie wieder so zu mir", stieß sie aus, und ihr Atem ging hastig.

„In Ordnung", sagte er leise, aber drohend, und drückte sie mit dem Rücken gegen die Anrichte. „Dann sprechen wir jetzt darüber, weshalb du dich heute so herausgeputzt hast. Wolltest du sichergehen, dass ich die blonde Schönheit in dir erkenne? Sollte das mich als Indianer einschüchtern? Wie kann ich so eine Göttin nur fragen, ob sie mich heiratet? Willst du das damit bewirken?"

„Nein!"

„Was soll dann dieser verführerische Duft? Und wozu dieses aufreizende Make-up?", fragte er mit zusammengepressten Kiefern. „Und es wirkt tatsächlich aufreizend auf mich."

Er konnte ein Aufstöhnen nicht unterdrücken, und er presste Aislinn dicht an sich. Das Gesicht barg er in ihrer Halsbeuge und rieb den Unterleib an ihr.

Die Umarmung dauerte nur wenige Sekunden, dann trat er einen Schritt zurück. Sein Brustkorb hob und senkte sich rasch. Ein paar Knöpfe seines Hemds waren aufgegangen, und seine Gesichtsfarbe hatte sich noch mehr verdunkelt. In Aislinns Augen wirkte er wild und gefährlich. Und unglaublich sexy.

„Siehst du, ich kann mein Verlangen kontrollieren. Red dir nicht ein, dass ich dich mehr begehre als du mich. Du bist nur eine zusätzliche Last für mich, die ich meinem Sohn zuliebe mitnehme, weil ich keine Milchdrüsen habe. Aber ich werde den Preis des Zusammenlebens mit dir zahlen, um Tony ein Zuhause zu schaffen." Er fuhr sich mit der Hand durchs Haar und atmete ein paar Mal tief durch. „Jetzt frage ich dich ein letztes Mal. Willst du mit mir kommen oder nicht?"

Bevor sie sich so weit unter Kontrolle bringen konnte, um ihm zu antworten, klingelte es an der Haustür.

7. KAPITEL

*W*er ist das?", wollte Lucas wissen.

„Ich weiß es nicht", antwortete Aislinn.

„Erwartest du jemanden?"

„Nein."

Sie entschuldigte sich, obwohl das in dieser Situation eher lächerlich war, und ging zur Haustür. In Gedanken überlegte sie immer noch, wie sie sich jetzt Lucas gegenüber verhalten sollte. Sie öffnete die Haustür und erstarrte. Was musste eigentlich noch alles geschehen, um diesen Tag zum grauenvollsten ihres Lebens zu machen?

„Willst du uns denn nicht hereinbitten?", fragte Eleanor Andrews ihre Tochter erstaunt.

„Ich … Es tut mir leid", stotterte Aislinn. Sie trat zur Seite, um ihre Eltern ins Wohnzimmer zu lassen.

„Stimmt irgendetwas nicht?", erkundigte sich ihr Vater.

„Nein, nein. Ich habe euch nur nicht erwartet." Wie üblich fühlte sie sich durch ihre Eltern eingeschüchtert. In ihrer Gegenwart kam sie sich immer noch wie ein Kind vor, das gleich getadelt wird.

„Wir sind gerade aus dem Club gekommen", sagte Eleanor und lehnte den Tennisschläger an die Wand. „Und da wollten wir mal bei dir hereinschauen."

Nicht sehr glaubhaft, überlegte Aislinn. Wenn ihre Eltern zu ihr kamen, gab es dafür immer einen triftigen Grund. Sie ließen sie nicht lange im Unklaren.

„Erinnerst du dich an Ted Utley?", fragte ihr Vater unvermittelt. „Du hast ihn vor ein paar Jahren auf dem Opernball getroffen."

„Damals war er verheiratet", fügte ihre Mutter hinzu.

Während Eleanor sich sehr wortreich über die unglückliche Scheidung und das Vermögen von Mr Utley ausließ, versuchte Aislinn, ihre Eltern wie eine Außenstehende zu betrachten. Die beiden verkörperten den amerikanischen Traum. Sie führten ein sorgenfreies Leben, und dennoch überlegte Aislinn, ob einer von ihnen jemals irgendeine Lust am Leben empfunden hatte.

Natürlich lachten sie, wenn sie zu Weihnachten fotografiert wurden, und ihre Mutter weinte bei Beerdigungen. Ihr Vater regte sich auf, wenn er über die Staatsverschuldung sprach, aber Aislinn hatte die beiden niemals gemeinsam lachen oder lauthals streiten gehört. Sie hatte sie sich küssen gesehen, aber sie hatte niemals erlebt, dass sie sich feurige

Blicke zuwarfen. Obwohl sie ihre Tochter war, sah sie ihre Eltern als die gefühllosesten Menschen, die sie je getroffen hatte.

„Also, wir möchten, dass du Dienstag zu uns zum Abendessen kommst", sagte ihre Mutter. „Wir werden auf der Veranda essen, aber zieh dir etwas Nettes an. Und besorg dir einen Babysitter für das … das Kind."

„Er heißt Tony", betonte Aislinn. „Und ich werde mir keinen Babysitter besorgen, weil ich nicht zum Essen kommen werde."

„Warum nicht?", fragte ihr Vater missmutig nach. „Nur weil du ein uneheliches Kind hast, musst du dich schließlich nicht gleich vor der Welt verstecken."

Sie lachte. „Vielen Dank, Vater, dass du so großmütig bist." Er bemerkte den Spott nicht. „Ich möchte nur keinen peinlichen Abend mehr erleben, an dem ihr beide, Mutter und du, versucht, mich mit einem Mann zu verkuppeln, der auch gestrauchelten Frauen gegenüber offen ist."

„Das reicht", erwiderte er scharf.

„Wir wollen doch nur dein Bestes", wandte Eleanor ein. „Du hast dein Leben völlig durcheinandergebracht. Wir versuchen deinen Fehler so gut wie möglich auszubügeln. Das Wenigste, was du uns deshalb entgegenbringen kannst …"

Eleanor unterbrach ihren Vortrag und holte tief Atem. Sie hob eine Hand an die Brust, als wolle sie einen Angreifer abwehren. Willard Andrews folgte ihrem Blick, und auch er zuckte förmlich zusammen. Auch ohne sich umzudrehen, wusste Aislinn, was ihre sonst so unerschütterlichen Eltern so aus der Fassung brachte.

Als sie sich umwandte und Lucas Greywolf ansah, verspürte sie wieder diese Mischung aus Angst und Erwartung, die sie jedes Mal bei seinem Anblick empfand.

Er stand aufrecht und groß in der Tür zwischen Wohnzimmer und Küche. Seine grauen Augen blickten Aislinns Eltern prüfend an. Seine Lippen bildeten einen schmalen, geraden Strich. Das Hemd stand ihm fast bis zum Bauch offen, und sein Brustkorb bewegte sich kaum, wenn er atmete. Er stand so reglos, als sei er eine Statue, trotzdem strahlte er eine unbändige Energie aus.

„Mutter, Vater, darf ich euch Mr Greywolf vorstellen", sagte sie und brach damit die Stille.

Niemand sagte ein Wort. Lucas nickte den Andrews kurz zu, doch Aislinn nahm an, dass er das nur tat, weil Alice Greywolf ihrem Sohn gute Manieren eingetrichtert hatte. Sicher wollte er ihren Eltern keinen Respekt bezeugen.

Dem angstvollen Blick ihrer Mutter nach hätte Lucas auch ein entsprungener Tiger sein können. Willard fand schließlich die Sprache wieder. „Lucas Greywolf."

„Ja", antwortete Lucas knapp.

„Ich habe in der Zeitung von Ihrer Entlassung gelesen."

„Um Himmels willen." Eleanor schwankte und hielt sich an einer Sessellehne fest. Sie war so bleich, als stände sie vor einem Erschießungskommando.

Willard strafte seine Tochter mit einem eiskalten Blick. Aus purer Gewohnheit schlug sie die Augen nieder. „Was ich nicht verstehe, Mr Greywolf", sagte er, „ist, weshalb Sie im Haus meiner Tochter sind. Offensichtlich sogar mit ihrem Einverständnis."

Aislinn ließ den Kopf gesenkt. Sie hatte gedacht, dass ihr Aufeinandertreffen mit Lucas schlimm war, aber nichts war so schlimm wie das jetzt. Aus dem Augenwinkel sah sie, dass Lucas auf sie zukam. Eleanor ging einen Schritt zurück und schrie fast auf, als Lucas Aislinns Kinn hochhob und ihr in die Augen sah.

„Also?"

Er wollte ihr anscheinend die Wahl lassen, ob sie ihren Eltern den Grund für sein Hiersein mitteilte oder ob er es selbst tun musste. Sie drehte den Kopf weg und sah ihre Eltern an. Tief durchatmend, zögerte sie einen Augenblick.

„Lucas ist Tonys Vater."

Die darauf folgende Stille war so bedrückend, dass Aislinn ihren eigenen Herzschlag hören konnte. Die Gesichter ihrer Eltern waren in entsetztem Ausdruck erstarrt.

„Das ist unmöglich", brachte Eleanor schließlich heraus.

„Lucas und ich, wir haben uns getroffen, als er vor zehn Monaten aus dem Gefängnis ausgebrochen war", erklärte Aislinn.

„Das glaube ich nicht." Eleanor schüttelte kaum merklich den Kopf.

„Doch, das tun Sie", erwiderte Lucas abfällig. „Sonst wären Sie nicht so entsetzt. Sicher ist es unerfreulich, erfahren zu müssen, dass der eigene Enkel auch einen Indianerhäuptling als Großvater hat."

„Wagen Sie es nicht, in diesem Ton mit meiner Frau zu sprechen", befahl Willard und machte einen drohenden Schritt auf Lucas zu. „Ich könnte Sie einsperren lassen wegen …"

„Ersparen Sie mir die Drohungen, Mr Andrews. Das alles ist mir nicht neu. Schon reichere und mächtigere Männer als Sie haben mir gedroht. Ich habe keine Angst."

„Was wollen Sie?", wollte Willard wissen. „Ist es Geld?"

Greywolfs Blick wurde kalt und verächtlich. Er richtete sich noch mehr auf. „Ich will meinen Sohn."

Unvermittelt wandte Eleanor sich an Aislinn. „Gib ihn ihm."

„Was?" Aislinn musste sich verhört haben. „Was hast du gesagt?"

„Gib ihm das Baby. Das wäre das Beste für alle Beteiligten."

Angewidert sah Aislinn erst ihre Mutter an, dann ihren Vater, der durch sein Schweigen sein Einverständnis erklärte. „Ihr erwartet, dass ich mein Kind weggebe?" Doch sie erkannte an den Gesichtern ihrer Eltern, dass sie es ernst meinten.

„Hör uns doch einmal im Leben zu, Aislinn", setzte ihr Vater an und ergriff ihre Hand. „Du hast dich immer gegen unseren Willen aufgelehnt und absichtlich das getan, was wir nicht gutheißen konnten. Aber diesmal bist du zu weit gegangen und hast einen großen Fehler gemacht. Ich verstehe nicht, wie du mit ..." Unfähig, es auszusprechen, sah er nur rasch zu Lucas hinüber. Dann wandte er sich wieder an seine Tochter. „Aber es ist geschehen. Diesen Fehler wirst du für den Rest deines Lebens bereuen, wenn du das Kind jetzt nicht weggibst. Anscheinend sieht wenigstens Mr Greywolf das von der richtigen Seite. Lass ihn das Kind aufziehen. Wenn du willst, überweise ich regelmäßig Geld ..."

Aislinn zog die Hand weg und wich vor ihm zurück, als habe er eine ansteckende Krankheit. Wie konnten ihre Eltern ernsthaft vorschlagen, sie solle ihr Kind weggeben? So tun, als sei Tony das traurige Ergebnis einer wilden Party?

Sie sah beide an, und mit einem Mal kamen sie ihr wie Fremde vor. Wie wenig kannten die beiden sie eigentlich? „Ich liebe meinen Sohn. Für nichts in der Welt würde ich ihn weggeben."

„Aislinn, sei vernünftig", wandte Eleanor ein. „Ich bewundere deinen Einsatz für das Kind, aber ..."

„Ich denke, Sie sollten lieber gehen." Lucas' Tonfall war genauso befehlend wie seine Körperhaltung. Er schien sie alle drei zu überragen, als sie sich jetzt gleichzeitig zu ihm umdrehten.

Willard stieß verächtlich die Luft aus. „Ich werde mich sicherlich nicht im Haus meiner Tochter von einem ... von Ihnen herumkommandieren lassen. Abgesehen davon geht die Diskussion Sie überhaupt nichts an."

„Sie geht ihn sehr wohl etwas an", widersprach Aislinn. „Er ist Tonys Vater. Und wie immer meine Entscheidung ausfällt, sie betrifft auch ihn."

„Er ist ein Krimineller", regte ihr Vater sich auf.

„Er ist zu Unrecht verurteilt worden. Er hat unschuldig im Gefängnis gesessen." Sie bemerkte, dass Lucas sie überrascht ansah, als sie ihn verteidigte.

„Die Gerichte waren da anderer Ansicht. Er ist ein ehemaliger Sträfling. Noch dazu", Willard betonte jedes Wort, „ein Indianer."

„Genau wie Tony", stellte Aislinn mutig richtig. „Und das bedeutet nicht, dass ich meinen Sohn deswegen weniger liebe."

„Du darfst deswegen aber nicht erwarten, dass wir ihn akzeptieren", sagte Eleanor kühl.

„Dann schließe ich mich Lucas an und bitte euch zu gehen."

Noch nie hatte Aislinn ihren Vater so kurz vor einem Wutanfall erlebt, doch er beherrschte sich mit letzter Kraft. „Solltest du irgendetwas mit diesem Mann zu tun haben, brauchst du von mir in Zukunft nichts mehr zu erwarten."

„Ich habe nie etwas von dir erwartet, Vater." Tränen standen ihr in den Augen, aber sie hielt den Kopf stolz hoch. „Ich habe dir das Geld für das Fotostudio zurückgezahlt, das ich anfangs auch nicht wollte. Für nichts bin ich dir etwas schuldig, nicht einmal für eine glückliche Kindheit. Ihr habt mir meine Pläne immer ausgeredet, und ich habe mich in jeder größeren Entscheidung eurem Willen gebeugt. Bis jetzt. Wenn Mutter und du nicht akzeptieren könnt, dass Tony euer Enkel ist, habt ihr auch in meinem Leben keinen Platz mehr."

Die beiden nahmen Aislinns Worte mit derselben kühlen Haltung hin, die sie ihr ganzes Leben über bewahrt hatten. Ohne ein weiteres Wort nahm Willard Andrews seine Frau beim Arm und geleitete sie zur Tür. Eleanor blieb nur kurz stehen, um ihren Tennisschläger mitzunehmen. Sie blickten sich nicht um.

Aislinn ließ den Kopf sinken. Sie konnte die Tränen nicht länger zurückhalten. Ihre Eltern wollten über ihr Leben bestimmen oder gar keinen Anteil mehr daran nehmen. Es fiel Aislinn schwer zu erkennen, dass die Vorurteile so weit reichten, dass ihre Eltern den eigenen Enkel ablehnten.

Auf der anderen Seite waren Tony und sie besser ohne sie dran, wenn die beiden so engstirnig dachten. Sie wollte nicht, dass ihr Sohn sich einmal seiner Gefühle schämte. Er sollte in einer Freiheit aufwachsen, die sie selbst nie erlebt hatte. Er sollte seine Welt erleben, so wie sie die Welt mit Lucas erlebt hatte.

Aislinn fuhr herum und sah Lucas an, der schweigend hinter ihr stand. Als seine Gefangene hatte sie zum ersten Mal das Leben als etwas Spannendes erfahren. Nur zu deutlich konnte sie sich an die Wut, die Angst und die Freude mit ihm erinnern. Das alles war zwar nicht unbedingt wundervoll gewesen, aber wenigstens wirklich. Noch nie zuvor hatte sie sich so lebendig gefühlt.

„Was wirst du jetzt tun?", wollte Lucas wissen.

„Willst du mich immer noch heiraten?"

„Unserem Sohn zuliebe, ja."

„Wirst du Tony ein guter und liebevoller Vater sein?"

„Das schwöre ich."

Es war die schwerste Frage, die sie jemals stellen musste, doch sie begegnete seinem Blick standhaft. „Und zu mir? Was für ein Ehemann wirst du für mich sein?"

„Du bist die Mutter meines Sohnes. Ich werde dich mit dem nötigen Respekt behandeln."

„Du hast mir oft Angst gemacht. Ich will mein Leben nicht in Angst vor dir verbringen."

„Ich werde dir niemals etwas antun. Das schwöre ich bei meinem Großvater, Joseph Greywolf."

Was für ein seltsamer Heiratsantrag, dachte Aislinn. Kein Kerzenschein, keine Rosen, Wein oder Musik. Kein Vollmond oder Liebesschwüre. Sie lächelte schwach. Na ja, sie konnte nicht alles haben.

Gerade hatte sie alles hinter sich gelassen, was ihr vertraut war. Es gab kein Zurück, und Lucas würde niemals seinen Sohn aufgeben. Das hatte er ihr deutlich gemacht.

Es würde eine Ehe ohne Liebe werden, abgesehen von ihrer gemeinsamen Liebe für Tony. Andererseits gab es in ihrem Leben ohnehin keine Liebe, und so würde sie nichts vermissen. Eine Zukunft mit Lucas und Tony würde jedenfalls nicht langweilig werden.

Sie blickte zu Lucas auf. „Also gut, Lucas Greywolf", sagte sie ohne weiteres Zögern. „Ich werde dich heiraten."

Zwei Tage später um neun Uhr morgens wurden Aislinn und Lucas in demselben Gerichtsgebäude getraut, in dem Greywolf vier Jahre zuvor schuldig gesprochen worden war.

Die Braut drückte ihr Baby an die Schulter, als sie die Antwort gab, die sie rechtlich zur Ehefrau des Mannes machte, der neben ihr stand und für sie nicht viel mehr als ein Fremder war. Sie trug ein pfirsichfarbenes Leinenkostüm und darunter eine elfenbeinfarbene Bluse, durch die ihre schwarze Spitzenwäsche durchschimmerte. Es wirkte weich und weiblich, ohne sonderlich feierlich zu sein.

An einer Seite hatte sie das Haar mit einer Spange zurückgesteckt, die sie von ihrer Großmutter geerbt hatte.

Lucas hatte sie mit einem blassblauen Hemd und einer dunklen Hose überrascht. Dazu trug er ein Sportjackett und eine dezente Krawatte. Er sah mit dem langen schwarzen, zurückgekämmten Haar unglaublich männlich aus. Sie wussten, dass sie zusammen die Aufmerksamkeit auf sich zogen. Beim Betreten des Gerichts hatten sich viele Blicke auf sie gerichtet.

Noch bevor Aislinn sich dessen, was geschah, richtig bewusst geworden war, war die Zeremonie bereits vorbei, und sie verließen das Gebäude. Lucas hatte ihr einen flüchtigen Kuss gegeben, nachdem der Standesbeamte sie zu Mann und Frau erklärt hatte. Jetzt führte er sie zu dem uralten Transporter auf dem Parkplatz.

„Wir holen bei dir zu Hause deine Sachen ab, und dann fahren wir los."

Lucas wollte so schnell wie möglich ins Reservat zurück und noch vor Einbruch der Dunkelheit am Ziel ankommen.

Während sie in ihrem Haus Tony und sich selbst umzog, lud Lucas ihr Gepäck auf die Ladefläche des Transporters. Ein letztes Mal ging Aislinn durch ihr Zuhause, doch sie bedauerte es nicht, von hier fortzugehen.

Es war für sie nie ein richtiges Heim gewesen. Das Einzige, woran sie innerlich hing, war das Kinderzimmer, das sie für Tony eingerichtet hatte.

„Hast du alles?" Lucas kam ihr entgegen, nachdem er den Strom abgestellt hatte.

„Ich glaube schon."

Auch er hatte sich umgezogen und trug wieder Jeans und Stiefel. Das Stirnband hatte er sich wieder umgebunden und den Ohrring eingesetzt.

Sie schlossen die Tür hinter sich. Die Einrichtung und das Grundstück würden sie später verkaufen. Auch den Wagen ließ Aislinn zurück, doch schon bald sollten sie erkennen, dass das ein Fehler gewesen war.

„Diese alte Kiste hat keine Klimaanlage", stellte Lucas bedauernd fest. Sie fuhren auf dem Highway, und der Wind zerzauste Aislinns Haar. Tony lag in seiner Tragetasche, die sicher zwischen ihnen beiden auf dem Sitz festgeschnallt war. Es war zu heiß, um die Fenster zu schließen, dafür musste Aislinn ständig mit ihren Haaren kämpfen. Obwohl sie sich nicht beschwerte, war es Lucas aufgefallen.

„Es ist nicht so schlimm", log sie.

„Greif mal ins Handschuhfach", sagte er.

Dort fand sie ein Tuch, das sie sich um den Kopf band. Prüfend betrachtete sie sich im Rückspiegel.

„Bin ich jetzt offiziell eine Indianersquaw?" Lächelnd sah sie Lucas an.

Als er das belustigte Blitzen in ihren Augen sah, erwiderte er ihr Lächeln. Es breitete sich langsam auf seinem Gesicht aus, als habe er vergessen, wie man lächelt. Schließlich lachte er kurz auf.

Danach war die Stimmung zwischen ihnen nicht mehr so angespannt. Nach und nach gerieten sie ins Gespräch und erzählten sich Geschichten aus ihrer Kindheit.

„In gewisser Weise war ich genauso einsam wie du", sagte Aislinn.

„Nachdem ich deine Eltern gesehen habe, glaube ich dir das."

„Sie können bei Weitem nicht so sehr lieben wie deine Mutter."

Lucas sah sie nur kurz an und nickte.

Obwohl er es so eilig hatte, nach Hause zu kommen, fragte er Aislinn oft, ob er anhalten solle, damit sie etwas essen oder trinken könnte. „Wir müssen bald anhalten", sagte sie kurz nach Mittag. „Tony wacht langsam auf, und sicher wird er Hunger haben."

Der Kleine hatte die ganze Fahrt über ruhig in seiner Tasche geschlafen. Aber jetzt wachte er hungrig und ungeduldig auf. Als sie die nächste Ortschaft erreichten, schrie er schon fast ohne Unterbrechung.

„Wo soll ich halten?", erkundigte Lucas sich.

„Wir können auch weiterfahren. Ich schaffe das schon."

„Nein, es wird für dich bequemer, wenn wir halten. Sag einfach, wo."

„Ich weiß nicht", antwortete sie. Sie wollte nicht, dass Tonys Geschrei Lucas verärgerte. Vielleicht war seine Geduld bald erschöpft, und er überlegte es sich mit der Vaterschaft anders.

„Bei einem Waschraum?", schlug er vor und suchte den Straßenrand ab.

„Ich gehe mit ihm nur ungern in die Öffentlichkeit, wenn er sich so aufführt."

Lucas fuhr schließlich auf einen Parkplatz bei einem Park und hielt im Schatten an. „Wie ist es hier?"

„Prima." Aislinn knöpfte die Bluse auf und legte sich Tony an die Brust. Sofort hörten seine Schreie auf. „Puh", sagte sie erleichtert und lachte. „Ich weiß nicht, ob wir noch lange …"

Sie verstummte, weil sie ihm ins Gesicht sah und den gefühlvollen Blick bemerkte, mit dem er seinen Sohn betrachtete. Sie konnte nicht weitersprechen. Als er merkte, dass sie ihn beobachtete, blinzelte er und sah wieder nach vorn.

„Hast du Hunger?", fragte er.

„Eigentlich schon."

„Wie wär's mit einem Hamburger?"

„Ja, gern. Irgendwas."

„Sobald Tony versorgt ist, holen wir uns etwas."

„Okay."

„Habe ich dir wehgetan?"

Sie hob den Kopf und sah ihn fragend an. Er blickte immer noch aus dem Fenster. „Wann, Lucas?"

„Du weißt schon. An jenem Morgen."

„Nein." Sie sprach so leise, dass sie ihre Stimme selbst kaum hörte.

Mit der Faust schlug er auf das Lenkrad. Rhythmisch schwang er ein Knie vor und zurück, während er die Landschaft betrachtete. Bei jedem anderen Mann hätte Aislinn das als Nervosität gedeutet. Aber Lucas wurde nie nervös. Oder doch?

„Ich war lange Zeit im Gefängnis gewesen."

„Das weiß ich."

„Und ohne eine Frau."

„Ich verstehe."

„Ich war grob zu dir."

„Nicht sehr …"

„Und später tat es mir leid. Ich dachte, dass ich dir vielleicht wehgetan hätte. An den Brüsten. Oder …"

„Nein, das hast du nicht."

„Du bist so zierlich gebaut."

„Es war schon lange her seit dem letzten Mal."

„Aber …"

„Es war keine Vergewaltigung, Lucas."

Sein Kopf fuhr herum. „Du hättest sagen können, dass es eine war."
In ihren Blicken lagen Dinge, die besser unausgesprochen blieben.
Aislinn senkte den Kopf und schloss die Augen, als sie spürte, wie sie
von Hitzewellen durchflutet wurde. Selbst jetzt noch konnte sie sich
an das Gefühl, ihn in sich zu spüren, erinnern.

Lucas versuchte, nicht auf die schmatzenden Geräusche seines Sohns
zu hören. Er wusste noch deutlich, wie er selbst an Aislinns Brustspitzen gesogen hatte. Wie er sie mit der Zunge umspielt und gereizt
hatte. Er riss sich aus diesen Gedanken, bevor ihn körperliche Erregung überkam.

„Wann hast du festgestellt, dass du schwanger bist?", fragte er nach
einer Weile rau.

„Ungefähr zwei Monate später. Mir wurde manchmal schlecht, und
ich war immer so erschöpft. Und natürlich blieb meine Regel aus."

„Natürlich."

Aus dem Augenwinkel sah er, wie sie Tony an die andere Brust legte.
Sicher musste sie sich überwinden, sich in seiner Nähe zu entblößen.
Trotzdem hätte er dieses Schauspiel am liebsten genau betrachtet. Er
wollte ihre Brüste sehen und berühren. Ihr Anblick, ihr Duft und der
Klang ihrer Stimme erregten ihn, und er wollte sie ganz in sich auf-
nehmen.

„War es eine leichte Schwangerschaft?"

„Soweit das möglich ist", antwortete sie lächelnd.

„Hat er dich oft getreten?"

„Wie ein Fußballspieler."

„Ich stelle mir ihn lieber als Marathonläufer vor."

Sie blickten sich an, und die gemeinsamen Wünsche für ihr Kind
verbanden sie. „Ja, wie ein Dauerläufer", stimmte sie sanft zu. „Genau
wie du."

Eine Woge von Stolz überkam ihn. Einen Augenblick konnte er vor
Rührung kaum noch atmen. „Danke." Fragend sah sie ihn an. „Dafür,
dass du meinem Sohn das Leben geschenkt hast."

Jetzt war Aislinn an der Reihe, gerührt wegzusehen. Einem stolzen
Mann wie Lucas kam ein Dank nicht leicht über die Lippen. Sie nickte
nur, um die Stimmung nicht zu zerstören.

Dann konzentrierte sie sich auf Tony, bis er fertig war, und reichte
ihn an Lucas. Er hielt ihn, bis Aislinn ihre Bluse wieder geschlossen
hatte, und half ihr dann beim Windelwechsel.

Sie sprachen nicht weiter. Es war alles gesagt.

„Gene ist hier", stellte Lucas an Aislinn gewandt fest, als er den Transporter vor dem kleinen weißen Steinhaus parkte. Der Zaun ringsum war frisch gestrichen, und auf der Veranda brannte ein Windlicht. Zinnien blühten seitlich am Wegesrand.

Es war schon dunkel. Seit Stunden fuhren sie bereits durch das Reservat, obwohl sie diesmal keine Nebenstraßen benutzen mussten. Dennoch war die Fahrt lang und ermüdend. Aislinn war vollkommen erschöpft.

„Bleiben wir hier über Nacht?", erkundigte sie sich hoffnungsvoll.

„Nein, wir sagen nur rasch Hallo. Ich möchte so schnell wie möglich zu meinem eigenen Land."

Sein Land? Sie hatte nicht gewusst, dass er Landbesitzer war. Bislang hatte sie nicht einmal nachgefragt, wie er sie versorgen wollte, wenn er nicht mehr als Anwalt praktizieren durfte. Doch Greywolf war findig genug, sodass sie sich keine Sorgen um den Lebensunterhalt machte. Sicher würde er seinem Sohn das Leben so angenehm wie möglich machen.

Lucas half ihr beim Aussteigen. Zum ersten Mal fühlte sie so etwas wie Anspannung. Was war, wenn Alice und Gene Dexter auf Tony genauso reagierten wie ihre Eltern? Hier galt Aislinn noch mehr als Außenseiterin als Lucas in ihrer Welt. Wie würde man sie empfangen?

Lucas schien sich keine Sorgen zu machen. Er lief den Weg entlang und sprang auf die Veranda. Zweimal pochte er gegen die Tür, bevor Gene Dexter ihm öffnete.

„Na, das wurde auch Zeit. Alice hat sich schon …"

Als der Arzt Aislinn den Weg entlangkommen sah, verstummte er.

„Gene, ist es Lucas?", rief Alice von drinnen. „Lucas?" Sie lief um Gene herum und lächelte strahlend. „Da bist du ja! Wir haben uns schon Sorgen gemacht. Wieso bist du nicht direkt nach Hause gekommen? Bist du ein paar Tage in Phoenix geblieben?"

Lucas trat einen Schritt zur Seite. Als Alice Aislinn sah, wirkte sie sehr erstaunt. Und als sie das Baby auf Aislinns Arm entdeckte, öffnete sie fassungslos den Mund. „Ich denke, Sie sollten lieber ins Haus kommen. Es ist kalt hier draußen."

In diesem Moment wusste Aislinn, dass sie Alice mögen würde. Es wurden keine Fragen gestellt, sondern sie wurde einfach akzeptiert.

Lucas hielt ihr die Tür auf, und Aislinn betrat mit Tony auf dem Arm das Wohnzimmer, das einfach, aber geschmackvoll eingerichtet war.

„Mutter, Gene, ihr erinnert euch sicher an Aislinn."

„Natürlich", antwortete Gene.

„Hallo."

Alice lächelte sie an und fragte dann schüchtern: „Darf ich mal das Baby sehen?"

Aislinn drehte Tony so, dass sie ihn sehen konnte. Unwillkürlich stieß Alice die Luft aus. Tränen traten ihr in die Augen, als sie die Hand ausstreckte und über die dunklen Härchen auf seinem Kopf strich. „Lucas", flüsterte sie.

„Anthony Joseph", berichtigte Lucas stolz. „Mein Sohn."

„Oh ja, ich sehe, dass er dein Sohn ist."

Alice biss sich auf die Unterlippe, um nicht gleichzeitig zu lachen und zu weinen. „Er sieht genauso aus wie du damals. Gene, sieh dir das an. Ist er nicht wunderhübsch? Anthony Joseph. Nach Vater." Mit tränenverklärten Augen sah sie Aislinn an. „Danke."

„Ich … wir … wir nennen ihn Tony. Möchten Sie ihn einmal halten?"

Alice zögerte einen Augenblick, bevor sie die Arme nach dem Baby ausstreckte. Seit Jahren ging sie in der Klinik mit Neugeborenen um, und dennoch behandelte sie Tony, als sei er aus Porzellan. Sie ging mit ihm zu einem Sofa und sang ihm leise ein indianisches Schlaflied vor.

„Scheint so, als müsste ich den Gastgeber spielen", sagte Gene und schloss die Haustür. „Aislinn, setzen Sie sich doch." Mit einladender Geste wies er auf das Wohnzimmer.

„Wir haben heute geheiratet", sagte Lucas unvermittelt.

„Das ist … das ist toll", entgegnete Gene leicht verunsichert.

Die Situation wäre ungemütlich geworden, wenn Alice sich nicht eingemischt hätte. „Bitte setzt euch doch alle", drängte sie. „Ich werde gleich etwas zu essen und zu trinken holen, aber erst muss ich ein paar Minuten für Tony haben."

„Mach dir keine Mühe, Mutter. Wir können nicht lange bleiben."

„Ihr fahrt wieder? Aber ihr seid doch gerade erst gekommen."

„Ich will nach Hause, so schnell es geht."

Ungläubig sah Alice ihren Sohn an. „Du meinst, zu dir? Du willst heute noch zu deinem Wohnwagen fahren?"

„Ja."

„Zusammen mit Aislinn und Tony?"

„Sicher."

„Aber der ist viel zu klein. Dort ist in der Zwischenzeit nicht einmal sauber gemacht worden."

„Alice", warf Gene tadelnd ein.

Sofort verstummte sie und blickte Aislinn und Lucas verunsichert an. „Das geht mich ja nichts an. Ich habe nur gehofft, ihr würdet ein paar Tage hier bei mir bleiben, bevor ihr weiterfahrt."

Lucas betrachtete Aislinn. Sie würde sich nicht einmischen, doch obwohl sie sich nicht beklagte, konnte sie, wenn es darauf ankam, halsstarriger als jeder Esel sein. Das hatte er an ihr von Anfang an bewundert. Jetzt allerdings sah er ihr die Erschöpfung an. „In Ordnung. Für eine Nacht", willigte er ein.

„Oh, das freut mich." Alice strahlte. „Hier, Aislinn, nehmen Sie den Kleinen. Ich habe etwas Essen warm gestellt, für den Fall, dass Lucas heute doch noch kommt."

„Ich werde Ihnen helfen", bot Aislinn an.

Gene und Lucas folgten ihnen aus dem Zimmer. An der Tür hielt Lucas Gene am Arm fest. „Wir vertreiben euch doch nicht aus dem großen Bett, oder?", fragte er flüsternd.

„Leider nicht", sagte Gene bedauernd.

„Immer noch dasselbe?"

Traurig nickte der Arzt. „Deine Mutter ist eine einzigartige Frau, Lucas, und ich werde nicht aufgeben, bis sie meine Frau ist."

Lucas klopfte ihm auf den Rücken. „Gut. Sie braucht dich."

Sie betraten die Küche, und Lucas dachte daran, mit was für einer einzigartigen Frau er verheiratet war. Deshalb konnte er den Blick nicht von ihr wenden.

Sie bemerkte den Blick und erwiderte ihn schüchtern. An ihre Rolle als Ehefrau würde sie sich erst noch gewöhnen müssen. Aber sie freute sich, dass Lucas sich neben sie setzte.

Als sie später das Geschirr zum Spülbecken trug, fragte Alice ihren Sohn: „Wieso hast du mir nichts von dem Baby erzählt?"

Die nachfolgende Stille wirkte bedrückend. Schließlich antwortete Aislinn.

„Er wusste nichts von Tony, bis er vor drei Tagen zu mir kam, um sich zu bedanken." Sie versuchte den verblüfften Blicken zu begegnen, doch dann senkte sie den Blick.

„Ich habe sie gezwungen, mich zu heiraten", erklärte Lucas offen. „Ich drohte, ihr Tony wegzunehmen, wenn sie nicht einwilligen würde."

Unruhig rutschte Gene auf seinem Stuhl. Alice hob eine Hand an den Mund und hoffte gleichzeitig, dass man ihr den Schock nicht zu deutlich anmerkte. „Ich bin froh, dich als Schwiegertochter zu haben, Aislinn", sagte sie schließlich.

„Danke", antwortete Aislinn und lächelte sie an. Sie wusste, dass Gene und Alice vor Neugier brannten. Umso mehr schätzte sie daher deren Zurückhaltung.

„Du musst nach der langen Fahrt müde sein", sagte Alice freundlich. „Ich werde dir das Zimmer zeigen. Du kannst in meinem Bett schlafen."

„Nein." Noch bevor jemand etwas erwidern konnte, widersprach Lucas entschlossen. „Sie ist meine Frau, und sie wird bei mir schlafen."

8. KAPITEL

*D*as Schweigen war unerträglich. Gene nahm unruhig die Kaffeetasse von einer Hand in die andere, und Alice blickte peinlich berührt auf ihre verschränkten Finger. Aislinn drückte das Gesicht an Tonys Köpfchen, während sie rot anlief. Nur Lucas schien von seiner Ankündigung völlig unbeeindruckt.

„Brauchst du noch etwas aus dem Wagen?", fragte er und stand auf.

„Den kleinen Koffer und Tonys Tasche", antwortete Aislinn leise.

„Mutter, was meinst du, können wir für Tony aus einer Schublade ein Bettchen machen?"

„Ja, natürlich. Komm, Aislinn." Alice legte ihr eine Hand auf die Schulter. „Lass uns Tony für die Nacht zurechtmachen."

„Ich werde Lucas helfen." Gene folgte ihm aus der Küche.

Das Schlafzimmer, in das Alice Aislinn führte, war klein. Ein altmodischer Schminktisch, ein gepolsterter Stuhl, ein Schubladenschrank und ein Doppelbett waren die einzige Einrichtung.

„Die Schubladen sind leer", sagte Alice und zog eine heraus. „Nach Vaters Tod habe ich hier alles ausgeräumt."

„Bislang hatte ich noch keine richtige Zeit dafür, dir zu sagen, wie leid es mir für dich tut."

„Danke, Aislinn. Er war schon sehr alt und wollte nicht mehr jahrelang in einem Krankenhaus oder Pflegeheim liegen. Es ist so geschehen, wie er es sich gewünscht hat."

Während sie sich unterhielten, hatte sie die Schublade mit einer mehrmals gefalteten Decke ausgelegt, um einen weichen Untergrund für das Baby zu schaffen.

„Danke, Alice. Das wird reichen. Obwohl er in einem oder zwei Monaten sicherlich die Schublade kaputt treten würde." Zärtlich drückte sie den Kleinen an sich und küsste ihn auf die Schläfe.

„Oh, bis dahin habe ich eine Wiege besorgt. Ich rechne fest damit, dass du mich oft mit ihm besuchen kommst."

„Macht dir das mit Lucas und mir denn nichts aus?" Unsicher suchte sie Alices Blick.

„Vielleicht sollte ich dich darum lieber fragen. Hast du Kummer?"

„Am Anfang war ich wütend. Jetzt bin ich mir nicht mehr sicher", gab sie ehrlich zu. „Wir kennen einander kaum, aber wir beide lieben Tony. Es ist uns beiden sehr wichtig, dass er ein schönes Leben führen kann. Darauf aufbauend kann ja vielleicht auch unsere Ehe klappen."

„Das Leben dort draußen auf der Ranch wird ganz anders sein, als du es bislang kennst."

„Schon bevor ich Lucas traf, hatte mich mein damaliges Leben zu Tode gelangweilt", gestand Aislinn. „Und die meisten Umstellungen sind nicht leicht."

Die Frauen sahen einander an. Alice musterte skeptisch Aislinns entschlossenen Gesichtsausdruck. „Lass uns das Bett herrichten", sagte sie schließlich ruhig.

Als es mit Laken bezogen war, stellte Aislinn fest, wie schmal es war. Wie sollte sie die Nacht darin mit Lucas verbringen? Sie hörte, wie er sich unten mit Gene unterhielt, nachdem er nur rasch das Gepäck ins Zimmer gebracht hatte.

„Ich gehe jetzt", sagte Alice. „Wenn ich Gene nicht gute Nacht sage, wird er sich vernachlässigt fühlen." Sie küsste Tony, der bereits zufrieden in der Schublade lag. Dann nahm sie noch einmal Aislinns Hand. „Ich freue mich sehr, dich in der Familie zu haben."

„Obwohl ich eine Weiße bin?"

„Im Unterschied zu meinem Sohn mache ich nicht eine ganze Rasse für das verantwortlich, was einige wenige getan haben."

Spontan gab Aislinn ihrer neuen Schwiegermutter einen Kuss auf die Wange. „Gute Nacht, Alice. Danke für alles."

Als sie allein war, stillte sie Tony und hoffte, dass er die Nacht durchschlafen würde. Aislinn wollte mit dem Stillen fertig sein, bevor Lucas ins Zimmer kam, weil sie nicht noch mal so eine Situation erleben wollte wie vorhin im Transporter.

Es gab im ganzen Haus nur ein Badezimmer, das sich zwischen den beiden Schlafzimmern befand. Aislinn ging dorthin, nachdem sie Tony zu Bett gelegt hatte. Zurück im Schlafzimmer, blieb ihr nichts mehr zu tun, als sich auszuziehen.

Dies war offiziell ihre Hochzeitsnacht, doch das Nachthemd, das sie aus dem Koffer zog, war schon etwas älter und nicht gerade aufreizend. Vielmehr wirkte es schlicht und praktisch.

Sie cremte sich gerade die Arme ein, als Lucas hereinkam und die Tür hinter sich schloss. Ungeschickt machte sie die Lotion wieder zu und redete sich ein, dass sie nicht aufgeregt war, weil sie eine Nacht mit Lucas verbringen würde.

Hätte sie sich im Spiegel betrachtet, dann wäre ihr ihr eigener erwartungsvoller Blick aufgefallen. Sie wirkte jung und unschuldig, obwohl ihr das Haar verführerisch über die Schultern fiel. Ihre Lippen glänzten rosig, und trotz des mädchenhaften Nachthemds sah sie in den Augen ihres Bräutigams unglaublich sexy aus.

Das Licht der Nachttischlampe war gedämpft, und Lucas' Schatten in dem kleinen Zimmer wirkte noch größer als sonst.

„Schläft Tony etwa schon?", erkundigte er sich und knöpfte sich das Hemd auf.

„Ja. Es scheint ihn nicht zu stören, in einer Schublade zu liegen."

Im Spiegel sah sie Lucas' Lächeln, als er sich über seinen Sohn beugte. Die Schublade stand auf dem Boden neben dem Bett. Wie leicht musste es sein, sich in einen Mann zu verlieben, der einer Frau gegenüber diese Zärtlichkeit ausstrahlte.

Innerlich riss sie sich zusammen. Bei keinem der Männer, die sie kannte, war so etwas vorstellbar, und schon gar nicht bei Lucas Greywolf. Um diese dummen Fantasien aus ihrem Kopf zu verbannen, nahm sie die Bürste und kämmte sich die Haare durch, bis sie vor Spannung knisterten.

Lucas setzte sich auf die Bettkante, um die Stiefel auszuziehen. „Gene hat mir eben gesagt, dass er sich über unsere Hochzeit freut."

Es war so untypisch für Lucas, eine derartige Unterhaltung zu beginnen, dass Aislinn die Hände sinken ließ und ihn im Frisierspiegel ansah. „Wieso?"

Er lachte, und auch das war ungewöhnlich. „Seit Jahren will er meine Mutter heiraten. Sie hat ihm versprochen, nach meiner Freilassung einzuwilligen." Lucas stand wieder auf und öffnete den Gürtel. „Jetzt nach unserer Hochzeit hat sie keine Ausflucht mehr."

„Er ist so ein netter, liebenswürdiger Mensch. Wie kann sie überhaupt zögern, ihn zu heiraten?"

„Immerhin ist er ganz anders als dein Ehemann."

Sie legte die Bürste weg. „So meinte ich das nicht."

„Spielt auch keine Rolle. Ich bin nun mal dein Mann."

Aislinn schluckte, als Lucas langsam auf sie zukam. Bis auf die Jeans ausgezogen, strömte er männliches Selbstbewusstsein aus. Unwillkürlich blickte sie auf den offenen Hosenknopf, und ihr Herz schlug wild in einer Mischung aus Verlangen und Beklommenheit.

In dem weichen Licht wirkte seine Haut noch dunkler, und sein Körperhaar schimmerte. Auf den Wangenknochen zeichnete sich der Schatten seiner langen Wimpern ab, und sein Blick schien Aislinn durchbohren zu wollen. Ihr kam es vor, als könne er durch sie hindurchsehen. Sie erbebte.

„Lucas?"

„Du hast schönes Haar."

Er stand jetzt direkt hinter ihr, und ihre Schultern befanden sich in Höhe seiner Hüften. Im Gegensatz zu seinem dunklen, muskulösen Bauch wirkte ihr Haar noch heller. Als er einzelne Strähnen zwischen den Fingern hindurchgleiten ließ, schimmerten sie golden. Wie gebannt betrachtete Aislinn diesen sinnlichen Anblick im Spiegel. Sie zwang sich, das Ganze wie eine Außenstehende zu sehen, obwohl sie selbst ein Teil davon war. Nur so konnte sie es durchstehen.

Als er eine Hand voll ihrer Haare an seinem Bauch rieb, klopfte ihr Herz dennoch rasend. Wenn sie sich jetzt eingestände, dass sie sich tatsächlich in dieser erotischen Situation befand, würde sie sich umdrehen und die straffe Haut seiner Magengegend küssen. Dann würde sie mit der Zunge den schmalen Streifen dunklen Haars hinunterfahren. Über den Nabel hinweg bis zu dem offenen Hosenbund, wo die Körperbehaarung wieder dichter und breiter wurde.

Er ließ ihr Haar wieder auf die Schultern fallen und strich mit den Händen über ihren Hals. „Wieso gefällt mir deine helle Haut so sehr?", fragte er heiser. „Ich versuche doch so sehr, sie zu hassen."

Er berührte ihre Ohrläppchen und rieb sie sanft mit Daumen und Zeigefinger. Aislinn seufzte auf. Ohne es zu wollen, legte sie den Kopf in den Nacken und lehnte sich dabei gegen Lucas' Bauch. Genießerisch rollte sie den Kopf von einer Seite zur anderen. Im Spiegel sah sie ihr Haar auf seiner dunklen Haut und stellte fest, wie schön sie beide zusammen waren.

Langsam strich er mit den Händen über ihre Schultern bis zu dem Halsausschnitt ihres Nachthemds. Aislinn riss die Augen auf und sah ihn im Spiegel an.

„Ich möchte meine Hände auf deiner Haut sehen."

Gefesselt sah sie zu, wie seine kräftigen Finger über ihren Oberkörper strichen und hinabfuhren, wobei er ihr das Nachthemd mit abstreifte. Als er über ihre Brüste strich, atmete sie keuchend. Sanft drückte er ihre Brüste und beschrieb kreisende Bewegungen. Mit den Handflächen umschloss er die Unterseiten ihrer vollen Brüste, während er gleichzeitig mit den Daumen ihre erregten Brustspitzen reizte.

Aufstöhnend wand sie sich unter den Liebkosungen und drückte den Kopf gegen den flachen Bauch, der sich unter Lucas' hastigen Atemzügen hob und senkte.

Im Spiegel blickten sie einander an und betrachteten fasziniert seine großen, männlichen Hände, die über die zarte Haut ihrer Brüste strichen. Mit sanftem Druck steigerte er langsam die Hitze ihrer Empfindungen, bis ihr Körper vor Verlangen bebte.

Tief in sich spürte sie eine Glut, die sie immer mehr ausfüllte. Es gab nur einen Weg, um dieses ungeduldige Sehnen zu stillen.

Das aber war unmöglich. Schlagartig traf Aislinn diese Erkenntnis, und sie stieß seine Hände von sich. Aufspringend zog sie sich das Nachthemd über die Brüste und wandte sich zu Lucas um. „Ich kann nicht."

Der verletzte Laut, den er ausstieß, klang wie von einem Tier, das verwundet in der Falle sitzt. Fest umfasste er ihren Oberarm und zog sie an sich. „Du bist meine Frau."

„Aber nicht dein Besitz", fuhr sie ihn an. „Lass mich los."

„Ich habe ein Recht darauf."

Mit den Fingern fuhr er ihr durchs Haar und drückte ihren Kopf näher zu sich. Unwillkürlich versuchte sie ihn von sich zu schieben. Sie drückte gegen die Seiten seines Brustkorbs. Die Haut fühlte sich glatt und warm an, und die Muskeln waren so hart, dass sie am liebsten erkundend darüberstreichen wollte. Mit Lippen und Zähnen wollte sie seinen Körper kennenlernen. Ihre Entschlossenheit nahm immer mehr ab.

Aber das hier war nicht richtig. Sie waren verheiratet, und damit bekam Lucas gewisse Rechte, doch sollte Liebe dabei keine Rolle spielen? Oder wenigstens gegenseitiger Respekt? Sie wusste, dass Lucas nur Verachtung für sie wegen ihrer Herkunft empfand. Sie wollte nicht lediglich ein Ventil für seine Lust darstellen.

Und wenn er nicht einsah, dass das, was sie taten, nicht richtig war, gab es noch einen anderen Grund, mit dem sie ihn von sich fernhalten konnte. Und diesen Grund würde sie jetzt benutzen.

Kurz bevor er die Lippen auf ihren Mund senken konnte, sagte sie: „Denk daran, Lucas! Tony ist noch nicht einmal einen Monat alt." Sie sah das Unverständnis in seinem Blick und fuhr hastig fort: „Du hast gesagt, du wollest mir niemals wehtun. Aber wenn wir jetzt miteinander schlafen würden, würdest du es tun. Mein Körper hat sich nämlich noch nicht ganz von der Geburt erholt."

Wortlos sah er ihr ins Gesicht, und sein erregter Atem streifte ihre Wange. Als er schließlich begriff, was sie meinte, blickte er an ihr hinunter.

Allmählich lockerte er den Griff und schob sie von sich. Unruhig befeuchtete sie sich die Lippen. „Reiz mich nicht noch mehr", beschwerte er sich und fuhr sich durchs Haar. Dann bedeckte er das Gesicht mit beiden Händen. „Geh ins Bett."

Sie wollte nicht streiten. Nachdem sie rasch noch einmal nach Tony gesehen hatte, der tief und ruhig schlief, legte sie sich in das frisch bezogene Bett. Die Klimaanlage kühlte die Luft, und so zog Aislinn eine leichte Decke über sich.

Sie schloss die Augen, bekam jedoch mit, als Lucas sich die Jeans auszog. Durch die Wimpern betrachtete sie ihn. Sie sah die langen Beine und die breiten Schultern. Das dunkle Dreieck zwischen seinen kräftigen Schenkeln und seine Erregung. Dann wurde es dunkel, als er die Lampe ausschaltete.

Als er neben ihr lag, konnte sie nur daran denken, dass er nackt und erregt war. Obwohl er sie nicht berührte, spürte sie seine Körperwärme. Das Geräusch seines Atems war gleichzeitig elektrisierend und beruhigend. Sie war völlig verspannt, bis er das Gewicht verlagerte und sie wusste, dass er sich auf die andere Seite gedreht hatte. Erst dann konnte sie sich genug entspannen, um einzuschlafen.

Aislinn öffnete die Augen einen Spalt. Es war noch früh am Morgen, und das Zimmer lag im ersten rosigen Dämmerlicht. Ihre Brüste schmerzten leicht. Tony hatte die ganze Nacht durchgeschlafen, aber er musste bald aufwachen. Das hoffte sie jedenfalls, denn der Druck in ihren Brüsten hatte sie geweckt.

Als sie die Augen ganz öffnete, erschrak sie, weil Lucas dicht vor ihr lag. Seine Brust befand sich direkt vor ihrer Nase. Deutlich konnte sie jedes einzelne Brusthaar erkennen. Die dunkle Haut unter dem weißen Laken verlockte zum Streicheln, doch Aislinn widerstand der Versuchung.

Reglos daliegend ließ sie den Blick über seinen Körper wandern. Den dunklen Hals entlang über das stolze Kinn, die schön geformten Lippen und die lange schmale Nase, die seinen weißen Vater verriet.

Sie sog hastig die Luft ein, als sie in seine Augen blickte. Gelassen beobachtete Lucas sie. Sein Haar wirkte auf dem weißen Kopfkissen nachtschwarz. „Wieso bist du schon wach?", fragte sie flüsternd.

„Aus Gewohnheit."

Sie musste sich beherrschen, um nicht zurückzuzucken, als er ihr eine Haarsträhne aus dem Gesicht strich. Prüfend rieb er die Haare zwischen den Fingern. „Ich war es in den letzten Jahren allerdings nicht gewohnt, neben einer Frau aufzuwachen. Du riechst gut."

„Danke." Jeder andere Mann hätte gefragt: Welches Parfüm benutzt du? Oder: Ich mag deinen Duft. Ihr Ehemann verlor jedoch nicht viele Worte. Er drückte genau das aus, was er dachte, und Aislinn schätzte die Aufrichtigkeit seines Kompliments.

Er berührte sie. Mit fast kindlicher Neugier strich er ihr über die Augenbrauen, die Nase und den Mund. Sanft rieb er ihr über den Hals. „So weiche Haut", stellte er fest.

Mit einer schwungvollen Bewegung warf er die Decke zurück, und Aislinn musste sich zusammenreißen, um still dazuliegen, während er ihr das Nachthemd über die Schulter zog. Er war ihr Ehemann, und sie entdeckte, dass sie ihn eigentlich nicht abhalten wollte.

Er würde ihr nicht wehtun, das wusste sie sicher. Wenn er wirklich gewalttätig wäre, hätte er ausreichend Gelegenheiten gehabt, ihr etwas anzutun. Mit welcher Vorsicht hatte er damals den Kratzer an ihrem Arm behandelt! So lag sie nur da und ließ ihn ihre Brüste betrachten und mit der Fingerkuppe streicheln.

Sein angespannter Kiefer drückte seine Empfindungen aus, und einen Moment blickte er ihr in die Augen, bevor er sich vorbeugte und sie auf den Hals küsste. Tief aufstöhnend rückte er näher an sie heran, bis ihre Brüste an seiner Brust rieben.

Er schmeckte ihre Haut und nahm sie sanft zwischen die Zähne. Aislinn spürte die Berührung seiner Zunge, und es kostete sie alle Willensanstrengung, nicht seinen Kopf zu umfassen und an sich zu drücken. Er hielt sich mit so großer Anspannung zurück, dass sie sich nicht zu bewegen wagte.

Er lehnte sich einen Moment zurück und zögerte, bevor er ihr das Nachthemd noch weiter herunterzog. Eingehend betrachtete er ihren ganzen Körper. Dann ruhte sein Blick auf ihrer intimsten Stelle. Mit den Fingerspitzen strich er über die hellblonden Haare, und sein Atem ging heftiger. Aislinn konnte seine körperliche Erregung deutlich sehen.

Mit einem Mal umfasste er ihr Handgelenk, und von der unvermittelten Bewegung erschreckt, blickte Aislinn ihm in die Augen. „Du bist meine Frau", sagte er. „Weise mich nicht zurück."

Bevor sie seine Absicht erkannte, zog er ihre Hand hinunter und drückte sie an sein Verlangen. Sie öffnete den Mund, um zu widersprechen, doch Lucas verschloss ihren Mund mit einem Kuss. Tief drang er mit der Zunge in sie ein.

Er drehte sie auf den Rücken und drückte ihre Schenkel auseinander. Zwischen ihren Körpern lag seine Hand an dem Zentrum ihrer Lust, während sie sein Verlangen umfasste. Gleichzeitig liebkoste er sie mit der Hand und wand sich in ihrem Griff.

Es war so intim und schön, dass sie beide den Kuss nicht unterbrachen, damit sie mit den Schreien der Lust nicht Tony weckten.

Und es schien nie zu enden.

Schließlich legte Lucas den Kopf an ihre Brüste. Sein Atem ging immer noch tief und schnell. Aislinn spürte seine Finger, die ihr durchs Haar strichen, als suchten sie etwas, das er nicht fassen konnte.

Dann rollte er plötzlich zur Seite und stand auf. Hastig suchte er seine Kleidung zusammen und zog sich gedankenverloren an. Er wirkte verärgert, als er sich die Stiefel anzog und ohne einen weiteren Blick aus dem Zimmer ging.

Aislinn war zutiefst enttäuscht und traurig. Sie sah zu der Tür, durch die er gerade verschwunden war. Schaffte er es nicht einmal, sie anzusehen, nach dem, was geschehen war? Für sie war es wunderschön gewesen. Er hatte sie nicht zwingen müssen, ihn zu streicheln und zu berühren. Aber das hatte er sicher nicht wahrgenommen.

Sie bebte immer noch am ganzen Körper. Wieso war er jetzt verärgert? Schämte er sich, oder war er angewidert? Wovon?

Möglicherweise war er jetzt genauso tief berührt wie sie und wusste ebenso wenig, wie er seine Gefühle einordnen sollte.

Sie beide hatten während ihrer Kindheit gelernt, die Gefühle zu verbergen. Aislinn durch ihre Eltern, Lucas durch die feindselige Umwelt. Er wusste nicht, wie er Zärtlichkeit und Zuneigung zeigen sollte. Diese Empfindungen gestand er nicht einmal sich selbst ein.

In diesem Moment erkannte Aislinn, dass sie Lucas Greywolf liebte.

Und wenn sie ihr Leben lang daran arbeiten müsste, sie würde ihn dazu bringen, ihre Liebe anzunehmen.

Dieses Vorhaben würde nicht leicht werden. Das erkannte Aislinn in dem Moment, als sie Lucas eine halbe Stunde später in der Küche traf. Er saß mit Alice am Tisch, trank Kaffee und aß Pfannkuchen. Aislinn übersah er vollkommen.

Während sie ihn ständig beobachtete, sah er nicht einmal in ihre Richtung. Aislinn wollte ihm ihre Liebe zeigen, doch er blickte so finster drein wie noch nie. Während des Frühstücks, des Abschieds von Alice und der Fahrt zu Lucas' Ranch sprachen sie kaum ein Wort miteinander.

Einsilbig antwortete er auf Aislinns Fragen, und sie schaffte es nicht, ihn in eine Unterhaltung zu verwickeln. Sie konnte den Blick kaum von ihm wenden, doch er blickte ihr nie direkt in die Augen. So liebenswürdig sie sich auch gab, er wirkte verschlossen und mürrisch.

Einmal, nachdem sie schon viele Kilometer gefahren waren, während Tony zufrieden zwischen ihnen schlief, fuhr Lucas zu ihr herum. „Was siehst du dir eigentlich die ganze Zeit an?"

„Dich."

„Lass das. Ich mag das nicht. Sieh dir lieber die Landschaft an."

„Wann hast du dir den Ohrring stechen lassen?"

„Vor Jahren."

„Und weshalb?"

„Weil ich es wollte."

„Er steht dir gut."

Sekundenlang blickte er wieder von der Fahrbahn zur Seite. „Was heißt das?", fuhr er sie an. „Willst du damit sagen, dass ein Mann einen Ohrring tragen darf, wenn er ein Indianer, ein Wilder ist?"

Aislinn verkniff sich eine bissige Antwort. „Nein", erwiderte sie sanft. „Das heißt, dass ich ihn an dir sehr attraktiv finde." Seine verbitterte Miene hellte sich für den Bruchteil einer Sekunde auf. Dann konzentrierte er sich wieder auf die Straße, die sich langsam die Berge hinaufwand. „Ich habe auch Ohrlöcher. Wir könnten also unsere Ohrringe austauschen."

Ihr Humor fand keine Erwiderung. Diesmal reagierte Lucas überhaupt nicht mehr. Erst einige Zeit später sagte er: „Ich trage nur diesen einen Ohrring. Mein Großvater hat ihn gemacht."

„Joseph Greywolf war Silberschmied?"

„Das war nur eine seiner vielen Fähigkeiten." Sein Tonfall hatte etwas Verteidigendes und klang gleichzeitig wie ein Angriff. „Kannst du dir nicht vorstellen, dass ein Indianer mehrere Fähigkeiten hat?"

Wieder ging sie auf die Herausforderung nicht ein, obwohl es ihr allmählich schwerer fiel. Sie begriff, dass er sich nur so aufführte, weil er sich über das, was heute früh geschehen war, ärgerte.

Er hatte ihr seine Schwäche gezeigt, und das konnte er jetzt nicht ertragen. Unter der abweisenden Schale war Lucas ein sehr empfindsamer Mann. Wie jeder Mensch sehnte er sich nach Liebe und Zuneigung, doch das sollte niemand erfahren.

Seine Feindseligkeit war nicht nur Verteidigung. Damit wollte er sich selbst auch dafür strafen, ein Außenseiter zu sein und seiner Mutter zur

Last gefallen zu sein. Als Gipfel der Selbstbestrafung hatte er sogar jahrelang für andere im Gefängnis gesessen. Aislinn wollte nicht aufgeben, ehe sie nicht jede seiner seelischen Wunden aufgedeckt und geheilt hatte.

„Du hast mir nicht erzählt, dass du Land besitzt. Ja, ja, ich weiß schon", wiegelte sie ab. „Ich habe nicht danach gefragt. Werde ich immer nachfragen müssen, um etwas von dir zu erfahren?"

„Ich erzähle dir, was meiner Meinung nach wichtig für dich ist."

Diese Überheblichkeit war nun doch zu viel für Aislinn. „Denkst du auch, eine Frau sollte nur gesehen, aber nicht gehört werden?", schrie sie. „Dann müssen Sie sich umstellen, Mr Greywolf, denn Mrs Greywolf denkt nicht daran, sich ihrem Traumgatten unterzuordnen. Und falls dem das nicht passt, hätte er Miss Andrews nicht so überstürzt zum Standesamt schleppen dürfen."

Krampfhaft hielt er sich am Lenkrad fest. „Was willst du über mich wissen?"

Etwas besänftigt lehnte sie sich zurück. „Hast du das Land von deinem Großvater geerbt?"

„Ja."

„Liegt die Hütte auf diesem Land?"

„Genau. Sie stand direkt hinter den Hügeln dort", sagte er und wies mit dem Kinn in die Richtung.

„Stand?"

„Ich habe sie abbrennen lassen."

Das verblüffte sie, und sie schwieg eine Weile. „Wie groß ist deine Ranch?"

„Wir sind nicht reich, falls du darauf hinauswillst", erwiderte er mit verletztem Stolz.

„Nein, das habe ich nicht gefragt. Wie groß ist das Land?"

Er nannte ihr eine Zahl, und sie war überrascht und beeindruckt. „Das blieb übrig, nachdem diese Mistkerle meinen Großvater betrogen haben. Es wurde Uran auf dem Grundstück gefunden, doch mein Großvater hat keinen Cent daran verdient."

Um nicht in eine heftige Auseinandersetzung über die Ausbeutung der Indianer zu geraten, wechselte sie das Thema. „Was für eine Ranch ist es? Züchtest du Rinder?"

„Pferde."

Eine Weile dachte sie schweigend nach. „Ich verstehe nicht, weshalb dein Großvater in Armut gestorben ist, wenn er Pferde und so viel Land besaß."

Damit hatte sie offenbar eine wunde Stelle getroffen. Verunsichert sah Lucas zu ihr. „Joseph war sehr stolz. Er wollte sich an die Traditionen halten."

„Mit anderen Worten", stellte sie klar, „er weigerte sich, mit moderner Technik zu arbeiten."

„So ungefähr", gab er leise zu.

Aislinn fand es liebenswert, dass Lucas seinen Großvater verteidigte, obwohl er hinsichtlich der Pferdezucht nicht einmal einer Meinung mit ihm gewesen war.

Den Rest der Fahrt verbrachten sie schweigend. Als sie vom Highway abbogen, wusste Aislinn, dass sie bald am Ziel waren. Er fuhr durch ein Holztor auf einen schmaleren Weg.

„Sind wir bald da?", fragte sie.

Er nickte. „Erwarte aber nicht zu viel."

Wie sich herausstellte, war Lucas schließlich überraschter als Aislinn. „Was ist denn hier los?", murmelte er verärgert, als sie den letzten Hügel emporfuhren.

Aislinn versuchte, alles auf einmal in sich aufzunehmen. Das Anwesen lag zwischen zwei flachen Hügeln, die ein Hufeisen formten. An einem Ende der offenen Fläche befand sich eine Pferdeweide, auf die zwei reitende Männer gerade eine kleine Herde trieben. Am Berghang lag ein alter, verwitterter Stall.

Am anderen Ende des Halbkreises stand ein Wohnwagen, von dem die Farbe abblätterte. Er sah so aus, als könne er jeden Moment unter dem Eigengewicht zusammenbrechen. In der Mitte am Ende des Geländes stand ein Steinhaus. Die Farbe entsprach der der dahinter aufragenden Berge, und so fügte das Haus sich unauffällig in die Landschaft.

Es war von Geschäftigkeit umgeben. Männer riefen sich gegenseitig etwas zu, und von den Felswänden klang das Echo von Hammerschlägen bis zu dem kleinen Transporter hinüber. Außerdem hörte Aislinn noch von irgendwo das schrille Geräusch einer Kreissäge.

Lucas hielt den Transporter an und stieg aus. Ein Mann in Cowboykleidung kam aus einer Gruppe vom Haus winkend auf sie zugelaufen. Er war kleiner und kompakter als Lucas. Außerdem hatte er wie viele Reiter O-Beine.

„Johnny, was geht hier vor?", fragte Lucas statt einer Begrüßung.

„Wir richten das Haus für dich her."

„Ich wollte in dem Wohnwagen leben, bis ich genug gespart habe, um das Haus zu erneuern."

„Dann musst du eben jetzt nicht mehr warten", sagte Johnny zwinkernd. „Hallo, übrigens. Schön, dass du wieder da bist." Er schüttelte Lucas die Hand, doch der sah seinem Freund über die Schulter auf das Haus.

„Ich kann das doch alles nicht bezahlen."

„Du hast es schon bezahlt."

„Was soll das bedeuten? Weiß meine Mutter davon?"

„Ja, aber wir haben sie zum Schweigen verpflichtet. Seit wir von deiner bevorstehenden Entlassung wissen, arbeiten wir, damit es fertig wird, bevor du kommst. Zum Glück hast du dir ein paar Tage Zeit gelassen."

Johnny blickte unverhohlen auf die blonde Frau, die gerade aus dem Transporter stieg. Sie trat neben Lucas und hielt ein Baby im Arm. Der Kopf des Kindes war mit einem Tuch vor der Sonne geschützt. „Hallo."

Lucas drehte sich um und bemerkte Aislinn. „Oh. Johnny Deerinwater, dies ist meine ... meine Frau."

„Ich heiße Aislinn." Sie streckte die Hand aus.

Freundschaftlich schüttelte Johnny ihr die Hand und schob sich den Hut aus der Stirn. „Schön, Sie kennenzulernen. Alice hat uns gesagt, dass Lucas geheiratet hat. Ich schätze, der Kerl hätte Sie sonst vor seinen Freunden verheimlicht."

„Mutter hat also heute früh hier angerufen."

„Ja. Sie sagte, du seist gerade losgefahren. Wie gesagt, arbeiten wir schon ein paar Wochen an dem Haus, aber seit heute Morgen haben wir uns noch etwas mehr beeilt, weil wir jetzt wussten, dass du deine Frau und dein Baby mitbringst. Wollen wir nicht lieber aus der Sonne gehen?"

Johnny winkte Aislinn, sie solle vorgehen. Sie merkte, dass alle Arbeiter ihr mit Blicken folgten. Als sie einigen von ihnen zulächelte, wurde ihr Lächeln zum Teil zurückhaltend, zum Teil misstrauisch erwidert.

Lucas und Johnny folgten ihr. „Seit Joseph tot ist", sagte Johnny, „haben wir uns abgewechselt, um die Herde zu versorgen, aber die Pferde sind in alle Richtungen verstreut, und obwohl wir seit Wochen suchen, haben wir noch nicht alle wieder eingefangen."

„Ich werde sie schon finden", beruhigte Lucas ihn.

Aislinn betrat die große Veranda und ging in das Haus. Der Geruch frischer Farbe und geschliffenen Holzes überfiel sie, war ihr jedoch nicht unangenehm. Sie drehte sich im Kreis. Die weiß getünchten Wände ließen das Haus noch größer erscheinen. Überall waren Fenster, und von der Decke hingen nackte Glühbirnen. Die Fußböden waren einheitlich gefliest, und im größten Raum befand sich ein Kamin. Sofort konnte Aislinn sich darin ein knisterndes Feuer an einem kalten Abend vorstellen. Staunend wandte sie sich an Lucas, doch der schien von dem Anblick genauso überrascht zu sein wie sie.

„Als ich hier wegging, gab es hier nichts als blanke Mauern", sagte er. „Wer hat das alles gemacht, Johnny?"

„Also, Alice und ich haben uns mal bei einer Tasse Kaffee darüber unterhalten", sagte er und wischte sich mit einem Tuch den Schweiß von der Stirn. „Wir beschlossen, dass einige Leute, die du mal rechtlich beraten hast, etwas von ihren Schulden abarbeiten könnten. Zum Beispiel hat Walter Kincaid die Böden gefliest. Pete Deleon hat die Leitungen verlegt." Er ging eine Reihe von Namen durch und zählte auf, was die Einzelnen zu dem Haus beigetragen hatten.

„Ein paar der eingebauten Dinge sind aus zweiter Hand, Mrs Greywolf", entschuldigte er sich, „aber wir haben sie so gut wie möglich gereinigt."

„Es sieht alles wundervoll aus", stellte Aislinn fest. Auf dem Boden lag ein großer, handgeknüpfter Teppich mit indianischen Mustern. „Vielen Dank für alles, und bitte nennen Sie mich Aislinn."

Johnny nickte lächelnd. „Für die Küche haben wir eine ganz hübsche Sitzecke gefunden, und heute Morgen haben wir ein … ein Bett besorgt."

„Ich habe auch Möbel, die wir heraufbringen lassen können", sagte Aislinn schnell. Lucas sah sie scharf an, sagte jedoch nichts. Aislinn war froh, dass er vor den anderen nicht mit ihr stritt. Auch wenn ihre Ehe ungewöhnlich war, musste das ja nicht jeder sofort erfahren.

„Linda, meine Frau, kommt heute Nachmittag und bringt ein paar Lebensmittel."

„Ich freue mich darauf, sie kennenzulernen."

Draußen hielt ein kleiner Lastwagen an, und Johnny ging zur Tür. „Das ist noch Zubehör für das Bad."

„Ich kann das nicht bezahlen", wiederholte Lucas stur.

„Wir stehen alle in deiner Schuld." Johnny lächelte und ging hinaus.

„Vielleicht solltest du mir lieber das Schlafzimmer zeigen", schlug Aislinn vor. „Damit ich Tony hinlegen kann."

„Ich bin mir selbst nicht sicher, wo es ist", erwiderte Lucas barsch.

„Hast du in dem Wohnwagen gelebt?" Aislinn folgte ihm durch den Flur.

„Ja. Über Jahre habe ich an dem Haus gebaut, wann immer ich etwas Geld übrig hatte."

„Mir gefällt es." Sie betraten ein großes Zimmer, aus dem man durch ein breites Fenster auf die Berge sehen konnte.

„Das musst du nicht sagen. Im Vergleich zu deinem Luxushaus ist es nur eine Hütte."

„Das ist nicht wahr! Ich werde es einrichten, und …"

„Das mit deinen Möbeln kannst du vergessen."

„Wieso? Weil du zu stolz bist, um irgendetwas zu benutzen, das deiner Frau gehört? Gibt es bei Indianern nicht auch eine Mitgift?"

„Nur in alten Western. Ich kann meine Familie selbst versorgen."

„Daran zweifle ich doch gar nicht, Lucas."

„Sobald ich ein paar Pferde verkauft habe, werde ich die nötigen Möbel beschaffen."

„Und in der Zwischenzeit schläft dein Sohn auf dem Boden?"

Lucas sah zu Tony. Aislinn hatte ihn auf das breite Bett gelegt. Er war wach und sah sich neugierig um, als spüre er, dass er sich in einer neuen Umgebung befand. Lucas strich ihm mit einem Finger über die Wange und lachte, als Tony den Finger ergriff und zu seinem Mund zog.

„Siehst du, Lucas", flüsterte Aislinn. „Ob du willst oder nicht, es gibt Menschen, die dich lieben."

Er blickte sie eiskalt an, drehte sich um und verließ das Zimmer.

9. KAPITEL

*D*ie nächsten Wochen brachten zahlreiche Veränderungen im Leben von Lucas und Aislinn. Unter Johnny Deerinwaters Leitung beendeten Lucas' Freunde die Arbeiten im Haus. Es war keinesfalls luxuriös ausgestattet, aber gemütlich. Mit sicherem Geschmack und viel Farbe richtete Aislinn das Haus ein, bis es anheimelnd und freundlich wirkte.

Sobald das Telefon angeschlossen war, rief sie in Scottsdale bei einer Spedition an und nannte die Möbelstücke, die sie zusammen mit der Waschmaschine und dem Trockner angeliefert bekommen wollte. Ein paar Tage später kam der Möbelwagen.

Während die Männer die Möbel ausluden, kam Lucas angeritten und sprang aus dem Sattel. Als Aislinn ihn zum ersten Mal auf einem Pferd gesehen hatte, war sie fasziniert gewesen, wie männlich er im Sattel wirkte. Sie genoss seinen Anblick in ausgeblichenen Jeans, Stiefeln, Hut und Arbeitshandschuhen. Oft blieb sie am Fenster stehen und sah ihm bei der Arbeit im Freien zu.

Jetzt allerdings hielt sie beim Anblick seines verärgerten Gesichts die Luft an.

Wütend kam er über die Veranda. „Ich habe dir doch gesagt, dass du dein ganzes Zeug nicht kommen lassen sollst", fuhr er sie mit gefährlich leiser Stimme an.

„Nein, das hast du nicht." Trotz seiner Wut hielt sie seinem Blick stand.

„Wir werden darüber nicht streiten, Aislinn. Sag ihnen, sie sollen alles wieder aufladen und zurück nach Scottsdale bringen. Ich brauche deine Großzügigkeit nicht."

„Ich tue das weder für dich noch für mich."

„Na, Tony kann wohl schlecht auf einem Sofa sitzen", erwiderte er boshaft.

„Mir geht es um Alice."

Verblüfft sah er sie an. „Meine Mutter?"

„Ja, sie will ihren Hochzeitsempfang hier geben. Willst du sie beschämen, indem alle Gäste auf dem Boden sitzen müssen?"

Eine Ader in seiner Schläfe pulsierte stark. Sie wussten beide, dass er darauf nichts erwidern konnte. Und obwohl er ihr am liebsten zu ihrer Gerissenheit gratuliert hätte, war er so wütend auf sie, dass er sie viel eher gewürgt hätte.

Eine Weile sah er sie wortlos an, dann drehte er sich um und ging zurück zu seinem Pferd. Beim Wegreiten wirbelte er jede Menge Staub auf.

Den ganzen Nachmittag verbrachte Aislinn damit, die Möbel zurechtzurücken, egal, wie schwer sie waren. Merkwürdigerweise passten die Möbel perfekt in die neue Umgebung. Die Sandtöne und die schlichten Formen fügten sich problemlos in die Farben, mit denen Lucas' Freunde das Haus gestrichen hatten.

Am frühen Abend war sie erschöpft, dennoch kochte sie zur Versöhnung für den Streit am Morgen ein besonders gutes Abendessen. Die Küche war zwar nicht sehr gut ausgestattet, doch dafür gab es viel Platz zum Kochen.

Tony war ihr an diesem Tag keine Hilfe. Er weinte oft, ohne dass Aislinn den Grund dafür herausfinden konnte. Während das Essen im Ofen warm stand, nahm sie ein Bad und richtete sich so schön wie möglich für Lucas her.

Sie machte ihm keinen Vorwurf, als er erst Stunden später in der Dunkelheit zurückkam. „Möchtest du ein Bier, Lucas?"

„Klingt gut", erwiderte er mürrisch und zog seine Stiefel vor der Hintertür aus. „Ich gehe erst mal duschen." Ohne einen Dank nahm er ihr das Bier aus der Hand und verschwand in Richtung Bad. Nachsichtig blickte Aislinn ihm hinterher.

Er gab keinerlei Kommentar zu den Möbeln ab und setzte sich an den mit Aislinns Geschirr gedeckten Küchentisch. Schweigend fing er an zu essen. „Was ist das für ein Geräusch?", wollte er nach einer Weile wissen.

„Die Waschmaschine und der Trockner", antwortete sie. „Tony verbraucht so viel Wäsche, und spätestens im Winter wäre es lästig geworden, alle paar Tage in die Stadt zum Waschautomaten zu fahren."

Wie sie erwartet hatte, blickte Lucas zu Tony. Sie hatte das Kind in seiner Tragetasche auf den freien Stuhl gestellt, damit er ihre Stimmen hören und auf diese Weise an der Mahlzeit teilnehmen konnte. Lucas erkannte anscheinend die Vorteile einer eigenen Waschmaschine und sagte nichts mehr.

Aislinn fühlte sich etwas erleichterter. „Wenn sein Kinderzimmer erst einmal eingerichtet ist, wird vieles besser", wagte sie sich weiter vor. „Dann kann er nirgendwo herunterfallen. Ist dir aufgefallen, wie lebhaft er geworden ist?" Sie wischte sich den Mund ab und blickte auf ihren Teller. „Außerdem muss er dann nicht mehr zwischen uns schlafen."

Lucas zögerte zwar einen Augenblick, dann kaute er jedoch weiter und schluckte den Bissen hinunter. „Ich muss noch arbeiten." Abrupt stand er vom Tisch auf.

„Aber ich habe noch Kuchen zum Nachtisch gebacken."

„Später vielleicht."

Bedrückt sah sie ihm nach. Eigentlich musste sie froh sein, dass es keinen größeren Streit mehr über die Möbel gegeben hatte, aber es machte sie traurig, dass er so schnell von ihr wegkommen wollte, besonders, wenn sie über das gemeinsame Schlafen sprach.

Seit sie hier wohnten, hatte Tony zwischen ihnen beiden schlafen müssen. Doch Aislinn nahm an, dass nicht nur seine Gegenwart daran schuld war, dass Lucas sie seit jenem Morgen in Alices Haus nicht mehr berührt hatte. Meist behandelte er sie völlig gleichgültig, und nur selten sah er sie überhaupt an. Auf keinen Fall jedoch zeigte er ihr gegenüber so etwas wie Leidenschaft.

Aber darum ging es ihr eigentlich nicht in erster Linie. Den ganzen Tag über war er unterwegs, und Aislinn hatte nur Tony als Gesellschaft.

Sie war in einem Haus aufgewachsen, in dem sie ihre Meinung nie offen aussprechen durfte. Und sie hatte ganz bestimmt nicht vor, den Rest ihres Lebens schweigend zu verbringen. Deshalb beschloss sie, Lucas nicht so einfach davonkommen zu lassen und ihn direkt auf seine Missmutigkeit anzusprechen.

Zum ersten Mal seit Wochen legte Aislinn Tony zum Schlafen wieder in seine Wiege. Eine halbe Stunde später trug sie ein Tablett ins Wohnzimmer. Lucas saß auf dem Sofa. Überall um ihn herum lagen Papiere. Er schrieb in ein kleines schwarzes Notizbuch. Aislinn bemerkte er erst, als sie die Lampe neben ihm einschaltete.

„Danke", sagte er zu ihr hochblickend.

„So kannst du besser sehen. Wie kannst du überhaupt in dieser Dunkelheit lesen?"

„Es ist mir nicht aufgefallen."

Aislinn vermutete, dass er nur nicht ihre Lampe benutzen wollte, obwohl er auch auf ihrem Sofa saß, doch sie sagte nichts dazu. „Hier ist frischer Kaffee und Kuchen", sagte sie und stellte das Tablett ab.

„Was für Kuchen?"

„Apfel. Magst du Apfelkuchen?"

„Im Gefängnis habe ich gelernt, nicht zu wählerisch zu sein."

„Warum fragst du dann erst?", versetzte sie gereizt.

Ohne darauf zu reagieren, schlang er das Stück Kuchen in sich hinein. Anscheinend aß er gern Süßes, und Aislinn nahm sich vor, öfter zu backen.

Er schob den leeren Teller von sich und beugte sich wieder über seine Papiere.

„Geht es dabei um die Ranch?", erkundigte sie sich.

„Nein. Es ist ein Gerichtsfall." Er machte eine kurze Pause, als ihm einfiel, dass er nicht mehr als Anwalt arbeiten durfte. „Dieser Mann hier fragt an, ob es sich für ihn lohnen könnte, vor Gericht zu ziehen."

„Und was denkst du?"

„Ich finde, er sollte es tun." Wieder machte er sich eine Notiz in sein Büchlein.

„Lucas, ich möchte mit dir reden."

Er legte den Stift weg und griff nach der Tasse Kaffee. „Worüber?"

Sie setzte sich in die andere Ecke des Sofas und zog die Knie bis unter das Kinn an. „Ich habe mir mit den Möbeln auch meine Fotoausrüstung bringen lassen. Jetzt kann ich es nicht erwarten, wieder zu fotografieren." Sie zupfte an einem Kissen herum und atmete tief durch. „Und ich wollte dich fragen, was du davon halten würdest, wenn ich den Wohnwagen zu einer Dunkelkammer umbaue."

Er blickte sie an, und hastig redete sie weiter: „Man müsste gar nicht viel ändern. Ein Waschbecken ist schon da, und das meiste könnte ich allein machen. Denk nur, wie praktisch es wäre, wenn wir Fotos von Tony machen und sie gleich entwickeln könnten. Wir bekämen so viele Abzüge, wie wir nur wollten. Und ich könnte Vergrößerungen machen …"

„Ich bin kein Narr, Aislinn." Es war das erste Mal seit Tagen, dass er sie mit ihrem Namen ansprach, und das spürten sie beide. „Die paar Bilder von Tony sind es kaum wert, dass du den Wohnwagen zur Dunkelkammer machst. Was also hast du vor?"

„Ich möchte arbeiten, Lucas. Der Haushalt allein füllt mich nicht aus."

„Du hast ein Kind."

„Ein sehr braves, das ich liebe und anbete und mit dem ich gern spiele. Aber er braucht mich auch nicht jede Sekunde. Ich muss etwas tun."

„Und du willst Fotos machen. Wovon?"

Das war der heikle Punkt an der Geschichte. „Von dem Reservat und den Menschen, die darin leben."

„Nein."

„Hör doch bitte zu. Bevor ich hierher kam, hatte ich keine Ahnung von dieser …"

„Armut", vervollständigte er knapp.

„Ja, und von diesem …"

„Schmutz, Alkoholprobleme, Verzweiflung, Hoffnungslosigkeit."

„Genau das ist es, denke ich", sagte sie leise. „Die Hoffnungslosigkeit. Aber wenn ich es fotografiere und meine Bilder vielleicht veröffentlicht werden …"

„Es würde nichts helfen", widersprach Lucas.

„Aber es könnte auch nicht schaden." Sie sprang ärgerlich auf, weil er ihre Idee verwarf, ohne überhaupt richtig zuzuhören. „Ich will es tun, Lucas."

„Du willst dir deine zarten weißen Hände schmutzig machen?"

„Du bist auch zur Hälfte weiß."

„Darum habe ich nicht gebeten!", schrie er.

„Wir alle sind für dich Monster, stimmt's? Wie kommt es, dass du dich nie über Genes Arbeit hier im Reservat lustig machst?"

„Weil er nicht den großmütigen, mitfühlenden Wohltäter spielt."

„Und ich tue das?"

„Siehst du nicht, wie verlogen deine Hilfe wirken würde?"

„Weswegen?"

„Du lebst hier." Er machte eine ausholende Geste. „In diesem wunderbar eingerichteten Haus. Ich habe immer Indianer verachtet, die von anderen Indianern profitiert haben. Sie vergessen, wer sie sind, und leben wie die Weißen. Und du hast mich jetzt zu einem von ihnen gemacht."

„Das ist nicht wahr, Lucas. Niemand würde dich so einschätzen." Er war aufgesprungen und wandte ihr den Rücken zu. Jetzt fasste sie ihn am Arm und drehte ihn zu sich. „Du arbeitest schwer daran, ein Indianer zu sein. Demnächst malst du dir noch das Gesicht an und gehst auf den Kriegspfad, nur damit alle den großen tapferen Krieger in dir sehen und nicht an das weiße Blut denken, das in deinen Adern fließt."

Sie musste Atem holen, sprach jedoch erhitzt weiter. „Du hast mir gezeigt, wie sehr ich mich geirrt habe. Bislang hatte ich gedacht, ein Indianer sei nicht nur mutig und tapfer, sondern auch gefühlvoll und leidenschaftlich." Mit dem Zeigefinger stieß sie ihn vor die Brust. „Doch das wirst du nie sein. Du zeigst keine Gefühle, weil du das für eine Schwäche hältst. Meiner Meinung nach ist Starrköpfigkeit eine größere Schwäche als Zärtlichkeit. Aber du wirst niemals wissen, was das ist."

„Ich kann sehr wohl Zärtlichkeit empfinden", verteidigte er sich.

„Ach ja? Also ich als deine Ehefrau habe noch keine Anzeichen davon bemerkt."

Sie prallte gegen seine Brust, noch bevor sie überhaupt mitbekam, dass er sich bewegt hatte. Mit einem Arm umschlang er ihre Taille, während er mit der anderen Hand ihr Gesicht seitlich hielt.

Er senkte den Kopf und küsste sie sanft auf den Mund. Beim zweiten Kuss öffnete sie die Lippen, und er drang so sanft mit der Zunge ein, dass Aislinn erzitterte. Vorher hatten seine Küsse immer etwas Gewalttätiges an sich gehabt, doch dieser war überaus zärtlich.

Lucas vertiefte den Kuss immer mehr und strich ihr mit der Zunge den Gaumen entlang. Er liebkoste und reizte das Innere ihres Mundes, bis Aislinn sich nur noch schwach an seinem Hemd festkrallte.

Als er schließlich den Mund von ihrem löste, verbarg er das Gesicht in ihrer Halsbeuge. „Ich will das nicht", stöhnte er auf. „Ich will nicht."

Sie rieb sich an ihm. Sein Unterleib bewies ihr, dass er log. „Doch, du willst, Lucas. Du willst."

Mit beiden Händen hob sie seinen Kopf an und fuhr ihm mit einem Finger über die Augenbraue, den Wangenknochen entlang und seine Nase hinab. Dann umfuhr sie die Linien seines Mundes. „Du könntest dein Volk niemals verraten, Lucas."

Die Berührung der Fingerspitze an ihren Lippen machte ihn schwach. Der Duft ihres Körpers erfüllte ihn und ließ ihn die Verzweiflung vergessen, von denen Teile des Reservats erfüllt waren. Der Anblick verschmutzter Kinder wurde von dem Verlangen verdrängt, das er in Aislinns blauen Augen sah. Er spürte nicht mehr die Verbitterung, die ihn stark und unnahbar machte. Alles, was er spürte, war Aislinns warmer Mund.

Sie war seine gefährlichste Feindin, denn ihre Waffe war die Verführung. Ihre Weichheit machte auch ihn schwach. Was er in diesem Moment fühlte, erschreckte ihn, und er benutzte das Mittel, das ihm immer zur Verfügung stand: seine Verachtung.

„Ich bin schon ein Verräter, weil ich eine weiße Frau habe."

Aislinn zuckte zurück, als hätte er sie geschlagen. Mit schmerzvollem Blick trat sie von ihm zurück. Damit er ihre Tränen nicht sah, wandte sie sich ab und lief ins Schlafzimmer.

Als Lucas ihr eine Stunde später folgte, tat sie so, als würde sie bereits schlafen. Tony diente nicht mehr als Puffer zwischen ihnen. Aber die Feindseligkeit erfüllte denselben Zweck.

Die abweisende Kühle zwischen Lucas und Aislinn hielt an. An dem Tag, an dem Gene Dexter und Alice Greywolf heirateten, tat Aislinn ihr Bestes, um so zu tun, als sei ihre Ehe mit Lucas zauberhaft. Die Dekoration im Haus war zwar nicht sehr ausgefallen, doch sie verbreitete Partystimmung. Die Gäste amüsierten sich ausgezeichnet. Aislinn hatte gelernt, wie man eine Party macht. Sie war eine fröhliche, reizende Gastgeberin, die offensichtlich großen Spaß hatte.

Doch Alice ließ sich nicht täuschen.

„Ich kann nicht glauben, dass du mich endlich geheiratet hast."

Gene und Alice waren nach Santa Fe in die Flitterwochen gefahren. Als er sie jetzt sanft im Arm hielt und ihr über das schwarze Haar strich, konnte er es kaum fassen, dass seine Träume sich endlich erfüllt hatten. „Du hast wundervoll ausgesehen, aber das tust du ja immer."

„Aislinn hat sich viel zu viel Mühe mit dem Empfang gegeben. Ich hatte gar nicht mit so etwas Großem gerechnet."

„Sie ist eine liebe Frau", antwortete Gene abwesend, während er Alice auf die Wange küsste.

„Tony wirkte sehr unruhig."

„Aislinn sagte mir, dass er ungewöhnlich viel schreit. Ich habe ihr empfohlen, ihn nach unserer Rückkehr zur Untersuchung zu bringen."

„Sie sind unglücklich, Gene."

Seine Arme fielen herab, und er seufzte tief auf. „Ich wusste gar nicht, dass wir Lucas und Aislinn mit in die Flitterwochen genommen haben."

„Oh, Gene." Alice schlang die Arme um ihn und drückte ihn an sich. Er hatte sein Jackett ausgezogen, aber sie waren noch in ihren Hochzeitskleidern. „Tut mir leid. Ich weiß, ich sollte mir keine Sorgen um die beiden machen, aber ich schaffe es nicht. Aislinn sieht aus, als würde sie auf einem Drahtseil tanzen, und Lucas ..."

„Wie ein Bündel Dynamit kurz vor der Explosion", beendete Gene den Satz. „Er ist trotziger denn je. So verärgert habe ich ihn noch nie gesehen." Gene lachte leise in ihr Haar. „Persönlich halte ich das für ein gutes Zeichen."

„Wieso?" Sie hob fragend den Kopf.

Mit einem Finger strich er ihr über die Wange. „Wenn sie ihn nicht so sehr beschäftigen würde, wäre er nicht so gereizt. Ich glaube, diese kleine Frau dringt besser zu ihm vor als alle anderen. Und das bereitet dem furchtlosen Lucas Greywolf große Angst."

„Meinst du, Aislinn liebt ihn?"

„Ja, ganz ohne Zweifel. Ich habe etwas über ihren Vater herausgefunden. Er sitzt so ziemlich in jedem Vorstand in Scottsdale. Eine Frau mit ihrer Herkunft, deren Vater eine derartige Position in der Gesellschaft hat, hätte gegen einen Indianer das Sorgerecht bekommen können, ohne einen Finger zu krümmen. Ich weiß nicht, womit er ihr gedroht hat, aber sie musste deinen Sohn nicht heiraten. Ja, ich denke, dass sie ihn liebt."

„Und was ist mit Lucas? Liebt er sie?"

Gene runzelte die Stirn, als er an den Hochzeitsempfang dachte. Immer wenn er Lucas angesehen hatte, hatte der zu Aislinn geblickt. Und nicht nur zufällig, vielmehr hatte er sie eingehend beobachtet. Alles andere um ihn herum war ihm gleichgültig gewesen.

Er erinnerte sich, dass Aislinn die schwere Bowle ins Wohnzimmer getragen hatte. Lucas war zuerst zu ihr hingestürmt, um ihr die schwere Last abzunehmen, hatte es sich im letzten Moment jedoch anders überlegt und war stehen geblieben.

Als sie sich von den beiden verabschiedet hatten, waren Lucas' Gedanken ganz sicher nicht bei seiner Mutter oder Gene gewesen. Er wirkte wie gefangen von seiner Frau. Sein ganzer Körper war angespannt, als müsse er sich mit äußerster Mühe unter Kontrolle halten, während Aislinn nach außen hin unbeschwert lachend gewinkt und ihnen alles Gute gewünscht hatte.

„Als Arzt würde ich sagen, er ist liebeskrank", sagte Gene jetzt. „Er weiß vielleicht nicht, dass er sie liebt, oder wenn er es weiß, will er es nicht wahrhaben."

„Ich möchte, dass sie glücklich sind."

„Ich möchte, dass wir glücklich sind. Weißt du, was mich gerade jetzt überglücklich machen würde?" Er hob Alices Gesicht an und küsste sie, zunächst zärtlich, dann immer leidenschaftlicher. Mit den Armen hielt er sie und drückte sie an sich. „Alice, Alice", stöhnte er, als er schließlich den Mund von ihren Lippen löste. „So lange habe ich auf diesen Augenblick gewartet. Ich kann mich an gar keinen Moment erinnern, in dem ich mich nicht nach Alice Greywolf gesehnt habe."

„Alice Dexter", stellte sie leise richtig.

Gene nahm das als Zeichen dafür, dass sie ihn auch liebte und begehrte. Er griff nach den Knöpfen auf dem Rückenteil ihres schlichten cremefarbenen Leinenkleids. Spitze und Rüschen hätten an ihrer zierlichen Figur nur erdrückend gewirkt. Als Schmuck trug sie lediglich ein Paar goldene Ohrringe, eine Goldkette und den schmalen goldenen Trauring.

Als er alle Knöpfe geöffnet hatte, zog er ihr das Kleid über die Schultern.

„Ich bin keine junge Frau mehr, Gene", wandte sie mit zitternder Stimme ein. „Ich bin bereits Großmutter."

Er lächelte nur und zog ihr das Kleid aus. Sein tiefes Atemholen und das Erbeben, das ihn durchlief, waren Beweis genug für die Empfindungen, die ihr Anblick in ihm auslöste. Sie war zierlich und schlank. Die aufreizende Unterwäsche passte perfekt zu ihr. Sie war eine bescheidene Frau mit einer unterschwelligen Sinnlichkeit, die es lediglich zu wecken galt.

Gene bewunderte seine Braut.

Sanft hielt er sie im Arm und küsste sie, bis sie ihre Scheu ablegte. Langsam zog er Alice auch die restliche Kleidung aus und trug seine Frau zum Bett. Sie schloss die Augen, während er sich auch entkleidete.

Dann kam er zu ihr und drückte sie nur an sich, während Schauer der Ekstase ihn durchliefen. Alice zitterte.

„Alice", flüsterte er. „Hab keine Angst. Solange du willst, bin ich schon damit zufrieden, dich nur im Arm zu halten. Ich weiß, warum du Angst hast. Aber ich schwöre dir, dass ich dir niemals ein Leid zufügen werde."

„Das weiß ich, Gene. Wirklich. Es ist nur schon so lange her ..."

„Schon gut. Du musst nicht weitersprechen. Nichts wird geschehen, wenn du es nicht willst." Beschützend hielt er sie im Arm und bemühte sich, seine Lust unter Kontrolle zu halten. Diese Frau war das Warten wert.

Schließlich entspannte sie sich, und er fühlte sich so weit ermutigt, sie sanft zu streicheln. Ihre Haut war seidenweich. Sie hatte den Körper einer jungen Frau, und Gene blickte fasziniert auf ihre runden, festen Brüste. Als er sie dort berührte, stöhnte sie leise, doch ein rascher Blick in ihr Gesicht verriet ihm, dass es Lust und nicht Angst war. So sanft wie eine Feder berührte er ihre dunklen Spitzen mit den Lippen.

Er liebkoste sie erregend und gleichzeitig beruhigend, bis er spürte, dass sie bereit war. Und ihr Liebesspiel war fast schmerzhaft süß, unglaublich zärtlich und schließlich wild und leidenschaftlich.

Später, als er sie im Arm hielt, seufzte er dicht an ihrem Ohr. „Selbst wenn ich noch zwanzig Jahre auf dich hätte warten müssen, Alice – du wärst die Zeit wert gewesen."

„Und du auch, Gene", erwiderte sie und küsste seine Brust. „Du auch."

Lucas schloss die Stalltür und verriegelte sie. Auch wenn dies der Hochzeitstag seiner Mutter war, auf einer Ranch hörte die Arbeit niemals auf. Gleich nachdem die Gäste gegangen waren, hatte er sich umgezogen und wieder an die Arbeit gemacht. Nach diesem langen Tag war er erschöpft.

Morgen würde ein möglicher Käufer wegen einiger Pferde kommen. Das Geld daraus wollte Lucas anlegen, um eine Hilfe einzustellen.

Vielleicht war es gut, dass er nicht mehr als Anwalt arbeiten durfte. Die Arbeit als Anwalt und auf der Ranch wäre einfach zu viel geworden. Und es machte ihm Spaß, im Freien zu arbeiten.

Dennoch vermisste er die Anwaltstätigkeit. Er hatte eine spannende Verhandlung immer genossen, und er war ein ausgezeichneter Anwalt gewesen. Selbst wenn er einen Fall verlor, war er zufrieden, weil er sein Bestes gegeben hatte.

Er zog das verschwitzte Hemd aus und ging zum Wasserhahn außen am Haus. Dort ließ er sich Wasser über den Kopf und die Arme laufen, um den Stallgeruch und den Schweiß loszuwerden.

Immer wenn er an seine Freunde dachte, die ihm beim Hausbau geholfen hatten, bekam er vor Rührung einen Kloß im Hals. Es hätte sonst Jahre gedauert, bis er das nötige Geld für alles beisammen gehabt hätte. Er und Aislinn …

Vor dem Gedanken zuckte er zurück. Er hasste es, dass er sie beide innerlich immer zusammen sah. Obwohl er sich und sie nicht als Einheit sehen wollte, kam ihm diese Vorstellung immer wieder.

Wütend ging er um das Haus herum und blieb abrupt stehen. Nur wenige Meter trennten ihn von dem offenen Schlafzimmerfenster. Aislinn ging gerade durch den Raum, und er hörte ihr leises Summen und sah ihren Schatten über die Wände gleiten.

In der Dunkelheit wirkte das helle Rechteck des Fensters sehr einladend. Es begrüßte ihn wie ein Leuchtturm den Seemann. Warm und anheimelnd. Der Anblick fesselte ihn. Er konnte nicht wegsehen, obwohl er glaubte, dass er dadurch in Aislinns Privatsphäre eindrang. Hör auf damit, beschimpfte er sich. Sie ist deine Frau.

Dennoch schämte er sich ein wenig, ihr durch das Fenster zuzusehen. Besonders, als sie wieder ins Licht kam und begann, sich auszuziehen. In dem tiefen Schatten stand Lucas vollkommen reglos da und wagte nicht einmal zu blinzeln.

Sie knöpfte die Manschetten ihrer Bluse auf. Obwohl er es sich nicht eingestehen wollte, musste er zugeben, dass sie an diesem Tag wunderbar ausgesehen hatte. Die Bluse war wie ein Herrenhemd geschnitten, nur dass die Ärmel und der Kragen viel weiter waren. Der Kragenknopf saß Aislinn tief auf der Brust.

Die Bluse besaß kleine Perlenknöpfe, und als sie sich vorbeugte, um die Ärmel aufzubekommen, fiel ihr Haar golden schimmernd über ihr Gesicht. Nichts wünschte er sich sehnlicher, als jetzt das Gesicht in dieses duftige blonde Haar zu stecken und das seidige Gefühl auf der Haut zu genießen. Er wusste bereits, wie sich dieses Haar an seinem Bauch anfühlte. Wie mochte es sich an seinen Schenkeln anfühlen oder an seinem …

Innerlich fluchend riss er sich zusammen.

Als sie sich mit aufreizender Langsamkeit die Bluse auszog, konnte er deutlich die sexy Unterwäsche sehen, die ihn schon den ganzen Tag über fasziniert hatte. Das Top wurde von Spaghettiträgern gehalten, und die zarte Spitze berührte ihre Brüste wie eine Liebkosung. Der Ansatz ihrer Brüste war noch zu erkennen, und die weiche helle Haut strahlte im Lampenlicht. Lucas wollte sie dort küssen. Das Top war nicht durchsichtig genug, weil es offensichtlich dafür gemacht war, durch die Bluse durchzuschimmern, doch selbst aus der Entfernung meinte Lucas, die dunklen Brustknospen erkennen zu können. Er stellte sich unweigerlich vor, die Spitzen mit den Lippen zu umschließen.

Der Rock, den sie trug, war zartrosa und raschelte bei jedem Schritt, den Aislinn machte. Dieses Geräusch hatte ihn heute fast um den Verstand gebracht. Er hielt den Atem an, als sie hinter sich griff, um ihn aufzuknöpfen. Dieser Vorgang schien sich endlos hinzuziehen, dann rutschte der Rock an ihren Schenkeln hinab und über ihre Waden, die in blassen Seidenstrümpfen steckten.

Lucas unterdrückte einen Fluch und wischte sich die feuchten Hände an der Jeans ab. Sie trug mit Spitzen besetzte Strumpfbänder, und zwischen den Strümpfen und dem Strumpfbandhalter wirkten ihre Schenkel so weich und warm wie Samt. Gerade als er sich seinen Fantasien hingab, wurde ihm klar, dass er wie ein Spanner seiner eigenen Frau beim Ausziehen zusah. Wenn er sich so nach ihr sehnte, und sein Körper bewies ihm deutlich, wie groß sein Verlangen war, weshalb ging er nicht einfach hinein? Sie war schließlich mit ihm verheiratet. Hatte er nicht ein Recht auf Sex?

Doch er ging nicht, weil er wusste, dass es zu riskant wäre. Wenn er ohne innere Beteiligung mit ihr schlafen und nur seine Lust an ihr ablassen könnte, dann wäre alles unkompliziert, und er würde nicht weiter darüber nachdenken, bis er wieder diese Spannung verspürte.

Doch so würde es nicht sein. Sie hatte ihn verhext und sich irgendwie in seinem Kopf und seinem Herzen eingenistet, und diese Gefühle sprachen gegen das, wonach sein Körper sich sehnte. Er konnte nicht mit ihr schlafen, ohne weiter darüber nachzudenken.

Er erinnerte sich an den Morgen auf dem Berg. Sie war ihm nachgeklettert, um ihn zu trösten, als sie jeden Grund hatte, so schnell wie möglich zu fliehen. Deutlich sah er noch ihr Gesicht vor sich, als er in sie eingedrungen war.

Und zu den unpassendsten Zeiten, wenn er eigentlich wütend auf sie sein wollte, musste er daran denken, wie sie sein Kind im Arm hielt. Sie umsorgte ihn, auch wenn er sie nicht darum bat. Und manchmal wartete sie bereits auf der Veranda auf ihn, wenn er nach einem langen Arbeitstag nach Hause kam. Immer lächelte sie, als freue sie sich, ihn zu sehen.

Wieso behandelte sie ihn so nachsichtig? Er konnte keinen Grund dafür erkennen. Sie hatte allen Grund, ihn zu hassen, und wenn sie ihm Ablehnung entgegenbringen würde, wäre vieles für ihn einfacher. Sie könnten sogar hin und wieder ungezügelten Sex miteinander haben, um den Druck loszuwerden. Stattdessen stand er hier bebend im Dunkeln.

Während er sie weiter durch das offene Fenster betrachtete, meinte er, dass sein Blut langsam zu kochen anfing. Sie stand nicht mehr ganz im Licht, doch an dem Schatten an der Wand erkannte er, dass sie sich die Strümpfe auszog. Sie setzte einen Fuß auf die Bettkante, löste die Strumpfbänder und rollte den Strumpf langsam über das Knie, die Wade und den Knöchel hinab. Ruhig zog sie ihn anschließend vom Fuß. Dann wiederholte sie das Ganze am anderen Fuß.

Gebannt sah er zu, als sie sich die Träger des Tops über die Schultern streifte und sich bewegte, bis das Top zu Boden glitt. Anmutig stieg sie aus dem Stoffstück heraus, und als sie sich aufrichtete, konnte Lucas sie im Profil sehen. Jede Rundung ihres perfekten Körpers zeichnete sich deutlich ab.

Lucas verzweifelte fast. Wieso stritt sie nicht mit ihm? Hatte sie mit ihm Mitleid? Oder wollte sie ihm eine Mustergattin sein? Ihren Großmut wollte er nicht.

Lucas drehte sich auf dem Absatz um und ging zur Hintertür, die er knallend hinter sich zuschlug. Wütend knipste er überall auf seinem Weg durch das Haus die Lichter aus. Als er ins Schlafzimmer platzte, hatte er sich regelrecht in seine Wut hineingesteigert.

„Was glaubst du eigentlich, was du da tust?", brüllte er los.

Unschuldig und überrascht sah Aislinn zu ihm auf. Wie eine kleine Göttin saß sie in dem Schaukelstuhl, und das blonde Haar fiel ihr über die Schultern. Eine Seite ihres Nachthemds war heruntergezogen, und sie stillte Tony.

„Ich gebe ihm die Brust", antwortete sie schlicht.

Mit beiden Armen stützte Lucas sich streitlustig gegen den Türrahmen. Sein noch feuchter Oberkörper glitzerte im Lampenlicht. Sein dunkles Haar war nass und lockig. Das hin und her pendelnde Halskettchen blitzte immer wieder auf.

Er machte sich lächerlich. Wie ein Narr kam er sich vor und blickte von seiner Frau weg zum Bett. Ihre aufreizende Unterwäsche lag dort ausgebreitet wie nach einem langen, leidenschaftlichen Nachmittag. Dadurch regte Lucas sich aufs Neue auf.

„Nächstes Mal könntest du mal darüber nachdenken, bevor du wieder halb nackt vor dem hell erleuchteten Fenster herumspazierst."

„Was meinst du damit, Lucas?"

Mit vor Wut bebendem Finger wies er auf das Fenster. „Du sollst dich nicht vor offenem Fenster ausziehen."

„Oh", sagte sie nur und blickte in die Richtung. „Daran habe ich nicht gedacht."

„Dann denk von jetzt an daran, okay?"

„Aber wer sollte mich denn sehen?"

„Ich!", schrie er. „Ich konnte dich bis zum Stall sehen."

„Wirklich? Aber du bist doch mein Ehemann."

Es lag eine kaum merkliche Spur von Spott in ihrer Stimme, doch es war zu wenig, um sie darauf festzunageln. Lucas wollte es jetzt nicht auf einen Streit ankommen lassen. Noch nie hatte er sich im Kopf so leer gefühlt. In gewisser Weise sah Aislinn jetzt genauso verführerisch aus wie bei ihrem Striptease vor offenem Fenster. Das Blut schoss ihm in den Kopf und in die Lenden.

„Ich werde duschen", sagte er rasch und ging, bevor er sich noch lächerlicher machte.

Als er aus dem Bad kam, brachte Aislinn Tony gerade zu Bett. „Lass mich ihn einen Augenblick halten", sagte Lucas. Er hatte sich weitgehend beruhigt. Er war noch nass und trug nur ein Handtuch um die Hüften, das fast so knapp wie der Lendenschurz seiner Vorfahren saß. Er wirkte wild und gefährlich, abgesehen von dem sanften Blick, als er seinen Sohn dicht vor sein Gesicht hob. Leise redete er im Navajo-Dialekt auf Tony ein, bevor er ihn auf die Wange küsste und in die Wiege legte. Das Kind schlief sofort ein.

„Er wirkt so friedlich." Aislinn seufzte erschöpft. „Hoffentlich schläft er diese Nacht durch. Ich bin todmüde."

„Warum wacht er in letzter Zeit so häufig auf?"

„Keine Ahnung. Gene will ihn untersuchen, wenn er zurückkommt. Oh, das habe ich ja fast vergessen." Sie nahm im Schlafzimmer einen Umschlag von der Kommode und reichte ihn Lucas. „Das kam heute mit der Post."

Er betrachtete den Umschlag eine Weile, bevor er ihn aufriss. Aislinn täuschte Desinteresse vor, obwohl sie vor Neugier fast platzte. Es war ein Brief vom Leiter des Gefängnisses, in dem Lucas inhaftiert gewesen war.

Nach dem Lesen stopfte Lucas den Brief zurück in den Umschlag. Sein Gesicht verriet nichts, und Aislinn hielt es nicht länger aus. „Und? Ist es etwas Wichtiges?"

Abwehrend hob er die Schultern. „Der Direktor glaubt, die Männer zu kennen, die damals für die Übergriffe verantwortlich waren. Sie haben gestanden und sitzen bereits wegen ähnlicher Vorfälle. Er denkt, dass mein Fall vielleicht, wenn die Täter meine Unschuld bezeugen, wieder aufgerollt wird, und dass ich rehabilitiert werden könnte."

„Lucas, das ist wundervoll!", rief sie. „Dann würdest du wieder in die Anwaltskammer aufgenommen."

Er streifte das Handtuch ab und legte sich ins Bett. „Ich habe gelernt, keinen Versprechungen von Weißen zu trauen."

Aislinn legte sich neben ihn. Sie ließ sich nicht täuschen. Sie hatte sein Gesicht gesehen, kurz bevor er das Licht ausmachte. Auch wenn er sich so unbeteiligt gab, hoffte er doch darauf, wieder als Anwalt zu arbeiten.

10. KAPITEL

islinn hatte gelernt, den gröbsten Schlaglöchern auszuweichen. Vor Kurzem hatten Johnny und Linda Deerinwater Aislinns Auto von Scottsdale mitgebracht. Und nach den Gefechten, die sie sich mit Lucas' Transporter geliefert hatte, genoss sie die Fahrt in ihrem eigenen Wagen.

Heute nahm sie das Geholpere kaum wahr. Sie freute sich aus mehreren Gründen, und als Lucas ihr entgegengeritten kam, war das noch ein zusätzlicher Gute-Laune-Punkt. Sie hielt an und hob Tony gerade aus dem Sicherheitssitz, als Lucas abstieg.

„Du warst länger weg, als ich erwartet hätte", sagte er.

Hieß das, dass er sich um sie gesorgt hatte? Oder galt seine Sorge nur Tony? „Genes Praxis war überfüllt, weil ein Virus grassiert. Alice und er hatten alle Hände voll zu tun."

„Wie geht es ihnen?"

Aislinn schmunzelte zweideutig. „Sie strahlen vor Glück. Deine Mutter war schon immer schön, aber du solltest sie jetzt mal sehen. Und Gene läuft nur grinsend durch die Gegend."

Lächelnd stupste Lucas Tony in den Bauch. Mit der anderen Hand hielt er die Zügel des Pferdes. „Was hat Gene über Tony gesagt?"

„Der Kleine ist erkältet. Gene hat etwas von den oberen Luftwegen gesagt. Er hat mir eine Medizin gegeben, womit das Ganze in ein paar Tagen vorüber sein sollte."

„Schreit er deswegen so oft?"

„Nicht nur. Tony ist außerdem noch hungrig."

„Hungrig?"

„Ja." Aislinn errötete leicht unter der Sonnenbräune ihrer Haut. „Er bekommt nicht genug Milch, und Gene meinte, wir sollten ihn allmählich auf Haferflocken und Brei umstellen."

Lucas trat ungeduldig von einem Fuß auf den anderen. „Dann wirst du ihn nicht mehr stillen?"

Aislinn schüttelte den Kopf.

„Wie fühlst du dich dabei?", fragte er.

„Ich werde es vermissen. Aber natürlich ist es für Tony so am besten. Ich habe schon Babynahrung eingekauft."

„Ein kleines Baby kann all das essen?", wollte er ungläubig wissen, als er die riesigen Einkaufstüten hinten im Wagen sah.

Aislinn lachte. „Nur einen Teil davon. In den meisten der Tüten sind die Chemikalien, die ich bestellt hatte."

„Kannst du in der Dunkelkammer schon arbeiten?"

„Ja. Ich brauchte nur noch diese Mittel." Sie hatte die Küche des Wohnwagens zu einer Dunkelkammer umfunktioniert und eines Morgens erstaunt festgestellt, dass Lucas den Wagen von außen strich.

„Die Farbe war noch übrig", hatte er sofort abgewiegelt, aber dennoch auch weitere Reparaturen in dem Wohnwagen durchgeführt.

„Ich kann nur Schwarzweißfotos machen", erklärte sie jetzt. „Am besten fange ich mit den Schnappschüssen von Alices Hochzeit an, dann können wir vielleicht eines vergrößern und den beiden schenken."

„Gut."

„Ich habe heute in der Stadt auch ein paar Bilder von der Neubaugegend geschossen. Tony habe ich mir währenddessen wie ein kleines Bündel im Wickeltuch auf den Rücken gebunden." Sie lächelte ihren Mann an.

Und auch Lucas konnte ein Lächeln nicht zurückhalten. Es breitete sich immer weiter auf seinem Gesicht aus, und Aislinn fiel der Gegensatz zwischen seinen weißen Zähnen und der dunklen Haut auf. „Gib ihn mir", sagte er. „Ich will nicht, dass aus einem Häuptlingssohn ein Muttersöhnchen wird."

Er nahm Aislinn das Baby ab und wandte sich dem Pferd zu.

„Lucas, was hast du vor? Du kannst doch nicht mit dem Kind …"

„Es wird Zeit, dass Anthony Joseph Greywolf eine Reitstunde bekommt."

„Wage es nicht!", schrie Aislinn auf und schlug auf Lucas' harten Oberschenkel, als er mit dem Kind im Arm auf dem Pferd saß. Tony winkte fröhlich mit den Händchen.

Herausfordernd schmunzelte er sie an. „Wollen wir ein Rennen zum Haus veranstalten?"

„Lucas!"

Er gab dem Pferd die Sporen, und es galoppierte los. Mit in die Seiten gestemmten Fäusten blickte Aislinn ihm noch lange nach. Ihre Wut war zum Großteil nur gespielt. In Wahrheit hatte sie noch niemals eine so tiefe Liebe zu ihm empfunden.

Einige Tage nach dem Abstillen fühlte Aislinn sich unwohl, und Tony wirkte quengelig. Doch er gewöhnte sich an die Babynahrung und entpuppte sich als künstlerischer Esser, der alles in seiner Reichweite mit Haferflocken und Brei verzierte, doch er aß auch eine Menge, und nach einiger Zeit merkte Aislinn, dass er allmählich zunahm.

Lucas erhielt noch einen Brief vom Gefängnisdirektor Dixon, der sich mit einem Anwalt in Verbindung gesetzt hatte und hoffte, dass Lucas bald nachträglich unschuldig gesprochen wurde. Seine Gefühle dabei ließ er sich nicht anmerken.

Durch die harte Arbeit lief die Pferdezucht immer besser. Aus den umliegenden Hügeln hatte Lucas eine stattliche Herde mit dem Greywolf-Brandzeichen zusammengetrieben. Einige der Stuten waren trächtig, die anderen ließ Lucas künstlich befruchten, etwas, wogegen sich sein Großvater immer gewehrt hatte.

Auf ihrem Grundstück entsprang eine Quelle, und Lucas verkaufte an die umliegenden Rancher Wasserrechte. Außerdem verkaufte er regelmäßig ein paar der Pferde, die den hohen Kaufpreis wert waren.

Jeden Tag verbrachte Aislinn einige Stunden in dem Wohnwagen. Tony nahm sie immer mit sich und legte ihn in ein Ställchen, das sie aus zweiter Hand gekauft hatte.

Eines Nachmittags arbeitete sie in der Dunkelkammer und probierte unterschiedliche Entwicklungstechniken aus, als sie das entfernte Dröhnen von Donner hörte. Zuerst achtete sie nicht weiter darauf, doch bald wurde das Donnern lauter.

Sie erkannte, dass sich ein Sturm schnell näherte, und rasch ging sie aus der Dunkelkammer in den Wohnteil des Wohnwagens.

Tony schlief in dem Ställchen, und erschreckt stellte Aislinn fest, wie dunkel es schon war. Doch ein Blick auf die Uhr zeigte ihr, dass es noch früh am Nachmittag war.

Sie sah durch das Fenster in der Tür des Wohnwagens hinaus. Über den Bergen zogen sich dicke Wolken zusammen, und ihr erster Gedanke galt Lucas, der am Morgen in die Berge geritten war, um zu sehen, ob er noch versprengte Pferde finden konnte. Hoffentlich kommt er bald zurück, dachte sie unruhig.

Der Wind frischte auf und wirbelte den Staub zwischen dem Wohnwagen und dem Haus hoch. Aislinn beschloss, hier auf Lucas zu warten, anstatt Tony und seinen ganzen Kram allein ins Haus zu tragen. Außerdem würde der Sturm in ein paar Minuten vorüber sein.

Nachdem sie noch mal nach dem Baby gesehen hatte, ging sie zurück an die Arbeit. Erst ein krachendes Donnern riss sie aus der Arbeit hoch. Der Wagen schwankte, als der Wind an ihm rüttelte. Aislinn hörte Tony leise wimmern. Hastig ging sie zu ihm. Der Wohnwagen war jetzt grünlich erleuchtet.

Tony fing an zu weinen, und Aislinn lief zur Tür. Als sie sie öffnete, riss der Wind sie ihr aus der Hand und schlug die Tür gegen die Außenwand des Wagens. Wie Nadelstiche traf der scharfe Regen auf Aislinns Haut, als sie auf die Betonstufen hinaustrat, um die Tür zurückzuziehen. Hagelkörner schlugen auf sie ein. Innerhalb von Sekunden war der Boden mit den weißen Körnern bedeckt.

„Oh nein!", rief sie und zog mit aller Kraft an der Tür, um sie wieder zu schließen. Über ihr hingen blauschwarze Wolken. Vom Himmel konnte sie kein Stück mehr sehen, und ringsum schlugen Blitze ein. Das dazugehörige Donnern war so ohrenbetäubend, dass Aislinn kaum noch Tonys Schreien hören konnte.

Schließlich schaffte sie es, die Tür wieder zu verriegeln, und sank erschöpft zusammen. Auf allen vieren kroch sie zu Tony und hob ihn aus dem Ställchen. Sie bemerkte nicht, wie nass ihre Sachen waren, bis sie das Kind an sich drückte. Aus ihren Haaren tropfte das Wasser auf Tonys Köpfchen.

„Schsch, Tony, es wird alles wieder gut", versuchte sie ihn zu beruhigen, obwohl sie selbst nicht ganz sicher war.

Wo war Lucas? Sie schloss die Augen, als sie ihn vor sich sah, wie er orientierungslos durch den Sturm ritt. Ohne Schutz vor dem Wind, dem Regen und dem Hagel.

Immer wenn ein Windstoß an dem Wohnwagen rüttelte, fürchtete sie, der Wagen könne umfallen und Tony erdrückt werden. Sie hörte, wie Gegenstände von außen an die Wände schlugen. Jeden Augenblick konnte etwas durchs Fenster hereinfliegen.

Tony schrie unaufhörlich, und sie drückte ihn fest an ihre Brust. Wie sollte sie ihn beruhigen, wenn er die Angst seiner Mutter spürte? Aislinn ging in dem Wagen auf und ab, zuckte jedoch bei jedem Blitz zusammen, aus Angst, einer könne in den Wagen einschlagen.

„Lucas, Lucas", rief sie hilflos. Hatte sein Pferd ihn abgeworfen? Lag er irgendwo bewusstlos, oder hatte er sich etwas gebrochen?

Ihr fielen unzählige schreckliche Möglichkeiten ein, was ihm alles zugestoßen sein könnte. Mit der Wange strich sie Tony über den Kopf und weinte hemmungslos.

Sie kam sich klein und unbedeutend vor in diesem gewaltigen Sturm. Das Warten war das Schlimmste. Doch was sonst konnte sie tun? Über die Lichtung ins Haus zu gelangen, kam ihr vollkommen unmöglich vor, selbst wenn sie allein gewesen wäre. Aber mit Tony auf dem Arm wurde der Weg noch beschwerlicher. Der Boden war völlig aufgeweicht, und sie würde kaum etwas sehen können. Es war gut möglich, dass sie vom Weg abkam.

Wieso war sie nicht beim ersten Anzeichen von Sturm ins Haus gegangen? Dort wäre sie erheblich sicherer als hier.

Vorwürfe waren jetzt allerdings sinnlos. Sie hatte einen Fehler gemacht, und vielleicht musste sie dafür mit ihrem Leben und dem ihres Kindes bezahlen.

Wann kam Lucas endlich?

Sie setzte sich in einen alten Schaukelstuhl und wiegte Tony summend hin und her.

Als Aislinn das Pochen hörte, dachte sie zuerst, es wäre lediglich wieder etwas gegen den Wagen geflogen. Doch dann hörte sie ihren Namen. Glücklich schrie sie auf und rannte zur Tür. „Lucas!

„Mach die Tür auf!", rief er.

Mit Tony in einem Arm, entriegelte sie ungeschickt die Tür, und als Lucas sie öffnete, wurde er von einem Windstoß förmlich hineingedrückt. Hemmungslos schluchzend sank Aislinn gegen ihn.

Immer wieder rief sie seinen Namen, während sie sich an ihn klammerte. Seine Stiefel waren schlammbeschmiert, und von seinem Hut, den er festgebunden hatte, tropfte der Regen. Niemals hatte Lucas in ihren Augen besser ausgesehen.

Eine Weile umarmten sie sich nur schweigend, obwohl der Regen durch die offene Tür hereinpeitschte. Zwischen ihnen strampelte Tony. Lucas drückte ihr Gesicht an seinen Hals und rieb ihr mit der Hand über den Rücken, bis sie zu schluchzen aufhörte.

„Bist du verletzt?", erkundigte er sich.

„Nein, mir geht's gut. Ich habe nur Angst."

„Und Tony?"

„Alles in Ordnung. Er hat natürlich auch Angst." Sie biss sich auf die Unterlippe. „Ich dachte, dir sei etwas zugestoßen."

„Das stimmt. Ich wurde vom Sturm überrascht", sagte er trocken. „Ich sah ihn kommen, aber ich kam nicht rechtzeitig zurück. Das Pferd verlor ein Hufeisen, und ich musste es am Zügel zurückführen. Aus Angst wollte es nicht weiter."

Aislinn berührte sein nasses Gesicht. „Ich dachte, du hättest dich verirrt. Oder du wärst verletzt. Ich hätte nicht gewusst, was wir ohne dich machen sollten."

„Ich bin zu Tode erschrocken, als ich dich und Tony nicht im Haus fand." Er strich ihr eine Haarsträhne aus der Stirn und berührte ihre Lippen. „Aber wir sind alle in Sicherheit. Jetzt müssen wir nur noch über die Lichtung ins Haus kommen. Ich traue diesem Wohnwagen nicht. Wir sind draußen sicherer als hier drinnen. Wirst du es schaffen?" Sie nickte, ohne zu zögern. In Lucas' Nähe fühlte sie sich geborgen. „Hast du etwas, worin du Tony einwickeln kannst?", fragte er.

Aislinn hatte einige Babydecken in dem Wagen gestapelt, und während Lucas hinaussah, um den günstigsten Weg auszumachen, wickelte sie Tony in ein paar von den Decken, bis er wie eine kleine Mumie aussah. Seine Schreie beachtete sie nicht. Wenn er erst trocken und satt war, würde er sich beruhigen.

Lucas legte Aislinn eine Decke über den Kopf und band sie ihr unter dem Kinn zusammen. „Das schützt nicht viel, aber es ist besser als gar nichts. Jetzt", sagte er, ergriff ihre Schultern und sah ihr in die Augen. „Du musst nur Tony festhalten. Den Rest übernehme ich." Sie nickte. „Okay, los geht's."

An Einzelheiten konnte sie sich später nicht mehr erinnern. Den Weg legte sie normalerweise in einer Minute zurück, doch in ihrem Gedächtnis hatten sich nur der Wind, der Regen, die Blitze und die panische Angst eingeprägt. Sobald sie die Stufen vor dem Wohnwagen hinuntergegangen waren, blieben Aislinns Schuhe im Schlamm stecken.

Als sie sie mit den Zehen auffischen wollte, schrie Lucas sie an: „Lass sie stecken!" So legte sie den Rest des Wegs barfuß zurück. Immer wieder rutschte sie auf dem glitschigen Boden aus, doch Lucas fing sie auf und ließ sie nicht fallen. Sie hielt Tony so fest, dass sie Angst bekam, sie könnte seine Rippen brechen. Mit geneigtem Kopf stolperte sie vorwärts.

Schließlich stieß sie mit dem Schienbein gegen einen Pfosten der Veranda. Mit Lucas' Hilfe stieg sie die Stufen hinauf und drückte sich gegen die Hauswand. Er öffnete die Haustür und stieß Aislinn hinein. Noch draußen zog er sich den Hut und die Stiefel aus.

Dann nahm er Aislinn das Kopftuch ab und warf es auch nach draußen. „Beweg dich nicht, ich hole ein Tuch." Barfuß lief er ins Bad und hinterließ eine Wasserspur. In der Zwischenzeit wickelte Aislinn Tony aus den Decken aus.

„Mein mutiger kleiner Junge", sagte sie und küsste ihn. „Dein Daddy und du, ihr seid so mutig."

Lucas kam zurück und legte ihr ein Tuch um die Schultern. „Meine Zähne klappern", stellte sie überflüssigerweise fest.

„Das habe ich gemerkt. Lass uns schnell Tony abtrocknen, dann kümmern wir uns um dich." Zusammen gingen sie ins Kinderzimmer. Der Strom war ausgefallen, doch Lucas holte zwei Kerzen aus dem Schlafzimmer. Rasch zog Aislinn Tony aus und trocknete ihn ab. Währenddessen machte Lucas in der Küche das Fläschchen warm. Als er zurückkam, legte Aislinn Tony gerade ins Bettchen.

„Ich werde ihn füttern, während du ein heißes Bad nimmst. Das Wasser läuft schon. Nimm eine der Kerzen mit." Um das trockene Baby nicht wieder nass zu machen, zog Lucas sich aus. Als er nackt war, rieb er sich mit einem Handtuch ab. Dann nahm er Tony aus dem Bett und trug ihn zum Schaukelstuhl.

Ein nackter Indianer in einem Schaukelstuhl, der einem Baby die Flasche gibt, war eigentlich ein lustiger Anblick, doch im Moment konnte Aislinn nichts Komisches daran entdecken.

„Vergiss die Medizin nicht", sagte sie.

„Das werde ich nicht."

Sie wusste, dass Tony in sicheren Händen war, und ging ins Bad. Fast eine halbe Stunde lag sie in dem heißen Wasser und spürte förmlich, wie die Anspannung in ihr allmählich nachließ. In ein großes Tuch gewickelt, kam sie aus dem Bad.

Zunächst warf Aislinn einen Blick ins Kinderzimmer. Tony schlief friedlich in seiner Wiege. Mit Tränen in den Augen legte sie ihm eine Hand auf den Kopf. Er bedeutete ihr so viel, und sie konnte sich ein Leben ohne ihn nicht mehr vorstellen. Wie leer war ihr Leben vor seiner Geburt gewesen!

Sie deckte das schlafende Kind liebevoll und zärtlich zu und ging dann auf Zehenspitzen durch die dunklen Zimmer, die nur von draußen durch die Blitze erhellt wurden, zur Küche.

Lucas war in der Küche und rührte in einer Pfanne herum. Als Aislinn eintrat, drehte er sich um. „Ich wusste, dass dieser alte Gasherd noch zu etwas taugt. Vor ein paar Tagen dachte ich noch, ob du nicht mit einem elektrischen besser zurechtkämst."

„Ich mag diesen." Sie sah, dass er sich frische Jeans angezogen hatte. Doch er war nach wie vor barfuß und trug kein Hemd. Sein Haar trocknete allmählich. Aislinn wünschte, dass er es sich niemals kurz schneiden lassen würde. „Was kochst du da?"

„Kakao. Setz dich."

Sie stellte die Kerze auf den Tisch und nahm Platz. „Ich wusste gar nicht, dass du kochen kannst."

Er goss die dampfende Flüssigkeit in zwei Becher und stellte die Flamme ab. „Probier lieber, bevor du dich abfällig äußerst."

Vorsichtig nahm sie einen kleinen Schluck. Der Kakao schmeckte süß, würzig und wunderbar. Von ihrem Magen aus strahlte mit einem Mal eine wohltuende Wärme durch ihren ganzen Körper. „Er schmeckt fantastisch, Lucas. Vielen Dank."

„Möchtest du etwas essen?"

„Nein. Ich habe keinen Hunger." Sie sah zu ihm hoch. „Oder möchtest du etwas haben? Ich könnte rasch …" Sie wollte bereits aufstehen, als er sie auf den Stuhl zurück drückte.

„Nein, ich bin auch nicht hungrig. Trink deinen Kakao."

Er ging lautlos ans Fenster. „Der Sturm dreht ab." Immer noch prasselte der Regen, aber der Wind blies längst nicht mehr so stark. Wie von weit her klang der Donner zu ihnen, und die Blitze waren nicht mehr so grell.

Aislinn hob den Becher mit dem Kakao und trank einige Schlucke. Sie wollte den Becher austrinken, doch der Kloß der Rührung in ihrem Hals hinderte sie daran. Sie konnte einfach nicht von Lucas wegsehen. Gegen das Fenster zeichnete sich sein Profil deutlich ab. Er ist ein schöner Mann, dachte sie.

Dann überfiel sie plötzlich die Erschöpfung dieses anstrengenden Tages, und die Gefühle schlugen über ihr zusammen. Sie fing so an zu zittern, dass sie den Becher abstellen musste, wobei ihr der heiße Kakao auf die Hand spritzte. Sie konnte ein Wimmern nicht unterdrücken.

„Aislinn?"

Sie bekam kein Wort heraus. Mit krampfhaft vor den Mund gepressten Händen versuchte sie, die Gefühle, die plötzlich aus ihr herausbrachen, zurückzuhalten.

„Aislinn", sagte Lucas noch einmal.

Die Sorge in seiner Stimme war zu viel für sie. Tränen brachen aus ihr heraus, und ihre Schultern bebten. Schluchzend verbarg sie das Gesicht in den Händen.

„Was ist los? Fehlt dir etwas?" Lucas kniete sich vor sie und strich ihr über die Oberarme und Schultern, als suche er nach Verletzungen.

Sie hob den Kopf leicht, doch immer noch strömten ihr die Tränen über das Gesicht. „Nein, nein. Mir fehlt nichts. Das muss die verspätete Reaktion auf den Schock sein. Ich hatte solche Angst." Sie fing wieder an, laut zu schluchzen.

Lucas strich ihr über das Haar. „Es ist vorbei", flüsterte er. „Hab keine Angst mehr."

Eine Seite seines Gesichts leuchtete im Kerzenschein, und Aislinn streckte beide Hände nach ihm aus. Zaghaft fuhr sie ihm über das Gesicht. „Ich hatte Angst, ich würde dich niemals wiedersehen. Ohne dich hätte ich nicht gewusst, wie ich weiterleben soll."

„Aislinn."

„Noch mehr als um mich oder sogar um Tony habe ich mir um dich Sorgen gemacht." Sie strich ihm über den Kopf und die nackten Arme, bevor sie wieder sein Gesicht berührte.

„Ich war sicher."

„Aber das wusste ich nicht", erwiderte sie verzweifelt.

Er drückte ihr drei Finger gegen die Lippen, um ihr Zittern zu unterdrücken. „Auch ich wollte so schnell wie möglich zu dir zurück, weil ich mir Sorgen gemacht habe." Auch er begann jetzt, ihr zärtlich über das Gesicht zu streichen.

„Lucas?"

„Ja?"

„Lass mich bitte niemals allein. Ich brauche deinen Schutz für Tony und mich."

„Ich werde immer da sein."

„Bin ich ein Feigling?"

„Du bist sehr tapfer. Ich bin stolz auf dich."

„Ich liebe dich, Lucas. Ich liebe dich."

Und dann brach alles aus Aislinn heraus. Sie sprach all die Liebesbekenntnisse aus, die sie seit Wochen zurückhielt. Unaufhaltsam erzählte sie ihm ihre tiefsten Empfindungen, und sie ließ sich nur von den zarten Küssen unterbrechen, mit denen Lucas flüchtig ihren Mund verschloss.

Bald jedoch reichte ihm das nicht mehr. Er zog sie in die Arme und presste die Lippen hungrig auf ihren Mund. Aufstöhnend drang er mit der Zunge ein und umkreiste ihre Zungenspitze. Mit einer Hand strich er ihr über den flachen Bauch, zog das Badetuch zur Seite und fuhr mit der Hand streichelnd über ihre Brüste. Eine Spur von Küssen zog er ihren Hals entlang, und gebannt sah Aislinn zu, wie er mit der Zungenspitze über eine ihrer Brustknospen fuhr. Lustvoll schrie sie auf, als er sie noch weiter mit den Lippen reizte.

Über seine Schulter hinweg konnte Aislinn seinen muskulösen Rücken sehen. Bei jeder Bewegung zogen sich die festen Muskelstränge zusammen. Rastlos fuhr sie mit beiden Händen über seine glatte Haut.

Lucas kniete immer noch vor ihr, und sein Haar berührte ihren Bauch. Mit der Zunge umspielte er ihren Nabel und glitt dann tiefer zu ihrem Schoß. Aislinn warf den Kopf in den Nacken und rief seinen Namen, als er ihre Hüften ein Stück vorzog.

Langsam drückte er ihre Schenkel auseinander und küsste sie.

Aislinn wurde von einem Strudel des Verlangens mitgerissen. Alles drehte sich, und sie meinte zu ertrinken. Nur undeutlich nahm sie wahr, dass Lucas sie hochhob und durch das Haus trug.

Erst als er sie sanft auf das Bett legte, wurde sie sich ihrer Umgebung wieder bewusst. Sie hörte das Geräusch des Reißverschlusses, als er sich die Jeans auszog. Sie öffnete die Augen und sah, wie er aus der Hose herausstieg. Gerade in diesem Moment erhellte ein Blitz das Zimmer, und Aislinn konnte Lucas' Nacktheit sehen.

Er legte sich nicht zu ihr, sondern kniete sich zwischen ihre Schenkel. „Lucas", wollte sie protestieren, als er den Kopf senkte.

„Das schulde ich dir, Aislinn. Das erste Mal an jenem Morgen, das war für mich, dies hier ist für dich."

Mit dem Mund löste er eine wilde Mischung an Empfindungen in ihr aus, während sie versuchte, Luft zu holen. Die überwältigenden, neuen Gefühle ließen sie immer höher der Ekstase entgegenschweben, doch Lucas ließ sie nicht den erlösenden Höhepunkt erleben, bis sie schließlich meinte, an unerfülltem Verlangen zu vergehen.

Als er schließlich den Kopf hob, standen kleine Schweißperlen auf ihrer Haut, und ihre Lippen waren von den eigenen Bissen geschwollen.

Unglaublich sanft strich er über ihren Mund und leckte zärtlich daran. Während er ihr ganzes Gesicht mit den Lippen liebkoste, spürte Aislinn neue Wellen der Erregung über sich hereinbrechen. Vorsichtig senkte Lucas sich auf sie.

Sie spürte sein körperliches Verlangen. Erwartungsvoll hob sie die Hüften und rieb sich an ihm.

„Wird es dir nicht wehtun?", fragte er.

„Nein."

Langsam drang er in sie ein, bis sie ganz vereint waren. Aislinn stöhnte leise auf. „Ich tue dir doch weh", sagte er erschreckt, doch als er sich zurückziehen wollte, hielt sie ihn mit den Beinen fest.

„Ich will dich ganz in mir spüren."

Er barg das Gesicht an ihrer Schulter und stöhnte auf, als er wieder eins mit ihr wurde. Es sollte ewig dauern, und er hielt sich so lange wie möglich zurück. Schließlich ertrug er die Anspannung nicht mehr, und als er sich bewegte, erreichten sie beide fast augenblicklich den Höhepunkt. Er kam wie der Sturm über sie.

Nachdem ihre Leidenschaft abgeklungen war, rollte er sich auf die Seite und sah Aislinn an.

Immer wenn ein Blitz über den Himmel zuckte, genoss Lucas den Anblick ihres Rückens und Pos im Spiegel hinter ihr. Herausfordernd hing ihr das Haar wirr über die Schultern, und ihr heller Körper schien unter den Berührungen seiner Hände zu brennen.

Er liebkoste sie mit verblüffender Vertrautheit. Hemmungslos berührte er sie überall, um sie ganz kennenzulernen. Aislinn zuckte auch vor den intimsten Berührungen nicht zurück, sondern stöhnte nur lustvoll auf.

Ihm fiel wieder das erste Mal ein, als er gedacht hatte, nichts auf der Welt könne schöner sein. Genauso ging es ihm jetzt auch. Wieso hatte er nur all die Wochen darauf verzichtet, mit ihr zu schlafen? Sie hatte sich seit Langem schon wieder von der Geburt erholt.

Dennoch hatte er beharrlich sein Begehren unterdrückt, weil er vor den Gefühlen Angst hatte, die das nach sich ziehen konnte. Er sehnte sich nicht nur nach ihrem Körper, sondern nach der ganzen Frau. Zum ersten Mal in seinem Leben hatte er den Eindruck, einen anderen Menschen zu brauchen.

Zufrieden und schläfrig hob er ihr Kinn an und küsste sie auf den Mund. Es sollte ein Gute-Nacht-Kuss sein, doch Aislinn sog sanft an seiner Unterlippe und vertiefte den Kuss.

„Damals am Tag der Hochzeit deiner Mutter, da wusste ich, dass du mir beim Ausziehen zusiehst", sagte sie leise. „Ich wollte, dass du mich siehst", gab sie zu. „Ich wollte dich verführen."

Nach einer ganzen Weile, während der er sie nur wortlos ansah, sagte er: „Du hast mich auch verführt."

Er rollte sich auf den Rücken und zog Aislinn auf sich. Sie spürte sein Verlangen und nahm ihn in sich auf. Während sie mit kreisenden Bewegungen seine Lust immer mehr steigerte, konnte Lucas sich an ihrer blonden Schönheit nicht satt sehen. Er streichelte ihre Brüste, und als sie sich ihm aufstöhnend entgegenbog, ließ er die Hand zu ihrer intimsten Stelle sinken.

Schließlich sank sie aufstöhnend auf ihn, und auch er erlebte einen weiteren Höhepunkt.

11. KAPITEL

„Ich bin froh, dass du damals in mein Haus eingebrochen bist." Lucas neigte den Kopf, um Aislinn anzusehen. „Ich auch." In der vergangenen Nacht hatten sie sich immer wieder geliebt, und jetzt lagen sie erschöpft nebeneinander. Der Sturm war schon lange vorüber, und der Himmel wurde bereits hell.

„Du hast mich sicher mehr erschreckt als ich dich." Auf Aislinns fragenden Blick hin erklärte er weiter: „Damals konnte mich nichts außer einer schönen Frau überwältigen."

„Du fandest mich schön?"

Lucas schmunzelte. „Willst du Komplimente hören?"

„Ja. Von den endlosen Komplimenten, mit denen du mich überhäufst, kann ich nie genug bekommen." Sie lachte.

Er erwiderte ihr Lachen. „Ja, du bist schön. Und wenn du ein Mann oder eine hässliche Frau gewesen wärst, hätte ich dich auch sicherlich nicht den ganzen Weg über als Geisel mitgenommen."

„Und warum, Lucas?"

„Weil ich mit dir schlafen wollte."

„Oh." Sie hielt einen Moment die Luft an.

„Vor dir habe ich immer dafür gesorgt, dass die Frauen nicht schwanger wurden, mit denen ich schlief. Ich habe sie nie ausgenutzt. Du bist die Ausnahme von allen meinen Lebensregeln."

„Scheint so, und das macht mich froh. Aber du hast mich gehasst, weil ich eine Weiße bin, stimmt's?"

„Ja. Ich habe mich für mein Verlangen gehasst und mir eingeredet, ich bräuchte dich nur, um sicher zu meinem Ziel zu kommen. Im Nachhinein verstehe ich nicht, weshalb du nie versucht hast zu fliehen."

„Weil ich immer auf dein Verlangen gesetzt habe. Leider hast du dich damals in Alices Haus für das, was wir getan haben, geschämt. Dabei ist es nur menschlich, wenn man hin und wieder jemanden braucht. Wo wir gerade von Gebrauchtwerden sprechen, hörst du das?"

„Ist es klein, niedlich und sehr wertvoll?"

„Genau, unser Sohn. Ich werde mal nach ihm sehen." Aislinn zog sich einen Bademantel über und ging ins Kinderzimmer hinüber.

Lucas lag flach auf dem Rücken im Bett und stellte fest, dass er noch nie so glücklich gewesen war wie jetzt. Er lächelte und streckte sich genüsslich. Glücklich sein war bei Weitem nicht so schlimm, wie er geglaubt hatte.

Auch Aislinn war glücklich, als sie zu Tony ging. Die ganzen Schrecken des Vortags waren durch Lucas' Zärtlichkeiten vergessen. Strahlendes Sonnenlicht drang durch das Fenster, und ihre Zukunft sah unbeschwert aus, weil Lucas jetzt ihre Liebe akzeptierte.

Er hatte zwar nicht gesagt, dass er sie liebte, doch das dauerte vielleicht noch eine Weile. Er begehrte sie und wollte sie in seinem Leben haben. Daraus konnte eines Tages Liebe erwachsen. In der Zwischenzeit wollte sie mit dem zufrieden sein, was sie hatte.

„Guten Morgen, Tony", rief sie fröhlich. Der Kleine wimmerte vor sich hin. „Hast du Hunger? Willst du eine frische Windel? Dann wollen wir mal sehen, was sich da machen lässt."

Als sie sich über das Bettchen beugte, erkannte sie, dass irgendetwas überhaupt nicht stimmte. Sein rasselnder Atem riss sie schlagartig aus allen anderen Überlegungen. Als sie ihn berührte, schrie sie auf: „Lucas!"

Er zog sich gerade seine Jeans an und hörte die Panik in Aislinns Schrei. Sofort rannte er ins Kinderzimmer. „Was ist los?"

„Tony hat rasendes Fieber. Und hör dir mal seinen Atem an."

Die Luft pfiff, wenn er sie in seine winzigen Lungen sog, und seine Atemzüge gingen flach und rasch. Sein Gesicht war fleckig, und anstatt richtig zu schreien, schien er nur noch für ein klägliches Wimmern Kraft zu haben.

„Was soll ich tun?"

„Ruf Gene an." Aislinn zog den Kleinen bereits aus und griff nach dem Thermometer. Lucas lief zum Telefon in der Küche und wählte Genes Nummer.

„Hallo?", meldete Gene sich schläfrig nach dem zweiten Klingeln.

„Gene, hier ist Lucas. Tony ist krank."

„Eine Erkältung, dagegen habe ich ..."

„Es ist schlimmer. Er kann kaum noch atmen."

Jetzt erkannte Gene den ernsten Tonfall von Lucas' Stimme. „Hat er Fieber?"

„Einen Moment." Lucas deckte die Sprechmuschel ab und rief Aislinn die Frage zu.

Mit Tony auf dem Arm kam sie in die Küche und sah Lucas ängstlich an. „Vierzig Grad", flüsterte sie. „Lucas." Es war nur noch ein Flehen.

Er gab die Temperatur an Gene weiter, der auffluchte. Im Hintergrund hörte er die Stimme seiner Mutter, die wissen wollte, was los war.

„Verdammt, Gene, was sollen wir tun?", schrie Lucas auf.

„Zunächst beruhige dich mal", erwiderte Gene. „Dann badet ihr Tony in kaltem Wasser, damit das Fieber sinkt. Danach bringt ihr ihn so schnell wie möglich hierher."

„In die Klinik?"

„Ja."

„Wir sind in spätestens einer halben Stunde da."

Lucas legte auf und gab die Anweisungen an Aislinn weiter. Während er sich anzog, schöpfte Aislinn kaltes Wasser im Waschbecken über Tony. Dann tauschten sie die Rollen, und nachdem er frisch gewindelt und in eine leichte Decke gehüllt war, verließen sie mit Tony das Haus.

Vom Regen war die Lichtung noch vollkommen schlammig, und auch auf der Straße wurde es nicht viel besser. Oftmals rutschte das Heck des Wagens weg.

Lucas saß vorgebeugt und umklammerte das Lenkrad. So angespannt hatte Aislinn ihn erst einmal im Auto gesehen. Damals hatte sie sich gefürchtet, doch erst jetzt wusste sie, was Angst bedeutete. Wirkliche Angst verspürte man, wenn das eigene Kind in Lebensgefahr schwebte.

Die Fahrt schien endlos zu dauern. Tonys kleiner Körper strahlte so viel Hitze aus, dass Aislinn meinte, sie müsse Brandblasen bekommen. Er war unruhig. Sobald er kurz einnickte, kam er nach Luft schnappend sofort wieder zu sich.

Gene und Alice kamen aus der Klinik gelaufen, als sie den Wagen auf den Parkplatz einbiegen sahen. „Wie geht's ihm?", erkundigte Gene sich, als er Aislinns Tür öffnete.

„Oh, Gene. Bitte hilf ihm!", flehte sie ihn an. „Er verbrennt ja, das Fieber muss wieder gestiegen sein."

Sie liefen alle in das Gebäude, und Aislinn trug Tony in das Behandlungszimmer. Die Klinik hatte noch geschlossen, und so waren sie allein.

Alice und Gene untersuchten das Baby eingehend. Hilfe suchend sah Aislinn zu Lucas, doch der blickte nur auf Tony. Auf der Fahrt hatte er kaum gesprochen. Sie wollte ihn trösten, doch sie wusste, dass sie nichts sagen konnte, was nicht dumm klang. Wie sollte sie ihn trösten, wenn sie selbst verzweifelt war?

Gene hörte Tonys Brust ab. „Er hat Flüssigkeit in den Lungen", sagte er anschließend. „Die leichte Entzündung der oberen Luftwege hat sich sehr verschlimmert."

„Aber es ging ihm doch besser", widersprach Aislinn. „Er hat regelmäßig seine Medizin bekommen."

„Niemand gibt dir die Schuld", besänftigte Gene sie und legte ihr eine Hand auf die Schulter. „So etwas geschieht nun mal."

„Er … er ist letzte Nacht nass geworden." Sie erzählte, wie Lucas sie und Tony zum Haus geführt hatte. „Ich habe ihn so gut es ging zugedeckt. Ist es dabei geschehen?"

Ihre Stimme klang nun schon leicht hysterisch, und Alice und Gene versicherten ihr, dass es durch viele Dinge ausgelöst worden sein und man es nicht genau sagen konnte.

„Mach ihn wieder gesund", bat Lucas nur, der seitlich neben dem Behandlungstisch stand und seinen Sohn ohne Unterlass ansah.

„Ich glaube nicht, dass ich das kann, Lucas."

„Was?", schrie Aislinn auf und hob die Hände an den Mund.

„Hier kann ich nicht viel tun", sagte Gene. „Ich schlage vor, dass ihr ihn nach Phoenix in ein Krankenhaus bringt, wo es eine Säuglingsstation gibt. Die Ärzte dort sind besser ausgerüstet als ich hier."

„Aber das dauert doch Stunden, bis wir endlich da sind", wandte Aislinn voller Panik ein.

„Ich kenne jemanden, der einen Ambulanzhubschrauber besitzt. Den werde ich anrufen. Alice, gib dem Baby eine Spritze, die das Fieber senkt."

Starr vor Angst sah Aislinn zu, wie Alice Tony eine Spritze setzte, ihn wickelte und ihn an sie zurückreichte. Aislinn wiegte sich vor und zurück, um das Kind zu beruhigen.

Gene kam wieder in den Raum. „Er fliegt sofort los und landet nördlich der Stadt auf dem Freigelände neben dem Highway. Aislinn, Lucas, in dem Helikopter sitzt eine Kinderkrankenschwester, die sich um Tony kümmern wird, und wenn ihr das Krankenhaus erreicht, werdet ihr bereits von den Spezialisten erwartet."

„Ist es so ernst?", fragte Aislinn mit bebender Stimme.

Gene nahm ihre Hände in seine. „Ich will dich nicht unnötig beunruhigen, aber es ist wirklich sehr ernst."

Ein paar Stunden später bestätigte ein Arzt im Krankenhaus Genes Diagnose. Die dazwischen liegenden Stunden waren für Aislinn ein einziger Albtraum gewesen. Lucas und sie hatten den Helikopter angetroffen und waren hastig eingestiegen. Die Schwester fing sofort an, Tony zu untersuchen. Über Funk war sie mit einem Arzt verbunden, sodass Tony von dem Zeitpunkt der Landung an die bestmögliche Versorgung bekam.

Sobald er auf die Intensivstation gefahren wurde, wandte Aislinn sich an Lucas und suchte den Trost seiner Umarmung. Doch obwohl er die Arme um sie legte, war es nur eine mechanische Geste. Seit heute früh hatte er sich wieder mehr und mehr von ihr entfernt.

Sein Gesicht war verschlossen, und Aislinn wusste, dass er entsetzlich litt. Sie wusste nicht, wie er es schaffte, seine Gefühle so unter Kontrolle zu halten. Sie selbst stand kurz davor, mit dem Kopf gegen die Wand zu rennen oder sich die Haare auszureißen.

Sie warteten schweigend, bis Aislinn es nicht mehr ertrug. Wo war der Trost, mit dem er Alice bei Josephs Tod getröstet hatte? Andererseits war Joseph ein alter Mann gewesen, und Lucas hatte sich jahrelang darauf vorbereiten können.

Erleichtert sah sie zu dem Arzt, der auf sie beide zukam. „Mr und Mrs Greywolf?" Sie nickten. „Ihr kleiner Junge ist sehr krank", setzte er an. Dann folgte eine Reihe medizinischer Ausdrücke, die Aislinn nichts sagten, außer der Diagnose „Lungenentzündung".

„Dann ist es nicht so schlimm. Ich kenne viele Leute, die Lungenentzündung hatten. Sie haben sich alle rasch wieder erholt."

Besorgt sah der Arzt zu Lucas und dann wieder zu Aislinn. „Wir reden hier von einem drei Monate alten Kind. Ich fürchte, die Chancen für Ihr Kind stehen nicht so gut wie für einen Erwachsenen."

„Dann ist es doch ernst."

„Sein augenblicklicher Zustand ist äußerst kritisch."

„Wird er sterben?" Sie konnte die Frage kaum aussprechen.

„Ich weiß es nicht", antwortete der Arzt ehrlich. „Ich werde alles daransetzen, um ihn zu retten." Besänftigend drückte er ihr die Schulter. „Entschuldigen Sie mich jetzt. Ich muss zurück."

„Darf ich ihn sehen?", fragte sie und hielt ihn am Ärmel fest.

„Das sollten Sie nicht. Er ist an viele Schläuche angeschlossen. Wenn Sie ihn so sähen, würden Sie sich nur noch mehr Sorgen machen."

„Sie will ihn aber sehen." Lucas' leise Stimme klang drohender als ein lauter Schrei. Einige Sekunden blickten sie sich nur an, dann lenkte der Arzt ein.

„Nur für eine Minute, Mrs Greywolf. Nicht länger."

Als Aislinn wieder auf den Flur kam, weinte sie hemmungslos. Lucas legte ihr eine Hand auf die Schulter und klopfte ihr sanft auf den Rücken. Doch wie zuvor spürte Aislinn auch diesmal die unsichtbare

Wand zwischen ihnen. Den ganzen Tag und die Nacht verbrachten sie in dem Wartezimmer des Krankenhauses. Aislinn weigerte sich zu gehen, obwohl das Klinikpersonal sie bedrängte, wenigstens etwas zu essen. Niemand näherte sich Lucas. Wahrscheinlich haben sie Angst vor ihm, dachte Aislinn. Und was in ihm vorging, wusste niemand außer ihm selbst.

Früh am Morgen des zweiten Tages berichtete der Arzt, dass Tonys Zustand immer noch kritisch sei. „Aber als er hier ankam, hätte ich keine Wette abgeschlossen, dass er es überhaupt so lange durchhält", zeigte er leichte Hoffnung. „Er ist ein Kämpfer."

An diesen Hoffnungsschimmer klammerte Aislinn sich mit ihrem ganzen Willen. Kurz darauf kamen Gene und Alice an. Sie hatten die Klinik für diesen Tag geschlossen und die ganze lange Fahrt unternommen, nur um Lucas und Aislinn nahe zu sein. Beim Anblick der beiden brach Aislinn dankbar in Tränen aus.

Die Dexters zeigten sich besorgt darüber, dass Aislinn so blass aussah, und versuchten vergeblich sie zu überreden, in ein Hotel zu gehen und sich auszuruhen. Aber sie konnten sie dazu bringen, die warme Mahlzeit aus der Cafeteria, die sie auf Tabletts hochbrachten, zu essen.

Sie saßen in dem Wartezimmer und hatten gerade zu Ende gegessen, als Lucas plötzlich aufsprang und mit der Faust auf den Tisch schlug. „Wer hat die beiden denn eingeladen?", fragte er grob. Es war ihm offenbar egal, ob das Ehepaar ihn hörte.

„Ich war es." Aislinns Knie zitterten, als sie aufstand und sich ihren Eltern zuwandte, die sie seit ihrer Hochzeit nicht mehr gesprochen hatte. „Mutter, Vater." Sie trat einen Schritt vor. „Vielen Dank, dass ihr gekommen seid."

Die Andrews schienen nicht zu wissen, was sie tun sollten. Eleanor hielt sich an ihrer Handtasche fest, und Willard wich den Blicken seiner Tochter und seines Schwiegersohns aus.

„Wir fanden, dass das das Wenigste war, was wir tun konnten", unterbrach Eleanor schließlich die unerträgliche Stille. „Die Krankheit deines Babys tut uns wirklich sehr leid."

„Brauchst du irgendetwas, Aislinn? Geld?", bot Willard an.

Lucas stieß einen Fluch aus und ging hinaus, wobei er die beiden anrempelte. „Nein, danke, Vater", sagte Aislinn leise.

Sie schämte sich, dass ihre Eltern immer Geld als die Lösung von Problemen ansahen, aber sie verzieh ihnen. Ihre Anwesenheit gab ihr

Trost, und sie wusste, dass die beiden sich auch zu dieser Geste bereits hatten überwinden müssen.

Schließlich trat Alice vor und entkrampfte die Situation. „Ich bin Alice Dexter, Tonys andere Großmutter. Bitte verzeihen Sie das Verhalten meines Sohnes. Er ist sehr angespannt."

Sie sprach leise, und wie immer war Aislinn beeindruckt, dass in ihrer Stimme keinerlei Vorurteil zu hören war. Alice sah Eleanor direkt an, obwohl deren Kleid sicher mehr kostete, als Alice in einem ganzen Jahr für Kleidung ausgab. Sie war weder feindselig noch eingeschüchtert durch die andere Frau. „Ich möchte Ihnen meinen Mann vorstellen, Dr. Dexter."

Aislinn ließ die vier allein und machte sich auf die Suche nach Lucas. Er stand am Ende des Gangs und blickte mit eiserner Miene aus dem Fenster.

„Lucas?" Aislinn sah, dass er die Schultern anspannte. „Bist du wütend, weil ich meine Eltern benachrichtigt habe?"

„Wir brauchen sie nicht."

„Du vielleicht nicht, aber ich."

Er fuhr herum. Seine Augen funkelten wütend. An einer Hand zog er sie in einen Raum, den ihnen die Krankenschwestern zur Verfügung gestellt hatten. Als die Tür hinter ihnen zufiel, sah er Aislinn an.

„Vermisst du jetzt doch ihr Geld? Hast du Daddy um Verzeihung angefleht und gebeten, hier mit dem Scheckbuch aufzutauchen?"

„Das verdiene ich nicht, Lucas!" Sie ohrfeigte ihn so hart, dass sein Kopf herumflog. Unwillkürlich hob auch er die Hand, ließ sie aber wieder sinken, bevor er zuschlagen konnte.

Aislinn krallte sich in sein Hemd. „Mach schon. Schlag mich. Vielleicht erkenne ich dann wenigstens, dass du lebst. Die Schläge nehme ich gern in Kauf, wenn du nur so zeigen kannst, dass auch du Gefühle besitzt." Sie schüttelte ihn. „Lucas! Sprich mit mir! Schrei mich an! Zeig mir deinen Schmerz. Ich weiß, dass du leidest. Du liebst Tony, selbst wenn du sonst niemanden auf der Welt liebst. Vielleicht stirbt er, und ich weiß, dass du deswegen verzweifelt bist. Lass mich gefälligst deinen Kummer teilen."

Sie weinte, doch sie beachtete die Tränen nicht weiter. „Bist du so stolz? Kann dich nichts anrühren?" Kopfschüttelnd verneinte sie ihre eigenen Worte. „Ich weiß es besser, weil ich dich bei Josephs Tod erlebt habe. Und wahrscheinlich ist der Schmerz von damals nichts gegen das, was du jetzt durchmachst. Nur durch deine eigenen dummen Vorurteile verschließt du dich vor der Welt. Bist du so herzlos, dass du nicht einmal am Totenbett deines Kindes weinen kannst?"

Sie schüttelte ihn wieder. „Du sagst, du brauchst niemanden, aber das stimmt nicht. Du willst es nur nicht zugeben, Lucas. Ich brauchte den Trost meiner Eltern, also habe ich mir den Stolz verkniffen und habe sie angerufen. Dieses Leid will ich nicht allein durchstehen. Du machst dich über meine Eltern lustig, aber du hast mehr mit ihnen gemeinsam, als du denkst. Du bist so kalt und gefühllos wie sie. Aber sie haben nachgegeben. Sie sind jetzt hier für mich, aber du nicht."

Sie zerriss jetzt fast sein Hemd. „Egal, ob du mich liebst oder nicht, du bist mein Ehemann. Ich brauche dich, und wage es nicht, mir deine Unterstützung vorzuenthalten. Aus Ehrgefühl hast du mich geheiratet, aber was ist das für eine Ehre, wenn du deine Frau im Stich lässt, wenn sie dich am nötigsten braucht? Bist du nicht Mann genug, um mit mir zu weinen?"

Sie schlug ihn wieder und wieder ins Gesicht. Die Tränen liefen ihr in Strömen über das Gesicht. „Wein endlich! Los, wein!"

Plötzlich schlang er die Arme um sie und senkte den Kopf an ihre Schulter. Zuerst merkte Aislinn nicht, was geschah, doch dann spürte sie das Beben seiner Schultern und hörte das tiefe Schluchzen, das er ausstieß.

Sie umschlang ihn und drückte ihn an sich, während seine Tränen ihren Hals benetzten. Er weinte immer weiter, und als sie sein Gewicht nicht mehr stützen konnte, sanken sie in ihrer Umarmung zu Boden. Wie so oft mit Tony wiegte sie ihn in den Armen hin und her.

Wie sehr sie ihn liebte!

„Ich will, dass unser Baby lebt", schluchzte er. „Du kannst dir nicht vorstellen, was es für mich bedeutet, einen Sohn zu haben. Ich will, dass er lebt. Als Kind habe ich mir so sehr einen Vater gewünscht. Und ich will für Tony der Vater sein, von dem ich selbst immer geträumt habe." Er drückte das Gesicht noch tiefer in ihre Schulter.

„Wenn er stirbt, werde ich mit deinem Schmerz nicht fertig, Lucas. Dafür liebe ich dich zu sehr."

Nach einer Weile versiegten seine Tränen, doch er verharrte reglos. Durch die nasse Bluse hindurch küsste er sie und sprach leise vor sich hin. „Ich wollte dich nicht lieben."

„Ich weiß", antwortete sie sanft und fuhr ihm durchs Haar.

„Aber jetzt tue ich es."

„Das weiß ich auch."

Lucas hob den Kopf und sah sie aus tränenverschleierten Augen an. „Wirklich?"

Sie nickte nur und lächelte traurig.

Eine Sekunde später klopfte es an der Tür. Verwirrt sahen sie einander an, dann stand Lucas auf und reichte Aislinn die Hand, um ihr hochzuhelfen. Er legte den Arm um sie, und gemeinsam blickten sie zur Tür. „Herein", sagte Lucas. Sie erwarteten den Arzt.

Doch es war Mr Dixon, der Gefängnisdirektor. „Hallo, Mr Greywolf. Ich weiß, was Sie gerade durchmachen." Es schien ihm peinlich zu sein, als er merkte, dass sie beide gerade geweint hatten. „Mein Name ist Dixon", stellte er sich Aislinn vor.

„Was tun Sie hier?", fragte Lucas ohne Umschweife.

„Mr Andrews' Sekretärin sagte mir, ich könne Sie hier antreffen. Und da ich gute Neuigkeiten bringe, wollte ich keine Zeit verlieren."

„Worum geht es denn?", hakte Aislinn nach.

„Ihr Mann wurde nachträglich für unschuldig befunden." Er wandte sich an Lucas. „Die Unterlagen Ihrer Verhandlung wurden noch einmal durchgearbeitet. Durch die Geständnisse der beiden Verurteilten wurde klar, dass Sie sich an dem Unruheherd lediglich aufhielten, um die Ausschreitungen zu beenden. Sie werden noch offiziell für unschuldig erklärt und anschließend sofort wieder in die Anwaltskammer aufgenommen."

Froh schmiegte Aislinn sich an Lucas, doch der konnte sie kaum stützen. Die Neuigkeiten ließen seine Knie weich werden.

Noch bevor jemand von ihnen etwas sagen konnte, kam Gene hereingelaufen. „Lucas, Aislinn, schnell. Der Arzt sucht nach euch."

„Lächeln!"

„Aislinn, mein Gesicht fällt gleich vom vielen Lächeln auseinander", beschwerte Lucas sich.

Sie lachte nur. „Hierher, Tony. Sieh zu Mommy."

Sie schoss zwei Bilder, als Tony in die richtige Richtung sah.

„Schluss jetzt mit dem Fotografieren", entschied Lucas. „Das hier soll eine Party sein."

„Mir geht es ausgezeichnet", stellte sie glücklich fest und küsste ihn auf die Wange. „Mein ganzes Leben könnte ich damit verbringen, Tony und dich zu fotografieren."

Misstrauisch sah Lucas sie an. „Mir würde da noch eine andere Sache einfallen."

„Lucas!"

Er lachte auf. „Allerdings muss ich zugeben, dass Tony und ich ein wundervolles Motiv abgeben", sagte er stolz und sah seinen Sohn an.

„Ihr beide seid meine absoluten Lieblingsmotive." Aislinn drückte sie beide an sich.

„Hey, könnt ihr drei mal damit aufhören?" Gene reichte Aislinn ein Glas Punsch. „Ihr solltet euch unter die Gäste mischen."

„Gib mir Tony solange." Alice trat zu ihnen. Der Keks in ihrer Hand reichte als Argument. „Willard und Eleanor wollen ihn sehen."

„Jetzt hört auf, euch schwere Blicke zuzuwerfen, und geht ein paar Hände schütteln", sagte Gene und schob die beiden zu den Leuten, die in dem Büro standen.

Mit diesem Empfang wurde die Eröffnung von Lucas' Anwaltspraxis gefeiert. Der Medienrummel wegen Lucas' Rehabilitation und eine Fotoreportage von Aislinn in einer bekannten Zeitschrift hatten das öffentliche Interesse endlich wieder einmal auf die Rechte der Indianer gelenkt, die in den Reservaten lebten.

Lucas gab sich keinen Illusionen hin. Er würde in seinem Leben nicht mehr das Ende der Unterdrückung erleben, aber jeder Schritt in diese Richtung war sinnvoll.

Dabei achtete er strikt darauf, dass es nicht so aussah, als würde er einen Vorteil aus seiner Verurteilung ziehen. Und er vergaß nie, wer seine Klienten waren. Obwohl er heute ein Jackett und eine Krawatte trug, hatte er doch den Silberring im Ohr. Und hinter seinem Schreibtisch an der Wand hing ein gerahmtes Bild von Joseph Greywolf, der alle Insignien eines Indianerhäuptlings trug. Viele anwesende Würdenträger gaben eine Bemerkung zu dem Bild ab, das Joseph in jungen Jahren zeigte.

„Wann können wir endlich nach Hause?", fragte Lucas Aislinn nach einer Stunde Lächeln und Händeschütteln.

„Auf Alices Einladungen stand: von zwei bis sechs. Wieso?"

„Weil ich mit dir nach Hause und ins Bett will."

„Pst! Es könnte uns jemand hören."

Vor allen Gästen neigte er den Kopf und küsste Aislinn auf den Mund.

„Benimm dich, Lucas. Der ganze Empfang ist dir zu Ehren." Sie bemühte sich um einen tadelnden Tonfall, doch sie konnte ihre Freude über die Bezeugung seiner Zuneigung nicht verbergen.

Er spielte mit einer ihrer Haarsträhnen. „Weißt du, dass ich dich hier wegzerren könnte?"

„Du willst mich entführen?"

„Ja, genau."

„Das hast du schon einmal getan."

„Und es war das Klügste, was ich je gemacht habe."

„Es war das Beste, was mir je geschehen konnte."

Ungeachtet der Unterhaltungen um sich herum, blickten sie einander in die Augen und erkannten ihre gegenseitige Liebe. Johnny Deerinwater unterbrach sie schließlich, indem er Lucas lachend auf den Rücken schlug.

Bis zum geplanten Ende spielten sie beide noch die Gastgeber, dann gingen die Gäste nach und nach.

„Wir haben uns noch nicht mit Vater und Mutter unterhalten", sagte Aislinn und zog Lucas am Arm mit sich. Ihre Eltern saßen am anderen Ende des Büros und unterhielten sich mit Gene. Lucas schien sich beschweren zu wollen. „Sie haben einen langen Weg hinter sich, Lucas, und damit meine ich nicht die Fahrstrecke."

„Ich weiß", gab er zu. „Ich werde nett sein. Schließlich bezahlt dein Vater den neuen Flügel an Genes Klinik."

Sobald Willard und Eleanor sich nach Phoenix auf den Weg machten, fragte Alice, ob Gene und sie Tony über Nacht bei sich behalten dürften. „Wir sehen ihn so selten. Und ihr müsst sowieso morgen hierher zurückkommen, um das Büro für Montag aufzuräumen. Bitte."

Sie willigten ein und machten sich auf den Heimweg. Es war ein schöner Abend, der Himmel war mit Sternen übersät, und über den Bergen stand der Vollmond.

„Weißt du, ich fühle mich selbst schon wie eine Indianerin", sagte Aislinn nachdenklich. „Ich liebe dieses Land hier."

„Du hast sehr viel aufgegeben, Aislinn", sagte Lucas ruhig und blickte weiterhin auf die Straße, die zur Ranch führte.

Sie nahm eine seiner Hände vom Lenkrad und drückte sie, bis Lucas sie ansah. „In diesem anderen Leben hatte ich weder dich noch Tony. Und ich bereue den Wechsel keinen Augenblick."

Tatsächlich hatte sie ihr Haus und ihr Fotostudio in Scottsdale verkauft und das Geld für eine Kindergarteneinrichtung im Reservat und eine Prachtstute für Lucas' Zucht ausgegeben. Er hatte das Geschenk als Zeichen ihrer Liebe angenommen. Durch das Pferd konnten sie viele neue Pferde heranzüchten, und Lucas würde neue Hilfen für die Ranch anstellen können. Auf dem Gelände wurde gerade eine Unterkunft für die sechs Gehilfen gebaut, die sie bereits beschäftigten, damit Lucas sich mehr um seine Arbeit als Anwalt kümmern konnte.

Jetzt blickte Aislinn Lucas von der Seite an, und ihr Herz floss fast über vor Liebe zu ihm. Sie konnte ihre Freude kaum beherrschen, seit dem Tag, an dem Tony die Lungenentzündung überstanden hatte.

„Hoffentlich sind die Bilder etwas geworden. Besonders die von Tony."

Eine Weile schwiegen sie beide. „Wenn ich daran denke, dass wir ihn fast verloren hätten."

Lucas zog die Hand weg und rieb ihr die Wange. „Wir haben uns vorgenommen, es nie zu vergessen, aber auch, nicht unnötig darauf herumzureiten."

„Ich weiß", sagte sie und küsste die Knöchel seiner Finger. „Ich musste nur an jenen Tag denken. Erst sagst du mir, dass du mich liebst, dann kommt Mr Dixon und sagt dir, dass du wieder als Anwalt arbeiten darfst, und schließlich teilt uns der Arzt mit, dass Tony durchkommen wird." Sie lächelte. „So viel Gutes auf einmal war fast zu viel für mich."

„Du schwelgst heute ja richtig in Erinnerungen."

„Damit drücke ich nur aus, wie glücklich ich bin."

Lucas stellte den Wagen vor dem Haus ab und sah Aislinn aus seinen grauen Augen an. „Ich würde mein Glück gern anders ausdrücken."

„Und auf welche Weise, Mr Greywolf?"

Er sah sie nur an, und dann nahmen sie sich nicht einmal die Zeit, das Licht einzuschalten. Stattdessen ließen sie sich vom Mondlicht durch das Haus zum Schlafzimmer führen.

– ENDE –

Emilie Richards

Wir reisen um die ganze Welt

Roman

Aus dem Amerikanischen von
Jana Jaeger

1. KAPITEL

*W*enn du ein bisschen zur Seite gehst, kann ich mich an dir vorbei aus dem Fenster stürzen, Cynthia." Sly Jackson wies anklagend auf das helle Fensterrechteck hinter Cynthias Rücken.

Cynthia Ames blieb ungerührt. Sie musterte den Mann hinter dem Schreibtisch kühl und rührte sich nicht vom Fleck. „Ich bitte dich, Sly, hör auf, mir ein schlechtes Gewissen zu machen. Ich wusste, dass dir mein Entschluss nicht gefallen würde, aber zeig doch ein bisschen Verständnis."

„Warum greifst du nicht gleich zum Revolver und jagst mir eine Kugel durch den Kopf? Das wäre ein schnelles Ende ohne große Schmerzen."

Cynthia lächelte leicht. „Ich fürchte, es ist nicht erlaubt, auf Menschen zu schießen. Auch in Manhattan."

„Du würdest freigesprochen werden. Die Geschworenen würden es als Gnadenschuss ansehen."

„Du wirst es überleben, Sly."

Sly schüttelte düster den Kopf. Er schraubte einen großen Glasbehälter voller Magentabletten auf, den er vor sich auf dem Schreibtisch hatte – zum Zeichen der Belastung, die sein Beruf als Agent täglich mit sich brachte. In den vier Jahren, die Cynthia Sly nun kannte, hatte er noch nie in ihrer Gegenwart das Tablettenglas geöffnet. Sie fragte sich, ob die Pillen nicht schon längst ihre Wirkung verloren hätten.

„Warum hast du das getan?" Sly zerbiss die Tabletten hörbar. Ebenso abgehackt kamen die Worte aus seinem Mund. „Was in aller Welt ist bloß in dich gefahren?"

„Ich frage mich, ob dich das wirklich interessiert."

Sly machte eine ungeduldige Handbewegung. „Im Grunde ist es auch egal. Der Punkt ist doch der, dass du bis gestern ein Luxusprodukt warst. Aura-Shampoo wäre bereit gewesen, dein Gewicht in Gold aufzuwiegen, wenn du den Vertrag mit ihnen verlängert hättest. Und nun dies …"

„Das weiß ich alles." Cynthia drehte sich um und blickte auf die Straßen der Stadt, die sie liebte. Slys Büroräume lagen in einem alten, etwas schäbigen Hochhaus, aber da draußen vor den Fenstern quirlte und lärmte das überwältigende, ewig junge New York. Cynthia genoss die Aussicht, sie liebte das Leben in dieser Stadt. Mit einem Anflug von

Bedauern dachte sie an die Entscheidung, die sie spontan getroffen hatte.

„Es scheint dir Spaß zu machen, mich leiden zu sehen", klagte Sly wieder.

„Dabei habe ich mir doch bloß die Haare abschneiden lassen." Cynthia griff sich in die kurzen, vollen Locken. „Haare – was ist das schon? Nichts weiter als ein paar Gramm leblose Hornfäden, Sly. Das Abschneiden tut nicht weh, man spürt es kaum. Und du bist mein Agent, nicht mein Richter."

„Bloß Haar? Deins war Tausende von Dollars wert, was sage ich – Millionen vielleicht! Dein Haar kennt jedes Kind in den Vereinigten Staaten. Ich möchte wissen, wie viele Mädchen in diesem Land alle möglichen Produkte ausprobieren, damit ihr Haar so wird wie das von Cynthia Ames, dem Aura-Mädchen."

Cynthia schauderte es bei diesem Gedanken. „Was für eine entsetzliche Vorstellung."

„Ich begreife dich einfach nicht, Cynthia. Warum hast du das gemacht?"

Cynthia wies ihn nicht darauf hin, dass er eben gerade gesagt hatte, ihre Beweggründe wären egal. „Sly, wie würdest du es finden, wenn eine einzelne Eigenschaft von dir so wichtig genommen wird, dass alles andere in den Hintergrund tritt?"

„Ich weiß nicht, was du damit sagen willst, Cynthia."

Sie wandte sich ihm zu. „Nimm mal an, deine Nase würde plötzlich berühmt." Sie lächelte boshaft. „Oder dein kleiner Spitzbauch. Wenn dich jemand ansieht, nimmt er nur diesen Teil von dir wahr. Viele Männer in den besten Jahren würden alles Mögliche veranstalten, um ein paar Pfund zuzunehmen und dir ähnlich zu werden. Du müsstest stundenlang vor Kameras posieren, damit dein Bauch von allen Seiten aufgenommen wird."

„Hör schon auf, Cynthia." Sly griff erneut zum Tablettenglas.

„Gut, dann mache ich's kurz: Ich möchte endlich ich selbst sein."

„Das hört sich an wie ein Schlagertitel. Schreib einen Song darüber, und du verdienst ein Vermögen. Jetzt hast du gerade ein Vermögen verspielt. Und ich auch", fügte er grimmig hinzu. „Zehn Prozent von deinem Haar gehörten mir."

„Vielleicht liegt es ja noch auf dem Fußboden in Mimis Salon. Du kannst hingehen und es dir holen." Cynthia lachte auf, als sie Slys angewiderten Blick sah. „Entschuldige, ich wollte dich nicht ärgern."

„Du weißt hoffentlich, dass deine Karriere damit zu Ende ist. Niemand wird dir jetzt noch einen Auftrag geben."

„Das war meine Absicht", meinte Cynthia trocken. Sie schüttelte den Kopf und staunte noch immer darüber, wie leicht und frei ihr ohne die fast meterlange Mähne zu Mute war. Sie würde Sly nie begreiflich machen können, was sie dazu bewogen hatte, einen zweitklassigen Friseursalon zu betreten und ihrer Karriere als Fotomodell ein Ende zu setzen. Wie sollte sie ihm ihre wachsende Unzufriedenheit erklären, die Erschöpfung und das Gefühl von Sinnlosigkeit, das in den letzten Wochen über sie gekommen war? Das Leben als Fotomodell war ihr zeitweise einfach absurd vorgekommen, die Richtung stimmte nicht mehr, und sie hatte das geändert. Cynthia wusste, dass Sly das nicht verstehen konnte. Er beurteilte alles nach seinem Preis. Trotzdem machte Cynthia noch einen Versuch. „Ich wollte überhaupt nicht Fotomodell werden, das weißt du. Diese Shampoo-Werbekampagne hat mich schlicht überrollt."

„Ich kann mich nicht erinnern, dass du dich beklagt hättest, als die Schecks nur so herabflatterten", brummte Sly.

„Ich bin sehr dankbar für das Geld und die Erfahrungen, die ich machen durfte." Cynthia ging um den Schreibtisch herum und gab Sly einen Kuss auf die Wange. „Ich danke dir für alles, was du für mich getan hast. Aber jetzt bin ich auf andere Abenteuer aus." Sie blickte nachdenklich aus dem Fenster in die Ferne.

Slys Gesichtsausdruck wechselte von Verärgerung zu offener Neugier. Er seufzte, und da wusste Cynthia, dass das Schlimmste vorüber war. Sie hatte gewonnen, zumindest fürs Erste.

„Was hast du vor?", fragte Sly resigniert.

„Ich fahre nach Australien."

„Das sieht dir ähnlich. Weiter weg ging's wohl nicht, wie? Ist der Südpol noch nicht für Touristen zugänglich?"

„Habe ich dir nie erzählt, dass meine Mutter aus Australien stammt? Ich war noch nie dort, und auch meine Mutter ist nach der Heirat nicht mehr hingefahren. Ich habe da einen Cousin, den möchte ich kennenlernen und dann das Land erforschen."

„Vielleicht gibt es in Australien gar kein Aura-Shampoo", gab Sly zu bedenken.

„Es gibt keins. Ich habe mich erkundigt, bevor ich die Reise gebucht habe."

Sly schwieg nachdenklich. Dann begann er langsam zu sprechen und redete sich nach und nach in Begeisterung. „Ich könnte mir vorstellen … das heißt, es gäbe eine winzige Chance, dass Aura an der Idee Gefallen finden würde. Du bist auf einmal ein ganz neuer Typ, nichts Außergewöhnliches, Glitzerndes mehr. Du siehst aus wie ein normales, nettes Mädchen. Und das könnte genau das Richtige sein. All die Fitnessfanatiker und Sportbesessenen könnten das gut finden. Du müsstest auf den Fotos einen Gymnastikanzug oder einen Tennis-Dress tragen …"

„Ich schicke dir einen Bumerang aus Australien." Cynthia streichelte Slys Wange und wandte sich zum Gehen. „Und ich schreibe dir ganz viele Postkarten."

„Wir könnten dich in einem Fitnessklub fotografieren, wie du gerade an so einem Gerät arbeitest. Ein Stirnband würde sich bestimmt prima bei dir machen."

Cynthia war an der Tür angekommen. „Mach's gut, Sly. Achte auf deine Gesundheit", meinte sie mit einem ironischen Augenzwinkern. Sie öffnete die Tür und trat in die Empfangshalle hinaus.

„Vielleicht", fuhr Sly gedankenverloren fort, „kommst du auch in einem Badeanzug gut raus. Einen von diesen französischen, mit hohem Beinausschnitt. Ganz in Schwarz …" Er unterbrach sich, als er sich Cynthias Körper in so einem aufregenden Anzug vorstellte. „Du könntest aus einem Swimmingpool steigen und dir dabei das Haar einseifen", murmelte er. „Aura ist so mild, dass man es täglich benutzen kann. Es enthält keine scharfen chemischen Stoffe, es reinigt sanft und pflegt. Annie!", rief er begeistert durch die offene Tür. „Holen Sie mir Henry Biddler von Aura-Shampoo ans Telefon! Sagen Sie ihm, ich habe ihm etwas Wichtiges mitzuteilen!"

2. KAPITEL

1. Oktober, irgendwo in den Wolken

Lieber Sly,
du hast getan, was du konntest, aber es war mein voller Ernst.
Wenn Henry Biddler immer noch glaubt, ich komme zu dem Ter-
min, den du für mich vereinbart hast, dann kann er lange warten.
Das Flugzeug ist jetzt über Südaustralien und beginnt den Lan-
deanflug auf Adelaide.
   Hast du schon einmal darüber nachgedacht, warum wir so gut
zusammengearbeitet haben? Weil wir beide impulsiv und starr-
köpfig und immer überzeugt davon sind, dass wir recht haben!
Stimmt das nicht? Besprich das am besten in deiner nächsten Sit-
zung beim Psychoanalytiker.
   Mein lieber Sly, ich kann dir nur sagen: Seit ich New York ver-
lassen habe, starrt mich niemand mehr an. Jetzt bin ich schlicht und
einfach Cynthia und trage nicht mehr das Aura-Etikett. Ich war
noch schnell in einem Bräunungsstudio und habe ein paar lustige
Sommersprossen auf der Nase. Und ich habe seit einer Woche kein
Aura-Shampoo mehr benutzt. Noch etwas muss ich dir sagen: Ich
war nie im Leben glücklicher!
   Hast du gemerkt, dass ich keinen Absender auf den Brief
geschrieben habe? Ich bin sicher, du weißt, warum. Ich wün-
sche dir von Herzen, dass du bald ein neues Aura-Mädchen
findest.
Mit lieben Grüßen,
deine Cynthia

Cynthia schrieb Slys Adresse auf das Kuvert und schob den
Brief hinein. Die Post würde vielleicht zwei Wochen bis nach
New York brauchen. Bis dahin würde sich sein Kummer
über ihre Flucht gelegt haben, und die Suche nach einem Ersatzmo-
dell würde ihn voll in Anspruch nehmen. Sly hatte ein gutes Gespür
für Werbung. Auch Henry Biddler würde inzwischen seinen Ärger
überwunden haben und an einer neuen Kampagne arbeiten. Bestimmt
würde er Slys Werbeagentur deswegen nicht fallen lassen. Cynthia
brauchte sich keine Vorwürfe zu machen. Ihre Abreise bedeutete keine
wirkliche Gefahr für Slys Geschäfte.

Cynthia hatte zwar keinen Schuldkomplex, dafür aber eine Menge anderer verwirrender Gefühle. Während die Maschine über den samtigen grünen Hügeln um Adelaide herunterging, durchlebte Cynthia verschiedene Zustände. Zunächst einmal war sie aufgeregt. Diese Erregung war sowohl Neugier als auch Unsicherheit. Dann war da ein leises Bedauern, weil sie so viel Schönes zurückgelassen hatte. Dazu kam die Erschöpfung von der langen Reise, die Belastung durch die Zeitverschiebung und die Erfahrung, dass sie plötzlich ein Mensch unter vielen anderen war, ein Gesicht in der Menge. Alles das zusammen machte ihr ziemlich zu schaffen.

Als das Flugzeug gelandet war, klammerte sich Cynthia an die Armlehnen ihres Sitzes. Eigentlich wollte sie aufspringen, um unter den Ersten zu sein, die den australischen Boden betraten, aber sie war von dem vierundzwanzigstündigen Flug ermüdet. Dabei hatte sie diesem Moment entgegengefiebert. Am liebsten hätte sie sich an den anderen Passagieren vorbeigeschlängelt, um schnell in die Sonne zu kommen.

Cynthia zwang sich jedoch zur Ruhe. Sie tippte nur ungeduldig mit dem Fuß auf den Boden, bis sie endlich aufstehen und sich in die Schlange im Mittelgang der Maschine einreihen konnte. Die Passagiere bewegten sich langsam auf den Ausgang zu, bald würde sie in Freiheit sein. Die Zollformalitäten hatte sie bereits in Sydney hinter sich gebracht, das würde sie hier in Adelaide also nicht mehr aufhalten. Sobald sie das Flugzeug hinter sich gelassen hatte, begann ein neues Leben. Sie musste nur noch ihr Gepäck in Empfang nehmen und Alan finden.

Cousin Alan ... Cynthia dachte mit gemischten Gefühlen an die Begegnung mit ihm. An die Tatsache, dass sie hier einen echten Verwandten besaß, würde sie sich erst noch gewöhnen müssen. Das war eine von den neuen Erfahrungen, die auf sie warteten. Aber sie freute sich ehrlich auf Alan und seine Frau Penny – mehr als auf die Kängurus und Koalabären.

„Werden Sie erwartet?" Die Frage kam von dem älteren Herrn, der Cynthias Sitznachbar während des Fluges gewesen war.

„Ja, mein Cousin holt mich ab. Ich kenne ihn nicht persönlich, aber er soll ein T-Shirt mit der Aufschrift ‚Australia-Abenteuer-Tours' tragen. Daran werde ich ihn hoffentlich erkennen."

Der ältere Herr meinte beeindruckt: „Das ist die beste Reisegesellschaft hier unten. Aber Sie sollten aufpassen – es gibt eine Menge von wilden jungen Burschen, die mit diesem T-Shirt herumlaufen. Hoffentlich ist Ihr Cousin nicht einer von denen."

Cynthia fragte sich insgeheim, was der Mann wohl unter „wilden jungen Burschen" verstand, während sie sich mit den anderen auf den Ausgang zuschob. Alan Benedict gehörte bestimmt nicht dazu. Sie hatte seit Jahren einen Briefwechsel mit Alan unterhalten. Seine Briefe waren in jeder Hinsicht perfekt gewesen: sprachlich, inhaltlich und in herzlichem Ton. Mit zweiundzwanzig hatte er geheiratet, war mit dreiundzwanzig zum ersten Mal Vater geworden und erwartete jetzt – mit fünfundzwanzig – das zweite Kind. Seine Frau Penny, eine ehemalige Lehrerin, hatte oft ein paar Sätze unter die Briefe an Cynthia geschrieben. Nach allem, was Cynthia von den Benedicts wusste, schienen sie nette, unkomplizierte Menschen zu sein.

Am Fuß der Flugzeugtreppe angekommen, spürte Cynthia den verrückten Wunsch, sich hinzuknien und den Erdboden zu küssen. Sie betrat ja die Heimat ihrer Vorfahren mütterlicherseits. Cynthia war zur Hälfte Australierin, und obwohl der Staat noch jung war, fühlte sie eine starke Verbundenheit mit dem Land. Hier hatte sie Wurzeln, die sie nun zurückverfolgen wollte.

Die helle Oktobersonne schien auf Cynthias rostrote Locken, und ihr Haar, das bis jetzt ihr Stolz und Kummer gewesen war, wirkte im Sonnenlicht auffallend schön.

In New York wird es gerade Herbst, überlegte Cynthia. Bei den kurzen Zwischenlandungen in Honolulu und Sydney hatte sie schon einen kleinen Vorgeschmack auf den Frühling bekommen, der sie nun hier in Adelaide mit seiner ganzen Pracht empfing. Die australische Sonne wärmte den Körper wie von innen her, und Cynthia spürte, was für eine gewaltige Veränderung ihre Entscheidung, nach Australien zu fliegen, für ihr Leben bedeutete.

Im Innern des Flughafengebäudes blieb Cynthia stehen und suchte die Menschenmenge nach Alan ab. Trotz ihrer Müdigkeit waren ihre Nerven angespannt. Vor Erregung wurde ihr fast flau im Magen.

Alan hatte sich als Durchschnittstyp bezeichnet. Cynthia besaß nur ein einziges Foto aus den letzten Jahren, das ihn in voller Größe zeigte, und das war leider unscharf. Eitel scheint Alan jedenfalls nicht zu sein, dachte sie. Nun hielt sie Ausschau nach einem bärtigen jungen Mann in einem orange-blauen T-Shirt. Das Hemd kannte sie immerhin genau, denn Alan hatte ihr genau so eins zu Weihnachten geschickt. Die Farben waren auffallend, und auf der Brust war ein grinsendes Känguru abgebildet, das zwei Touristen auf dem Rücken trug, während ein dritter Tourist, mit einem Fernglas bewaffnet, aus seinem Beutel schaute.

Die Passagiere hatten sich bereits zerstreut, als Cynthia endlich das orange-blaue T-Shirt ausmachte. Offenbar hatte Alan sich verspätet, denn er eilte aus der Richtung des Parkplatzes gerade in die Ankunftshalle. Beide Hände hatte er in den Taschen der Jeans vergraben, sein Blick war wach und aufmerksam.

Selbst aus der Entfernung musste Cynthia feststellen, dass weder Alans Foto noch die Beschreibung seiner Person den Tatsachen entsprachen. Auf diesen Cousin kann ich sehr stolz sein, fand sie. Einen so gut aussehenden, energiegeladenen, ja faszinierenden Mann in der Verwandtschaft zu haben war eine schöne Sache. Er war nicht allzu groß, aber er strahlte starkes Selbstvertrauen aus. Dieser Mann da wusste, was er wert war. Er hatte breite Schultern und schmale Hüften. Sein Haar unter dem breitkrempigen Hut war von einem dunklen Braun und ein bisschen wild. Den Bart vom Foto hatte er abrasiert, und man sah seine feste, entschlossene Kinnpartie. Während er näher kam, registrierte Cynthia seine strahlend blauen Augen und ein ebenso strahlendes Lächeln.

Im nächsten Moment warf sich Cynthia Alan in die Arme, überwältigt von der Bedeutung des Augenblicks und ihrer eigenen Aufregung. „Alan!", rief sie. „Alan, endlich!"

„Aber …"

„Ich freue mich so, dich zu sehen!" Cynthia küsste ihn auf die Wange. „Du kannst dir gar nicht vorstellen, wie sehr ich mich auf diesen Moment gefreut habe."

„Ich freue mich auch, dass du da bist, bloß …"

Cynthia war viel zu aufgeregt, um richtig zuhören zu können. Sie trat einen Schritt zurück und betrachtete Alan bewundernd von oben bis unten. „Und du hast mir erzählt, du wärst ein Durchschnittstyp? Ein umwerfender Typ bist du! Sind alle australischen Männer so bescheiden? Ich hätte Penny bitten sollen, mir eine Beschreibung von dir zu liefern. Das hätte bestimmt etwas mehr der Wahrheit entsprochen. Wenn ich dich nicht am T-Shirt erkannt hätte …"

Alan nahm den Hut ab und fuhr sich mit den Fingern durchs Haar. „Was das T-Shirt betrifft …"

„Nein, du brauchst dich nicht dafür zu entschuldigen, das ist ganz in Ordnung so. Ohne dieses grelle Ding hätte ich dich nie gefunden, und außerdem steht es dir prima. Es passt gut zu deiner Sonnenbräune – und zu deinen Augen. Diese sagenhaften Augen musst du von deinem Vater geerbt haben. In meiner Familie hat keiner so blaue Augen."

Alans Reaktion sagte deutlich, dass ihm Cynthias Kompliment gefiel. „Na ja, wenn ich ehrlich sein soll …"

Cynthia ließ ihn nicht ausreden. Sie legte ihm liebevoll die Hände an die Wangen. „Ich wollte dich schon längst kennenlernen, ich habe so viel an dich gedacht. Und da bist du nun, in Fleisch und Blut."

Alan lachte und verschränkte die Arme hinter Cynthias Rücken. „Fleisch und Blut", wiederholte er leise, doch Cynthia unterbrach ihn wieder.

„Mein lieber Cousin", sagte sie zärtlich.

Er zog sie näher an sich. „Ich muss sagen, deine begeisterte Begrüßung macht mich ziemlich sprachlos."

„Wir Yankees können ganz schön temperamentvoll sein", meinte Cynthia. „Und ich habe mich so sehr auf dich gefreut." Sie legte Alan die Arme um den Nacken und wollte ihn noch einmal auf die Wange küssen.

„Wir Aussies haben auch Temperament, wenn es darauf ankommt", entgegnete Alan. „Willkommen in Australien, Cynthia."

Alan nahm sie fest in die Arme und drehte den Kopf, sodass ihre Lippen statt auf seine Wange auf seinen Mund trafen. Cynthia wunderte sich ein bisschen über die australische Art, Cousinen zu küssen.

Sein Kuss war intensiv, sehr gekonnt und in keiner Weise „verwandtschaftlich" aufzufassen. Und er dauerte viel zu lange. Cynthia hatte dabei das Gefühl abzuheben, ohne zu wissen, wo sie wieder landen würde.

„Alan …" Verwirrt wollte Cynthia sich losmachen.

„Wie schön, dass du da bist", sagte er noch einmal und zog sie wieder an sich. Und er küsste sie noch einmal.

Cynthia bemerkte kleine Lachfalten in seiner gebräunten Haut, bevor sie die Augen schloss. Es war klar, dass Alan die Situation sehr genoss.

Langsam kam sie zur Besinnung. Sie versuchte entschlossen, sich der Umarmung zu entwinden. Alan war ihr Cousin, ihr verheirateter Cousin. Vielleicht spielte die Fantasie ihr einen Streich. Vielleicht lag es an der langen Reise, am Stress, an der Zeitverschiebung. In all den Jahren der Brieffreundschaft hatte Cynthia in Alan nie mehr gesehen als einen sympathischen Verwandten. Sie hatte seine Briefe gern gelesen, eifrig geantwortet, sich wohl auch hin und wieder vorgestellt, sie könnten Freunde werden. Alan war zuweilen etwas wie ein entfernt lebender Bruder gewesen. Cynthia hatte Penny sofort gemocht, ohne sie zu kennen. Was ging hier vor? Und warum, warum gefiel es ihr so?

Endlich gelang es ihr, sich Alan zu entziehen. Ihr Herz klopfte zum Zerspringen. Hatte sie in ihrer Begeisterung etwa eine Bereitschaft zu derartigen Zärtlichkeiten signalisiert? Waren ihre Briefe an Alan womöglich zu gefühlvoll gewesen? Hatte sie unbewusst diese Küsse herausgefordert, die sie atemlos gemacht und – erregt hatten?

„Na gut", sagte sie und trat zurück. Ihre Stimme war belegt, sie hüstelte. „Tja, wir sollten jetzt wohl langsam gehen. Schade, dass Penny dich nicht begleiten konnte. Ich bin schon ganz neugierig auf sie."

„Penny?", fragte Alan und zog die Augenbrauen hoch.

„Ja, Penny. Deine Frau." Cynthia machte schmale Augen. „Die Mutter deiner Kinder."

Alan machte eine schwer zu deutende Handbewegung. „Ach so, Penny. Was Penny nicht weiß, macht sie nicht heiß, oder?"

Cynthia nahm die Tasche auf, die sie im Lauf der Ereignisse fallen gelassen hatte. „Okay, ich verstehe. Ich werde den nächsten Flug zurück nach New York nehmen."

Alan lachte. Sein Lachen war tief und befreiend. Cynthia hatte den Wunsch, ihm ihre Tasche ins Gesicht zu werfen, um dieses unverschämte Gelächter zu beenden. Als Alan sprach, spielte das Lachen noch um seine Augen. „Darf ich jetzt etwas sagen, ehe du etwas Übereiltes tust?"

Cynthia nickte ergeben.

„Also: Du bist hier in Australien, und hier sind manche Dinge anders, als sie scheinen."

„Was willst du damit sagen?" Cynthia richtete sich kampflustig auf. Der spöttische Ausdruck auf Alans Gesicht verunsicherte sie.

„Du hast einen großen Fehler gemacht, Cynthia. Ich bin nicht dein Cousin."

„Was? Aber das T-Shirt …"

„Ich bin Daniel Marlin." Sein Lächeln war entwaffnend. „Ich bin Reiseleiter bei ‚Australia-Abenteuer-Tours', genau wie Alan. Er hat mich gebeten, dich hier abzuholen, weil er oben in Alice Springs festgehalten wurde. Und Penny liegt zu Hause im Bett, unter ärztlicher

Überwachung." Daniels Lächeln zeigte, wie zufrieden er mit sich selbst war. „Du brauchst mir nicht zu danken. Es war mir ein Vergnügen, dich gebührend zu empfangen."

Cynthias grüne Augen funkelten zornig. Jeder, der sie genauer kannte, wusste, wie gefährlich sie in diesem Zustand war. „Gebührend? Ich finde, dass du die Situation über Gebühr ausgenutzt hast!"

„Findest du? Ich kann dir gern mal zeigen, wie ich eine Situation wirklich ausnutze." Er kam einen Schritt auf sie zu, aber Cynthias Faust mitten auf dem orange-blauen Känguru hielt ihn auf Distanz.

„Sagen Sie mir gleich, womit ich zu rechnen habe, Mr Marlin. Wie oft werde ich Ihnen begegnen müssen, solange ich hier bin?"

Sein Gesicht war nur Zentimeter von ihrem entfernt. „Oft genug, hoffe ich, um deine Einstellung zu mir zu ändern."

„Hoffentlich oft genug, um Ihre Manieren fremden Frauen gegenüber zu ändern!"

Er lachte wieder, und sie spürte seinen warmen Atem auf der Wange. „Da verlangst du Unmögliches. Das ist nicht mein Interesse, wenn ich mit Frauen zusammen bin."

„Ach ja? Ich möchte meinen, dann sind die Frauen in Adelaide aber arm dran."

„Alan hat mich schon darauf vorbereitet, dass du nicht auf den Mund gefallen bist." Daniel wischte ihr eine widerspenstige Locke aus dem Gesicht. „Wirklich zu schade, dass du nicht mein Typ bist."

Ärgerlich schüttelte Cynthia seine Hand ab. „Dein Typ von Frau hat bestimmt die Intelligenz eines Fußballs und das Gefühlsleben eines Fußabtreters."

Daniel betrachtete sie aufmerksam. „Nicht mein Typ, aber interessant, das muss ich sagen. Rotes Haar, Sommersprossen, Stupsnase und Augen wie die Edelsteine, aus denen man in Neuseeland diese wunderbaren Schmuckstücke macht. Alt genug, damit sie dich in meine Stammkneipe lassen, aber zu jung für harte Getränke." Er hob die Hand, um ihre wütende Entgegnung zu stoppen. „Schnell im Denken, eine spitze Zunge, aber kein Sinn für Humor. Ich habe mir erzählen lassen, dass Yankees keinen Sinn für Humor haben, habe es aber bis jetzt nicht geglaubt."

Dieser Mensch war abscheulich. Cynthia hatte schlimme Sachen über die australischen Männer gehört, und keine zehn Minuten nach ihrer Ankunft fand sie die bestätigt. Daniel Marlin war ein Flegel, und wenn Cynthia nicht so aufgeregt wegen der bevorstehenden Begegnung mit Alan gewesen wäre, hätte sie das auch gleich erkannt. Sie wusste Bescheid über diese Sorte Männer. In New York gab es ebenfalls genügend davon.

„Mein Humor wäre sowieso zu hoch für dich", sagte sie hochnäsig. „Dafür braucht man nämlich Feingefühl. Hast du das Wort überhaupt schon mal gehört?"

„Allerdings. Es ist ein anderes Wort für ‚zickig', nicht?"

„Mein Sinn für Humor hört jedenfalls bei Küssereien mit Fremden auf", entgegnete Cynthia eiskalt.

„Und deine Erfahrungen auf diesem Gebiet wohl auch."

„Daniel Marlin", sagte sie drohend und richtete sich stolz auf. „Du verkörperst offenbar den ungehobelten, unsensiblen australischen Mann in Reinkultur. Ich kann wahrhaftig verstehen, warum meine Mutter einen Amerikaner geheiratet hat."

Der vergnügte Ausdruck in seinen Augen schwand. „Dann bist du also bloß hier, um deine Vorurteile zu bestätigen? Hast du etwa geglaubt, auf der anderen Seite der Erde wäre alles anders?"

„Was soll das jetzt wieder heißen?"

„Ich habe den Eindruck, für dich ist diese Reise nichts weiter als eine Art Zoobesuch."

Die Bemerkung traf Cynthia. Ihr fiel keine schnippische Entgegnung ein. „Ja, ich möchte Land und Leute kennenlernen", sagte sie zögernd.

„Wie alt bist du eigentlich? Zwanzig? Oder schon einundzwanzig?" Das überhebliche Lächeln, das diese Frage begleitete, machte Cynthia zornig.

Dennoch antwortete sie würdevoll: „Vierundzwanzig."

Er nickte, als wäre das ein Schuldbekenntnis.

„Und?", fragte Cynthia herausfordernd.

„Wie ich schon sagte, du bist ein nettes kleines Mädchen. Du willst hier ein bisschen herumgucken und hoffst im Stillen auf einen strahlenden Helden, der dir mehr bietet als deine New Yorker Lackaffen." Er achtete nicht auf ihre zornigen Ausrufe. „Das kennen wir schon. In unseren Zeitungen kannst du täglich Bekanntschaftsanzeigen von amerikanischen Mädchen sehen, die einen Australier zum Mann haben wollen. Erst neulich hatte ich so eine am Telefon. Sie bekam, was sie wollte. Vielleicht hast du sogar auch Glück."

Cynthia schnappte nach Luft. Das war wirklich der Gipfel der Unverschämtheit! Im ersten Moment fehlten ihr die Worte, aber die würden ihr schon noch einfallen. Sie öffnete den Mund, um diesem unsäglichen Kerl ausführlich die Meinung zu sagen. Ein für alle Mal.

„Daniel?“ Ein groß gewachsener, bärtiger junger Mann mit Brille und dem bewussten orange-blauen T-Shirt kam auf die beiden zu. „Und Cynthia? Du bist doch Cynthia?“ Bevor sie etwas erwidern konnte, nahm der Mann sie in die Arme und wirbelte sie im Kreis herum. „Willkommen in Australien, Cousine. Willkommen zu Hause.“

„Um ein Haar hätte ich dich nicht mehr erwischt“, erklärte Alan zufrieden. „Ich habe buchstäblich in letzter Minute einen Flug von Alice nach hier bekommen.“

Cynthia war froh, dass sie endlich bei den Benedicts gelandet war. Alan erzählte Penny von den Hindernissen, die er zu überwinden gehabt hatte, um rechtzeitig nach Adelaide zu gelangen. Penny hatte es sich auf der Wohnzimmercouch bequem gemacht und hörte lächelnd zu. Mit ihrem blonden Haar und dem hübschen Gesicht wirkte sie wie eine glückliche kleine Puppenmutter.

„Wie gut, dass Daniel wenigstens zur Stelle war“, fuhr Alan fort. „Als ich beim Flughafen ankam, unterhielten sich die beiden noch immer angeregt.“

„Deine Cousine wollte mir gerade klarmachen, was sie von australischen Männern hält“, bemerkte Daniel anzüglich. „Schade, dass du sie unterbrochen hast.“

„Ich kann das gern nachholen, Mr Marlin!“

„Mr Marlin?“ Penny kicherte vergnügt. „Warum so förmlich? Was hast du der armen Cynthia angetan, Daniel? Hast du dich wieder ungehörig benommen?“

„Ich habe jedenfalls meine erste Lektion über die Sitten und Gebräuche hier erhalten“, meinte Cynthia. „Das war so eindrucksvoll, dass ich es nie vergessen werde.“

„Ich habe für Cynthia meinen ganzen Charme spielen lassen“, erklärte Daniel, an Penny gewandt. „Und ich glaube, das kam auch ganz gut an. Sie nannte mich einen ‚umwerfenden Typ‘. So hast du dich doch ausgedrückt, Cynthia, wenn ich mich richtig erinnere?“

„Ja, aber da hattest du noch kein Wort geredet.“

„Du musst Daniel erst richtig kennenlernen, Cynthia“, meinte Penny. „Er riskiert gern große Töne, aber im Grunde ist er sehr schüchtern.“

„So schüchtern wie ein Gänseblümchen“, bestätigte Daniel.

Cynthia schnaubte verächtlich. „Dann müsst ihr hier aber ganz schön aufgeblasene Gänseblümchen haben."

„Und hier fliegen ganz schön die Fetzen", bemerkte Alan. „Ich komme mir vor wie auf einem Schlachtfeld." Er zog sich in Richtung auf die Treppe zum Obergeschoss zurück.

Das Haus der Benedicts war aus Sandstein gebaut und stammte aus den ersten Jahren dieses Jahrhunderts. Es war ein gemütliches Heim mit holzgetäfelten Wänden und bleigefassten Fensterscheiben. Ein sorgfältig gepflegter Garten, der jetzt seine ganze Frühlingspracht entfaltete, umgab das Haus. Obwohl es mitten in einer lebendigen Großstadt lag, kam man sich vor wie in einem ländlichen Gebiet in England.

Am Fuße der Treppe blieb Alan stehen. „Komm, Cynthia, ich möchte dir deinen jüngsten Verwandten vorstellen. Er müsste inzwischen vom Mittagsschlaf aufgewacht sein."

Penny hatte andere Vorstellungen. „Lass Daniel das doch machen, Alan. Ich brauche deine Hilfe in der Küche."

„Es muss ja nicht sofort sein", widersprach Cynthia, als Daniel aufstand und auf die Treppe zuging.

„Komm mit, Cynthia. Du kannst den Kleinen gar nicht früh genug über deine Meinung von Männern aufklären", stichelte Daniel.

Widerstrebend willigte Cynthia ein. Auf halbem Weg zur Treppe blieb sie stehen. Plötzlich fiel ihr ein, dass Alans und Pennys Sohn Danny hieß. „Danny … Daniel … Heißt das etwa, dass …?"

„Richtig, er ist mein Patenkind", meinte Daniel stolz.

Cynthia verkniff sich die bissige Bemerkung, die ihr dazu einfiel, und wandte sich an Alan. „Habt ihr wirklich euer erstes Kind nach Daniel Marlin genannt?"

„Ich habe keine Ahnung, was Daniel am Flugplatz mit dir gemacht hat, Cynthia, aber er ist mein bester Kamerad. Mehr noch, der beste Freund, den ein Mensch sich wünschen kann."

„Ein Heiliger sozusagen", bestätigte Daniel strahlend.

Alan lachte gutmütig. „Ich bin als Fremdenführer viel unterwegs, Cynthia", fuhr er fort. „Wenn Daniel nicht wäre, müsste ich meinen Job wohl aufgeben. Er kümmert sich um Penny und Danny, wenn ich nicht da bin. Besonders jetzt, wo unser zweites Baby bald kommt, brauchen wir ihn sehr."

Cynthia dachte, dass Alan ziemlich naiv sein musste, wenn er seine Frau in Daniels Obhut ließ. Aber sie sagte nichts. Hier war etwas im Spiel, das sie nicht ganz verstand. Es hatte mit dem Wort „Kamerad" zu tun, das Alan für Daniel gebraucht hatte. Ein Kamerad war etwas anderes als ein Freund, wahrscheinlich sogar mehr als das. Nachdenklich folgte sie Daniel ins obere Stockwerk.

In der Kinderzimmertür blieb Cynthia stehen und betrachtete das schlafende Kind. Mit rosigen Wangen, eine abgewetzte Kuscheldecke fest in den Fäusten, lag Danny da. Er hatte das blonde Haar seiner Mutter, aber im Gesicht hatte er weder mit Penny noch mit Alan Ähnlichkeit.

Cynthia hatte nicht viel Erfahrung mit Kindern. In New York waren solche Kontakte immer schnell wieder abgerissen. Sie war gespannt auf die Reaktion Dannys, wenn er sie sah. Und was sollte sie zu einem Zweijährigen sagen?

Daniel beugte sich über das Kinderbett. „He, wach auf, großer Junge. Dein Papi ist wieder da."

Danny reckte sich und machte die Augen auf. Er hatte braune, intelligent blickende Augen. Ernst betrachtete er den Mann. „Hallo, Daniel", sagte er und schob den Daumen in den Mund.

„Cynthia ist auch hier, die kennst du noch gar nicht", erklärte Daniel. Er setzte sich auf die Bettkante und strich dem Kind übers Haar. „Möchtest du ihr Guten Tag sagen?"

„Hallo", nuschelte Danny, wobei er den Daumen nicht aus dem Mund nahm.

„Hallo, Danny." Cynthia kam näher.

„Sie hat Feuer im Haar", stellte Danny fest.

Daniel lachte und forderte Cynthia mit einer Handbewegung auf, noch näher zu treten. „Ihr Haar ist eben rot. Und deins ist blond."

Danny sah misstrauisch aus. Er wusste noch nicht, was er von der Sache halten sollte.

Cynthia räusperte sich. Wenn Daniel nicht da gewesen wäre, hätte sie bestimmt weniger Hemmungen, auf Danny zuzugehen. „Tja, also … hast du gut geschlafen, Danny?"

„Warum redet sie so komisch?", wollte Danny wissen.

Cynthia lächelte. Sie hatte sich ihrerseits die ganze Zeit über den australischen Akzent amüsiert. „Du könntest mir beibringen, so zu reden wie du", meinte sie.

Danny versteckte das Gesicht unter der Decke. „Geh weg."

Es war klar, dass Cynthia nicht die richtigen Worte für einen Zweijährigen gefunden hatte. Offensichtlich war sie heute überhaupt nicht erfolgreich im Umgang mit australischen Männern.

„Er muss erst richtig wach werden", sagte Daniel und stand auf. „Dann wird er dich sicher akzeptieren. Und du musst dich wohl auch erst an ihn gewöhnen."

„Du musst dich wahrscheinlich auch erst an eine Frau wie mich gewöhnen", meinte Cynthia, als sie mit Daniel das Kinderzimmer verließ. „Vor allem, wenn du bisher nur Frauen gekannt hast, deren Hirn in einer Kaffeetasse Platz hat."

„Wenn ich ehrlich sein soll, habe ich bisher auf Gehirngrößen weniger geachtet", gab Daniel zurück. Sein Blick auf Cynthias Figur machte deutlich, wovon er sprach.

„Das solltest du aber in Zukunft tun. In einer guten Ehe muss heutzutage wenigstens einer schreiben und lesen können."

Daniel ließ sich nicht aus der Ruhe bringen. „Solche Dinge kann man lernen. Es gibt allerdings Dinge, die man nicht lernen kann." Er machte eine Pause, und Cynthia schäumte innerlich. Dann machte er das Maß voll: „Mir ist jede Frau recht, die einen Mann zu nehmen weiß, egal, ob gebildet oder nicht." Er tippte mit dem Finger an seine Hutkrempe und schritt die Treppe hinunter. Cynthia ging hinterher und zwang sich, im Geist bis zehn zu zählen, ehe sie den Mund aufmachte.

Im Wohnzimmer räumte Penny gerade ein bisschen auf. Sie rückte Kissen zurecht und legte Zeitungen zusammen. Cynthia bot ihre Hilfe an.

„Nein, lass nur. Ich muss mich bloß zwischendurch hin und wieder hinlegen. Aber du musst doch völlig fertig sein – der lange Flug und die Zeitverschiebung!" Penny wies auf die Couch. „Mach es dir bequem, während Alan und ich den Nachmittagstee vorbereiten."

Das Angebot war in der Tat verführerisch. Ohne auf Daniels Grinsen zu achten, zog Cynthia die Schuhe aus und streckte sich auf der Couch aus. Sie war einen ganzen Tag im Rückstand. In New York war es Mittag. Nach amerikanischer Zeit hatte sie eine Nacht ausgelassen und war dabei, auch die nächste durchzumachen. Zumindest fühlte sie sich so.

Cynthia hatte keine Lust mehr, den tatsächlichen Schlafverlust auszurechnen. Sie legte den Kopf auf ein Kissen und schloss die Augen. Auf einmal war alles so still und friedlich um sie her. Es gelang ihr sogar sich vorzustellen, Daniel Marlin wäre nicht im Raum. Und wenn sie sich ein bisschen Mühe gab, konnte sie sich vielleicht einbilden, sie hätte diesen Menschen nie getroffen.

Obwohl sie nur ein paar Minuten entspannen wollte, schlief Cynthia auf der Stelle ein. Sie fühlte sich warm und geborgen, bis von irgendwoher Stimmen in ihr Bewusstsein drangen.

„Die Ärmste", sagte eine Frau. „Sie war sichtlich am Ende."

„Ja, sie hat sich wacker gehalten, das muss man ihr lassen."

„Ich kann euch sagen", entgegnete eine Männerstimme, „die lässt sich nicht für dumm verkaufen. Hat mir zeitweise direkt Spaß gemacht."

„Sag mal, was hast du eigentlich mit ihr gemacht, Daniel? Sie ist gar nicht gut auf dich zu sprechen."

„Ich habe ihr ein paar passende Worte gesagt."

Da war wieder die Frauenstimme. „Vielleicht sollte man dir auch ab und zu ein paar passende Worte sagen, Daniel. Und vielleicht ist Cynthia gerade die Richtige dafür."

„Komm mir nicht schon wieder damit, Mami Penny. Ich brauche keinen Hausdrachen."

„Davon ist nicht die Rede."

„Gut, gut. Sie ist nicht gerade übel, aber mein Typ ist sie nicht."

„Sie ist sehr sympathisch. Weißt du nicht, dass sie ein begehrtes Fotomodell ist?"

Eine Pause entstand. Dann folgte ein undefinierbarer Laut. „Ich weiß nicht, für welche Produkte sie sich fotografieren lässt, aber diese Werbung kann sich nur an Kinder unter zwölf Jahren richten."

Eine andere Männerstimme kam von weither. „Ich habe Cynthias Zimmer hergerichtet. Wir sollten sie aufwecken und ins Bett schicken."

„Cynthia!", rief die Frau leise.

Die Stimme des ersten Mannes unterbrach sie. „Lass sein, Penny. Ich kann sie hinauftragen. Wir kriegen sie sowieso nicht wach. Nun sieh mich doch nicht so zweideutig an! Ich will sie bloß von hier wegschaffen."

Cynthia merkte, wie sie hochgehoben wurde. Sie war zu erschöpft, um sich zu vollem Bewusstsein durchzukämpfen. Stattdessen schmiegte sie sich in die wohlige Wärme, die sie umgab. Dann war die Wärme plötzlich weg. Eine Decke wurde über sie gebreitet. Cynthia drehte sich auf die Seite und horchte in die Stille.

In dem Traum, der folgte, ging alles durcheinander. Die Menschen sprachen ein Englisch, das sie nicht verstand, und spielten verkehrte Welt. Ein Mann mit einem breitkrempigen Hut lachte sie an oder aus, während ein kleiner Junge mit einem Engelsgesicht ihre Füße mit einer abgewetzten Decke fesselte. Sie wagte eine kopflose Flucht im Auto, doch das Auto fuhr nur rückwärts, und das auf der falschen Straßenseite. Irgendwann zwang sie sich, wach zu werden. Erleichtert seufzte sie.

Dem Himmel sei Dank, dachte Cynthia. Es ist nur ein richtiger Albtraum gewesen.

*C*ynthia hatte gerade eine Postkarte an ihren früheren Agenten geschrieben. Sie überflog noch einmal den Text.

Adelaide, 8. Oktober

Lieber Sly,
hast du gewusst, dass es Städte gibt, in denen der Verkehrslärm im Lärm der Vögel untergeht? Vor meinem Fenster sitzt eine Elster. Vor ein paar Minuten hat sich eine Schar Rosellas, eine Papageienart, in einem Eukalyptusbaum niedergelassen und macht einen Riesenkrach. Die Luft ist frisch und klar, die Sonne scheint warm, und mir tut es wirklich nicht leid, dass ich hier bin (das war's doch, was du wissen wolltest, nicht?).
Deine glückliche Cynthia

Cynthia betrachtete noch einmal das Bild des bunten Haubenkakadus auf der Postkarte. Dann entdeckte sie Danny auf der Türschwelle. Er schleppte seine unvermeidliche Kuscheldecke hinter sich her. Cynthia dachte wieder daran, dass New York für sie inzwischen auf einem anderen Planeten zu liegen schien. Ihr Leben hatte sich so verändert!

„Hallo, Danny." Sie begrüßte den Kleinen mit einem Lächeln. Danny nahm kurz den Daumen aus dem Mund, gerade lange genug, um ihr die Zunge herauszustrecken.

„Das ist nicht nett von dir, Danny. Was würdest du sagen, wenn ich das zu dir machen würde?", sagte Cynthia sanft.

„Mir doch egal."

War dieser kleine Frechdachs wirklich der Sohn von Penny und Alan, den liebenswertesten, wohlerzogensten Menschen, die Cynthia je kennengelernt hatte? Oder übte die Tatsache, dass sie das Kind nach Daniel Marlin benannt hatten, diesen verderblichen Einfluss aus? Cynthia schüttelte missbilligend den Kopf.

„Wenn ich dir die Zunge herausstrecken würde, wäre das nicht nett von mir. Ich bin sicher, du wärst traurig darüber. Ich bin jedenfalls traurig."

„Mir egal." Danny streckte noch einmal die Zunge heraus und wackelte sogar noch herausfordernd mit der Spitze.

„Ich kann aber noch viel schlimmere Grimassen schneiden", meinte Cynthia.

„Kannst du nicht."

„Kann ich doch. Siehst du?" Cynthia zog mit den Zeigefingern ihre Mundwinkel auseinander, streckte die Zunge heraus und schielte entsetzlich dazu. So blieb sie eine Weile. Als sie wieder normal aussah, erblickte sie an der Stelle, wo Danny gestanden hatte, Daniel Marlin. Er lehnte lässig im Türrahmen.

Cynthia wollte zuerst die Grimasse wiederholen, um zu sehen, ob Daniel sich in Danny zurückverwandeln würde. Doch dann setzte sie sich kerzengerade auf und beschloss, sich der Situation zu stellen.

In den vergangenen Tagen hatte sie eine merkwürdige Erfahrung gemacht: Immer wenn sie sich einmal gehen ließ, tauchte Daniel Marlin auf. Sie brauchte bloß ein bisschen laut zu werden oder sonst etwas wenig Damenhaftes zu tun, schon war er zur Stelle. Es war wie Hexerei.

„Wo kommst du denn her? Und wo ist Danny?", fragte sie düster.

„Ich fürchte, Danny beklagt sich bei seiner Mutter über dein ungezogenes Verhalten", gab Daniel zur Antwort.

„Nein, der Goldjunge", murmelte Cynthia. „Und du? Willst du auch auf mir rumhacken?"

„Keineswegs. Ich werde dich in die Stadt begleiten, wo wir fürs Abendessen einkaufen sollen." Sein gleichgültiger Ton war fast verletzend.

Seit jener stürmischen Begrüßungsszene am Flughafen hielt Daniel Distanz. Er machte zwar allerlei Späße mit Cynthia und entwickelte dabei einen erstaunlichen Einfallsreichtum, aber das war auch alles. Er hatte ihr deutlich gesagt, dass sie nicht sein Typ sei, und ging ihr aus dem Weg, als wäre sie darauf aus, ihn vom Gegenteil zu überzeugen. Er warf höchstens manchmal einen neugierigen Blick in ihre Richtung. Cynthia, die bisher eher ihre liebe Not mit aufdringlichen Verehrern gehabt hatte, fand Daniels Gleichgültigkeit ungewöhnlich.

Natürlich war ihr das im Grunde egal, hundertprozentig egal! Sie hatte ja ihr Äußeres verändert, sich das lange Haar abgeschnitten, die superschicke Garderobe zu Hause gelassen und die Reise in den unberührten Kontinent angetreten, weil sie von der Oberflächlichkeit New Yorks genug hatte. Nein, es war nicht wirklich wichtig, ob Daniel sie attraktiv fand. Sie wunderte sich nur über sein Verhalten. Und sie wunderte sich auch darüber, warum er bei den Benedicts dauernd mit neuen Freundinnen auftauchte, die ihn offenbar bedingungslos anbeteten.

Penny erklärte Cynthia, dass Daniel eine Schwäche für langbeinige Brünette mit hübschem Gesicht und leerem Blick hatte. Cynthia vermutete, dass Daniel sich zur Zeit mit unermüdlichem Fleiß und hoher Geschwindigkeit durch das Adressbuch von Adelaide arbeitete.

Heute war Daniel zwar allein gekommen, doch das änderte nichts an seiner Haltung Cynthia gegenüber. Sie fragte sich allerdings, warum er mit ihr einkaufen gehen wollte.

„Ich finde selbst den Weg zum Supermarkt", erklärte sie schnippisch.

„Penny hat mich gebeten, dich zu begleiten."

Das bedeutete, dass Widerspruch zwecklos war. In dieser einen Woche, die Cynthia sich nun in Australien aufhielt, hatte sie genug über Daniel Marlin erfahren. Er bestätigte voll und ganz ihren ersten Eindruck: Er war eingebildet und eine Nervensäge, ständig zu frechen Sprüchen aufgelegt und der festen Überzeugung, für die Frauen ein Geschenk des Himmels zu sein.

Wenn es um Alan, Penny und Danny ging, war Daniel der zuverlässigste und hilfsbereiteste Mensch, den man sich denken konnte. Er nahm jede Mühe und Unbequemlichkeit auf sich, um den dreien das Leben angenehmer zu machen. Und er war ein ständiger Gast im Benedict-Haus. Wenn Penny ihn bat, mit Cynthia einkaufen zu gehen, tat er das – selbst wenn er Cynthia hätte hintragen müssen.

Cynthia ergab sich in ihr Schicksal. „Hat Penny dir eine Einkaufsliste gegeben?"

„Penny kam mir ein bisschen abgespannt vor. Deshalb habe ich ihr gesagt, sie soll sich keine Gedanken um das Abendessen machen. Du würdest das heute mal übernehmen", gab er zurück.

„So, das hast du ihr also angeboten", stellte Cynthia fest. Sie stellte sich vor Daniel hin und stützte die Hände auf die Hüften. „Und warum kochst du nicht mal?"

„Meine Spezialität ist Buschverpflegung. Penny und du, ihr seid Stadtmädchen, ihr seid bestimmt etwas anderes gewohnt. Aber wenn du natürlich nicht kochen kannst …"

Cynthia hatte keine Ahnung, was „Buschverpflegung" sein mochte, und sie wollte es momentan auch gar nicht wissen. Aber vermutlich war das nicht gerade das Richtige für eine hochschwangere Frau. Sie warf den Kopf in den Nacken. „Ich nehme an, du bleibst zum Essen?" Als Daniel nickte, fuhr sie fort: „Kannst du überhaupt mit Messer und Gabel umgehen? Oder sind zivilisierte Mahlzeiten für dich zu ungewohnt?"

„Ich habe mal gehört, dass man sich dabei nicht die Finger ablecken darf", entgegnete Daniel mit einem unverschämten Lächeln.

Diese Art zu lächeln ging Cynthia unter die Haut. Wenn Daniel sie so anlächelte, halb spöttisch und halb gutmütig, dann geriet ihre Abwehr ins Wanken. Sie konnte seine Art nicht kurzerhand mit „typisch Mann" abtun. Cynthia kannte durchaus Männer, die schöner waren als Daniel, aber keiner hatte dieses Lächeln. Und sie war wütend auf sich selbst, dass es jedes Mal bei ihr wieder einen bestimmten Nerv traf.

„Ich werde Spaghetti Bolognese kochen", sagte sie entschieden. „Das ist nämlich meine Spezialität." Das klang ganz gut, fand sie, und es war im Grunde keine Lüge. Dass es ihre einzige Spezialität war, das Einzige, was sie überhaupt kochen konnte, brauchte sie Daniel nicht auf die Nase zu binden.

Es ging Daniel wahrhaftig nichts an, dass Cynthia in der Küche total hilflos war. Dass sie wenigstens Spaghetti kochen konnte, lag an einem missglückten italienischen Sprachkurs, den sie einmal belegt hatte. Da Cynthia auch sprachlich recht unbegabt war, hatte der Sprachlehrer sich endlich erbarmt und ihr zumindest beigebracht, ein einfaches italienisches Gericht zu kochen. Auch das hatte einige Anstrengungen gekostet, doch nach vielen Wiederholungen saßen die einzelnen Handgriffe.

Spaghetti Bolognese, grüner Salat, Knoblauchbrot und Eis mit heißen Himbeeren wurde also die Speisefolge, mit der Cynthia sich jedes Mal aus der Verlegenheit half, wenn sie Gäste hatte. Sie war sogar so raffiniert, sich eine gute Ausrede zurechtzulegen, wenn sie dieselben Leute zweimal bewirten musste: „Die Spaghetti haben euch letztes Mal so gut geschmeckt, dass ich sie gleich wieder gemacht habe." Das klang dann so, als hätte sie sich die Vorlieben der Gäste genau gemerkt und würde ihnen nun einen besonderen Gefallen tun.

„Alan und ich sind einfache Kost gewohnt", entgegnete Daniel. „Du brauchst nichts Besonderes zu machen."

„Ich möchte aber", gab sie selbstbewusst zurück und hoffte im Stillen, dass ihr auch dieses Mal die Spaghettisoße gelingen würde. „Alan und Penny werden ein anständiges Essen zu schätzen wissen." Was mache ich, wenn ich hier nicht die gewohnten Zutaten finde? dachte sie angstvoll. Ungerührt fuhr sie fort: „Alan wird doch rechtzeitig aus Alice zurück sein?"

„Das ist anzunehmen."

„Ich frage nur, weil er so selten zu Hause ist", meinte Cynthia.

„Er liebt eben seinen Job."

„Ja, aber ich verstehe eins nicht, Daniel." Sie gingen zusammen ins Erdgeschoss hinunter. „Wie kommt es, dass Alan so viel arbeitet, während du gar nichts tust?"

„Alan hat vorgearbeitet. Er braucht in diesem Jahr keine Reisegruppe mehr zu begleiten. Weil er ein guter Mechaniker ist, bereitet er die Fahrzeuge für alle Touren vor. Ich habe momentan eine Pause, aber Montag in einer Woche fahre ich auch wieder los – das heißt, wenn alles so läuft, wie ich hoffe."

Sie waren im Wohnzimmer angekommen. Penny, die auf dem Sofa lag, hatte die letzten Worte mit angehört. „Was meinst du damit: Wenn alles so läuft, wie du hoffst, Daniel?", fragte sie misstrauisch.

„Nichts von Bedeutung, Penny", meinte Daniel.

Wieder einmal stellte Cynthia fest, dass Daniel wie ausgewechselt schien, wenn er mit Penny sprach. Er legte sein Imponiergehabe völlig ab und wurde zum verständnisvollen Freund.

Daniel nahm den kleinen Danny, der ihm vor den Füßen herumlief, mit einem gekonnten Schwung auf die Schultern. „Sollen wir die Nervensäge hier mit zum Einkaufen nehmen? Dann kannst du inzwischen ein bisschen schlafen, Penny", sagte er. Offenbar versuchte er das Thema zu wechseln, damit Penny keine weiteren Fragen stellte.

„Daniel, ich bin nicht krank, ich erwarte bloß ein Kind", belehrte ihn Penny.

„Jedenfalls musst du dich schonen", meinte Daniel.

„Aber nicht mehr lange."

Während Cynthia sich innerlich darauf einstellte, mit Danny und Daniel in die Stadt zu gehen, bemerkte sie, wie Letzterer die Farbe wechselte. „Was meinst du damit – nicht mehr lange?", fragte er besorgt. Seine Stimme klang gepresst. Cynthia verstand nicht, was auf einmal mit ihm los war.

„Reg dich nicht auf, Daniel", meinte Penny beschwichtigend.

„Warum sollte ich mich nicht aufregen, wenn du solche Sachen sagst? Schließlich muss ich auf dich aufpassen, solange Alan unterwegs ist!"

„Im Moment gibt es nichts für dich zu tun. Die Natur besorgt das schon allein", gab Penny heiter zurück.

„Du gehst in die Klinik. Sofort."

Penny sah zur Uhr. „Nein, ich würde sagen, ich gehe irgendwann im Laufe des Abends ins Krankenhaus. Hetz mich nicht."

Cynthia wusste nicht viel übers Kinderkriegen. Sie fand, dass Penny sich genauso verhielt wie die schwangeren Frauen in Filmen, wo so etwas vorkam. Doch Daniel wurde noch eine Spur blasser.

„Das wäre unverantwortlich", sagte er fest. „Ich rufe deinen Arzt an."

„Das habe ich schon gemacht. Er und ich sind ein eingespieltes Team, musst du wissen", entgegnete Penny seelenruhig. Sie warf Cynthia einen verschwörerischen Blick zu. „Kannst du mich nicht von diesem Nervenbündel befreien, Cynthia?"

Als Cynthia mit Daniel und Danny draußen war, wollte sie großmütig sein und keine hämischen Bemerkungen von sich geben. Aber sie kam gegen ihre Natur nicht an.

„Sag mal, Daniel", begann sie mit trügerischer Sanftheit, „hast du nicht mal erzählt, du wärst Cowboy auf einer Ranch gewesen, bevor du Tourbegleiter wurdest? Dann dürfte so eine Geburt dich doch nicht so aus der Fassung bringen."

„Ja, ich habe in der Viehzucht gearbeitet", gab er widerwillig zu. „Aber Kühe sind eben keine Menschen."

„Will kein Baby", sagte Danny von Daniels Schultern herab, wo er thronte. Zur Bekräftigung trommelte er mit der kleinen Faust auf Daniels Kopf. Cynthia sah mit Vergnügen, wie Daniel zusammenzuckte.

„Das Baby wird dir bestimmt gefallen", versicherte Daniel. „Ich hatte sieben Geschwister, und wir hatten viel Spaß miteinander."

„Will aber kein Baby."

Sie hatten das Einkaufszentrum erreicht. Die Schaufensterscheiben warfen das Spiegelbild der drei zurück, und Cynthia stellte beunruhigt fest, dass sie wie eine richtige Familie aussahen: Mutter, Vater, Kind. Sie schnitt dem Spiegelbild eine Grimasse.

Beim Gemüsehändler traten sie ein, und Cynthia kaufte alles Nötige für einen gemischten Salat. In der Bäckerei nebenan holte sie weißes Stangenbrot. Vor dem Metzgerladen hielt Daniel an und wollte ebenfalls hineingehen.

„Hier gibt es sehr gutes Fleisch", erklärte er Cynthia.

„Für mein Rezept brauche ich kein Fleisch."

„Soll das heißen, dass du vegetarisch kochst?"

„Du wirst schon nicht davon sterben."

„Jetzt ist mir klar, warum du so mager bist."

Cynthia hätte Daniel erklären können, dass sie mit dieser „mageren" Figur sehr gut ihren Lebensunterhalt verdient hatte, doch sie verzichtete darauf. „Da drüben ist ein italienischer Feinkostladen", sagte sie und ging einfach weiter. „Da bekomme ich hoffentlich alles, was ich brauche."

„Ich kann mir hier schon holen, was ich brauche." Daniel betrat einen Bäckerladen und kam kurz darauf mit einem quadratischen Gebäck heraus. Danny, der noch immer auf Daniels Schultern saß, hatte auch eins. Beide bissen herzhaft in den Kuchen, wobei Danny großzügig Krümel in Daniels Haar verteilte.

„Ihr esst den Nachtisch vor dem Essen?", bemerkte Cynthia.

„Nein, das ist die Mahlzeit vor deinem Nachtisch", gab Daniel zurück. „Es ist Fleischkuchen, eine australische Spezialität." Er hielt ihr das Brot zum Probieren hin. „Anschließend bin ich stark genug für das, was du uns servierst."

Cynthia schnaufte verächtlich und schüttelte den Kopf.

Daniel ließ sich nicht entmutigen. „Iss doch. Ich dachte, du wärst eine halbe Australierin."

„Bei solchen Sachen tritt meine andere Hälfte in Aktion", sagte sie knapp.

Die beiden Daniels verzehrten die Fleischkuchen mit Genuss, während sie zum italienischen Feinkostgeschäft gingen. Cynthia kaufte ein, ohne zu merken, dass die zwei vor dem Laden auf der Straße geblieben waren. Als sie fertig war und wieder herauskam, stand ein hübsches Mädchen bei Daniel. Es hatte schwarzes Haar und schaute hingerissen zu ihm auf.

„So ein süßer Junge", hauchte das Mädchen gerade, als Cynthia dazukam. „Ich finde kleine Kinder einfach süß."

Das Mädchen sah sehr jung aus, und sie wandte den Blick nicht von Daniels Gesicht. Cynthia fragte sich, ob sie Danny überhaupt richtig angesehen hatte, um so von dem Kind schwärmen zu können.

„Cynthia, darf ich dir Vanessa vorstellen?", sagte Daniel höflich.

„Hallo, Cynthia."

Vanessas Blick klebte in besorgniserregender Weise an Daniel, und Cynthia begann Mitleid mit dem Mädchen zu haben. Sie fühlte sich versucht zu bellen oder zu jodeln, nur um zu sehen, ob Vanessa auch für etwas anderes aufnahmefähig war. Doch stattdessen murmelte sie irgendetwas und beobachtete aufmerksam Daniels Verhalten.

„Vanessas Onkel Bill MacCready ist Inhaber von ‚Australia-Abenteuer-Tours'", erklärte Daniel.

„Daniel ist unser bester Mitarbeiter", hauchte sie. „Als Reiseleiter absolut einmalig."

Cynthia verdrehte die Augen. Sie war sicher, dass Vanessa das sowieso nicht bemerken würde.

„Man sieht dich so selten in der Firma, seit Onkel Bill nicht mehr da ist", plauderte die Schwarzhaarige weiter, zu Daniel gewandt. „Und jedes Mal, wenn ich hinkomme, spannt Tante Jane mich für irgendeine Arbeit ein."

„Mich auch", sagte Daniel mit einem freundlichen Lächeln.

„Aber du leitest doch die letzte Tour in dieser Saison?", fragte Vanessa erschrocken.

„Doch, ja."

„Schön. Ich habe nämlich Tante Jane gefragt, ob ich mitfahren kann."

„Ich werde gut auf dich aufpassen." In Daniels Stimme schwang eine unmerkliche Belustigung mit.

Daniel und Cynthia gingen weiter. Vanessa blieb an derselben Stelle stehen und blickte ihnen nach. Nach einer Weile fand Cynthia, dass sie den Vorfall nicht auf sich beruhen lassen sollte. Es war einfach unglaublich.

„Sag mir, dass das eben nicht normal war", begann sie. „Ich kann mir nicht vorstellen, dass dir so etwas öfter passiert. Ich möchte mir den Glauben an die Zurechnungsfähigkeit von Frauen erhalten."

„Wovon redest du eigentlich?", erkundigte sich Daniel.

„Man sieht dich in letzter Zeit so selten, Daniel", machte Cynthia Vanessa übertrieben nach.

„Ich wirke eben auf Frauen", meinte Daniel selbstzufrieden.

„Und ich dachte, du hättest einfach keine Erziehung."

„Wie soll ich das jetzt wieder verstehen?"

„Ich dachte, du seist einfach ein verzogener Junge. Jetzt glaube ich aber langsam, dass es an Mädchen wie dieser Vanessa liegt. Was du brauchen würdest, Daniel, wäre eine Warze auf der Nase oder eine Zahnlücke. Das würde deiner Persönlichkeitsentwicklung gut tun."

Statt einer Antwort beäugte Daniel drei junge Mädchen, die ihnen auf der Straße entgegenkamen. Als sie auf gleicher Höhe waren, nickte Daniel ihnen zu und setzte ein verführerisches Lächeln auf. Die Wirkung kam prompt. Das eine Mädchen kicherte, das andere richtete sich auf und probierte einen Hüftschwung wie Marilyn Monroe, das dritte wurde rot und sah zu Boden.

„Da kann einem ja schlecht werden", zischte Cynthia.

„Ich mag Frauen", stellte Daniel unverfroren fest. „Und sie mögen mich."

„Wenn du Frauen wirklich magst, springst du nicht wie ein Gummiball von einer zur anderen. Man kann nicht einen Menschen mögen, den man kaum kennt."

„Woher willst du wissen, dass ich sie nicht kenne? Wie viele Männer kennst du eigentlich wirklich?"

Cynthia glaubte zu spüren, worauf Daniel hinauswollte. Sie hätte gleich merken müssen, dass es hoffnungslos war, vernünftig mit diesem Mann reden zu wollen. Trotzdem sagte sie: „Ich meine nicht das Körperliche. Ich rede davon, dass man sich für den anderen wirklich interessiert, alles miteinander teilt, zusammen durch dick und dünn geht, sich vollkommen aufeinander einstellt."

„So, wie du das immer gemacht hast?"

„Eins zu null für dich", sagte Cynthia und lachte. „Nein, ich bin auch nicht immer so großartig. Aber du bist viel älter als ich. Wenn ich erst so weit bin wie du, habe ich bestimmt längst den Mann gefunden, den ich lieben kann."

„Und wie soll der sein? Das interessiert mich, erzähl mir mehr darüber."

Cynthia wusste, dass es keinen Zweck hatte, Daniel ihre Gefühle mitzuteilen, aber sie versuchte es dennoch. „Das ist jemand, mit dem ich mein ganzes Leben verbringen möchte. Er nimmt mich, wie ich bin. Er versucht nicht, mir eine bestimmte Rolle aufzuzwingen. Er findet, dass meine Meinungen, meine Rechte und Bedürfnisse genauso wichtig sind wie seine."

„Da wirst du lange suchen müssen, würde ich sagen", meinte Daniel trocken.

„Wieso?"

„Heilige sind heutzutage selten."

„Weitergehn!" Danny trommelte mit den Fäusten auf Daniels Kopf, denn er hatte seine Zwischenmahlzeit beendet.

„Ich will keinen Supermann", sagte Cynthia im Weitergehen. Sie blieb stehen und wartete auf Daniel, der Danny von seinen Schultern hob. „Du hast lauter Krümel in den Haaren, Daniel."

Er neigte den Kopf und schüttelte sich. „Dann befrei mich doch bitte davon."

Warum habe ich auf einmal Hemmungen? dachte Cynthia. Daniel

hatte schönes Haar, dicht, glänzend und offenbar frisch gewaschen. Der Gedanke, es zu berühren, war verführerisch. Cynthia nahm sich zusammen.

„Außerdem bin ich momentan überhaupt nicht auf der Suche nach einem Mann", erklärte sie sachlich, während sie die Finger in Daniels Haar vergrub. Es fühlte sich noch besser an, als sie gedacht hatte – warm und seidig. „Ich kann warten. Ich weiß nur, dass ich eines Tages nicht mehr allein sein möchte."

„Dann kauf dir doch einen Hund."

Cynthia ignorierte die spöttische Bemerkung und putzte gewissenhaft die letzten Krümel weg. „Ich warte auf den, der wirklich wichtig für mich ist. Jeder braucht so einen Menschen."

Daniel richtete sich auf und warf den Kopf zurück. „Nicht jeder, Cynthia."

Schulterzuckend sagte Cynthia: „Das ist deine Meinung."

„Sicher. Und du bist nicht das erste Mädchen, das mir einreden will, ich müsste endlich solide werden."

„Aber bestimmt das erste Mädchen, dem es vollkommen egal ist, was du tust oder lässt." Cynthia wedelte gleichgültig mit der Hand und wollte die Straße überqueren, um zum Haus der Benedicts zurückzukehren. Da ergriff Daniel ihre Schulter und riss sie zurück. Vor Schmerz schrie Cynthia auf.

Als Nächstes stieß sie einen Entsetzensschrei aus, weil ein Auto millimeterscharf an ihr vorbeiraste. Um ein Haar wäre sie unter die Räder gekommen. Sie schloss die Augen, und ihre Knie wurden weich. Nur Daniels fester Griff bewahrte sie vorm Umfallen.

„Ich habe in die falsche Richtung geguckt", erklärte sie unnötigerweise.

„Das tust du ein bisschen zu oft, scheint mir."

„Nein, das ist mir sonst noch nie passiert!"

„Doch. Du erwartest immer, dass alles so ist, wie du es von zu Hause gewöhnt bist. So beurteilst du auch die Menschen. Damit könntest du ernsthafte Probleme bekommen, Cynthia." Er lockerte den Griff um ihre Taille. „Geht's dir jetzt besser?"

„Ja, danke."

„Keine Ursache. Deine Dankbarkeit kannst du dir für deinen Heiligen aufsparen."

Cynthia lächelte schwach. Als die Straße frei war, ging sie vorsichtig hinüber. Daniel und Danny folgten ihr mit einigem Abstand.

Zu Hause angekommen, fanden sie Penny schlafend auf der Couch. Cynthia ging in die Küche, um zu sehen, ob sie mit Pennys Gerätschaften etwas anfangen konnte. Alles war anders als in New York, doch Cynthia ließ sich nicht abschrecken. Mit ein bisschen Glück würde sie das Abendessen schon hinkriegen.

Im Stillen hoffte sie, dass dies das einzige Mal bleiben würde, wo sie kochen musste und Daniel als Gast mit am Tisch saß. Penny gegenüber würde es ihr nichts ausmachen zuzugeben, dass sie sich in einer Küche wie ein Fremdkörper vorkam. Aber vor Daniel Marlin hatte sie einen gewissen Stolz – selbst wenn er ihr soeben praktisch das Leben gerettet hatte.

Cynthia hantierte noch hektisch mit den Kochtöpfen, als Alan eintraf. Obwohl er ihr seit ihrer Ankunft ziemlich überarbeitet vorkam, fand Cynthia ihren Cousin sehr sympathisch. Er war genauso, wie sie ihn sich vorgestellt hatte: freundlich, verständnisvoll und sehr stolz auf seine Familie, in die er Cynthia wie selbstverständlich mit einschloss. Penny und Alan hatten sie nicht nur herzlich willkommen geheißen, sondern ihr auch noch das Gefühl gegeben, dass ihr Besuch eine echte Bereicherung für sie war.

Alan gab Cynthia einen Kuss auf die Stirn und trat ans Waschbecken, um sich die Hände zu waschen. „Kann ich dir helfen?", fragte er.

„Nein, danke. Ich habe alles im Griff. Ist Penny inzwischen aufgewacht?"

„Ja. Sie ist nach oben gegangen, um zu duschen. Sie denkt, dass das Baby vielleicht morgen schon kommt."

Im Geist verglich Cynthia Alans Gelassenheit mit Daniels Aufgeregtheit. „Du redest davon, als wäre das völlig normal, Alan", stellte sie fest.

„Wir haben das Ganze schon einmal durchgestanden. Natürlich sind wir unruhig, aber wir wissen, was auf uns zukommt. Daniel tut mir jedoch leid. Er ist total außer sich."

Das ist wahr, dachte Cynthia. „Er nimmt eben an allem sehr teil, was euch betrifft. Ich glaube, er ist der beste Freund, den ihr euch wünschen könnt."

„Ja, wir sind schon lange Kameraden", sagte Alan.

„Kameraden? Das klingt für mich so altmodisch. Was meinst du damit eigentlich?"

„Na, Freunde eben."

„Ich habe das Gefühl, es bedeutet mehr. Ich habe auch viele Freunde, aber wir gehen anders miteinander um als ihr und Daniel. Ich glaube, Daniel würde sein Leben aufs Spiel setzen für dich oder Penny oder Danny, und er würde nicht einmal überlegen."

„Das würde ich auch tun."

„Aber warum?", fragte Cynthia. „Es muss doch etwas zwischen euch gegeben haben, dass ihr eine so enge Freundschaft entwickelt habt, Alan?"

Alan hatte begonnen, Geschirr abzuwaschen. Er fuhr damit fort, während er erzählte. „Daniel und ich haben auf einer Rinderfarm gearbeitet, oben am Eyre-See, als wir noch halbe Teenager waren. Da haben wir uns erst kennengelernt. Der Eyre-See ist ein großer Salzsee nördlich von hier, und da gibt es absolut nichts in der ganzen Gegend – bloß den See und ein paar riesige Farmen. Die sind so groß, dass manche amerikanische Staaten darin Platz hätten. Es ist unbeschreiblich einsam, aber wir fanden gerade das gut."

„Ich kann mir das gar nicht richtig vorstellen", meinte Cynthia.

„Du musst dich von der Küste wegbewegen, um das wirkliche Australien kennenzulernen. Im Landesinnern ist alles ganz anders. Und es ist so gewaltig …" Alan machte eine ausgreifende Handbewegung, um seine Aussage zu untermalen. „Da draußen findet man zu sich selbst. Mir ging es so, und Daniel auch. Eines Tages ritt ich die Grenzen der Ranch ab, und zwar auf einem jungen Pferd, das gerade erst zugeritten war. Es gab an den Außenstellen Hütten, wo man übernachten konnte. Ich hatte so eine Hütte angesteuert und wollte am nächsten Tag weiterreiten. Ich war gut in der Zeit. Also beschloss ich, einen kleinen Umweg zu machen und bei einem der Löcher vorbeizuschauen. Das sind Brunnen. Wir bohren tiefe Löcher in den Boden und bauen daneben Windmühlen, die das Wasser aus der Erde pumpen. Das ist die einzige Möglichkeit, in diesem Land so viele Rinder zu züchten. Jedenfalls … mit dem besagten Brunnen hatten wir Probleme, und deswegen wollte ich mal hin. Unterwegs hielt ich irgendwo an und stieg vom Pferd, weil ich ein paar Spuren prüfen wollte. Mein Pferd war, wie gesagt, noch jung. Es witterte Wasser und rannte weg."

„Und was hast du gemacht?"

„Das Pferd trug meinen Wassersack, und die Hitze war mörderisch. Ich hatte die Wahl, vorwärts zum Brunnen zu gehen oder meinen Spuren zurück zum Zaun zu folgen. Von dort hätte ich die Hütte erreichen können, wo es Wasser und Essen gab. Dafür entschied ich mich. Ich ging langsam und achtete sorgfältig auf die Spuren. Nach ein paar Stunden erhob sich ein starker Wind. Überall entstanden Willy-Willies …"

Cynthia unterbrach Alan. „Willies? Was ist denn das?"

Alan erklärte bereitwillig: „Sandwirbel. Du kennst die Windhosen, die von Tornados in Amerika gebildet werden, und dies sind eben Sandhosen. Sie sind aber nicht so gefährlich. Ich konnte im Gebüsch Schutz suchen. Als der Sturm aufhörte, war es fast Nacht. Die Spuren waren verweht, und ich hatte einen furchtbaren Durst. Meine Zunge war bereits angeschwollen, und wenn ich ging, schien sich der Boden zu bewegen. Ich marschierte weiter auf den Zaun zu, aber die Richtung stimmte ganz und gar nicht mehr. Ich musste meilenweit herumgeirrt sein, denn als Daniel mich fand, hatte ich mich total verirrt. Ich lag in der Wildnis und war dem Tod nah."

„Und Daniel hat dich trotzdem gefunden?"

„Das ist der Kern dieser Geschichte. Ich hätte mich am Abend über Funk melden sollen. In der Hütte gab es einen Sender. Als ich nichts von mir hören ließ, dachten alle, die Leitung wäre unterbrochen. Keiner machte sich weiter Gedanken – außer Daniel. Er wusste, wie unerfahren ich war. Er hatte mir auch schon mal aus einer ähnlichen Klemme geholfen. Und er machte sich auf den Weg, um nach mir zu suchen. Er campte dann irgendwo, und sobald es hell wurde, ritt er weiter. Es war nicht leicht, mich zu finden, aber er hat es geschafft."

„Ich glaube, jetzt verstehe ich eure Beziehung erst richtig", sagte Cynthia leise. Und sie dachte auf einmal anders über Daniel.

„Danach blieben wir immer zusammen. Wir wechselten miteinander die Arbeitsplätze. Und als Bill MacCready von der Abenteuer-Reisen-Agentur Daniel fragte, ob er bei ihm anfangen wollte, ging das natürlich nicht ohne mich. So wurden wir beide Reisebegleiter. Ich bin der festen Überzeugung, dass es keinen besseren Freund als Daniel Marlin auf der Welt gibt."

„Ich bin froh, dass du mir das erzählt hast. Ich hatte nämlich einen ganz anderen Eindruck von Daniel", meinte Cynthia. Sie gab die Nudeln in kochendes Wasser und begann den Parmesan zu reiben. „Offenbar hat er Qualitäten, die man nicht auf den ersten Blick sieht."

„Ich kann überhaupt nicht verstehen, was du gegen Daniel hast, Cynthia", bekannte Alan. „Penny meint, er hätte ein Auge auf dich geworfen."

Cynthia lachte auf. „Wenn Daniel ein Auge auf eine Frau wirft, dann sucht er garantiert mit dem anderen nach noch besseren Chancen. Nein, danke. Außerdem hat er mir ganz klar gesagt, ich sei nicht sein Typ, und meiner ist er auch nicht. Ich glaube, Penny braucht nur etwas, um ihre Fantasie zu beschäftigen, während sie auf das Baby wartet."

„Kann ich helfen?", fragte Penny in diesem Augenblick und betrat die Küche. Mit wohlwollendem Lächeln begutachtete sie Cynthias Werk. „Das sieht aber gut aus! Ich habe einen riesigen Hunger."

„Ich bin gleich fertig. Setz dich solange ins Wohnzimmer", befahl Cynthia.

„Ich will aber hierbleiben. Daniel bringt mich mit seiner Fürsorge um." Penny lächelte vielsagend. „Er braucht eine eigene Frau, um die er herumspringen kann. Findest du nicht auch, Alan?"

„Cynthia sagt, sie sei nicht sein Typ."

Interessiert folgte Cynthia der Unterhaltung über ihre Zukunft. Die beiden schienen das alles ohne sie auszumachen.

„Aber sicher ist sie sein Typ", sagte Penny nachdrücklich. „Er weiß es bloß nicht, weil er es jedes Mal mit der Angst zu tun bekommt, wenn es mit einer Frau ernst wird."

„Du darfst ihn mit solchen Reden nicht verschrecken", meinte Alan besorgt.

„Darf ich auch mal was sagen?", schaltete Cynthia sich ein. Sie ging an Penny vorbei, um das Abtropfsieb in den Ausguss zu stellen.

„Aber natürlich", versicherte Penny heiter.

Cynthia stemmte die Hände in die Hüften und drehte sich zu dem Ehepaar um. „Daniel Marlin ist vielleicht ein großartiger Kerl. Er mag der beste Freund sein, den es gibt, von mir aus kann er treu und zuverlässig und alles Mögliche sein – aber er ist nichts für mich. Ich möchte, dass ihr euch das ein für alle Mal merkt." Sie sprach langsam und betonte jedes Wort. „Als Mann interessiert mich Daniel Marlin nicht im Geringsten. Ich finde ihn nicht einmal sympathisch."

Penny genoss die Szene sichtlich. Alan schnitt Grimassen, um nicht herauslachen zu müssen. Als Daniel in die Küche kam, um nach dem Stand der Dinge zu sehen, stieß er auf eine merkwürdig stumme Gruppe. Alle drei Augenpaare waren auf ihn gerichtet: eins amüsiert, eins mitfühlend und das dritte sprühend vor Zorn.

4. KAPITEL

Cynthia saß in ihrem Zimmer und schrieb eine Postkarte an Sly in New York.

12. Oktober

Lieber Sly,
gestern fand ich im „Anzeiger" von Adelaide eine komische An-
zeige: Ein Mensch mit Namen Sly flehte eine gewisse Cynthia an,
unbedingt nach Hause zu kommen. Ich habe mir vorgestellt, wie
verzweifelt dieser arme Sly sein muss, um so etwas zu machen.
Ich muss jetzt aufhören, denn ich werde gerade zum zweiten
Mal Großcousine oder wie man das nennt. Demnächst mehr.
In Eile,
Cynthia

„Müsst ihr nicht langsam aufbrechen?", rief Daniel aufgeregt aus dem Flur.

„Wir haben noch viel, viel Zeit, lieber Daniel", entgegnete Penny.

„Ich bin aber kein Geburtshelfer!" Das klang schon fast verzweifelt.

Alans ruhige Stimme klang gedämpft, als er amüsiert bemerkte: „Er wäre ein hervorragender Geburtshelfer. Er hat mehr Kälbern auf die Welt geholfen als dein Arzt Babys, Penny."

„Dummes Zeug. Kannst du sie nicht ein bisschen auf Trab bringen, Alan? Lach doch nicht so, Mann! Du wirst jeden Moment Vater, nicht ich!"

Cynthia steckte den Kopf aus ihrer Zimmertür und betrachtete die drei, die mit sehr unterschiedlicher Geschwindigkeit hin und her liefen. „Ist es so weit, Penny?", erkundigte sie sich.

„Nein, Cynthia. Es dauert auf jeden Fall noch Stunden. Daniel verliert nur gerade wieder die Nerven." Penny warf Cynthia einen Hilfe suchenden Blick zu.

Als Daniel das nächste Mal an Cynthias Zimmer vorbeiwanderte, griff sie ihn beim Arm und zog ihn mit sich. „Komm hier herein und setz dich, Daniel", befahl sie. „Du machst Penny und Alan ganz verrückt."

„Sie lädt dich in ihr Schlafzimmer ein, Daniel", neckte Penny. „Da sagst du doch nicht Nein, oder?"

Cynthia bemerkte Daniels Widerstreben. „Ich will dir nicht deine Unschuld rauben", sagte sie zuckersüß. „Wir können die Tür auch angelehnt lassen." Daniels Antwort war ein unverständliches Murmeln. „Mach's dir bequem. Penny sagte, du wolltest die Nacht über hierbleiben?"

„Ja, Danny braucht mich vielleicht."

Cynthia nickte. „Er würde wohl einen Schock kriegen, wenn er mit mir allein ist. Aber vielleicht sollte ich ihm die Chance geben, mich endgültig fertigzumachen", meinte sie grimmig.

„Ich habe den kleinen Kerl noch nie so aufsässig erlebt wie mit dir. Du hast anscheinend etwas an dir, das Männer aggressiv macht", sagte Daniel mit einem Lächeln.

„Wenn Penny und Alan weg sind, kannst du dich gern mit Danny zusammentun. Ich gebe mich geschlagen. Bloß frage ich mich, warum Babys immer mitten in der Nacht kommen müssen."

„Damit bekommen sie mehr Aufmerksamkeit."

„Deine bestimmt. Was machst du überhaupt um diese Zeit hier?", wollte Cynthia wissen. Sogar für Daniel war ein mitternächtlicher Besuch im Benedict-Haus ungewöhnlich.

„Ich wollte einfach mal nach dem Rechten sehen."

Das verstand Cynthia gut. Seit jenem aufsehenerregenden Spaghetti-Essen hatte Penny immer wieder leichte Wehen gehabt, die jedoch nach einer oder zwei Stunden aufhörten. Penny hatte zwar jedes Mal beteuert, das wäre völlig normal, aber Daniel war so nicht zu beruhigen. Wahrscheinlich ist er jeden Abend hier vorbeigefahren, um zu sehen, ob das Licht brennt, dachte Cynthia. Und heute Nacht war es endlich so weit.

„Warum bist du denn so müde?", fragte Daniel. Er ging zum Fenster und blickte in die Nacht hinaus.

„Das hat keinen besonderen Grund, außer, dass es noch sehr früh am Morgen ist."

„Ich dachte, ein Mädchen wie du geht in New York immer erst um diese Zeit ins Bett."

„Aber nein. Ich musste immer zusehen, dass ich genug Schlaf bekam, sonst hätte man das auf den Fotos gesehen."

„Du warst wirklich Fotomodell, Cynthia?"

„Schwer vorzustellen, wie?" Cynthia setzte sich an den Schreibtisch, um die Adresse auf die Postkarte an Sly zu schreiben. Die kurzen Botschaften wurden allmählich zu einer Art Tagebuch. Vielleicht würde Sly sie aufheben …

„Ja und nein." Daniel drehte sich um und betrachtete Cynthia aufmerksam. „Du bist ..."

„Ein nettes Mädchen, ich weiß", beendete sie den Satz.

„Du machst gar nicht so viel Wind um deine Person."

„Ich habe es immer gehasst, wenn Wind um mich gemacht wurde."

Daniel wandte den Blick nicht von ihrem Gesicht ab. „Ich glaube, du bist sehr fotogen."

Cynthia fühlte sich unbehaglich. Es war einfacher mit Daniel, wenn er nicht so ernsthaft war. „Ja, ich komme auf Fotos ganz gut an. Aber ich könnte nie ein Mannequin sein, dafür bin ich zu klein, und mein Gesicht ist zu schwierig. Die Kamera gleicht das komischerweise alles aus."

„Willst du wieder als Modell arbeiten, wenn du zurückgehst?"

Cynthia schüttelte entschieden den Kopf, obwohl sie noch nicht genau wusste, was sie in Zukunft machen würde. „Ich denke im Moment überhaupt nicht an Amerika. Ich habe ja noch gar nichts von Australien gesehen."

„Was möchtest du denn sehen?"

„Alan sagt, das echte Australien ist irgendwo da draußen." Sie machte eine ausgreifende Handbewegung zum Fenster hin. „Das möchte ich kennenlernen, ehe ich zurückfahre."

„Du könntest eine Rundreise in einem bequemen Luxusbus machen. Da kannst du dir alles ansehen. Die haben Klimaanlagen und alles an Bord und man übernachtet in schicken Hotels mit Swimmingpool. Da wirst du nicht von Fliegen und Mücken behelligt, und die Hitze bleibt draußen."

„Aber Australien bleibt vermutlich auch draußen", gab Cynthia zurück.

„Ja, vermutlich."

„So, wir gehen jetzt. Drückt die Daumen, dass es diesmal ein Mädchen wird." Penny stand im Türrahmen und lächelte tapfer. Hinter ihr war Alan und legte ihr beschützend den Arm um die Schultern.

„Mache ich", versprach Cynthia. „Und ihr – macht's auch gut."

„Daniel, ich habe im Wohnzimmer eine Flasche Whisky für dich hingestellt. Vielleicht brauchst du einen Schluck", sagte Alan.

„Nein, danke. Ich möchte wach bleiben, falls Danny mich braucht."

Penny und Alan wurden verabschiedet. Cynthia und Daniel hatten die beiden zur Tür begleitet. Anschließend standen sie im Wohnzimmer und sahen sich an.

„Soll ich einen Kaffee machen?", bot Cynthia an. „Das wird eine lange Nacht für dich, wenn du wirklich wach bleiben willst."

„Mach dir meinetwegen keine Umstände." Daniel fuhr sich mit der Hand durchs Haar.

„Na schön. Dann gehe ich jetzt schlafen."

„Nein. Bitte bleib."

Cynthia war schon an der Treppe. Sie blieb stehen und drehte sich verwundert um. „Wie?"

„Können wir uns nicht noch ein bisschen unterhalten?"

Das kam überraschend für Cynthia. „Unterhalten? Aber Daniel, wir haben uns noch nie unterhalten. Wir streiten doch nur."

Daniel zuckte hilflos mit den Schultern. „Wir können auch streiten, wenn dir das lieber ist. Aber geh noch nicht ins Bett, bitte."

Cynthia sah sein hilfloses Lächeln, das zerzauste Haar. Kein Zweifel, dieser Mann wusste, wo sie ihren wunden Punkt hatte. Er erreichte offenbar immer, was er wollte. Irgendwie war dieser Daniel Marlin faszinierend. Und deswegen musste sie sich sehr vorsehen.

„Du bist ein großer Teddybär", schalt Cynthia sanft. „Gut, ich leiste dir noch ein bisschen Gesellschaft. Setz dich. Ich bringe dir ein Glas Whisky. Und ich passe schon auf, dass du nicht einschläfst."

Als sie mit dem Glas aus der Küche zurückkam, stand Daniel noch an derselben Stelle. Sie goss ein, und er nahm einen großen Schluck. „Ich bin überhaupt nicht müde", erklärte er.

Cynthia ließ sich auf die Couch fallen und stemmte die Füße gegen einen Sessel. „Wenn wir wirklich die ganze Nacht wach bleiben wollen, sollten wir langsam anfangen zu streiten, uns zu unterhalten oder sonst was."

Daniel sah ratlos aus.

„Über was wollen wir reden?", bohrte Cynthia.

„Ich weiß auch nicht."

Das klang so echt, dass Cynthia fast gerührt war. Wahrscheinlich hat er noch nie richtig mit einer Frau geredet, außer, er will etwas Bestimmtes von ihr, dachte sie. Ein ganz normaler Gedankenaustausch mit einem weiblichen Wesen ist sicher etwas vollkommen Neues für ihn, das kann ja interessant werden. Cynthias Neugier war geweckt. „Erzähl mir von deinem Job."

„Ich begleite Touristen ins Hinterland."

„Das weiß ich schon. Erzähl mir mehr von diesen Touren. Wie groß sind die Gruppen? Wohin fahrt ihr genau? Warum machst du das Ganze?"

Daniel setzte sich neben sie auf die Couch und sah sie aufmerksam an. „Hat Alan dir noch nichts davon berichtet?"

„Alan hat wenig Zeit für solche Sachen. Und mit Penny habe ich andere Themen gehabt."

„Also gut. Ich arbeite für Australia-Abenteuer-Tours. Es ist keine sehr große Agentur, und der Service ist sehr persönlich. Wir haben Spezialfahrzeuge, die sich für jedes Gelände eignen. Und wir fahren auch querfeldein. Auf meinen Touren zeige ich den Leuten das echte Australien."

„Das hört sich aufregend an. Vielleicht sollte ich auch mal so eine Tour buchen."

Daniel lachte. „Das wäre nichts für dich. Wir campen mitten in der Wildnis, graben uns selbst unsere Toiletten. Wir werden fast von Fliegen aufgefressen, kriegen Sonnenbrand und schlagen uns mit Schlangen, Krokodilen und giftigen Spinnen herum."

„Und dafür bezahlen die Teilnehmer?"

„Jedenfalls nicht schlecht."

„Was es nicht alles gibt." Cynthia staunte.

„Wenn die Agentur besser geführt wäre, könnten wir doppelt so viele Touren machen. Es gibt einen gewaltigen Bedarf für solche Abenteuerreisen, und …"

„Mami!"

Wie der Blitz war Daniel aufgesprungen und die Treppe hinaufgerannt. Kurz darauf kam er zurück, Danny auf dem Arm. Das Kind hatte die allgemeine Aufregung offenbar gespürt. Als Danny Cynthia erblickte, brach er in Tränen aus.

„Aber, aber, Danny", murmelte Daniel beruhigend. „Ich passe schon auf, dass Cynthia dir nichts tut." Er kitzelte den Kleinen liebevoll unterm Kinn.

Cynthia kannte die Ablehnung ja, aber beim Anblick von Dannys Tränen hätte sie am liebsten auch geweint. „Gib ihn mir, Daniel", sagte sie. „Danny, ich will dir doch nichts tun, ich mag dich sehr. Du bist mein lieber kleiner Cousin."

Das Kind schluchzte herzzerreißend, und selbst Daniels Gegenwart konnte ihn nicht beruhigen. Zum ersten Mal im Leben verspürte Cynthia den Wunsch, ein Kind in die Arme zu nehmen und zu trösten. „Wein doch nicht so, Danny", bat sie hilflos, als Daniel sich mit dem Jungen neben ihr niederließ.

„Will aber keine neue Mami!" Ein Strom von Tränen begleitete die halb erstickten Worte. „Geh weg!"

Daniel und Cynthia sahen sich fassungslos an. Das also war der Kern von Dannys Feindseligkeit! Er brachte Cynthias Ankunft mit dem Baby zusammen. Seine Mutter bekam ein neues Kind, also musste er eine neue Mutter bekommen. Cynthia hätte am liebsten gleichzeitig gelacht und geweint.

„Danny", begann Cynthia ernst, „ich bin nicht deine neue Mami. Deine Mami kommt bald wieder. Sie hat dann dich und das neue Baby, und sie hat euch beide lieb."

„Cynthia ist nur eine Freundin, die zu Besuch ist", fuhr Daniel fort. „Deine Mami hat uns gebeten, solange auf dich aufzupassen, bis sie wieder da ist. Du brauchst keine Angst zu haben, bald wird alles wieder gut."

Noch immer rollten dicke Tränen über die runden Wangen, aber Dannys Schluchzen ließ allmählich nach.

„Glaubst du, er versteht das?", fragte Cynthia Daniel.

„Ich weiß nicht", meinte er.

„Will zu meiner Mami", klagte Danny leise.

„Sie will auch bei dir sein", versicherte Cynthia. „Sie hat mir gesagt, dass sie dir eine Überraschung mitbringt, wenn sie wiederkommt. Ein Geschenk, nur für dich."

„Will das Geschenk aber jetzt."

„Was machst du nun?", fragte Daniel lachend.

„Ich habe etwas für dich, Danny", sagte Cynthia und stand auf. „Es ist nicht das, was deine Mami dir mitbringt. Ich habe es dir mitgebracht. Warte, ich hole es."

Cynthia war froh, dass sie vor ein paar Tagen in einem Spielzeugladen ein Stoffkänguru gekauft hatte. Vielleicht war das eine Art Mutterinstinkt gewesen. Jetzt ging sie schnell in ihr Zimmer und holte das Stofftier. Das Känguru hatte ein Kleines im Beutel und ein zweites, mit Klettband befestigt, auf dem Schwanz sitzen. Als Cynthia es gekauft hatte, hatte es sie an das Signet der Australia-Abenteuer-Tours erinnert, und nun schien es genau das richtige Geschenk für Danny zu sein.

„Siehst du", begann Cynthia sanft, „diese Kängurumami hat auch zwei Babys. Das eine ist ganz klein und kann noch nicht viel, deshalb behält sie es in ihrem Beutel. Das andere ist größer und kann schon eine Menge, und deswegen lässt die Mutter es allein herumhüpfen. Und die Mami hat alle beide lieb."

Danny streckte die Hand aus. Cynthia gab ihm die Kängurus. „Du darfst sie behalten", sagte sie, „aber du musst gut auf sie aufpassen. Sie brauchen jemanden, der sie lieb hat."

Danny kletterte von Daniels Schoß herunter und ließ die Kängurus auf dem Teppich herumhüpfen. Daniel ermahnte das Kind: „Du solltest dich bei Cynthia bedanken."

Danny sah auf und schniefte.

„Lass nur, Daniel", wehrte Cynthia ab. „Er braucht sich nicht zu …"

„Danke." Danny stupste Cynthias Knie mit der Kängurumutter und spielte dann auf dem Boden weiter.

„Der arme Junge. Kein Wunder, dass er mich abgelehnt hat", sagte Cynthia leise. „Ich bin ja so erleichtert. Ich dachte schon, ich mache Kindern Angst."

„Du hast wohl nicht viel Umgang mit Kindern?", fragte Daniel.

„Nein, leider. Ich bin ein Einzelkind. Und ich bin in New York aufgewachsen, da hatte ich nicht viele Spielkameraden. In der Schule war ich natürlich mit anderen Kindern zusammen, aber die hatten auch kaum jüngere Geschwister. Kannst du dir vorstellen, dass ich noch nie ein Baby im Arm gehabt habe? Ich weiß nicht mal, ob ich das könnte."

„Du musst sie bloß halten wie einen Sack Kartoffeln. Schreiende Kartoffeln", erklärte Daniel.

„Du hast wahrscheinlich viel Erfahrung damit, ihr wart doch sieben Kinder zu Hause, nicht? Oder hast du dich als Junge nicht mit deinen jüngeren Geschwistern beschäftigt?"

„Meine Mutter starb bei der Geburt des Jüngsten. Wir konnten uns als Kinder unsere Aufgaben nicht aussuchen. Es ging schließlich ums Überleben."

Cynthia verstand Daniels Besorgtheit um Penny jetzt besser. Zum ersten Mal betrachtete sie Daniel als einen Mann mit Gefühlen, wie sie jeder andere hatte. „Das war hart, wie?", murmelte sie.

Daniel trank sein Whiskyglas aus und setzte es auf den Couchtisch. „Mein Vater hatte eine Ranch oben in Queensland – keine große, aber sie ernährte uns. Immerhin mussten alle kräftig mit zupacken."

„Er hat dich bestimmt nicht gern weggehen lassen, oder?"

„Ich fahre rauf, so oft ich kann, ungefähr sechs bis acht Wochen im Jahr verbringe ich bei meinen Leuten. Zwei von meinen Brüdern wollen die Ranch übernehmen. Mehr können auch nicht davon leben, wenn mein Vater einmal sterben sollte. Ich bin lieber unterwegs, bin ein halber Nomade, genau wie die australischen Ureinwohner."

Während Cynthia zuhörte, beobachtete sie Danny, der selbstvergessen mit den Kängurus spielte. Plötzlich kam er zur Couch und setzte sich zwischen die beiden Erwachsenen. Er kuschelte sich an Daniels Schulter und machte die Augen zu. Daniel bewegte sich, sodass Danny an Cynthias Schulter rutschte. Sie legte den Arm um Danny, und er ließ es geschehen. Er öffnete kurz die Augen und seufzte zufrieden. Dann schien er einzuschlafen.

„Du hast ihn für dich gewonnen. Meinen herzlichen Glückwunsch", sagte Daniel.

Eine Weile saßen sie schweigend da, bis sie sicher waren, dass Danny fest schlief. Dann nahm Daniel ihn mitsamt den Kängurus auf die Arme und trug ihn nach oben. Als er wieder herunterkam, stand Cynthia in der Küche und kochte Kaffee.

„Du hast doch zur Hälfte australisches Blut in den Adern. Wie kommt es dann eigentlich, dass du so wenig über unser Land weißt?", fragte Daniel, als wäre ihre Unterhaltung nie unterbrochen worden.

„Vor dreißig Jahren hatte mein Vater geschäftlich hier zu tun. Er lernte meine Mutter kennen, heiratete sie und nahm sie mit nach New York. Die Eltern meiner Mutter konnten sich nicht damit abfinden, und es kam zum Bruch. Meine Mutter litt so darunter, dass sie überhaupt nicht mehr von Australien sprechen wollte. Sie wurde eine hundertprozentige Amerikanerin."

„Und sie ist nie mehr nach Australien gekommen?"

„Nein. Meine Großeltern haben uns einmal in New York besucht. Sie versöhnten sich, und darauf wollte meine Mutter mit mir nach Australien fahren. Aber da starben meine Großeltern ganz plötzlich. Alans Mutter, Mamas Schwester, war dauernd unterwegs. Ich glaube, sie hätte einen Besuch von uns als lästig empfunden. Und so habe ich meine australische Verwandtschaft nie kennengelernt. Das ist schade, denn mein Vater hatte keine Familie mehr. Deswegen ist die Beziehung zu Alan ja so wichtig für mich."

Da klingelte das Telefon. Cynthia musste lachen, weil Daniel fast über seine eigenen Beine stolperte, um schnell genug hinzukommen. Während er sprach, beobachtete sie sein wechselndes Mienenspiel.

„Nein?" Enttäuschung. „Ich bin gar nicht aufgeregt." Glatte Lüge. „Gut, gut, kein Grund zur Panik …" Mitgefühl. „Alles klar." Falsche Munterkeit. Er legte auf und wandte sich zu Cynthia um. Bevor er berichten konnte, hielt sie ihm abwehrend die Hand entgegen.

„Ich glaube, ich habe schon verstanden. Die Wehen haben aufgehört, und sie kommen zurück. Sie wollten dich nur vorwarnen, damit du keinen Schlag kriegst, wenn sie zur Tür hereinkommen."

Statt einer Antwort streckte Daniel die Hand nach einer Tasse Kaffee aus. Zusammen gingen sie ins Wohnzimmer und setzten sich auf die Couch. Sie saßen noch immer schweigend da, als sie das Auto der Benedicts vorfahren hörten.

„Wie kommt ihr mir denn vor?" Penny kicherte, als sie ins Wohnzimmer kam und die zwei da so unglücklich sitzen sah. „Ihr seht aus, als wenn ihr eine schwere Enttäuschung erlebt hättet."

„Was hat der Arzt gesagt?", wollte Cynthia wissen.

„Er sagte, wir sollen nach Hause gehen, es kann noch eine oder zwei Wochen dauern." Penny machte eine Pause und kicherte wieder. „Aber es kann auch schon morgen so weit sein."

„Jetzt ist es morgen." Cynthia stand auf und schob Penny einen Sessel hin. „Möchtest du einen Fruchtsaft oder irgendwas? Ich habe für Daniel und mich Kaffee gekocht. Und was ist mit dir, Alan?" Alan kam gerade ins Zimmer.

Ohne eine Antwort abzuwarten, ging Cynthia in die Küche und kehrte mit einer Kanne Fruchtsaft wieder. Die Benedicts tranken, doch danach machten sie keine Anstalten, ins Bett zu gehen.

„Wenn das so ist, Penny", meinte Daniel und setzte heftig seine leere Kaffeetasse auf den Tisch, „dann verpasse ich womöglich das große Ereignis. In einer Woche bin ich vielleicht schon wieder unterwegs mit einer Tour."

„Wenn du Glück hast", bemerkte Alan düster.

„Was meinst du damit, Liebling?", fragte Penny ihren Mann.

Cynthia bemerkte einen schnellen Blickwechsel zwischen den beiden Männern. Es war klar: Sie hatten etwas zu verbergen. Aber Penny hatte das auch gesehen.

„Was geht hier vor?", fragte sie. „Ihr zwei macht in letzter Zeit immer solche merkwürdigen Andeutungen. Behandelt mich doch bitte nicht wie ein Kleinkind."

Die Männer schwiegen betreten.

„Hat es etwas mit Mrs MacCready zu tun?" Penny wollte nicht lockerlassen.

Sie bekam wieder keine Antwort.

Penny setzte ihr leeres Glas mit einem vernehmlichen Knall auf den Tisch. „Na schön. Dann rufe ich Mary Wells an und frage sie, was los ist."

„Wer ist Mrs MacCready? Und wer ist Mary Wells?", fragte Cynthia jetzt neugierig.

„Bill MacCready ist der Inhaber von Australia-Abenteuer-Tours, und seine Frau leitet die Firma, während er … tja, auf einer längeren Reise ist", erklärte Penny. „Und Mary Wells ist die Frau eines Reiseleiters, eines Kollegen von Alan und Daniel." Penny hob kriegerisch das Kinn. „Mary wird mir schon sagen, was da vorgeht. Ihr Mann spricht über alle beruflichen Dinge mit ihr. Er behandelt seine Frau nicht wie ein Kleinkind."

„Gut, gut", sagte Alan. „Ich musste Daniel versprechen, dass ich dir nichts sage, damit du dir nicht unnötige Sorgen machst. Frag ihn selbst."

„Also, Daniel?"

Daniel war sehr ernst, als er endlich sprach. „Du hast richtig getippt. Mrs MacCready will mich vor die Tür setzen. Für Alan besteht aber kein Risiko."

Eine volle Minute lang war im Raum nichts weiter zu hören als das Ticken der Uhr auf dem Kaminsims.

„Oh Daniel", sagte Penny endlich. Ihre Stimme war rau. „Warum?"

Daniel zuckte mit den Schultern. Alan antwortete an seiner Stelle. „Du weißt doch, was für ein Besen Mrs MacCready ist, Penny. Seit sie die Chefin spielt, werden wir unseres Lebens nicht mehr froh. Sie führt ein eisernes Regiment. Und sie hat schon zwei Köchinnen entlassen, weil sie nicht nach ihrer Pfeife tanzen wollten."

Cynthia blickte verständnislos von einem zum andern. Daniel lieferte ihr weitere Erklärungen.

„Mrs MacCready will nur mit Leuten arbeiten, die genau ihren Vorstellungen entsprechen. Und sie hat sehr genaue Vorstellungen. Sie hat Lyn und Jessie gefeuert, weil sie über die neuen Sparmaßnahmen gelacht haben. Es soll in Zukunft keinen Wein mehr zu den Mahlzeiten auf den Touren geben. Joe Barnes wurde entlassen, weil er gegen eine alberne Arbeitszeitregelung protestierte." Daniel machte eine Pause. Er kämpfte sichtlich mit sich, ob er noch mehr sagen sollte. „Und sie wird mich auch feuern", fuhr er schließlich fort, „weil ich nicht verheiratet bin und weil meine Touren bei Frauen sehr beliebt sind."

„Und was sagt Mr MacCready dazu?", fragte Cynthia. „Lässt er seiner Frau so viel freie Hand?"

Diesmal gab Alan Auskunft. „Bill MacCready ist vor einem halben Jahr auf die Norfolk-Inseln gefahren, um Urlaub zu machen, und bis heute nicht zurückgekommen. Seine Frau hatte jahrelang an seiner Art der Geschäftsführung herumgenörgelt. Wir glauben, er hat es einfach nicht mehr ausgehalten. Nun ist sie selbst der Boss und genießt es in vollen Zügen." Alan wandte sich zu Penny. „Daniel und ich wollten dich mit diesen Dingen jetzt nicht belasten, Liebling, deshalb haben wir dir nichts gesagt. Mein Arbeitsplatz ist sicher, denn unsere Chefin mag mich und weiß, dass du unser zweites Kind erwartest. Ich passe in das Bild, das sie sich von ihren Reiseleitern macht. Daniel leider nicht."

Penny regte sich trotzdem auf. „Das ist nicht fair! Daniel bringt Arbeit und Vergnügen nie durcheinander, das stimmt doch, Daniel, oder?"

Daniel lachte, aber seine Augen blieben ernst. „Nein, das tue ich nicht, obwohl die Versuchung manchmal groß ist. Mrs MacCready will eben verheiratete Männer haben, oder zumindest welche mit einer festen Freundin – ‚solide' Mitarbeiter. Und mich findet sie wohl nicht solide genug."

„Sie sollte froh sein, dass sie einen wie dich hat", meinte Penny ärgerlich. „Jede andere Reiseagentur würde sich glücklich schätzen."

„Wenn deine Lage so unangenehm ist", schaltete Cynthia sich ein, „und wenn du so ein guter Mitarbeiter bist, dann sollte es doch möglich sein, dass du woanders unterkommst."

„Sicher, ich kann eine andere Stelle finden", sagte Daniel. „Aber keine so gut bezahlte. Und du weißt ja, wie das ist, wenn man häufig die Stelle wechselt. Es wirft kein gutes Licht auf meine Zuverlässigkeit."

„Da ist noch ein anderes Problem", erklärte Penny. „Alan und Daniel haben gespart, um eine eigene Firma zu gründen. Sie sind sowieso kurz davor, bei Australia Tours zu kündigen."

„Ja, wir sind nahe daran und doch so weit von unserem Ziel entfernt", bemerkte Daniel trübe. „Denn wenn ich jetzt entlassen werde, können wir unsere Pläne zunächst vergessen."

„Du hast recht", bestätigte Alan. „Wenn du wenigstens diesen Sommer über weiterarbeiten könntest, dann könnten wir den Schritt in die Selbstständigkeit wagen. Das fehlende Geld würde uns dann bestimmt eine Bank borgen."

„Du brauchst einfach eine Frau", sagte Penny mit Nachdruck. „Das predige ich dir doch schon lange, Daniel."

„Seit Jahren", verbesserte Daniel.

„Nein, du brauchst keine Frau, sondern du musst Mrs MacCready davon überzeugen, dass du eine hast – zumindest eine in Aussicht", warf Cynthia ein.

Die drei anderen sahen sie betroffen an.

„Das sollte bloß ein Scherz sein", verteidigte Cynthia sich unsicher.

„Nein, das ist eine glänzende Idee", sagte Penny langsam.

„Das glaubt doch kein Mensch, dass Daniel verheiratet ist." Alan gähnte. „Alle kennen Daniel …"

„Nicht verheiratet", beharrte Penny, „nur verlobt. Wenn Daniel eine Verlobte vorweisen könnte, wäre er gerettet. Mrs MacCready würde ihm sofort glauben. Sie ist im Grunde nämlich eine romantische Seele, glaubt mir."

„Ich werde auf keinen Fall das nächstbeste Mädchen bitten, mich zu heiraten, bloß damit meine Chefin zufrieden ist", wehrte Daniel ab.

„Natürlich nicht. Das Mädchen müsste über das Spiel im Bilde sein", sagte Penny. Sie hatte offenbar Feuer gefangen. „Die Frau müsste sich auf die Geschichte einlassen. Moment mal!" Penny richtete sich kerzengerade auf.

„Was ist, Penny? Fangen die Wehen wieder an?", erkundigte sich Cynthia besorgt.

„Ach was. Begreift ihr denn nicht, was für ein herrlicher Einfall das ist? Es ist zwar nicht ganz ehrlich, aber Mrs MacCready zwingt uns ja direkt zu solchen Tricks."

„Die Frau hat Kängurus im Hirn."

Cynthia wusste nicht, ob Daniels Bemerkung sich auf Mrs MacCready oder auf Penny bezog, aber sie musste über den ulkigen Vergleich lachen. „Kennst du überhaupt ein Mädchen, das bei so einem Scherz mitmachen würde?", fragte sie. Das Ganze war wirklich eine interessante Idee. Wenn Daniel so tun müsste, als wäre er verheiratet, würde er bestimmt sein Verhalten ändern. Mit dem Flirten wäre es dann vorbei, vielleicht sogar mit den unverschämten Sprüchen.

„Es gibt Mädchen, die mich heiraten würden, aber keine, die sich auf ein Spiel einlassen würden, das ich nicht ernst meine", entgegnete Daniel.

„Die Frau müsste hier keiner kennen", überlegte Penny laut. Dann folgte ein neuerliches „Moment mal!"

„Was hast du, Liebling?" Jetzt war Alan besorgt.

„So muss es gehen!", fuhr Penny unbeirrt fort. „Keiner würde glauben, dass Daniel plötzlich mit einem der Mädchen ernst macht, die er hier zur Freundin hatte. Jeder weiß, dass er mit keiner Frau mehr als zweimal ausgegangen ist." Penny sah Cynthia voll in die Augen, während sie weitersprach. „Wenn es nun aber ein Mädchen von weit weg wäre – aus einem anderen Land vielleicht? Dann würde die Sache ganz anders aussehen. Daniel könnte erzählen, er habe schon lange eine große Liebe: eine Frau, die er von früher kennt."

„Moment mal!", sagte nun Cynthia.

Penny überging auch diesen Einwurf. Sie beugte sich vor und seufzte, aber es klang wie ein wohliges Seufzen.

„Sollen wir nicht doch lieber wieder in die Klinik fahren, Penny?", fragte Alan.

„Aber nein. Seht ihr's denn nicht? Cynthia und Daniel könnten so tun, als wären sie verlobt! Cynthia fährt irgendwann nach Amerika zurück, und bis dahin hat Daniel seine Schäfchen im Trockenen. Keinem entsteht ein Nachteil. Und Mrs MacCready hat ihren Willen."

„Und wie soll ich das überstehen?" Cynthia sprang auf und richtete den Zeigefinger auf Daniel. „Mit dem da? Wir halten es nicht einmal miteinander im selben Zimmer aus. Nein, das kann nicht gut gehen! Niemals!"

„Sie hat recht." Auch Daniel hatte sich erhoben. „Außerdem würde mir niemand glauben, dass ich Cynthia heiraten will."

Mit zornfunkelnden Augen stand Cynthia vor Daniel. „Was soll das heißen? Jeder würde dich glücklich preisen, wenn ich bereit wäre, dich zu heiraten! Das Problem liegt umgekehrt: Keiner würde glauben, dass ich einen wie dich nehmen würde, Daniel Marlin!"

„Aber hier kennt dich niemand", wandte Penny sachlich ein.

„Sehe ich etwa aus, als wäre ich nicht richtig im Kopf? Mehr brauchen die Leute nicht von mir zu wissen, um sich eine Meinung zu bilden. Keine vernünftige Frau würde sich auf diesen Mann einlassen."

„Es gibt in Australien eine Menge Frauen, die das recht gern tun würden", bemerkte Alan. Er stand ebenfalls auf und trat hinter seine Frau.

„Dann brauchen die australischen Frauen eben geistige Entwicklungshilfe!", gab Cynthia wütend zurück.

„Als Verlobter wäre der arme Daniel total aus dem Rennen geworfen. Und die Mädchen wären kreuzunglücklich", bestätigte Penny.

„Im Grunde müsste ich es tun!", rief Cynthia. „Ich müsste dir wirklich mal eine Lektion erteilen!"

„Oder umgekehrt!"

Cynthia und Daniel starrten sich stumm an, bis Alan schließlich eingriff. „Ich finde, ihr zwei solltet das untereinander ausmachen. Penny und ich gehen noch mal ins Krankenhaus."

„Und streitet euch nicht zu sehr", mahnte Penny, die auch aufgestanden war und sich auf den Arm ihres Mannes stützte. „Cynthia, ich weiß, dass Daniel manchmal ein bisschen schwierig ist, aber im Grunde ist er ein lieber Kerl. Sag mal, du hast doch nicht etwa schon eine feste Bindung, hm?"

Unwillig schüttelte Cynthia den Kopf.

„Dann ist es gut. Wenn du dich auf diese Sache einlässt, tust du es auch für Alan, Cynthia. Er und Daniel haben hart gearbeitet, um eine eigene Firma gründen zu können."

Cynthia seufzte unhörbar. Gegen so eine Bitte war sie machtlos.

„Und für dich, Daniel, wäre es auch ganz gut. Es kann dir nicht schaden, wenn du mal ein bisschen zur Ruhe kommst. Und bald bist du dein eigener Herr, also überleg's dir gut." Bevor einer der beiden etwas einwenden konnte, holte Penny zum entscheidenden Schlag aus. „Denk an das Baby, und denk an Danny. Es geht auch um ihre Zukunft."

Diesmal stöhnten Daniel und Cynthia gleichzeitig auf, und zwar nachdrücklich.

„Besprecht alles in Ruhe." Sie zuckte zusammen und presste die Hand auf den Bauch. „Ich warte so lange, bis ihr euch entschieden habt. Danach kann ich immer noch ins Krankenhaus gehen."

„Arbeitet Penny immer mit solchen Methoden?", fragte Cynthia, ohne jemanden direkt anzusehen. „Dagegen hat man ja keine Chance. Und ich dachte, sie wäre ganz harmlos."

Alan machte eine hilflose Geste. „Könnte einer von euch für kochendes Wasser sorgen? Ich glaube, wir sollten uns auf eine Hausgeburt einrichten."

„Schon gut, wir tun, als wären wir verlobt", sagten Cynthia und Daniel fast wie aus einem Mund.

„Aber es ist nur Theater", warnte Cynthia Daniel mit drohender Miene. „Bilde dir bloß nichts ein!"

„Keine Sorge. Mir fällt sowieso nicht viel ein, wenn ich dich ansehe", gab Daniel zurück.

„Wir rufen sofort an, wenn es Neuigkeiten gibt", versprach Alan. Er war schon halb aus der Tür. Doch Cynthia und Daniel stritten bereits so heftig, dass sie gar nicht zuhörten.

5. KAPITEL

*E*ine Woche später beschloss Cynthia, ihrem ehemaligen Agenten wieder einen Gruß zu schicken.

18. Oktober

Lieber Sly,
wenn ich dem Wetterbericht in der Zeitung glauben darf, friert
ihr euch durch den kältesten Herbst aller Zeiten. Gestern habe
ich mich an einem malerischen Felsenstrand gesonnt, und an-
schließend habe ich einen Strauß Blumen gepflückt, während um
mich herum Osterlämmchen über die Wiese hüpften. Frühling ist
etwas Herrliches.
Jetzt muss ich aufhören. An meiner linken Hand glänzt ein
Verlobungsring, dessen Anblick mich dauernd vom Schreiben
ablenkt. Bis demnächst,
deine Cynthia

Lautes Klopfen an der Zimmertür ließ Cynthia aufblicken. „Herein!", rief sie.

„Bist du endlich bald fertig?" Ungeduldig stieß Daniel die Tür auf.

„Nein, Daniel, wie hinreißend du aussiehst", säuselte Cynthia. „Heute wäre jedes Mädchen stolz auf dich."

„Willst du mich auf die Palme bringen, oder was?"

„Aber Daniel, Liebling, redet man so mit seiner jungen süßen Braut?" Cynthia stand auf und drehte sich vor ihm wie eine Ballerina, damit er sie ausgiebig bewundern konnte. „Mrs MacCready wird begeistert sein. Das ist doch genau das, was sie für dich wollte, oder?"

Der weite regenbogenfarbene Rock wirbelte um Cynthias Beine, und einer der schmalen Träger ihres spitzenbesetzten Tops glitt provokativ über die Schulter herunter. Sie gab tatsächlich das Bild einer entzückenden jungen Frau ab, die mit ihrem Verlobten ausgeht. Sie hatte sich sogar eine helle Schleife ins Haar gebunden. Für die Titelseite von „Vogue" wäre das zwar nicht ganz das Richtige, aber für das traditionelle Frühjahrspicknick der Australia-Abenteuer-Tours war es genau passend.

„Du siehst auch hinreißend aus. Können wir jetzt gehen?"

„Wie nett, du hast es also eilig, mit mir zusammen zu sein?"

„Sieht sie nicht süß aus?" Penny kam den beiden im Flur entgegen und trat an Daniels Seite. „Du hast wirklich gut gewählt, lieber Daniel."

„Willst du bestimmt nicht mitkommen, Penny?", fragte Cynthia. „Deine Mutter würde doch gern bei dem Baby bleiben. Du solltest dir auch mal eine Pause gönnen."

„Nein, lieber nicht. Ich mag das Baby nicht allein lassen, das sind Mutterinstinkte."

„Aber du hast deine Instinkte doch schon eine volle Woche ausleben können." Julia Rose Benedict war in jener denkwürdigen Nacht geboren, als Cynthias Scheinverlobung mit Daniel beschlossen worden war. Daniel meinte hinterher, Julias Geburt sei das einzig Positive an jenem Tag gewesen. Darin war Cynthia ganz seiner Meinung – das einzige Mal übrigens, dass Cynthia und Daniel übereinstimmten.

„Aber Alan und Danny gehen ja zu dem Picknick", bemerkte Daniel. „So habe ich wenigstens jemanden, mit dem ich ein vernünftiges Wort reden kann."

„Oh Daniel, Schatz, du kannst mir doch alles sagen, was du auf dem Herzen hast", gurrte Cynthia, schob ihren Arm unter seinen und sah mit gespielter Bewunderung zu ihm auf.

Penny lachte hell auf. „Du machst deine Sache hervorragend, Cynthia. Gib ihm ruhig ein bisschen Zunder."

„Hetz sie nicht noch mehr auf, Penny!" Daniel entzog sich Cynthias Zugriff. „Los, bringen wir die Angelegenheit hinter uns."

Mit einem fröhlichen Winken in Pennys Richtung folgte Cynthia ihrem Verlobten zum Auto.

„Du musst auf dieser Seite einsteigen", sagte Daniel, der neben der Beifahrertür stand. „Oder willst du fahren?"

„Entschuldige, ich vergaß, dass ihr Australier alles verkehrt herum tut." Cynthia ließ sich die Tür öffnen und stieg ein. Daniel hatte zwar eine Menge Fehler, aber seine Manieren waren tadellos. Cynthia fand seine Höflichkeit durchaus angenehm, und seine Berührung, als er ihr beim Einsteigen die Hand reichte, ebenfalls.

Das tiefe, gleichmäßige Motorengeräusch des Jeeps zeugte von verhaltener Kraft, und Cynthia war rundherum zufrieden. Während der Fahrt zum Stadtpark warf sie hin und wieder verstohlene Blicke zu Daniel. Er sah heute wirklich gut aus, trug eine klassische Lederhose, wie sie Cowboys oder Rancharbeiter haben, und ein passendes kariertes Hemd dazu. Zusammen mit den Stiefeln und dem breiten Ledergürtel ergab sein Äußeres das Bild solider Männlichkeit. Sly würde so einen Mann im Handumdrehen als Fotomodell vermitteln – für Männerprodukte oder … Abenteuerreisen.

„Und mach mir keine Schande, ja?", sagte Daniel plötzlich. Sein Ton war alles andere als liebevoll.

Cynthias gute Laune wurde leicht gedämpft. „Du brauchst mir keine Benimmvorschriften zu machen. Es ist mein Beruf, Rollen zu spielen", meinte sie schnippisch.

„Ich wollte dich bloß bitten, Mrs MacCready nicht gleich deinen Ring unter die Nase zu halten. Das könnte sie misstrauisch machen."

„Du hättest dieses Picknick wohl am liebsten vermieden, wie? Du möchtest dich nicht mit mir zeigen."

Daniel sah stur auf die Straße. „Das macht mir nichts aus. Es ist ja auch nur dieses eine Mal, dass wir zusammen auftreten müssen."

„Ich kann dich so gut verstehen, Liebling, ich verpatze dir alle Chancen bei den Mädchen", stichelte Cynthia. „Die armen Dinger werden reihenweise in Ohnmacht fallen, wenn sie meinen Ring sehen."

„Ich hoffe bloß, es merkt keiner, dass der Ring Penny gehört."

Cynthia betrachtete den Opal, der von kleinen Brillanten umgeben war. „Wir könnten doch sagen, der Ring hat uns so gefallen, dass wir den gleichen wollten", schlug sie vor.

Der Stadtpark ähnelte vielen anderen Grünanlagen in Adelaide. Bei der Planung der Stadt hatte man großen Wert auf ausgedehnte Grünflächen gelegt. Daniel stellte den Wagen auf einem der Parkplätze ab und kam herum, um Cynthia die Tür zu öffnen.

Zum alljährlichen Frühjahrspicknick luden die MacCreadys alle Freunde und Bekannten sowie ehemalige Teilnehmer an Wildnistouren ein. Das Fest war also einerseits ein Dankeschön an die Mitarbeiter und Freunde des Hauses, andererseits aber auch Werbeveranstaltung. Denn in der gelösten Atmosphäre bei Bier und Grillwürstchen wurden schöne Erinnerungen wach, und so mancher Gast suchte eine Reise für die kommende Saison.

Dieses Picknick hatte Mrs MacCready nun zum ersten Mal ohne ihren Mann organisiert, und es stand unter ungünstigen Vorzeichen. Sie hatte den Termin so oft verschoben, dass aller Schwung auf der Strecke geblieben war. Als dann das Datum endlich feststand, hatten Alan und Daniel nach Ausflüchten gesucht, um nicht hingehen zu müssen. Aber schließlich hatten sie sich doch aufgerafft, und außerdem war es eine günstige Gelegenheit, Mrs MacCready Daniels Verlobung mitzuteilen.

„Da sind ja schon eine Menge Leute", meinte Cynthia beim Aussteigen. Daniel stand vor ihr und sah sie ernst an. Er stützte die Hände rechts und links von ihrem Kopf ans Dach des Wagens. „Sag mal ehrlich, Cynthia, traust du dir das wirklich zu?"

Sein Gesicht war so nah, dass sie Mühe hatte, eine kecke Antwort zu geben. „Ich weiß, dass es wichtig für dich ist."

„Allerdings. Und Alans Zukunft hängt auch davon ab."

„Was glaubst du, warum ich mich auf dieses Spiel eingelassen habe? Doch nicht nur, um dich zu ärgern!"

Daniel wickelte sich eine ihrer Locken um den Finger. Wer die beiden so sah, dachte an ein zärtlich liebendes Paar. Cynthia litt ein wenig unter dem Bluff. „Ich kann dich auch ärgern", sagte Daniel leise.

„Wirst du jetzt nicht ein bisschen unfair, Daniel?"

Ehe Cynthia wusste, wie ihr geschah, küsste er sie. Es war nur eine kurze Berührung, und Daniel sagte sofort, als wäre nichts geschehen: „Ja, vielleicht. Entschuldige."

„Warum hast du das gemacht?", fragte Cynthia atemlos.

„Weil Mrs MacCready gerade kommt. Alles bereit?"

Cynthia setzte ein passendes Lächeln auf. „Willst du ihr gleich sagen, dass wir verlobt sind?", fragte sie leise.

„Wir werden sehen, wie es sich am besten ergibt." Daniel legte Cynthia den Arm um die Schultern und ging mit ihr auf seine Chefin zu. „Guten Tag, Mrs MacCready. Darf ich Ihnen Cynthia Ames vorstellen? Cynthia, das ist Mrs MacCready."

„Guten Tag", sagte Cynthia artig. Sie begriff sofort, warum diese Frau die „graue Dame" genannt wurde. Alles an ihr war grau: die Haare, die Augen, der Teint. Ihr Kleid war grau und ebenso die Schuhe. Sogar das silberne Armband schien mit einem Grauschleier überzogen.

„Guten Tag." Mrs MacCready sah Daniel misstrauisch an. „Haben Sie Miss Ames auf einer Ihrer Touren kennengelernt, Daniel?"

„Nein, ich kenne Cynthia schon lange. Sie ist Alans Cousine."

„Ah, die aus Amerika?" Mrs MacCready betrachtete Cynthia interessiert.

„Ja, aus New York."

„Eine grauenhafte Stadt."

Cynthia schluckte. „Es ist ganz anders als Adelaide."

Um Mrs MacCreadys Lippen spielte etwas wie ein Lächeln. Cynthia musste zweimal hinsehen, um es zu glauben, aber es stimmte. „Ich liebe New York", bekannte Mrs MacCready auf einmal. „Es ist gewaltig und überwältigend. Wir waren auf unserer Hochzeitsreise dort."

„Das war sicher interessant", meinte Cynthia.

„Oh ja." Und mit einem wohlwollenden Lächeln entfernte sich Mrs MacCready wieder.

„So übel ist sie doch gar nicht. Warum hast du es ihr nicht gesagt?", fragte Cynthia Daniel.

„Du bist gut! Hätte ich etwa sagen sollen: Hallo, Chefin, hier ist meine Verlobte, kann ich jetzt meinen Job behalten?"

Cynthia musste zugeben, dass das plump gewesen wäre. „Ich dachte, du wolltest es so schnell wie möglich hinter dich bringen."

„Richtig. Wir bleiben auch nicht lange. Aber nun komm erst mal mit." Er nahm ihre Hand, und so gingen sie zum Picknickplatz.

Cynthia hatte ein merkwürdiges Gefühl von Unwirklichkeit. Es war ein herrlicher Tag, wie gemacht für Verliebte. Der Himmel war tiefblau, und der Park entfaltete seine ganze Frühlingspracht. In den Bäumen lärmten bunte, exotische Vögel, und in der Luft lag ein schwacher Duft von Eukalyptus. Einen Moment lang dachte Cynthia, es müsse schön sein, in den Mann verliebt zu sein, der ihre Hand hielt. Doch die Illusion hielt nicht lange vor.

„Daniel! Ich dachte schon, du kommst überhaupt nicht mehr." Die schwarzhaarige Vanessa hängte sich an Daniels freien Arm. Sie trug so enge Shorts, dass sie wie angemalt aussahen. „Aber jetzt wird's endlich lustig."

„Hallo, Vanessa. Du kennst doch Cynthia?", fragte Daniel.

„Ach ja, hallo, Cynthia."

„Tag, Vanessa."

„Daniel, erinnerst du dich an das Picknick im letzten Jahr?", redete Vanessa weiter.

„Nicht mehr so genau."

„Wir haben zusammen den Drei-Bein-Lauf gewonnen."

„Ja, richtig."

„Bist du heute wieder mein Partner?"

„Aber Cynthia …"

„Cynthia hat ein Kleid an. Sie kann nicht mitmachen."

Cynthia staunte, woher Vanessa wusste, was sie trug, denn wie bei ihrer ersten Begegnung hatte das Mädchen Daniels Begleiterin kaum eines Blickes gewürdigt. „Geh nur, Daniel, und amüsiere dich, solange du noch darfst. Wenn du erst ein alter Ehemann bist, lädt dich vielleicht niemand mehr zum Drei-Bein-Lauf ein."

Vanessa lachte verunsichert. „Ich hole dich dann, wenn es so weit ist", meinte sie und trabte davon.

„Wer weiß, wie viele gebrochene Herzen heute Abend deinen Weg säumen", sinnierte Cynthia.

„Ich habe noch nie eine Frau aufgefordert, sich mir in die Arme zu werfen", gab Daniel gereizt zurück.

„Dein Lächeln fordert sie auf. Und deine Blicke."

Daniel ließ Cynthias Hand los und legte ihr den Arm um die Hüfte. „Und an dir prallt das alles wirkungslos ab?"

„Zum Glück."

Er streichelte die Rundung ihrer Hüfte. „Erstaunlich. Ich dachte, Fotomodelle führen ein lockeres Leben."

„Nur die, die sich nur so nennen. Die anderen arbeiten."

„Aber etwas Wahres muss doch an den Geschichten dran sein?"

„Ich kann dir gerne ein paar andere Wahrheiten erzählen, wenn du nicht sofort deine Hand wegnimmst." Die wütende Drohung wurde von einem bezaubernden Lächeln begleitet. Sie näherten sich einer Gruppe von Gästen. Cynthia entdeckte Alan mit Danny auf den Schultern.

„Wahrscheinlich hast du keine Ahnung von richtigen Männern. Vielleicht sollte ich es dir eines Tages mal zeigen."

„Am besten abends. Deine Vorführung wirkt bestimmt gut als Schlafmittel." Cynthia schob Daniels Hand weg. „Hallo, Alan, hallo, Danny. Ein herrlicher Tag heute, nicht?"

Sie lächelte freundlich, als Alan und Daniel sie den übrigen Gästen vorstellten. Es war genau die Sorte raubeiniger Australier, vor denen sie gewarnt worden war. Jeder schien ein Original für sich zu sein. Und alle prüften Cynthia ausgiebig. Aus den Blicken der Männer auf den Ring an ihrer Hand schloss sie, dass Alan die Neuigkeit von Daniels Verlobung bereits verbreitet hatte. Nun wurde sie offenbar beurteilt.

Nach einer Weile sagte ein älterer Mann, der Noël Wells hieß, bedächtig: „Du weißt hoffentlich, was man von rothaarigen Frauen sagt, Daniel."

„Ja, und ich kann das voll und ganz bestätigen", meinte der.

„Wenn du nicht mit ihr fertig wirst, kannst du sie zu mir schicken", bot Noël an.

„Und wohin kann ich Daniel schicken, wenn ich von ihm genug habe?", erkundigte sich Cynthia sanft.

„Am besten zum Teufel", sagte Noël, und alle lachten.

„Ich denke, bei dem ist er schon in die Schule gegangen", gab Cynthia zurück.

„Die ist richtig", erklärte Noël. Er klopfte Cynthia kameradschaftlich auf die Schulter. „Wenn er Ärger macht, geben Sie ihm tüchtig raus!"

„Das macht sie schon." Daniel trat neben Cynthia und legte den Arm um sie. Es sah fast so aus, als sei er stolz auf sie.

Cynthia lernte viele Leute kennen. Sie staunte, dass Daniel eine Menge früherer Kunden noch mit Namen anredete. Er konnte offenbar sehr gut mit Menschen umgehen. Seine Haltung war herzlich, aber nie plump-vertraulich. Er war aufmerksam, interessiert und ständig gut gelaunt. Auch Frauen gegenüber bewahrte er eine freundliche Distanz. Es stimmte also, dass Daniel Beruf und Privatleben sorgfältig auseinanderhielt.

Sie aßen köstliche Grillwürstchen und verschiedene Salate. Die Limonaden, die Mrs MacCready anstelle von Bier anbot, waren gut gekühlt, die Sonne schien warm, und die Stimmung war gut. Augenscheinlich sprach man über Daniels Verlobung. Die Reaktionen der Kollegenfrauen waren wohlwollend, die der früheren Touristinnen weniger. Vanessa war die Erste, die die neue Situation offen ansprach.

Cynthia stand gerade mit Danny allein, als Vanessa auf sie zukam. „Daniel will Sie also heiraten." Dabei suchte ihr Blick Daniel, der mit den anderen zusammen etwas abseits stand.

Mit gespielter Ruhe antwortete Cynthia: „So ist es."

„Da haben Sie aber Glück."

„Ich würde sagen, er hat Glück. Warum sollen immer nur die Frauen dankbar sein, wenn sie geheiratet werden?"

Zum ersten Mal sah Vanessa Cynthia direkt an. „In diesem Fall geht es um Daniel Marlin." Ihr Ton war ehrfürchtig, und das war echt. „Daniel ist wunderbar. Aber das wissen Sie ja wohl."

„Finden Sie?", fragte Cynthia vage.

„Oh ja." Sie seufzte tief. „Leihen Sie ihn mir für den Drei-Bein-Lauf? Vielleicht ist es für mich das letzte Mal, dass ich ihm so nahe komme."

„Aber bitte, bedienen Sie sich."

„Ich an Ihrer Stelle wäre nicht so großzügig."

„Um Daniel brauche ich mir absolut keine Sorgen zu machen." Das stimmte, wenn auch in einem anderen Sinn.

Vanessa entfernte sich, und Cynthia sah zu, wie Danny mit ein paar Kindern spielte. Es gab Hindernisrennen und Geschicklichkeitsspiele, und alle amüsierten sich prächtig dabei. Ab und zu kam Daniel, um seine Rolle als Verliebter zu spielen. Dann standen sie eng umschlungen da und sagten kein Wort, so, als wären sie sich längst über alles einig. Cynthia fand das nicht weiter unangenehm. Wenn sie für Alans und Pennys Zukunft kein größeres Opfer bringen musste, als diese stummen Umarmungen auszuhalten, dann war das in Ordnung.

Als das Drei-Bein-Rennen angesagt wurde, änderte sich Cynthias Einstellung schlagartig. Vanessa kam und zog Daniel hinter sich her, weg von Cynthia.

„Viel Glück, Liebling", konnte sie gerade noch sagen und einen Kuss auf seiner Wange landen. „Hoffentlich gewinnst du dieses Jahr wieder." Dann sah sie zu, wie er und Vanessa je ein Bein zusammenbanden. Ihm schien das zu gefallen.

„Daniel genießt dieses Spiel." Mrs MacCready war plötzlich an Cynthias Seite. „Aber sonst ist er immer mit seiner momentanen Freundin gelaufen, und nicht mit meiner Nichte."

„Ich habe nicht die richtige Bekleidung dafür", meinte Cynthia. „Vanessa ist da besser gerüstet. Außerdem haben die beiden wohl im letzten Jahr gewonnen."

„Na ja."

Darauf konnte Cynthia nichts erwidern.

„Ich liebe es nicht, wenn meine Mitarbeiter zu direkt auf Gäste zugehen. Besonders meine unverheirateten Mitarbeiter. Und besonders nicht auf meine Nichte."

„Ich bin sicher, dass Daniel seine Grenzen kennt", sagte Cynthia etwas schroff.

„Nein, Daniel ist zu frei", erwiderte Mrs MacCready.

Cynthia spürte, dass dies der Moment war. Wie nebenbei sagte sie: „Aber er ist ja überhaupt nicht frei."

Mrs MacCready ging nicht auf die Bemerkung ein. Sie beobachtete Daniel und Vanessa, die sich der ersten Kehre näherten. Die beiden lagen gut im Rennen. Sie hatten den zweiten Platz, als es passierte. Vanessa stolperte und fiel, und mit ihr fiel Daniel, ob er es wollte oder nicht. Cynthia stellte fest, dass Vanessa den Sturz so geschickt veranstaltete, dass Daniel auf ihr zu liegen kam. Sie sahen aus wie ein Sandwich ohne Füllung, und die Zuschauer tobten vor Begeisterung.

Triumphierend sagte Mrs MacCready: „Da sehen Sie – das hat er extra gemacht!"

Cynthia hatte zwar ihre eigene Meinung über Daniel Marlin, aber diesen Vorfall konnte sie ihm nicht anlasten. Es war zu offensichtlich, dass die schöne Vanessa das Ganze in Szene gesetzt hatte. „Nein, das hat er nicht", sagte sie nachdrücklich. „Und ich weiß auch, warum."

„Aber ich habe es doch selbst gesehen!"

„Dann haben Sie es missverstanden. Daniel ist so gut wie verheiratet, und Ihre Nichte will bloß ihre Wirkung testen, wie viele junge Mädchen in so einer Situation. Aber leider zieht sie den Kürzeren."

Cynthia ging über den Rasen zu den beiden, begleitet vom Applaus des Publikums, und befreite Daniel aus Vanessas Umklammerung. Sie löste die Bandagen, die die Beine aneinander fesselten, und half Daniel beim Aufstehen. Und dann, vor aller Augen, schlang sie die Arme um seinen Nacken und sagte mit lauter Stimme: „Pech im Spiel, Glück in der Liebe, Daniel." Und dann küsste sie ihn.

Es war kein richtiger Kuss. Cynthia wollte nur beweisen, dass sie keine Konkurrenz zu befürchten hatte. Doch als er sie eng an sich zog und ihren Kuss erwiderte, fühlte sie sich leicht und frei und vergaß alles um sich herum.

Daniel ließ sie los, und es gelang ihr zu lächeln. „Das sollte dich eigentlich dafür entschädigt haben, dass du verloren hast."

Darauf wusste Daniel nichts zu sagen.

„Darf ich Sie mal kurz sprechen?" Mrs MacCreadys eisige Stimme brachte die beiden sofort zur Besinnung, „Haben Sie beide mir nicht etwas zu sagen?"

Cynthia überlegte blitzschnell, welcher Gesichtsausdruck jetzt angemessen sei, und entschied sich für „verwirrt". Daniel schien ähnlich zu denken, denn er fragte höflich: „Wie bitte?"

Mrs MacCready kam gleich zur Sache. „Sie wollen heiraten?"

Cynthia versuchte zu erröten, doch das schaffte sie nicht. Ein schüchternes Lächeln gelang ihr gerade noch. „Ja."

„Wann?", fragte die graue Dame weiter.

„Wir haben den Tag noch nicht festgesetzt", erwiderte Cynthia.

„Hoffentlich bald", meinte Mrs MacCready. „Am besten sofort."

Cynthia machte große Augen. „Warum?"

„Sie lieben sich doch. Warum also warten?"

„Daniel hat einen Job, mit dem er das abstimmen muss."

„Ja, mein Job", warf Daniel vage ein.

Ungeduldig wedelte Mrs MacCready mit der Hand. „Unsinn. Sie heiraten, und das wird Ihrem Job nur zugutekommen, Daniel. Große Hochzeiten sind ohnehin Geldverschwendung. Wie lange kennen Sie beide sich überhaupt?"

Daniel und Cynthia sahen sich an. „Ungefähr ... vier Jahre", sagte Cynthia schließlich.

„Das ist zu lange. Wenn Sie noch länger warten, überlegen Sie es sich womöglich noch anders." Mrs MacCready blickte streng. „Ich möchte klare Verhältnisse unter meinen Mitarbeitern. Ich bin sehr beruhigt über Ihre Verlobung, Daniel, vor allem, weil Vanessa an Ihrer nächsten Wildnistour teilnehmen wird."

„Vanessa?", fragte Daniel unnötigerweise.

„Ja, ich schenke ihr diese Reise. Sie möchte mal ein bisschen rauskommen und über ihre Zukunft nachdenken."

„Wir heiraten nicht, um Ihnen einen Gefallen zu tun, Mrs Mac-Cready", sagte Daniel sanft, aber Cynthia spürte die verhaltene Spannung hinter den Worten. Gleich würde Daniel seine wahre Meinung sagen und alles verpatzen.

„Daniel meint", unterbrach sie hastig, „dass unsere Hochzeit eine ganz persönliche Angelegenheit ist. Wir möchten zum Beispiel eine lange Hochzeitsreise machen. Es wäre nicht schön, wenn Daniel sofort anschließend auf Tour geht."

„Dann fahren Sie doch mit."

Cynthia wusste nicht, was sie darauf sagen sollte.

„Hören Sie auf meinen Rat, mein Fräulein. Sie müssen die Interessen Ihres Mannes teilen. Ich wünschte, mir hätte das damals auch jemand gesagt." Mrs MacCreadys Ton wurde eine Spur weicher. „Nehmen Sie Cynthia mit auf Ihre Tour, Daniel, zeigen Sie ihr die Welt. Es gibt nichts, was Eheleute mehr aneinander bindet."

Seine Antwort war eine Mischung aus Husten und Keuchen.

„Das geht nicht", protestierte Cynthia. „Daniel hat seinen Job, und ich wäre ihm nur im Wege." Sehr überzeugend klang das nicht, fand sie.

„Das Problem ist leicht zu lösen." Mrs MacCready fasste Daniel scharf ins Auge. „Sie wissen doch, dass wir eine Köchin für Ihre Touren brauchen? Ich habe sie gerade gefunden: Mrs Cynthia Marlin."

6. KAPITEL

ynthia hatte Mühe, sich von Mrs MacCreadys Vorschlag zu erholen. Nun sollte sie mit Daniel auch noch in die Wildnis reisen. Das musste sie doch gleich Sly in New York mitteilen.

Lieber Sly,
angenommen, du würdest eine Wildnistour machen – würde es
dir etwas ausmachen, zwei Wochen lang Spaghetti zu essen? Mein
Mann und ich gehen nämlich morgen in den „Busch", zusammen
mit ein paar anderen Verrückten. Hast du mir nicht immer ein-
reden wollen, der Central-Park wäre gefährlich? Wenn meine
Asche jemals nach New York gelangen sollte, streu sie bitte auf
dem Times Square aus, ja?
Deine todesmutige Cynthia

„An wen schreibst du eigentlich dauernd diese Postkarten?" Penny stand daneben, als Cynthia die Karte in den Briefkasten steckte. „Du bist eine verheiratete Frau. Ist es jemand, auf den Daniel eifersüchtig sein müsste?"

Cynthia zog die Kapuze ihres Regenmantels über den Kopf. „Ich schreibe an meinen Agenten, und außerdem bin ich nicht verheiratet. Daniel würde übrigens nicht mal mit der Wimper zucken, wenn er mich in einer heißen Umarmung mit einem anderen Mann erwischte." Sie blickte vorsichtig nach allen Seiten, bevor sie das Postgebäude verließ. „Stell dir bloß mal vor, Mrs MacCready käme jetzt gerade vorbei. Sie denkt, ich verbringe mein erstes Ehewochenende zu Hause im Bett mit Daniel."

„Richtig, dann würdet ihr Ärger kriegen. Aber an so einem Regentag geht Mrs MacCready bestimmt nicht spazieren." Penny schob Julias Kinderwagen durch den leichten Nieselregen. Danny steckte in einem gelben Regenanzug und trabte brav hinterher.

„Was glaubst du, wo mein lieber Mann gerade ist, Penny?"

Penny rückte das Plastikregendach am Kinderwagen zurecht. „Ehrlich gesagt, Cynthia, ich glaube, Daniel ist zu Hause und bereitet alles für eure Abreise morgen vor. Er tut zwar immer so unbekümmert, aber im Grunde ist er sehr pflichtbewusst."

Cynthia hatte sich in den letzten Tagen oft genug bei Australia Tours aufgehalten, um zu wissen, dass Penny recht hatte. Daniel und sie hatten beschlossen, die Wahrheit über ihre Beziehung weiterhin zu verheimlichen und sich auf die gemeinsame Tour einzulassen. Es stand einfach zu viel auf dem Spiel. Cynthia fuhr also als Daniels Frau mit.

Eigentlich war das Cynthia ganz recht. Sie wollte ohnehin etwas von Land und Leuten sehen, und das nicht auf einer Luxusreise. Sie wollte das Echte – und das Abenteuer. Eine Wildnistour war ganz nach ihrem Geschmack. Und allein die Bewirtung von vierzehn Menschen, dreimal täglich, würde abenteuerlich genug werden. Cynthia hoffte inständig, dass niemand bleibenden Schaden davontragen würde.

„Du bist so still", meinte Penny, als sie an einer roten Ampel warten mussten. „Bereust du deinen Entschluss?"

„Meinen Entschluss? Ich denke, es war eher deiner, Penny. Sag mir die Wahrheit: Hast du das ausgeheckt, um mich und Daniel zusammenzubringen?"

„So was Verrücktes hätte ich mir nicht ausdenken können."

Die Ampel wurde grün, und Cynthia nahm Danny bei der Hand. Sie hatte ein gutes Verhältnis zu dem Kind gewonnen. Oft kletterte Danny auf Cynthias Schoß und ließ sich Geschichten vorlesen. Auch mit dem Baby konnte Cynthia inzwischen geschickt umgehen, wenn sie Penny hin und wieder entlasten wollte.

Während sie weitergingen, nahm Cynthia den Gesprächsfaden erneut auf. „Das Lügengewebe macht mir noch zu schaffen, Penny."

„Ihr hättet bloß zu heiraten brauchen, dann gäbe es keine Lügen. Ich hab's euch doch vorgeschlagen."

„Das wäre erst recht eine Katastrophe geworden!"

„Wer weiß, was die zwei Wochen mit Daniel bringen."

„Übelkeit, Kopfschmerzen, Nervenzusammenbrüche."

„Wart's ab", meinte Penny zuversichtlich. „Sieh es doch mal so: Wenn du nicht mehr Fotomodell sein willst, kannst du dir in Zukunft als Campingköchin dein Brot verdienen."

Cynthia verspürte den heißen Wunsch, ihre Unfähigkeit als Köchin endlich zu bekennen. Sie hatte Penny gegenüber ein paar Andeutungen gemacht, dass sie sich der Aufgabe nicht gewachsen fühlte, aber Penny hatte bloß gelacht. „Ich weiß gar nicht, was du willst. Du kochst doch tadellos."

Cynthia litt. Sie saß in der Falle, die sie sich mit ihrem falschen Stolz selbst gebaut hatte. Aber sie schwor sich, von nun an ein Vorbild an Ehrlichkeit zu werden.

„Vielleicht kann ich in den vierzehn Tagen tatsächlich alles lernen, was man dazu braucht. Aber wenn ich mir diese gewaltigen Töpfe und Pfannen vorstelle, wird mir ganz schlecht." Cynthia dachte an die Küchenausrüstung, die Daniel ihr vorgeführt hatte. Dabei hatte sie schon in Pennys Küche Angstzustände bekommen!

„Nicht doch." Sie näherte sich dem Benedict-Haus. „Du musst nur die Zutaten für deine Rezepte mal vier nehmen, und dann schmeckst du ab, wie gewöhnlich. Ihr werdet sowieso viel aus Konservendosen essen müssen, das ist doch ganz einfach."

In den letzten Tagen war Cynthia durch die Lebensmittelläden gewandert, ein Kochbuch unterm Arm und den Taschenrechner in der Hand, und hatte versucht, die Versorgung der vierzehnköpfigen Armee zu planen. Manches war in der Tat ganz einfach, aber schon wenn es um die Fleischmengen pro Kopf ging, war sie am Ende.

„Einfach wird meine Küche bestimmt", sagte Cynthia düster. „Um nicht zu sagen primitiv."

„Sieh nur zu, dass deine Leute jeden Abend Kesseltee und Dämpfer bekommen, dann sind sie glücklich und zufrieden."

„Du kennst Kesseltee und Dämpfer?", fragte Cynthia unsicher.

„Natürlich. Das kennt doch jeder", meinte Penny lachend.

„Daniel hat mir gesagt, ich sollte dafür sorgen." Cynthia überlegte, wie sie Penny auf unverdächtige Weise klarmachen konnte, dass sie nicht die geringste Ahnung hatte, um was es sich bei diesen geheimnisvollen Bezeichnungen handelte. In keinem Kochbuch hatte sie etwas darüber gefunden. Natürlich hätte sie Daniel fragen können, doch der war neuerdings noch unausstehlicher als sonst. Penny half Cynthia unbewusst aus der Verlegenheit.

„Weißt du, woher das Wort ‚Dämpfer' kommt?"

„Nein."

„Es wurde von den Siedlern auf den Britischen Inseln erfunden. Dämpfer wird zwischen den Mahlzeiten gegessen, es dämpft sozusagen den Hunger. Später nannte man Dämpfer auch schlicht ‚Braune'."

Cynthia war erleichtert. Was „Braune" waren, wusste sie zum Glück: die traditionellen amerikanischen braunen Plätzchen, mit denen jedes Kind aufwuchs. Ermutigt fragte sie: „Und wie kam Kesseltee zu seinem Namen?"

„Von dem Kessel, in dem man ihn kocht."

Auch das war eine beruhigende Auskunft. „Dann ist also jeder Tee, den man im Kessel kocht, Kesseltee?"

„So ist es, Cynthia." Penny fügte hinzu: „Draußen im Busch kannst du eine Handvoll Eukalyptusblätter hinzufügen, das gibt ein besonders gutes Aroma." Penny machte eine Pause. „Aber die Dämpfer und der Kesseltee sollten nicht dein größtes Problem sein, denke ich. Es sind wohl eher die Nächte mit Daniel allein da draußen in der Wildnis."

„Daniel und zwölf Touristen", verbesserte Cynthia.

„Ja, aber die schlafen nicht in deinem Zelt, oder?"

„Daniel auch nicht. Er sagte, er schläft immer draußen, außer bei Wolkenbruch. Er will alles unter Kontrolle haben."

Penny schüttelte missbilligend den Kopf. „Das hat er vielleicht bisher so gehalten, aber jetzt ist er ein verheirateter Mann. Alle werden erwarten, dass ihr zusammen schlaft."

„Mir ist egal, was die anderen erwarten. Mit Daniel in einem Zelt zu übernachten geht mir entschieden zu weit." Cynthia öffnete die Tür des Benedict-Hauses für Penny.

„Zumindest eine Touristin sollte dir nicht egal sein", gab Penny zu bedenken. „Vanessa MacCready wird ihrer Tante alles haarklein berichten. Und du weißt, was das bedeutet." Penny machte die Handbewegung vor ihrer Kehle, die „Kopf ab" bedeutete.

„Bist du auch schon so weit, dass du Cynthia am liebsten umbringen möchtest?", meinte Daniel liebenswürdig. Er kam ihnen im Flur entgegen, den Cowboyhut in der Hand.

„Oh Daniel, Liebling, ich dachte, du liegst zu Hause im Bett, um dich von unserer aufregenden Hochzeitsnacht zu erholen." Cynthia ging auf ihn zu, glättete ihm den Hemdkragen wie eine alte Ehefrau. „Eigentlich siehst du erstaunlich fit aus."

„Wenn wir wirklich eine Hochzeitsnacht hinter uns hätten, würdest du nicht mehr so locker daherreden."

„Wer weiß? Mit Humor bewältigt man schließlich die schrecklichsten Erlebnisse, nicht?", meinte Cynthia zuckersüß.

„Ich wünschte, ich könnte auf eurer Tour Mäuschen sein", sagte Penny neidvoll. „Das würde mich für viele Kinobesuche entschädigen, die ich jetzt nicht haben kann."

„Wir unterhalten uns doch nur wie ein altes Ehepaar", meinte Cynthia unschuldig. Sie kniff Daniel in die Wange und trat schnell zurück, um seinem Gegenangriff zu entgehen.

„Ich bin gekommen, um zu sehen, ob du bei deinem Entschluss bleibst, Cynthia", sagte Daniel ernst. „Noch kannst du zurück."

„Ich bringe inzwischen Julia ins Bett. Ihr macht das unter euch aus, ja? Oder muss ich hinterher das Blut aufwischen?" Penny wartete auf eine Antwort, doch es kam keine, und so ging sie nach oben.

„Ich kneife nicht", sagte Cynthia. „Ich möchte etwas von Australien sehen. Warum fragst du überhaupt? Du brauchst mich doch, damit dieses Theater weitergehen kann."

„Ich habe nach einer Möglichkeit gesucht, uns diese Hölle zu ersparen", meinte Daniel mit einem umwerfenden Lächeln. „Ich könnte Mrs MacCready erzählen, du hättest es dir vorm Traualtar plötzlich anders überlegt. Sie wird vor Mitleid zerfließen und mich gar nicht hinauswerfen können."

„Kommt nicht in Frage. Die Rolle bin ich nicht bereit zu spielen. Lieber spiele ich deine Ehefrau."

„Ich habe gehört, was Penny zu dir gesagt hat." Daniel war wieder ernst geworden. „Vanessa wird uns genau beobachten. Wir werden uns wie ein richtiges Ehepaar verhalten müssen. Das heißt: nett sein, schmusen, zusammen schlafen."

„Verschone mich bitte mit ekelhaften Einzelheiten!" Cynthia richtete sich kämpferisch auf. „Es ist eine große Herausforderung an meine schauspielerischen Talente, aber ich schaffe es. Es überrascht dich vielleicht, aber ich habe schon mehr Männer zum Schein geküsst."

„Von dir überrascht mich überhaupt nichts mehr."

„Sei da nicht zu sicher, Daniel. Es könnte ein paar Dinge geben, die dich wirklich überraschen." Cynthia machte den Augenaufschlag, der die Umsätze von Aura-Shampoo so rasant gesteigert hatte. Plötzlich schien die Atmosphäre im Raum vor Spannung zu knistern. Cynthia strich mit dem Finger über Daniels Lippen. „Du weißt nicht, was für Überraschungen ein Mann erleben kann, der glaubt, schon alles zu wissen." Sie kam noch näher und sah dabei unverwandt Daniels Mund an. Ganz langsam befeuchtete sie mit der Zunge ihre Lippen.

Daniel stand da wie verzaubert. Cynthia knöpfte die oberen zwei Knöpfe ihrer Bluse auf. Ihr Mund war nur Zentimeter von seinem entfernt. „Einmal bin ich im Wind am Strand fotografiert worden. Der Sturm zerzauste mein Haar und blies mein Kleid hoch, das fast durchsichtig war. Meine Beine waren bis hier zu sehen." Sie nahm Daniels Hand und legte sie auf ihren Oberschenkel. „Der Mann dazu war hinreißend – eine Art junger Cary Grant. Ich musste ihm die Hände auf die Schultern legen, ungefähr so." Sie führte die Bewegung vor. „Und dann sollte ich ihn küssen … so." Cynthia berührte Daniels Lippen, zuerst ganz leicht, dann mit einem filmreifen Kuss. Als sie sich löste, blickte sie ihm immer noch in die Augen. „Der Mann hatte Zwiebeln gegessen. Aber der Werbespot schlug ein wie eine Bombe. Dich zu küssen, ist noch ein bisschen schwieriger, das Ergebnis wird trotzdem dasselbe sein, Daniel: eine gelungene Schau."

„Bist du sicher?" Daniel griff nach Cynthias Schulter, um sie am Rückzug zu hindern. „Soll ich's dir zeigen?"

„Ich finde, wir haben uns schon genug gezeigt."

„Aber du hast nichts gesehen." Daniel streichelte ihre Hüften und presste Cynthia dann an sich. Mit einer Hand berührte er ihren Nacken und spielte mit den kurzen Locken am Haaransatz. „Und hier klicken keine Kameras." Er strich mit den Lippen über ihre Stirn und die Stelle zwischen den Augenbrauen. Sein Mund fühlte sich weich und warm an. Mit der rechten Hand drückte er Cynthias Körper hart an sich, während er spielerisch ihre Nase küsste. Kurz bevor er ihren Mund erreichte, hielt er an und begann leicht an ihrem Ohrläppchen zu knabbern.

„Lass die Dummheiten, Daniel", sagte Cynthia matt. Sie fühlte, dass sie schwach wurde, als seine Zunge an ihrem Ohr spielte. „Lassen wir es bei ‚unentschieden', ja?"

Daniel flüsterte etwas Unverständliches. Es klang wie „Gib auf". Cynthia wand sich in seinen Armen, aber es nützte nichts. „Daniel!", rief sie, beinah flehentlich.

„Mehr?" Daniel küsste ihren Hals bis hinunter zu der Stelle, wo die nackte Haut unter ihrer Bluse zu sehen war.

„Hör auf, Da…!"

Er erstickte Cynthias Ausruf mit einem Kuss. Da ihr Mund offen war, drang seine Zunge ungehindert ein. Cynthia konnte nicht anders, sie erwiderte den Kuss. Ihr Körper wurde weich und nachgiebig, bis zwischen ihm und ihr keine Grenze mehr zu sein schien.

Cynthia spürte einen Daniel Marlin, den sie nicht erwartet hatte, den leidenschaftlichen Liebhaber. Und was war mit ihr? Warum vergaß sie sich von einer Sekunde zur nächsten so total in seinen Armen? Sein Körper war hart und gespannt, und sie schmiegte sich an ihn. Es war, als hätte sie schon immer darauf gewartet, als wären sie füreinander gemacht.

Daniel hob den Kopf und sah Cynthia an. Seine Augen waren weit geöffnet, die Pupillen groß und dunkel. Cynthia wusste instinktiv, dass er das Spiel ebenfalls nicht mehr unter Kontrolle hatte. „Wenn wir eine

Hochzeitsnacht gehabt hätten, dann hätte sie ungefähr so angefangen", sagte er langsam.

„Wir hatten aber keine." Cynthias Hände zitterten, und so verschränkte sie sie hinter dem Rücken. Allmählich wurde sie ruhiger. Was war da eben nur über sie gekommen? „Und wir werden auch nie eine haben. Was da eben passiert ist, wird nie wieder vorkommen."

„In Ordnung." Daniel bückte sich, um den Hut aufzuheben, den er fallen gelassen hatte. Mit dem Hut auf dem Kopf war seine gewohnte Selbstsicherheit wieder hergestellt. „Und fang in Zukunft keine Sachen an, die du nicht zu Ende bringen willst. Ich bin auch bloß ein Mensch. Wir werden in den nächsten zwei Wochen auf engstem Raum miteinander auskommen müssen."

„Mit dir fange ich gar nichts mehr an. Aber auf die Reise gehe ich mit, gewöhn dich schon mal an den Gedanken."

Daniel tippte lässig an seine Hutkrempe und ging. Und Cynthia fragte sich, ob sie wirklich so ehrlich war, wie sie sich vorgenommen hatte.

Die Niederlassung von Australia-Abenteuer-Tours in Adelaide war im Grunde nichts weiter als eine große Garage, wo die Fahrzeuge untergestellt und gewartet wurden. Dazu gehörte ein kleiner Büroraum und ein Lager für die Campingausstattungen. Immerhin hingen an den Wänden viele bunte Touristikplakate.

Als Cynthia am Montagmorgen mit sechs Plastiktüten voller Lebensmittel dort anlangte, herrschte reges Treiben. Alle Anwesenden umarmten Cynthia und beglückwünschten sie zur Hochzeit. Auch Daniel kam und gab ihr einen Kuss auf die Wange.

Unangenehm wurde es nur, als Mrs MacCready eine Flasche Champagner öffnete, um mit den beiden anzustoßen. Obwohl jeder nur ein paar Tropfen abbekam, war die Geste rührend – die Chefin hatte nämlich sehr strenge Ansichten über Alkohol. Cynthia fühlte sich direkt schuldig und verschluckte sich prompt.

Das Tourenfahrzeug beeindruckte Cynthia sehr, es war ein geländegängiger Bus mit Vierradantrieb und zwanzig Sitzplätzen. Für Gepäck, Essens- und Wasservorräte war genügend Platz. Alles in allem wirkte „Zebra", so der Spitzname für den Bus, äußerst vertrauenerweckend. Cynthia begriff nun erst richtig, was für ein großes Unternehmen eine eigene Firma für Alan und Daniel sein würde. Draußen im Busch konnte eine Panne lebensgefährlich sein, und da war die beste Ausstattung gerade gut genug. Während Daniel die Zelte und Schlafdecken in den Wagen lud, bestückte Cynthia die Kühlbox.

„Komm jetzt", sagte Daniel, als sie fertig waren. „Unsere Gäste müssen jeden Augenblick eintreffen. Wir wollen sie begrüßen. Was ist denn noch?" Sie zögerte, und Daniel wurde ungeduldig. „Wenn du einen Rückzieher machen willst, dann ist jetzt die letzte Gelegenheit dazu."

Wie konnte Cynthia ihm erklären, dass sie das Gefühl hatte, vor einer entscheidenden Wende ihres Lebens zu stehen? Unsicher erwiderte sie: „Weißt du eigentlich, dass ich noch nie unter freiem Himmel übernachtet habe?"

Daniel hob in gespielter Verzweiflung die Hände zum Himmel. „Und das sagst du mir jetzt?"

„Du hast mich ja nie danach gefragt."

„Na gut, irgendwann gibt es immer ein erstes Mal. Morgen wirst du das nicht mehr von dir sagen können." Daniel drehte sich um und ging. Cynthia sah ihm mit gemischten Gefühlen nach.

„Diese unendliche Einsamkeit …"

Cynthia stand in der Tür des Tourenbusses und betrachtete die Landschaft. Die Farben waren eine Symphonie in verschiedenen Braun- und Olivtönen. Hier und da ragte ein einsamer knorriger Baum in den Himmel. Auf dem Boden wuchs kein Gras, sondern niedriges Gebüsch. Überraschenderweise weideten einzelne Rinder auf diesem Land. Zuvor hatten sie Schafherden gesehen, völlig mit rotem Staub bedeckt. „So habe ich mir den Busch nicht vorgestellt – vor allem nicht so nah bei der Stadt."

„Das ist noch nicht der Busch", entgegnete Daniel. „Und wir sollten sehen, dass wir weiterkommen." Er füllte Wasser in eine Kanne, damit die Gäste eine Erfrischung hatten.

Cynthia hob sich ihre Begeisterung für spätere Gelegenheiten auf und kümmerte sich um das Obst, das sie servieren wollte. Sie hatte schnell gelernt, dass diese Teepausen – eine am Vormittag und eine am Nachmittag – den Australiern etwas Heiliges waren. Sie hatte zwar ein oder zwei Pfund dabei zugenommen und war nicht mehr so dünn wie ein ideales New Yorker Fotomodell, aber sie mochte sich so.

„Wie ist denn der Busch?", fragte Cynthia und reichte Daniel einen Beutel Orangen.

„Du wirst den Unterschied bald selbst sehen."

Auch das hatte Cynthia inzwischen gelernt: Daniel gab sich voll seiner Aufgabe als Reiseleiter hin. Das Wohl seiner Gäste ging ihm über alles. Und mit seiner starken Persönlichkeit hatte er die Gruppe bereits zu einer Gemeinschaft geformt.

„Weiter geht's!", rief er nun. Die Gruppe hatte sich an einem Bachbett – Daniel nannte das einen „Billabong" – niedergesetzt, und nun kamen alle wieder zum „Zebra"-Bus zurück. Cynthia kannte inzwischen die Namen der Mitreisenden: Perry und Jill Adams, ein älteres Ehepaar aus Amerika; die fünf jungen Frauen Maureen, Cathy, Annette, Barbara und Luanne, die zusammen auf Tour gingen; Peter Collins, der Amateurfotograf mit der professionellen Ausrüstung, und seine Frau Sally, die alles zeichnete, was Peter fotografierte. Dann waren da noch Brock Jennings, ein junger Engländer auf Urlaub, und John Carter, ein Bankangestellter aus Adelaide, der die Natur über alles liebte, wie er Cynthia anvertraut hatte. Und natürlich Vanessa MacCready, heute wieder in sehr knappen Shorts, einem gefährlich weit ausgeschnittenen T-Shirt und hochhackigen Sandaletten.

„Es ist eine gute Gruppe", sagte Daniel, während sie herankamen. „Kein Problemfall dabei."

Cynthia dachte: Das gilt sicher für elf Leute, nicht aber für Vanessa. Doch sie sagte nichts. Sie verteilte die Mahlzeiten und hörte dann Daniels Ausführungen über Land und Leute zu. Er wusste eine Menge, das musste sie ihm zugestehen. Und er hatte eine ansprechende, lockere Art, sein Wissen weiterzugeben.

Cynthia ließ ihre Gedanken spazieren gehen. Daniel sah gut aus in seiner Hose aus weißem Englischleder und dem T-Shirt. Auf dem Kopf trug er den unvermeidlichen breitkrempigen Hut, seine Haut war braun gebrannt, und er war unglaublich attraktiv. Sie hatte sehr wohl die Enttäuschung einiger Frauen bemerkt, als sie erfuhren, dass Daniel verheiratet war. Wenn die wüssten …

„Ich würde euch gern mehr über die Gegend erzählen, aber wir müssen weiter nach Burra, wo wir campen werden", schloss Daniel. Alle kletterten in den Bus. Daniel nahm Cynthia beiseite. „Wenn wir da sind", sagte er betont sachlich, „werden die anderen ihre Zelte aufstellen. Du bereitest sofort das Abendessen vor. Wirst du das ohne Hilfe schaffen?"

„Das werde ich."

Er nickte bloß und stieg ein. Als sie wieder auf der befestigten Straße waren, dachte Cynthia über sein Verhalten nach. Er wollte anscheinend nicht den verliebten Ehemann spielen, war kühl und nüchtern und hatte sie nicht ein einziges Mal berührt. Wenn er so weitermacht, dachte Cynthia, werden die anderen sich fragen, was mit uns los ist. Sie sah Daniel von der Seite an und spielte mit dem Gedanken, ihn einfach darauf anzusprechen. Die Passagiere würden nichts von der Unterhaltung hören können.

„Was ist?", fragte Daniel unvermittelt.

Cynthia fuhr zusammen. Seine Stimme klang feindselig. „Was soll sein?", fragte sie kühl zurück.

„Warum starrst du mich so an?"

„Das habe ich nicht getan. Ich habe die Gegend angeschaut."

Sein Lachen war hart. „Was kann ein Großstadtmädchen schon an dieser Gegend finden? Keine Läden, kein Kino, nichts."

„Willst du dich mit mir anlegen?"

Er zuckte nur gleichgültig mit den Schultern. Gestern gab es einen Moment, wo du ganz anders zu mir warst, hätte Cynthia sagen können. Laut sagte sie: „Du bist heute so grantig."

Daniel gab etwas von sich, das wie „Mpf" klang.

„Unsere Gäste glauben bestimmt nicht, dass du heiß verliebt bist", fuhr sie vorsichtig fort.

„Verheiratet heißt nicht verliebt."

„Gut, wir wollen nicht übertreiben", lenkte Cynthia ein. „Aber sieh dir doch mal Penny und Alan an. Sie haben zwei Kinder, und sie sind verliebt wie am ersten Tag. Wenn die beiden so eine Tour zusammen leiten würden, würde er nicht dauernd ein Gesicht machen, als wolle er sie in den nächsten Billabong schubsen."

„Angenommen, ich würde dich ins Wasser schubsen – du würdest mir sofort zeigen, was für eine Superschwimmerin du bist." Es war offensichtlich, dass Daniel nicht mit sich reden lassen wollte.

Cynthia verschränkte die Arme vor der Brust und sah stur geradeaus. „Wenn du befürchtest, dass dieser Kuss gestern etwas zwischen uns ändert, kann ich dich beruhigen, Daniel. Falls du dich mal kurz vergessen solltest und weniger ekelig zu mir wärst, würde ich mich dir nicht an den Hals werfen und nicht mehr loslassen", sagte sie höhnisch.

Daniel schwieg eine Weile. Dann fragte er mit trügerischer Sanftheit: „Von welchem Kuss redest du eigentlich?"

Sie musste sehr an sich halten. Er wollte Krieg, das war klar. „Lass es gut sein, Daniel", sagte sie gepresst. „Ich bin hier, um Alan und Penny zu helfen und um etwas von Australien zu sehen. Ich will nichts von dir, selbst wenn du dir das nur schwer vorstellen kannst."

Der Rest der Fahrt verlief in tiefem Schweigen.

Burra war ein altes, verschlafenes Städtchen zwischen baumlosen Hügeln. Sie hielten kurz im Ort, um einzukaufen und Postkarten zu schreiben. Daniel machte eine Führung durch die stillgelegten Anlagen des Kupferbergwerks, und dann fuhren sie zu der Stelle, wo sie zelten wollten. Alle waren guter Laune und ein bisschen aufgeregt vor der ersten Nacht unter freiem Himmel. Nur Cynthia war in schlechter Verfassung.

Was machte sie hier eigentlich, mitten in der australischen Wildnis mit einem Mann, der sie nicht ausstehen konnte, und mit einem Job, von dem sie keine Ahnung hatte? Auf dem Weg zur Campingstelle hatte sie mehrfach aussteigen und Gatter für „Zebra" öffnen müssen, was sie einige abgebrochene Fingernägel gekostet hatte. „Wenn du dafür immer so lange brauchst, kommen wir nie nach Südaustralien", bemerkte Daniel.

Zu den ruinierten Fingernägeln würde eine zerbissene Unterlippe kommen – vor verhaltener Wut, sagte sich Cynthia.

Am Fuß eines Hügels auf einem üppigen grünen Rasen stellten sie die Zelte auf. Die Landschaft gefiel Cynthia. Was ihr weniger gefiel, war die Zubereitung von Spaghetti, Salat und Knoblauchbrot für vierzehn Personen. Daniel zuckte mit keiner Wimper, als sie mit dem Gasgrill kämpfte. Er half ihr auch nicht, als sie eimerweise Wasser schleppte, und sah weg, während sie mit Töpfen und Geschirr hantierte. Aber er schaute in ihre Töpfe, als sie anfing zu brutzeln.

Hände in den Hosentaschen, sagte er: „Soll das ein Witz sein?"

Cynthia sah sich nach eventuellen Zuhörern um und zischte leise: „Lass mich in Ruhe, Daniel. Ich mach das schon."

„Weißt du auch wirklich, was du da tust?"

Cynthia nickte verbissen. „Wenn dir das nicht passt, was ich mache, hättest du mich nicht heiraten sollen."

Daniel sah ehrlich verblüfft aus, aber in diesem Moment kamen ein paar Reisegefährten heran. Er konnte nicht sagen, was er dachte. „In Zukunft solltest du deinen Speiseplan mit mir abstimmen, Cynthia", sagte er ruhig.

„Wenn du kochen willst, gern." Cynthia war mittlerweile in heller Wut. „Du hast mir das hier eingebrockt, und du hast kein einziges Mal Danke gesagt. Ich finde dein Verhalten schlicht und einfach unerträglich. Verstanden?"

„Daniel, ich kriege meine Heringe nicht in die Erde. Kannst du mir mal helfen?" Das war natürlich Vanessa. Daniel ging zu ihr hinüber und ließ Cynthia allein mit ihren Töpfen.

Die Nudeln waren zwar etwas zu lange gekocht, und der Salat reichte nicht für 14 Personen, aber sonst fand das Essen Anklang. Anschließend halfen Jill und Maureen beim Abwaschen. Daniel hatte ein Lagerfeuer entfacht und hängte nun den Wasserkessel darüber.

„Wo sind die Dämpfer?", fragte er Cynthia kühl.

„Ich hole sie und den Tee auch." Kurz darauf kehrte sie mit zwei Tüten voller Plätzchen zurück.

„Was ist das?"

„Braune." Cynthia machte eine Pause. „Gebäck. Dämpfer. Du hast sie doch eben bestellt."

Daniel sagte nichts dazu. „Und was ist in der anderen Tüte da?", fragte er.

„Die Teebeutel. Ich habe Kräutertee gekauft."

Daniel wandte sich ab. Sie sah, wie seine Schultern zuckten. Die anderen kamen jetzt auch allmählich zum Feuer, denn es war erstaunlich kühl geworden. Als Daniel Cynthia endlich wieder ansprach, klang seine Stimme merkwürdig erstickt.

„Ich glaube, wir sollten mal einen kleinen Spaziergang machen, Cynthia." Er nahm ihr die Tüten aus der Hand, legte sie neben das Feuer, und dann nahm er ihre Hand, als wenn nichts gewesen wäre.

Sie gingen zwischen den Zelten entlang. Daniel holte schnell eine Taschenlampe. Er nahm erneut Cynthias Hand und ging mit ihr den Hügel hinauf, bis sie außer Sichtweite waren.

„Du darfst ruhig Fragen stellen, Cynthia", sagte Daniel.

„Oh, wirklich? Danke. Also, warum klettern wir hier wie die Bergziegen in den Hügeln herum?"

Daniel setzte sich plötzlich hin und zog Cynthia zu sich herunter. Er ließ ihre Hand los. „Wir müssen unbedingt miteinander reden."

„Die Überraschungen reißen auf dieser Reise nicht ab."

Er legte die Hand unter Cynthias Kinn. „Wer hat dir erzählt, dass das süße Zeug Dämpfer sind?", fragte er lächelnd.

„Ich weiß es eben." Cynthia wollte sich losmachen.

„Du bist ein eigensinniges Mädchen, nicht? Stolz und …", er schien nach dem richtigen Wort zu suchen, „… und stark. Du bist eine starke Frau."

Cynthia schwieg.

„Ich weiß", fuhr er fort, „ich habe es dir nicht gerade leicht gemacht."
Er starrte in die Dunkelheit. „Aber von jetzt an möchte ich, dass du
mich fragst, wenn du etwas nicht weißt."

„Was sollte das wohl sein?", gab sie trotzig zurück.

„Dämpfer zum Beispiel. Das ist eine Art Brot, das man in der Glut
eines Feuers backt. Es war früher das Grundnahrungsmittel der Siedler
hier, und heute ist es eine Tradition. Es besteht aus Mehl, Salz, Wasser
und Hefe, wenn man welche hat."

„Penny hat gesagt, dass Dämpfer auch Braune genannt werden",
widersprach Cynthia unsicher.

„Ja, wenn man Zucker und Rosinen dazutat, hieß es wohl auch
Brauner, aber das ist nicht das, was du gekauft hast. Dämpfer gibt es
nicht zu kaufen."

Cynthia fühlte sich ziemlich elend. Sie hätte wirklich bloß jemanden
fragen müssen, aber dazu war sie zu stolz gewesen. Vielleicht war es
nicht nur Daniel, der problematische Seiten hatte. Sie schluckte. „Dann
klär mich doch auch gleich über Kesseltee auf", sagte sie schwach.

„Das ist schwarzer Tee, den man in einen Kessel mit kochendem
Wasser gibt. Manchmal tut man ein paar Blätter Eukalyptus dazu. Wenn
der Löffel beim Umrühren schmilzt, ist er stark genug."

„Keine Teebeutel?"

„Niemals Teebeutel."

„Ich habe mich wohl ziemlich lächerlich gemacht."

Daniel schwieg eine Weile. „Ich glaube, dass sich zwischen uns etwas
ändern muss, wenn wir das hier überleben wollen."

„Warum sind wir eigentlich wie Hund und Katze miteinander?",
fragte Cynthia. Als Daniel nicht antwortete, fragte sie: „Kann ich nicht
von dir lernen, wie man Dämpfer macht?"

„Heute essen wir deine Plätzchen." Er stand auf. „Morgen mache
ich Dämpfer. Und jetzt sollten wir zurückgehen." Er hielt ihr die Hand
hin, um ihr beim Aufstehen zu helfen. „Ich habe nichts gegen dich,
Cynthia. Aber du machst mich irgendwie kribbelig."

„Das hört sich an, als wenn ich eine Mücke oder so etwas Ähnliches wäre."

Daniel fasste fester nach ihrer Hand. „Oder ein Fieber."

Cynthia machte sich heftig los, und da drehte er sich um und ging
zum Zeltlager voraus. Sie trabte missmutig hinterher.

Die Gruppe hatte es sich am Feuer gemütlich gemacht. Irgendwer
hatte Kesseltee gekocht, und alle aßen Cynthias Plätzchen. Als die

beiden sich dazu gesellten, hörte man hier und da unterdrücktes Kichern.

„Haben wir etwas verpasst?", fragte Cynthia. Da lachten alle laut heraus, und Cynthia begriff gar nichts mehr.

Luanne stand auf und reckte sich. „Schlafenszeit."

Als wenn das ein geheimes Zeichen gewesen wäre, erhoben sich auch die anderen. „Gute Nacht."

Auf einmal wurde es Cynthia heiß, und das kam nicht vom Lagerfeuer. Sie konnte Daniel nicht ansehen.

„Wir sollten wohl auch besser gehen", sagte Daniel.

„Wo schläfst du?" Cynthia stocherte im Feuer herum.

„Bei dir im Zelt." Auf ihren entsetzten Blick hin hob er beruhigend die Hand. „Es gibt keine andere Möglichkeit."

Cynthia zeigte in eine Richtung und ließ dann irritiert die Hand sinken. „Da war es jedenfalls, gegenüber von Vanessas."

Er schaute ziemlich bestürzt drein. Dann rief er mit Donnerstimme: „Leute, wo ist unser Zelt?"

Als Antwort kam nur Gelächter.

„Okay, die haben sich einen Scherz ausgedacht." Daniel löschte das Feuer mit Erde und einem Eimer Wasser. „Gehen wir also auf die Suche."

Zwanzig Minuten später hatten sie es gefunden. Die lieben Leute hatten das Zelt mitten ins Gebüsch versetzt, damit das junge Paar ein bisschen Abgeschiedenheit hatte. Die beiden Luftmatratzen waren in der Mitte zusammengeschoben, und darauf lagen die beiden Schlafsäcke – mit den Reißverschlüssen zu einem Doppelschlafsack verbunden. Es gab kein Entrinnen.

„Okay", sagte Cynthia und setzte sich auf eine Seite, die Arme um die Knie geschlungen. „Hier ist mein Bett. Wo ist deins?"

„Du sitzt darauf." Daniel befestigte das Moskitonetz vor dem Eingang und drehte sich um.

„Du vergisst, dass ich nicht dein Typ bin, Daniel", sagte sie. „Du würdest eher mit einer Klapperschlange schlafen."

„Die gibt's hier nicht. Eher Vipern."

„Was für ein reizender Vergleich." Sie reckte sich. Auf einmal war sie sehr müde. „Hilf mir, die Schlafsäcke auseinander zu kriegen. Du darfst auf dem Fußboden schlafen." Sie gähnte.

Daniel sah sie unverwandt an. „Du gibst dich spröde, wie?"

„Was soll das heißen?"

Er tat unbeteiligt. „Die meisten Mädchen würden in so einer Situation herumkichern und rot werden."

„Du kennst eben nur Mädchen mit Stroh im Kopf und Leere im Blick. So beschrieb zumindest Penny deinen weiblichen Umgang."

Daniel kniete sich hin, und zusammen trennten sie die Schlafsäcke auseinander. Daniel hielt Cynthias Hand fest, als sie fertig waren. „Deine Augen sind nie leer. Sie lachen fast immer. Gefällt dir unsere Reise, Großstadtmädchen?"

„Bis auf einige Unannehmlichkeiten – ja." Cynthia hatte eben an den Albtraum, kochen zu müssen, gedacht. Und so setzte sie schnippisch hinzu: „Ich werd's überleben."

„Für ein New Yorker Fotomodell kann das doch nicht so ungewöhnlich sein, die Nacht mit einem Mann zu verbringen."

„Willst du eine Namensliste meiner Männer, oder was?"

Er zuckte ein bisschen zusammen, und Cynthia hätte die Bemerkung am liebsten zurückgenommen. Aber sie schuldete ihm keine Erklärungen für irgendetwas. Sie stand auf und zog ihre Matratze auf die Seite.

„Mach bitte die Taschenlampe aus, ich möchte mich ausziehen."

„Ich hätte sowieso nicht geguckt", meinte er, knipste aber gehorsam die Lampe aus.

Als sie beide in ihren Schlafsäcken lagen, sagte Cynthia missmutig in die Dunkelheit: „Du kannst von mir halten, was du willst, aber wir müssen hier ein jungverheiratetes Paar abgeben. Überdenk dein Verhalten also bitte noch mal." Mit trüben Gedanken schlief sie ein.

7. KAPITEL

*C*ynthia war schon beim ersten Morgengrauen wach geworden und hatte gleich eine Postkarte an Sly geschrieben.

28. Oktober

Lieber Sly,
ich genieße die Reize des Ehelebens, es ist herrlich. Auf dem Foto
siehst du einen Koalabären. Die Männchen grunzen wie Schweine,
wenn sie den Weibchen den Hof machen. Ich muss dabei an meinen
lieben Mann denken, der ist auch so anhänglich und knuddelig.
Liebe Grüße,
deine Cynthia

Cynthia steckte die Karte in ihre Einkaufstasche, um sie später in einen Briefkasten zu werfen. Sie blickte zu Daniel hinüber.

Daniel hatte im Gegensatz zu ihr einen gesunden Schlaf. Er sah unglaublich jung und unschuldig aus, wie er so dalag. Sein Haar war zerwühlt, und er lächelte ein bisschen. Cynthia fand es beinahe unvorstellbar, dass er im Wachzustand ein solches Ekel war.

„Starrst du schlafende Leute immer so an?", fragte Daniel plötzlich. Cynthia verspürte kurz den Impuls, ihm die Wahrheit zu sagen, dass sie nämlich noch nie neben einem Mann aufgewacht war. Aber er würde doch bloß witzeln.

„Ich habe nur überlegt, ob ich dir einen Eimer Wasser ins Gesicht schütten oder ein Känguru in den Schlafsack stecken soll", sagte sie und begann sich das Haar zu bürsten.

„Nicht." Er hielt ihren Arm fest. „Lass es bitte so."

„Wieso?"

„Warte noch mit dem Kämmen. Du siehst so hübsch aus." Er stieg aus seinem Schlafsack und kniete sich neben Cynthia auf den Boden. Sein Oberkörper war nackt, und sie musste sich zwingen, ihn nicht zu berühren. Daniel streichelte fast scheu ihre Locken. „So müsste man dich fotografieren. Mit dem Bild würdest du die tollsten Angebote deines Lebens bekommen."

„Ungekämmt und ohne Make-up?" Cynthia lachte gezwungen. Daniels körperliche Nähe machte ihr zu schaffen. Sie musste an seine Küsse denken. „Ich brauche keinen neuen Job, Daniel", sagte sie leise.

„Ich bin nicht nach Australien gekommen, weil ich in New York nichts zu tun hatte." Sie fing sich wieder und sah ihm gerade in die Augen. „Weißt du, ich war erfolgreich. Sehr erfolgreich sogar. Und jetzt bin ich hier, weil ich über meine weitere Zukunft nachdenken möchte."

„Na schön", sagte Daniel und wandte sich ab.

Cynthia stand auf und zog sich fertig an. Inzwischen verließ Daniel das Zelt. Cynthia versuchte, nicht daran zu denken, dass sie noch dreizehnmal so nebeneinander aufwachen würden. Außerdem hatte sie momentan andere Probleme, denn das Frühstück stand bevor.

Bislang hatte Cynthia immer in dem kleinen Café an der Ecke ihres Wohnblocks in New York gefrühstückt: eine Tasse Kaffee und zwei Toasts. Hier im Busch gab es kein Café, es gab nicht einmal elektrischen Strom, dafür aber vierzehn hungrige Mäuler. Und ein australisches Frühstück war eine volle Mahlzeit. Cynthia fragte sich insgeheim, ob die Reisegäste wohl Spaghetti zum Frühstück akzeptieren würden.

Zu allem Überfluss entdeckte sie, dass Vanessa heute als Küchenhilfe eingeteilt war – Vanessa in einer Art rosa Spielhöschen, Vanessa mit sorgfältig manikürten Händen. Cynthias Mut sank.

„Kannst du Frühstücksspeck grillen?", fragte Cynthia. Vanessa blickte dahin, wo Daniel stand. „Ich bereite inzwischen die Eier fürs Rührei vor. Wenn du mit dem Speck fertig bist, können wir auf dem Grill den Toast rösten."

Vanessa MacCready war ganz und gar in den Anblick von Daniel versunken. „Ich fürchte, rohen Frühstücksspeck schätzt hier niemand", bemerkte Cynthia anzüglich.

„Warum hat Daniel dich geheiratet?", fragte Vanessa plötzlich. Es klang eher verärgert als neugierig.

„Wie alt bist du eigentlich, Vanessa?", fragte Cynthia zurück.

„Siebzehn. Bald achtzehn." Der Teenager machte sich widerwillig an die Arbeit und legte die Schinkenscheiben auf den Grill.

Vor sieben Jahren war ich auch siebzehn, dachte Cynthia. Wie lange das her ist … Auch für mich gab es damals einen „Daniel", er hieß Trevor. Trevor war achtundzwanzig und hinreißend. Aber Trevor war verheiratet gewesen, und sie hatte ihn angebetet. Für Vanessa musste es wohl ähnlich sein. Sie spielte zwar ihren Sex aus, aber sie wirkte trotzdem kindlich. Und wahrscheinlich hatte sie sich Daniel ausgesucht, weil eine Beziehung mit ihm so unwahrscheinlich war. Im Grunde war Vanessa unsicher.

Cynthia empfand plötzlich Sympathie für das junge Mädchen. Sie konnte Vanessa helfen, erwachsen zu werden. „Du solltest Daniel fragen, warum er mich geheiratet hat", sagte sie sanft. „Über meine Gründe brauche ich dir wohl nichts zu sagen."

Die andere schien überrascht von Cynthias freundschaftlichem Ton, doch sie sagte nichts.

Das Frühstück war genau die Katastrophe, die Cynthia befürchtet hatte: Der Schinken war lappig, das Rührei knochenhart, die Toasts schwarz wie Briketts. Cynthia entschuldigte sich damit, dass sie mit dem Grill nicht vertraut war. Wenigstens der Kaffee war ausgezeichnet, und jeder trank mehrere Tassen, um damit das schreckliche Frühstück hinunterzuspülen. Daniel schwieg, und das machte Cynthia erst recht unruhig.

Kurz darauf waren sie wieder auf der Straße. Die Landschaft war wie ein Blumenteppich, in dem hier und da staubbedeckte Schafherden grasten. Man sah einsame Hütten aus Stein mit strohgedeckten Dächern. Es war ein friedliches Bild. Einmal störten sie eine Gruppe von großen Laufvögeln auf.

„Das sind Emus, eine Straußenart", erklärte Daniel. Cynthia hörte ihm gern zu, wenn er etwas erläuterte. Er schien ungeheure Kenntnisse über seine Heimat zu haben, und es machte ihm Spaß, das alles mitzuteilen. Cynthia lauschte oft selbstvergessen seiner tiefen, warmen Stimme. Es war wie Musik.

Eine Stunde später sollte sie noch mehr davon bekommen. Man machte eine kurze Essenspause, und Annette organisierte eine Gesangsrunde. Daniel fiel sofort mit seinem weichen Bariton ein, als bekannte Songs angestimmt wurden, und Cynthia war fasziniert. Sie summte nur leise mit, um seine Stimme besser zu hören. Als sie in Wilpena Pound ankamen, wo sie übernachten wollten, war die Gruppe schon so zusammengewachsen, als wären sie alle alte Freunde. Sie schlugen die Zelte auf einem normalen Campingplatz auf, und alle waren begeistert von den sanitären Einrichtungen. Jeder duschte ausgiebig, und dann war man zu einem Nachmittagsspaziergang bereit. Das Abendessen sollte etwas später als gewöhnlich stattfinden.

Cynthia ging mit den anderen einen Hügel hinauf. Als der Weg steiler wurde, teilte sich die Gruppe. Cynthia ging mit dem Ehepaar Collins auf halber Höhe um den Berg herum, während die Übrigen zu einem Aussichtspunkt aufstiegen. Sally begann ein paar Landschaftsskizzen zu machen, und Peter fotografierte.

„Ich mache mich ein bisschen selbstständig", sagte Cynthia. „Ich will sowieso eher zum Lager zurück, weil ich das Essen vorbereiten muss." Die Idee, allein umherzustreifen, gefiel ihr.

Das Ehepaar Collins war einverstanden, und Cynthia machte sich auf den Weg. Bald war sie außer Sichtweite. Die Sonne schien warm, die Luft war frisch und klar. Nach einer Weile sah sie zur Uhr. Erstaunlicherweise war es erst zehn vor vier. Eigentlich sollte sie umkehren, denn das Essen musste auf jeden Fall pünktlich fertig sein.

In diesem Moment erblickte Cynthia zwei Kängurus, die sie aus etwa fünfzig Meter Entfernung anblickten. Schnell griff sie zur Kamera und machte ein Foto. Die Kängurus fingen an, miteinander zu boxen, und Cynthia schoss ein Foto nach dem anderen. Sie schlich näher heran, da wichen die Tiere ein bisschen zurück. Sie folgte, und so geriet sie immer tiefer in den Busch. Jetzt tauchte sogar noch eine Kängurumutter mit ihrem Kleinen auf. Mit angehaltenem Atem fotografierte Cynthia.

Wieder sah sie auf die Uhr. Sie zeigte noch immer zehn vor vier an. Da fuhr ihr ein eisiger Schreck durch die Glieder. Wie spät mochte es wirklich sein? Auf jeden Fall musste sie so schnell wie möglich zurückgehen. Cynthia hoffte inständig, nicht allzu spät zu kommen, damit Daniel nicht schimpfte.

Kurz darauf kam sie auf eine kleine Lichtung und versuchte sich zu orientieren. Die Sonne war ihr leider keine Hilfe, weil sie während des Spaziergangs auf deren Stand nicht geachtet hatte. In ziemlicher Entfernung machte sie etwas aus, das der Fußpfad sein musste. Sie ging in die Richtung. Warum war sie auch vom Weg abgewichen? Das war sehr dumm gewesen. „Typisch", würde Daniel dazu sagen.

Überhaupt – Daniel. Er würde sie unbarmherzig aufziehen, falls sie sich im Busch verlief. Natürlich würde er sie finden, denn er war Experte im Spurenlesen. Er war in viel zu vielen Dingen Experte, fand Cynthia. Bloß gut, dass sie seine Künste nicht in Anspruch zu nehmen brauchte.

Cynthia stieg einen recht steilen Abhang hoch. Sie konnte sich nicht erinnern, ihn zuvor hinuntergegangen zu sein. Aber der Pfad war jetzt ganz nah. Das nächste Mal würde sie vorsichtiger sein, wenn sie allein im Busch spazieren ging.

Nun folgte die nächste Überraschung. Der vermeintliche Fußweg erwies sich als ausgetrocknetes Bachbett. Jetzt wurde sie unruhig. Mit Sicherheit würde sie nicht rechtzeitig den Rückweg finden und das Essen fertig bekommen. Die Standpauke von Daniel war unvermeidlich.

Aber es gab noch die Möglichkeit, auf einen Baum zu klettern und Ausschau zu halten.

Leider war Cynthia als Großstadtmädchen nicht besonders geübt im Bäumeklettern. Doch als sie endlich oben war, sah sie sich voll Stolz um. Die Aussicht war herrlich, nur der Weg war nicht zu sehen. Soeben ging die Sonne hinter den Hügeln unter. Plötzlich überkam sie Angst. Sie umklammerte den Baumstamm wie ein kleiner Koalabär und schloss die Augen. Auf was hatte sie sich da eingelassen? Wie lange mochte es dauern, bis man sie fand? Der Gedanke an Daniels Spott gab ihr schließlich genug Kraft, sich an den Abstieg zu machen.

„War's schön da oben?"

Cynthia saß auf dem untersten Ast und blickte direkt in Daniels Augen. „Wie hast du mich so schnell gefunden?"

„Du hast eine Spur hinterlassen, die ein Blinder lesen könnte." Er sah den ängstlichen Blick, mit dem Cynthia die Entfernung bis zum Erdboden maß. „Ich hole dich runter." Und keine Minute später war er auch schon neben ihr.

„Ich hätte den Rückweg auch allein gefunden", sagte Cynthia.

„So? Und wie hättest du das angefangen?"

„Ich wäre vom Baum gestiegen und wäre dem ausgetrockneten Bachbett gefolgt", erwiderte Cynthia. „Ich denke, es wird wohl irgendwann in einen richtigen Fluss münden, wahrscheinlich sogar in den, der an unserem Zeltlager vorbeifließt." Sie sah Daniel fragend an. „Habe ich recht?"

„Ja und nein. Du hättest vielleicht nach einigen Tagen das Lager erreicht. Wie hättest du aber das Wasserproblem gelöst?"

„Ich wäre wohl durstig geworden", sagte Cynthia kleinlaut.

„Es gibt ein paar Dinge, die man einfach wissen muss, wenn man allein in der Wildnis ist." Daniel nahm Cynthias Hand in seine, als sei das die natürlichste Sache der Welt. „Aber zuerst bringe ich dich mal auf sicheren Boden. Lass dich von dem Ast da heruntergleiten, ich fange dich dann unten auf."

Geschickt schwang Daniel sich vom Baum herab. Cynthia tat, wie er gesagt hatte. Es ging alles so schnell, dass sie gar keine Zeit hatte, Angst zu bekommen. „So", sagte er befriedigt. Dann nahm er wieder ihre Hand und ging mit ihr in die Mitte des trockenen Bachbetts.

„Du hast dies sehr richtig als Flusslauf erkannt, obwohl du es vermutlich zunächst für den Weg gehalten hast."

„Woher weißt du das?"

Daniel lachte gutmütig. Er nahm einen Stock und begann ein Loch zu graben. Am Boden des Lochs begann etwas zu glänzen, und dann füllte es sich langsam mit trübbraunem Wasser. „Das war's, was ich dir zeigen wollte", meinte Daniel.

„Wasser!", staunte Cynthia. „Das hätte ich nicht gedacht."

Daniel stand auf und wischte sich die Hände an den Jeans ab. „Wenn du im Busch überleben willst, musst du als Erstes wissen, wie du zu Wasser kommst. Es gibt ein paar Zeichen für das Vorkommen von Wasser, die man kennen muss. Dieser Trick hier hat mir einmal das Leben gerettet."

„Ich möchte mich bei dir entschuldigen, Daniel." Impulsiv legte Cynthia ihm die Hand auf den Arm. „Ich hätte den Weg nicht verlassen dürfen und habe mich benommen wie ein dummes Stadtmädchen. Du hast mir noch nicht mal Vorwürfe gemacht. Danke, Daniel. Und danke, dass du dich auf die Suche nach mir gemacht hast."

„Den Mann möchte ich sehen, der sein liebes Eheweib einfach draußen im Busch sitzen lässt. Außerdem war ich hungrig, und du bist nun mal die Köchin."

Cynthia wollte schon sagen, dass er nach dem Abendessen wahrscheinlich noch genauso hungrig sein würde. Daniel war so verständnisvoll und freundlich zu ihr, dass sie ihm vielleicht sogar ihre Unfähigkeit als Köchin gestehen konnte. „Daniel …"

„Keine Sorge, Jill kümmert sich inzwischen ums Essen."

Cynthia machte den Mund wieder zu. Sie hatte keine Lust, die angenehme Stimmung durch unangebrachte Geständnisse zu zerstören. Er ging einen Schritt auf sie zu und berührte ihr Haar. Dann gab er ihr einen leichten Kuss auf die Stirn. „Ich bin sehr froh, dass dir nichts passiert ist, Cynthia. Ich habe mir große Sorgen um dich gemacht." Dann drehte er sich hastig um und schlug eine Richtung ein, die Cynthia nie gewählt haben würde. Sie folgte ihm wortlos. Das war das erste Mal, dass sie sich ohne Widerspruch nach ihm richtete.

Auf der Fahrt zum Eyre-See schrieb Cynthia wieder einmal an Sly.

30. Oktober

Lieber Sly,
ich fange an, Australien zu verstehen. Es ist das lärmende Sydney, das sonnige Adelaide, die majestätischen Felsen und die endlosen Wildblumenwiesen von Flinders Ranges. Aber merkwürdiger-

weise sind es die endlosen, einsamen, kargen Landstriche des Hinterlandes, die mir bisher am besten gefallen haben. Es gibt dort wenig Sensationelles, dafür umso mehr zu erfahren.
Bis zum nächsten Mal liebe Grüße,
Cynthia

„An wen schreibst du eigentlich dauernd diese Postkarten?", fragte Daniel, hielt dabei jedoch die Augen geradeaus auf die leere Straße gerichtet.

„An einen Mann in New York."

„An einen besonderen Mann?"

„Ja, Sly ist etwas Besonderes." Warum sagte sie ihm nicht die Wahrheit, wie sie es bei Penny getan hatte?

„Wie denkt er über diese Reise?"

„Sehr negativ. Er will, dass ich zurückkomme."

„Na, bald hat er dich ja wieder", sagte Daniel mürrisch.

„Ich habe nicht gesagt, dass ich gleich wieder abreise."

„Was sollte dich hier halten?"

Cynthia antwortete nicht. Es war zu schwierig, ihre Gefühle zu erklären. Sie betrachtete versonnen die Landschaft. Die Straße zog sich schnurgerade durch die Wüste bis zum Eyre-See, einem gewaltigen Salzsee, der meistens ausgetrocknet war. „Wo werden wir heute übernachten?", fragte sie schließlich.

„Auf einem Platz am Eyre-See", gab Daniel knapp zurück.

„Ein Campingplatz?"

Daniel lachte trocken. „Du bist naiv. Wer sollte hier in der Wildnis einen Campingplatz betreiben wollen?"

„Du tust so, als hätte ich mich beklagt", wehrte sich Cynthia. „Ja, die Hitze ist schlimm, und die Fliegen sind lästig, aber ich werde diese Eindrücke mein Leben lang nicht vergessen."

Er schwieg, und Cynthia dachte schon, damit sei die kurze Unterhaltung beendet. Schließlich sagte er: „Dann haben wir also doch etwas gemeinsam."

Cynthia hatte während der letzten Tage ein paar Mal gedacht, sie hätten mehr gemeinsam, als es den Anschein hatte. Aber das konnte sie Daniel Marlin natürlich nicht sagen. Er blieb verschlossen wie eh und je. Vielleicht würde er sie anders behandeln, wenn sie von Anfang an das strahlende New Yorker Fotomodell gespielt hätte. Daniel mochte Frauen, die Eindruck machten. Die Cynthia in ihren eleganten Kleidern, mit perfektem Make-up und mit ihrer berühmten Lockenmähne hätte er sicher bewundert. So aber regte sie ihn nicht weiter auf. Die australische Sonne hatte ihr ein paar zusätzliche Sommersprossen eingebracht und ihr Haar war wie die Wildnis, durch die sie fuhren.

Während Daniel über Mikrofon den anderen Wissenswertes vom Eyre-See erzählte, überlegte Cynthia, ob sie ihn nicht einfach mal mit ihrer Glanzrolle schockieren sollte. Wenn sie wieder in Adelaide sein würden, könnte sie ihn vielleicht dazu bringen, groß auszugehen. Sie stellte sich in allen Einzelheiten vor, wie sie sich dafür zurechtmachen würde.

Aber warum schien ihr das auf einmal so wichtig?

Inzwischen waren sie am Rastplatz angekommen. „Wir stellen jetzt die Zelte auf. Das Essen sollte gegen sechs Uhr fertig sein", teilte Daniel Cynthia nüchtern mit.

Essen … morgens, mittags, abends. Es nahm kein Ende. Cynthia baute die Campingküche auf. Vom See, der keiner war, wehte ein scharfer Wind herüber, der nach Salz roch. Nach Sonnenuntergang würde es sehr kalt werden.

Zwangsläufig war Cynthia in die Rolle der Köchin hineingewachsen. Ein paar Dinge hatte sie ihren wechselnden Helferinnen abgeschaut – erfahrene Hausfrauen zumeist. Das heutige Frühstück war allerdings ein Rückfall in die Steinzeit gewesen. Cynthia hatte Pfannkuchen backen wollen. Aber weder sie noch ihre Helferin Barbara hatten eine Ahnung, wie das ging. Die Pfannkuchen waren an den Rändern verbrannt und in der Mitte roh geblieben. Daniel hatte daraufhin drei Schachteln Cornflakes geöffnet, die im Nu leer waren.

„Du versteht nicht viel vom Kochen, wie?", fragte jetzt Barbara, die ihren Küchenposten einnahm.

„Das fragst du noch?" Cynthia war deutlich niedergeschlagen.

Barbara lachte gutmütig. „Ich habe mit Sally darüber gesprochen. Sie, Jill und Brock können gut kochen. Sie könnten sich abwechselnd mit dir um die Mahlzeiten kümmern."

„Das wäre aber zu viel verlangt", protestierte Cynthia halbherzig. Wenn Daniel das merken würde!

„Ach wo, das tun sie sicher gern. Und außerdem", fügte sie hinzu, „essen sie gern gut. Aber da kommt Jill schon."

„Cynthia", rief Jill so laut, dass Daniel es hören könnte, „ich hätte große Lust, dir ein bisschen zur Hand zu gehen! Darf ich?" Und schon übernahm sie die Oberleitung der Küche.

Als die duftenden Steaks, die gebackenen Kartoffeln und das zarte frische Gemüse serviert wurden, beobachtete Cynthia gespannt Daniels Miene. Er war zuerst überrascht, dann hoch erfreut, und nach dem Essen hatte er strahlend gute Laune.

„Ich habe gar nicht gewusst, dass du so ein Essen zustande bringst", sagte Daniel später, als sie sich im Zelt zum Schlafen fertig machten. Cynthia war so beschämt, dass sie sich nicht einmal für das Lob bedanken konnte.

Draußen heulte der Wind ums Zelt, und drinnen war es dunkel. Cynthia horchte auf die Geräusche, die Daniel beim Ausziehen machte, und fragte sich zum hundertsten Mal, wie es wohl wäre, wenn sie wirklich mit ihm verheiratet wäre.

„Musst du denn so viel Lärm beim Ausziehen machen, Cynthia?"

„Ich? Du bist es, der Krach macht. Ich sehe jedes Stück, das du ausziehst, direkt vor mir!" Sie schlüpfte schnell in ihren warmen Jogging-Anzug, denn die Nacht würde kalt werden.

„Das machst du extra, um mich zu ärgern, Cynthia!"

„Was ist denn, Daniel, Liebling? Bist du etwa enttäuscht?", flötete sie. „Wie unangenehm für einen Jungverheirateten."

„Hör auf damit. Ich bin hundemüde."

Cynthia verstand ihn. Sein Job war tatsächlich hart. „Ich höre schon auf, und müde bin ich auch. Ich weiß, es ärgert dich, dass ich eine Frau bin, die dir nicht zu Füßen liegt. Das bist du nicht gewohnt. Aber es könnte eine wichtige Erfahrung für dich sein. – Uh!" Cynthia bekam plötzlich keine Luft mehr, weil Daniel über ihr lag und ihren Körper auf den Boden presste.

„Nett von dir, dass du mich wärmen willst", brachte sie heraus, nach Atem ringend. „Aber ich habe einen Schlafsack."

Daniel rührte sich nicht. „Ich kann deine Sprüche nicht mehr hören, Cynthia."

„Und deswegen greifst du zu solchen Maßnahmen?" Sie hatte kaum zu Ende gesprochen, als sie seine Lippen auf ihrem Mund fühlte. Er hielt sie fest, aber er tat ihr nicht weh. Sie wollte ihn mit beiden Händen wegstoßen, doch stattdessen legte sie ihm die Arme um den Nacken. Daniels Kuss wurde intensiver.

Er wusste offenbar nur zu gut, wie er ihre Lust steigern konnte. Er spielte mit der Zungenspitze an der Innenseite ihrer Lippen, bis sie nachgab und den Mund öffnete. Sie merkte, dass sie es sich insgeheim genauso gewünscht hatte. Er legte die Hand auf ihre Brust und begann sie mit kreisenden Bewegungen sanft zu streicheln. Cynthias Körper entspannte sich. Wie machte er das, dass sie so schnell bereit war, so etwas zuzulassen? Aber es war gut so. Cynthia umschlang seinen Körper und zog Daniel an sich.

Er seufzte leise und hob den Oberkörper ein bisschen, damit er den Reißverschluss ihres Anzugs öffnen konnte. Dann küsste er ihre nackte Haut. Cynthia vergrub die Finger in seinem Haar. Sie wollte mehr … jetzt.

„Daniel! Daniel!" Die Schreie klangen abgerissen durch den Sturm, fast unwirklich.

Daniel sprang sofort hoch. Er öffnete den Zelteingang, und einen Moment lang sah Cynthia sein Profil gegen den helleren Nachthimmel. Er fuhr sich ärgerlich durchs Haar.

„Ich komme!", rief er. „Ich fürchte, der Wind hat ein Zelt umgeblasen", sagte er zu Cynthia. „Vermutlich Vanessas."

Eine heftige Bö fegte über den Platz. „Wenn du zurückkommst, schlafe ich bestimmt schon", sagte Cynthia. „Verwechsle bitte nicht meinen Schlafsack mit deinem."

„Du hast ein wildes Temperament, Cynthia. Wild und trotzig. Für diesen Sturm kann ich doch nichts."

„Nun geh schon zu Vanessa, sie wartet. Von mir aus kannst du auch gleich da schlafen."

„Tatsächlich?" Sie konnte sein Gesicht nicht erkennen, aber sie wusste, dass er lachte.

Zornig wühlte sie sich in ihren Schlafsack. Es war ihr herzlich egal, wo Daniel die Nacht verbrachte. Doch als er nach einer Stunde noch immer nicht zurück war, musste sie zugeben, dass es ihr ganz und gar nicht egal war.

Das Städtchen Oodnadatta war klein und schäbig. Früher war es einmal eine Bahnstation gewesen, bis die Bahnlinie stillgelegt worden war. Doch die Einwohner schienen sich wohlzufühlen. Es gab ein paar Läden und sogar ein Kino, und die Menschen besaßen eine Art kernigen Humor.

Wie schon den ganzen Morgen über, versuchte Cynthia, Daniel nicht zu beachten. Die Gruppe war unterwegs zu einer Ranch, wo Daniel vor einigen Jahren gearbeitet hatte. Die Landschaft veränderte sich ständig, und nach einer Weile vergaß Cynthia tatsächlich Daniels Gegenwart. Doch das war nicht von langer Dauer.

„Ich habe letzte Nacht nicht viel geschlafen. Und du, Cynthia?"

„Ich habe wunderbar geschlafen. Ich habe nicht einmal gehört, wie du zurückkamst."

„Ich bin ja auch gar nicht gekommen."

„Oh, dann musst du wirklich sehr müde sein."

„Ja. Die Zelte fielen dauernd um, und so habe ich schließlich im Wagen geschlafen, damit ich gleich zur Stelle sein konnte. Ich wollte dich nicht stören."

Plötzlich kam Cynthia der Tag viel strahlender vor.

Carter Creek, die Ranch, war ein typisches bäuerliches Anwesen und fast so groß wie Oodnadatta. Das Haupthaus war aus Stein und hatte eine umlaufende Veranda, damit man auch die kleinste Brise genießen konnte. Den Hausgarten umgab ein sauberer weißer Lattenzaun, wie bei einem englischen Dorfgarten. Hinter dem Zaun begann allerdings gleich die Wildnis.

Aus dem Haupthaus kam eine hübsche junge Frau mit langem blonden Haar gelaufen. „Daniel!"

Der sprang aus dem Wagen und umarmte die Frau. Er wirbelte sie einmal im Kreis herum, dann küsste er sie. Cynthia merkte, dass die Reisegruppe ihre Reaktion beobachtete, und sie stieg ebenfalls aus.

„Cynthia, das ist Melly Symons. Melly, hier ist Cynthia …" Er zögerte kurz. „Meine Frau."

„Deine Frau?" Melly küsste Cynthia auf beide Wangen. „Ich dachte, das erlebe ich nie! Cynthia, was hast du verbrochen, dass man dir so was wie Daniel antut?"

Cynthia lachte. „Ich weiß es selbst nicht."

„Ach so, du bist Amerikanerin. Bis zu euch ist Daniels schlechter Ruf wohl noch nicht gedrungen", meinte Melly.

„Mellys Vater Jack ist hier der Boss", erläuterte Daniel. „Ich kannte Melly schon, als sie noch Zöpfe hatte."

Inzwischen waren die anderen auch ausgestiegen, und Daniel stellte vor. Daniel hatte mit den Symons abgemacht, dass die Gruppe hier für eine Nacht zu Gast sein sollte. Es gab richtige Betten und Duschen, und das Glück war vollkommen.

Eine halbe Stunde später kam Cynthia aus der Dusche und rubbelte ihr Haar mit einem Handtuch trocken. Als sie die Unterkunft der Frauen betrat, starrte Jill sie merkwürdig an.

„Ich habe das Gefühl, dass ich dich von irgendwoher kenne", sagte sie nachdenklich.

Cynthia konnte sich denken, woher. Jill war Amerikanerin und hatte sicher die Shampoo-Werbung gesehen.

„Ich finde, Cynthia sieht aus wie ein Gartenzwerg, der in den Teich gefallen ist", bemerkte Vanessa, die auf ihrem Bett saß und sich die Nägel feilte. Cynthia staunte, dass das Mädchen zu so einer witzigen Aussage fähig war.

„Ich würde dich gern zeichnen, Cynthia", sagte jetzt Sally Collins. „Du hast ein sehr interessantes Gesicht. Peter hat dich auch schon ein paar Mal fotografiert, weißt du das?"

Cynthia war so an das Klicken von Kameras gewöhnt, dass sie das in der Tat nicht bemerkt hatte.

„Cynthia?" Melly tauchte im Türrahmen auf. „Wir haben eine Überraschung für dich. Nimm deinen Koffer."

„Ich habe schon ausgepackt", protestierte sie ahnungsvoll.

„Dann pack wieder ein. Du schläfst mit Daniel im Haus."

„Wenn Cynthia nicht will, gehe ich gern für sie", ließ Vanessa sich vernehmen. „Vielleicht würde Daniel das vorziehen."

„Du hast Glück, dass du nicht meine Tochter bist, Miss", sagte Jill in die unbehagliche Stille. „Sonst würde ich dich jetzt übers Knie legen. Na, wo bleibt deine Entschuldigung?"

Wieder war alles still.

„Ich habe keinen Grund dazu." Vanessas Wangen waren hochrot. Sie merkte wohl, dass sie zu weit gegangen war. „Es ist doch sonnenklar, dass Daniel Cynthia nicht liebt. Die Ehe ist ein Witz."

Melly wollte etwas entgegnen, aber Cynthia kam ihr zuvor. „Du darfst denken, was du willst, Vanessa, aber zieh bitte nicht die anderen mit in deine Probleme hinein. Wir wollen diese Reise genießen. Was du davon erwartest, ist deine Sache." Damit nahm sie ihre Sachen und folgte Melly aus dem Raum.

Cynthia zitterte am ganzen Körper. Vanessa hatte ja recht: Diese Ehe war nicht nur ein Witz – sie war eine Lüge. Melly legte ihr begütigend den Arm um die Schulter. „Ärgere dich nicht, Cynthia. Das Mädchen ist einfach verknallt in Daniel, was ich übrigens gut verstehen kann."

„Danke, Melly." Sie lächelte schon wieder.

Später, als sie auf dem riesigen Bauernbett saß, in dem sie mit Daniel nächtigen sollte, fühlte sie sich so elend wie noch nie. Kurz darauf trat Daniel ein, den Koffer in der Hand. Er sah unwillig aus. Er warf den Koffer auf einen Stuhl.

„Zieh dir Jeans an. Wir gehen reiten", sagte er.

„Entschuldigung", sagte Cynthia. „Ich kann das nicht."

„Dann wirst du es lernen. Alle warten auf dich." Daniel war schon an der Tür. „Zieh dir eine langärmelige Bluse an und setz einen Hut auf."

„Du brauchst mir keine Anweisungen zu geben."

Daniel war schon verschwunden. Cynthia holte die Jeans aus dem Koffer. Sie würde höllisch darin schwitzen, daher entschied sie sich für Shorts und ein ärmelloses Top. Immerhin rieb sie sich ausgiebig mit Sonnenschutzcreme ein.

Sie fühlte sich kreuzunglücklich, aber sie nahm sich fest vor, diese Reise durchzustehen.

ynthia konnte sich noch immer nicht entschließen, ins Bett zu gehen. Im Licht der kleinen Schreibtischlampe schrieb sie an Sly.

31. Oktober

Lieber Sly,
ich habe nachgedacht. Wenn du ein Model brauchst, das für Mittel gegen Sonnenbrand Werbung macht, denk an mich. Aber ich steige nie wieder auf ein Pferd.
Deine Cynthia

„Der Kerl in New York scheint dir ja sehr wichtig zu sein, wenn du ihm sogar nachts schreibst." Daniel legte sich vorwurfsvoll das Kopfkissen übers Gesicht, um nicht vom Licht der Lampe geblendet zu werden.

Cynthia wollte ihm eine patzige Antwort geben, aber es kam nur ein undefinierbarer Laut heraus. Sie litt Höllenqualen, denn sie hatte die australische Sonne unterschätzt, und die Härte eines Pferdesattels ebenfalls. Ihre Haut leuchtete in allen Rotschattierungen. Sie hatte sich nach dem verhängnisvollen Reiterausflug sofort eingecremt und eine langärmelige Bluse angezogen, aber da war es schon zu spät gewesen. Nun hatte sie die Quittung für ihren Trotz, und sie hätte sich eher die Zunge abgebissen, als Daniel etwas davon zu sagen.

„Jetzt komm schon ins Bett und mach das Licht aus. Ich werde mich nicht auf dich stürzen", meinte er ungeduldig.

Cynthia betrachtete ihn. Sein Haar war zerwühlt, und seine blauen Augen blickten ziemlich schläfrig. Sie sah seine nackte Brust, gebräunt und muskulös von der Arbeit in freier Natur. Es war gefährlich, mit so einem Mann das Bett zu teilen. Aber nicht heute. Wenn Daniel Cynthia nur berührte, würde sie bereits aufheulen.

„Was ist?" Daniel schwang die Beine aus dem Bett.

„Nichts, bleib nur liegen. Ich kann noch nicht schlafen. Aber ich mache gern das Licht aus und schreibe meine Postkarten im Dunkeln", sagte sie spitz und knipste die Lampe aus.

„Lass die Dummheiten."

„Nein, nein, ich kann im Dunkeln sehen wie eine Katze." Cynthia hörte nichts, aber plötzlich stand Daniel neben ihr, und das Licht ging wieder an. Er sah ihr ins Gesicht und schüttelte mitleidig den Kopf.

„Bist du überall so rot? Das sieht ja schlimm aus. Ich bin gleich wieder da." Und weg war er.

Cynthia wartete ergeben auf seine Rückkehr.

„Warum hast du nichts gesagt? Leg dich aufs Bett, ich behandle dich", befahl Daniel.

„Nein, das kann ich selbst."

„Kannst du nicht." Er zeigte gebieterisch zum Bett.

Cynthia wusste, dass es das Klügste war, einfach nachzugeben. „Ich kann mich aber nicht hinlegen", sagte sie schwach. „Vielleicht kannst du meinen Rücken im Sitzen einreiben?"

„Okay, zieh deine Bluse aus."

Vorsichtig begann Cynthia sich aus der Bluse zu schälen. Ein bisschen peinlich war es ihr trotz allem, sich vor Daniel auszuziehen. Aber ihr BH aus weißer Spitze verhüllte genug – mehr als so mancher Bikini zumindest.

„Du hast schöne Schultern", sagte Daniel und schränkte das Kompliment sofort ein: „Schön rot."

Im nächsten Augenblick spürte Cynthia etwas Sanftes, Kühles, unglaublich Wohltuendes auf ihrer geschundenen Haut. Und Daniel machte seine Sache hervorragend. Um ein Haar hätte sie zufrieden geschnurrt.

„Wenn mir jemand anderes gesagt hätte, ich sollte mich vernünftiger anziehen, hätte ich auf ihn gehört. Nur du machst mich so zornig, dass ich so etwas Dummes tue", sagte Cynthia stattdessen.

„Dann habe ich also Schuld an deinem Sonnenbrand?"

„Aber nein. Ich tue nur immer genau das Gegenteil von dem, was du sagst. Wieso eigentlich?"

Er behandelte hingebungsvoll ihre Arme, ohne zu antworten.

„Warum sagst du nichts, Daniel?"

Daniel war mit den Schultern fertig. Jetzt kniete er sich vor Cynthia auf den Boden, sodass sein Gesicht fast auf gleicher Höhe mit ihrem war. Er strich ihr leicht über die Wange, den Hals hinunter, bis zu der Bucht zwischen ihren Brüsten. Er schob die Fingerspitzen unter den Rand des Büstenhalters, ganz sanft, wie spielerisch. „Soll ich es dir sagen, Cynthia?"

„Ich bitte darum."

„Du fängst an, dich in mich zu verlieben."

Cynthia machte zunächst ein verblüfftes Gesicht, dann ließ sie sich rückwärts aufs Bett fallen und lachte. „Ich glaube, ich habe auch noch einen Sonnenstich", keuchte sie. „Du wirst nicht für möglich halten, was ich dich eben sagen hörte, Daniel!"

Daniel nutzte Cynthias Lage, um ihren Hosenbund zu öffnen und ihr die Jeans herunterzuziehen.

„Was tust du da? Halt!"

„Ich habe eine Salbe für deinen wunden Po. Pass auf, gleich fühlst du dich wie neu geboren."

„Ich will mich gar nicht wie neu geboren fühlen! Lass das!" Cynthia trat nach ihm, aber es war nicht ernst gemeint.

Ungerührt zog Daniel die Jeans ganz aus. „Du solltest dich sehen", sagte er beinah mitfühlend. „Die Salbe wird beißen." Er begann die wunden Stellen zwischen ihren Schenkeln einzucremen. Cynthia zuckte, doch sie biss die Zähne zusammen. Die Berührung seiner Finger war sanft, und es dauerte vielleicht etwas länger, als unbedingt nötig gewesen wäre.

„Genug jetzt", sagte sie gepresst. So viel Strafe hatte sie für ihre Unbedachtheit nun doch nicht verdient.

„Gut." Daniel stand auf und schraubte die Salbentube zu.

„Das war eine große Erleichterung", sagte Cynthia. Aber innerlich fühlte sie sich keineswegs erleichtert. Sie wünschte, Daniel möge sie in die Arme nehmen, und gleichzeitig hatte sie Angst davor.

„Vielleicht können wir jetzt in Ruhe schlafen", sagte er.

Cynthia nickte stumm. Sie zog sich ein weites T-Shirt an und legte sich hin. Kurz darauf spürte sie, wie die Matratze unter Daniels Gewicht nachgab. Er löschte seine Nachttischlampe, und dann legte er plötzlich den Arm um Cynthia. Sie wollte protestieren, aber er ging ganz sacht mit ihr um. Er küsste sie leicht und flüsterte: „Diese Situation ist einfach zu verführerisch. Zum Glück haben wir jedoch deinen Sonnenbrand. Du könntest sonst über mich herfallen oder so was …"

„Manchmal möchte ich schon", entgegnete sie zweideutig.

Daniel schwieg einen Moment. „Wenn ich je einem Menschen auf Gedeih und Verderb ausgeliefert sein sollte, dann am liebsten dir, Cynthia", sagte er dann langsam.

Sie berührte zart seine Wange. „Mir geht es ebenso." Ihre Fingerspitzen waren auf seinen Lippen. „Ich würde gut mit dir umgehen."

„Das denke ich mir." Daniel küsste ihre Fingerspitzen. Dann rutschte er auf seine Seite zurück. „Gute Nacht, Cynthia."

„Gute Nacht, Daniel." Sie horchte auf seinen Atem, um festzustellen, ob er schlief. Sie wartete lange. Endlich, nach Stunden, wie ihr schien, schlief sie selbst darüber ein.

Ayers Rock, der berühmte Fels, erhob sich aus der roten Wüstenebene wie ein Dinosaurier. Cynthia verstand, dass die Ureinwohner diesen Ort für heilig hielten. Majestätisch lag der Fels da, und er spendete der Wüste Wasser wie ein gütiger Monarch.

„Ihr müsst euch da unbedingt das Farbenspiel bei Sonnenaufgang und -untergang ansehen", empfahl Daniel der Gruppe auf dem Weg zu Ayers Rock. „Es ist ein einmaliges Erlebnis."

„Das ist so aufregend", sagte Cynthia und griff nach Daniels Arm. „Wie schön, dass ich das alles sehen kann."

Er lächelte. „Das finde ich auch."

Dann erzählte Daniel den Mitreisenden Legenden der australischen Ureinwohner. Sein Respekt vor diesen Menschen und ihren Nachkommen war etwas, das Cynthia rückhaltlos bewunderte. Es war ein Teil seiner Liebe zu seinem Heimatland. Daniel selbst kam ihr vor wie ein Teil dieser Legenden und Märchen, der Wüste und der ganzen sonnendurchglühten Landschaft. Er war zu Hause auf Ranchen und in Städten. Und er war eins mit sich selbst. Das Leben war für Daniel weder eine Bedrohung noch eine Last. Er ging es gelassen, ja, genießerisch an.

Am Abend zuvor hatte Cynthia ihn allein am Lagerfeuer angetroffen. Alle waren schon schlafen gegangen, und er sah einfach ins Feuer. Sie hatte sich neben ihm niedergelassen. „Was siehst du da in den Flammen?", hatte sie gefragt.

„Alles und nichts." Er hatte ihre Hand genommen, und so saßen sie zusammen in der Stille. Der Wüstenwind blies feine Sandkörner heran. „Das ist alles, was ein Mensch braucht, Cynthia. Verstehst du das?", hatte er leise gefragt.

Sie nickte stumm, und er küsste sie. Es war, als könnte er nur so die Nähe ausdrücken, die er empfand.

Dann waren sie in ihr Zelt gegangen. Daniel schob seine Matratze an ihre, und er hielt ihre Hand, bis sie einschliefen. Seit der Nacht in Carter Creek hatte sich etwas zwischen ihnen verändert. Sicher, sie stritten noch. Er zog sie auf, und sie wurde zornig. Aber sie waren nicht mehr so verbissen. Vielleicht kam das von der Sonne und dem ewigen Wüstenwind, der alle Kanten abschliff. Cynthia verstand Daniel besser.

Und sie verstand, warum Daniel so unwiderstehlich auf Frauen wirkte. Es war nicht so sehr nur sein Äußeres, nicht seine breiten Schultern oder seine blauen Augen. Es war sein Wesen. Cynthia fühlte sich bei ihm geborgen. Und stark und glücklich – ja, glücklich.

Sie kamen am Fuß des Felsens an. Daniel fuhr den Wagen unter eine Baumgruppe, und Cynthia teilte die Papiertüten mit einem Snack aus. Dann setzte sie sich unter einen Baum. Ihr fürchterlicher Sonnenbrand war nur noch eine ungute Erinnerung.

Während Cynthia ihre Mahlzeit verzehrte, beobachtete sie Vanessa, die Daniel wie ein Hündchen folgte. Seit dem Zusammenstoß auf der Ranch hatte Vanessa ihre Anstrengungen, Daniels Aufmerksamkeit zu erringen, noch verdoppelt. Hoffentlich zieht sie nicht noch in unser Zelt, dachte Cynthia grimmig.

Daniel nahm die Bewunderung des Teenagers gelassen hin. Er blieb gleichmäßig freundlich. Das ist mehr, als Vanessa verdient, fand Cynthia.

„Ärgert dich das nicht?", fragte Jill, die sich neben Cynthia gesetzt hatte. „Ich würde ihr die Augen auskratzen!"

„Ja, ich ärgere mich", sagte Cynthia lächelnd. „Aber ich würde mich mehr ärgern, wenn Daniel auf sie einginge."

„Er benimmt sich tadellos. Das ist wahr. Eines Tages wird sie merken, wie dumm sie sich betragen hat."

Cynthia dachte an Jills Worte, als sie am Nachmittag einen Spaziergang machten und Vanessa an Daniels Arm hing. Sie dachte daran, als sie am Abend in ein Touristenlokal gingen und Vanessa dauernd mit Daniel tanzen wollte. Sie dachte auch daran, als das Mädchen am nächsten Morgen in aller Herrgottsfrühe vor ihrem Zelt erschien und fragte, von wo aus man am besten den Sonnenaufgang bewundern könne.

Und Cynthia wurde daran erinnert, als Daniels Verehrerin ihn nach dem Frühstück bat, mit ihr den Felsen zu besteigen. Aber da waren Jills Worte schon ziemlich verblasst. Cynthia hatte nur noch das Gefühl, dass Vanessa ein kleines Ekel war.

„Tut mir leid", sagte Cynthia und trat neben Daniel, „heute wollte er mit mir gehen. John oder Brock werden sich sicher gern um dich kümmern."

„Es ist Daniels Job, sich um uns zu kümmern", erwiderte Vanessa giftig. Ihre Augen waren schmale Schlitze.

„Persönliche Hilfestellung bei Klettertouren gehört nicht zu meinem Job", äußerte sich Daniel zu der Frage. „Wenn du es nicht allein da hinaufschaffst, solltest du unten bleiben."

Vanessa bekam runde Augen, die sogar ein bisschen feucht wurden. „Ich schaffe das allein!" Sie rannte hinter einer Gruppe her, die sich an den Aufstieg machte.

„Ich hätte nichts sagen sollen", meinte Cynthia. „Schließlich bin ich gar nicht deine Frau."

„Und wenn du es wärst?"

Cynthia dachte an Jill. „Dann würde ich ihr die Augen auskratzen. Nein – im Ernst: Vanessa ist so verliebt in dich, dass ihr Verstand aussetzt. Es ist nicht leicht in dem Alter …"

„So spricht das weise Alter", sagte Daniel spöttisch. Er sah sie an, sie hielt seinem Blick stand. Nach einer Weile meinte er: „Wir sollten uns langsam auf den Weg machen."

„Ich wollte dir ja nur helfen", nahm Cynthia den Faden wieder auf, als sie unterwegs waren. Der Felsen war 348 Meter hoch, und er kam ihr steil wie ein Schornstein vor. Es gab zwar ein Halteseil, aber für Cynthia, die bei Wolkenkratzern an Lifts gewöhnt war, schien der Aufstieg abenteuerlich.

„Du musst da rauf", meinte Daniel, der ihre Nöte sah. „Und wenn ich dich tragen muss."

Cynthia schloss verängstigt die Augen.

„Da oben ist es schön. Und notfalls gebe ich dir nachher einen Schubs, dann rutschst du auf dem Hosenboden runter."

Sie öffnete die Augen. „Ich weiß, das würdest du tun, du Unmensch. Okay, ich gehe schon."

Daniel legte ihr den Arm um die Schulter, und so machten sie sich miteinander auf den Weg. Als es steil wurde, ging er hinter Cynthia. Viele Leute waren schon verunglückt, weil sie Ayers Rock unterschätzt hatten. Daniel hatte am Morgen ein paar Regeln verkündet: Geht keine unnötigen Risiken ein, weicht nicht vom gekennzeichneten Pfad ab, überfordert euch nicht. Cynthia fügte eine weitere hinzu: Nie nach unten sehen!

Als sie die Stelle erreichten, wo das Halteseil begann, zitterten Cynthia die Knie. Sie musste sich setzen. „Wie soll ich da bloß wieder runterkommen?", seufzte sie.

„Erst musst du oben sein, dann kannst du dir solche Sorgen machen", sagte Daniel, und es klang sehr freundlich. Er setzte sich etwas oberhalb von ihr und zog die Beine an, sodass sie sich anlehnen konnte. „Deine

Haare haben die Farbe des Sonnenuntergangs am Ayers Rock", sagte er und rieb die Wange an ihren Locken.

„Lass das nicht meinen Agenten hören, der würde hier sofort einen Werbefilm drehen lassen", meinte Cynthia.

„Was für einen Werbefilm?"

„Ach, für Shampoo und Ähnliches. Aber sag mal, ist das nicht nett, wenn wir mal nicht streiten?", wechselte sie das Thema.

„Ja, richtig nett." Seine Stimme klang gut.

„Ich könnte mich direkt an diesen Zustand gewöhnen. Ich möchte sowieso eines Tages heiraten. Dass es so schöne Momente geben könnte wie diesen, habe ich nicht gewusst."

„Hm."

Auf einmal war es wichtig für Cynthia, seine Gefühle zu kennen. „Du hast immer behauptet, die Ehe wäre nichts für dich. Denkst du jetzt auch noch so, Daniel?"

„Ist das ein Heiratsantrag?", fragte er schlagfertig zurück.

Cynthia lachte. „Sei doch mal ernst, Daniel."

„Es gibt nicht viele Frauen, die es mit mir aushalten würden."

„Du gibst zu, dass du ein Ekel bist?"

Daniel schloss die Arme fester um Cynthias Taille. „Du brauchst dich nur hier umzusehen: Das ist mein Leben."

Sie blickte nachdenklich über die endlosen Weiten. „Die Frau, die dich liebt, wird das mit dir teilen, Daniel. Und es gibt ja auch Kompromisse in der Ehe."

„Das kann ich von keiner Frau verlangen. Ich bin fast dauernd unterwegs. Das hält keine Ehe lange aus."

„Deine Frau könnte dich so oft wie möglich begleiten."

„Die Frau wäre die richtige Partie für den Knaben mit dem Heiligenschein, von dem du träumst. Nein, so naiv bin ich einfach nicht. Die Realität sieht hinterher ganz anders aus."

In diesem Moment kletterte eine Gruppe von vier Leuten an ihnen vorbei. „Wir sollten weitergehen", sagte Daniel. Er stand auf. Cynthia ließ sich widerstrebend hochziehen. Der glückliche Moment war vorbei.

Ohne das Seil hätte Cynthia es nie bis hinauf auf den Felsen geschafft, und dann war da auch noch Daniels feste Hand. Kurz vor dem Gipfel mussten sie noch eine Art natürliche Brücke überqueren. Drüben stand eine Gruppe von aufgeregten Menschen.

„Daniel!", riefen einige Reisegefährten, als sie die beiden erkannten.

Daniel beschleunigte die Schritte. Cynthia hatte gar keine Zeit, Angst vor der Brücke zu bekommen, so schnell hatte Daniel sie hinübergezogen.

Und dann sahen sie, was passiert war: Etwa drei Meter unterhalb, auf einem schmalen Felsvorsprung, lag Vanessa. Sie war kreidebleich und hatte die Augen geschlossen.

„Wie ist das passiert?", fragte Daniel.

„Sie hat gewaltiges Glück gehabt", sagte Perry Adams. „Sie hat sich zu weit vorgebeugt. Brock konnte gerade noch ihren Arm erwischen, und um ein Haar wären sie beide in den Abgrund gefallen. Brock konnte sie auf den Vorsprung schwingen, bevor er loslassen musste."

„Vanessa, hörst du mich?", rief Daniel.

Sie öffnete die Augen. „Ich habe schreckliche Angst, mich zu bewegen, Daniel", stammelte sie.

„Rühr dich nicht. Wir holen dich wieder rauf."

„Ich glaube, sie hat sich den Knöchel verstaucht oder gebrochen", sagte Brock. „Aber sonst ist sie wohl nicht verletzt."

„Und du? Wie fühlst du dich?", fragte Daniel ihn.

„Es geht. Hab nur einen furchtbaren Schreck gekriegt."

Cynthia konnte sich nicht vorstellen, wie man Vanessa aus der misslichen Lage befreien sollte. Der Felsvorsprung war weit und breit der Einzige, und sehr stabil sah er auch nicht aus. Cynthia beugte sich vor, um der Verunglückten Mut zuzusprechen. Da fühlte sie eine harte Hand um ihre Taille und wurde zurückgerissen.

„Bist du wahnsinnig, Cynthia? Glaubst du, ich will dich auf diese Weise verlieren?" Daniel war blass geworden, und er ließ Cynthia nicht mehr los. Während er mit den anderen beratschlagte, hielt er sie fest an sich gepresst.

Cathy bot sich an, Hilfe zu holen. Doch Daniel wollte Vanessa sofort nach oben bringen, bevor sie in Panik geraten und womöglich etwas noch Unsinnigeres tun konnte. Wie in Trance sah Cynthia Daniel über die Kante verschwinden … seinen Kopf, zuletzt seine Hände. Sie hielt den Atem an.

„Es wird schon gut gehen", tröstete Jill. „Er hat ja die Gürtel, um sich daran festzuhalten."

„Und wenn sie reißen?", flüsterte Cynthia tonlos. Die Männer hatten ihre Ledergürtel miteinander verbunden und ließen Daniel daran herab. Auf dem Vorsprung angekommen, wollte Daniel Vanessa mit Hilfe des provisorischen Rettungsgürtels hinaufhieven.

Cynthia starrte auf die Stelle, wo sie Daniel zuletzt gesehen hatte. Als Vanessas Kopf über dem Rand erschien, wollte Cynthia hinlaufen, doch Jill hielt sie zurück. Endlich stand auch Daniel wohlbehalten vor ihr, und da merkte Cynthia, dass ihr die Tränen über die Wangen liefen. Als er das sah, wurde sein Blick weich. Er nahm Cynthia wortlos in die Arme.

Er hielt sie so lange, bis sie sich beruhigt hatte. Dann ging er zu Vanessa hinüber. „Wie fühlst du dich, Vanessa?"

Sie, die bisher auf nichts reagiert hatte, öffnete die Augen.

„Mein Fuß schmerzt." Sie war noch immer sehr blass.

Tatsächlich schwoll der Knöchel sichtlich an. „Das Rettungsteam muss bald kommen", sagte jemand von den Umstehenden.

Und das war dann auch so. Vanessa wurde auf eine Trage gelegt und den Berg hinuntergebracht. Cynthia und Daniel folgten mit einigem Abstand. Cynthia litt so sehr mit der armen Vanessa, dass sie kaum an den steilen Abstieg dachte. Im Nu war sie unten.

„Zum Glück ist nichts gebrochen", meinte der Sanitäter, „aber der Knöchel sollte sicherheitshalber geröntgt werden. Das nächste Krankenhaus ist in Alice, da wird sie dann bleiben müssen."

Vanessa drehte den Kopf weg. Cynthia sah, dass sie weinte.

„Wir müssen dich leider nach Hause fliegen, Vanessa", sagte Daniel sanft. „Du kannst heute Abend schon in Adelaide sein."

Cynthia legte ihm die Hand auf den Arm. „Aber wenn doch nichts gebrochen ist, könnte sie bei uns bleiben."

Daniel schüttelte den Kopf. „Wir machen eine Rundreise, und wir können ihr nicht die Pflege geben, die sie braucht. Ich jedenfalls kann mir die Zeit dafür nicht nehmen."

„Aber ich", sagte Cynthia schlicht.

Daniel sah sie verblüfft an. „Warum, Cynthia?"

„Weil ich auch mal siebzehn war."

„Das kann aber noch nicht lange her sein", neckte Daniel. Dann wandte er sich dem Teenager zu. „Na, was sagst du?"

„Ich möchte gern bei euch bleiben."

„Gut, aber du musst dich in Alice röntgen lassen." Daniel lächelte. „Und jetzt lasse ich euch zwei am besten allein."

„Wir sollten versuchen, es dir so bequem wie möglich zu machen", sagte Cynthia, als Daniel außer Hörweite war. „Kannst du deinen verknacksten Knöchel überhaupt belasten?"

„Ich habe mich so dumm benommen", sagte Vanessa statt einer Antwort. In ihren Augen standen Tränen. „Warum hilfst du mir? Ich bin doch in deinen Mann verliebt!"

Cynthia holte tief Luft. „Ich war auch verliebt, als ich siebzehn war, und ich war unglücklich. Du denkst vielleicht, niemand versteht dich, aber ich kenne deinen Kummer."

Vanessas Lippen zitterten. „Ich werde Daniel immer lieben."

„Das glaube ich dir. Auch ich liebe meine erste Liebe noch, obwohl er inzwischen vier Kinder und eine Halbglatze hat. Aber mein Puls geht noch jedes Mal schneller, wenn ich ihn sehe."

„Du hast Daniel, der dir hilft, deine erste Liebe zu vergessen", sagte das Mädchen bitter. „Wann hast du dich eigentlich in Daniel verliebt, Cynthia?"

„So genau kann ich das gar nicht sagen. Ich wusste einfach eines Tages, dass er der Richtige ist. Er ist anders als die anderen …" Cynthias Stimme versagte. Was redete sie denn da? Und das Schlimmste war, dass es stimmte.

„Hoffentlich erlebe ich das auch mal", sagte Vanessa leise. „Daniel wird mich nie lieben, das weiß ich. Er hat ja dich. Er liebt dich, Cynthia, wenn ich es auch zuerst nicht glauben wollte. Dabei ist es so deutlich."

Cynthia fand das Thema allmählich zu heikel. „Der Sanitäter hat dir eine Krücke dagelassen", sagte sie. „Ob du damit wohl zum ‚Zebra' zurückhumpeln kannst? Oder soll Daniel dich tragen?"

„Ich würde mich gern von Daniel tragen lassen. Aber ich laufe trotzdem lieber. Hilfst du mir, Cynthia?"

„Wir Frauen sollten uns immer helfen."

„Ich bin froh, eine Frau zu sein."

Vanessa streckte die Hand aus, und Cynthia ergriff sie und zog das Mädchen hoch, bis es unsicher auf den Füßen stand.

9. KAPITEL

ie Reisegruppe war inzwischen in Yulara angelangt, und Cynthia nutzte die Rückkehr in die Zivilisation, um Sly einen Gruß zu schicken.

4. November

Lieber Sly,
heute besuchte ein Goanna unser Camp, genauso einer wie auf dem Foto. Diese Echsen sehen zwar zum Fürchten aus, sind aber offenbar nur sehr eitel. Unser Goanna ließ sich von allen Seiten fotografieren, bevor er sich aus dem Staub machte. Vielleicht sind Tiere doch die besseren Menschen?
Liebe Grüße,
deine Cynthia

Diese Karte ging von Yulara aus auf die Reise. Nachdem Cynthia ihre Einkäufe erledigt hatte, ließ sie sich von einem kleinen Gartencafé anlocken. Cynthia bestellte einen gehaltvollen Schokoladen-Milchshake und setzte sich an einen der schattigen Tische vor der Tür des Cafés.

Unter den Passanten, die an Cynthia vorbeikamen, waren Peter und Sally. „Leistet mir doch ein bisschen Gesellschaft!", rief Cynthia den beiden zu.

Sally ließ sich nicht lange bitten und sank auf den Stuhl neben Cynthia. Sie wedelte die Fliegen weg, die sie beharrlich verfolgten. „Ich liebe die Wildnis", sagte sie „aber so ein Stückchen Zivilisation hin und wieder ist auch etwas Schönes."

Peter, der drinnen die Bestellung aufgegeben hatte, kam heraus und setzte sich ebenfalls. „Wir haben ein paar Filme entwickeln lassen", sagte er und zog eine Papiertüte aus der Tasche. „Es sind Fotos von dir dabei, Cynthia."

Peter zeigte die Bilder eins nach dem anderen, und Cynthia machte entsprechende Bemerkungen. In diesem Augenblick kamen Jill und Perry vorbei.

„Oh, Fotos! Dürfen wir auch mal gucken?" Sie warteten die Antwort gar nicht erst ab.

Als sie an die Bilder von Cynthia kamen, sagte Jill wieder: „Also, irgendwie kommst du mir bekannt vor, Cynthia."

Aber die ging nicht darauf ein, sondern trank ihren Milchshake aus. „Ich muss gehen, sonst bekommt ihr alle kein Abendessen. Heute Abend hilft mir Luanne. Es gibt Lammkoteletts und Kartoffelpüree. Das werde ich schon hinkriegen."

„Du wirst von Tag zu Tag besser", sagte Jill, wobei sie unverwandt auf Cynthias Fotos schaute.

Cynthia dankte für das Lob und machte sich auf den Rückweg zum Camp. In der Reisegruppe hatten sich echte Freundschaften entwickelt. Obwohl die Tour noch vier Tage dauern sollte, tauschte man bereits Adressen aus. Einen kleinen Flirt gab es natürlich auch: John, der schüchterne Naturliebhaber aus Adelaide, war häufig in der Nähe von Maureen, der Sportlerin aus Melbourne, anzutreffen.

Daniel kam Cynthia auf dem Pfad entgegen. „Du brauchst mich nicht zu holen, ich bin schon da!", rief sie fröhlich.

Er antwortete erst, als er bei ihr war. „Du hast gestern Abend den Sonnenuntergang am Felsen verpasst, weil du gekocht hast", sagte er und nahm ihr ein paar Einkaufstüten ab. „Heute essen wir früher. Wollen wir nachher beide zum Felsen gehen?" Seine Stimme klang fast verlegen.

Cynthia wollte etwas Kesses sagen, doch ihr fiel nichts ein. „Ja, das würde ich gern tun. Aber Vanessa?"

„Cathy bleibt bei ihr. Sie wollen Karten spielen."

Das Essen gelang überraschend gut. Cynthia hatte wirklich das Gefühl, dass sie Fortschritte machte. Die grünen Bohnen und das Kartoffelpüree hatte sie ganz allein zubereitet. Auch der Nachtisch war ein voller Erfolg, aber der kam aus der Dose.

Anschließend duschte Cynthia und bürstete sich sorgfältig das Haar. Sie zog ein hübsches, grün geflecktes T-Shirt an, das ihr rötliches Haar besonders hervorhob. Daniel wollte ihr den Sonnenuntergang zeigen! Aber vielleicht war es nur seine angeborene Höflichkeit, und er hätte sich jedem anderen Reiseteilnehmer gegenüber genauso verhalten. Vielleicht dachte er auch, er sei ihr ein bisschen Entgegenkommen schuldig.

In den zehn Tagen, die seit der Abreise in Adelaide vergangen waren, hatte sich Cynthias Beziehung zu Daniel allmählich entspannt. Sie stritten nicht mehr bei jeder Gelegenheit, und sie verbrachten immer mehr Zeit miteinander.

Vor ihrem Zelt begegnete Cynthia Daniel. Auch er hatte sich umgezogen, trug helle Hosen, dazu ein hellblaues Hemd und – keinen Hut. Cynthia war plötzlich verlegen wie ein Teenager.

Sie stiegen ins Auto, das ihnen plötzlich unglaublich geräumig vorkam. Daniel räusperte sich und sagte: „Ich kenne eine Stelle, wo die anderen Touristen nicht hinkommen. Wollen wir dahin gehen?"

„Ja, gut." Cynthia zwang sich, in Daniels Worte nicht zu viel hineinzufantasieren. „Das hört sich an wie in einem alten Film, wenn die Heldin verführt werden soll."

„Wenn ich dich jemals verführen sollte, dann sicher nicht auf einem so felsigen Untergrund", gab Daniel zurück.

„Da bin ich aber erleichtert."

„Ich würde eine intimere Umgebung vorziehen, wie zum Beispiel unser Zelt."

Cynthia lachte nervös. „Unser Zelt ist nicht sehr intim. Man hört Perrys Schnarchen – oder Jills, und jeden Seufzer von Maureen oder Barbara."

„Heute Nacht wird unser Zelt wieder irgendwo in der Wildnis stehen. Ich habe so etwas munkeln gehört."

„Oh?" Cynthias Puls ging schneller. „Daniel", sagte sie ängstlich, „ich habe nicht viel Erfahrung mit Verführungen. Du hast zwar deine Vorstellungen über New Yorker Fotomodelle, aber auf mich passen die nicht."

„Keine Bange, ich habe schon die richtigen Vorstellungen von dir, Cynthia."

Sie fragte sich, was er damit gemeint haben mochte.

Um Ayers Rock herum lag ein Naturschutzgebiet, das weder Hotels noch Campingplätze zuließ. Alle Touristen waren in Yulara untergebracht, um dem Felsen seine einsame Schönheit zu bewahren. Daniel überholte mehrere Touristenbusse, die ihre Passagiere zum spektakulären Sonnenuntergang brachten, und bog in einen unbefestigten Weg ein. Nach ein paar Hundert Metern hielt er.

„Von hier aus müssen wir laufen."

Hand in Hand gingen sie einen schmalen Fußpfad entlang, der zu einer Gruppe von Eichen führte. Der Tag war sehr heiß gewesen, doch mit Einbruch der Nacht wurde es schnell kalt, wie es für diese Gegenden im Inneren Australiens typisch war.

„Hier ist es gut", sagte Daniel. Er zog Cynthia neben sich auf einen großen Stein, der zwischen den Bäumen aus dem Boden ragte. Sie waren vor Blicken geschützt, hatten aber eine großartige Aussicht auf den Felsen.

Schweigend saßen sie eine Weile nebeneinander. Cynthia stellte bei sich fest, dass sie sich eigentlich nur in der Nacht, als Julia Rose Benedict geboren wurde, richtig miteinander unterhalten hatten. Ansonsten hatten sie gestritten, über die Arbeit diskutiert und gewitzelt.

„Mir fällt gar nichts ein, worüber wir reden könnten", sagte sie schließlich.

„Die meisten Frauen würden in so einer Situation ohne Punkt und Komma reden", entgegnete Daniel. „Ich bin froh, dass du anders bist."

Cynthia war erleichtert. „Und ich bin froh, dass du so denkst."

Daniel legte den Arm um ihre Taille. „Wird dir kalt?"

„Nein, aber es ist trotzdem schön so." Cynthia lehnte den Kopf an seine Schulter.

„Ich glaube, du bist ganz anders, als ich zu Anfang dachte."

Cynthia ahnte, dass diese Worte aus Daniels Mund ein ganz großes Kompliment waren. „Ich glaube, du auch." Sie sah ihm gerade ins Gesicht. „Ich habe dich für eingebildet und gefühllos gehalten, für einen rohen, ungehobelten Klotz."

„Und ich dachte, du wärst eine eingebildete, besserwisserische Ziege."

Cynthia legte nun ihrerseits den Arm um Daniels Taille, sodass sie noch näher zusammenrücken konnten. „Das ist ja schrecklich. Aber ich habe auch jedes Mal kaum meinen Ohren getraut, wenn du etwas Nettes sagtest. Ich hatte eben mein festes Bild von dir. Das liegt vielleicht daran, dass du anders bist als die Männer, die ich sonst kenne. Mir gefällt das."

Daniel lachte. „Ich habe gefürchtet, du würdest die Tour entsetzlich finden und mich dafür verantwortlich machen."

„Ärger habe ich dir ja genug gemacht. Ich habe mich im Busch verlaufen und mir einen bösen Sonnenbrand geholt."

„Und du hast mich angelogen über deine Kochkünste."

Cynthia drückte das Gesicht an Daniels Brust. „Seit wann weißt du das?"

„Vom ersten Tag an. Aber es war eine glänzende Idee, die anderen an die Kochtöpfe heranzulassen. Mein Kompliment."

„Immerhin kann ich Spaghetti kochen."

Daniel griff in Cynthias Locken und drehte ihr Gesicht zu sich. „Deine Person ist wichtig, nicht dein Kochen. Mit dir macht die Tour einen Riesenspaß, so war es noch nie. Du bist umsichtig und lustig. Die Leute mögen dich sehr." Und dann küsste er sie. Es kam ihr ganz natürlich vor. Dieser Kuss schien ihr wie das Selbstverständlichste von der Welt.

„Du solltest dir den Sonnenuntergang ansehen", mahnte er.

Cynthia warf schnell einen Blick in die Richtung, sah aber sofort wieder Daniel an. „Erledigt. Sehr schön."

„Du benimmst dich gar nicht wie eine Touristin."

„Ich fühle mich auch nicht so. Ich fühle mich zu Hause."

„Das sind ungewöhnliche Reden für eine New Yorkerin." Er küsste sie wieder, diesmal weniger kameradschaftlich. Dabei zog er sie so eng an sich, wie es nur ging. Auch Cynthia drängte sich nah an ihn, denn es wurde merklich kühl. Nach ein paar Minuten drehte Daniel sie stumm an den Schultern herum. Es war fast dunkel, aber der Felsen hatte sich plötzlich in einen samtigen Feuerball verwandelt. „Oh Daniel …"

„Ja, es ist jedes Mal wieder eindrucksvoll. Aber so habe ich es noch nie erlebt", sagte er rau.

„Danke, dass du mir das gezeigt hast. Ich bin glücklich."

„Ich auch."

Cynthia wusste, dass sie diesen Moment nie vergessen würde: wie das Sonnenlicht langsam auf dem Felsen verglühte und die Nacht kam und wie Daniel sie dabei in den Armen hielt.

Während sie zum „Zebra" zurückgingen, wurde Cynthia bewusst, dass sich etwas verändert hatte. Sie wusste nicht, wie sich ihre Beziehung weiter entwickeln würde, aber eins wusste sie: Mit Daniel in einem Zelt zu schlafen würde von nun an recht schwierig werden.

Als Daniel und Cynthia das Zeltlager erreichten, saßen die anderen um den Picknicktisch und betrachteten Peters Fotos. Irgendjemand hatte Wein spendiert, und John spielte auf dem Akkordeon. Cynthia wurde begrüßt und in die Runde aufgenommen.

„Du solltest uns alle mal am Lagerfeuer aufnehmen", meinte Cynthia zu Peter. „Das wäre ein gutes Bild für die Werbebroschüre der Australia-Abenteuer-Tours."

Da stieß Jill auf einmal einen Schrei aus und schlug mit der flachen Hand auf den Tisch. „Jetzt weiß ich, woher ich dich kenne, Cynthia!", rief sie.

Alle sahen Cynthia verdutzt an. Die fing sich sofort. „Na schön, dann ist mein Geheimnis also gelüftet. Aber das ist doch nicht so wichtig."

„Was für ein Geheimnis?", fragte Daniel und legte Cynthia die Hand auf die Schulter. „Soll das heißen, dass du schon Heimlichkeiten vor mir hast?"

„Daniel hat es natürlich gewusst", sagte Jill mit Ehrfurcht in der Stimme.

„Natürlich, Daniel weiß, dass ich Fotomodell war", bestätigte Cynthia schnell.

„Aber für die anderen ist es eine Sensation!" Jill ließ sich den Leckerbissen nicht nehmen. „Das Titelmädchen des Jahres!"

„Wovon redet ihr eigentlich?" Sally nahm das Foto aus Jills Hand, das diese gerade betrachtet hatte. „Das ist Cynthia, wie sie aus der Dusche kommt. Was ist dabei?"

„Das nasse Haar hat mich darauf gebracht. Gibt es denn bei euch kein Aura-Shampoo?" Die Australier schüttelten die Köpfe. „Ach so, dann! Kein Wunder, dass ihr nicht wisst, wovon ich spreche." Jill lachte. „Aura-Shampoo ist eine der bekanntesten Marken in Amerika. Und Cynthia ist das Aura-Mädchen. Es gibt zig Werbespots, in denen sie auftaucht und sagt ... Was hast du doch immer gesagt, Cynthia?"

„Ich weiß nicht mehr", sagte Cynthia und nahm einen Schluck Wein.

„Du hast dir dieses unglaublich schöne Haar abschneiden lassen, Cynthia", meinte Jill vorwurfsvoll. „Ihr Haar ging bis hierhin." Jill zeigte den anderen eine Stelle kurz über dem Po. „Alle Frauen haben sie um dieses Haar beneidet."

„Sie mussten es ja auch nicht pflegen", sagte Cynthia wie beiläufig. Sie hatte bemerkt, dass Daniels Hand nicht mehr auf ihrer Schulter ruhte. Als sie ihn ansah, lag auf seinem Gesicht ein merkwürdiger Ausdruck.

„Ich glaube, es gibt in den USA kein erfolgreicheres Modell als dich. Und da treffen wir dich hier mitten im Busch als Campingköchin und Ehefrau von Daniel!" Jill konnte es noch immer nicht so recht fassen. „Das ist ein starkes Stück."

„Ein starkes Stück", echote Daniel.

„Ich habe ein paar amerikanische Zeitschriften mit, da sind Bilder von Cynthia drin. Soll ich sie holen?", fragte Jill.

Alle wollten die Bilder sehen, bis auf Daniel. „Ich habe noch zu tun", sagte er und ging zum „Zebra" zurück. „Heb die Bilder für mich auf, wenn du sie findest, Jill."

Cynthia blickte hinter ihm her. Sie hatte nie einen Hehl aus der Tatsache gemacht, dass sie Fotomodell war, aber sie hatte auch nie damit angegeben. Daniels plötzlichen Stimmungsumschwung konnte sie sich nicht erklären. Was sollte die Neuigkeit für einen Unterschied machen? Auch die Reiseteilnehmer fanden die Entdeckung spannend, doch sie verhielten sich ihr gegenüber deswegen nicht anders. Cynthia war und blieb dieselbe, und nach der ersten Erregung würde kein Mensch mehr vom Aura-Mädchen reden.

Jill kam mit den Zeitschriften. In einer war Cynthia auf einer Doppelseite zu sehen, inmitten einer Wolke aus rotblondem Haar und nur mit einem blütenweißen Badetuch bekleidet. Cynthia konnte es selbst kaum glauben, dass sie das war.

Mit einem leisen Seufzer sagte sie: „Ihr könnt euch nicht vorstellen, wie froh ich bin, dass ich das nicht mehr mache."

„Aber das muss doch irrsinnig aufregend gewesen sein!" Vanessa hielt das Bild hoch und starrte es an, als käme es aus einer anderen Welt. Cynthia verstand das Mädchen gut. Die australische Wildnis war tatsächlich eine andere Welt.

„Ja, es war aufregend, aber es war eine Scheinwelt. Du kannst dir das vielleicht nicht vorstellen. Im Grunde wollte ich nie Fotomodell werden. Mein Agent entdeckte mich hinter einem Tresen in einem Kaufhaus, wo ich in den Ferien jobbte. Das richtige Leben habe ich erst hier in Australien kennengelernt."

Peter sah auf das Zeitschriftenfoto und dann auf die Bilder, die er von Cynthia geschossen hatte. „Stimmt. Das hier bist du, Cynthia." Er hielt seine Fotos hoch. „Das andere sind künstliche Produkte."

„Ich mag dich mit kurzem Haar lieber." Vanessa klappte die Zeitschrift zu. „Deine Sommersprossen gefallen mir auch. Vor der anderen Cynthia da hätte ich direkt Angst."

„Ein bisschen mehr Respekt könnte dir nicht schaden", meinte Jill mit einem nachsichtigen Lächeln.

Vanessa nahm die Anspielung überraschend gutwillig auf. „Ja, aber ich würde lieber unsere Cynthia zur Freundin haben als so ein Massenidol."

Cynthia dachte an Vanessas Worte, als sie sich später zum Schlafengehen fertig machte. Wie Daniel vorausgesagt hatte, war ihr Zelt wieder umgesetzt worden, und sie hatte lange danach suchen müssen. Es stand weit ab von den anderen. Während Cynthia das Nachthemd anzog und sich das Haar bürstete, fragte sie sich, ob wohl alles wieder werden würde wie zuvor. Sie könnte nach New York zurückkehren und einen anderen Job annehmen. Dann würde sie allerdings ihr schickes Apartment aufgeben müssen, sie würde andere Freunde haben, ihr Lebensstil würde sich ändern – alles wäre anders.

Die Vorstellung schreckte sie nicht. Das Apartment war nie ihr wirkliches Zuhause gewesen. Die wichtigen Freunde würden ihr fürs Leben bleiben, egal, wo sie sich befand. Und sie brauchte nicht nach New York zu gehen, um ein neues Leben anzufangen. Ihre Eltern lebten auf dem Land und genossen dort zurückgezogen ihren Lebensabend. Cynthias einzige Verwandte waren Alan und Penny. Sie war also frei wie ein Vogel.

Wenn da nicht dieser Mann wäre, der Cynthias Freiheit in Frage stellte.

Sie wollte nicht mehr nach New York. Sie wollte in Australien bleiben – genauer: Sie wollte bei Daniel sein. Die Frage lautete nicht mehr: „Was will ich von meinem Leben?", sondern: „Wie bekomme ich das, was ich will?"

Cynthia Ames liebte Daniel Marlin.

Das Knirschen des Reißverschlusses am Zelteingang ließ sie aus ihren Gedanken auffahren.

„Da bist du ja", sagte Daniel überflüssigerweise. Er ließ die Klappe offen und befestigte nur das Moskitonetz in der Tür, sodass die Lichter des Zeltplatzes hereinscheinen konnten.

„Warum bist du denn auf einmal verschwunden, Daniel?" Sie fuhr fort, ihr Haar zu bürsten, aber das war mehr aus Verlegenheit. „Ich dachte, du wolltest mit uns allen zum Sheraton-Hotel hinübergehen. Es gab da einen Spieltisch, und getanzt wurde auch."

„Solche primitiven Vergnügungen", sagte Daniel und setzte sich auf seine Matratze, um die Stiefel auszuziehen, „sind doch nichts für ein New Yorker Topmodell."

Cynthia ließ sich von dieser Bemerkung nicht aus der Ruhe bringen. „Ich habe Country-Musik immer gemocht. Die von heute war zwar etwas ungewohnt, aber trotzdem schön."

„Dann kannst du deinen Freunden zu Hause davon erzählen."

„Ich hab's nicht eilig damit." Cynthia spürte, dass etwas verkehrt lief. Sie wusste nur nicht, was. Es musste mit den Werbefotos zu tun haben. So beschloss sie, den Stier bei den Hörnern zu packen. Cynthia setzte sich neben Daniel und legte ihm die Hand aufs Knie. „Willst du mir nicht sagen, was du hast?"

„Nicht der Rede wert", gab er ausweichend zurück.

Sie zog die Hand zurück. „Ich habe dir nie die Unwahrheit über meine Karriere als Modell gesagt, Daniel. Ich erinnere mich sogar, dass ich einmal ausführlich mit dir darüber reden wollte. Aber du wolltest nichts davon hören."

„Ich weiß schon genug." Daniel öffnete seinen Gürtel. „Du kannst gern hier sitzen bleiben, aber ich ziehe mich aus."

„Was für einen Unterschied macht meine Karriere denn?"

Daniel knöpfte den Hosenbund auf. „Gar keinen."

Allmählich wurde Cynthia ungeduldig. „Was ist es dann? Du hast mich vorhin geküsst, und ich habe mich seitdem nicht verändert. Sieh mich an: so bin ich, und nicht anders."

Daniel sah sie an, aber kühl. „Sehr hübsch, ja. Doch das hat man dir wohl oft genug gesagt."

Cynthia wusste nicht, was sie noch probieren sollte. Sie ballte die Hände zu Fäusten. Schweigend stand sie auf und setzte sich auf ihre Matratze. Sie drehte sich weg, damit er sich in Ruhe ausziehen konnte. „Ich hätte nicht gedacht, dass du ein Mann bist, der eine erfolgreiche Frau nicht erträgt. Oder besser, zu Anfang habe ich das wohl gedacht, das und Schlimmeres. Wahrscheinlich war mein erster Eindruck der richtigere."

„Ja, wahrscheinlich."

„Ich bin stolz auf das, was ich geleistet habe."

„Ist dein gutes Recht."

„Und du bist ein arroganter, verbohrter Kerl! Bloß gut, dass ich das gemerkt habe, bevor …" Sie brach ab. Um ein Haar hätte sie ihre Gefühle verraten.

„Bevor was?"

Verriet seine Stimme Spannung, oder bildete sie sich das ein? Sie wandte sich zu Daniel um, der bereits in seinem Schlafsack lag. In seinen Augen suchte sie nach einem Zeichen von Interesse, doch er ließ nichts erkennen.

Sie seufzte. „Bevor wir nach Adelaide zurückkommen. So kann ich Penny zumindest sagen, dass ich dich gleich richtig eingeschätzt habe."

Daniel zog die Mundwinkel hoch, aber es sah traurig aus. Seinem Lächeln fehlte die Wärme. „Soll ich dir beweisen, was für ein arroganter Kerl ich bin?" Er griff nach ihrem Handgelenk. „Ich kann dir zeigen, wie ein rückständiger, primitiver Australier mit Frauen umgeht." Er zog Cynthia zu sich herüber. „Das könnte eine Erfahrung sein, von der du deinen Freunden zu Hause nicht so gern erzählst."

„Lass mich los, Daniel." Sie versuchte sich loszumachen, doch sein Griff war fest. Im nächsten Augenblick lag sie in seinen Armen.

„Wir sind darauf zugesteuert, seit wir uns am Flughafen begegneten." Seine Lippen berührten ihre Wange. „Du hast dich in meine Arme geworfen, und ich war verrückt nach dir, wie ich nach keiner anderen Frau verrückt war."

Cynthia hörte auf, sich zu wehren. Sie traute ihren Ohren nicht.

„Und es ist immer schlimmer geworden. Manchmal dachte ich, ich halte es nicht mehr aus. Es ist eine ungeheure körperliche Anziehung – mehr nicht. Du willst mich auch. Und das können wir ein für alle Mal erledigen." Sein Kuss war wild.

Cynthia stemmte die Hände gegen Daniels Brust und wollte ihn wegstoßen. „Hör auf! Ich bin nicht richtig mit dir verheiratet, und selbst wenn ich es wäre, dürftest du das nicht tun!" Sie stieß mit aller Kraft zu, doch es nützte nichts.

„Mir brauchst du kein Theater vorzuspielen, Cynthia. Ich durchschaue dich. Du willst mich genauso, und du wehrst dich dagegen, weil dein Stolz das nicht zulässt."

„Das ist kein Theater. Ich mag dich nicht, wenn du so gefühllos bist. Was ist los mit dir, Daniel? Was habe ich dir getan?"

Er zog sie auf sich und verschränkte die Arme hinter ihrem Rücken. „Du bist in mein Leben gestürmt und hast alles durcheinandergebracht."

„Das habe ich nicht getan! Jedenfalls nicht absichtlich, das weißt du genau!"

„Ich weiß nur, dass du nicht hierher gehörst. Dies ist ein Urlaub für dich, ein kleiner Seitensprung. In ein paar Wochen rekelst du dich wieder in New York halb nackt vor irgendwelchen Kameras."

„Was weißt du denn schon von mir?"

„Dass du ein Mädchen aus der Großstadt bist. Meine Mutter kam auch aus der Stadt." Urplötzlich ließ er sie los. Cynthia glitt zur Seite, und da blieb sie.

„Daniel, ich verstehe überhaupt nichts mehr. Was ist los? Was hast du für Probleme? Bitte, sag's mir."

Es kam keine Antwort.

„Bitte, sprich mit mir. Wie kann ich dich verstehen, wenn du mir nichts sagst?"

„Geh in deinen Schlafsack."

„Erst wenn du mir sagst, was du hast."

Daniel umarmte sie wieder. „Ist es das, was du willst?"

„Nein, lass mich. Ich will das nicht. Nicht so.“ Sie entzog sich ihm. „Ich will dich überhaupt nicht. Ganz und gar nicht!“

„Wir wissen beide, dass das nicht wahr ist.“ Daniels Augen schimmerten merkwürdig, aber er strich eine Falte aus seinem Schlafsack, als wenn nichts wäre. „Wahrscheinlich schläfst du lieber mit solchen aalglatten New Yorker Typen. Mit Männern, die Miss Cynthia Ames wie ein rohes Ei behandeln.“

„Ich habe noch nie mit einem Mann geschlafen.“ Cynthia saß neben ihrem Schlafsack und versuchte mit zitternden Händen den Reißverschluss aufzuziehen. „Das ist zwar nicht wichtig, denn du hast dein fertiges Bild von mir. Aber ich bin einfach nicht das verwöhnte Luxusweibchen, für das du mich hältst.“

„Und du erwartest, dass ich dir das glaube? Das sexy Mädchen auf diesen Hochglanzbildern soll so sanft und rein sein wie das Shampoo, für das es Reklame macht?“

„Von dir erwarte ich überhaupt nichts, Daniel.“

„Es ist auch vollkommen egal. Du gehst sowieso wieder nach New York und machst noch eine Million oder zwei. Und irgendwann wirst du diese Reise vergessen haben.“ Daniel verschränkte die Hände hinterm Kopf und starrte ins Leere.

„Eins kann ich dir versprechen: Ich werde alles tun, das Ganze hier so schnell wie möglich zu vergessen.“ Cynthia zog den Schlafsack zu und rutschte ganz tief hinein.

Es war so traurig, dass dieser schöne Abend so enden musste – bloß, weil Daniel ungerecht war. Was war so verwerflich daran, dass sie Erfolg in einem Beruf hatte, den sie sich nicht einmal gewünscht hatte?

Sehr viel später wurde ihr klar, dass Daniel im Grunde die Erklärung gegeben hatte, um die sie gebeten hatte. Sie war nur zu verletzt gewesen, um sie zu hören.

„Du wirst diese Reise vergessen“, hatte er gesagt. „Und mich und diesen Abend. Was hier ist, passt nicht in dein Leben. Die Erinnerung daran wird vergehen wie das Leuchten des Felsens im Sonnenuntergang, wenn die Nacht kommt.“

10. KAPITEL

er Ausflug in die Wildnis ging seinem Ende entgegen, und Cynthia freute sich auf die Rückkehr zu Penny und Alan. Müde und erschöpft schrieb sie an Sly.

8. November

Lieber Sly,
heute haben wir eine Kamel-Farm besucht. Ein Kamel (wie das auf dem Foto) spuckte nach mir und wollte mir ins Bein beißen. Trotzdem bin ich auf ihm geritten. Ich glaube, es wird Zeit, dass ich wieder nach New York komme. In der U-Bahn fühle ich mich sicherer als auf einem Kamel.
Viele Grüße,
deine Cynthia

„Soll ich dir das Sitzkissen aufschütteln?"

Cynthia schwieg feindselig. Sie verlagerte vorsichtig das Gewicht und stöhnte leise. Ihre Schenkel brannten wie Feuer. „Du hast gut reden", erwiderte sie schließlich. „Du bist auf keinem Kamel geritten, wenn ich mich recht erinnere."

„Das würde ich auch nie tun. Die sehen mir zu unberechenbar aus." Daniel bog in die Straße ein, die nach Alice führte.

„Und ich dachte, du besitzt eine Kamelherde, mit der du tagelang durch die Wüste ziehst und Wasserlöcher ausfindig machst oder was immer ihr Australier den lieben langen Tag über tut", höhnte Cynthia. Es war unerträglich heiß, sie war müde und gereizt. Die Tour machte keinen Spaß mehr.

„Mit Kamelkarawanen wurde der Busch damals erforscht, heute sind diese Bestien nur noch Überbleibsel aus barbarischen Zeiten."

„Erzähl das den anderen, Daniel. Ich mache lieber die Augen zu und versuche ein bisschen zu schlafen." Cynthia war völlig übermüdet, aber sie würde trotzdem nicht schlafen können.

Jedenfalls nicht, solange „Zebra" über die unebenen Straßen hoppelte und Daniel so dicht neben ihr saß. Letzteres war der eigentliche Grund für ihre Schlaflosigkeit.

Jener denkwürdige Sonnenuntergang an Ayers Rock lag nun drei Tage zurück. Daniel verhielt sich, als wenn das alles nie gewesen wäre.

Er zog Cynthia dauernd auf, gnadenlos wie eh und je. Neuerdings bezogen sich seine Bemerkungen jedoch auf Shampoo und Werbung. Ein unbeteiligter Beobachter hätte angenommen, dass es gutmütige Scherze zwischen Eheleuten waren. Cynthia wusste es besser.

Sie hörte die Bitterkeit und die Härte hinter seinen Worten. Es verletzte sie mehr und mehr. Sie hatte ihm doch nichts getan. Daniel war einfach ungerecht. Aber es war, als strafe er sie für etwas. Heute war der letzte volle Tag der Reise. Morgen Nachmittag würde Daniel die Reisegäste in Alice Springs zum Flughafen bringen. Und anschließend würde Cynthia mit ihm allein nach Adelaide zurückfahren. Vielleicht könnten sie auf dieser Fahrt die Unstimmigkeiten ausräumen, so hoffte Cynthia. Bis dahin musste sie sich zusammennehmen und die verbleibenden Stunden irgendwie überstehen.

Auf einer Lichtung unweit der Straße machten sie halt, um zu Mittag zu essen. Die Arbeit ging Cynthia inzwischen leicht von der Hand. Daniel machte Feuer für den berühmten Kesseltee, und sie holte das kalte Fleisch und die Salate heraus, die sie am Abend zuvor zubereitet hatte. Die Gäste bedienten sich selbst an dem provisorischen Büfett, das sie aufgebaut hatte.

Als alle versorgt waren, setzte Cynthia sich mit dem Campingstuhl ans Feuer zu den anderen.

„Bilde ich mir das ein, oder ist das Essen zum Ende hin wesentlich besser geworden?" Jill richtete die Frage an Daniel, zwinkerte dabei jedoch Cynthia kameradschaftlich zu.

„Es ist besser, weil ihr das Kochen übernommen habt", sagte Daniel.

Jill sah entsetzt zu Cynthia hinüber.

„Daniel weiß längst, dass ihr mir alles beigebracht habt", erläuterte Cynthia. „Er weiß allerdings nicht, dass ich die letzten vier Tage allein gekocht habe. Das interessiert ihn nicht."

„Dabei hast du das ganz großartig gemacht", bemerkte Sally, die sich soeben nachgenommen hatte. „Du bist mittlerweile eine erstklassige Campingköchin, Cynthia."

Cynthia versuchte zu lachen. „Wenn ich in Zukunft Gäste zum Essen habe, werde ich in meiner Küche ein Lagerfeuer anzünden müssen, sonst bin ich hilflos." Sie dachte an die fantasielosen Abendessen, die sie in New York hin und wieder veranstaltet hatte. Jetzt lachte sie wirklich. „Ich habe da eine Idee: Ich lade euch alle zu einem Picknick in den Central Park ein. Da machen wir dann ein Lagerfeuer mit richtigem Kesseltee, und unseren Dämpfer kriegen wir auf der nächsten Polizeiwache."

„Das hört sich ja an, als ob du wieder nach New York gehst", sagte Jill. „Bleibst du nicht in Australien? Oder geht Daniel mit dir nach Amerika?"

Cynthia fühlte sich ertappt. Selbst nach diesen zwei Wochen vorgetäuschter Ehe machte sie hin und wieder einen Fehler.

„Wir haben Probleme mit dem Visum", half Daniel. „Cynthia muss noch mal zurück und ein paar Dinge klären."

„Das ist aber ärgerlich. Die Trennung muss hart für euch sein. So ein verliebtes junges Paar ..." Jill stand auf, um ihren Teller abzuwaschen.

Cynthia vermied es, Daniel anzusehen. Verliebtes Paar? Feinde waren sie!

„Wir müssen weiter", sagte Daniel abrupt und stand auf.

Auf der Fahrt nach Alice Springs waren alle bedrückt. Sie hatten zu viel gegessen und waren müde. Die meisten lasen oder unterhielten sich gedämpft, und von der überschäumenden Fröhlichkeit der ersten Tage war nichts mehr zu spüren. Das Ende der Tour warf seine Schatten voraus.

Alice Springs tauchte am Horizont auf, umgeben von den MacDonnell-Hügeln. Alice lag mitten in Australien, wie eine Wüstenblume in endlosen roten Sandebenen. Die MacDonnell-Hügel boten genügend Naturschönheiten, um die Gegend zu einem Anziehungspunkt für Touristen zu machen. Doch auch die Stadt selbst mit ihren 22.000 Einwohnern bildete ein reizvolles Ziel.

Die Gruppe zeltete zum letzten Mal in einem kleinen Park am Stadtrand. Als die Zelte standen, organisierte Daniel einen Ausflug in die Hügel, wo es Klüfte und Abgründe zu bestaunen gab.

„Ich bleibe hier und kümmere mich ums Essen", sagte Cynthia. „Auf dem Ausflug brauchst du mich nicht unbedingt."

Einen Moment lang schien es Cynthia, als sei Daniel enttäuscht. „Wir haben früher hier in Alice immer fertig gegrillte Hähnchen gegessen", sagte er. Seine Stimme klang dabei vollkommen gleichgültig. „Wenn du nicht willst, brauchst du nicht zu kochen."

Cynthia hätte gern von ihm gehört, dass er sie dabeihaben wollte. Nachdem Daniel sie aber in den letzten Tagen entweder aufgezogen oder ignoriert hatte, war dieser Wunsch sehr unrealistisch. „Mir macht das Kochen nichts aus." Sie zeichnete mit dem Schuh ein Muster in den Sand und betrachtete es interessiert. „Außerdem wirst du dich wohler fühlen ohne mich. Dann brauchst du jedenfalls nicht dauernd auf mir herumzuhacken."

Daniel tippte mit dem Finger an die Hutkrempe. Sein Blick war kalt. Dann drehte er sich um und stieg in den Wagen. Eine Minute später war er weg.

Warum hatte sie ihn wieder so gereizt? Sie wollte doch, dass alles gut wurde, obwohl sie Daniels harte Worte noch in schmerzlicher Erinnerung hatte. Und je mehr sie sich das Gegenteil einredete, desto klarer wurde ihr, dass sie Daniel nach wie vor liebte. Sie war stolz und trotzig, aber nachtragend war sie nicht. Und sie wollte nicht, dass Daniel sie so in Erinnerung behielt.

Für den Abend war ein Besuch im Spielcasino vorgesehen. Deshalb beschloss Cynthia, das Essen etwas früher als sonst anzusetzen. Wenn die anderen von dem Ausflug zurückkamen, sollten sie eine fertige Mahlzeit vorfinden, und Cynthia wollte sich dabei ganz besondere Mühe geben. Am letzten gemeinsamen Abend wollte sie nicht einfach ein paar Konservendosen aufmachen.

Cynthia zählte das Geld, das sie übrig behalten hatte. Es war mehr, als sie gedacht hatte. Sie hatte mit der Zeit gelernt, umsichtig und sparsam einzukaufen und das Geld einzuteilen. Nun machte sie sich fertig, um in die Stadt zu gehen. Es war ein schöner Spaziergang, und Cynthia genoss den Anblick der lavendelfarbenen Jacarandabäume und der blühenden Oleander. Die ganze Stadt war wie eine duftende Oase in der Wüste.

Sie stellte sich vor, wie es wäre, in so einer kleinen Stadt zu leben, die kaum mehr als ein Punkt auf der Landkarte war. Sie betrachtete die appetitlichen Läden in den hübschen Straßen und fand den Ort eigentlich sehr sympathisch. Es war alles da, was man zum Leben brauchte. Die Leute grüßten sich auf der Straße. Sogar Cynthia wünschte man einen guten Tag, die Einwohner waren freundlich und aufgeschlossen. Die Sonne schien warm, doch hier war die Hitze trocken und gesund.

Als Cynthia beim Supermarkt ankam, wo sie fürs Abendessen einkaufen wollte, hatte sich ihre Stimmung gebessert.

Für den Rückweg zum Campingplatz nahm sie ein Taxi. Und während sie so aus dem Fenster auf das beschauliche Städtchen sah, kam ihr eine Idee: Sie wollte einen Anschlag auf Daniel vorbereiten. Sie würde seine Standhaftigkeit erschüttern, seine ablehnende Haltung einfach unterlaufen, indem sie ihre Reize ausspielte!

Schon beim Einkaufen war ihr klar geworden, wie unsinnig der ganze Ärger war. Sie liebte Daniel noch immer, und sie wusste auch, warum. Natürlich war er eingebildet und selbstgefällig, er konnte Cynthia jederzeit in Wut bringen. Aber er war auch sensibel und hilfsbereit, zuverlässig und sehr verletzlich. Er konnte fast alles, nur seinen Stolz konnte er nicht überwinden. Und wenn einer das verstehen konnte, dann war es Cynthia.

Außerdem war es offensichtlich, dass sie Daniel nicht gleichgültig war. Er hatte Probleme mit seinen Gefühlen. Sie musste ihm nur zeigen, dass er sich ruhig in sie verlieben konnte, dass er ihr vertrauen durfte. Sie hatte vierundzwanzig Jahre auf diese Liebe gewartet, da konnte sie auch noch ein paar Tage länger warten, bis Daniel es ebenfalls begriff.

Cynthia überlegte, dass sie sich eigentlich kindisch angestellt hatte: Daniel musste sie zwangsläufig in einem anderen Licht sehen, seit ihm klar geworden war, wie erfolgreich sie tatsächlich in den USA gewesen war – und wie wohlhabend. Sie war nicht mehr die Cynthia, die er kannte, sondern eine Berühmtheit in einer Welt, die ihm fremd war. Er musste erst lernen, dass sie trotzdem immer noch dieselbe war. Sein Selbstwertgefühl hatte einen Knacks bekommen. Aber sie konnte ihm vielleicht klarmachen, dass sie ihr wichtiger war als alles andere.

Auf dem Campingplatz angekommen, machte Cynthia Feuer. Sie hatte Steaks gekauft, die sie grillen wollte. Dazu wollte sie Zucchini und Maiskolben sowie Folienkartoffeln reichen. Sie legte alles um die Glut herum, damit es langsam garen konnte. Dann öffnete sie eine Dose Pilze und schüttete den Inhalt in einen Topf, den sie ebenfalls ans Feuer stellte. Schließlich verfeinerte sie die Soße für die Kartoffeln noch mit Schnittlauch und Schinkenwürfeln.

Als Cynthia das Geräusch von „Zebra" hörte, war alles fertig. Sie brauchte nur noch die Steaks auf den Grill zu legen.

Das Essen war ein voller Erfolg. Cynthia wurde mit Komplimenten überhäuft und stellte zufrieden fest, dass alle sich ein zweites Mal bedienten. Obwohl Daniel nichts sagte, nahm auch er sich nach, und das war ihr Lob genug.

Das Abwaschen und Aufräumen war schnell geschehen, zumal jeder mit anfasste. John holte sein Akkordeon, und Annette wurde überredet, Gitarre zu spielen. So saßen sie zusammen, sangen und tranken Tee, bis es dunkel wurde. Und als sie aufhörten zu singen, nahm eine Elster im Baum über ihnen die Melodie auf und musizierte allein weiter.

„Ich würde gern wissen, was jedem von euch auf dieser Reise am besten gefallen hat", sagte Cynthia. Sie wollte das Zusammensein noch ein wenig ausdehnen.

„Ganz einfach alles", begann Perry.

„Ich war am glücklichsten, als ich lebend vom Kamel herunterstieg", meinte Jill.

„Ich bin froh, dass ihr mich noch mögt, obwohl ich mich bei Ayers Rock so dumm benommen habe", sagte Vanessa.

Jeder gab Auskunft auf Cynthias Frage, bis die Reihe an Daniel kam.

„Die Rettungsaktion für eine rothaarige Wildkatze, die sich in einem Eukalyptusbaum verstiegen hatte." Er sah Cynthia an, doch er lächelte nicht wie sonst. „Das war ein Moment, den ich nie vergessen werde."

„Und ich, dass ich mehrfach mein Zelt suchen musste", sagte Cynthia als Letzte. „Und dass ich es dann mit meinem lieben Mann teilen durfte." Sie hob ihre Teetasse und blickte in die Runde. „Jetzt möchte ich aber auf euch alle trinken, die ihr so nette Kameraden und … ja, Freunde wart. Und auf Daniel, der diese Tour für jeden von uns zu einem unvergesslichen Erlebnis werden ließ."

„Wir trinken nun auf dich, Cynthia", sagte Peter. „Du hast uns nämlich auch ein paar unvergessliche Mahlzeiten zubereitet."

„Ja, auf Cynthia", wiederholte Daniel. „Die Frau, die diese Tour absolut unvergesslich für mich gemacht hat." Er hob die Tasse in ihre Richtung und trank sie dann mit einem Zug leer. Dann stand er auf. „In einer Stunde ist Abfahrt zum Kasino. Wer mitkommen will, sollte beim Wagen sein."

Cynthia spürte ein Kribbeln in der Magengegend. Bis jetzt war der Abend ein Erfolg. Als Daniel auf ihr Wohl getrunken hatte, hatte er sie angesehen wie schon lange nicht mehr. Und er hatte zugegeben, dass ihm die Tour unvergesslich bleiben würde.

Vielleicht wurde doch noch alles gut. Sie musste nur ein bisschen Geduld haben, verständnisvoll sein und keinen Fehler machen. Jedenfalls war Daniel kein hoffnungsloser Fall.

Cynthia ging ins Zelt und suchte nach einem passenden Kleid für den Abend. Sie hatte nur zwei dabei und entschied sich für das gewagtere. Es war aus eng anliegender Rohseide, die ihre Figur betonte. Dazu trug sie schönen Goldschmuck.

Als Cynthia das Zelt verließ, kam Daniel ihr gerade entgegen. Wie angewurzelt standen sie sich gegenüber, keiner wusste etwas zu sagen. Cynthia hatte das starke Bedürfnis, Daniel zu umarmen und allen Streit zu begraben. „Ich wollte schnell duschen und mich umziehen", meinte sie endlich.

„Dann fährst du also mit?"

„Du etwa nicht?"

„Ich muss ja." Er konnte nicht widerstehen und strich ihr eine Locke aus der Stirn. „Warum hast du heute dieses Superessen gemacht?"
Cynthia beschloss, ehrlich zu sein. „Um dir zu gefallen."
Er lächelte schwach. „Meinst du, du würdest mir sonst nicht gefallen?"

„Ja, den Eindruck hatte ich in den letzten Tagen."
Er strich ihr mit dem Finger über die Wange. „Und ist es auch deine Überzeugung?"

„Meine Überzeugung spielt keine Rolle. Ich möchte nur nicht, dass die Reise so hässlich für uns endet." Sie legte ihm die Hand auf die Schulter. „Und du?"

Er antwortete nicht, beugte sich nur ein bisschen vor und berührte mit den Lippen ihren Mund. Dabei legte er ihr die Arme um die Taille und zog sie fest an sich. Dann küsste er sie richtig, bis Cynthia am ganzen Körper zitterte.

„Du solltest jetzt wirklich duschen gehen", sagte Daniel.

Cynthia machte sich so sorgfältig zurecht wie schon seit Monaten nicht mehr. Als sie mit allem fertig war, blickte ihr ein strahlendes Fotomodell aus dem Spiegel entgegen. Sie erkannte sich kaum wieder. Ihre Haut war zwar nicht mehr so milchweiß wie früher, aber sie sah gesund und lebenssprühend aus. Die kurzen Locken waren nicht mit der eindrucksvollen langen Mähne zu vergleichen, doch sie standen ihr besser, denn ihr Gesicht kam mehr zur Geltung. Ganz objektiv stellte Cynthia fest, dass sie noch nie schöner gewesen war als jetzt.

Das schien Daniel auch zu finden. Er lehnte an der Wagentür und sah ihr entgegen. Der Ausdruck seiner Augen zeigte, was er fühlte.

„Donnerwetter."

„Du siehst aber auch gut aus", gab Cynthia zurück. Er gefiel ihr wirklich sehr in seinen dunkelblauen Hosen und dem dazu passenden Sakko.

„Das hast du mir schon einmal gesagt." Er lächelte.

„Ja, aber da wusste ich noch nicht, was du wirklich für einer bist. Den Fehler mache ich nicht noch einmal."

„Ich glaube, wir haben beide ein paar Fehler gemacht."

„Da kannst du recht haben, Daniel."

„Nun kommt schon, ihr zwei!", rief eine weibliche Stimme aus dem Wagen. „Ich habe das Gefühl, heute gewinne ich viel Geld."

„Luanne hofft, dass sie heute Abend ein Vermögen macht", erklärte Daniel, indem er Cynthia beim Einsteigen half.

Die Fahrt in die Stadt war kurz. Das Spielcasino im Diamond Springs Hotel besaß zwar nicht den weltstädtischen Glanz, den Cynthia erwartet hatte, aber die Atmosphäre war genauso prickelnd wie überall, wo es Glücksspiele gibt. Die Spieler scharten sich um mehrere Tische, wo gepokert oder Blackjack und Baccara gespielt wurde. In einem Raum beschäftigte sich eine Gruppe von Männern mit einem traditionellen australischen Wettspiel mit Münzen. In einer anderen Ecke standen Spielautomaten. Und dann gab es die unschlüssigen oder ängstlichen Zuschauer, die an ihren Getränken nippten.

„Geht es hier immer so gesittet zu?", erkundigte sich Cynthia bei Daniel, der ihr galant die Tür aufhielt.

„Ich kenne es nicht anders, aber vielleicht ist an Wochenenden mehr los."

„Ich dachte, ich würde eine Art Mini-Las-Vegas vorfinden."

„Bist du enttäuscht?"

„Natürlich nicht! Ich habe mal einen Werbefilm in Las Vegas gemacht. Es war interessant, aber überhaupt nicht nach meinem Geschmack. Das hier gefällt mir, es hat Stil. Außerdem bin ich keine Spielernatur. Ich verstehe nicht viel davon."

„Hast du schon mal gepokert?"

„Nein." Cynthia lachte. „Ich habe einmal einen Dollar an einem Spielautomaten verloren, das hat mir gereicht."

„Komm, wir versuchen es mal. Ich lade dich zur ersten Runde ein." Daniel legte Cynthia den Arm um die Schulter und ging mit ihr zu einem „einarmigen Banditen".

Cynthia verlor den ersten Dollar. „Das war's, Daniel. Ich habe einfach kein Glück."

„Dann lass uns was trinken."

Kaum hatten sie den Platz am Spielautomaten frei gemacht, als Luanne ihn übernahm. Beim Verlassen des Raums hörten sie, wie der Automat klingelte und ratterte und wie Luanne begeistert aufschrie. Cynthia stieß Daniel in die Seite, und sie lachten.

Sie setzten sich in die Nähe eines Keno-Spieltisches und tranken ihr Bier. Cynthia suchte nach einem unverfänglichen Gesprächsthema. „Wie spielt man Keno?" Sie nahm eine der Karten vom Tisch und betrachtete sie. „Was bedeuten die Zahlen?"

„Die Zahlen gehen von eins bis achtzig. Du kannst bis zu fünfzehn davon wählen. Zwanzig werden gezogen, und du wettest darauf, dass soundso viele von deinen dabei sind."

Cynthia runzelte die Stirn. „Das verstehe ich nicht."

Daniel nahm eine andere Karte. „Es geht so: Du markierst die Zahlen, die du möchtest." Er wählte sechs Zahlen aus. „Dann entscheidest du, wie viel du einsetzen und wie oft du mit dieser Karte dabei sein willst. Das schreibst du hier unten hin." Er zeigte ihr die Karte. „Ich habe einen Dollar gewettet, dass einige von meinen Zahlen gezogen werden."

„Was? Einen ganzen Dollar?"

Daniel lachte. „Ich bin genauso waghalsig wie du. Wenn drei oder vier von meinen Zahlen kommen, habe ich einen kleinen Gewinn. Bei fünf Zahlen ist es schon mehr, und wenn alle sechs gezogen werden, bekomme ich über tausend Dollar."

Er legte die Karte auf den Tisch. „Es gibt da noch ein paar Feinheiten. Dies ist jedenfalls die einfachste Art."

„Gibst du deine Karte nicht hin?"

Daniel schüttelte den Kopf. „Ich sehe lieber zu, wie die anderen sich ruinieren."

„Dann fülle ich eine Karte aus." Cynthia nahm eine und tippte mit dem Bleistift darauf. „Wann hast du Geburtstag?" Daniel nannte ihr die Daten, und sie kreuzte an. „Ein Löwe, das hätte ich mir denken können." Sie strich drei weitere Zahlen aus.

„Was war das?"

„Mein Geburtsdatum." Cynthia sah Daniel an und markierte noch drei Ziffern. „Und das?"

„Der Tag, an dem wir uns kennengelernt haben." Cynthia legte ihre Hand auf Daniels. „Das war mein glücklichster Tag bisher."

Er drehte seine Hand um und verflocht seine Finger mit ihren. „Die Karte solltest du wirklich spielen. Ich glaube, sie gewinnt." Daniel drückte ihre Hand und ließ dann los. „Nein, ich werde sie spielen. Bleib sitzen, ich bin gleich wieder da."

Er kam gerade rechtzeitig zurück, als der Bildschirm den Beginn des neuen Spiels anzeige. „So, jetzt brauchst du nur noch abzuwarten und deinen Gewinn zu kassieren."

Als alle Zahlen auf dem Schirm erschienen waren, seufzte Cynthia auf. „So etwas Dummes! Ich habe alle, aber ich hatte nur auf sechs Richtige gesetzt."

„Damit bekommen wir wenigstens unseren Einsatz zurück", meinte Daniel. „Frag doch mal nach."

Cynthia ging und kam strahlend zurück. „Stell dir vor – hundert Dollar! Aber du hast ja auf zehn Richtige gesetzt!"

„Ich wusste, dass die Karte gewinnen würde."

Sie wäre ihm am liebsten um den Hals gefallen. Nicht wegen der hundert Dollar, sondern wegen seiner Bemerkung. Sie würden miteinander klarkommen, das wusste sie genau.

Plötzlich sagte eine fremde Stimme neben ihr: „Entschuldigen Sie, sind Sie nicht Cynthia Ames, das Aura-Mädchen?"

Sie drehte sich um. Vor ihr stand eine ältere Dame, umringt von einem halben Dutzend Freundinnen, die Cynthia anstarrten.

„Das war ich."

„Hab ich's nicht gesagt!" Die Dame war Amerikanerin. „Obwohl Sie Ihr Haar abgeschnitten haben. Und Sie sind in Wirklichkeit noch schöner als im Fernsehen."

Eine andere ließ sich vernehmen: „Meine Nichte hat ihr Haar so rot gefärbt wie Sie, aber ihre Mutter war völlig schockiert."

Cynthia kannte solche Situationen. Sie gab höflich Antwort. Für die Frauen war diese Begegnung etwas Besonderes. Doch als Cynthia sich nach Daniel umsah, war er gegangen.

Die Rückfahrt zum Campingplatz verlief schweigend. Alle waren müde. Cynthia hatte lange nach Daniel gesucht – ohne Erfolg. Gegen elf hatten sich alle beim „Zebra" eingefunden, und da kam er die Straße herunter. Er war freundlich zu den Reiseteilnehmern, zu Cynthia jedoch nur höflich. Auf die Frage, wo er gesteckt hatte, sagte er, er habe frische Luft gebraucht.

Natürlich wusste sie, was ihn verstimmt hatte. Aber wie sollte sie verhindern, dass man sie erkannte? Daniel wurde offenbar mit ihrer Vergangenheit nicht fertig. Im dunklen Zelt zogen sie sich stumm nebeneinander aus. Cynthia kroch traurig in ihren Schlafsack.

„Ich nehme morgen das Flugzeug nach Adelaide. Das wird das Beste für uns sein."

„Das denke ich auch."

„Wahrscheinlich bin ich schon in New York, wenn du mit „Zebra" zurückkommst."

Darauf erwiderte Daniel nichts.

„Du kannst Mrs MacCready sagen, ich wäre dir davongelaufen. Ich nehme alle Schuld auf mich. Es ist mir egal."

„Das ist nicht wichtig. Ich bleibe nicht bei der Firma."

Trotz ihres Zorns wollte Cynthia wissen, was aus Daniel werden würde. Wie sollte sie an ihn denken, wenn sie nicht einmal wusste, wo sie sich ihn vorstellen sollte? „Was hast du vor?"

„Irgendwohin gehen. Herumwandern."

„Aber warum, Daniel?"

Nach einer längeren Pause sagte er: „Ich habe durch dich etwas gelernt. Etwas, das ich nie lernen wollte."

„Morgen hast du es ja ausgestanden."

Die Stille wurde drückend. Als Cynthia die Tränen nicht länger zurückhalten konnte, presste sie das Gesicht ins Kissen, damit Daniel nichts davon merkte.

11. KAPITEL

*D*er Abschied von der Gruppe war Cynthia nicht leichtgefallen, und an die Trennung von Daniel mochte sie gar nicht denken. Und doch stand ihr Entschluss fest. Sie musste jetzt nur noch an Sly schreiben.

Lieber Sly,
Ende der Woche bin ich wieder in New York. Ich rufe dich dann
an, um meine berufliche Zukunft mit dir zu besprechen.
Cynthia

„Dinta, geh nicht weg." Danny warf sich in Cynthias Arme. Sie kniete neben ihm auf dem Boden und drückte ihn an sich.

„Deine Mami und dein Papi haben versprochen, dass ihr mich alle besuchen kommt. Und ich schreibe dir auch, bestimmt."

„Nicht weggehen, Dinta."

„Komm, Danny, lass Cynthia jetzt ihre Koffer packen." Alan nahm seinen Sohn bei der Hand. „Ich bringe dich nachher zum Flugzeug, wenn du wirklich fest entschlossen bist zu fliegen", sagte er zu Cynthia gewandt.

„Ja, das bin ich." Sie sah hinter Alan her, der mit Danny auf dem Arm nach unten ging. Sie fühlte noch die weichen runden Arme des Kindes, spürte den frischen Duft nach Babyseife. Sie machte sich ans Packen.

„Ich wünschte, du würdest wenigstens über Weihnachten hierbleiben, Cynthia. Das ist nämlich wirklich schön hier in Australien." Penny kam in Cynthias Zimmer. Sie trug Julia Rose auf dem Arm.

Cynthia packte weiter ihre Koffer. „Das wäre schön gewesen, ja. Aber ich muss weg und über mein weiteres Leben entscheiden." Sie hielt das Kleid in Händen, das sie vor ein paar Tagen im Kasino von Alice Springs getragen hatte. Sie schob es schnell unter einen Stapel anderer Sachen und nahm sich vor, es in die Kleidersammlung zu geben.

„Möchtest du dich nicht doch aussprechen?" Penny setzte sich mit dem Baby in einen Schaukelstuhl.

„Eigentlich brauche ich das nicht mehr. Ich weiß genau, was ich will: Adelaide verlassen, bevor Daniel zurückkommt."

„Dann läufst du also vor ihm davon."

„So würde ich das nicht ausdrücken."

Es klingelte an der Tür. Penny stand auf. „Wer das wohl ist? Vielleicht hat Alan etwas vergessen. Ich bin gleich wieder da."

Cynthia legte weiter ihre Sachen zusammen. Es war lächerlich, aber fast jedes Stück erinnerte sie an Daniel. Sie wusste genau, wo sie dieses oder jenes Kleidungsstück getragen hatte. Dann fiel ihr die Keno-Karte in die Hände, die ihr Glücksbringer sein sollte. Langsam zerriss sie die Karte in tausend Fetzen, die sie in den Papierkorb neben dem Bett fallen ließ.

Penny erschien in der Tür. „Es ist Mrs MacCready, Cynthia. Sie möchte dich sprechen."

„Das hätte ich zu gern Daniel überlassen", sagte Cynthia und schlug grimmig den Kofferdeckel zu. „Aber gut …"

„Daniel hat noch nie vor etwas gekniffen."

„Sag mal, auf wessen Seite stehst du eigentlich, Penny?"

„Auf Daniels", kam die prompte Antwort.

„Aber du weißt doch gar nicht, was vorgefallen ist!"

„Ich kann es mir sehr gut vorstellen. Du hättest mit ihm im ‚Zebra' zurückfahren und dabei erfahren können, was für ein Mensch er wirklich ist", meinte Penny.

„Ich weiß, was für ein Mensch er ist!", rief Cynthia aufgebracht. „Er ist so überzeugt von seinen vorgefassten Meinungen, dass keine Macht der Welt ihn davon abbringen kann!"

„Cynthia, du hast aus deinen Vorurteilen über australische Männer auch keinen Hehl gemacht. Daniel ist ein bisschen anders als die Männer, die du gewohnt bist, und schon hältst du ihn für gefühllos. Männer wie Daniel können ihre Gefühle nicht so leicht ausdrücken, also witzeln oder streiten sie, oder sie sagen gar nichts."

„Im Schweigen ist Daniel allerdings Meister."

„Er ist so erzogen worden. In seiner Welt hatten die Frauen eine bestimmte Rolle zu erfüllen und die Männer eine andere. Das war überlebenswichtig. Daniels Mutter hat dieses Leben nicht ausgehalten. Sie starb daran. Er würde dir etwas Ähnliches niemals zumuten."

Cynthia setzte sich entgeistert aufs Bett. „Wovon redest du eigentlich, Penny?"

„Daniel hat miterleben müssen, wie seine Mutter an diesem harten Leben zerbrach. Sie bekam ein Kind nach dem anderen, weil der Vater das für normal hielt. Sie kam aus der Stadt, genau wie du, und sie war einfach nicht stark genug. Daniel ging so früh wie möglich von zu Hause weg, denn er konnte das Schicksal seiner Mutter nicht verwinden. Ich sage doch, du verstehst Daniel nicht." Damit verließ sie Cynthias Zimmer.

Cynthia sah verdutzt hinter ihr her. War das noch dieselbe liebe, harmlose Penny, die sie kannte?

Da war Penny schon wieder da. „Vergiss nicht, dass unten jemand auf dich wartet."

„Ach, Penny, ich bin so durcheinander. Weißt du, ich könnte mich ja ändern, aber Daniel kann ich nicht ändern. Er hat mir zum Beispiel nie von seiner Mutter erzählt."

„Du musst ihm zeigen, wie er Gefühle äußern soll. Aber denk daran, dass Taten schwerer wiegen als Worte."

Cynthia stand auf und strich sich den Rock glatt. „Jetzt muss ich erst einmal das Gespräch mit Mrs MacCready durchstehen. Ich will nicht, dass ihr meinetwegen Nachteile habt."

Cynthia ging nach unten. Sie wappnete sich innerlich für einen harten Kampf, und dabei wollte sie sich viel lieber irgendwo verkriechen und sich ausweinen. Sie hatte noch niemandem gesagt, dass Daniel seinen Job aufgeben wollte, und sie würde auch nichts davon sagen. Aber lügen wollte sie auch nicht mehr. Es war Zeit, reinen Tisch zu machen.

„Guten Tag, Mrs MacCready." Cynthia setzte sich.

„Guten Tag, Miss Ames."

„Was darf ich Ihnen anbieten? Tee? Kaffee?" Plötzlich wurde Cynthia bewusst, wie Mrs MacCready sie angeredet hatte.

„Nichts, danke. Ich möchte nur mit Ihnen sprechen."

Cynthia wurde hellhörig und betrachtete Mrs MacCready aufmerksamer. Sie hatte sich sehr verändert, trug jetzt eine rosa Bluse und einen weiten, geblümten Rock. Auch Lippenrot hatte sie aufgelegt und wirkte um Jahre jünger.

„Heute sehen Sie sehr gut aus", sagte Cynthia spontan. „Diese Farben stehen Ihnen ausgezeichnet."

Mrs MacCready errötete leicht. „Danke. Eigentlich wollte ich Daniel sprechen, aber nun kann ich es auch Ihnen sagen. Die finanziellen Einzelheiten müssen wir sowieso noch regeln."

Cynthia stellte sich schon darauf ein, dass Daniel entlassen war.

Mrs MacCready zog einige Papiere aus ihrer Handtasche. „Mein Mann und ich werden die Agentur verkaufen. Wir werden Alan und Daniel dabei stark entgegenkommen, damit sie die Firma kaufen können. Die beiden können entscheiden, ob sie alle Busse und Jeeps übernehmen oder ob sie erst klein anfangen."

Cynthia war sprachlos.

„Was meinen Sie, wird Daniel sich darüber freuen? Alan wird sehr glücklich sein, da bin ich sicher."

„Ob er sich freut? Er wird es gar nicht für möglich halten! Aber warum wollen Sie auf einmal alles verkaufen?"

Mrs MacCready lächelte. „Ich gehe zu meinem Mann auf die Norfolk-Inseln. Wir kaufen dort ein kleines Hotel, und wir möchten Alan und Daniel eine Chance geben. Wann kommt Daniel?"

„Das … weiß ich nicht genau."

„Eine gute Ehefrau sollte immer wissen, wo ihr Mann ist", tadelte Mrs MacCready, aber sie lächelte.

„Ich glaube, ich bin keine sehr gute Ehefrau", sagte Cynthia.

„Ich glaube, Sie sind überhaupt keine Ehefrau, oder?"

Cynthia blickte auf. In ihren Augen standen Tränen, und sie nickte langsam.

„Wir haben Sie in diese Geschichte hineingeschubst", meinte Mrs MacCready schuldbewusst. „Sie tun mir wirklich leid. Ich wollte meine altmodischen Wunschvorstellungen durchsetzen. Natürlich habe ich sofort gesehen, dass Sie weder verlobt waren, noch vorhatten zu heiraten. Aber ich habe auch bemerkt, wie Daniel Sie ansah, wenn Sie gerade wegschauten, und ich dachte mir: Das ist eine ganz große Liebe. Es war so dumm von mir." Sie seufzte. „Ich dachte, Gelegenheit macht Liebe. Sogar Vanessa war ein Teil meines Plans. Ein bisschen Eifersucht bringt so manches ans Licht."

„Oh Mrs MacCready!" Cynthia war aufgestanden. Sie konnte der Frau nicht böse sein. „Es waren die zwei schönsten Wochen meines Lebens. Und ich liebe Daniel, aber er lehnt mich ab. Ich bin wohl eine Bedrohung für sein Selbstwertgefühl."

„Das kann ich mir bei Daniel nicht vorstellen. Er ist ein bisschen wie mein Mann Bill. Solche Männer sprechen nicht über Gefühle. Als mein Mann wegging, dachte ich, er mag mich nicht mehr. Dabei wollte er mir nur die Chance geben, auch einmal die Firma zu leiten. Und allmählich begriff er, dass ich mit meinem ständigen Nörgeln bloß seine Aufmerksamkeit erregen wollte, dass ich an seinem Leben teilhaben wollte. Und ich sah ein, dass ich Bill mit meiner Art das Leben schwer gemacht hatte. Als ich ihm das alles sagte, hat er mich mit offenen Armen empfangen."

Cynthia musste zugeben, dass nicht nur Mrs MacCready hoffnungslos romantisch war. Auch sie selbst weinte vor Rührung. „Das freut mich so für Sie, Mrs MacCready. Aber mich wird Daniel nicht mit offenen Armen empfangen."

„Vielleicht denkt er, er hat Ihnen nichts zu bieten."

„Aber ich brauche doch gar nichts – außer Daniel!"

„Haben Sie ihm das jemals gesagt?"

Alice Springs sah genauso aus wie vor vier Tagen. Die Sonne ging soeben hinter den MacDonnell-Hügeln unter und tauchte die Stadt in rosigen Schimmer.

Cynthia hatte den Flug nach New York abgesagt und stattdessen einen nach Alice gebucht. Sie musste Daniel ein paar Dinge klarmachen, zum Beispiel, dass sie bereit war, ihr bisheriges Leben aufzugeben, um bei ihm bleiben zu können. Er glaubte noch nicht an die Ernsthaftigkeit ihrer Gefühle.

Ein Taxi brachte Cynthia vom Flugplatz zu der Niederlassung von Australia-Abenteuer-Tours, wo die Fahrzeuge gewartet wurden. Cynthia bat den Taxifahrer, einen Moment zu warten, bevor sie ausstieg und auf die Tür des Gebäudes zuging. Sie wusste nicht, ob sie Daniel hier antreffen würde. Doch da hörte sie durch die geschlossene Tür hindurch ein paar kräftige Flüche, und sie winkte dem Taxifahrer zu, als Zeichen, dass sie ihn nicht mehr brauchte.

Die Tür war nicht verschlossen. In Alice Springs hatte man keine Angst vor Dieben. Cynthia ging hinein. Dämmerlicht, der Geruch von Öl und Staub umgab sie. Daniel war nicht zu sehen. Nur unter einem Jeep guckten zwei Beine hervor. Auf Zehenspitzen ging Cynthia hin.

„Kann ich dir irgendwie behilflich sein?", fragte sie leise.

Es folgte ein langes Schweigen. Unter dem Jeep rührte sich nichts. Endlich sagte Daniel: „Habe ich dich etwa gebeten?"

„Das hast du nicht. Aber vielleicht brauchst du trotzdem etwas." Vielleicht mich, fügte Cynthia in Gedanken hinzu.

Mit lautem Knall fiel unter dem Jeep etwas zu Boden, und Daniel fluchte verhalten. „Neben meinem Fuß liegt ein Schraubenschlüssel. Kannst du mir den bitte mal herschieben?"

Cynthia tat es. Dann fragte sie: „Warum bist du so spät noch hier?"

„Warum bist du überhaupt hier?"

„Ich habe ein paar Neuigkeiten für dich."

Es wurde wieder ganz still unter dem Jeep. „Was für Neuigkeiten?"

„Mrs MacCready möchte die Agentur an dich und Alan verkaufen. Alan ist schon ganz aus dem Häuschen."

Daniel schien keineswegs aus dem Häuschen zu sein. Er rührte sich nicht unter dem Jeep weg. „Alan hätte mich anrufen können."

Allmählich sank ihr Mut nun doch. Was war das für eine alberne Idee gewesen, nach Alice zu fliegen? Sie hatte sich einreden lassen, dass ihre Meinung über Daniel nicht stimmte, weil sie es viel zu gern glauben wollte. Ich bin eine dumme Gans, sagte sich Cynthia, lief zur Tür und warf sie hinter sich ins Schloss.

Das Taxi war inzwischen weg, und bis in die Stadt war es eine Meile oder mehr. So konnte sie sich wenigstens auf dem Weg richtig ausweinen. Sie würde in einem Hotel übernachten und morgen endgültig abreisen.

„Bleib stehen, Cynthia!"

Cynthia ging nur eine Spur langsamer, damit Daniel sie einholen konnte.

„Sieh dich doch mal um. Siehst du schicke Geschäfte, Discos, Feinschmeckerlokale? Hier gibt es Touristensouvenirs, aber kein Kleid, wie du es neulich anhattest!"

Cynthia ging immer weiter, ohne zur Seite zu sehen.

„Hier gibt es keinen Agenten, der deine Fotos für viel Geld verkaufen würde."

„Na und?"

„Ich werde hier wohnen, wenn ich nicht auf Tour bin. Alan wird in Adelaide die Stellung halten, so war das geplant."

„Na und?"

Daniel ergriff Cynthias Arm und zwang sie, stehen zu bleiben. „Das ist kein Ort für dich! Sieh mich an: Meinst du nicht, ich würde mich ändern für dich, wenn ich könnte? Aber ich kann nicht, ich passe nicht in deine Welt. Und du passt nicht hierher, begreif das doch endlich!"

Cynthia sah ihn voll an. Dies war der Mann, den sie liebte, Daniel Marlin mit dem zerzausten braunen Haar und den breiten Schultern, Daniel Marlin mit dem ernsten Gesicht und den Augen, die ihretwegen glanzlos geworden waren. Und jetzt wurde sie wütend. „Ich wüsste nicht, was gegen Alice Springs einzuwenden wäre. Du benutzt das alles nur als Ausrede! Du wolltest wohl sagen, hier ist nicht der richtige Ort für jemanden, der es schon woanders zu etwas gebracht hat!" Sie riss ihren Arm los. „Das hältst du nicht aus, wie? Es verletzt deinen dummen Stolz, dass ich gutes Geld verdient habe und du vielleicht nicht so viel, und ..."

Daniel schüttelte langsam den Kopf. „Du liegst völlig falsch."

„Was ist dann richtig? Liegt dir überhaupt etwas an mir, Daniel? Ich muss es jetzt wissen! Nick wenigstens mit dem Kopf, wenn du es mir schon nicht sagen kannst!"

Daniel schwieg und rührte sich nicht. Da drehte Cynthia sich um und ging.

„Cynthia, mir liegt sehr viel an dir."

Die Worte waren so leise gesprochen, dass sie sich fragte, wie sie sie überhaupt gehört hatte.

Sie drehte sich um. „Hast du das gesagt, was ich mir einbilde, gehört zu haben?" Auch Daniels Kopfnicken war kaum wahrzunehmen. „Wenn das so ist, dann werden wir unsere Probleme auch lösen können. Du weißt inzwischen, dass ich dich liebe, oder? Ich werde mich an das Leben hier gewöhnen, wenn ich bei dir bin."

„Ich will das nicht von dir verlangen, Cynthia. In ein paar Jahren wird hier kein Mensch mehr das berühmte Fotomodell in dir erkennen. Meine Mutter wollte dieses Opfer auch für meinen Vater bringen, und es hat sie umgebracht."

Cynthia sah an ihrem Kleid herunter. Es war das teuerste und schickste, das sie nach Australien mitgebracht hatte. Sie hatte sich zurechtgemacht, als ginge sie zu einem Fototermin, und ihre Absätze waren so hoch, dass sie fast so groß war wie Daniel. Sie strich an dem seidenen Rock herunter. „Ja, das bin ich. Ich mag mich so, und das wird auch so bleiben."

„Ich mag dich auch so."

„Aber ich war als Fotomodell nicht glücklich. Und ich habe meinen Job aufgegeben, bevor ich dich kennenlernte. Ich will nicht dahin zurück. Und ich bin auch nicht deine Mutter, Daniel, und Alice ist keine einsame Rinderfarm. Du bittest mich um nichts, was ich nicht gern geben würde."

„Ich bitte dich um gar nichts."

„Du möchtest aber, nicht? Daniel, ich bin weit genug auf dich zugegangen, jetzt bist du dran. Nur so viel noch: Ich werde Ja sagen, weil ich dir vertraue."

Daniel kreuzte die Arme vor der Brust. „Hier wird es unsäglich heiß im Sommer. Die Einwohner von Alice veranstalten Bootsrennen auf dem Todd River, der leider kein Wasser führt. Also sägen sie Löcher in die Boote und rennen damit."

Cynthia lächelte mit zitternden Lippen. „Das würde ich gern mal erleben."

„Und die Insektenplage wird ganz schlimm."

„Mit Insekten werde ich fertig. Ich mag dieses Land und die freundlichen Leute und die Aussicht auf die Hügel von ganzem Herzen. Mit einem Leben ohne dich werde ich nicht fertig." Sie hielt ihm die Hand hin.

Daniel sah zögernd darauf. „Und der Mann in New York?"

„Er ist mein Agent und mein Freund. Sly ist siebenundfünfzig und Großvater."

„Ich bin so, wie ich bin. Ich bin kein roher Diamant, den du nur zu schleifen und zu polieren brauchst." Daniel streckte ebenfalls die Hand aus, ohne ihre zu berühren. „Wenn du jetzt meine Hand nimmst, Cynthia, lasse ich dich nie mehr los."

Cynthia warf sich in seine Arme. Die Nachtluft wurde kühl, aber sie waren unempfindlich dagegen. Sie küssten sich, bis sie beide keine Luft mehr bekamen.

„Daniel", sagte Cynthia schließlich, „was bedeutet das nun wirklich?"

„Dass wir heiraten." Er küsste sie wieder. „So schnell wie möglich, oder? Geh mit mir auf Touren. Ich möchte dir noch so viel zeigen, ganz Australien."

„Ich möchte deine Partnerin sein. Ich möchte dich lieben."

Er nahm ihr Gesicht in beide Hände. „Du sollst mich so lange lieben, wie ich dich liebe – für immer." Er küsste sie heftig.

Hand in Hand gingen sie in die Stadt, in der ihre gemeinsame Zukunft beginnen sollte.

„Annie, verbinden Sie mich bitte mit Henry Biddler!", rief Sly Jackson seiner Sekretärin zu.

„Wollen Sie nicht erst die Post durchsehen?", meinte Annie. „Es ist ein Brief von Miss Ames dabei."

„Das wird auch Zeit!" Sly öffnete den Brief.

16. November

Lieber Sly,
hiermit lade ich dich zu meiner Hochzeit ein. Meine erste Ehe ist vorbei, aber die zweite schließe ich mit demselben Mann. Es klingt vielleicht alles ein bisschen kompliziert. Wenn du hier bist, erkläre ich es dir. Die Feier ist am nächsten Sonntag.
In Liebe,
deine Cynthia

„Annie!"

„Ja, Mr Jackson?"

„Streichen Sie den Termin mit Henry und machen Sie einen mit meinem Psychoanalytiker aus!" Er fuhr sich mit der Hand durch das schüttere Haar. „Nein, streichen Sie das, buchen Sie mir einen Flug nach ...", er sah in Cynthias Brief nach, „Alice Springs."

„Wo ist denn das?"

„In Australien." Er starrte wieder auf den Brief. „Was wissen Sie über Australien, Annie?"

„Na ja ... Kängurus und Bumerangs und so ..."

„Wie finden Sie folgende Ideen: Die erste Einstellung ist ein Pferd in der Steppe. Überall springen Kängurus herum, es gibt Vögel und ein paar Windmühlen. Typisch australisch alles."

„Sehr schön, Mr Jackson."

„Auf dem Pferd sitzt eine Frau. Ihr Haar weht im Wind. Sie kommt näher, steigt ab und hält eine Flasche Shampoo hoch. ‚Hallo, ich bin Cynthia Ames. Hier im Busch brauche ich für mein Haar nur Aura ...'"

„Mr Jackson?"

Sly schüttelte niedergeschlagen den Kopf. „Ich weiß, die Idee ist schlecht. Annie?"

„Ja, Mr Jackson?"

„Eine Bitte noch: Wenn ich abgeflogen bin, telegrafieren Sie an Henry. Sagen Sie ihm, Cynthia Ames wird den Vertrag mit Aura nicht erneuern. Und dass ich nach Australien gefahren bin, um ein bisschen auszuspannen. Und fragen Sie an, ob er nicht nachkommen möchte."

– ENDE –

Lucy Monroe

Wenn aus Freundschaft plötzlich Liebe wird

Roman

Aus dem Amerikanischen von
Sonja Sajlo-Lucich

PROLOG

Der Hafen von Seattle sah genauso aus wie all die anderen Häfen, die Neo Stamos auf der Welt gesehen hatte, seit er mit vierzehn Jahren auf dem Frachter Hera angeheuert hatte. Und doch war dieser Hafen etwas Besonderes. Denn hier änderte sich Neos Leben: Er ging an Land und kehrte nie wieder auf die Hera zurück.

Er und sein Freund Zephyr Nikos hatten ein falsches Alter angegeben, als sie sich vor sechs Jahren um Aufnahme in die Crew bemüht hatten – ein kleines Opfer, um das Leben, wie sie es aus Griechenland kannten, hinter sich zu lassen. Als Mitglieder einer Athener Straßengang hatten Zephyr und er eine Gemeinsamkeit entdeckt: Sie wollten mehr im Leben erreichen, als sich die Ränge der Gang hochzuarbeiten.

Sie würden es schaffen, versprach sich der inzwischen einundzwanzigjährige Neo nun, als die Sonne im Osten aufging.

„Bereit für das nächste Kapitel?", fragte Zephyr.

Neo nickte, den Blick auf den Hafen gerichtet, in den sie einliefen. „Es wird nicht mehr auf der Straße geschlafen."

„Wir schlafen seit sechs Jahren nicht mehr auf der Straße."

„Manch einer würde sich fragen, ob die Kojen auf der Hera so viel besser sind."

„Sind sie."

Insgeheim stimmte Neo zu, doch er sagte es nicht laut. Zephyr kannte seine Einstellung. Alles war besser, als sich mehr schlecht als recht durchzuschlagen und trotzdem noch den Regeln anderer gehorchen zu müssen. „Was jetzt kommt, wird besser sein."

„Genau. Es hat uns sechs Jahre gekostet, um genug Geld zusammenzubringen, aber jetzt liegt ein neues Leben vor uns."

Sechs Jahre harte Arbeit und Verzicht. Sie hatten praktisch jede Drachme zur Seite gelegt. Für zwei junge Männer, die erst im Waisenhaus und dann auf der Straße aufgewachsen waren, war es viel Geld. Kleidung, Bücher und andere Notwendigkeiten besorgten sie sich auf unübliche, vielleicht nicht ganz legale Weise – zumindest, wenn man Glücksspiel für Minderjährige für illegal hielt.

Wann immer sie nicht gearbeitet hatten – oder gewettet, um die mickrige Heuer aufzustocken –, hatten sie alles gelesen, was sie an Informationen über Unternehmensführung und Immobiliengeschäfte in die Finger bekamen. So war jeder von ihnen zum Experten auf einem

Gebiet geworden, und sie würden ihr Wissen kombinieren, anstatt einzeln ihre Anstrengungen verdoppeln zu müssen. Gemeinsam hatten sie einen Plan ausgearbeitet, wie sie ihre Mittel zuerst durch den Kauf und Verkauf von Immobilien erheblich erhöhen konnten, um dann irgendwann eine eigene Immobilienfirma im ganz großen Stil aufzuziehen.

„Unser neues Leben als Businesstycoons Zephyr Nikos und Neo Stamos", fügte Zephyr mit Inbrunst hinzu.

Neo hatte fast immer einen ernsten Ausdruck im Gesicht, doch jetzt zog ein Lächeln auf seine Lippen. „Bevor wir dreißig sind."

„Bevor wir dreißig sind", bekräftigte Zephyr mit der gleichen Entschiedenheit, die Neo fühlte.

Sie würden es schaffen. Versagen war keine Option.

1. KAPITEL

*D*as ist ein Witz, oder?"
Neo starrte auf die aufwendige Geschenkurkunde mit dem Logo einer bekannten Wohltätigkeitsorganisation. Ganz bestimmt wollte Zephyr Nikos, sein ältester und einziger Freund und nicht zu vergessen sein Geschäftspartner, ihn auf den Arm nehmen.

„Nein, kein Witz. Herzlichen Glückwunsch zum Fünfunddreißigsten, *filos mou*." Anders als früher, als sie nur Englisch miteinander gesprochen hatten, um ihre Sprachkenntnisse aufzupolieren, flochten sie heute griechische Wendungen in ihre Gespräche ein, damit sie ihre Muttersprache nicht vergaßen.

„Ein *Freund* würde wissen, dass ich mit einem solchen Geschenk nichts anfangen kann."

„Im Gegenteil. Nur ein Freund kann beurteilen, wie passend und dringend notwendig dieses kleine Geschenk ist."

„Klavierstunden?" Und dann auch noch für ein ganzes Jahr. Kam gar nicht infrage! „Ich glaube kaum, dass ich die nutzen werde."

Zephyr lehnte sich an den riesigen Mahagonischreibtisch, der mehr wert war, als sie in ihrem ersten Jahr verdient hatten. „Da bin ich anderer Meinung. Du hast die Wette verloren."

Neo funkelte seinen Freund böse an. Alles, was er jetzt noch sagte, würde wie Gejammer klingen, hielten sie einander doch seit Jahren vor, dass Wettschulden Ehrenschulden waren. Er hätte es besser wissen müssen, als sich mit diesem Wetthai von einem Freund anzulegen.

„Sieh es als eine Art ärztliche Verordnung an."

„Wird mir jetzt verordnet, eine Stunde pro Woche sinnlos zu vergeuden? Ich habe nicht einmal eine halbe zu erübrigen. Vielleicht weißt du ja mehr als ich …" Könnte eines der weltweit laufenden Bauprojekte schlicht gestrichen worden sein? „… aber in meinem Terminkalender ist kein Platz für Klavierstunden." Wette hin oder her.

„Etwas geht tatsächlich vor sich, ohne dass du auch nur das Geringste davon mitbekommst, und das nennt sich Leben. Überall um dich herum spielt es sich ab, nur bist du so beschäftigt mit unserer Firma, dass du es verpasst."

„Stamos und Nikos Enterprises *ist* mein Leben."

Zephyr bedachte Neo mit einem mitleidigen Blick, so, als hätte er nicht ebenso hart gearbeitet, um die Vergangenheit hinter sich zu lassen. „Die Firma sollte unser Ticket zu einem neuen Leben sein, nicht das

Einzige, wofür wir leben. Erinnerst du dich nicht mehr? Wir wollten vor unserem dreißigsten Lebensjahr Tycoons sein."

„Das waren wir auch."

Drei Jahre, nachdem sie den Fuß auf amerikanischen Boden gesetzt hatten, hatten sie die erste Million zusammengehabt. Einige weitere Jahre und sie waren Multimillionäre gewesen. Inzwischen waren er und Zephyr Hauptaktionäre eines globalen Multimilliarden-Dollar-Unternehmens. Stamos & Nikos Enterprises trug nicht nur Neos Namen, die Firma bestimmte jede Stunde seines Tagesablaufs. Und er hatte überhaupt nichts dagegen.

„Du wolltest ein großes Haus für dich und eine Familie gründen, weißt du noch?", fragte Zephyr ironisch.

„Die Zeiten ändern sich." Von manchen Kindheitsträumen nahm man eben Abschied. „Mir gefällt mein Penthouse."

Zephyr verdrehte die Augen. „Darum geht es doch gar nicht."

„Worum geht es dann? Bist du etwa der Meinung, dass ich unbedingt Klavier spielen lernen sollte?"

„Ehrlich gesagt, ja. Selbst wenn dich dein Arzt beim letzten Gesundheitscheck nicht gewarnt hätte … Ich hätte dir auch sagen können, dass du kürzertreten musst. Bei deinem Stress muss man kein Arzt sein, um zu sehen, dass du der optimale Kandidat für einen Herzinfarkt bist."

„Ich treibe regelmäßig Sport, gehe sechsmal die Woche ins Fitnessstudio. Meine Haushälterin bereitet meine Mahlzeiten nach einem genauen Diätplan vor, ich esse regelmäßiger und gesünder als du. Mein Körper ist in Topform."

„Du schläfst keine sechs Stunden pro Nacht, und du hast absolut kein Stressventil."

„So? Was ist dann mein Training?"

„Ein weiterer Beweis für deinen Ehrgeiz. Du treibst dich immer zu Höchstleistungen an, egal, was du tust."

Zephyr musste es wissen, schließlich war er beim Training dabei und stachelte Neos Ehrgeiz erst recht an. Na schön, seit ein paar Jahren verließ Zephyr das Büro immer um sechs, anstatt noch bis spät in den Abend zu arbeiten. Und vielleicht hatte er sich auch ein Hobby zugelegt, das nichts mit Immobilien zu tun hatte. Aber deswegen war sein Leben nicht besser als Neos, es war nur ein wenig anders.

„Du brauchst dringend Abwechslung, mein Freund. Du hast mehr Elan als jeder andere, den ich kenne, aber es wird Zeit, dass du einen Ausgleich findest."

Da redete ja genau der Richtige! „Und Klavierstunden werden meinem Leben einen neuen Sinn geben?" Vielleicht war Zephyr selbst reif für eine Pause. Der Mann verlor allmählich den Bezug zur Realität!

„Das nicht. Es gibt dir nur eine Stunde pro Woche, in der du einfach Neo Stamos sein kannst und nicht der griechische Tycoon, der Unternehmen mitsamt Mitarbeitern aufkaufen und wieder verkaufen könnte."

„Ich handle nicht mit Menschen."

„Nein, wir kaufen Immobilien und Land, entwickeln und verkaufen wieder. Und wir sind verdammt gut darin, es mit Profit zu tun. Aber wann ist genug genug?"

„Ich bin zufrieden mit meinem Leben, so wie es ist."

„Nur bist du nie zufrieden mit deinem Erfolg."

„Sag nicht, du wärst anders."

Zephyr zuckte mit einer Schulter, sein maßgeschneidertes Anzugjackett machte die lässige Bewegung anstandslos mit. „Wir reden hier über dich." Er verschränkte die Arme vor der Brust. „Wann hast du das letzte Mal mit einer Frau geschlafen, Neo?"

„Sind wir nicht längst über diese Art von Strichlisten hinweg, Zee?"

Zephyr grinste. „Ich will nicht die Zahl deiner Eroberungen wissen. Ich weiß, du hast Sex", er wurde wieder ernst, „aber du hast noch nie wirklich liebevoll mit einer Frau geschlafen."

„Wo liegt da der Unterschied?"

„Du hast Angst vor Intimität."

„Erklär mir, wie wir von Klavierstunden auf dieses blödsinnige Psychogeschwätz kommen. Seit wann bist du unter die Amateurpsychiater gegangen?"

Zephyr wirkte tatsächlich gekränkt! „Ich stelle lediglich fest, dass dein Leben nicht genügend Facetten aufweist. Du musst neue Erfahrungen machen, aufbrechen zu neuen Horizonten."

„Jetzt klingst du wie die Werbung einer Reisegesellschaft." Wie eine schlechte!

„Ich klinge wie der Freund, der sich Sorgen macht. Ich möchte nicht, dass du vor deinem vierzigsten Geburtstag ins Gras beißt, weil der Stress zu viel wird."

„Woher hast du eigentlich diese Informationen über meinen Gesundheitszustand?"

„Gregor hat mich neulich auf dem Golfplatz beiseite genommen und mir gesagt, dass du dich noch totarbeiten wirst."

„Er hat die Schweigepflicht verletzt. Ich werde ihn verklagen."

„Nein, wirst du nicht. Er ist unser Freund."

„Er ist *dein* Freund und *mein* Arzt."

„Genau davon rede ich, Neo. Du musst ein Gegengewicht finden. Dein Leben besteht nur aus Arbeit."

„Wenn deiner Meinung nach Beziehungen so wichtig sind, warum hast du dann keine?"

„Ich gehe mit Frauen aus, Neo. Und bevor du jetzt anführst, dass du das auch tust ... sich mit einer Frau zu verabreden und schon vorher zu planen, Sex mit ihr zu haben und sie dann nie wiederzusehen, ist keine Beziehung."

„In welchem Jahrhundert lebst du eigentlich?"

„In diesem, genau wie du, mein Freund. Also hör auf, dich wie ein Idiot zu benehmen, und nimm das Geschenk an. Du wolltest doch immer Klavier spielen lernen."

„Immer? Wann?"

„Als wir uns als Jungs auf den Straßen Athens herumgetrieben haben."

„Ich habe mehrere Kindheitsträume aufgegeben." Und im Tausch für sein jetziges Leben hatte er es bereitwillig getan. Das, was er aus sich gemacht hatte, war bestimmt nicht schlecht für jemanden, dessen Vater sich abgesetzt hatte, noch bevor der Sohn zwei Jahre alt gewesen war, und dessen Mutter mehr von Alkohol gehalten hatte als von Kindererziehung.

Trotzdem fühlte er, dass er langsam nachgab – wenn auch nur, um den einzigen Menschen auf der Welt, für den er bereit war, Kompromisse einzugehen, nicht zu enttäuschen. „Na schön, ich versuche es. Zwei Wochen lang."

„Sechs Monate."

„Einen."

„Fünf."

„Zwei. Mein letztes Angebot."

„Es kann dir nicht entgangen sein, dass ich für ein ganzes Jahr bezahlt habe."

„Sollte es mir Spaß machen, werde ich das Jahr vielleicht nutzen."

Aber Neo hatte nicht die geringsten Zweifel, wie das Experiment ausgehen würde.

Schon zum zweiten Mal innerhalb einer Minute strich Cassandra Baker sich das dunkelblaue Designerkleid mit dem großen weißen Spitzenkragen glatt. Nur weil sie wie eine Einsiedlerin lebte, hieß das nicht, dass sie sich auch so kleiden musste. Selbst wenn andere sie nur selten sahen – und dann auch nur in ihrem Zuhause –, halfen hübsche Kleider ihr dabei, sich einigermaßen normal zu fühlen. Immer funktionierte es zwar nicht, aber zumindest versuchte sie es.

Eigentlich sollte sie jetzt spielen. Es entspannte sie. Das sagte man ihr zumindest immer wieder und manchmal glaubte sie selbst daran. Doch ihre schlanken Finger lagen reglos auf der Klaviatur. In weniger als fünf Minuten würde Neo Stamos zu seiner ersten Unterrichtsstunde erscheinen.

Wie jedes Jahr hatte sie der Spendengala zwölf Monate Meisterkurse bei ihr, der berühmten, wenn auch zurückgezogen lebenden Pianistin und Komponistin von New-Age-Musik, überlassen. Und sie war sich sicher gewesen, dass auch dieses Mal ein Musikliebhaber die Meisterkurse ersteigern würde. Vielleicht ein aufstrebendes neues Talent … Nie hätte sie vermutet, dass ein absoluter Neuling, noch dazu ein milliardenschwerer Großunternehmer, für ein Jahr ihr Schüler sein würde. Es war der Albtraum für eine Frau, die Schwierigkeiten hatte, einem Fremden ihre Tür zu öffnen.

Um sich über den Mann kundig zu machen, hatte sie sämtliche Artikel, die sie über ihn finden konnte, gelesen und im Internet recherchiert. Geholfen hatte es nicht, im Gegenteil. Auf den Pressefotos wirkte er eher wie jemand, der für Musik, gleich welcher Richtung, nichts übrig hatte. Warum in aller Welt wollte ein solcher Mann Klavierunterricht nehmen?

Nun, offenbar wollte er. Denn als die Summen bei der Auktion bereits in die Zehntausende gegangen waren, da war Zephyr Nikos vorgetreten und hatte einhunderttausend Dollar geboten. Einhunderttausend Dollar! Für wöchentlich eine Stunde ihrer Zeit! Verstehen konnte Cass es noch immer nicht. Selbst für ein Jahr war das ein mehr als extravagantes Gebot. Verständlicherweise war die Organisatorin der Gala vor Begeisterung übergeschäumt. Eigentlich hielt Cass Telefongespräche mit Leuten, die sie kaum kannte, kurz, doch die ältere Frau hatte ausführlich von der Auktion erzählt. Und es rührte sie ganz besonders, dass die Stunden ein Geschenk von Mr Nikos an seinen lebenslangen Freund und Geschäftspartner Neo Stamos waren.

Auch die Termine hatte nicht Mr Stamos' persönlich ausgemacht, seine Assistentin hatte Cass angerufen. Da ihr eigenes Übungsprogramm flexibel war und sie praktisch nie ausging, stellte die Planung kein Problem dar. Dennoch ließ die sicherlich sehr kompetente, allerdings auch sehr reservierte Assistentin es klingen, als müsste Mr Stamos seinen Erstgeborenen opfern, um am Dienstag um zehn Uhr zur ersten Stunde zu erscheinen.

Was Cass nur noch nervöser machte, als sie ohnehin schon war, wenn sie einem Schüler zum ersten Mal begegnete. Sie konnte sich nicht vorstellen, wieso ein immens reicher, viel zu gut aussehender und noch dazu offensichtlich übermäßig beschäftigter Unternehmer Klavierunterricht nehmen wollte. Seit ihrem letzten öffentlichen Auftritt hatte Cass keine solche Unruhe mehr in sich verspürt. Auch wenn sie sich schon den ganzen Morgen sagte, dass das unsinnig war ... es half nicht.

Als es an der Haustür klingelte, zuckte sie zusammen. Ihr Puls begann zu rasen, ihr Atem wurde unregelmäßig. Sie drehte sich auf dem Schemel zur Tür, aber sie stand nicht auf ...

Sie musste aufstehen. Musste zur Tür gehen und ihren neuen Schüler begrüßen.

Es klingelte ein zweites Mal. Die Ungeduld in dem Laut brach ihre Starre. Sie sprang auf.

Auf dem Weg zur Tür schossen ihr all die beunruhigenden Fragen durch den Kopf, die sie schon den ganzen Morgen plagten. Würde Neo Stamos vor ihrer Tür stehen oder seine Assistentin? Vielleicht ein Leibwächter oder der Chauffeur? Redeten Milliardäre mit ihrem Klavierlehrer, oder ließen sie die Konversation von irgendwelchen Untergebenen bestreiten? Würde sein Chauffeur oder sein Leibwächter während der Unterrichtsstunde mit im Raum sein wollen? Oder vielleicht auch seine Assistentin ...?

Bei der Vorstellung, so viele fremde Leute in ihrem bescheidenen Haus zu haben, begann Cass zu hyperventilieren. Sie war stolz auf sich, dass sie dennoch weiter auf die Tür zuging. Vielleicht war er ja allein gekommen. Eine Überlegung, die einen ganzen Berg von neuen Fragen vor ihr auftürmte. Ob es ihm recht war, sein Luxusauto in der einfachen Nachbarschaft im Westen Seattles zu parken? Sollte sie ihm anbieten, seinen Wagen in die leere Garage zu stellen?

Ein drittes Klingeln ertönte, gerade als sie die Tür aufzog. Mr Stamos, der in natura noch imposanter aussah als auf den Fotos, schämte sich seiner Ungeduld eindeutig nicht.

„Miss Cassandra Baker?"

Augen, grün wie die Blätter der Bäume im Frühsommer, waren fragend auf sie gerichtet. Sie musste den Kopf in den Nacken legen, um dem dunkelhaarigen Tycoon in das überwältigend attraktive Gesicht sehen zu können.

„Ja." Sie zwang sich, ihm das gleiche Angebot zu machen wie jedem ihrer Schüler. „Sie können mich Cass nennen."

„Sie sehen aus wie eine Cassandra, nicht wie eine Cass." Seine tiefe Stimme klang in ihren Ohren wie eine perfekt gestimmte Saite.

„Meine Schüler nennen mich alle Cass." Auch wenn es ihr unpassend vorkam, diesen Mann als Schüler zu bezeichnen.

Offensichtlich ging es ihm genauso, denn es zuckte um seine Mundwinkel. „Ich nenne Sie Cassandra."

Sie starrte ihn an, wusste nicht, wie sie seine Arroganz auffassen sollte. Er schien sich nichts dabei zu denken, sondern es für selbstverständlich zu halten, dass er sie nennen konnte, wie er es für angebracht hielt.

„Ich glaube, wir können erst mit dem Unterricht anfangen, wenn Sie mich einlassen."

Nur ein Hauch von Ungeduld war in seiner Stimme zu hören, dennoch fühlte Cass sich ungeschickt und unhöflich. „Natürlich … Möchten Sie Ihren Wagen vielleicht in der Garage parken?"

Er blickte nicht zu dem schnittigen Mercedes zurück, der in ihrer Auffahrt stand, schüttelte nur knapp den Kopf. „Das wird nicht nötig sein."

„Fein. Dann kommen Sie herein." Sie drehte sich um und ging voraus zum Klavierzimmer.

Der große Raum war einst der Salon des im späten neunzehnten Jahrhundert gebauten Hauses gewesen, jetzt bot er ihrem Fazioli-Flügel die perfekte Umgebung. Ein einzelner großer Queen-Anne-Sessel stand an der Wand, daneben ein rundes Seitentischchen, ansonsten nahm kein weiteres Mobiliar dem Zimmer die luftige Atmosphäre.

Cass deutete auf die Klavierbank, die vor dem Flügel stand. „Nehmen Sie Platz."

Er folgte ihrer Aufforderung. Der Anblick überraschte sie: Er wirkte wesentlich entspannter vor dem Flügel, als sie sich in seinem Büro gefühlt hätte. Er musste größer sein als ein Meter neunzig, und doch bot er kein ungelenkes Bild auf der Bank. Er hatte große Hände mit langen Fingern … und Schwielen, die weder zu einem Pianisten noch zu einem Milliardär passten. In dem perfekt sitzenden Armani-Anzug, der die breiten Schultern betonte und muskulöse Schenkel erahnen ließ, gehörte er eigentlich in ein Vorstandszimmer, dennoch wirkte er hier nicht fehl am Platz.

Vielleicht fehlte dem dunkelhaarigen Adonis ja das Gen, das für Verlegenheit zuständig war.

„Kann ich Ihnen vielleicht etwas zu trinken anbieten?"

„Wir haben bereits mehrere Minuten der Unterrichtsstunde vertan. Es wäre zweckmäßiger, wenn wir die Nettigkeiten übergehen könnten."

„Ich werde die Minuten auch gern an die Stunde anhängen." Sie fühlte sich schuldig, obwohl sie sich ziemlich sicher war, keinen Grund dafür zu haben.

„Ich nicht."

„Ich verstehe." Seltsam, aber seine kurz angebundene Art beruhigte ihre Nerven. Oder war es nur die Erleichterung, dass er nicht mit seinem ganzen Gefolge erschienen war? Wie auch immer … sie empfand seine Anwesenheit deutlich weniger aufreibend als befürchtet.

Aber gut, keine Nettigkeiten mehr. „Um Zeit zu sparen, brauchen Sie dann nächste Woche nicht erst zu klingeln, sondern können direkt hereinkommen", bot sie an.

Er kniff die Augen zusammen. „Sie schließen Ihre Tür nicht ab?" Er wartete nicht auf ihre Antwort. „Ich habe die Kette vorgelegt, nachdem ich die Tür hinter mir geschlossen habe."

Für einen Mann in seiner Position muss es wohl normal sein, sämtliche Türen sicher hinter sich zu verschließen. „Es wundert mich, dass Ihre Leibwächter nicht vorher das Haus untersucht haben."

„Ich beschäftige Sicherheitsleute, aber mein Leben ist kein Fernsehkrimi. Ich habe Erkundigungen einziehen lassen, bevor meine Assistentin die Termine ausgemacht hat." Er musterte ihre zierliche Gestalt von oben bis unten. „Sie stellen wohl kaum eine Gefahr für mich dar."

„Ich verstehe", sagte sie noch einmal. Unbehagen machte sich breit bei der Vorstellung, dass man sie überprüft hatte.

„Es ist nichts Persönliches."

„Nein, nur notwendig." So wie sie sich über ihn im Internet informiert hatte. Allerdings war sie wahrscheinlich sehr viel detaillierter unter die Lupe genommen worden. Vermutlich wusste er alles über ihre Geschichte, über das, was ihr Manager ihre „Eigenheiten" nannte. Dennoch behandelte er sie nicht wie einen Sonderling.

„Richtig." Er blickte betont auf seine Uhr.

Keine Rolex – das fand Cass interessant. Aber sie sagte nichts dazu. Er hatte deutlich gemacht, dass er für den Unterricht hier war und nicht, um zu plaudern.

So verging die restliche Stunde erstaunlich schnell ... trotz der Anspannung, die der Multimilliardär in Cass auslöste und die so anders war, als sie es erwartet hatte.

Neo verstand nicht, wieso er am nächsten Dienstag mit einem ungewohnten Gefühl von Vorfreude aufwachte, bis ihm klar wurde, dass seine zweite Klavierstunde für diesen Tag angesetzt war.

Cassandra Baker war genauso, wie der Bericht der Überprüfung sie beschrieb. Sie fühlte sich unwohl in der Gesellschaft Fremder und war sehr zurückhaltend und schüchtern. Und doch hatte sie etwas an sich, das ihn bezauberte. Es gab wesentlich wichtigere Dinge auf seiner heutigen Agenda, dennoch war das zweite Treffen mit der weltbekannten Pianistin, die keine Konzerte mehr gab, das Erste, woran er beim Aufwachen gedacht hatte.

Er konnte kaum glauben, wie sehr er die Zeit mit Cassandra Baker genossen hatte. Sicherlich, sie war keine Schönheit mit dem schlichten braunen Haar, den Sommersprossen auf der Nase und der zierlichen Figur, sie gehörte auch nicht zu dem Typ Frau, mit dem er sich sonst umgab. Sie passte eher in die Kategorie „Mädchen von nebenan", und von denen hatte er in letzter Zeit wirklich wenige getroffen. Ohne Zephyrs Einmischung wäre er Cassandra Baker vermutlich nie begegnet.

Dabei hatte Zee ihn bereits vorher mit Cassandras Musik bekannt gemacht. Zu Weihnachten hatte er ihm ihre CDs geschenkt. Zuerst hatte Neo die Musik beim Training laufen zu lassen, dann hatte er sie manchmal über seinen iPod gehört, wenn er am Computer arbeitete, und irgendwann war er dazu übergegangen, Cassandras Songs auch in seiner Wohnung abzuspielen. Auf den Namen der Künstlerin aber hatte er nie wirklich geachtet. Auch als er ihn auf der Geschenkurkunde gelesen hatte, bedeutete er ihm nichts. Erst als der Bericht zurückgekommen war, hatte Neo den Namen Cassandra Baker mit der Musik in Verbindung gebracht, die ihm so gut gefiel.

Und er war beileibe nicht der Einzige. Die Verkaufszahlen von Cassandra Bakers CDs konnten sich sehen lassen. Er hätte nicht gedacht, dass eine so berühmte Künstlerin sich so unscheinbar geben würde. Sie unternahm nichts, um ihr Talent und den Ruhm herauszustellen, legte stattdessen sehr viel mehr Wert darauf, ihr Dasein als Durchschnittsbürgerin zu untermauern.

Ihre bernsteinfarbenen Augen waren allerdings alles andere als durchschnittlich. Nicht nur die Farbe war außergewöhnlich – vor allem die absolute Ehrlichkeit, die sich in ihnen spiegelte, hatte Neo fasziniert. Und obwohl Cassandra Baker keine klassische Schönheit war, hatte ihre Zartheit und Verletzlichkeit ihn gefesselt. Irgendetwas war an der stillen Pianistin, das ihn bezauberte. Vielleicht war es auch nur das Wissen darum, dass sie diese eingängige Musik schrieb.

Was immer es war, er freute sich darauf, sie besser kennenzulernen. Wann hatte er sich das letzte Mal einen so persönlichen Luxus erlaubt, der nichts mit Sex zu tun hatte?

Als Neo bei Cassandras Haus ankam, war die Tür nicht abgeschlossen, genau wie sie gesagt hatte. Es störte ihn, dass sie nicht auf Sicherheit achtete, noch mehr beunruhigte ihn die Musik, die er aus dem Klavierzimmer dringen hörte. Wenn Cassandra spielte, konnte jeder unbemerkt ins Haus eindringen. Das Stirnrunzeln stand noch immer auf seiner Stirn, als er das Zimmer betrat.

Sie saß am Flügel und sah auf, ohne ihr Spiel zu unterbrechen. „Guten Morgen, Neo."

„Ihre Tür war nicht abgeschlossen."

„Das hatten wir doch vereinbart."

„Es ist nicht sicher."

„Ich dachte, Sie wollten Zeit sparen und direkt mit dem Unterricht beginnen."

Er wartete nicht auf ihre Aufforderung, setzte sich gleich zu ihr auf die Bank. „Sie konnten mich nicht kommen hören."

„Das brauchte ich auch nicht. Ich wusste doch, dass Sie kommen."

„Darum geht es nicht."

„Nicht?" Sie sah ihn an, als wüsste sie wirklich nicht, wovon er sprach.

„Nein."

„Nun … sollen wir dann da ansetzen, wo wir letzte Woche aufgehört haben?"

Neo war es nicht gewohnt, dass man so einfach über seine Einwände hinwegging. Und doch war er nicht verärgert, sondern musste im Gegenteil diese stille Frau bewundern, die ihn mit wenigen Worten zu dem Grund seines Hierseins zurückbrachte. Und das war mit Sicherheit nicht die Diskussion über unverriegelte Türen.

Cassandras sanfte Stimme, mit der sie ihn durch die Stunde führte, gefiel ihm sehr. Ihre Leidenschaft für die Musik schwang in jeder Anweisung mit und zeigte sich in der Art, wie sie die Tasten anschlug, wenn sie zusammen spielten. Ein Mann würde einiges dafür geben, von seiner Geliebten mit solcher Hingabe berührt zu werden …

Dieser Gedanke musste schuld daran sein, dass Neo bei etwas so Harmlosem wie Klavierunterricht tatsächlich plötzlich erregt war.

2. KAPITEL

Cassandra hielt sich die Hand vor den Mund, als sie jetzt zum dritten Mal innerhalb weniger Minuten gähnte. In den Nächten vor dem Unterricht mit Neo schlief sie nie gut, und das schon seit fünf Wochen.

Anfangs war es die Nervosität gewesen, wieder einen Fremden in ihr Leben zu lassen, doch inzwischen hatte sich diese Unruhe in freudige Erwartung verwandelt. Cass konnte nicht sagen, warum. Neo war nicht unbedingt freundlich, sie hätte ihn nie als etwas anderes als einen ehrgeizigen Geschäftsmann bezeichnet, und doch genoss sie seine Gesellschaft. Er nahm den Unterricht ernst, auch wenn nur allzu offensichtlich war, dass er zwischen den Stunden nicht übte.

Sein Benehmen war definitiv ruppig, ja sogar arrogant. Seltsamerweise empfand Cassandra in seiner Nähe dennoch einen Frieden, wie sie ihn sonst mit niemandem erfuhr. Sie versuchte dieses Wohlgefühl zu ergründen, doch trotz aller Anstrengung konnte sie keine Erklärung dafür finden.

Was die „Keine-Nettigkeiten"-Regel betraf, so bestand er inzwischen nicht mehr so nachdrücklich darauf. Er beschwerte sich nicht, wenn sie über ihr Lieblingsthema dozierte – Musik. Er stellte Fragen, die Interesse und erstaunliches Verstehen zeigten. So scheute sie sich auch nicht, das Thema anzusprechen, das ihr seit dem ersten Treffen keine Ruhe ließ.

„Sie fahren einen Mercedes."

„Ja."

Es war die Einladung, weiterzureden, während er die Akkorde spielte, die sie ihm soeben gezeigt hatte.

„Sie tragen einen Designeranzug, aber keine Rolex."

„Sie sind eine gute Beobachterin", sagte er mit diesem kleinen Zucken in den Mundwinkeln, das sie so gerne sah.

„Vermutlich."

„Ich verstehe nur nicht, worauf Sie hinauswollen." Er sah sie fragend an.

„Ich hätte erwartet, dass Sie einen Ferrari fahren."

„Ah … ich verstehe." Er lächelte.

Es war ein richtiges Lächeln, und alles um Cass drehte sich plötzlich. Als hätte ihr jemand in den Magen geschlagen. Das war nicht gut. Sie reagierte sonst nie so auf einen Schüler. Oder einen anderen Mann.

Aber dieses Lächeln … es sollte einen Warnhinweis dafür geben! Etwa: Vorsicht, ein Blick kann tödlich sein!

„Die wenigsten Menschen würden ihre Vorurteile über reiche Männer zugeben."

„Ich bin nicht sehr bewandert darin, das, was ich denke, zu verschleiern." Sie ging generell nicht gern unter Menschen. Wenn es dann aber auch noch auf Täuschung und diplomatisches Verheimlichen ankam, war sie völlig verloren.

Sein Lächeln wandelte sich in ein breites Grinsen. „Gut zu wissen."

„Ist es das?" Hatte sie sich vorher in Gefahr geglaubt, so war dieses charmante Grinsen ihr Untergang.

„Auf jeden Fall. Aber zurück zu Ihrer Frage. Es war doch eine Frage, oder?" Er sprach mit einem leichten griechischen Akzent, den sie absolut hinreißend fand.

Sie sollte wirklich häufiger unter Menschen gehen, dann wäre sie vielleicht geübter im Umgang mit Männern. Sicher, als ob das passieren würde! Sie unterdrückte den Seufzer. „Ja. Und wahrscheinlich eine neugierige dazu."

„Ihre Neugier stört mich nicht. Wenn die Paparazzi allerdings die Maße meiner letzten Freundin wissen wollen … die Art Neugier stört mich."

Hitze schoss ihr in die Wangen. „Nun, ich kann Ihnen garantieren, dass ich eine solche Frage niemals stellen würde."

„Nein, dazu sind Sie viel zu unschuldig." Und seltsamerweise gefiel ihm das. „Man schafft kein riesiges Vermögen, indem man sein Geld für unsinnige Sachen ausgibt. Designeranzüge sind notwendig, um Investoren und Käufern die entsprechende Fassade zu bieten. Meine Armbanduhr ist genauso präzise wie eine Rolex, kostet aber nur ein paar Hundert Dollar anstatt ein paar Tausend. Mein Wagen ist teuer genug, um Eindruck zu machen, aber nicht zu teuer für einen Gebrauchsgegenstand, der lediglich dazu dient, mich von Punkt A nach Punkt B zu bringen."

„Anders als andere Männer sehen Sie Ihr Auto also nicht als Spielzeug an."

„Mit Spielzeugen habe ich schon nicht mehr gespielt, als ich das Waisenhaus verließ."

Cassandra hatte gelesen, dass er in einem Kinderheim aufgewachsen war, bevor er Athen verlassen hatte. Wenn man bedachte, wie viel ansonsten über ihn berichtet wurde, rankten sich um seine Jugendjahre unzählige Rätsel.

Aber das kannte sie aus eigener Erfahrung. In ihrer offiziellen Biografie stand nur, dass ihre beiden Eltern tot waren. Die langwierige Krankheit ihrer Mutter wurde mit keinem Wort erwähnt. Auch nicht das stille Haus, angefüllt mit der Angst, die Person zu verlieren, die sie und ihr Vater über alles liebten.

Der plötzliche Tod ihres Vaters durch einen massiven Herzinfarkt hatte damals Schlagzeilen gemacht, vor allem, weil das der Paukenschlag gewesen war, mit die brillante Konzertkarriere Cassandra Bakers ihr Ende fand. Es war der Rückzug von der Bühne, der die Presse monatelang in Aufruhr versetzt hatte.

„Manche Männer beschließen, die verlorene Kindheit nachzuholen."

„Dazu bin ich zu beschäftigt. Sie hatten auch keine wirkliche Kindheit."

Er sagte es so nüchtern, als wäre es nicht von Bedeutung. Aber hatte Cass nicht tatsächlich schon vor langer Zeit entschieden, dass es keine Bedeutung hatte? Die Vergangenheit ließ sich nicht mehr ändern.

„Warum Klavierstunden?", lenkte sie ab. Sie wollte nicht über die jämmerlichen prägenden Jahre ihrer Kindheit reden.

„Ich habe eine Wette verloren."

„Eine Wette mit Ihrem Geschäftspartner?" Das ergab mehr Sinn als alles, was sie sich ausgedacht hatte.

„Ja."

„Wenn das, was Sie über Sparsamkeit sagen, stimmt, dann verstehe ich nicht, wieso er als ebenso reich gilt wie Sie. Er hat hunderttausend Dollar für Meisterklassen ausgegeben, die Sie nicht wollen. Das ist in meinen Augen ziemlich unsinnig."

„Ich will den Unterricht doch." Neo schockierte sich selbst mit dem Geständnis. „Als Junge wollte ich unbedingt Klavier spielen lernen. Damals hatte ich nicht die finanziellen Möglichkeiten, und heute ist meine Zeit noch knapper als damals das Geld."

„Trotzdem nehmen Sie sich Zeit für den Unterricht."

„Weil Zephyr die Ausgabe nicht als unsinnig ansieht. Er ist der Überzeugung, dass ich auch etwas anderes tun sollte, als nur zu arbeiten."

„Wenigstens eine Stunde pro Woche." Ihrer Meinung nach war das nicht gerade viel. „Dann hätte er Ihnen sicherlich einen wesentlich günstigeren Klavierlehrer beschaffen können."

„Sowohl Zephyr als auch ich stellen immer nur die Besten an. Sie sind die Beste."

„Das hat man mir gesagt, ja." Oft. Seit sie im Alter von drei Jahren als Wunderkind entdeckt worden war.

„Jetzt sind Sie dran, meine Fragen zu beantworten."

„Wenn Sie möchten …" Und wenn sie konnte.

„Warum spenden Sie einer Wohltätigkeitsorganisation ein Jahr lang Ihre Dienste als Klavierlehrerin, obwohl Sie eine berühmte Komponistin und Konzertpianistin sind?"

Sie hatte mit der Frage gerechnet, die jeder stellte – warum sie keine Konzerte mehr gab. Sie selbst konnte sich diese Frage nicht beantworten. So war sie dermaßen verblüfft, dass es dauerte, bis ihr eine Erwiderung einfiel. „Viele neue Talente wollen mit mir arbeiten. Das ist die eine Chance für sie, es zu tun. Ich ziehe ein ruhiges Leben vor, aber ohne neue Gesichter kann es einsam werden. Ich will nicht als die Frau gelten, die ein Leben als Einsiedlerin führt." Selbst wenn sie in vielerlei Hinsicht genau das tat.

„Sind Sie enttäuscht, dass Ihre Meisterklassen an einen Anfänger gegangen sind?"

„Nein, nervös. Um ehrlich zu sein sogar panisch." Sie lächelte zerknirscht. „Ich habe meinen Manager angefleht, mich irgendwie da rauszuholen."

„Er hat sich weder bei Zephyr noch bei mir gemeldet." Neo kniff abschätzend die Augen zusammen. „Wieso hatten Sie solche Angst? Selbst in Anbetracht Ihrer Einschränkungen … das haben Sie doch schon öfter gemacht."

„Nicht für einen erfolgreichen Milliardär."

„Ich bin genau wie jeder andere Mann."

Sie runzelte die Stirn. „Für jemanden, der Geradlinigkeit schätzt, ging Ihnen diese Lüge sehr glatt über die Zunge. Sie halten sich nicht für irgendeinen beliebigen Mann."

Das angedeutete Lächeln zog wieder auf seine Lippen. „Sie sind hellsichtiger als angenommen. Nur wenige sind so zielgerichtet und entschlossen, um das erreichen zu können, was Zephyr und ich erreicht haben."

„Und nun macht Zephyr sich Sorgen, dass Sie *zu* zielgerichtet sind?"

„Ich beging den Fehler und stimmte bei meinem letzten Gesundheitscheck den Bedenken zu, die mein Arzt äußerte. Gregor ist mein Arzt und Zephyrs Freund … er ließ das bei Zephyr durchblicken."

„Die Bedenken Ihres Arztes haben Sie schockiert, richtig?" Sie war über sich selbst überrascht, dass sie dieses Gespräch fortsetzen wollte.

„Woher wissen Sie das?"

„Sie scheinen mir ein Mann zu sein, der sehr genau auf seine körperliche Kondition achtet, um damit auch seine Position im Geschäftsleben zu sichern. Es muss Sie schockiert haben, dass es da einen Faktor gibt, den Sie nicht eingeplant hatten."

„Ich dachte, Sie sind Pianistin, nicht Psychiaterin."

Das zumindest konnte sie erklären. „Mir fällt es leichter, Leute zu beobachten, als mit ihnen zu interagieren."

„Mit Ihrer Einschätzung treffen Sie sehr präzise den Punkt."

„Danke, dass Sie es zugeben. Auch ich schätze Ehrlichkeit."

„Dann haben wir etwas Wichtiges gemeinsam."

Sie rückte auf der Klavierbank etwas von ihm ab und versuchte, ihre Reaktion auf seine Nähe zu ignorieren, die sie seit der ersten Übungsstunde fühlte. „Ja. Und noch etwas haben wir gemeinsam: Wir beide wollen, dass Sie Klavier spielen lernen. Also lassen Sie uns weitermachen."

Für ihre Reaktion auf Neo hatte Cass keine Vergleiche, an denen sie sich hätte orientieren können. Im Alter von neunundzwanzig Jahren mangelte es ihr an jeglicher Erfahrung im Schlafzimmer. Auf ihren Konzerttourneen war keine Zeit für Verabredungen geblieben, und seitdem sie sich von der Bühne zurückgezogen hatte, setzte sie sich keinen Situationen mehr aus, bei denen sie einen Mann hätte kennenlernen können.

Sie hatte nie geküsst – zumindest keine romantischen Küsse – und noch nie hatte sie dieses Flattern im Unterleib gespürt. Natürlich hatte sie über Erregung gelesen, aber sie hatte sie nie selbst erfahren – was sie in den Augen der restlichen Welt wohl zu einem Freak machte. Sie war nicht nur noch Jungfrau, sondern komplett unschuldig, und sie war sich auch keineswegs sicher, ob sie es riskieren wollte, diesen Zustand je zu ändern.

Jetzt jedoch jagte unbekannte Erregung durch sie hindurch, ließ ihre Knie zitterten und ihren Puls rasen. Ihre Brustwarzen zogen sich schmerzhaft zusammen, sie musste sich auf die Lippe beißen, um einen Seufzer zurückzuhalten.

So konnte das nicht weitergehen, sie würde sich noch zur Närrin machen. Und so tat sie das, was sie immer getan hatte, wenn ihr Leben zu unangenehm wurde – sie konzentrierte sich auf die Musik und ließ ihre Finger über die Tasten fliegen.

„Der Klang, den Sie diesem Instrument entlocken, ist phänomenal."

Neos tiefe Stimme verstärkte die Empfindungen in ihr nur noch. Cass musste einen Schauer unterdrücken. „Sie sollten hören, wenn ich richtig spiele."

„Vielleicht ist es mir ja eines Tages vergönnt."

„Vielleicht." Sie lud nur selten jemanden ein, sich in den einzigen Sessel zu setzen und ihr beim Spiel zuzuhören. Selbst ihr Manager hatte es inzwischen aufgegeben, sie darum zu bitten. „Versuchen Sie es."

Es gelang ihm nicht, bis sie die Finger auf seine legte und ihn führte. Für ihr seelisches Gleichgewicht war es eine Katastrophe, doch sehr wirkungsvoll, um ihm die Fingerstellung beizubringen. Bis der Alarm seiner Armbanduhr sie an das Ende der Stunde erinnerte, konnte er das Stück recht passabel spielen. Cass hingegen war nur noch ein Nervenbündel – was sie allerdings hinter der Maske der Meisterpianistin kaschierte.

„Es gibt Übungen, um die Finger zu trainieren", sagte sie, ohne aufzuschauen. „Aber Sie zu bitten, zwischen den Stunden zu üben, wäre wohl vergebliche Mühe."

Er zuckte mit einer Schulter. „Ich habe hier mehr Spaß als erwartet."

„Das freut mich zu hören." Sie lächelte. „Musik ist Balsam für die Seele."

„Manchmal kann sie es sein." Er stand auf. „Ich kann nicht versprechen, ob ich üben werde, aber ich werde mir ein Klavier anschaffen. Meine Assistentin wird Sie anrufen und um eine Empfehlung bitten."

Neos Assistentin rief an, aber nicht wegen einer Kaufempfehlung, sondern um den Termin in der nächsten Woche abzusagen. Neo würde nicht in Seattle sein.

„Bitte erwähnen Sie das niemandem gegenüber. Es könnte zu Spekulationen führen, die den momentan laufenden Geschäftsverhandlungen schaden." Der Ton der Frau besagte eindeutig, dass, wäre es nach ihr gegangen, Cass keine Erklärung für die Absage erhalten hätte.

Neo sah das offensichtlich anders. Cass lächelte vor sich hin, während sie ernst versprach, nichts zu verraten.

Unglückseligerweise war die Presse zwar nicht über Neos Abwesenheit informiert, aber offensichtlich waren seine wöchentlichen Besuche bei ihr inzwischen bekannt geworden. Am Dienstagmorgen weckte das Zuschlagen von Autotüren und lautes Stimmengewirr Cass auf. Eigentlich war die Straße, in der sie wohnte, sehr ruhig. Sie eilte zum Fenster und lugte vorsichtig durch den Vorhang, als es auch schon aufdringlich an der Haustür klingelte.

Drei große Kamerawagen und zwei Autos parkten vor ihrem Haus. Die Hausklingel schrillte weiter, während Cass sich hastig anzog. Sie würde die Leute einfach ignorieren. Sie stand nicht mehr im Licht der Öffentlichkeit. Die Medien hatten hier nichts verloren.

Da hämmerte es lautstark gegen die Balkontür ihres Schlafzimmers. Cass schrie gellend auf. Der Verstand sagte ihr, dass es nur ein findiger Reporter war, der auf den Balkon geklettert war, doch die Panik ließ sich vom Verstand nicht eindämmen.

Sie griff nach dem Telefon auf dem Nachttisch und wählte die Nummer ihres Agenten. Als sie Bob stockend berichtete, was sich vor ihrem Haus zutrug, sagte er nur, sie solle sich beruhigen. So etwas sei schließlich die beste Promotion für ihre CDs.

Cass widersprach nicht. Sie hatte Mühe, sich vor Angst nicht zu übergeben. Sie unterbrach die Verbindung und wählte Neos Nummer. Nur der Anrufbeantworter meldete sich. Sie hinterließ eine Nachricht, ohne genau zu wissen, was sie überhaupt sagte.

Es klingelte unablässig an der Haustür, das Hämmern an der Balkontür hörte auch nicht auf. Völlig verstört zog Cass sich ins Badezimmer zurück, verschloss die Tür und kauerte sich zitternd hinter die altmodische Zinkbadewanne.

So zusammengerollt saß sie immer noch da, als es an der Badezimmertür klopfte.

„Cassandra! Bist du da drinnen? Mach die Tür auf, *pethi mou*. Ich bin's, Neo.“

Neo war nicht in der Stadt, das hatte seine Assistentin gesagt. Cass schüttelte wild den Kopf. Schweißtropfen liefen an ihren Schläfen herab.

Jemand rüttelte am Türknauf. „Cassandra, öffne die Tür.“

Trotzdem, das war Neos Stimme … Cass hasste diese Panikattacken, aber noch mehr hasste sie es, sich anderen in diesem Zustand zu zeigen. Andererseits sagte ihr der Verstand auch, dass sie die Tür öffnen sollte.

Das nächste Klopfen kam leise und sacht, und so war auch Neos Stimme. „Bitte, Kleines, schließ die Tür auf.“

Sie zwang ihre verkrampften Muskeln, ihr zu gehorchen, und rappelte sich auf. „Ich komme“, krächzte sie.

„Danke.“

Sie streckte die Hand aus, drehte den Schlüssel um und zog die Tür auf. Neo stand davor, ohne Jackett und mit grimmiger Miene. Er schien vollkommen außer sich zu sein.

Sie fuhr sich mit dem Handrücken über die Stirn. „Ich … sie … irgendjemand hat den Medien die Dienstagsstunden gesteckt."

„Ja."

„Ich dachte, sie würden gewaltsam ins Haus eindringen."

„Es ist gut, dass sie es nicht getan haben."

Cass nickte benommen.

„Du siehst aus, als könntest du eine heiße Dusche gebrauchen. Ich mache dir inzwischen einen Tee."

„Ich … Ja, das ist eine gute Idee." Ihr Blick irrlichterte durch den Raum, zu Neo, zu dem Spiegel an der Wand. Abrupt wandte sie sich ab. Sie sah aus wie ein Wrack, ungekämmt, bleich, mit einem gehetzten Ausdruck in den Augen. Schweißflecke prangten auf ihrer Bluse. Sie brauchte mehr als nur eine Dusche, sie brauchte eine komplette Verwandlung. Aber sie würde sich mit heißen Wasserstrahlen und frischem Tee zufriedengeben müssen.

„Kommst du allein zurecht?", fragte Neo.

„Ja, sicher." Sie war entsetzt, dass er sie so gesehen hatte. Sie hätte ihn nie gebeten, bei ihr zu bleiben, und wenn es sie ihren Flügel gekostet hätte.

Erst nach der heißen Dusche wunderte Cass sich darüber, wie Neo ins Haus gekommen war. Sie würde wohl keine Antwort auf ihre Frage bekommen, bis sie nach unten in die Küche gegangen war. Also rubbelte sie sich das Haar so trocken wie möglich, kämmte sich, zog frische Sachen an und ging nach unten.

Neo erwartete sie bereits. Er war allein und deutete auf den dampfenden Becher auf dem Küchentisch. „Trink das."

Sie setzte sich, nippte und verzog sofort den Mund. „Ist dir die Zuckerdose ausgerutscht?"

„Süßer Tee wirkt gegen Schock."

„Du sagst das mit solcher Überzeugung."

„Ich habe meine Assistentin angerufen. Sie hat nachgesehen."

Cass lachte auf, sie konnte nicht anders. „Ich wette, das hat ihr diebischen Spaß gemacht." Neo zuckte nur mit den Schultern. „Wie bist du ins Haus gekommen?", fragte sie.

„Dein Manager Bob hat mich reingelassen. Er hat wohl einen Schlüssel."

„Ich weiß noch, dass er gekommen ist." Aber sie hatte sich geweigert, ihm die Tür zu öffnen, weil sie dachte, er wollte sie dazu überreden, der Presse ein Interview zu geben.

„Als ich ankam, stand nur noch ein Sendewagen vor der Tür."

„Wieso bist du hier?"

„Du hast auf meine Voicemail gesprochen."

„Angeblich warst du doch gar nicht in der Stadt."

„War ich auch nicht."

Er war zurückgekommen, um ihr zu helfen? Sie hatte Schwierigkeiten, das zu glauben, aber sie war auf jeden Fall froh, dass er hier war. Ein Blick auf die Digitaluhr der Mikrowelle sagte ihr, dass es bereits später Nachmittag war.

Kein Wunder, dass ihre Muskeln so verkrampft waren. Über acht Stunden hatte sie zusammengekauert hinter der Badewanne gesessen.

„Ich komme mir vor wie ein Idiot."

„Du bist kein Idiot."

Sie schnaubte und nippte an dem viel zu süßen Tee.

Neo setzte sich auf den Stuhl ihr gegenüber. „Du bekommst lähmende Panikattacken, wenn du vor Publikum auftreten sollst."

„Heute hat niemand von mir verlangt, dass ich auftrete."

„Das verlangen die Paparazzi jedes Mal, wenn sie sich in unser Leben drängen. Sie verlangen, dass wir die richtige Inszenierung spielen, damit sie ihre Leserschaft mit dem neuesten Klatsch bedienen können."

„Glaubst du, Bob hat etwas über deine Klavierstunden an die Presse weitergegeben?" Auch wenn sie sich nicht vorstellen konnte, dass Klavierunterricht für eine solche Aufregung wie heute Morgen sorgen würde.

Neo griff hinter sich nach einer Zeitung, legte sie aufgeschlagen vor Cass auf den Tisch. Die Seite zeigte ein Foto von Neo, wie er das Haus betrat, aufgenommen offensichtlich mit einem Teleobjektiv. „Sie glauben, hier geht etwas viel Pikanteres vor sich als Klavierstunden. Sie halten dich für meine neueste Gespielin."

Cass schauderte – nicht vor dem Gedanken, seine Gespielin zu sein, sondern bei der Vorstellung, wegen eines Missverständnisses von der Presse gejagt zu werden.

„Dass ich unsere Treffen geheim gehalten habe, gab Grund für die wildesten Spekulationen. Dafür muss ich mich entschuldigen." Er schüttelte den Kopf. „Ich habe meinen Pressemanager angewiesen, eine

Erklärung abzugeben. Dennoch fürchte ich, dass es dauern wird, bis sich alles wieder beruhigt hat."

„Das ist schon in Ordnung. Ich habe überreagiert."

„Die meisten Menschen wären wohl fassungslos, wenn plötzlich eine Reportermeute vor ihrem Haus auftaucht."

„Und auf meinem Balkon. Jemand hat versucht, über den Balkon in mein Schlafzimmer zu kommen."

Neo verzog wütend die Miene. „Das ist doch das Allerletzte!"

„Stimmt. Ich hatte fürchterliche Angst." Dabei wusste sie durch ihre Phobie vor Menschenmengen gar nicht mehr, was normale Angst war.

„Verständlich."

„Vermutlich hast du keine Lust auf eine Unterrichtsstunde, oder? Ich meine, da du schon hier bist …"

Er lächelte. „Vielleicht. Aber erst nach dem Essen."

Neo schickte seinen Leibwächter los, um etwas zu essen zu holen, und Cass war überrascht, dass sie tatsächlich Hunger hatte und essen konnte.

„Dein Manager wollte bleiben, um mit dir zu reden", sagte Neo wie nebenbei, als sie mit dem Essen fertig waren und das Geschirr zusammenräumten. „Ich habe ihn weggeschickt."

„Danke. Wahrscheinlich wollte er mich überreden, Interviews zu geben."

„Den Eindruck hatte ich auch." Und das hatte Neo ganz und gar nicht gefallen.

„Er meinte, das würde den CD-Absatz ankurbeln."

„Wann hat er dir das gesagt?"

„Ich habe ihn angerufen, bevor ich in deiner Firma anrief. Ich weiß nicht einmal, warum ich in deinem Büro angerufen habe. Ich habe nicht vernünftig überlegt."

„Ich bin froh, dass du es getan hast. Schließlich bin ich der Grund für das Problem. Daher sollte ich auch für die Lösung sorgen."

„Ich glaube, Neo Stamos, du bist ein guter Mensch."

Er wirkte völlig überrumpelt von ihren Worten, fing sich aber schnell wieder. „Das fasse ich als Kompliment auf."

„Es war auch so gemeint."

Neo blieb bis neun Uhr, auch wenn sie keine Unterrichtsstunde mehr abhielten. Als Cass immer öfter gähnte, verabschiedete er sich.

„Du brauchst Ruhe, geh schlafen."

Cass lachte leise. „Ja, ich bin völlig fertig. Ich gehe gleich zu Bett."

Als sie ihn an der Tür verabschiedete, hoffte sie für einen Moment, dass er sie küssen würde, doch er drückte nur leicht ihre Schulter. Und während sie die Tür hinter ihm schloss, schüttelte sie über ihre eigene Dummheit den Kopf. Warum sollte ein Mann wie Neo Stamos sie küssen? Sie spielte nicht in seiner Liga. Und dann war da ja auch noch ihr Problem.

Nein, sie versteckte sich nicht in ihrem Haus. Selbst wenn sie die meisten Dinge online bestellte, so ging sie doch auch einkaufen, in dem kleinen Supermarkt um die Ecke und manchmal auch in Kaufhäusern. Sie machte ihre Aufnahmen im Studio, solange die Crew immer dieselbe war – und Bob niemanden mitbrachte, der zusehen wollte. Aber das tat er schon lange nicht mehr, nachdem sie sich schlichtweg geweigert hatte, vor selbst kleinstem Publikum zu spielen, und einfach gegangen war. Ihre Agoraphobie zeigte sich hauptsächlich dann, wenn sie vor Publikum auftreten sollte. Außerdem löste die Vorstellung, dass Fremde in ihr Heim, in ihren Zufluchtsort eindrangen, immer eine lähmende Angst in ihr aus.

Wie lange hätte sie wohl dort im Bad gesessen, wenn Neo nicht gekommen wäre? Sie konnte nicht sagen, warum Neos Anwesenheit sie so beruhigte, aber sie war ihm unermesslich dankbar dafür.

3. KAPITEL

Am nächsten Morgen arbeitete Cass an einem Stück für ihre neue CD, als es an der Haustür klingelte. Sie ignorierte es. Neos Presseerklärung war herausgekommen und müsste eigentlich alle Gerüchte zerschlagen haben. Was nicht hieß, dass nicht doch ein gewiefter Reporter noch einen Kommentar von der „unnahbaren Pianistin" zu ergattern hoffte. Sicher würden einige nicht lockerlassen, schließlich brachte eine geheime Liebschaft zwischen dem Milliardär und der Pianistin höhere Auflagenzahlen als harmlose Klavierstunden.

Es klingelte ein zweites Mal, doch Cass sah nicht ein, warum sie an die Tür gehen sollte. Sie erwartete niemanden, und Freunde oder Geschäftspartner wussten, dass sie vorher anrufen mussten.

Dann schrillte das Telefon. Cass stieß einen frustrierten Seufzer aus. Wenn das so weiterging, würde das Stück nie Form annehmen, bei den ständigen Unterbrechungen.

Sie erhob sich und nahm das Telefon auf. „Hallo?"

„Miss Baker?"

„Ja." Wieso rief Neos Assistentin sie an? Ach ja, richtig ... „Sie wollen eine Empfehlung für einen Flügel haben."

„Nein, deshalb rufe ich nicht an."

„Oh." In Cass machte sich Enttäuschung breit. „Muss Mr Stamos für nächste Woche wieder absagen?" Vielleicht wollte er ja überhaupt nicht mehr kommen. Nach den Geschehnissen von gestern würde es sie nicht wundern.

„Nein."

Vielleicht sollte sie endlich mit dem Raten aufhören, wenn sie doch nur falsch lag. Es wurde langweilig, wenn keine Chance bestand, das Rätsel zu lösen. Zudem behagten ihr die Vermutungen nicht, die ihr in den Kopf schossen.

Die Frau am anderen Ende räusperte sich. „Mr Stamos hat einen Schlosser beauftragt, sich um Ihre Haustür zu kümmern und oben an Ihrer Balkontür ein zusätzliches Schloss anzubringen. Der Schlosser steht vor dem Haus, aber wie es scheint, funktioniert Ihre Klingel nicht."

„Mit der Klingel ist alles in Ordnung. Ich gehe nur nicht an die Tür, wenn ich niemanden erwarte." Mehr sagte Cass nicht. Erklärungen zu ihrer Eigenart, so hatte die Erfahrung sie gelehrt, verkomplizierten die Dinge nur.

Vor allem bei einem so kalten Fisch wie Neos Assistentin.

„Worum genau dreht es sich denn?" Ihr war nichts an der Tür aufgefallen, aber vielleicht hatte Neo ja etwas bemerkt.

„Mr Stamos hat angewiesen, dass ein Selbstschließmechanismus angebracht wird."

„Mr Stamos hat …" Sie war zu verdattert, um den Satz zu Ende zu sprechen. „Ohne mich zu informieren?"

Natürlich wusste sie, dass es ihm nicht gefiel, wenn sie die Haustür unverschlossen ließ, keine Woche verging, ohne dass er nicht eine entsprechende Bemerkung fallen ließ. Aber es war ihre Art, sich mental auf Besucher einzustellen. Es mahnte sie, offen für andere zu sein.

Allerdings konnte er doch unmöglich annehmen, dass sie jetzt, da die Paparazzi ihr Haus umschwirrten, ihre Haustür nicht abschloss, oder?

„Ob er Sie informiert hat, weiß ich nicht, ich führe lediglich seine Anweisungen aus."

„Ich soll einen Fremden in mein Haus lassen, nur weil Ihr Boss es sagt? Ich habe eine solche Nachrüstung weder angefragt, noch habe ich ihr zugestimmt." Sie hatte geglaubt, Neo würde sie verstehen. Wenigstens ein bisschen. „Nein."

„Nein? Aber Mr Stamos …"

„Bitte rufen Sie Ihren Handwerker an und annullieren Sie den Auftrag", unterbrach Cass die andere.

„Das kann ich nicht. Mr Stamos …"

„Ist nicht der Eigentümer dieses Hauses. Und ich, als die Eigentümerin", betonte sie überdeutlich, „habe nicht vor, irgendetwas an meinen bestens funktionierenden Schlössern ändern zu lassen."

„Mr Stamos wird nicht sehr glücklich sein, wenn er das hört", warnte die Assistentin unheilvoll.

„Ich bin sicher, Mr Stamos beschäftigen wesentlich wichtigere Dinge."

„Zweifelsohne, doch er hat klare Anweisungen gegeben."

Eines konnte man wohl über Neo sagen: Ihm wurde absolute Loyalität von seinen Angestellten entgegengebracht. Nun, sie gehörte nicht zu diesem Kreis. „Er hätte das vorher mit mir absprechen sollen."

„Für gewöhnlich fragt Mr Stamos nicht nach der Meinung anderer."

„Wirklich? Das wäre mir nie aufgefallen", erwiderte Cass mit einem Hauch Sarkasmus. Dann allerdings verzog sie zerknirscht den

Mund. Neo wollte ihr nur etwas Gutes tun, auch wenn er dafür den falschen Ansatz gewählt hatte. Denn auch wenn sie es sich noch so sehr wünschte – er verstand sie offenbar nicht. „Pfeifen Sie bitte Ihren Schlosser zurück."

Ein pikiertes Schnauben drang an Cass' Ohr. „Ich werde den Schlosser wissen lassen, dass seine Dienste im Moment nicht benötigt werden. Mr Stamos wird informiert werden, dass dies auf Ihren Wunsch hin geschieht." Der klirrend kalte Ton der Assistentin hätte eigentlich die Leitungen einfrieren lassen müssen.

„Tun Sie das. Des Weiteren sagen Sie Ihrem Boss auch, dass ich, falls meine Arbeitszeit noch einmal von seinem Schlosser oder irgendeinem anderen seiner Mitarbeiter unterbrochen wird, diese Zeit von seinen Stunden abziehen werde. Er wird seine nächste Klavierstunde dann damit zubringen müssen, sich meine Übungen anzuhören, anstatt selbst zu üben."

Bei dem Schweigen vom anderen Ende zog ein kleines Lächeln auf Cass' Gesicht. Es war eine leere Drohung, aber es fühlte sich gut an, es gesagt zu haben. Ob Neo den Humor darin sah? Oder würde er auch das nicht verstehen?

„Ich werde ihm Ihre Nachricht ausrichten."

„Danke."

Neo war wütend auf sich. Er hätte Cassandra wegen des Schlossers vorwarnen sollen. Hätte auch ihren aalglatten Manager zu ihrem Haus bestellen sollen, damit der die Arbeiten überwachte. Stattdessen hatte er seine Assistentin beauftragt, sich darum zu kümmern – so wie er es immer tat. Und das war jetzt dabei herausgekommen.

Über Cassandras Drohung musste er allerdings grinsen. Ein Privatkonzert der berühmten Pianistin zu erhalten war wohl kaum eine Strafe. Trotzdem fühlte er sich schuldig – ein ihm völlig unbekanntes Gefühl. Genau wie das Bewusstsein, dass er es verbockt hatte.

Deshalb rief er Cassandra von seinem Privathandy aus an – mitten in einer Konferenzschaltung mit dem Projektteam in Hongkong.

„Hallo?" Sie antwortete nach dem dritten Klingeln und klang definitiv genervt.

Warum er das dennoch reizend fand, war ihm absolut unklar.

„Du hast meinen Schlosser weggeschickt."

„Genau genommen hat das deine Assistentin gemacht. Ich bin nicht an die Tür gegangen."

„Warum nicht?"

„Ich dachte, es wäre ein Reporter."

Neo unterdrückte das Stöhnen. Wie hatte er so dumm sein können? Das hätte er sich doch denken müssen! „Ich meinte, warum hast du ihn wegschicken lassen?"

„Warum hast du mich nicht vorher gefragt, ob ich meine Schlösser austauschen lassen will?"

„Es ist notwendig. Du vergisst, deine Türen abzuschließen."

„Ich vergesse es nicht, sondern ich lasse die Tür absichtlich offen, wenn ich jemanden erwarte."

„Das macht es nicht viel besser."

„Falls es dich beruhigt … ich gedenke nicht, meine Tür in nächster Zeit unverschlossen zu lassen. Ich habe keine Lust, dass ein Reporter plötzlich ungebeten in meinem Haus steht."

„Wenn man deine Abneigung gegenüber Fremden bedenkt, gehst du viel zu lax mit deiner Sicherheit um. Der Schlosser war so oder so nur eine provisorische Lösung. Du brauchst das volle Sicherheitsprogramm."

„Nein." Nicht das geringste Wanken lag in ihrer Stimme.

Aber Neo hatte schon mit wesentlich härteren Verhandlungspartnern zu tun gehabt. „Sieh es als Geschenk an, weil du mich in dein Heim eingelassen hast."

„Heißt das, es geht hier um *deine* Sicherheit?"

„Würde es dich überzeugen, wenn es so wäre?"

„Für einen ehrlichen Mann verstehst du erschreckend gut zu manipulieren."

„Danke."

„Ich lasse keine Fremden in mein Haus."

„Ich war auch ein Fremder." Neo dachte daran, dass Zephyr ihn gewarnt hatte, seine Ungeduld könnte ihm irgendwann zum Problem werden. Es war nicht das erste Mal, dass sein Freund recht behielt.

„Nicht ganz. Erstens: Ich war auf einen neuen Schüler eingestellt. Zweitens: Ich hatte mich über dich informiert. Und drittens … mein Manager hat mit seiner Kündigung gedroht, falls ich mich weigere, die Stunden zu geben."

„An mich hast du dich doch sehr schnell gewöhnt. Du wirst auch mit dem Sicherheitsberater fertig."

„Nein."

„Cassandra, du bist unvernünftig."

Sie lachte auf, entnervt und amüsiert zugleich. „*Ich* bin unvernünftig?"

„Das Ganze dauert maximal eine Stunde. Der Mann wird sich nach deinen Terminen richten."

„Ich will ihn nicht sehen." Sie klang sehr entschieden.

„Cassandra, so sei doch vernünftig." Ihr Schweigen sagte mehr als jedes Wort, und Neo musste zugeben, dass es an ihm nagte.

„Wenn du so besorgt bist", kam es schließlich durch die Leitung, „können wir deine Stunden auch im Tonstudio abhalten." Cass schwieg wieder, dachte offensichtlich über den eigenen Vorschlag nach. „Ja, das würde gehen."

„Ich will meine Klavierstunden nicht in deinem Aufnahmestudio nehmen."

„Und ich will keinen Fremden in meinem Haus haben."

Die wachsende Erregung, die er in ihrer Stimme hören konnte, beunruhigte ihn. Es war nicht seine Absicht, seine schüchterne Musikliebhaberin aufzuregen. „Wenn ich die Sicherheitsberatung übernehme, würdest du dich dann einverstanden erklären?", überraschte er sich selbst mit seiner Frage.

Seine Assistentin wohl auch, ihrer verblüfften Miene nach zu urteilen.

Für ihren Manager war Cassandra gestern nicht aus dem Bad gekommen, aber Neo zuliebe schon. Es sollte nichts Besonderes für ihn sein, schließlich war er daran gewöhnt, dass Angestellte und Geschäftspartner ihm trauten. Dennoch würde es ihm etwas bedeuten, wenn Cassandra ihm ihr Vertrauen schenken könnte.

„Du als Sicherheitsberater? Nein. Du bist viel zu beschäftigt." Sie holte hörbar Luft. „Hör zu, ich … ich bitte meinen Manager. Er sagt, dass diese Unterrichtsstunden meiner Karriere guttun würden, obwohl ich bis zu dem Fiasko gestern nicht wusste, was er damit meinte. Bob kann das übernehmen."

Amüsiertheit mischte sich mit einer für Neo ganz und gar untypischen Geduld – er hatte sie also so durcheinandergebracht, dass sie akzeptierte. Er selbst musste allerdings auch ziemlich durcheinander sein, denn er wollte nicht, dass Bob derjenige war, der ihr half. Obwohl er vor gerade einmal fünfzehn Minuten noch selbst an diese Möglichkeit gedacht hatte. „Willst du nicht dabei sein? Schließlich bist du die Eigentümerin, wie du gegenüber meiner Assistentin deutlich gemacht hast."

„Richtig. Nun … bist du sicher, dass wir uns nicht besser im Studio treffen sollten?"

Er ging nicht darauf ein und bedeutete seiner Assistentin stattdessen, die beiden ersten Termine morgen früh zu verschieben. „Morgen um zehn komme ich mit dem Sicherheitsberater vorbei."

„Das ist nicht nötig. Ich sagte doch …"

„Wenn dein Manager dich hätte überzeugen können, hätte er es sicherlich schon getan."

„Bisher hatte ich ja auch keinen Milliardär als Schüler. Du hast vermutlich zu Recht ein hohes Sicherheitsbedürfnis, aber ich bin nur eine mäßig erfolgreiche Musikerin."

„Du bist eine brillante Pianistin mit einer riesigen Fangemeinde, auch wenn du nicht mehr auftrittst. Du hättest schon vor Langem ein Sicherheitssystem in deinem Haus installieren lassen sollen."

„Ich akzeptiere deine Argumentation, dennoch ist sie stark durch deine eigenen Erfahrungen gefärbt." Sie klang inzwischen leicht gestresst. „Das musst du doch erkennen."

„Ich halte nichts von unnützen Debatten, das ist reine Zeitverschwendung. Wir sehen uns dann morgen früh." Er hörte, wie sie empört nach Luft schnappte, bevor er die Verbindung unterbrach.

Cass starrte auf das Telefon in ihrer Hand, rief die Nummer des letzten Anrufers auf das Display und wählte sie. Neo antwortete nach dem ersten Klingeln.

„Weitere Debatten bringen nichts, außer dass ich wütend werde."

Jemand musste dem Mann heute Morgen eine Extraportion Arroganz in den Kaffee gegeben haben! „Es ist allgemein üblich, sich mit einem ,Auf Wiederhören' am Telefon zu verabschieden", merkte Cass spitz an. „Bitte versuche, dich in Zukunft daran zu erinnern."

„Ich merke es mir. Auf Wiederhören."

„Auf Wiederhören." Sie bekam noch sein leises Lachen mit, bevor er die Verbindung erneut unterbrach.

Sie lächelte ebenfalls vor sich hin, auch wenn sie nicht wusste, warum. Doch als sie an den Flügel zurückkehrte und beim Spielen ständig hellgrüne Augen vor sich sah, ahnte sie, dass sie in Schwierigkeiten steckte.

Pünktlich um zehn Uhr am nächsten Morgen fuhr Neo auf die Auffahrt vor Cass' Haus. Sie hatte sich ins Musikzimmer gesetzt, um auf ihn zu warten, und hörte das sonore Brummen seines Mercedes.

Sie hatte es nicht geschafft, ihre Nerven mit Klavierspielen zu beruhigen. Schließlich brachte Neo einen Fremden mit. Einen Fremden, der Veränderungen an ihrem Haus vornehmen wollte. Veränderungen, an die sie sich noch immer würde gewöhnen müssen, wenn Neo das Jahr seines Klavierunterrichts längst abgeschlossen hatte.

Er klingelte, drehte aber gleichzeitig den Türknauf, wie Cass vermutet hatte. Dann hörte sie Schritte, und nur Sekunden später betrat Neo zusammen mit einem blonden Mann das Zimmer.

„Cassandra." Vorwurfsvoll sah der Milliardär sie an. „Du hast gesagt, du lässt deine Tür nicht mehr unverschlossen."

„Den Schlüssel habe ich erst vor ein paar Minuten gedreht. Weil ich wusste, dass du pünktlich kommst."

Mit gerunzelter Stirn schüttelte Neo den Kopf. „Und was, wenn der Verkehr uns aufgehalten hätte?"

„Das würde der Verkehr nicht wagen."

Er hakte nicht weiter nach, und sie war ihm dankbar dafür. Sie brauchte diese kleine Routine, um ihre Fassung zu bewahren.

Einen Berater im Haus zu haben war eigentlich eine alltägliche Sache, keinen normalen Menschen würde das belasten. Doch Cass war nicht normal. Das hatte sie schon vor langer Zeit begriffen, noch bevor ihr klar geworden war, wie sehr ihre Eigenart sich auf ihr Leben auswirken würde. Sie nahm sich zusammen und verdrängte das diffuse Gefühl von Bedrohung.

„Ich bin Cassandra Baker. Willkommen in meinem Haus."

Der Sicherheitsberater streckte die Hand aus. „Cole Geary. Es ist mir eine Ehre, Sie persönlich kennenzulernen. Ich bin ein großer Fan von Ihnen. Ich habe alle Ihre CDs."

Mit einem höflichen Lächeln schüttelte sie seine Hand. „Mr Geary, es freut mich immer zu hören, dass meine Musik den Menschen gefällt. Musik ist das Licht meines Lebens."

„Das hört man auch in Ihrem Spiel."

Neo räusperte sich, als wollte er sagen: Herrschaften, wir verschwenden unsere Zeit …

Cole wurde sofort nüchtern und sachlich. „Mr Stamos hat Bedenken hinsichtlich der fehlenden Sicherheitsvorkehrungen in Ihrem Haus geäußert. Wäre es möglich, dass wir uns erst umsehen, bevor ich Vorschläge einbringe?"

Jetzt wäre ein „Natürlich" angebracht, doch Cass wollte Cole Geary nicht in ihrem Haus haben, ganz egal, wie freundlich er schien und ob er ein Fan von ihr war oder nicht. Anstatt seine Frage zu beantworten, sprudelte sie heraus: „Ich will keine Gitter vor den Fenstern." Sie schränkte sich selbst bereits genug ein.

„Wie schon gesagt …"

„Ja, natürlich", mischte Neo sich ein und legte Cass die Hand auf den Rücken. „Zeigen wir Cole doch den Rest des Hauses."

Cass sah Neo an, flehte lautlos um Verständnis für die Emotionen, die in ihr tobten. Seit ihrer Kindheit plagten und beschämten sie sie. Der einzige Therapeut, den sie auf Drängen ihres Vaters konsultiert hatte, hatte ihr auch nicht helfen können. Allerdings hatte sie damals Methoden erlernt, um mit der Angst besser umzugehen. Der Mann hatte ihr erklärt, dass das Aufwachsen mit einer schwerkranken Mutter im Haus und der Druck der Konzertauftritte von Kindheit an ihre natürliche Schüchternheit potenziert hatten. Zumindest war das seine Theorie.

Ihr war gesagt worden, dass sie an einer milden Form von Agoraphobie litt, doch wenn sie daran dachte, was es ihr abverlangte, einem Sicherheitsberater ihr Haus zu zeigen, fragte sie sich, wie mild diese Phobie wirklich war. „Bob hätte das übernehmen sollen."

„Vertrau mir, Cassandra." Neo richtete seine Aufmerksamkeit allein auf sie. „Du und ich, wir machen das zusammen."

„Ich stelle mich dumm an", murmelte sie. Auch wenn es stimmte … sie machte sich ungern selbst nieder.

Neo schüttelte den Kopf. „Das ist die Welt, in der du lebst. Wenn du mir vertraust, wirst du sehen, dass es nichts gibt, weshalb du dir Sorgen machen musst."

„Das sagte mein Vater auch immer." Bevor er sie gezwungen hatte, auf die Bühne zu gehen – und ihr damit keine andere Wahl gelassen hatte, als sich in ihrer Musik zu verlieren oder verrückt vor Angst zu werden. Noch heute brach Cass der kalte Schweiß aus, wenn sie an die gesichtslosen Massen in den ausverkauften Konzertsälen dachte. Die vielen Menschen, die gekommen waren, um das Wunderkind spielen zu hören. Musik war immer eine sehr persönliche Sache für sie gewesen, die Musik hatte ihr geholfen, der Realität mit einer kranken Mutter und einem Vater, den das Gefühl der Hilflosigkeit mürrisch machte, zu entfliehen.

„Davon kannst du mir später erzählen." Ernste grüne Augen musterten sie. „Dir sollte klar sein, dass ich nicht dein Vater bin."

„Ja, ich weiß." Die Gefühle, die sie in Neos Nähe empfand, waren völlig anderer Natur. Und er spornte sie auch nicht an, vor einem riesigen Publikum aufzutreten. Cass atmete tief durch. „Na schön, zeigen wir ihm das Haus."

Neo sah zu Cole. „Gehen wir."

Der Sicherheitsberater nickte nur, ohne Cass einen von diesen argwöhnischen Blicken zu schicken, die sie normalerweise erhielt, wenn ihre Einschränkungen anderen deutlich wurden. Cass war so erleichtert, dass sie ihn schüchtern anlächelte.

Es war Neo, der die Hausbesichtigung leitete, obwohl er eigentlich nur ihre Eingangsdiele und das Musikzimmer kannte. Und er machte es perfekt.

Beim ersten Blick auf die alten Doppeltüren im Ess- und im Schlafzimmer, die vom Garten aus zu erreichen waren, verzog Cole das Gesicht. „Die sollten auf jeden Fall gegen metallverstärkte Türen mit Sicherheitsglas ausgetauscht werden."

Ohne dass es ihr bewusst wurde, griff Cass nach Neos Arm. „Ist das wirklich nötig?"

„Du wirst den Tag mit mir verbringen, wenn sie die neuen Türen einbauen."

Das war nicht ihre Frage gewesen, aber das Angebot hätte sie auch nicht so erleichtern dürfen. Neo war ihr Schüler, kein Freund oder Beschützer, und doch fühlte sie sich in seiner Gegenwart so sicher wie seit Jahren nicht mehr. Vielleicht sicherer, als sie sich je gefühlt hatte. Ein schwer verdaulicher Gedanke. In knapp einem Jahr, wenn sein Unterricht beendet war, würde Neo ohne einen Blick zurück aus ihrem Leben verschwinden. Sie allerdings bezweifelte, dass die Bekanntschaft mit ihm spurlos an ihr vorübergehen würde.

„Da wird sich deine Assistentin bestimmt freuen. Sie mag mich nämlich nicht", sagte sie spitz, um ihre Erleichterung zu überspielen. Sie konnte sich eigentlich nicht vorstellen, einen ganzen Tag einem energiegeladenen Milliardär hinterherzulaufen. Doch zum ersten Mal dachte sie, dass das nicht hieß, dass sie es nicht zumindest ausprobieren könnte.

„Miss Parks? Sie ist eine sehr fähige Assistentin. Ich bezahle sie nicht dafür, dass sie Leute mag oder nicht."

„Das bekommst du umsonst."

„Was dich anbelangt, so verhalte ich mich eher untypisch. Sie war wohl überrascht."

„Wieso?" Endlich ließ sie seinen Arm los und strich den teuren Stoff glatt. „Selbst mir ist klar, dass dein heutiges Erscheinen nicht der Normalfall für dich ist."

„Und dennoch bin ich hier."

War es denn möglich, dass er die gleiche nahezu ursprüngliche Verbundenheit zu ihr fühlte wie sie zu ihm? Falls ja … wüsste sie damit umzugehen? Ein dynamischer Mann wie Neo Stamos würde sein Tempo nur wegen ihrer Eigenarten sicherlich nicht drosseln.

„Ich glaube, zum ersten Mal seit Jahren fühle ich eine neue Freundschaft wachsen."

„Oh." Natürlich spürte er nicht dieselbe erstaunliche Anziehungskraft. Die schönsten und vor allem gesellschaftlich geschliffensten Frauen scharten sich um Neo, da würde Cass auf seinem Radar als Begleiterin nie auftauchen. Aber Freundschaft war nichts, das man leicht abtat. Sie zumindest nicht. So viele Freunde hatte sie nämlich nicht. „Ich fühle mich geehrt."

„Ich mich auch – durch dein Vertrauen."

Cole räusperte sich. „Ich habe jetzt genug gesehen, um meine Kalkulation vorzulegen."

Neo zuckte zusammen, leicht nur, aber es sagte Cass, dass er, genau wie sie, den anderen Mann vergessen hatte. „Gut. Dann gehe ich davon aus, dass der Bericht heute Nachmittag auf meinem Schreibtisch liegt."

„Ich würde auch gern eine Kopie erhalten", meldete sich Cass zu Wort.

Coles Lächeln wurde viel herzlicher, als er sich ihr zuwandte. „Kein Problem."

„Natürlich", sagte auch Neo im gleichen Moment, und dann war er zusammen mit seinem Sicherheitsberater auch schon zur Tür hinaus.

4. KAPITEL

*M*it jeder Empfehlung, die Cass in dem Bericht las, sank ihr Mut. Das alles würde niemals in einem Tag zu bewältigen sein. Auch wenn die Änderungen so diskret wie möglich gestaltet und ihrem bisherigen Lebensstil angepasst werden sollten, würden unzählige Handwerker mindestens eine ganze Woche dafür brauchen.

Cass war Cole dankbar für die Mühe, ihren Zufluchtsort in seiner Planung so wenig wie nur möglich zu verändern. Auch war es sehr nett von ihm gewesen, die Kalkulation persönlich vorbeizubringen und nicht per Kurier zu schicken. Dennoch änderte das nichts daran, dass er mehrere Nachrüstungen für ihr Haus vorgeschlagen hatte, bei denen Cass die Angstattacken vorprogrammiert sah. So zum Beispiel bei dem Alarmsystem, das er für jedes Fenster und jede Außentür vorgesehen hatte. Sollte sie aus Versehen den Alarm auslösen, würde nicht nur ein ohrenbetäubender Lärm losbrechen, sondern sich auch sofort eine Truppe von Sicherheitsleuten in Bewegung setzen, da der Alarm zum Sicherheitsdienst von Neos Firma weitergeleitet wurde.

Es gab noch viele andere Vorschläge, die anmuteten wie aus einem Science-Fiction-Film, doch absolut inakzeptabel war die Empfehlung, die alten Fliederbüsche abzuholzen. Ihre Mutter hatte sie vor all den Jahren gepflanzt, als die Familie hier eingezogen war.

Nun, wenn es um Neos Sicherheit ging, dann würde nichts anderes übrig bleiben, als die Übungsstunden ins Tonstudio zu verlegen. Was Cass ihm auch sofort sagte, als er kurz darauf anrief.

„Darüber hatten wir doch bereits gesprochen. Das ist keine praktikable Lösung."

„Dann halten wir die Stunden in deinem Penthouse ab. Du wolltest dir doch so oder so ein Klavier zulegen." Warum hatte sie nur nicht vorher daran gedacht?

„Wo liegt das Problem?", fragte er ohne das geringste Anzeichen von Ungeduld – was Cass erstaunte. „Ich habe den Report auch gelesen und finde, Cole hat sich sehr zurückgehalten."

„Für deine Verhältnisse vielleicht." Sie verdrehte die Augen.

„Jemand wie ich würde bewaffnete Wachmänner auf dem ganzen Grundstück brauchen."

„Muss unerträglich sein, jemand wie du zu sein." Das war ihr herausgeschlüpft, aber sie meinte es genau so, wie sie es gesagt hatte. Sie konnte sich nicht vorstellen, den ganzen Tag unter Beobachtung zu stehen.

Zu ihrem Erstaunen drang schallendes Gelächter aus dem Telefonhörer. „Ich muss zugeben, das hat mir, seit ich erwachsen bin, noch niemand gesagt."

„Das hektische Leben eines milliardenschweren Unternehmers wäre sicherlich nichts für mich." Sein Lachen schlug die ersten Risse in die Wand aus Angst, die sie umgab, seit sie den Bericht des Sicherheitsberaters gelesen hatte.

„Dann ist es nur gut, dass wir Freunde sind und nicht Geschäftspartner." Das Lächeln war in seiner Stimme zu hören.

„Das heißt jedoch nicht, dass ich alles mit mir machen lasse."

„Das habe ich auch nie angenommen. Es benötigt enorme Standfestigkeit, lukrative Konzerttourneen auszuschlagen."

„Mein Manager nennt es unvernünftigen Starrsinn."

„Natürlich, denn je mehr du verdienst, desto mehr verdient auch er."

„Als mein Vater damals starb, habe ich mich an Bob geklammert. Ich kannte ihn, er war mir vertraut. Ich ging davon aus, dass ihm meine Interessen am Herzen liegen. Ehrlich gesagt glaube ich auch, dass es meistens so ist."

„Trotzdem ist es ihm natürlich lieber, wenn er mehr verdient. So ist es doch bei uns allen."

„Oh, bei dir habe ich das Gefühl, dass dich nicht nur das Geld motiviert. Sicher gefällt es dir, reich zu sein. Die Macht, die damit einhergeht, gefällt dir jedoch viel mehr."

„Meinst du?"

„Ja. Du hältst gern die Zügel in der Hand."

„Stimmt. Aber wieso sagst du das?" Es war reine Neugier, die ihn fragen ließ, beleidigt war er nicht.

Cass lachte hell auf, sie konnte es nicht zurückhalten. Erst als sie sich wieder unter Kontrolle hatte, fiel ihr auf, dass es am anderen Ende völlig still war. „Bist du noch da?"

„Ja. Hast du jetzt genug gelacht?"

„Ähm … ich glaube, schon."

„Es ist das erste Mal, dass jemand mich auslacht. Nicht einmal Zephyr würde das wagen."

„Das soll ich glauben? Du stellst dich ungeschickt an, und dein bester Freund würde nicht darüber lachen?"

„Ich stelle mich nie ungeschickt an."

„Vermutlich tropft dir im Restaurant auch nie Soße aufs Hemd, oder?"

„Nein."

„Hmm … hat sich nie jemand über deine Ungeschicktheiten oder Fehler amüsiert, einfach nur, weil sie komisch sind?"

„Ich mache keine Fehler."

„Du klingst, als ob du das wirklich ernst meinst."

„Ich sage nur Dinge, die ich ernst meine."

Welche Arroganz! „Selbst bei Geschäftsverhandlungen?"

„Ich bluffe nie."

„Oh." Aus einem unerfindlichen Grund alarmierte sie das. „Sollte ich mich entschuldigen, weil ich gelacht habe?"

„Nein, aber du könntest mir den Grund erklären."

„Du bist der Grund."

„Ich?"

„Neo, seit unserer ersten Begegnung kommandierst du mich herum. Es ist für jeden offensichtlich, dass du ein Kontrollfreak bist."

„Ich bin kein Kontrollfreak." Jetzt war er doch beleidigt.

Cass biss sich auf die Lippe, um sich das Lachen zu verkneifen. „Nein, du bestehst nur darauf, dass du der Einzige bist, der weiß, wo's langgeht."

„Wenn es nötig ist, habe ich keine Probleme, die Zügel an andere abzugeben."

„Nur wird das nicht oft nötig, oder?"

„Stimmt, aber daran ist auch nichts falsch." Fast klang er jetzt trotzig.

Sie grinste, achtete jedoch sehr genau darauf, dass es in ihrer Stimme nicht zu hören war. „Wenn du mit dem Stress umgehen kannst, der so viel Verantwortung mit sich bringt, sicherlich nicht. Doch aus einer Laune heraus mein ganzes Haus auf den Kopf zu stellen, treibt es wohl ein wenig zu weit."

„Deine Sicherheit ist keine Laune."

„Ich dachte, es ginge um deine Sicherheit."

„Der Vorfall neulich war für uns beide mehr als unangenehm. Ich allerdings habe Leibwächter."

„Ich verstehe." Etwas Ähnliches hatte sie sich schon gedacht. Doch als er so auf den Änderungen beharrt hatte, da hatte sie nicht glauben können, dass er das alles nur für sie machte. „Ich will nicht, dass mein Haus verändert wird." Sie war hier aufgewachsen. Und sie kam bestens zurecht, selbst wenn sie seit dem Tode ihres Vaters allein lebte. „Es besteht kein Grund zu der Annahme, dass sich so ein Vorfall bald wiederholt ... falls überhaupt."

„Du bist eine Berühmtheit, eine schüchterne vielleicht, die das Rampenlicht meidet, aber mit jedem neuen Album wächst deine Fangemeinde. So etwas kann sehr wohl wieder vorkommen ... und sogar bald."

Bei der Vorstellung schauderte ihr. Trotzdem ... schon seit Jahren trat sie nicht mehr auf. Und bislang war sie noch nie von Reportern gejagt worden. „Auch wenn meine CDs sich gut verkaufen, bin ich wohl kaum ein schillernder Popstar."

„Das Risiko bleibt dennoch bestehen."

„Warum lässt du nicht locker?", protestierte sie fast kläglich.

„Weil es das Beste für dich ist. Und ich gebe immer mein Bestes für die Menschen, die sich auf mich verlassen."

„Ich gehöre nicht zu deinen Angestellten, Neo."

„Das ist unerheblich." Er seufzte frustriert. „Die Kosten übernehme ich, falls du dir deswegen Gedanken machen solltest."

„Das ist es nicht, das weißt du."

„Cassandra ..."

„Wir sehen uns nächste Woche. Sag mir Bescheid, wo wir uns treffen sollen – im Tonstudio oder im Penthouse. Auf Wiederhören."

Damit unterbrach sie die Verbindung ohne ein weiteres Wort.

Cass war nicht überrascht, als es am nächsten Morgen an ihrer Tür klingelte, noch bevor sie überhaupt zu ihrem Morgenkaffee gekommen war. Ein Blick aus dem Fenster ihres Schlafzimmers zeigte ihr, dass Neos Mercedes in der Auffahrt parkte.

Natürlich. Neo war nicht der Mann, der sich aufhalten ließ. Und da er fest davon überzeugt war, die Nachrüstung an ihrem Haus sei für ihre Sicherheit notwendig, legte er nicht unbedingt viel Wert auf ihre Meinung.

Skrupel, dass es so früh am Morgen war, hatte er ebenfalls nicht. Die Klingel ertönte bereits ein zweites Mal, als Cass auf halbem Weg die Treppe hinunter war. Der Gedanke, das Klingeln oder den Mann, der vor ihrer Schwelle stand, zu ignorieren, kam ihr nicht einmal.

Eine geschlossen bleibende Haustür würde Neo nicht abschrecken. Sosehr Cass Konfrontationen auch verabscheute ... sie wich ihnen nicht aus, wenn sie nötig wurden. Und diese hier war nötig. Neo würde begreifen müssen, dass sie ihr Heim nicht verändern würde, nur weil er sich das so in den Kopf gesetzt hatte.

Allerdings erstarb ihr jedes Wort auf der Zunge, als sie die Tür aufzog. Der Mann sah einfach fantastisch aus in seinem Geschäftsanzug. Jedes einzelne dunkle Haar lag an seinem Platz, und sein grüner Laserblick bohrte sich in ihre Augen.

Cass' Atem stockte, ihr wurde heiß. Warum nur hatte dieser Mann eine solche Wirkung auf sie? Es überfiel sie genauso jäh wie eine Panikattacke, und doch war es ganz anders. Das Aufreibende daran war, dass es ihr gefiel. *Er* gefiel ihr.

Selbst wenn er sie herumkommandieren wollte.

„Was trägst du denn da?", fragte er nach dem ersten Schweigen.

Wieso wirkte er so fassungslos? Hatte sie etwa vergessen, den Morgenmantel überzuziehen? Cass sah an sich herab. Nein, die blaue Seide bedeckte züchtig alles vom Hals bis zu den Zehen. Nun, sie war barfuß, aber schließlich war sie in ihrem Zuhause.

Sie hob den Kopf und traf auf seinen grünen Blick. „Eine Frau so anzustarren ist unhöflich." Vor allem, wenn dieser intensive Blick fast einer Berührung glich. Das war nicht fair. „Ich habe noch nicht einmal meinen Kaffee gehabt."

Beeindruckt war Neo davon nicht. „Ich bin bereits seit zwei Stunden auf den Beinen."

„Schön für dich." Der Mann war um halb sechs aufgestanden? Er musste Masochist sein. „Normale Menschen warten meist bis nach neun Uhr morgens mit ihren Besuchen, vor allem, wenn sie sich vorher nicht telefonisch anmelden."

Er zog eine Augenbraue in die Höhe – auf die ihm so eigene anziehende Art. „Wir hatten doch schon festgestellt, dass ich nicht unbedingt zur Gruppe der normalen Menschen gehöre."

„Außergewöhnlich zu sein ist keine Entschuldigung für Unhöflichkeit." Allerdings musste sie zugeben, dass sie diesem Mann sehr viel mehr durchgehen ließ als anderen.

„Und das von der Frau, die gestern einfach aufgelegt hat."

„Ich hatte mich verabschiedet."

„Du hast dich geweigert, Coles Vorschlag vernünftig zu besprechen."

„Mag sein, dass ich nicht vernünftig bin, aber da ich allein lebe, habe ich auch keinerlei Verpflichtungen anderen Personen gegenüber. Das heißt, mein Haus bleibt genau so, wie ich es haben will."

„Bietest du mir eine Tasse Kaffee an?"

Dieser Themenwechsel war reine Taktik. Der Mann wusste nicht, was Aufgeben hieß! Eine ungute Vorahnung brachte Cass' Nerven zum Flattern. Wortlos drehte sie sich um und ging Richtung Küche. Neo konnte mitkommen oder nicht, das überließ sie ihm.

Er folgte ihr tatsächlich, und seine festen Schritte bestärkten Cass nur in der Vermutung, dass er davon ausging, er würde seinen Kopf schon noch durchsetzen.

In der Küche schenkte sie zwei Becher mit frisch gebrühtem Kaffee ein. „Milch? Zucker?"

„Weder noch."

Sie reichte ihm die Tasse und bereitete sich dann in aller Ruhe ihren Milchkaffee mit viel Zucker zu. Als sie sich umdrehte, musterte Neo sie stirnrunzelnd. „Was? Ich muss meine Männlichkeit nicht beweisen, indem ich meinen Kaffee schwarz trinke."

„Umso besser. Du bist nämlich definitiv weiblich." Die Falte auf seiner Stirn wurde tiefer. „Gehst du öfter in einem seidenen Morgenmantel, der jede einzelne deiner Kurven betont, an die Tür?"

Sie war zu schockiert über seine Frage, um gleich zu antworten. „Erstens, ich trage darunter noch einen Pyjama."

Er schnaubte nur.

„Doch, wirklich." Um es zu beweisen, löste sie den Gürtel und schlug die Mantelhälften auf. „Siehst du?"

Das changierende Blaugrün des Oberteils und der kurzen Shorts erinnerte sie an den Ozean vor Hawaii. Sie hatte sich das Babydoll gekauft, als ihr klar geworden war, dass sie das Meer wahrscheinlich nie wiedersehen würde. Wie sollte sie dorthin kommen? Mit wem? Sie reiste nicht gern allein. Und sie ging nicht mehr auf Tourneen.

Sie verstand nicht, warum Neo die Augen zusammenkniff, aber sie hatte sich in Fahrt geredet und würde jetzt nicht aufhören. Sie band den Gürtel wieder zu.

„Zweitens habe ich keine erwähnenswerten Kurven, um mir deswegen Sorgen zu machen." Das müsste ihm eigentlich klar sein. „Und drittens: Ich habe die Tür erst geöffnet, nachdem ich vom Fenster aus deinen Wagen auf der Auffahrt gesehen habe."

„Falls es dir noch nicht aufgefallen sein sollte, Cassandra … ich bin ein Mann."

„Das ist nicht zu übersehen." Sie hatte keine Ahnung, was ihn störte. Doch damit konnte sie sich jetzt nicht beschäftigen, brauchte sie doch ihre gesamte Energie, um ihre Reaktion auf seine Gegenwart zu kaschieren. „Um es auf den Punkt zu bringen: Ich öffne meine Tür niemals, ohne zu wissen, wer davor steht, ob nun im Morgenmantel oder vollständig angezogen."

„Lässt du deinen Manager ins Haus, wenn du noch im Morgenmantel bist?"

Was sollte das jetzt wieder? „Natürlich nicht. Bob meldet sich vorher an. Weshalb ich dann auch schon meinen Kaffee getrunken habe und gewaschen und angezogen bin."

„Gut."

Fast hätte sie die Augen verdreht. „Wie schön, dass du das billigst. Jetzt trink deinen Kaffee und sei still, damit ich erst einmal wach werden kann, bevor ich mich mit dir streiten muss."

„Wir werden streiten?"

„Wirst du etwa nicht darauf bestehen, dass mein Haus verändert werden muss?"

„Doch."

Zumindest war er ehrlich. Sie ging auf die Tür zu. „Da du scheinbar entschlossen bist, mich meinen Kaffee nicht in Ruhe trinken zu lassen, gehe ich duschen. Ich komme erst wieder runter, wenn ich mich in der Lage fühle, mich mit dir auseinanderzusetzen."

„Beeil dich. In einer halben Stunde fahren wir zu meinem Büro."

„Du kannst fahren, wann immer du möchtest. Ich habe nicht vor, mich abzuhetzen, noch werde ich meine Morgenroutine unterbrechen."

„Und ich warte nicht drei Stunden darauf, dass du fertig wirst."

„So lange brauchen die Frauen, die du kennst, um sich herzurichten?" Kein Wunder, dass der Mann so ungeduldig war. Das wäre sie auch bei einer solchen Zeitverschwendung. „Nur zu deiner Information: Ich benutze Wimperntusche und Lippenstift, mehr nicht." Selbst wenn sie sich schick anzog, nahm das nicht mehr Zeit in Anspruch, als es dauerte, Jeans und T-Shirt überzustreifen.

„Jetzt sind schon weitere zwei Minuten deiner Zeit verstrichen."

„Ich komme nicht mit dir ins Büro, Neo."

„Die Handwerker sind um halb neun hier. Du kannst natürlich auch bleiben und die Arbeiten überwachen. Oder du fährst mit mir."

Er lehnte lässig an ihrer Küchenanrichte und sah dabei zum Anbeißen aus! Sie stapfte auf ihn zu und stach ihm mit dem Zeigefinger in die Brust, obwohl sie ihm am liebsten an die Gurgel gegangen wäre. „Nein, kein einziger Handwerker wird mein Haus auseinandernehm-

men, Neo. Und sollte jemand es wagen, auch nur in die Nähe der Fliederbüsche zu kommen, werde ich die Polizei rufen." Danach würde
sie ihren Manager feuern, weil er ihr diesen Schlamassel eingebrockt
hatte! Aber erst nachdem sie ihn herzitiert hatte, damit er die Fremden
von ihrem Grundstück warf! Und der Wohltätigkeitsorganisation
würde sie nie wieder Meisterklassen überlassen!

Es war durchaus denkbar, dass sie all diese hektischen Gedanken
laut geäußert hatte, denn Neo sah sie höchst amüsiert, wenn auch leicht
entnervt an.

„Das werden wir in aller Ruhe besprechen." Er nahm ihre Hand
und verscheuchte damit jeden klaren Gedanken, den sie noch hatte.
„Danach."

„Wonach?"

„Nachdem du dich geduscht und angezogen hast."

Eigentlich sollte er verärgert sein. Sie war es auf jeden Fall. Er dagegen wirkte völlig gelassen, sogar jovial. Und sie müsste ihn zusammen-
stutzen für seine Einmischung, doch die Worte wollten ihr einfach nicht
über die Lippen kommen – über Lippen, die sich danach sehnten, geküsst zu werden. Von ihm.

Der Gedanke schockierte sie. Was war nur los mit ihr?

Cass hatte keine Antwort darauf und die Frage half ihr auch nicht,
wieder in die Realität zurückzufinden. Sie wusste nicht, woher dieser
Wunsch plötzlich kam, wusste nur, dass er da war. Und stark war. Neo
war ihr so nah. Doch sie wollte ihn noch näher spüren. Ihre Münder
waren nur Zentimeter voneinander entfernt. Wie viele mochten es
wohl sein …?

„Vielleicht fünfundzwanzig", murmelte sie.

„Fünfundzwanzig was?"

„Zentimeter."

„Fünfundzwanzig Zentimeter … was?" Verwirrt schaute er sie an,
und gleichzeitig schien es gut möglich, dass er genau wusste, was sie
dachte.

„Nichts. Vergiss es." Sie wollte den Blick abwenden, schaffte es aber
nicht.

Die Einsamkeit hatte ihr immer zu schaffen gemacht. Oft hatte sie
beklagt, dass sie wohl nie eine eigene Familie haben würde. Und mit
der fehlenden Sinnlichkeit in ihrem Leben hatte sie sich längst abgefunden. Jetzt allerdings fragte sie sich, ob sie bisher einfach nur nicht
den richtigen Mann getroffen hatte.

„Was ist mit diesen fünfundzwanzig Zentimetern?", wiederholte er seine Frage, und plötzlich wollte sie ihm antworten.

„Der Abstand zwischen unseren Lippen."

Er hakte nicht nach, er lachte nicht, er sah sie auch nicht an, als wäre sie verrückt geworden. Er neigte einfach nur den Kopf, überbrückte die fünfundzwanzig Zentimeter und presste seinen Mund auf ihren.

Der Schock ließ Cass erstarren. Neo Stamos küsste sie. Es war ein wunderbares Gefühl. Nein, viel mehr als wunderbar. Es war fantastisch, himmlisch, überwältigend!

Ihr erster Kuss …

Pures Vergnügen flutete in Wellen durch ihren Körper. Neos Lippen waren so warm, so fest. Cass konnte sein Aftershave riechen, der herbe Duft berauschte sie so sehr, dass ihre Knie nachgeben wollten. Sie seufzte leise, als seine Zungenspitze an ihren Lippen um Einlass bat. Das Rascheln seines Jacketts, als er die Arme um sie schlang, jagte prickelndes Verlangen durch sie hindurch. Einen solchen Laut hatte sie noch nie so nah gehört, zumindest nicht in diesem Zusammenhang. Und ganz bestimmt hätte sie nie damit gerechnet, es bei sich und Neo Stamos zu hören.

Dieses Geräusch machte ihr alles nur noch deutlicher. Seine Lippen waren einfach zu köstlich, und das Gefühl, das sie so intensiv verspürte, lag weit jenseits ihrer begrenzten Erfahrungen.

Er ließ die Hände über ihren Rücken wandern, über ihre Hüften. Sie spürte die Wärme durch den dünnen Stoff. Als er die Hände an ihren Po legte, entfuhr ihr ein lustvoller Laut, ihre Lippen öffneten sich, als hätten sie einen eigenen Willen, und Neo vertiefte den Kuss sofort.

Wenn er immer so küsste, war es kein Wunder, dass jeden Abend eine andere Schönheit an seinem Arm hing! Aber selbst der Gedanke an die stete Parade, die durch sein Schlafzimmer zog, konnte Cass' Begeisterung nicht dämmen. Nie hatte solche Erregung in ihr getobt. Sie wollte Neo verschlingen und von ihm verschlungen werden. Sie wollte alles haben, was sie noch nie gehabt hatte, alles, woran sie bisher nicht einmal gedacht hatte …

Nein, sie war nicht glücklich, als er den Mund von ihren Lippen losriss.

„Nicht aufhören", flehte sie.

Er schob sie von sich weg, sein Blick und seine Miene waren so angespannt, dass Cass ein Schauer überkam.

5. KAPITEL

*N*eo sah regelrecht betroffen aus. „Das hätte ich nicht tun sollen."

„Wieso?" Cass hatte es gefallen. Ihm etwa nicht? Doch, sicher. Oder er hatte eine gute Show abgeliefert. Soweit sie jedoch aus ihrer Lektüre zu diesem Thema wusste, machten Männer sich nicht die Mühe, so etwas vorzutäuschen. Frauen sollten das eigentlich auch nicht tun, kam es vor. Sie würde das gar nicht nötig haben, falls sie miteinander schliefen. Sie hatte zwar keine praktische Erfahrung, trotzdem war sie sich ziemlich sicher. Sie hatte einen Meister in der Kunst des Küssens getroffen. Und vermutlich auch einen Meister anderer Künste.

Neo stieß laut die Luft aus. „Wir sind Freunde."

„Und Freunde küssen sich nicht?" Sie war so benommen, ihr war nicht einmal bewusst, dass sie die Worte laut aussprach.

„Kann ich nicht genau sagen. Ich hatte nie eine Frau zum Freund."

„Dann sind wir schon zu zweit. Ich meine, ich hatte noch nie einen milliardenschweren Tycoon zum Freund." Obwohl er sicher sehr viel mehr über Frauen wusste als sie über Milliardäre. Oder Männer im Allgemeinen. „Also ... Freunde küssen sich nicht?", fragte sie noch einmal.

„Nein."

„Warum nicht?"

„Die Frauen, mit denen ich Sex habe, halten sich nicht länger in meinem Leben als eine Nacht. Für unsere Freundschaft wünsche ich mir, dass sie länger dauert." Er klang geradezu verletzlich.

„Wir haben uns geküsst, nicht Sex gehabt. Oder?" Vielleicht war es ja schon das Vorspiel gewesen, und sie hatte es nur nicht erkannt. Sie hätte sich auch nicht gewehrt, wenn er mehr von ihr verlangt hätte, wenn er sie ausgezogen hätte.

Himmel, während des Kusses hatte sie sich gewünscht, sie wären beide nackt!

„Du bist so unschuldig."

„Und du hast Erfahrung. Mir scheint das die perfekte Kombination."

„Aber nur in deiner übereifrigen Fantasie."

„Jetzt bist du herablassend."

„Realistisch."

„Ich glaube, ich mag dich lieber, wenn du spontan bist."

„Gut."

„Gut?"

„Was könnte spontaner sein, als den Tag zusammen zu verbringen?"

„Ah, sind wir also wieder da angekommen?"

Sein Lächeln bestätigte ihre Vermutung. „Geh endlich duschen. Ich mache dir Frühstück."

„Du kannst kochen?"

„Ich wurde nicht als reicher Mann geboren. Irgendeinen speziellen Wunsch?" Er bemühte sich, nicht wie ein Kellner in einem Restaurant zu klingen, sondern wie ein superreicher Grieche, dem es Spaß machte, den Kellner zu spielen.

„Ein getoasteter Bagel mit Erdnussbutter reicht vollkommen." Auf dem Weg zur Tür schnappte Cass sich noch einen Apfel aus der Obstschale. Das hieß wohl, dass sie tatsächlich mit dem Gedanken spielte, mit ihm mitzufahren. Es war mehr als nur „spielen", sie hatte sich längst in die Vorstellung gefügt. Nein, es war auch kein „Fügen", sie freute sich wirklich darauf. Nach einem einzigen Kuss! Sie steckte wirklich bis zum Hals in Schwierigkeiten. Vielleicht war seine „Nicht-Küssen"-Regel doch eine gute Idee.

„Sollten die Handwerker auch nur einen Ast von den Fliederbüschen abbrechen, werde ich dir nie verzeihen", sagte sie, bevor sie die Küche verließ, und hoffte, dass ihm klar war, wie ernst sie es meinte.

Neo fühlte sich, als hätte ihm jemand einen Tritt in den Magen versetzt. So etwas Großartiges wie den Kuss mit Cassandra hatte er lange nicht erlebt. Vielleicht noch nie.

Er hatte weder an seinen engen Terminkalender noch an die Tatsache gedacht, dass Gearys Crew gleich hier auftauchen würde. Er hatte gar nicht mehr aufhören wollen, Cass zu küssen. Der Schock dieser Erkenntnis hatte ihn dann schließlich dazu gebracht, sie loszulassen. Neo hatte sich absolut hilflos gefühlt, und das war eine ihm unbekannte Emotion. Diese Beschreibung passte nicht auf ihn, hatte nie auf ihn gepasst. Und würde auch in Zukunft nicht auf ihn passen.

Noch nie hatte er die Kontrolle verloren, vor allem nicht so schnell, nicht einmal als Jugendlicher. Und das durch einen einzigen Kuss! Er hatte nicht einmal ihre kleinen verlockenden Brüste berührt, geschweige denn nackte Haut gefühlt. Wie sehr er es gewollt hatte! Es war ihm wichtiger gewesen, als pünktlich zum Morgenmeeting zu erscheinen. Verdammt!

Cass hatte ihn ebenfalls nicht angefasst, hatte ihm nur ihre Lippen geboten. Ihre Reaktion war unerfahren gewesen – unschuldig sinnlich, voll unglaublich süßer Leidenschaft. Wenn ihn sein Instinkt nicht täuschte – und das tat er selten –, dann musste sie noch Jungfrau sein. Was ein gewichtiger Grund war, sich nicht auf etwas Körperliches mit ihr einzulassen. Er schlief grundsätzlich nur mit Frauen, die die Spielregeln kannten und Sex nicht mit Emotionen verwechselten. Frauen, mit denen er nie einen ganzen Tag verbringen würde, nicht einmal eine ganze Nacht.

Verflixt, selbst in seinen eigenen Augen waren das die Ansichten eines Chauvinisten. Aber es war schließlich nicht seine Schuld, dass er nie Freundschaften mit Angehörigen des schönen Geschlechts geschlossen hatte. Er schloss überhaupt keine Freundschaften – wie Zephyr so hämisch angemerkt hatte.

Neo wusste nicht, was ihn zu Cassandra hinzog. Aber in den letzten Wochen hatte er sich immer auf die Klavierstunden gefreut. Er mochte Cassandra als Mensch, trotz ihrer Ticks und Macken. Sie war bezaubernd. Und es gefiel ihm, dass sie sich mit ihm identifizieren konnte, wie er es sonst nur von Zephyr kannte. Sie wusste, wie es war, keine echte Kindheit zu haben. Sie verstand, was Verlust und Angst und Hunger waren, auch wenn es bei Letzterem um den Hunger nach Liebe ging.

Die Freundschaft mit ihr war ihm wichtig. Das würde er nicht durch Sex ruinieren, ganz gleich, wie stark die Anziehungskraft sein mochte.

Er suchte nach den Bagels, steckte einen davon in den Toaster und rief Cole Geary an.

„Sie hat den Sicherheitsmaßnahmen zugestimmt. Aber sie will nicht, dass irgendetwas an der Bepflanzung des Gartens geändert wird."

„Das überrascht mich nicht", erwiderte Cole prompt.

„Nicht?" Neo hatte überhaupt kein Verständnis dafür, er hätte hier alles abgeholzt.

„Ich habe ein wenig über die Geschichte des Hauses recherchiert. Die Eltern haben es noch vor ihrer Geburt gekauft. Der Größe nach zu urteilen, wurden diese Büsche damals angepflanzt, ich nehme an, von ihrer Mutter."

„Also ist es etwas Sentimentales?" Damit hatte Neo nicht viel Erfahrung. So groß sein Vermögen auch war, diesen Luxus konnte er sich nicht leisten.

„Sowohl Paparazzi als auch Einbrecher können sich in den hohen Büschen bestens verstecken."

„Sie wird trotzdem nicht nachgeben, sie ist ziemlich entschlossen."

„Sie haben sie doch schon überzeugt, Türen und Fenster austauschen zu lassen. Dann wird es Ihnen auch gelingen, ihr die Hecke auszureden. Ich werde den Termin für die Gärtner nach hinten verschieben."

Neo wünschte, er hätte Coles Zuversicht. Doch zum ersten Mal seit Jahren bestand die Möglichkeit, dass er jemanden getroffen hatte, der ebenso stur und unnachgiebig war wie er. Als ihm das das letzte Mal passiert war, war aus der Person ein Freund und Geschäftspartner geworden.

Nur eine Beschreibung passte auf Cassandra, als sie wieder nach unten kam: übellaunig. Mit einem gebrummten „Danke" in seine Richtung setzte sie sich an den Tisch und biss lustlos in den Bagel.

„Du siehst gut aus", versuchte Neo es mit einem Kompliment. Die meisten Frauen blühten doch bei Komplimenten auf, oder? „Vor allem die Accessoires gefallen mir."

Ja, Schal und Schuhe in leuchtendem Pink setzten lebhafte Akzente zu dem dunkelblauen Hosenanzug und der weißen Bluse. Die großen Kreolen in der gleichen Farbe hätte er auch nicht unbedingt erwartet.

Sein Kompliment brachte ihm nicht mehr ein als ein weiteres knappes „Danke".

„Es überrascht mich, dass du so strahlende Farben trägst."

Mit diesem Kommentar gehörte ihm allerdings ihre gesamte Aufmerksamkeit. „Wieso?"

„Ich hätte gedacht, dass du nicht auffallen willst." Für ihn war es nur logisch, dass grelle Farben und lähmende Schüchternheit sich gegenseitig ausschlossen. Aber er war ja auch kein Psychiater.

„Muss ich deshalb Grau und Schwarz tragen und mein Haar in einen strengen Knoten drehen?"

„Nein." Er wäre allerdings weniger überrascht gewesen, wenn sie es getan hätte.

„Ich rede nicht gern mit Fremden."

So konnte man es auch nennen. Agoraphobie war allerdings eine andere Sache.

„Deshalb muss ich aber nicht in einem Sack herumlaufen oder mich kleiden wie ein Einsiedler." Sie schnaubte. „Ich trete nicht mehr vor

Publikum auf, doch ich bin durchaus in der Lage, mein Haus zu verlassen. In meinem Leben gibt es schon genug Einschränkungen, und zufälligerweise mag ich leuchtende Farben."

„Ich werd's mir merken."

„Wozu?"

Wenn er genauer darüber nachdachte ... ja, wozu? Sie war keine Bettgespielin, für die er Geschenke kaufen musste. Trotzdem ... heute würde er Cassandra mehr von seiner Zeit überlassen, als er irgendeinem anderen Menschen seit Langem überlassen hatte. Er hatte sämtliche Meetings und Termine verschoben, und das hatte er schon seit Jahren nicht mehr gemacht. Einzig und allein, weil er vorhatte, Cassandra zu unterhalten. Schließlich war er dafür verantwortlich, dass man sie heute aus ihrem Haus vertrieb. Als er sie das wissen ließ, handelte er sich jedoch nur ein düsteres Stirnrunzeln ein.

„Vermutlich erwartest du jetzt, dass ich dir auf ewig dankbar bin."

„Besteht überhaupt die Aussicht darauf?"

„Nein."

Sie war erfrischend ehrlich. Nachdem sie sich an ihn gewöhnt hatte und er kein Fremder mehr für sie war, schüchterte er sie nicht mehr ein, so wie er sonst jeden anderen einschüchterte. Und schon wieder musste er sich das Grinsen verkneifen. „Ich wäre schon zufrieden, wenn du dich einfach nur freuen würdest."

„Wieso sollte dir daran liegen, ob ich mich freue oder nicht?"

„Ich weiß es nicht, es ist einfach so. Schiebe es auf unsere Freundschaft."

Sie seufzte, eher frustriert als verärgert. „Ich habe auch Dinge zu erledigen, Neo. Die Musik für mein nächstes Album komponiert sich nicht von allein. Nur kann ich nicht arbeiten, wenn fremde Handwerker mein Haus auseinandernehmen."

„Also bekommen wir beide eine nicht eingeplante Pause. Was ist schon ein Tag?" Dass sich jeder, der ihn kannte, bei einer solchen Bemerkung von ihm fragen würde, ob er den Verstand verloren hatte ... darüber wollte er jetzt nicht nachdenken.

Cass musterte ihn argwöhnisch. „Wann hast du dir das letzte Mal eine Pause gegönnt?"

Das war leicht zu beantworten. „Für die Klavierstunden."

„Und davor?" Ihr Blick machte ihn nervös.

„Ich brauche keine Pausen."

350

Natürlich würde sie sofort darauf anspringen und behaupten, dass sie ebenfalls keine Pausen brauchte. Doch sie überraschte ihn.

„Nie?"

„Nein, nie."

„Jetzt bin ich überzeugt, dass du eine Pause brauchst."

Das behaupteten Zephyr und Gregor auch. „Betrachtet man die Anzahl deiner Kompositionen der letzten Jahre, kannst du auch eine gebrauchen."

Sie wirkte verwirrt. „Musik ist mein Leben."

„Mein Arzt wie auch mein Geschäftspartner sehen solchen Arbeitseifer als ungesunde Lebenseinstellung an."

„Ich trainiere regelmäßig."

Neo erinnerte sich an den Gymnastikraum, den er entdeckt hatte, als er Cole durch das Haus geführt hatte. „Ich auch."

„Ich ernähre mich gesund."

„Ich auch."

„Warum machen die beiden sich dann Sorgen um dich?"

Neo zuckte mit den Schultern. „Weiß nicht. Aber wenn es schlecht für mich ist, nur für Stamos & Nikos Enterprises zu leben, kann es nicht gut für dich sein, nur für deine Musik zu leben."

„Ich will aber nicht den ganzen Tag von Fremden wie unter dem Mikroskop beobachtet werden."

„Wirst du auch nicht."

„Warum?"

„Weil sie alle viel zu beschäftigt sein werden, mich anzugaffen."

Sie musste lachen, was er auch beabsichtigt hatte. „Es verdirbt mir die Laune, wenn ich daran denke, dass mein Haus zerlegt wird."

„Cole hat mir versichert, dass du nicht einmal merken wirst, dass sie hier waren."

„Ich habe die Liste der Arbeiten doch gesehen. Das alles lässt sich nicht in einem Tag schaffen."

„Doch … wenn man genügend Geld investiert." Das Thema war für ihn noch nicht beendet. „Im Grunde hast du also nichts dagegen, das Haus zu verlassen, oder? Du willst nur nicht als die berühmte Pianistin und Komponistin Cassandra Baker erkannt werden. Ist es das?"

Sie wandte sich wieder ihrem Frühstück zu. „So was in der Art."

„Und du weigerst dich, einen Schlosser unangemeldet einzulassen. Warum?"

„Mein Vater sagte immer, dass meine Schüchternheit mich lähmt."

Der Ton, in dem sie es sagte, ließ Neo vermuten, dass der Mann diese Charaktereigenschaft wohl als Behinderung angesehen hatte – vor allem für die Karriere seiner brillanten Tochter.

„Warst du schon immer schüchtern?"

„Nach Meinung meiner Mutter soll ich angeblich ein fröhliches Kleinkind gewesen sein. So fanden sie auch heraus, dass ich ein Wunderkind war. Ständig wollte ich ihnen etwas vorführen. Das Klavierspiel entdeckte ich für mich, da war ich drei. Ich spielte Melodien nach, die ich irgendwo aufgeschnappt hatte."

„Erstaunlich."

„Das sagten meine Lehrer auch."

„Sie haben dich mit drei Jahren zum Klavierunterricht geschickt?" Er klang ehrlich schockiert.

„Mom wurde krank. Ich vermute, meine Eltern hielten es für eine gute Idee, damit ich meine Mutter nicht überanstrenge."

„Also hast du jeden Tag Klavier gespielt. Wie lange?"

„Jeden Morgen und Abend zwei Stunden. Die Übungszeit zu Hause nicht mitgerechnet."

„Unmöglich." Kinder nahmen Dinge oft anders wahr. Hatte er zumindest gehört.

„Das dachte ich zuerst auch. Aber nach dem Tode meines Vaters fand ich einen Karton mit seinen Aufzeichnungen. Damit hatte ich es schwarz auf weiß – den Beweis, dass meine Eltern mich nicht um sich haben wollten."

„Das ist ein ziemlich hartes Urteil."

„Wie bist du im Waisenhaus gelandet?", fragte sie herausfordernd.

„Meine Eltern hatten sich von ihrem Leben wohl anderes erwartet, als für ein Kind zu sorgen."

„Hartes Urteil oder Realität?"

„Touché."

„Oft habe ich mir gewünscht, ich hätte diesen Karton nie gefunden. Dann hätte ich mich mit der verschwommenen Erinnerung zufriedengeben können." Sie kaute an ihrer Lippe und wandte das Gesicht ab, als die altbekannte Traurigkeit wieder auf sie einstürzte. „Die Sachen meiner Eltern auszuräumen hätte eine reinigende Wirkung haben sollen."

„Wer sagt das?"

„Mein Manager." Sie lachte humorlos. „Er hat mich gezwungen, den Verlust zu akzeptieren, insofern war es wohl gut." Sie blickte in seine Augen zurück. „Aber es hat schrecklich wehgetan."

„Das tut mir leid für dich."

„Danke."

„Und wenn jetzt deine Schlösser geändert werden, wird das den Verlust nicht aufwiegen, aber es bringt dir die traumatischen Emotionen zurück. Sehe ich das richtig?"

Sie nickte, zwang sich, munterer zu sein. „Für einen Geschäftsmann bist du erstaunlich feinfühlig."

„Herauszufinden, wie die Menschen ticken, ist der halbe Erfolg im Geschäft."

„Ich wette, du bist gut darin."

„Unschlagbar."

Als sie dieses Mal lachte, klang es schon wesentlich heiterer. „Sehr von dir selbst überzeugt, was?"

Er lächelte. Es gefiel ihm, dass er sie zum Lachen bringen konnte. „Ich kenne meine Stärken, das ist alles. Allerdings wird man es mir wohl kaum als Stärke anrechnen, wenn ich mich zu spät in die Telefonkonferenz einschalte."

„Kannst du das nicht von deinem Autotelefon machen?"

„Schon, doch solange ich meinen Computer mit allen wichtigen Informationen nicht vor mir habe, bin ich nicht sicher, ob ich überhaupt etwas Nützliches einbringen kann."

„Ich wette, du kannst sämtliche Informationen aus dem Kopf abrufen." Trotzdem stand sie auf und stellte das Geschirr ins Spülbecken.

„Das Wetten habe ich aufgegeben, als mir eine verlorene Wette Klavierstunden eingebracht hat."

„Sollte ich mich jetzt beleidigt fühlen?", fragte sie.

„Nein. Ich bereue nicht, dass ich das Geschenk annehmen musste. So habe ich einen neuen Freund gefunden."

Lächelnd schüttelte sie den Kopf. „Was für ein Geburtstagsgeschenk."

„Zephyr wollte mir für meinen Fünfunddreißigsten etwas wirklich Besonderes schenken. Früher, als wir noch jünger waren, wollte ich immer Klavier spielen lernen. Allerdings hatte ich seit Jahren nicht an diesen Kindheitstraum gedacht."

„Jetzt ist es kein Traum mehr."

„Richtig. Es ist sogar noch mehr. Ich wusste gar nicht, dass ich ein großer Fan von dir bin."

„Du wusstest es nicht? Das musst du mir erklären … unterwegs. Ich möchte schließlich nicht, dass du zu spät kommst."

Eine knappe Stunde später – noch immer völlig überrumpelt von der Neuigkeit, dass Neo schon seit Langem ihre Musik hörte und sie nun als Freund bezeichnete – lauschte Cass über Kopfhörer ihrem neuen Stück auf dem MP3-Spieler und machte sich Notizen und Anmerkungen für mögliche Änderungen. Es war nicht übertrieben gewesen, als sie Neo gegenüber behauptet hatte, dass sie arbeiten musste, nur brauchte sie es nicht unbedingt von zu Hause aus zu tun.

Sie liebte die technischen Neuerungen, die es ihr erlaubten, nicht den ganzen Tag am Flügel zu sitzen, sie arbeitete inzwischen häufig mit dem kleinen Gerät, das ihr Flexibilität bot. Sie konnte ihre Kompositionen während des Trainings oder des Kochens abhören … oder eben in dem leeren Konferenzsaal von Stamos & Nikos Enterprises.

Als jemand ihr auf die Schulter tippte, wurde ihr jedoch schlagartig bewusst, dass sie nicht allein war.

Cass zog sich den winzigen Lautsprecher aus dem Ohr und drehte sich um. „Ja?"

„Mr Stamos lässt fragen, ob Sie vielleicht etwas zu trinken wünschen."

Miss Parks, Neos Assistentin, war hinter ihr aufgetaucht, und ihre Erscheinung passte genau zu ihrer Telefonstimme. Die blonde Mittvierzigerin trug Chanel, dazu passend einen eleganten Chignon – die Verkörperung der kühlen Karrierefrau.

Und Miss Parks hielt es ganz offensichtlich für unter ihrer Würde, der Klavierlehrerin ihres Chefs eine Erfrischung anzubieten.

Aber was die gegenseitige Abneigung anging, stand Cass ihr in nichts nach. Außerdem saß Cass im Konferenzsaal eines Wolkenkratzers voller Fremder, während andere Fremde ihr Haus zerstörten – daher sah sie keinen Anlass, ihre schlechte Laune zu kaschieren. „Ein Wasser wäre nett", erwiderte sie knapp. Nach Tee fragte sie erst gar nicht, auch wenn der sicherlich ihre Nerven beruhigen würde. Aber das wäre wohl zu viel von Miss Parks verlangt.

Ohne ein weiteres Wort steckte sich Cass wieder die Stöpsel ins Ohr und beugte sich zurück über ihre Arbeit. Wenig später wurden eine Mineralwasserflasche und ein Glas neben sie auf den Tisch gestellt.

Schlechte Laune oder nicht, Cass erinnerte sich an ihre Manieren und wandte sich um. Der höfliche Dank blieb ihr jedoch im Hals stecken, als sie in das Gesicht eines Mannes blickte, dessen Präsenz ebenso überwältigend war wie die Neos.

Selbst wenn sie vorher keine Fotos von ihm in den Zeitungen gesehen hätte, wäre ihr auch so bewusst gewesen, dass dieser Mann niemand anders sein konnte als Neos Freund und Geschäftspartner Zephyr Nikos.

6. KAPITEL

*D*er charismatische Grieche lächelte strahlend. „Ich freue mich sehr, Sie persönlich kennenzulernen. Neo ist nämlich nicht Ihr einziger Fan."

Cass riss sich die Stöpsel aus den Ohren. Hätte Neos Kuss sie heute Morgen nicht immunisiert, wäre dieses Lächeln tödlich für sie gewesen.

Sie reichte ihm die Hand. „Danke, dass Sie die Meisterklassen ersteigert haben, Mr Nikos. Es freut mich immer sehr, wenn meine Musik anderen auch gefällt."

„Nennen Sie mich bitte Zephyr. Und warten Sie noch mit dem Dank. Neo hat ja bisher nur ein paar Stunden gehabt, noch steht nicht fest, wie er sich als Schüler macht." Er lehnte sich an den massiven Konferenztisch. „Mein Gefühl sagt mir, dass es kein Spaziergang ist, ihn zu unterrichten, auch wenn es nur um simple Anfängerübungen geht. Und dass es jeden einzelnen Dollar, den ich dafür ausgegeben habe, wert ist."

Cass lächelte trocken. „Ich sitze nur deshalb hier, weil er eine ganze Crew von Handwerkern und Sicherheitsleuten angefordert hat, die jetzt mein Heim zerlegen. Ich mache mir keine Illusionen, was für eine Art Schüler er ist."

„Sie tauschen Fenster und Türen aus", ertönte es da von der Tür her. „Das kann man wohl kaum zerlegen nennen."

Cass sah über die Schulter. „Neo! Ist die Sitzung zu Ende?"

„Ja." Mit einer hochgezogenen Augenbraue schaute Neo seinen Freund an. „Hattest du nicht gesagt, dein ganzer Vormittag sei mit Terminen besetzt?"

Der andere fantastisch aussehende Grieche zuckte mit den breiten Schultern. „Ein paar Minuten müssen sein. Ich lasse es mir doch nicht entgehen, die unvergleichliche Cassandra Baker zu treffen."

„Das ist keine öffentliche Vorstellung." Neo stand kurz vor dem Explodieren. „Cassandra hat netterweise zugestimmt, den Tag mit mir zu verbringen, solange die Arbeiten in ihrem Haus vor sich gehen. Sie ist nicht zu deinem Vergnügen hier."

Nett war sie bestimmt nicht gewesen, aber im Stillen dankte Cass Neo für die Beschönigung.

Zephyr amüsierte sich über Neos ungewohnte Beschützerhaltung. „Keine Sorge, ich hatte nicht vor, einen Konzertflügel in den Konferenzsaal bringen zu lassen", spottete er.

„Das wäre gar nicht schlecht gewesen, dann hätte ich vielleicht mehr geschafft", scherzte Cass. „Selbst die modernen technischen Errungenschaften haben Grenzen."

„Du kannst es dir leisten, einen Tag freizunehmen", kam es überzeugt von Neo.

Zephyr lachte ungläubig auf. „Und das aus deinem Mund!"

„Ich habe heute mehrere Termine abgesagt."

„Ich weiß." Zephyr sah Cass forschend an. „Deshalb wollte ich ja auch diese wunderbar talentierte Lady treffen. Ich weiß, dass sie eine fantastische Pianistin ist, mir war nur nicht klar, dass sie auch zaubern kann."

„Neo hätte mich nicht aus dem Haus bekommen, wenn er nicht all diese Leute angeschleppt hätte." Davon, dass er sie geküsst hatte, bis sie atemlos geworden war, um sie zu überzeugen, erwähnte Cass nichts.

„Du leidest unter Agoraphobie. Dieses Problem darf man nicht auf die leichte Schulter nehmen, es muss mit der notwendigen Behutsamkeit angegangen werden."

„Das hört sich an wie aus einem medizinischen Lehrbuch …" Und dann dämmerte es Cass. „Du hast über die Erkrankung recherchiert."

„Einer meiner Top-Leute hat das für mich gemacht."

„Wow. Du nimmst deine Stunden bei mir aber wirklich ernst."

Neo zuckte nur die Achseln, Zephyr jedoch starrte seinen Freund ungläubig an. Dann änderte sich seine Miene, und er wandte sich mit einem fast mitleidigen Blick an Cass.

„Passen Sie ja auf. Wenn Neo sich erst einmal festgebissen hat, hat er die Unart, sofort das Kommando an sich zu reißen."

„Das ist mir schon aufgefallen", meinte sie amüsiert.

Mit verschränkten Armen starrte Neo Zephyr an. „Hast du nichts Besseres zu tun, als hier rumzustehen und zu klatschen, *Partner*?"

„Willst du bestreiten, dass du schon einen Heilplan für Miss Baker und ihr Leiden aufgestellt hast?"

„So weit ist meine Recherche noch nicht gediehen."

Cass schlug das Herz bis in den Hals. Dieses „noch nicht" gefiel ihr nicht. „Du hast mich überredet, die Sicherheitsmaßnahmen auf meinem Grundstück zu verstärken. Bilde dir nicht ein, ich würde zustimmen, an einem dieser Anti-Phobie-Seminare teilzunehmen." Noch heute konnte sie die seelischen Narben vorweisen, die das zurückgelassen hatte.

„Also hast du das schon versucht", vermutete Neo richtig. Als sie nur knapp nickte, fragte er weiter: „Und? Hat es geholfen?"

„Wie du weißt, weigere ich mich noch immer, Fremden meine Haustür zu öffnen."

„Das ist nur vernünftige Vorsicht", lautete Zephyrs Kommentar.

Cass lächelte ihn dankbar an. Wenige Menschen versuchten ihr das Gefühl zu geben, normal zu sein. „Anders" war noch die gnädigste Charakterisierung. „Gebrochen", „dumm", „schwach", „unverantwortlich" dagegen hatte sie sehr viel öfter gehört.

„Ich will eine genaue Auflistung der Therapien, die du in der Vergangenheit durchlaufen hast."

„Das soll ein Witz sein, oder?"

„Neos Sinn für Humor ist nicht besonders ausgeprägt." Zephyr schüttelte mitleidig den Kopf.

Mit grimmiger Miene funkelte Neo den Freund an. „Ich zeige dir gleich, wie wenig Sinn für Humor ich habe."

Mit einem theatralischen Seufzer stieß Zephyr sich vom Tisch ab. „Jetzt droht er mir sogar. Dann gehe ich jetzt wohl besser." Er sah zu Cass. „Es war mir ein Vergnügen, Sie kennenzulernen, Miss Baker."

„Cass, bitte."

Er grinste. „Es war mir sogar ein echtes Vergnügen, Cass." Auf dem Weg nach draußen blinzelte er Neo zu. „Viel Spaß an deinem freien Tag."

Neo bedankte sich mit einer groben Geste. Cass schnappte nach Luft und begann dann zu lachen.

„Ich bin nicht empört, sondern amüsiert, falls dir der Unterschied nicht aufgefallen ist", sagte sie, als sie und Neo wieder allein waren. „Es hat Spaß gemacht zu beobachten, wie ihr miteinander umgeht. Da tritt eine Seite an dir zutage, die du sonst nie zeigst."

„Nämlich?"

„Geben und Nehmen. Du willst Dinge über mich wissen oder hast sie schon in Erfahrung gebracht, die ich normalerweise niemandem mitteile."

„Und das heißt jetzt, du willst ebenfalls persönliche Dinge über mich wissen."

„Genau."

„Du bist ein unerbittlicher Verhandlungspartner, Cassandra."

„Scheint so. Ich habe es sogar geschafft, dass du dir freinimmst, obwohl das gar nicht meine Absicht war."

„Da wir gerade davon reden ... der restliche Vormittag liegt zur freien Verfügung vor uns."

„Willst du mir etwa die Zeit vertreiben?"

„Genau das hatte ich geplant."

„Das ist nicht nötig. Ich habe meinen MP3-Spieler und einen Notizblock mitgebracht, der Raum hier ist wunderbar still, es gibt keine Ablenkung … nun, ausgenommen dein Geschäftspartner."

„Er hat mir damals die erste deiner CDs geschenkt. Eigentlich hat er mir alle deine CDs geschenkt. Zu meiner Schande muss ich gestehen, dass ich nie auf den Namen des Künstlers geachtet habe, auch wenn ich die Musik tagtäglich gehört habe."

Sie schüttelte den Kopf. „Ich kann mir gar nicht vorstellen, dass ich nicht wissen wollte, wer die Musik erschaffen hat, die mir so gefällt."

Er zuckte ungelenk mit den Schultern. Es war ihm offensichtlich peinlich. Cass legte die Finger auf seinen Arm. „He, ich weiß ja auch nicht, wer mein Haus entworfen und gebaut hat. Ich wette, du schon."

„Stand im Sicherheitsbericht."

„Dann muss ich das wohl überlesen haben."

„Legst du es darauf an, dass ich mir weniger idiotisch vorkomme?"

„Auf jeden Fall, denn du bist alles andere als das. Funktioniert es wenigstens?"

„Ja."

„So, du hast dir also den Vormittag freigenommen." Wirklich fassen konnte sie es noch immer nicht. Aber er konnte die Pause brauchen. Und diese Freizeit würde sie ihm nicht durch ihre Angst ruinieren.

Er nickte. „Ich hatte vor, es auszunutzen, dass du mir zur Verfügung stehst. Ich dachte, wir könnten zusammen nach einem Klavier suchen."

„Ich verstehe." Sie kaute an ihrer Lippe, überlegte, ob sie es schaffen würde, mit ihm einkaufen zu gehen. Wenn sie wollte, dass er das Büro für einen Vormittag hinter sich ließ, würde ihr nichts anderes übrig bleiben. Solange sie die überfüllten Einkaufszentren mied, konnte sie ihre Angst wohl unter Kontrolle halten. Außerdem fühlte sie sich bei ihm so sicher, dass sie sich weiter als gewohnt über ihre Grenzen hinauswagen konnte.

„Online."

„Was?"

„Ich meine, wir gehen zu meinem Penthouse und kaufen online ein."

Sie runzelte die Stirn. „Man sollte sich erst den Klang eines Pianos anhören, bevor man es kauft."

„Glaubst du, wenn ich einen meiner Mitarbeiter mit dem Kauf beauftragt hätte, dass ich dann vorher den Klang überprüft hätte?"

„Nicht? Nun, da du dich aber meiner Expertise anvertraust, bestehe ich darauf. Vorher können wir im Netz suchen und mit einigen Anrufen unsere auswärtigen Shoppingtrips einschränken."

„Einverstanden. Dann lass uns gehen."

In diesem Moment wurde die Tür geöffnet und Miss Parks erschien.

„Mr Stamos, Julian aus Paris ist in der Leitung."

„Übernehmen Sie das."

„Aber …"

„Ich sagte doch schon, dass ich mir den Vormittag freinehme."

Mit gerunzelter Stirn schaute die blonde Assistentin zu Cass. Als sie dann auch noch die unangerührte Wasserflasche sah, kniff sie die Augen zusammen. Ihr Blick hätte töten können.

Cass griff sich die Flasche. „Die nehme ich mit."

„Ich habe Mineralwasser im Haus", meinte Neo amüsiert.

„Das wäre Verschwendung." Cass wollte in Miss Parks' Ansehen nicht noch weiter sinken. Die andere hatte sich schon überwinden müssen, ihr eine Erfrischung anzubieten.

Neo bedeutete Cass, vorauszugehen. „Wie du meinst … Solange du nur zufrieden bist."

Miss Parks' Miene nahm einen säuerlichen Ausdruck an.

„Sie sollten Julian nicht so lange warten lassen, Miss Parks."

Die blonde Frau nickte knapp und drehte sich ohne ein weiteres Wort um.

„Du nennst deine Assistentin Miss Parks?", fragte Cass erstaunt.

„So heißt sie doch."

„Wundert mich nur, dass ihr euch mit dem Nachnamen ansprecht."

„Sie arbeitet seit sechs Jahren für mich, und so hat sie es immer vorgezogen." Neo schien es nicht zu stören.

„Nennen alle deine Mitarbeiter dich Mr Stamos?"

Er runzelte die Stirn. „Ja. Wieso?"

„Wird Zephyr von seiner Assistentin Mr Nikos genannt?"

„Nein. Und wieder frage ich – wieso?"

„Er hält die Leute also nicht so auf Abstand wie du."

„Nur weil Zephyr meint, ich würde mich mit niemandem anfreunden, heißt das nicht, dass er recht hat. Wir beide sind Freunde geworden, oder?"

Wenn er die Tatsache, dass er sie gedrängt hatte, die Sicherheitsmaßnahmen an ihrem Haus vornehmen zu lassen, als Freundschaft schließen bezeichnete ... Aber sie musste ehrlicherweise zugeben, dass es nicht das allein war. „Ja."

„Das klang nicht sehr überzeugt. Ich dachte, darüber wären wir uns bereits einig."

„Sicher ..."

„Aber?"

„Du hast ein ziemlich unbeirrtes Durchsetzungsvermögen."

„Damit willst du hoffentlich nicht andeuten, dass ich andere wie eine Dampfwalze überrolle, oder?"

„Nein, das glaube ich nicht von dir."

„Und es bedeutet auch nicht, dass ich immer meinen Willen durchsetzen muss. Schließlich nehme ich Klavierstunden, nicht wahr?"

„Richtig." Und er, der sich nie eine Pause nahm, hatte sich ihretwegen den Vormittag freigemacht. Dampfwalze oder nicht, Neo besaß alle Eigenschaften eines guten Freundes. „Wo liegt dein Penthouse?"

„Gleich hier oben im Gebäude. Zephyr und ich teilen uns das oberste Stockwerk."

„Eure Wohnungen müssen riesig sein, wenn man die Größe des Gebäudes bedenkt."

„Einen Teil des Platzes nehmen Pool und Fitnessraum in Anspruch, aber ja, die Apartments sind sehr großzügig."

„Es gibt hier einen Pool?"

„Der allein Zephyr und mir zur Verfügung steht."

„Wow. Ich habe mal darüber nachgedacht, einen Swimmingpool hinter meinem Haus installieren zu lassen, aber dann bliebe kaum noch etwas vom Garten übrig. Und nutzen könnte ich ihn auch nur ein paar Monate im Jahr."

„Das Klima in Seattle bietet sich nicht dafür an, das ganze Jahr im Freien zu verbringen", stimmte er zu.

„In Griechenland ist das anders."

„Aber hier zu leben hat seine Vorteile."

Sie lächelte. „Ich bin froh, dass du lieber hier lebst. Sonst hätte ich ja keinen neuen Freund gefunden."

Er grinste zufrieden. „Genau."

„Trotzdem ... ich beneide dich um den Pool."

Er lachte. „Endlich etwas an meinem Milliardärsstatus, das dein Interesse weckt."

„Es muss genügend Leute geben, die gern an deiner Stelle wären."

„Damit willst du wohl sagen, dass ich nicht noch mehr Fans brauche."

„Oh, ich bin ganz sicher ein Fan." Vor allem seine Küsse hatten es ihr angetan, aber so kühn, das laut zu sagen, war sie nicht. „Du bist ein toller Typ."

Er lachte laut heraus. „Du ahnst nicht, wie erfrischend deine Einstellung zu mir ist."

„Danke."

„Und was den Pool betrifft … Du bist herzlich willkommen, ihn zu benutzen, wann immer dir danach ist. Ich werde dir eine Codekarte besorgen."

Er konnte nicht ahnen, wie verlockend sein Angebot war. Cass schwamm gern, doch bei der Vorstellung, öffentliche Schwimmbäder zu nutzen, grauste ihr jedes Mal. Oder vielleicht wusste er es sogar genau, wenn er sich über sie kundig gemacht hatte.

Auf jeden Fall war es ein sehr großzügiges Angebot, das sie nicht ablehnen würde. „Vielen Dank."

„Keine Ursache. Wofür hat man schließlich Freunde, nicht wahr?"

Das richtige Klavier zu finden war leichter als erwartet. Schon beim ersten Versuch landete Cass den Treffer. Sie rief bei ihrem Händler an, und wie der Zufall es wollte, hatten sie gerade einen Steinway Zimmerflügel im Tausch für einen großen Irmler in Zahlung genommen.

„Natürlich wäre das etwas extravagant, aber der Preis und die Tatsache, dass er sofort abgeholt werden kann, sind definitiv Pluspunkte", meinte sie zu Neo. „Und du hast wirklich genügend Platz in deinem Wohnzimmer." Wie Cass angenommen hatte, war Neos Apartment riesengroß.

„Ein Standklavier wäre wesentlich günstiger."

„Aber an den Klang eines Flügels kommt es nicht heran. Und Qualität ist doch bei Ausgaben immer entscheidend für dich, nicht wahr?"

„Eigentlich schon."

„Nun, wenn es dir ernst mit dem Klavierspiel ist, dann solltest du auch bei dem Instrument auf Qualität achten. Ein Steinway ist nicht zu verachten, und dieser hier ist ein echtes Schnäppchen. Wir können jederzeit hinfahren und ihn uns ansehen."

„Der Schwung reißt dich ja richtig mit. Es ist schön, dich so lebendig zu sehen."

Sie konnte fühlen, wie sie rot wurde.

Neo schüttelte lächelnd den Kopf. „Wo ist der Laden?"

Cass nannte ihm die Adresse, und er sah auf seine Uhr. „Wenn wir sofort fahren, sind wir rechtzeitig wieder hier."

„Hattest du nicht gesagt, du würdest dir den ganzen Tag freinehmen?"

Er nickte. „Stimmt, aber am Nachmittag findet noch ein Meeting statt."

„So lange dauert es bestimmt nicht. Wann müssen wir denn wieder hier sein?"

„Zum Lunch um halb zwölf."

Nun war sie vollends verwirrt. „Ist das nicht ein bisschen früh?"

„Ich frühstücke um halb sieben, du hast eine Stunde später gefrühstückt."

„Wundert mich, dass dein Ernährungsberater dir nicht zu kleineren Snacks zwischendurch und einem späteren Lunch geraten hat."

„Woher weißt du, dass ich einen Ernährungsberater konsultiere?", fragte er verblüfft. „Ich erinnere mich nicht, das erwähnt zu haben."

Cass zuckte mit einer Schulter. „Gut geraten. Dich in Form zu halten hat für dich Priorität."

„Richtig. Schließlich kann man aus dem Krankenbett kein Unternehmen leiten."

„Oh, ich bin sicher, das hast du auch schon gemacht."

„Aber nicht sehr gut. Und wenn Zephyr es herausfindet, wird er sofort zum griechischen Patriarchen."

„Ich wette, du hältst es bei ihm auch nicht anders."

„Stimmt. Ich kann mich um alles kümmern, sollte er für ein paar Tage ausfallen, aber er will das partout nicht einsehen."

Cass grinste. „Ihr beide habt euch wirklich gesucht und gefunden."

Neo zuckte die Achseln. „Wir wissen, dass wir uns aufeinander verlassen können."

„Auf sonst niemanden?"

Neo brauchte nicht zu antworteten, es war zu offensichtlich. Beide Männer mussten früh gelernt haben, nicht leichtfertig zu vertrauen. So war es für Cass umso erstaunlicher, dass Neo sie als Freundin bezeichnete und ihr eine Schlüsselkarte für das oberste Stockwerk überlassen wollte.

Sie konnte sich nicht erinnern, jemals so akzeptiert worden zu sein. Nicht einmal von ihren Eltern.

Neo war noch nie in einem Geschäft gewesen wie in dem, zu dem Cassandra ihn führte. Ein komplett renoviertes viktorianisches Haus, dessen Parterre zu einem großen Ausstellungsraum umgewandelt worden war. Architekt und Inneneinrichter hatten großartige Arbeit geleistet, um einen Raum zu schaffen, in dem jedes einzelne Instrument bestens zur Geltung kam. Zudem konnte die Akustik mit der eines kleinen Konzertsaals mithalten. Das hörte Neo mit eigenen Ohren, als Cass eine Querflöte aufnahm und zu spielen begann. Die faszinierend schöne Melodie hypnotisierte ihn. Reglos blieb er stehen, bis sie die Flöte ablegte.

„Ich dachte, du trittst nicht mehr in der Öffentlichkeit auf."

Mit hochroten Wangen schaute sie sich in dem leeren Laden um. „Das war kein Auftritt. Es ist nur eine Flöte."

„Es war wunderschön."

„Danke, aber es waren nur ein paar Fingerübungen."

Fingerübungen?! „Ich dachte, du spielst nur Klavier."

„Manchmal versuche ich mich an der Flöte, nur zur Abwechslung. Eigentlich wollte ich immer Gitarre spielen, das haben meine Eltern mir aber ausgeredet." Sie strich leicht über die Flöte. „Sie waren der Meinung, ich solle meine Bemühungen auf ein Instrument konzentrieren."

„Also, wenn das nur zur Abwechslung war, würde ich gerne hören, was herausgekommen wäre, wenn du dich weniger auf das Piano konzentriert hättest. Unter deinen Händen hört sich jedes Instrument fantastisch an."

„Schmeichler." Ihr Lächeln war absolut bezaubernd. „Ich liebe Musik eben."

„Das hört man deinen Stücken an."

„Hörst du wirklich meine CDs?"

„Ja, aber frag mich nicht nach einem Lieblingsstück. So oft ich die Musik auch höre, jedes Mal gefällt mir eine andere Melodie am besten."

Das Rot auf ihren Wangen wurde dunkler, sie wandte sich ab und ging auf das Piano zu, dessentwegen sie hergekommen waren.

Neo folgte ihr. „Solche Komplimente hörst du doch sicher öfter."

„Ehrlich gesagt, nein. Seit ich nicht mehr auftrete, höre ich nur selten von meinen Fans. Und als ich noch Konzerte gab, achteten mein Vater und mein Manager darauf, dass ich mit reichen Musikmäzenen in Kontakt kam, nicht mit den normalen Menschen, denen meine Musik den Tag ein wenig erhellt."

„Wir hatten uns doch schon geeinigt, dass ich nicht in die Kategorie ‚normal' passe."

„Du hast aber auch nichts mit den Gönnern gemein, denen ich mich anbiedern musste."

„Mit denen hast du wohl auch keine Freundschaft geschlossen."

Cass schüttelte den Kopf und grinste dann. „Ein griechischer Milliardär zum Freund – wer hätte das gedacht."

„Du erhältst doch sicherlich Fanpost", sagte er, als sie das Podest betraten, auf dem der Flügel stand.

Cass setzte sich auf die Klavierbank und strich über das Instrument, als würde sie einen lieben Freund begrüßen. „Die Fanpost kommt bei dem Musiklabel an, jemand dort beantwortet die Briefe, und ich bekomme dann alle halbe Jahre die gesammelte Korrespondenz."

„Vermutlich sprechen die Verkaufszahlen deiner CDs für sich."

„Das sage ich mir auch."

„Vermisst du es?"

Als sie das Gesicht zu ihm hob, raubten ihre goldbraunen Augen ihm für einen Moment den Atem. „Was?"

Er schluckte und verdrängte die unpassende Reaktion. Sie war eine *Freundin*, Herrgott! „Die Auftritte."

„Nein." Sie erschauerte entsetzt. „Ich habe es gehasst. Das Einzige, was mich die Tourneen hat durchstehen lassen, war die Musik. Ich wollte zu Hause bei meiner Mutter sein, nicht ständig unterwegs mit meinem Vater oder meist mit einem Betreuer. Jedes Mal, wenn wir losfuhren, hatte ich Angst, dass ich meine Mutter nicht lebend wiedersehen würde."

„Du warst noch so jung und wusstest schon, dass sie todkrank war?"

„Ja." In dem einzelnen Wort lag eine ganze Welt von Schmerz. „Wie jedes Kind hatte auch ich meine eigene Logik. Ich glaubte fest daran, dass sie nicht sterben würde, solange ich bei ihr war." Cassandra nahm sich zusammen. „Noch heute erinnere ich mich an das Gefühl … All die Fremden, die nach dem Konzert dem Wunderkind den Kopf tätscheln wollten, die Dinge sagten, die sie zu einem erwachsenen Künstler nie zu sagen gewagt hätten. Ich habe nie vergessen, wie abstoßend ich es fand. Selbst nach dem Tod meiner Mutter, als Dad mich auf sämtlichen Tourneen begleitete, färbten diese Erfahrungen die Auftritte für mich."

„Er hat dich angetrieben, weiter aufzutreten."

„Schon als Mom sehr, sehr krank war. Sie starb, als ich in Europa Konzerte gab. Da war ich siebzehn. Sie haben es mir erst zwei Tage später gesagt. Mein Vater hat immer einen Vorwand genutzt, wenn ich anrief und mit ihr reden wollte. Er behauptete, sie sei zu schwach … oder dass sie schlafen würde. Ich glaubte ihm."

*D*as ist widerlich!" Neo hätte am liebsten jemanden für all das, was man dieser Frau angetan hatte, bestraft. Doch hier war niemand. „Aber warum?"

„Sie wollten, dass ich noch das letzte Konzert gebe. Mein Vater und Bob meinten, ich würde es meinem Publikum schulden, mein Bestes zu geben."

Neo fluchte ausgiebig.

„Genau." Ihre Lippen verzogen sich zu einem matten Halblächeln. „Mein Vater fand das Ventil für seine Trauer in meiner Karriere."

„Und du? Hattest du ein Ventil?"

„Meine Musik."

„Aber du hasstest es."

„Die Auftritte, nicht die Musik."

„Und als dein Vater starb, da hast du aufgehört, dich selbst zu quälen."

„So sehe ich das. Bob allerdings meint, ich verdränge den Tod meiner Eltern, indem ich mich verkrieche und mich mit ihren Sachen umgebe."

„Sagtest du nicht, er hätte dich davon überzeugt, ihre Sachen auszuräumen?" Und wieso war dieser Mann noch immer ihr Manager?!

„Ja, nur hat es meine Einstellung zu den Tourneen nicht geändert. Allein bei dem Gedanken, dass ich in einer ausverkauften Konzerthalle auf die Bühne gehen soll, wird mir übel."

„Keine Sorge, ich werde dich nicht bitten, mir etwas vorzuspielen."

Ihre Stimmung schlug jäh um, ihre goldbraunen Augen begannen zu strahlen. „Vor dir zu spielen würde mir nichts ausmachen."

Seine Knie wollten nachgeben – ob aus Überraschung über ihr Angebot oder einfach nur, weil sie so glücklich aussah, konnte er nicht sagen. Um diesen Anfall von Schwäche zu kaschieren, setzte er sich neben sie auf die Bank. „Du würdest wirklich für mich spielen?"

„Wozu hat man Freunde?", nutzte sie seine Worte.

„Darüber würde ich mich sehr freuen."

„Abgemacht." Alle Trauer war von ihrer Miene verschwunden. „Mir war gar nicht klar, dass ich es möchte. Ehrlich gesagt, ich freue mich schon darauf. Früher habe ich gerne für meine Eltern gespielt."

Für keinen anderen. Zumindest ließen ihre Worte diesen Schluss zu, dachte Neo. Laut sagte er: „Ich fühle mich geehrt. Und ja, ich freue mich auch schon sehr darauf."

Mit einem Lächeln wandte Cassandra sich wieder dem Flügel zu. Sie spielte eine kurze Melodie, schlug verschiedene Akkorde an, lauschte konzentriert auf Details, die Neo wohl nie wahrnehmen würde. Seiner Meinung nach war der Klang des Flügels gut.

Auch Cass war dieser Meinung. Der Klang stimmte, der Preis stimmte, und so winkte Neo den Verkäufer heran, der sich bisher diskret zurückgehalten hatte.

„Wir nehmen ihn." Neo reichte dem Mann seine Kreditkarte. „Für die Lieferung sprechen Sie bitte alles mit meiner Assistentin ab. Unter dieser Nummer", er überreichte auch seine Visitenkarte, „erreichen Sie sie direkt."

„Sehr wohl, Mr Stamos. Wir schicken auch gleich einen Klavierstimmer mit, sodass Sie den Flügel sofort nach dem Transport spielen können."

Mit Neos Karten zog der Mann sich wieder zurück, doch weder Cass noch Neo standen von der Klavierbank auf.

Cass ließ die Finger über die Klaviatur gleiten. „Es ist lange her, seit ich ein neues Instrument gekauft habe."

„Bist du in Kauflaune?"

„Ich soll meinen Fazioli aufgeben? Niemals! Aber vielleicht könnte ich mir einige neue Partituren für die Flöte zulegen."

„Also spielst du doch ein zweites Instrument."

„Wie gesagt, ich versuche mich daran. Aber ja, warum sollte ich kein zweites Instrument als Hobby haben?"

„Zephyr kritisiert immer, dass ich keine Hobbys habe."

„Jetzt hast du eines." Schmunzelnd klopfte sie ihm auf den Rücken. „Du spielst Klavier."

„Genau."

„Lass uns ein paar Akkorde üben."

„Hier? Wäre das nicht wie ein Auftritt?"

Sie sah sich um. „Hier ist doch niemand. Und der Ausstellungsraum ist schalldicht isoliert, also kann uns niemand hören."

„Du bist süchtig, ist es das? Fehlt dir dein Flügel?"

„Ich schlage dir einen Handel vor: Du lernst zwei neue Akkorde, und ich spiele dir ein kurzes Stück von meiner neuen CD vor."

Den Handel konnte Neo nicht ausschlagen. Es machte ihm unglaublichen Spaß, sich von ihr die Akkorde beibringen zu lassen. Niemand störte sie, nicht einmal der Verkäufer, der leise zu ihnen kam, um Kaufvertrag und Rechnung abzulegen, und sich dann ebenso leise wieder zurückzog.

„Okay, ich glaube, ich hab's", sagte Neo schließlich, nachdem er die Tonfolgen mehrere Male ohne Fehler gespielt hatte. „Jetzt zu deinem Teil des Deals."

„Einverstanden." Cass stand auf, schloss die bodenlangen Vorhänge an den Schaufenstern und kehrte wieder zur Klavierbank zurück. Sie bat Neo nicht, ihr Platz zu machen, und so blieb er an ihrer Seite sitzen, wenn auch seltsam verlegen.

Sie begann mit einem Stück, das er von ihren veröffentlichten Alben kannte. Es war eines seiner Lieblingsstücke. Regungslos saß er da und lauschte, während sie *nur für ihn* spielte. Viel zu schnell war es vorbei, doch er wusste, die Erinnerung an dieses spontane Privatkonzert würde er auf immer bewahren.

Dann spielte sie ein zweites Werk. Ihre Finger flogen über die Tasten, entlockten dem Flügel ätherische Töne, und Neo wusste, die neue CD würde die beste werden, die sie bisher veröffentlicht hatte.

Nachdem die letzten Akkorde verklungen waren, legte Cass die Hände in den Schoß und sah Neo lächelnd an. „Schön, nicht wahr?"

Er wusste nicht, ob sie den Steinway meinte oder ihre Musik, aber mit seinem „Ja" schloss er beides ein. „Danke", sagte er bewegt und hätte seine Dankbarkeit am liebsten mit einem Kuss ausgedrückt.

Ihre Augen strahlten golden vor Freude über die Musik – und da lag noch etwas in ihnen, das Neo jedoch nicht bestimmen konnte. „Gern geschehen. Es war das erste Mal, dass ich an einem öffentlichen Ort gespielt und es auch genossen habe."

Der Laden war vielleicht kein Konzertsaal, aber Neo war stolz auf Cass, dass sie ihren Teil der Abmachung eingehalten hatte. „Ich bin froh, dass ich helfen konnte."

„Bei dir fühle ich mich sicher", sagte sie und raubte ihm damit die Sprache. Prompt lief sie rot an und senkte den Kopf. „Wird es nicht Zeit, zum Lunch zurückzukehren?"

„Ich glaube schon." Mit einem Finger hob er ihr Gesicht an, damit er ihr in die Augen sehen konnte. „Danke. Selten in meinem Leben habe ich mich so geehrt gefühlt wie durch dein Vertrauen." Langsam neigte er den Kopf, ohne dass es ihm wirklich bewusst war.

Cass schnappte leise nach Luft. „Wirst du mich jetzt wieder küssen?"

Er ruckte zurück. „Keine gute Idee."

„Warum nicht?"

„Wir sind Freunde."

„Und Freunde küssen sich nicht." Sie zog sich zurück und lächelte, wollte damit die Atmosphäre entspannen.

Erleichtert ging er darauf ein. „Zephyr küsse ich ja auch nicht."

„Lügner. Ihr Griechen küsst euch ständig auf die Wangen."

„Ach das." Sein erstes Entsetzen flaute rasch wieder ab. „Das ist nicht das Gleiche."

„Vielleicht, dennoch ist es ein Kuss."

„Du begibst dich hier auf dünnes Eis, *pethi mou*."

„*Pethi mou?*"

„Das heißt Kleines." *Meine Kleine.* Aber das würde er ihr nicht sagen.

„So klein bin ich nicht."

„Verglichen mit mir schon."

„Du bist einfach nur zu groß."

„Ich dachte, das wäre nur mein Ego."

„Aha, also haben sich ein paar Freundinnen beschwert."

„Ich hatte noch nie eine Freundin. Aber ja, von meinen Gespielinnen hat mehr als nur eine die Bemerkung fallen lassen, ich besäße ein gesundes Ego."

„Kann ich mir vorstellen."

„Und ich sage dir, was ich auch ihnen erwidert habe: Es ist berechtigt."

„Und? Waren sie ebenfalls dieser Meinung?"

„Selbstverständlich."

Sie wandte den Kopf ab, kaute an ihrer Lippe. Dieser anbetungswürdige Ausdruck stand wieder auf ihrer Miene. Neo könnte sich wirklich sehr leicht daran gewöhnen. Die schüchterne Cassandra Baker gefiel ihm. Er fragte sich, ob er ihr das sagen sollte. Nicht jeder war der Ansicht, dass sie Konzerte geben musste, um etwas Besonderes zu sein.

„Ich hatte auch noch nie einen Freund", drang ihr Flüstern in seine Gedanken.

„Noch nie?" Es hätte ihn nicht überraschen sollen. Er hatte schon vermutet, dass sie noch Jungfrau war – aber völlig unerfahren mit dem Spiel zwischen den Geschlechtern? „Wie alt bist du eigentlich?"

„Neunundzwanzig ... Ein Freak."

„Nein", er hielt sie bei den Schultern, bis sie ihm endlich in die Augen schaute, „du bist ein einzigartiger Mensch. Willst du damit sagen, das heute Morgen war dein erster Kuss?"

„Ehrlich gesagt ... ja."

Na, war das nicht großartig?! Seine Libido reagierte sofort. „Ich wünschte, ich hätte das gewusst. Dann hätte ich es zu etwas Besonderem für dich gemacht."

„Für mich war es ziemlich besonders."

„Es hätte noch besser sein können."

„Wirklich? Wie?"

„Das kann ich nicht mit Worten erklären."

„Romanschriftsteller tun das."

„Ich bin Geschäftsmann, kein Poet. Ich werde es dir zeigen müssen."

„Hier?" Ihr kam nur ein kleines Krächzen über die Lippen.

„Ja", sagte er noch, und dann lag sein Mund schon auf ihrem. Sanft. Sachte. Behutsamer, als er je zuvor eine Frau geküsst hatte. Es war auch für ihn ein erstes Mal. Das Wissen, dass kein anderer Mann vor ihm das getan hatte, zerrte an seiner Selbstbeherrschung. Nur durfte er nicht dem Drang nachgeben, ihren Mund zu plündern, ganz gleich, was das Verlangen von ihm forderte.

Ihre Lippen schmeckten genauso süß wie heute Morgen, schmeckten nach Cassandra. Doch das Wissen, dass diese Lippen noch nie einem anderen gehört hatten, machte den Kuss zu einer einzigartigen Erfahrung.

Er zog Cass an sich, spürte die Wärme, die von ihr ausging. Sie passte so perfekt in seine Umarmung, als wäre sie für ihn erschaffen worden. Sein Körper forderte schmerzend, sie auch auf andere Art in Besitz zu nehmen. Glücklicherweise waren sie an einem öffentlichen Ort, sonst hätte er für nichts garantieren können. Die Freundschaft mit einer Frau war schwerer, als er sich das vorgestellt hätte.

Cass schob die Finger in sein Haar und küsste ihn mit sinnlicher Leidenschaft zurück. Sie hatte noch nie einen Mann so geküsst, aber mit dem Instinkt einer Frau wusste sie genau, was sie zu tun hatte. Ihre Zunge forderte zu einem erotischen Tanz auf. Die kleinen Laute, die aus Cass' Kehle drangen, ließen Neos Lust fast explodieren. Verdammt!

Er überlegte gerade ernsthaft, ob er sie unter den Flügel ziehen und sie beide somit vor neugierigen Blicken schützen sollte, als ein lautes Quietschen sie auseinanderfahren ließ.

Die Tür zum schallgeschützten Raum stand offen, der Geschäftsführer musste wohl hereingeschaut haben, nur um sie beide in enger Umarmung zu ertappen und sich dann hastig wieder zurückzuziehen, ohne die Tür zu schließen. Durch die offene Tür sah Neo einen Jungen, der in eine Blockflöte blies. Die Frau neben ihm, offensichtlich seine Mutter, schaute zu dem Paar hin. Das selige Lächeln auf ihrem Gesicht war nicht misszuverstehen: Wie romantisch!

Neo stand abrupt auf. Romantik war nichts für ihn, nicht einmal mit Cassandra!

Er streckte Cass die Hand entgegen. „Komm, lass uns zum Lunch gehen."

„Vergiss die Dokumente nicht", sagte sie nüchtern, aber ihre Augen drückten etwas ganz anderes aus.

Der Lunch war vielmehr ein Festbankett der mediterranen Küche – Bohnensuppe, griechischer Salat, überbackener Spinat und weitere Spezialitäten. Es war köstlich.

„So isst du doch nicht jeden Tag, oder?" Cass schob sich genüsslich den nächsten Bissen in den Mund.

„Nein, heute habe ich ja einen Gast. Meine Haushälterin war begeistert, als ich ihr sagte, dass sie sich heute nicht an den Speiseplan zu halten braucht, sondern ein typisch griechisches Mahl zubereiten soll. Sie ist aus der alten Heimat und hält überhaupt nichts von den Anweisungen des Ernährungsberaters."

Das schien Neo aber nicht im Geringsten zu stören. Cass würde ihre neuen Partituren verwetten, dass die Haushälterin eine mütterliche ältere Frau war, die sich nicht nur um sein Essen sorgte.

Sie deutete mit der Gabel auf all die Schüsseln und Platten. „Das ist ein echtes Festmahl."

„Freut mich, dass es dir schmeckt."

„Seit ich damals mit zwölf in Athen aufgetreten bin, habe ich eine Schwäche für griechisches Essen. Athen ist eine wunderbare Stadt."

„Stimmt, dennoch konnte ich es nicht abwarten, aus Athen herauszukommen."

„Heute siehst du die Stadt sicherlich mit anderen Augen, oder?"

„Allerdings."

„Fliegen Zephyr und du oft hin?"

„Mindestens einmal pro Jahr und immer geschäftlich. Wir haben noch nie Urlaub dort gemacht."

„Wie auch, du machst ja nie Urlaub", konterte sie.

„Zephyr auch nicht."

„Also seid ihr beide Workaholics."

„Was bist du dann? Ein Komponistaholic?"

Sie lachte auf. „Jetzt erfindest du Worte, die gar nicht existieren. Dabei sagte Zephyr doch, du hättest keinen Sinn für Humor."

„Das sagt er nur, weil das, was er lustig findet, eher an Wahnsinn grenzt."

„Ihr könnt froh sein, dass ihr einander habt."

„Er ist meinem Herzen nahe wie ein Bruder."

Sekundenlang studierte Cass stumm Neos Gesicht, bevor sie sagte: „So etwas hätte ich von dir nicht erwartet. Das klingt so sentimental."

„Die Wahrheit ist nicht sentimental." Er war beleidigt, das konnte sie seinem Ton entnehmen.

Sie musste sich ein Grinsen verkneifen. „Auf jeden Fall freue ich mich, dass es diese Wahrheit in deinem Leben gibt."

„Du dagegen kennst eine solche Wahrheit nicht. Deine Eltern wurden dir lange vor ihrem Tod durch die Krankheit deiner Mutter und die Entscheidungen deines Vaters genommen."

Widersprechen konnte sie dem nicht, aber sie brachte es auch nicht über sich, es zuzugeben.

„Und nun gibt es niemanden mehr, den du als Familie bezeichnen würdest."

Wie recht er doch hatte! Zwar pflegte sie online Bekanntschaften, doch das erfüllte nicht die Sehnsucht ihres Herzens nach Nähe. Genau deshalb würde sie jeden Moment der Freundschaft mit Neo auskosten.

Trotz dieses Vorsatzes zuckte sie gespielt gleichgültig mit den Schultern. „Ich habe Freunde."

„Aber niemanden, dem du so vertraust wie ich Zephyr."

„So sehr habe ich nicht einmal meinen Eltern vertraut. Und mit Geschwistern wäre es wohl ähnlich gewesen."

„Das kannst du nicht wissen, weil du keine Geschwister hast."

„Als Kind stellte ich mir immer vor, wie es sein müsste, Brüder und Schwestern zu haben, die mich lieben, wie ich bin, und nicht nur, weil ich Klavier spielen kann."

Er streckte den Arm über den Tisch und legte die Hand an ihre Wange. „Ich versichere dir, unsere Freundschaft hat nichts damit zu tun, dass du Klavier spielst."

Und obwohl sie seine Klavierlehrerin war und er ihr Schüler, glaubte sie ihm. „Danke."

„Bis zu meinem nächsten Meeting sind es noch zwei Stunden. Fällt dir etwas ein, das wir bis dahin unternehmen können?"

„Siehst du dir gern Filme an?"

„Meine heimliche Schwäche."

Cass lächelte. „Dann also ein Spielfilm."

Beim Durchsehen seiner DVD-Sammlung entdeckte sie, dass Neo alte Filme mochte, genau wie sie. Zusammen sahen sie sich einen Film mit Katharine Hepburn und Spencer Tracy an und lachten dabei an denselben Stellen.

Als der Film zu Ende war, machte Neo sich für sein Meeting fertig. „Du kannst so lange hier oben bleiben, wenn du möchtest", bot er Cass an.

„Danke, gern." Dann seufzte sie. „Hätte ich vorher gewusst, dass es hier oben einen Pool gibt, hätte ich Schwimmzeug mitgebracht."

„Zephyr und ich haben eine ganze Kollektion von Badekleidung für Gäste, die jedes Frühjahr gegen die neuen Modelle ausgetauscht wird. Ich bin sicher, du wirst etwas im Umkleideraum finden."

„Wirklich? Nun, für zwei Playboys wie euch ist das wohl eine lohnende Investition."

„Ein- oder zweimal war es tatsächlich nützlich." Er wurde nicht einmal rot.

„Da wette ich drauf." Es dauerte, bis Cass das nagende Gefühl in ihrem Inneren als Eifersucht identifizierte, nur weigerte sie sich, es zu akzeptieren. Sie hatte keinerlei Ansprüche auf Neo, selbst wenn er sie geküsst hatte. Sogar zweimal.

„Durch diese Tür kommst du zum Pool. Du wirst sie mit einem Stuhl offen halten müssen, weil sie automatisch schließt, sobald sie zufällt. Ich werde eine Codekarte für dich anfertigen lassen, die zur Schwimmhalle führt, aber weder zu meinem noch zu Zephyrs Apartment."

Aha, so weit ging sein Vertrauen dann doch nicht. Nun, verständlich. Das Erstaunliche war doch, dass er ihr überhaupt vertraute. „Du hast ein Faible für Türen, die sich selbst verschließen, was?"

„Sicherheit steht immer an erster Stelle."

Seine todernste Miene ließ sie in schallendes Gelächter ausbrechen. Und Neo stand noch immer ein Grinsen auf dem Gesicht, als er das Apartment verließ.

Cass fand einen rostroten Bikini, der ihr wie angegossen passte und in dem sie sich extrem sexy fühlte. Sie hatte auch keine Bedenken, dass Neo sie so sehen könnte. Sollte der verführerische Schnitt des Bikinis ihn dazu veranlassen, sie noch einmal zu küssen, würde sie sicher nicht protestieren.

Das Wasser hatte genau die richtige Temperatur, und so schwamm Cass mehrere Bahnen. Sie genoss ihre unverhoffte Pause.

Als Neo zurückkehrte, saß sie auf dem Beckenrand, die Füße im Wasser. Er sah nicht besonders zufrieden aus.

„Ist das Meeting nicht gut gelaufen?", fragte sie.

„Ich ärgere mich, weil ich einen Unternehmer beauftragt habe, der offensichtlich nicht in der Lage ist, diesen großen Auftrag auszuführen – trotz anderslautender Versicherung."

„Das passiert dir sicherlich nicht oft."

„Stimmt. Er hat vorher gute Arbeit für unsere Firma geleistet. Doch mit diesem Auftrag hat er sich übernommen."

„Tut mir leid, das zu hören."

„Ihm wird es erst leidtun, wenn ich bei ihm in Dubai auftauche."

„Dubai? Da wollte ich schon immer hin."

„Was hältst du davon … du kommst einfach mit."

Sie verdrehte die Augen. „Ja, sicher."

„Hast du Angst vorm Fliegen?"

„Nein, nur vor den Menschenmassen in der Abfertigungshalle."

„Wie wäre das bei einem Privatflugzeug?"

„Ich bin noch nie in einer Privatmaschine geflogen."

„Ich reise nur mit dem Privatjet. Also?"

„Also was?"

„Würdest du gern mit mir in meiner Privatmaschine nach Dubai fliegen?"

„Ich …" Meinte er das ernst? Die Aussicht war so verlockend. Ihr fehlte das Reisen, und welchen besseren Reisepartner könnte sie sich wünschen? „Ja, ich glaube, schon."

„Großartig." Er strahlte vor Stolz auf sie.

Cass musste Tränen zurückblinzeln. Der Mann war schlicht fantastisch. Und eine Reise … das klang wunderbar, noch dazu eine Reise mit Neo.

„Aber bevor wir diese lange Reise wagen, machen wir einen Test. Wir fliegen an irgendeinen Ort, der nicht so weit weg liegt. Vielleicht nach Napa Valley."

„Machst du Witze?"

„Ich habe doch keinen Sinn für Humor, weißt du nicht mehr?"

„Ich weiß, dass das nicht wahr ist."

„Nun, das war kein Witz."

8. KAPITEL

*C*ass schwirrte der Kopf. „Aber was würde dir das denn bringen?" Und musste er sich dafür nicht noch mehr Zeit freinehmen?

„Ich helfe einer Freundin dabei, ihre Reiselust ein wenig auszuleben."

„Du bist verrückt."

„Das halte ich für unwahrscheinlich", bestritt Neo todernst.

Sie lachte hell auf. So ausgelassen und glücklich hatte sie sich seit Jahren nicht mehr gefühlt.

„Außerdem mag ich kalifornische Weine. Es kann nichts schaden, ein paar Weinproben zu machen und vielleicht den einen oder anderen Karton mit nach Hause zu bringen. Magst du Wein?"

„Ich trinke nicht. Ich brauche nur am Korken zu riechen, und schon habe ich einen Schwips."

„Das würde ich gerne sehen."

„Dann denke ich mir Texte zu meiner Musik aus und fange an zu singen. Das ist wenig angenehm, glaub mir. So gut ich Klavier spiele … als Sängerin bin ich miserabel."

„Du machst mich nur neugierig. Ich würde dich gern einmal nicht perfekt erleben."

Hieß das, dass er sie für perfekt hielt? Unmöglich. Mit den Problemen, die sie hatte, konnte niemand sie für perfekt halten. „Damit du mich auslachen kannst?"

„*Mit dir* zu lachen macht sehr viel mehr Spaß."

Sie erinnerte sich an den Film, den sie sich angesehen hatten, und nickte. „Stimmt."

„Wirst du also für mich singen?"

„Solltest du mich in Napa Valley davon überzeugen, die Weinproben mitzumachen, ist es gut möglich, dass du eine Kostprobe meines Gesangstalents erhältst."

„Ich nehme dich beim Wort." Dann wechselte er das Thema. „Hast du genug geschwommen?"

„Ein paar Runden würde ich noch gern drehen."

„Fein, dann werde ich mich zu dir gesellen."

Na bravo! Genau das, was sie *nicht* brauchte – der bestaussehende Mann, den sie kannte, fast nackt, nur in Badehose. Nach den beiden Küssen summte und prickelte es überall in ihrem Körper. Am liebsten hätte sie Neo gepackt und ihn geküsst, bis sie beide atemlos waren. Aber er bestand ja darauf, dass Freunde sich nicht küssten.

Er wollte ihr Freund sein und hatte schon mehrere Male bewiesen, wie wichtig es ihm war. Neo Stamos war ein Traummann. Wenn doch nur ihre Einschränkung nicht ein solcher Albtraum wäre!

Nun, sie würde nichts tun, um diese Freundschaft zu ruinieren.

Neo in Badehose war schwerer zu ertragen, als Cass angenommen hatte. Als er sich umgezogen hatte und in dem knapp sitzenden Teil wieder auftauchte, entfuhr ihr unwillkürlich ein Laut. Der Mann hatte einen großartigen Körper, und er schämte sich dessen nicht.

„Sagtest du etwas?"

Sie musste sich räuspern. „Nein, nichts. Schicke Badehose."

„Ich mag es nicht, wenn ich meine Bahnen ziehe und nasser Stoff um meine Schenkel schlottert."

„Ja, natürlich." Sie hatte schon gedacht, er würde dieses knappe Teil nur tragen, um jungfräuliche Pianistinnen zu verführen.

Sie schwammen zusammen, machten auch ein kleines Wettschwimmen, das Neo selbstredend gewann.

„Du hast nur gewonnen, weil ich mich schon vorher verausgabt hatte", behauptete Cass. Dass es ihre Atemtechnik beim Kraulen erheblich durcheinandergebracht hatte, ständig Bilder vor sich zu sehen, wie Neo sie in seine Arme zog und sie an sich presste, sie beide nur in knapper Schwimmbekleidung, sagte sie natürlich nicht. Selbst in dem angenehm temperierten Wasser durchfuhr sie ein Schauer, als das Bild ihr wieder vor Augen stand.

„So, es hat also nichts damit zu tun, dass ich gut einen Kopf größer bin als du und wesentlich muskulösere Beine habe?"

„Von den muskulösen Beinen sprechen wir besser nicht. Sonst bekomme ich noch Komplexe."

„Deine Stelzen sind doch eigentlich recht hübsch."

„Stelzen?!", kreischte sie empört. „Was? Du meinst leuchtend orange und dürr wie bei einem Vogel?" Oh, das würde er bereuen!

Sie holte Luft und tauchte nach seinen Knöcheln. Wahrscheinlich lag es am Überraschungsmoment, aber sie bekam tatsächlich seine Waden zu fassen und zog. Kräftig. Mit einem verdatterten Ausruf ging Neo unter. Cass, nicht dumm, beeilte sich, so schnell wie möglich aus dem Pool zu kommen. Sie stemmte sich schon aus dem Wasser, als starke Hände sie um die Hüfte fassten und hoch in die Luft warfen, sodass sie klatschend in der Mitte des Beckens landete. Nach Luft schnappend und hustend tauchte sie wieder auf und sah Neos Gesicht direkt vor sich. Ein breites Grinsen zog sich von einem Ohr zum anderen.

Das machte Spaß, wirklich Spaß! Sie konnte sich nicht daran erinnern, jemals so unbeschwert herumgetollt zu haben. In fünf kurzen Wochen hatte Neo ihr so viel gegeben. Ihr Herz wollte überfließen.

Vor lauter Übermut stemmte sie sich auf seine Schultern und versuchte, ihn zu tunken. Doch er hatte festen Stand auf dem Grund, während sie Wasser treten musste.

„Jetzt glaubst du also, du hättest gewonnen, was?", prustete sie.

„Wir sind quitt", meinte er gelassen.

Sie schnaubte. „Eine kluge Frau würde es vermutlich dabei belassen."

„Ein Unentschieden ist immer besser als eine Niederlage."

Sie schlug mit der Handkante aufs Wasser und bespritzte ihn. „Bist du so sicher, dass ich verlieren würde?"

Unbeeindruckt wischte er sich die Tropfen aus dem Gesicht. Sein Selbstbewusstsein war nicht zu übertreffen. Leider zu Recht.

„Du magst stärker sein, aber ich bin listiger", behauptete sie.

Er grinste nur. „Meine Firma verwirklicht Bauprojekte. List begegnet mir jeden Tag."

„Zugegeben, da bist du mir über." Das Musikgeschäft war zwar auch eine Ellbogenbranche, aber aus dem täglichen Geschäft hielt sie sich ja meist raus.

„Kann ich dir das Unentschieden mit einer süßen Erfrischung schmackhafter machen?"

Warum hörte sich „Unentschieden" bei ihm wie „Niederlage" an? „Was wolltest du mir denn anbieten?"

„Macadamiakekse und Baklava. Meine Haushälterin war überglücklich, dass für heute die Beschränkungen aufgehoben sind."

Cass lief das Wasser im Mund zusammen. Sie vergaß jeden Gedanken daran, den großen Mann noch einmal unterzutauchen. „Du hast mich überzeugt."

„Wir sehen uns dann in der Wohnung."

Aber nur, wenn sie vorher nicht ertrank. Denn bei dem Anblick, wie er sich aus dem Wasser stemmte und auf dem Weg zu den Duschen mit jedem Schritt Tropfen auf seiner Haut aufblitzten, schluckte Cass prompt Wasser.

Während Neo in der Küche Tee aufgoss, erinnerte er sich noch einmal an all die Gründe, warum er nicht mit der verführerischen Frau schlafen konnte, die sich gerade im Gästebad das Haar föhnte.

Er hätte sich auf dem Weg aus der Schwimmhalle nicht noch einmal umdrehen dürfen. In Cassandras Augen hatte ein Ausdruck gelegen, der seiner Meinung nach überhaupt nichts mit Schwimmen zu tun hatte.

Verdammt, sie hatte in dem knappen Bikini zum Anbeißen ausgesehen! Jedes Model würde alles für eine solche Figur geben. Cassandra war nicht so mager wie diese Frauen. Gott sei Dank gab es bei ihr keine hervorstechenden Knochen, sondern nur perfekte sanfte Kurven. Ein hübscher runder Po und kleine feste Brüste, die jeden Mann in Versuchung führen würden.

Mit ihrem unschuldigen Spiel hätte sie fast etwas ganz anderes begonnen. Als er sie hochgehoben hatte, konnte er sich erst im letzten Augenblick dazu bringen, sie ins Wasser zurückzuwerfen. Dabei hatte er doch nichts anderes gewollt, als sie an sich zu pressen und Besitz von ihren Lippen zu ergreifen.

Großer Gott, was hatte er sich nur dabei gedacht, als er ihr angeboten hatte, den Pool zu benutzen?!

Nun, zum einen hatte er damit gerechnet, dass sie einen züchtigen Badeanzug wählen würde und nicht dieses sexy Nichts, dessen knappe Dreiecke mehr betonten als verhüllten. Das Bikiniunterteil war praktisch nicht mehr als ein G-String. Und Cassandra konnte es sich leisten, so etwas zu tragen. Ihr Po war … rund. Fest. Durchtrainiert. Verdammt, es war der perfekte Po. Ja, ein anderes Wort als „perfekt" passte wirklich nicht.

Seine unschuldige Freundin war viel zu sexy für ihrer beider Seelenheil! Wenn er jetzt das Geräusch des Föns hörte, dann wollte er ins Bad stürmen, um ihr seine Hilfe mit den langen seidigen Strähnen anzubieten. Welche Frau trug heute noch das Haar hüftlang? Wusste Cassandra denn nicht, dass moderne Frauen keine Zeit zu erübrigen hatten, um so langes Haar zu pflegen?

Dass ihr Haar so lang war, hatte er erst bemerkt, als er den geflochtenen Zopf gesehen hatte. Cassandra hatte am Beckenrand gesessen, und der Zopf hing ihr über den Rücken hinunter und zog die Aufmerksamkeit auf eine überaus schlanke Taille. Sofort hatte Neo sich vorgestellt, wie es wohl aussehen musste, wenn diese seidige Haarpracht sich über seine Kissen ergoss … oder über sein Gesicht strich, wenn Cassandra sich rittlings auf ihm in der Leidenschaft verlor.

Er schloss gequält die Augen und stieß einen deftigen Fluch aus. Griff nach seinem Handy und wählte die Nummer seines Geschäftspartners.

Zephyr antwortete nach dem zweiten Klingeln. „Was ist?", fragte er in Griechisch.

„Erkläre mir noch einmal genau, warum man keinen Sex mit Freunden haben sollte."

„Habe ich das gesagt?"

War das etwa diebische Freude, die Neo da in der Stimme seines Freundes hörte? „Nein, das stammt von mir. Nur muss mich jemand erinnern, warum."

„Über welchen Freund reden wir hier? Die Klavierlehrerin?" Jetzt war die Belustigung eindeutig.

„Ja", knurrte Neo.

„Überrascht mich."

„Was, dass ich mit ihr schlafen will?" Neo hätte Zephyr für scharfsinniger gehalten.

„Nein, dass du sie bereits als Freund ansiehst."

„Sie ist etwas Besonderes."

„Ich verstehe." Zephyr wurde ernst.

„Umso besser, denn ich verstehe es nicht. Sag mir, dass ich meine Finger bei mir behalten soll."

„Wann hättest du je auf mich gehört?"

„Verdammt, Zee ..."

„Du steckst da wirklich in einer Klemme, was?"

„Ich bin gern ihr Freund, das will ich nicht ruinieren."

„Und du meinst, Sex würde die Freundschaft ruinieren?"

„Etwa nicht?"

„Kommt drauf an, was sie erwartet. Wenn beide auf der gleichen Wellenlänge schwimmen, kann Sex zwischen Freunden eine Wahnsinnserfahrung sein, besser als jeder One-Night-Stand."

Neo war keineswegs sicher, ob Cassandra überhaupt auf seiner Wellenlänge schwimmen konnte. „Sie ist noch Jungfrau", sagte er seinem Freund offen, „komplett unerfahren."

„In ihrem Alter?"

„Ja, noch ein Grund, nicht mit ihr ins Bett zu gehen."

„Es sei denn, sie ist es leid, unerfahren zu sein. Überleg doch mal." Zephyrs Ton ließ annehmen, dass er Ähnliches aus eigener Erfahrung kannte. „Cass hat ihr ganzes Leben nur für die Musik gelebt. Ich bezweifle, dass ihr Vater ihr erlaubt hat, sich zu verabreden. Und jetzt hat sie mit dieser Agoraphobie zu kämpfen. Wann und wo hätte sie einen Mann treffen sollen, mit dem sie schlafen wollte?"

„Ich kann dieser Mann nicht sein."

„Warum nicht?"

„Weil sie verletzt werden würde. Sie ist nicht wie ..."

„Deine Eintagsfliegen? Vielleicht wird es Zeit für dich, mal was anderes zu versuchen."

„Ich will keine Beziehung, Zephyr, für so etwas habe ich keine Zeit."

„Jeder hat Zeit für Freunde. Lass es mich anders ausdrücken: Jeder sollte sich Zeit für Freunde nehmen. Was nützt es dir, wenn du ganz oben angekommen bist und niemanden hast, mit dem du den tollen Ausblick genießen kannst?"

„Ich habe dich."

„Ja, deinen Geschäftspartner und einzigen Freund. Verdammt, Neo, die meiste Zeit sind wir geschäftlich an gegenüberliegenden Seiten des Globus'."

„Und?"

„Du kannst nicht immer nur arbeiten."

„Schon wieder die alte Leier, und das ausgerechnet von dir."

„Hör zu ... Will Cass dich?"

„Ich glaube schon." Dafür würde er die Hand ins Feuer legen!

„Dann lass sie wissen, wie die Sache steht. Sie ist erwachsen, sie wird ihre Entscheidung treffen."

„Bei dir hört sich das so simpel an."

„Und du machst es komplizierter als nötig."

Neo brauchte Zephyr nicht, um zu wissen, dass Sex mit Cassandra besser sein würde als alles, was er je erlebt hatte. Sein Körper sagte ihm das schon, seit sie ihm zum ersten Mal die Haustür geöffnet hatte.

Im Grunde brauchte er überhaupt nichts von Zee zu hören. Weil er längst genau wusste, was er wollte, und er wusste auch, wie er es angehen würde.

Cass mochte nicht sein üblicher Typ sein, aber sie war auch nicht das Mauerblümchen, für das er sie zuerst gehalten hatte. Cassandra war auch kein Supermodel ...

... sie war besser.

Sie zog sich schick an und hatte eine Vorliebe für leuchtende Farben, doch sie war nicht eitel. Ihre unschuldige Sinnlichkeit war tausendmal verlockender als jede inszenierte Verführung einer erfahrenen Frau. Himmel, seine ständig schwelende Erregung war der beste Beweis dafür.

Was Sex anging, hatte Neo sich nie etwas versagen müssen. Wenn er eine Frau traf, die er wollte, und wenn sie ihn auch wollte, dann hatten sie Spaß miteinander. Nun, er wollte Cassandra und war sich ziemlich sicher, dass sie das Gleiche für ihn verspürte. Doch zum ersten Mal ging es nicht nur darum.

Das Summen des Föns setzte aus. Neo ballte die Fäuste und sortierte seine wirren Gedanken. Aus all den Überlegungen stach eine hervor: Cassandra Baker waren in ihrem neunundzwanzigjährigen Leben mehrere Dinge vorenthalten worden, die die meisten Menschen als selbstverständlich ansahen. Er konnte ihr einen Geschmack von Leidenschaft geben ... verdammt, er würde ihr ein Festmahl bieten. Freundschaft und Sex schlossen sich nicht notwendigerweise aus.

Nicht, wenn beide es wollten ...

Cass hatte gewusst, dass Neo Tee aufgießen wollte, und wie erwartet tat er das auch, als sie in die Küche kam. Womit sie allerdings nicht gerechnet hatte, waren das Glühen in seinen grünen Augen und die eindeutige Anspannung, die von ihm ausging.

„Ist alles in Ordnung, Neo?" Sie überlegte, ob sie vielleicht besser ihre Kostümjacke wieder angezogen hätte, und wunderte sich sofort über den Gedanken.

Aber sein Blick ... ihre weiße Seidenbluse war leicht durchsichtig, und der Spitzen-BH, den sie trug, ebenso.

„Du hast es offen gelassen."

Vorsichtig sah sie sich um. Der Tisch war gedeckt, eine Schale mit Keksen stand darauf, der Tee dampfte ... und sie hatte nicht die geringste Ahnung, wovon er sprach. „Äh ... möchtest du, dass ich den Tee einschenke?"

Er antwortete nicht, stand nur reglos mit geballten Fäusten da.

„Neo? Was ist denn?"

„Ist es eine bewusste Entscheidung oder nur Mangel an Gelegenheit?"

„Ich glaube nicht, dass ich weiß, wovon du sprichst." Um genau zu sein, sie war sich sicher.

„Dass du noch unberührt bist."

„Dass ich ... was?!" Ihre Stimme wurde leicht schrill. Warum erwähnte er das jetzt? Es war nicht unbedingt ihr Lieblingsthema.

Mit zwei großen Schritten überbrückte er den Abstand zwischen ihnen. „Bist du zufrieden, dass du noch unschuldig bist?"

„Zufrieden?" Ja klar. Gab es eine Frau, die auf die dreißig zuging und zufrieden war, wenn sie noch nie einen Liebhaber, geschweige denn eine ernstere Beziehung gehabt hatte?! „Neo, du redest unsinniges Zeug."

„Das ist eine schlichte Frage, *pethi mou*."

„Oh, ich bin sicher, deiner Meinung nach ist es das." Auch wenn ihre Wangen inzwischen brannten. „Nur weiß ich nicht, was das Ganze soll."

„Zee meinte, dass du vielleicht nur deshalb noch Jungfrau bist, weil du bisher keine Gelegenheit gehabt hast."

„Du hast mit Zephyr über mein Sexleben gesprochen?!" Sie war absolut entsetzt.

Ihm schien das jedoch nicht aufzufallen. „Über dein nicht vorhandenes Sexleben. Hättest du nämlich eines, wäre meines viel leichter."

„Ich wüsste nicht, wieso."

Er schob die Hand unter ihr offenes Haar und umfasste ihren Nacken. „Wirklich nicht? Ich möchte dich nicht ausnutzen." Mit dem Daumen streichelte er ihren Hals und jagte damit einen Schauer nach dem anderen über ihre Haut.

Endlich wich ihre Starre der Empörung. „Neo, du kannst nicht einfach mit Zephyr über mein Privatleben reden und …"

„Ich will dich."

Diese neue Information warf ein ganz anderes Licht auf alles. „Was ist mit der Regel, dass Freunde sich nicht küssen?"

„Ich überdenke gerade meine Einstellung."

„Oh." Vermutlich eine gute Idee, da er die Regel ohnehin ständig brach.

„Deshalb habe ich Zephyr angerufen."

Und hatte mit dem Freund ihre Jungfräulichkeit diskutiert. Heiße Verlegenheit schoss in Cass hoch. „Was sagt er dazu?"

„Dass du erwachsen bist und deine eigenen Entscheidungen treffen kannst."

„Der Mann hat recht. Das tue ich nämlich schon seit Jahren. Im Moment habe ich allerdings noch immer das Problem, dass ich nicht weiß, wofür oder wogegen ich mich entscheiden soll."

„Sex mit mir zu haben."

Großer Gott, jetzt verstand sie! Trotzdem hakte sie nach, nur um jedes Missverständnis auszuschließen. „Du meinst, anstelle von Freundschaft ohne Sex."

„Genau."

„Und nach dem Sex?"

„Bleibt die Freundschaft bestehen."

„Sozusagen eine Freundschaft mit Bonus."

„Sozusagen." Mit schwarzem Humor fuhr er fort: „Und was für ein Bonus. Ich sagte dir doch schon, dass ich noch nie eine Frau zum Freund hatte."

„Aber jetzt hast du eine Freundin. Und du willst sie lieben … ich meine, du willst mit ihr schlafen."

Er grinste erleichtert, weil sie endlich verstand. „Richtig."

„Aber nicht mehr als Sex? Also nichts, was weiter gehen würde als Freundschaft?"

Seine Miene wurde wieder ernst. „Es ist dir gegenüber nicht fair."

„Wieso? Wenn es für dich fair ist …"

„Du bist lang nicht so zynisch wie ich. Ich mache mir Sorgen, du könntest die Intimität zwischen uns für …"

„Für Liebe halten?" Ihr fiel auf, dass er es nicht einmal über sich brachte, das Wort auszusprechen. Ebenso wie sie erkannte, dass er ihr nicht nur den Zynismus absprach, sondern sie auch für emotional naiv hielt.

„Genau." Er zuckte mit einer Schulter. „Die Frauen, mit denen ich ins Bett gegangen bin, habe ich nie geliebt."

„Hättest du das, dann würden wir dieses Gespräch nicht führen." Allein der Gedanke an all die anderen tat weh. Vielleicht steckte sie in tieferen Schwierigkeiten, als sie bislang hatte ahnen können.

„Um ehrlich zu sein, ich bin nicht der Typ für die sanfteren Emotionen."

„Du glaubst also, dass du unfähig bist zu lieben?"

„Ich habe nie geliebt und bin nie geliebt worden."

Sie wusste, dass das nicht stimmte. Die tiefe Zuneigung zwischen ihm und Zephyr war eindeutig Liebe. Wie die Liebe zwischen Brüdern, wie in einer Familie. Neo wollte es nicht zugeben, aber er hatte das Glück gehabt, es zu erfahren.

Sie dagegen … Sie hatte nicht einmal von ihren Eltern bedingungslose Liebe bekommen. Von Neo erwartete sie so etwas erst recht nicht – sehnte sich zwar danach, aber erwartete es nicht. Außerdem war es Jahre her, seit sie sich Tagträumereien über bedingungslose Liebe erlaubt hatte. Die Einsamkeit war nicht so drückend, wenn man sich nicht nach dem verzehrte, was man nie haben würde. Doch dadurch würde sie sich nicht aufhalten lassen, zumindest das zu bekommen, was in ihrer Reichweite lag.

„Ich erwarte keine Liebe von dir", sagte sie ehrlich zu Neo.

9. KAPITEL

*S*ondern?", fragte Neo. „Wonach suchst du dann?"

„Ich suche nicht. Du bist wie ein Komet in meinem Leben aufgetaucht, völlig unerwartet und überwältigend. Deine Freundschaft ist ein großes Geschenk."

Neo atmete tief durch, schüttelte leicht den Kopf, trat zurück. „Nun, damit wäre das Thema wohl geklärt."

„Aber Sex wäre ebenfalls wunderbar." Wobei „wunderbar" sicherlich nicht ausreichend beschrieb, wie es sein musste, ihren Körper mit dem dieses Mannes zu vereinen.

„Also liegt es an den mangelnden Gelegenheiten."

„Nicht unbedingt." Sie hatte nie Verabredungen gehabt, hatte nie geküsst, aber es hatte genügend Männer gegeben, die mit ihr ins Bett hatten gehen wollen – reiche und snobistische Groupies, die sie zu Tode verängstigt hatten.

„Und ... jetzt willst du mich?"

Die Verlegenheit machte ihr das Sprechen schwer. „Ich wollte dich vom ersten Moment an", sagte sie leise, „auch wenn ich das Gefühl nicht gleich erkannt habe."

„Doch inzwischen ist es dir klar geworden?"

„Ja." Die Sehnsucht brannte in ihr, und er bot ihr an, diesen unerträglichen Schmerz zu lindern. Sie hätte vor Erleichterung weinen mögen.

„Bist du bereit, diesem Gefühl nachzugeben?"

„Hier? Jetzt sofort?" Vor Aufregung war ihre Stimme schriller geworden. Aber ehrlich gesagt ... ja und nochmals ja.

„Hast du heute noch etwas vor?"

„Tee trinken?"

Er lächelte, fast nachsichtig, auch wenn seine Haltung etwas ganz anderes ausdrückte. Er wirkte wie ein Krieger, der seinen nächsten Angriff plante. „Ich denke, der Tee kann warten."

Cass brachte nicht mehr als ein Nicken zustande. Der Tee konnte definitiv warten, Neo nicht. Und was ihre Jungfräulichkeit anging, wurde es ohnehin höchste Zeit. Nach außen hin wirkte sie halbwegs gefasst, doch innerlich bebte sie.

Er musste es gespürt haben, denn wortlos beugte er sich vor und hob sie auf seine Arme. Und wie sonst auch fühlte sie sich sicher bei ihm, obwohl sie sich in gänzlich unbekanntes Terrain vorwagte.

Neo trug sie durch die Halle zu seinem Schlafzimmer.

„Ich will nicht in einem Bett liegen, das bereits unzählige Frauen verschwitzt haben." Nicht nur ihr Herz rebellierte, auch ihr Sinn für Hygiene.

Letzteres schien er zu registrieren, denn er begann zu lachen. „Keine Sorge, die Bettlaken werden regelmäßig gewechselt."

„Das ist mir egal. Nutzen wir eines der Gästezimmer."

„Das wäre aber nicht in deinem Sinne, denn dorthin nehme ich für gewöhnlich die Frauen mit."

„Also gut, dann dein Schlafzimmer."

„Mein Schweiß stört dich nicht?"

„Wir sind Freunde."

„Aha." Er lachte noch immer.

Das war ihr gleich, sollte er sich ruhig über sie amüsieren. Sein Herz konnte sie vielleicht nicht haben, aber sie würde alles einfordern, wozu ihr die Freundschaft mit ihm das Recht gab.

Neo konnte kaum fassen, dass er Cassandra zu seinem Schlafzimmer trug. Er hielt sie fest an sich gedrückt, sog ihren Duft ein und freute sich auf das, was gleich kommen würde. Sein Körper jubelte schon jetzt, während sein Verstand noch immer die neuen Umstände zu begreifen suchte. Cassandra wollte ihn, und sie verstand und akzeptierte die Beschränkungen.

Freundschaft mit einem gewissen Bonus. Er hätte dieses Konzept mit ihr besprechen sollen. Die Vorstellung, dass vielleicht auch andere Freunde solche Boni von ihr erhalten würden, stieß ihm auf. Cass würde verstehen müssen, dass das Arrangement zwischen ihnen etwas Exklusives war. Ein anderer Mann würde ihrer Großzügigkeit vielleicht nicht den notwendigen Respekt entgegenbringen.

Doch erst einmal würde Neo sein Versprechen einlösen: Er würde Cass grenzenloses Vergnügen bereiten, bis sie keinen klaren Gedanken mehr fassen konnte.

Im Schlafzimmer schaltete er mit dem Ellbogen das Licht ein. Das große Bett stand mitten im Raum, er steuerte darauf zu und legte Cassandra behutsam auf dem Laken aus ägyptischer Baumwolle ab. Ihr langes Haar breitete sich über die Kissen aus. Genau so hatte er es sich vorgestellt!

Er ließ sich eine Strähne durch die Finger gleiten. „Es fühlt sich an wie Seide."

„Wenn ich es nicht zusammenbinde, fliegt es überall hin."

„Für mich hast du es offen gelassen."

Einen Moment sah sie ihn verständnislos an, dann begriff sie und lächelte. „Ja, das habe ich wohl."

„Weil du wusstest, dass ich es fühlen wollte."

„Am Pool hast du so auf meinen Zopf gestarrt."

„Ich habe deinen ganzen Körper angestarrt."

„Ich war nicht sicher, ob ich es mir nicht nur eingebildet hatte."

„Nein, hast du nicht."

„Das freut mich." Ihr Lächeln war unglaublich sinnlich, bereichert mit sämtlichen Geheimnissen der Weiblichkeit. „Ich habe mir so sehr gewünscht, dass sich unsere Körper, nur bekleidet mit Bikini und Badehose, aneinanderpressen würden."

„Ich werde es noch schöner für dich machen. Zwischen uns wird es keine Barrieren geben."

Erschauernd schloss sie die Lider. „Ich weiß nicht, ob ich das überlebe."

„Du tust meinem Selbstbewusstsein gut." Zee hatte recht gehabt, selbst das Geplänkel mit ihr war anders – er konnte er selbst sein.

„Braucht dein Ego überhaupt Streicheleinheiten?"

„Nein", gab er lächelnd zu. „Trotzdem fühlt es sich gut an."

„Kann ich nachvollziehen. Ich weiß, ich bin eine Ausnahmepianistin – dennoch tut es gut, wenn man es bestätigt bekommt."

„Genau." Sie verstand ihn wie niemand sonst, nicht einmal Zephyr. Und das warme Glühen in ihren hellbraunen Augen fuhr ihm direkt in die Lenden. „Doch jetzt …"

Gierig presste er den Mund auf ihre Lippen … die sofort nachgaben. Er nutzte es gleich zu seinem Vorteil, zerrte sich die Kleider vom Leib, ohne den Kuss zu unterbrechen. Dieser Kuss machte süchtig nach mehr. Erst als er nichts weiter trug als seinen Slip, begann er, die Knöpfe ihrer Bluse zu öffnen.

Cass ließ die Hände von seinem Gesicht zu seinem Rücken gleiten. Als sie nackte Haut fühlte, stockte sie, doch nur kurz. Denn schon konnte sie nicht genug bekommen und ließ ihre Finger auf fiebrige Erkundungsreise gehen.

Neo schlug ihre Bluse zurück. Er wollte sie ansehen, aber er wollte auch nicht aufhören, Cass zu küssen. Sie nahm ihm schließlich die Entscheidung ab und trennte ihre Lippen jäh von seinen.

„Wirst du nicht enttäuscht sein?"

Abrupt richtete er sich auf, sog den Anblick ihrer schimmernden Haut in sich hinein und blickte ihr dann ernst in die Augen. „Wie könnte ich enttäuscht von dir sein? Du bist so schön."

„Nein, bin ich nicht."

„Wer entscheidet, ob ein Musikstück schön ist?"

„Der Zuhörer."

„Und wer entscheidet, ob ihm etwas gefällt oder nicht?"

„Der, der es sich ansieht."

„Genau. Du bist schön ... glaube mir." Er hatte den Moment genutzt, um ihr Bluse und BH abzustreifen.

Fast hatte er damit gerechnet, dass sie sich bedecken würde, doch sie schlang die Arme um seinen Hals. „Ich will deine Haut auf meiner spüren."

„Du bist perfekt für mich", murmelte er rau. „Ich liebe deine unschuldige Leidenschaft."

„Unschuldige Leidenschaft ... ja, das trifft es." Sie lachte selbstironisch, doch das Lachen wandelte sich in ein Stöhnen, als er ihr gab, worum sie gebeten hatte. „Das ist so gut", hauchte sie und rekelte sich genüsslich in seinen Armen.

Wie war es möglich, dass eine so sinnliche Frau bisher nie Sex gehabt hatte? „Oh ja, das ist es!", bestätigte er.

„Ich möchte, dass du mir auch die Hose ausziehst."

„Es wird mir ein Vergnügen sein." Schnell war er ihrer Forderung nachgekommen und weidete sich nun ausgiebig an ihrem Anblick. „Unbeschreiblich."

Cass schüttelte den Kopf. „Du hast gesagt, ich hätte Stelzen."

„Ich wollte dich nur ein wenig necken." Er legte sich auf sie. „Weil ich mir vorgestellt habe, wie es sich anfühlen muss, wenn du deine wunderbaren Beine um mich schlingst."

„Etwa so?" Das provozierende Funkeln in ihren Augen strafte ihren harmlosen Tonfall Lügen, als sie es prompt tat.

„Ja, genau so." Er richtete den Oberkörper auf. „Vorsicht, *pethi mou*. Es besteht durchaus das Risiko, dass ich das Ziel erreiche, noch bevor das Rennen überhaupt angefangen hat."

„Ein erfahrener Liebhaber wie du? Nein, das glaube ich nicht."

„Glaub mir – deine Wirkung auf mich ist enorm." Auch wenn er es extrem peinlich fand.

„Es gefällt mir, dass ich einen solchen Effekt auf dich habe."

„Mir auch." Und um ihr zu beweisen, wie sehr, zog er eine brennende Spur von Küssen über ihr Gesicht, ihren Hals, ihre Schultern, ihre Brüste.

Ihr Atem ging immer unregelmäßiger. „Oh … Neo … Oh ja, das mag ich."

Vielleicht hätte er vor Vergnügen gelacht, doch sein Mund war viel zu beschäftigt damit, die rosigen Spitzen der sanften Hügel zu liebkosen. Cass war so unglaublich empfindsam. Nur für ihn. Am liebsten hätte er einen Triumphschrei ausgestoßen.

Ganz gleich, wie befristet es war, für diesen Moment gehörte sie allein ihm.

Er streichelte, reizte, liebkoste ihren Körper, bis Cassandra sehnsüchtige Laute ausstieß. Sie schob die Finger in sein Haar, wühlte und zerrte, flehte stumm um mehr. Doch noch war sie nicht bereit. Aber bald …

Er würde seine sinnliche kleine Jungfrau verrückt machen, das hatte er sich fest vorgenommen. Für sie sollte es das grandioseste erste Mal werden, das sie sich erträumen konnte. Cassandra hatte es verdient. Sie war kein One-Night-Stand, sie war eine Freundin. Und ihre Unberührtheit war nicht nur ein unglaublich starkes Aphrodisiakum, sondern auch eine Verantwortung.

Neo arbeitete sich über ihren flachen Bauch hinunter zu ihrem Slip. Als er mit den Zähnen nach dem Saum fasste, erstarrte Cass. Sie hob den Kopf, und ihre Blicke versanken ineinander, Verlangen und Versprechen waren sich einig – dann zog Neo mit einem Ruck das knappe Stückchen Spitze herunter. Cass half ihm, indem sie den Po anhob, damit er das letzte störende Stück Stoff an ihren Beinen herabziehen konnte. In vielerlei Hinsicht mochte Cassandra schüchtern sein, aber hier, in dieser Situation, war sie erstaunlich offen.

Hübsche natürliche Locken boten sich seinem Blick dar, eine verlockende Abwechslung nach all den gewachsten und rasierten erogenen Zonen, an die er sich in den letzten Jahren gewöhnt hatte. Leicht strich er über das braune Vlies, und Cass biss sich auf die Lippen, um nicht laut aufzustöhnen.

„So empfindsam?" Er lächelte zufrieden und streichelte ihre Schenkel. „Ein Körper kann so vieles empfinden. Ich kann kaum abwarten, dir alles zu zeigen."

„Wirst du auch so viel empfinden?"

Sie war clever, seine süße Cassandra. „Ja. Dir Vergnügen zu verschaffen wird mich so sehr erregen, bis ich mich nicht mehr zurückhalten kann und …"

„Und du in mich eindringen musst."

Derart deutliche Worte aus ihrem Mund zu hören, hätte ihn fast über die Klippe stürzen lassen. „Du kannst mir sehr gefährlich werden, *pethi mou*", knurrte er.

„Gut zu wissen." Ja, sie war stolz auf sich. Dann aber schaute sie ihn durch halb gesenkte Wimpern an, eine Geste, die er mittlerweile als Ausdruck ihrer Unsicherheit kannte. „Du wirst doch vorsichtig sein, oder?"

„Kleines, ich werde so vorsichtig mit dir sein, dass du mich anflehen wirst, mit mehr Kraft vorzugehen."

„Das hört sich gut an." Kühne Worte, aber auf ihrer Miene spiegelte sich die Erleichterung wider. „Weißt du, was noch gut wäre?"

„Da gibt es unendlich vieles. An was hast du denn gedacht?" Er genoss dieses Zusammensein mit ihr mehr als mit jeder anderen Frau.

„Du, endlich nackt. Du trägst noch immer deinen Slip. Das kann unmöglich bequem sein." Sie tat ihr Bestes, um sich den Anschein zu geben, dass ihr allein sein Wohlergehen am Herzen lag. Doch das begierige Blitzen ihrer Augen machte diesen Versuch zunichte.

Sie hatte recht mit ihrer Bemerkung, es war alles anderes als bequem. Dennoch half der Slip seiner Selbstbeherrschung. Hier ging es um Cassandra, er wollte sie so weit wie nur möglich vorbereiten, bevor er sie in Besitz nahm. Und so streichelte und dehnte er sie behutsam, bis sie sich stöhnend und zitternd auf dem Bett wand.

Unbekannte Gefühle erfüllten Cass, in die sich zudem ein Besitzanspruch mischte, der ihr fremd war. Neo liebkoste sie, als könne er nicht genug von ihr bekommen, und das erregte sie fast noch mehr als die Berührungen selbst. Zum ersten Mal fühlte sie sich wirklich begehrt und bewundert. Neo war kein Freund, der sich nur aus Mitleid mit ihr abgab. Er wollte sie, jede seiner Liebkosungen bewies das.

Als seine Finger ihre natürliche Barriere durchbrachen, ließ der Schmerz sie zusammenzucken. Doch sie würde Neo vertrauen. Und sie würde sich auf ihren Instinkt verlassen. „Ich möchte dich in mir spüren", sagte sie leise.

„Bist du dir sicher?"

„Ja."

Er nickte und lächelte. „Dein Wunsch ist mir Befehl. Dann hole ich schnell die Kondome. Die liegen nämlich im Gästezimmer."

Er hatte also tatsächlich keinen Sex in seinem Schlafzimmer. Cass' neu erwachter Besitzerinstinkt jubelte.

In weniger als einer Minute war Neo wieder bei ihr, riss das Päckchen auf und rollte den Schutz über seine Männlichkeit.

„Sieh genau zu. Beim nächsten Mal übernimmst du das."

„Hat man dir schon mal gesagt, dass du herrisch bist?", fragte sie, auch wenn diese Aussicht ein vorfreudiges Flattern in ihrem Bauch hervorrief. Sie konnte den Blick nicht abwenden.

„Fordernd, unnachgiebig, stur, schwierig. Herrisch, glaube ich, auch ein oder zwei Mal."

Sie lachte auf. „Ich habe das Gefühl, dass ich all diese Beschreibungen nutzen werde. Und wahrscheinlich noch andere."

„Daran zweifle ich nicht. Und jetzt, *yineka mou*, werde ich dich lieben", sagte er, als er sich wieder zu ihr legte.

Auch wenn es Cass auffiel ... sie korrigierte ihn nicht. Zum ersten Mal wünschte sie sich tatsächlich, es wäre nicht nur Sex zwischen Freunden. Denn genau in diesem Moment wurde ihr klar, dass sie sich in Neo verliebt hatte. Sie wusste nicht, wie es so schnell hatte passieren können, war sich nicht einmal sicher, ob dieses Gefühl real war.

Und war es nicht genau das, wovor Neo sie gewarnt hatte? Dass sie sexuelle Intimität mit echten Emotionen verwechselte? Nur fühlte es sich nicht falsch an. Überhaupt fragte Cass sich, ob Sex ohne Gefühle sich so gut anfühlen konnte.

Nun, Neo würde sie nicht fragen, aber sie würde das sicherlich gegenüber ihren Online-Freunden zur Sprache bringen. Bei denen, die ein interessanteres Leben führten als sie und ihr vielleicht einige Fragen beantworten konnten.

Doch vorerst würde sie sich voll darauf konzentrieren, den Moment auszukosten. Schon seltsam, diese Vereinigung der Körper war nicht ausschließlich Freude, und doch schien der Schmerz eine noch größere Intimität herzustellen als das Vergnügen.

Er hinterließ ein Zeichen auf ihrer Seele, das sie für den Rest ihres Lebens mit Neo verbinden würde.

Als er in sie eindrang, tat er es langsam und behutsam, dennoch tat es so weh, dass ihr Tränen in die Augen traten. Neo küsste die Tränen fort und murmelte griechische Worte in Cass' Ohr. Sie wusste nicht, was diese Worte bedeuteten, aber sie trösteten sie.

Als er sie ganz ausfüllte, hielt er inne und sah ihr in die Augen.

„Ich fühle mich so verbunden mit dir", wisperte sie.

Er schloss die Augen und flüsterte etwas, das wie „Nein" klang.

„Nein?" Sie fühlte sich maßlos verletzt.

„*Ne*", wiederholte er heiser. „Das ist Griechisch und heißt Ja."

„Oh."

„Du lässt mich mein Englisch vergessen."

Sie dachte, dass nie jemand etwas Netteres zu ihr gesagt hatte. „Ist es immer so?"

Als er die Augen wieder öffnete, glühten sie vor Leidenschaft. „Nein. So ist es für mich noch nie gewesen. Zephyr hat vorausgesagt, dass es phänomenal sein würde."

„Was? Sex mit einer Jungfrau?"

„Nein, Sex mit einer Freundin."

„Oh."

„Aber ich wusste es schon vorher. Deshalb wollte ich es ja auch so sehr."

„Oh", sagte sie noch einmal. Es schien, als hätte sie die Sprache verloren.

Vorsichtig begann er, sich in ihr zu bewegen. „Alles in Ordnung?", fragte er.

„Ja." Mehr als nur in Ordnung. Es war so unglaublich gut, auch wenn der Schmerz sich noch nicht ganz gelegt hatte.

Erregung baute sich wie eine Spirale in Cass auf, sie wollte mehr davon erfahren, strebte auf etwas zu, das sie nicht zu greifen bekam. Neo gab schließlich einen immer schnelleren Rhythmus vor, und aus der Spirale wurde ein Wirbelsturm, der sie beide zum Höhepunkt mitriss.

Im höchsten Moment rief Neo etwas auf Griechisch, dann sah er sie lächelnd an. „Absolut unglaublich, *yineka mou*."

Cass hätte ihn zu gern gefragt, was das hieß. Doch nicht jetzt. Jetzt wollte sie einfach nur den Moment und das erhebende Gefühl genießen.

10. KAPITEL

*N*eo betrachtete die schlafende Cassandra. Er hatte darauf bestanden, dass sie zunächst ein entspannendes Bad nahm, und hatte sie nach einem leichten Abendessen zu Bett gebracht, statt auf Runde zwei zu bestehen, wie sein Körper es von ihm verlangte. Sein Verhalten schockierte ihn. Seit wann verwöhnte er seine Sexpartnerinnen außerhalb des Bettes? Und seit wann schlief er in einem Bett mit ihnen?

Er war kein egoistischer Liebhaber, aber vor dieser Art von Intimität war er bislang immer zurückgescheut. Diese Freundschaft mit Bonus war eine riskante Angelegenheit.

Obwohl … Cassandra hatte es verdient, ein wenig verhätschelt zu werden. Sie war selten genug vom Leben verwöhnt worden, auch wenn man bei einer berühmten Pianistin wohl anderes vermuten sollte. Vielleicht war das ja sein Motiv. Er hatte die Lücke im Leben einer lieben Freundin gesehen und beschlossen, diese zu füllen.

Und er hatte vor, Cass zu helfen, gewisse Dinge im Leben zu verwirklichen.

Wie zum Beispiel Reisen.

Sie hatte solche Begeisterung gezeigt, als er von Dubai und Napa Valley gesprochen hatte. Das hatte ihn erstaunt. Eher hätte er erwartet, dass es ihr unangenehm wäre, schließlich war Reisen für sie mit den verhassten Konzerttourneen verbunden. Doch neue Orte kennenzulernen war für sie wohl das einzig Positive daran gewesen.

Er war entschlossen, ihr diese Freude wiederzubringen. Morgen würde er sich als Erstes seinen Terminkalender daraufhin ansehen, wann er sich Zeit für einen Trip nach Napa Valley nehmen konnte. Es würde bald sein müssen, denn sollte er tatsächlich nach Dubai fliegen, dann schon im nächsten Monat. Er wollte Cassandra mitnehmen. Er wollte, dass seine Freundin die schönen Seiten des Lebens kennenlernte. Einschließlich der körperlichen Freuden …

Zum ersten Mal, seit sie nicht mehr auf Tournee ging, wachte Cass in einem fremden Bett auf. Es war ein sehr bequemes Bett und so schön warm. Es wäre wunderbar, noch ein Stündchen weiterzuschlafen … Doch dann erinnerte sie sich schlagartig, in wessen Bett sie lag.

In Neos!

Sein Duft hing noch in den Laken. Dieses gut riechende Aftershave und ein Geruch, der für sie von heute an unauslöschlich mit Sex verbunden sein würde. Sie legte den Arm auf die leere Seite neben sich. Die Kissen waren noch warm. Sie konnte kaum fassen, dass Neo tatsächlich die ganze Nacht mit ihr in einem Bett gelegen hatte, ganz zu schweigen von den Dingen, die sie getan hatten, bevor sie eingeschlafen waren.

Cass setzte sich auf und horchte in sich hinein. Sie spürte Muskeln an Stellen, die sie bei ihrem Fitnesstraining noch nie gespürt hatte, aber es war nur ein leichtes Ziehen. Das heiße Bad hatte eindeutig seinen Zweck erfüllt.

Sie lächelte vor sich hin, als sie daran dachte, wie besorgt Neo um sie gewesen war. Allerdings hatte sie geahnt, dass er es nicht gut aufnehmen würde, hätte sie eine Bemerkung darüber gemacht.

Die größte Überraschung war eindeutig, dass er sie nach dem Abendessen in sein Schlafzimmer zurückgetragen hatte. Sie war davon ausgegangen, dass sie, falls überhaupt, im Gästezimmer übernachten würde. Doch wie selbstverständlich hatte er sie in sein Bett gelegt.

Nie zuvor hatte sie mit einem anderen Menschen in einem Bett gelegen, dennoch hatte sie tief und fest geschlafen. Nur einmal, kurz vor dem Morgengrauen, war sie aufgewacht und hatte den anderen Körper an ihrem Rücken wahrgenommen. Anstatt sich von dem Arm, der auf ihrer Hüfte gelegen hatte, gestört zu fühlen, hatte sie es genossen – wohl wissend, dass ihr eine solche Erfahrung wahrscheinlich nie wieder gewährt werden würde.

Sie glaubte nämlich nicht, dass Neo für gewöhnlich die ganze Nacht mit seinen Gespielinnen verbrachte. Für sie hatte er diese Ausnahme vermutlich nur gemacht, weil es ihr erstes Mal gewesen war.

Er war wirklich ein netter Mann.

„Was hat dieses Lächeln auf dein Gesicht gezaubert?", fragte genau dieser Mann jetzt vom Türrahmen her.

„Du", antwortete sie schlicht. „Du bist wirklich ein sehr netter Mann, Neo Stamos, Milliardär und Finanzmogul."

Er schüttelte den Kopf. „Lass das nur nicht meine Verhandlungspartner hören."

„Das würde mir im Traum nicht einfallen."

„Dora hat Frühstück für dich vorbereitet. Du kannst essen, wann immer du fertig bist."

Cass sah sich um, konnte aber keine Uhr entdecken. „Wie spät ist es denn?"

„Halb acht."

„Du siehst aus, als würdest du gleich zur Arbeit gehen."

„Ja. Ich muss zu einem Meeting."

„Kann ich in mein Haus zurück?" Sie fürchtete sich vor der Antwort. Ihr war aufgefallen, dass Neo gestern nichts davon gesagt hatte, ob Cole Geary sich gemeldet hatte oder nicht.

„Sicher. Coles Team hatte die Arbeiten schon am Nachmittag abgeschlossen."

„Du hast nichts erwähnt."

Er zuckte lässig die Schultern, aber über seine Wangen zog ein roter Streifen. „Deine Gesellschaft machte mir zu viel Spaß."

„Ja, mir ging es genauso", beeilte sie sich zu sagen. „Nur wäre es angebracht, dass ich an meinem neuen Stück weiterarbeite."

„Sieh zu, dass du es bis Freitag fertig hast."

„Da tritt deine herrische Ader wieder zutage."

„Das ist eben das Risiko, wenn man seine Zeit mit Finanzmogulen verbringt."

„Bilde dir nur nicht ein, dass du bei mir immer deinen Kopf durchsetzt."

„Und du glaube nicht, dass ich es nicht trotzdem immer versuchen werde."

Cass lachte. So frei hatte sie sich nicht mehr gefühlt, seit sie sich entschieden hatte, nicht mehr öffentlich aufzutreten. „Was ist denn am Freitag?"

„Nach dem Dinner fliegen wir fürs Wochenende nach Napa Valley."

Sie sprang aus dem Bett. Sie hatte nicht gewagt zu hoffen, aber … hatte er ihr nicht versichert, dass er immer meinte, was er sagte? „Ist das dein Ernst?"

„Mein Pilot hat die Start- und Landeerlaubnis bereits eingeholt, und Miss Parks hat Anweisung, ein Wochenendhaus anzumieten."

„Ist das nicht sehr kurzfristig?"

„Geld …"

„Macht alles möglich, ich weiß." Sie schüttelte den Kopf. Neo gab ihr so viel, ohne dass es ihm überhaupt bewusst war. „Danke!"

Ihre überschäumende Umarmung nahm er gelassen hin, aber den Kuss hielt er bewusst kurz. „Heute Morgen kann ich es mir nicht leisten, von deinem verführerischen Mund abgelenkt zu werden."

„Du findest meinen Mund also verführerisch?"

„Und wie."

„Das ist gut zu wissen." Sie fühlte sich wie berauscht.

„Meinst du?"

„Auf jeden Fall. Wissen ist Macht!", behauptete sie keck.

„So sagt man." Er ließ den Blick von Kopf bis Fuß über sie wandern und setzte sie damit in Flammen. „Müsste ich nicht zu diesem Meeting, würde ich dich wieder ins Bett bringen und dich lieben, bis du schreist."

„Wow. Wir könnten uns dieses Szenario aufheben, bis wir in Kalifornien sind." *Bitte sag Ja.*

„Abgemacht." Er holte tief Luft. „Ich muss los. Vor Dora brauchst du keine Angst zu haben. Sie ist meine Haushälterin und damit keine Fremde, in Ordnung?"

Es war ein Zeichen, wie sehr sie ihm vertraute, dass sie anstandslos antwortete: „Verstanden, keine Fremde."

„Wirst du dich von ihr nach Hause fahren lassen?"

„Das gehört doch sicherlich nicht zu ihren Aufgaben, oder?"

Er zuckte mit einer Schulter. „Ich dachte nur, das wäre dir lieber, als dich von meinem Chauffeur bringen zu lassen."

„So, du hast also doch einen Chauffeur."

„Ja, wenn es nötig ist, lasse ich mich fahren. Aber ich fahre gern selbst."

„Und du kommst auch gern pünktlich. Also geh besser."

Er packte sie und drückte einen verlangenden Kuss auf ihre Lippen, dann machte er auf dem Absatz kehrt und marschierte zum Zimmer hinaus.

„Wow!" Cass befühlte ihre Lippen und drehte sich im Kreis. „Einfach nur wow!"

Dora war eine grauhaarige Mittfünfzigerin mit einem herzlichen Lächeln und dem offensichtlichen Bedürfnis, niemanden unter Neos Dach hungern zu lassen. Mit dem Frühstück, das sie für Cass auftischte, hätte man eine ganze Armee verköstigen können.

Als Cass das sagte, lachte die Ältere auf. „Eines Tages wird der da", sie deutete mit dem Kopf zur Tür, als wäre Neo noch in der Wohnung, „solide werden und mir viele *Bébés* schenken, die ich bekochen kann."

Das Bild von kleinen Jungen mit grünen Augen und dunklen Haaren, die die Schwester drängten, endlich aufzuessen, damit sie zusammen spielen konnten, blitzte vor Cass' Augen auf. Es weckte eine Sehnsucht in ihr, die sie längst gemeistert zu haben glaubte. „Er wird ein wundervoller Vater sein."

„Nur weiß er das nicht." Dora verdrehte die Augen, während sie Cass eine Tasse Kaffee einschenkte. „Männer!"

Cass lachte. „Mit dem anderen Geschlecht habe ich nicht viel Erfahrung. Außer mit meinem Manager." Und Bob war für sie weniger Mann als vielmehr die ständig drängelnde Stimme des Geschäfts. Neos Kommandoton störte sie nicht, aber sobald Bob damit anfing, stieß es ihr mehr als sauer auf. Vor allem, weil er sie noch immer zu überreden versuchte, wieder auf die Bühne zurückzukehren.

„Sie sind die Pianistin, wie Neo mir gesagt hat. Ihre Musik gefällt mir."

„Danke."

„Wenn Sie erst Kinder haben, werden Sie einen Gang zurückschalten müssen. Zwei CDs pro Jahr werden dann nicht mehr möglich sein." Dora schüttelte den Kopf.

„Ich bezweifle, dass ich je Kinder haben werde. Aber um ihretwillen würde ich schon weniger arbeiten."

„Wieso meinen Sie, dass Sie keine Kinder bekommen werden?"

„Manche finden eben nie den einen ganz speziellen Menschen, mit dem sie den Rest ihres Lebens verbringen wollen. Und ich möchte es keinem Kind antun, allein mit mir als Mutter groß zu werden." Nicht mit ihren Einschränkungen, das wäre dem Kind gegenüber nicht fair.

„Sie sind also ein wenig schüchtern, na und? Nicht jeder steht gern im Rampenlicht. Sie wären eine großartige Mutter, glauben Sie mir ruhig."

Cass lächelte nur stumm. Sie wünschte, Doras Worte könnten wahr werden. Doch dieser Traum würde sich nie erfüllen. „Neo sagte, Sie könnten mich nach Hause fahren."

„Ja, weil Sie sich nicht von seinem Chauffeur bringen lassen wollen. Behauptet er. Dass der Chauffeur ein attraktiver junger Mann ist, hat natürlich überhaupt nichts damit zu tun. Pah!"

Cass lachte verdutzt auf. „Neo ist bestimmt nicht der eifersüchtige Typ."

Dora schnaubte nur und forderte Cass zum Frühstücken auf.

Vor ihrem Haus wartete Cole Geary auf Cass.

Es amüsierte sie, dass Dora sie nicht mit dem Mann allein ließ. Offensichtlich besaß die Ältere noch die traditionellen Werte der alten Heimat. Cass wunderte sich jedoch, warum Dora sie dann so freundlich behandelte, wo sie doch die Nacht mit Doras Arbeitgeber verbracht hatte.

Cole zeigte Cass die Neuerungen, und tatsächlich fielen sie kaum auf. Am schwierigsten würde es wohl werden, sich an das Alarmsystem zu gewöhnen. Die neuen Fenster und Türen waren aus kugelsicherem Glas – das gleiche Glas, das auch überall in Neos Penthouse verwendet worden war, wie Cole erklärte.

„Er nimmt es sehr ernst mit der Sicherheit", bemerkte Cass.

„Das muss er auch."

Cass erschauerte. „Manchmal vergesse ich einfach, dass er ein so mächtiger Mann ist."

Cole sah sie an, als wäre sie nicht recht bei Sinnen; Dora jedoch lächelte zufrieden vor sich hin.

Nach der Führung durch das Haus bot Cass beiden einen Kaffee an. Cole verneinte dankend mit der Begründung, dass er noch andere Termine habe. Dora jedoch erbot sich, den Kaffee aufzubrühen, damit Cass sich in Ruhe umziehen konnte.

Und während Cass in frische Kleider schlüpfte, dachte sie, dass sie in der Älteren vielleicht sogar einen weiteren Freund gefunden hatte.

Neo rief spät am Abend an, als Cass sich schon fürs Zubettgehen fertig gemacht hatte.

„Dora erzählte mir, dass Cole dir alle Änderungen erklärt hat."

„Ja. Es ist besser geworden, als ich erwartet hätte. Die Rahmen haben sogar die gleiche Farbe. Man sieht den Unterschied kaum."

„Hatte ich das nicht gesagt?"

„Es ist nicht nett, mir das unter die Nase zu reiben, Neo."

„Dass ich auch recht damit hatte, wie gut es zwischen uns werden würde, hat dir aber nichts ausgemacht."

Sie lachte atemlos auf. „Idiot."

„Hast du etwa soeben den großen Neo Stamos einen Idioten genannt?"

„Das habe ich natürlich nicht ernst gemeint, oh großer Neo Stamos."

Sein Lachen klang tief und warm durchs Telefon.

„Bist du heute Morgen zu spät zu deinem Meeting gekommen?"

„Nein. Allerdings hatte ich keine Zeit mehr für meine üblichen Vorbereitungen."

„Das tut mir leid."

„Du klingst nicht, als würde es dir leidtun."

„Nein, nicht wirklich. Schließlich habe ich es geschafft, den Terminplan des großen Neo Stamos durcheinanderzubringen."

„Bist du stolz auf dich?"

„Und wie."

„Ich auch."

„Wirklich?"

„Wie kannst du das fragen, nachdem du mir gestern Nacht eine solche Ehre erwiesen hast?"

„War es denn eine Ehre?"

„Ohne Zweifel eine große. So wie du hat mich noch keine Frau berührt."

„Ich weiß doch gar nicht, wie ich dich berühren soll." Damit gab Cass eine ihrer größten Ängste zu. Den ganzen Tag über hatte sie immer wieder über den gestrigen Abend nachgedacht und die Bilder vor sich gesehen. Und ihr war klar geworden, dass sie nur genommen hatte, aber nichts gegeben.

„Glaube mir, du hast dir nichts vorzuwerfen, im Gegenteil."

„Offensichtlich, denn du willst ja sogar mit mir nach Napa Valley fliegen."

„Du sagst das, als würde ich dir einen Gefallen tun, dabei ist es genau umgekehrt. Es ist etwas Besonderes, wenn du Zeit mit mir verbringst."

„Dein Verstand arbeitet offensichtlich anders als bei anderen Menschen."

„Merkst du das jetzt erst?"

Cass lachte. „Sei nicht so gemein."

„Oh, ich bin gut darin. Das wird dir jeder bestätigen."

„Das glaube ich nicht. Anspruchsvoll, herrisch, sogar brillant … aber nicht gemein." Sie machte eine Pause. „Ich kann noch immer nicht glauben, dass du mich gestern aus meinem Haus entführt hast."

„Bereust du es?"

„Keine Sekunde."

„Gut."

„Kommst du nächste Woche trotzdem zur Klavierstunde?"

„Ja."

„Ich verspreche auch, keine Zeit mit Nettigkeiten zu verschwenden."

„Ich nicht. Ich finde es nämlich sehr nett, dich zu küssen."

„Nun", neckte sie, „wenn du Küssen und … andere Dinge vorhast, solltest du mehr Zeit einplanen als eine Stunde, denn ich erwarte trotzdem, dass du neue Akkorde lernst."

„Sklaventreiberin!"

„Zu dir werde ich jetzt sagen, was ich auch anderen Schülern gesagt habe: Du hast für Übungsstunden bezahlt, nicht fürs Nichtstun."

„Genau genommen habe ich gar nichts bezahlt. Das war Zephyr."

„Zephyr wäre nicht glücklich zu hören, dass sein Geld so verschwendet wird." Sie lachte, als er etwas in Griechisch zischelte. „Ich glaube, ich will besser nicht wissen, was das heißt."

„Du hast recht, ich werde es dir auch nicht sagen. Man kann den Jungen von der Straße wegholen, aber die Straße wird immer in dem Jungen lebendig g bleiben. Ich werde meine Anfänge nie vergessen. Das ist es, was mich heute antreibt."

„Du kannst dich heute doch unmöglich noch als Straßenjunge sehen, nicht nach allem, was du erreicht hast. Wird es für dich denn nie genug sein?"

„Komisch, Zee hat mich letztens so etwas Ähnliches gefragt." Das Lachen war aus seiner Stimme verschwunden.

„Und was hast du geantwortet?"

„Dass er genauso ist wie ich."

„Was keine wirkliche Antwort ist."

„Ich weiß es nicht."

Cass verstand, dass das seine Antwort auf ihre Frage war. „Das tut mir leid für dich. Du solltest stolz auf dich und glücklich sein über das, was du erreicht hast. Doch noch immer treibst du dich an, um noch mehr zu erreichen. Als ob du dir etwas beweisen müsstest."

„Darüber denke ich nicht nach."

„Das solltest du vielleicht mal tun."

„Vielleicht. Im Moment jedoch überlege ich mir, wie ich nächste Woche genug Zeit für die Klavierstunde und für dich zusammenbekomme."

„Plane erst einmal das Wochenende, das kommt schließlich zuerst." Vielleicht hatte er danach genug von ihr, sodass er am Dienstag gar nicht mehr zum Klavierunterricht kommen würde.

Neo rief am nächsten Morgen an, um Cass zu erinnern, das Alarmsystem auszuschalten, bevor sie nach draußen ging. Nach dem Lunch rief er an und erkundigte sich, wie sie mit ihrer Komposition weiterkam. Sie versprach, ihm das Stück am Wochenende vorzuspielen, falls sie es bis dahin vollenden konnte.

Es wunderte sie nicht, als das Telefon ein drittes Mal klingelte, während sie sich gerade das Abendessen zubereitete.

„Hallo, Neo."

„Woher weißt du, dass ich es bin?"

„Außer meinem Manager und den Leuten von der Plattenfirma ruft mich niemand an, und dann nie nach siebzehn Uhr. Sie halten eben einen anderen Arbeitsplan ein als du."

„Da wir gerade davon sprechen … meine Telefonkonferenz fällt aus. Hast du Lust, einen Dinnergast zu bewirten?"

„Würdest du nicht lieber auswärts essen?" Sie hätte sich ohrfeigen mögen. Er wusste doch um ihre Eigenart, sie brauchte ihn nicht mit der Nase darauf zu stoßen.

„Ich würde meine Zeit lieber mit dir verbringen."

Himmel, der Mann wurde immer besser. Das Gefühl von Liebe, das ihrer Meinung nach unmöglich in so kurzer Zeit entstanden sein konnte, wurde nur noch stärker. „Wenn das so ist … dann komm rüber."

„In einer halben Stunde bin ich da."

Neo hielt Wort. Exakt neunundzwanzig Minuten später klingelte er an Cass' Haustür.

„Das riecht gut", sagte er, nachdem er Cass in die Küche gefolgt war.

„Pasta und Hühnchen." Cass nahm die Schüsseln und ging ins Esszimmer, hielt aber nicht beim Tisch an. „Der Abend ist so schön, da können wir auf der Terrasse sitzen. Zwar gibt es da kein kugelsicheres Glas, aber ich denke, den einen Abend werden wir überleben."

Neo lachte leise. „Lass das nicht meine Leibwächter hören."

„Himmel behüte! Also, erzähl mir von Dubai", sagte sie, als sie sich gegenseitig auflegten. Sie gab Nudeln auf Neos Teller, während er sich mit Gemüse bediente. Die kleine häusliche Szene lief so eingespielt ab, als würden sie das schon seit Jahren machen.

Neo tat ihr den Gefallen und begann, das Bauprojekt in Dubai zu beschreiben. Seine Vision begeisterte Cass.

„Das hört sich fantastisch an. Du bist ein echter Visionär, nicht wahr?"

„Wenn man den Gipfel erreichen will, muss man sich vorstellen, was möglich ist. Man darf sich nicht auf das beschränken, was man vor sich sieht." Bei ihm klang das so simpel, dabei war es alles andere als das. „Zephyr und ich sind immer andere Wege gegangen als andere."

„Du beschränkst dich nie auf das, was andere tun." Das war etwas, das sie sehr an ihm schätzte. „So sehe ich auch die Musik. Melodien sind viel zu dynamisch, um sich in ein vorgegebenes Raster pressen zu lassen." Bei ihren Kompositionen brachte ihr das manchmal Lob, manchmal aber auch harsche Kritik ein.

„Das ist der Grund, warum mir deine Musik so gefällt."

„Danke." Ein solches Kompliment machte alle kleinliche Kritik wieder wett.

„Ich kann mir nicht vorstellen, dass dein Vater dich dazu ermutigt hat, etwas anderes als Klassik zu spielen."

„Nein." Ihr Vater hatte sie auch nicht zum Komponieren ermutigt, im Gegenteil. Er war der Ansicht gewesen, sie würde sich nur verzetteln. „Als Teenager hörte ich eine CD von George Winston und war begeistert. Seine Musik beinhaltet viele klassische Elemente, aber er hat eine neue Richtung gefunden. Ich wusste sofort, so etwas wollte ich auch machen."

„Was uns dann allen zugutegekommen ist."

Sie lächelte. „Du solltest sparsamer mit deinen Komplimenten umgehen. Ich könnte leicht süchtig danach werden."

„Solange ich da bin, wirst du immer ausreichend Nachschub erhalten", erwiderte er.

„Wie schön."

Nur … wie lange konnte sie vernünftigerweise davon ausgehen, dass er da sein würde?

11. KAPITEL

*N*ach dem Dinner, für das Cass ein weiteres überschwängliches Kompliment von Neo erhalten hatte, wechselten sie in das Musikzimmer hinüber.

Neo strich leicht über den schimmernden Flügel. „Spielst du für mich?", bat er.

Bereitwillig setzte sie sich auf die Klavierbank. „Gern."

Ernst musterte er sie, so ernst, wie sie es bei ihm noch nie gesehen hatte. „Wirklich?"

Er konnte nicht ahnen, wie viel ihr seine Frage bedeutete. „Ja, wirklich. Ich möchte für dich spielen."

„Muss ich da in dem Sessel sitzen?"

„Nicht, wenn du nicht möchtest." Wollte er etwa stehen bleiben?

Ihre stumme Frage wurde beantwortet, als er sich neben ihr auf der Bank niederließ. Seine Nähe erfüllte Cass, wie es sonst nur der Musik gelang. „Du wirst mir Fehler nachsehen müssen", sagte sie lächelnd. „Deine Nähe lenkt mich nämlich ab."

„Dann sind wir ja quitt."

„Ich lenke dich ab?"

„Ja, ganz gleich, ob von nah oder fern." Er klang, als würde es ihn amüsieren.

Cass reagierte nicht darauf, denn das Geständnis schockierte sie. Daher begann sie schnell zu spielen – ein Stück aus den Vierzigerjahren, eigentlich für eine Big Band, aber auf dem Klavier wurde es zu einer romantischen Melodie.

Neo lauschte mit einem kleinen Lächeln auf dem Gesicht. „Das gefällt mir. Das Stück kenne ich gar nicht."

„Um neunzehnhundertvierzig war es sehr bekannt."

„Wirklich? Vielleicht sollte ich öfter Musik hören und mich über die verschiedenen Richtungen kundig machen."

„Das ist immer eine gute Idee."

„Dir ist klar, dass ich Fehler in deinem Spiel nie erkennen würde, oder?"

Sie lächelte ihn keck an, während ihre Hände weiter über die Tasten flogen. „Vielleicht spiele ich den Song ja genau deshalb."

„Dann muss ich wohl den Schwierigkeitsgrad erhöhen."

Bevor Cass fragen konnte, was er damit meinte, schlang er den Arm um ihre Taille und tippte mit den Fingern den Rhythmus auf ihrem Bauch mit.

Sie verspielte sich prompt. „Das macht es allerdings schwieriger."
„Soll ich aufhören?"

„Nein." Sie würde sich von seiner Nähe nicht verwirren lassen, sie musste sich nur konzentrieren. Doch als sie einen leichten Kuss auf ihrer Schläfe spürte, erstarrte sie. „Ich dachte, du wolltest, dass ich für dich spiele?"

„Das dachte ich auch, aber jetzt fällt mir auf, dass es andere Dinge gibt, die ich viel lieber täte. So wie das hier, zum Beispiel." Damit zog er ihren Kopf zu sich und küsste sie.

„Oh ...", brachte sie noch an seinen Lippen heraus, bevor er den Kuss vertiefte.

Und dann waren sie auch schon im ersten Stock in ihrem Schlafzimmer, ohne dass Cass wirklich wusste, wie sie dorthin gekommen waren. Sie hatte eine neblige Erinnerung daran, getragen worden zu sein, doch sie war viel zu beschäftigt gewesen, zu berühren und berührt zu werden, um genauer darüber nachzudenken.

„Ich hatte mir fest vorgenommen, das nicht zu tun", sagte Neo heiser, als sie beide nackt im Bett lagen. „Ich wollte dir Zeit lassen, dich erst zu erholen."

„Mir geht es gut." Ja, sie spürte noch ein leichtes Ziehen im Unterleib, aber es war lange nicht stark genug, um sie aufzuhalten, das Vergnügen des vergangenen Abends noch einmal zu erfahren. Und dieses Mal war es noch viel besser. Im höchsten Moment schrie Cass voller Lust Neos Namen heraus, und dann noch einmal, als sie den zweiten Höhepunkt zusammen mit ihm erlebte. Im Nachhall des Liebesspiels lagen sie einander eng umschlungen in den Armen.

Irgendwann richtete Cass sich leicht auf. „Hätte ich gewusst, dass Sex so großartig ist, hätte ich mich vielleicht mit einem von meinen Groupies eingelassen", meinte sie halb scherzend, halb ernst.

„Es wäre nicht so gewesen wie das hier zwischen uns."

„Weil keiner von ihnen mit dem großen Neo Stamos mithalten kann?", neckte sie ihn.

„Nein, deshalb nicht. Mit keiner Frau habe ich die Leidenschaft gefunden, die ich mit dir finde. Das, was wir beide haben, ist etwas Besonderes, Cassandra."

Sie wusste nicht, was sie darauf erwidern sollte, also drückte sie nur einen sanften Kuss auf seine Schulter, in den sie all ihre Liebe legte, die sie nicht in Worte fassen durfte.

Lächelnd küsste er sie auf den Mund und seufzte dann. „Ich sollte nicht über Nacht bleiben. Ich muss morgen früh um sechs im Büro sein, um einen Anruf entgegenzunehmen."

„Warum so früh?"

„Wegen der Zeitverschiebung."

„Du könntest auch von hier aus zur Firma fahren", schlug sie vorsichtig vor. Sie wusste nicht, ob sie es richtig verstand, dass er bleiben wollte.

„Macht es dir nichts aus? Vermutlich werde ich dich wecken, wenn ich aufstehe."

„Nein, überhaupt nicht."

„Dann schlafe ich hier."

Sie war glücklich, dass er bleiben wollte. Sie hatte ja nur eine Nacht in seinen Armen geschlafen, doch schon jetzt gehörte es zu den schönsten Dingen, die sie sich vorstellen konnte.

Vielleicht war es ihr sogar schon zur Notwendigkeit geworden.

Cass wachte nicht ganz auf, als Neo ging, lediglich im Halbschlaf nahm sie wahr, dass er sie zum Abschied küsste.

Auch an diesem Tag rief er immer wieder an, erzählte ihr dieses, fragte sie jenes. Bei einem der Anrufe sagte Cass: „Warum gibst du nicht einfach zu, dass du nur anrufst, um meine Stimme zu hören?"

„Und wenn es so wäre?"

„Dann wäre ich noch hingerissener, als ich es jetzt schon bin."

„Da gebe ich es wohl besser nicht zu."

Hieß das etwa, dass es tatsächlich so war? Cass schmolz dahin.

Das Wochenende in Napa Valley wurde eine paradiesische Erfahrung. Das Ferienhaus, das Miss Parks ihnen besorgt hatte, war geräumiger als Cass' Heim, hatte ein geradezu dekadent großes Schlafzimmer mit Whirlpool im angrenzenden Bad und ein tiefer gelegenes Wohnzimmer mit einem offenen Kamin.

Cass stellte fest, dass das Fliegen in einem Privatjet keine Ängste bei ihr auslöste. Zudem fand sie heraus, dass das Liebesspiel im Wohnzimmer ebenso viel Spaß machte wie im Schlafzimmer und es sogar noch mehr Vergnügen bereitete, im Stehen an die Wand gedrückt zu werden. Sie verführte Neo im Pool, doch da sie dabei zu viel Wasser schluckte, entschied sie sich, Verführungsszenen besser auf den Whirlpool zu beschränken.

Auf dem Flug zurück schlief sie, während Neo arbeitete.

In den folgenden Tagen ließ nichts vermuten, dass Neo ihrer müde wurde oder dass ihre Einschränkungen ihn frustrierten. Er rief sie täglich mehrere Male an, kam zu ihr oder lud sie ein, in sein Penthouse zu kommen. Da sie jedes Mal die Gelegenheit wahrnahm, den Pool zu nutzen, besuchte sie ihn gern. Neo bestand dann darauf, dass sie den Bikini trug, den sie bei ihrem ersten Besuch gewählt hatte. Dieser Bikini wurde inzwischen auch in seiner privaten Umkleidekabine aufbewahrt, damit niemand außer Cass ihn benutzen konnte.

So kam es, dass Cass sich immer aufgehobener bei Neo fühlte. Als sie zwei Wochen später nach dem Liebesspiel in seinen Armen lag, machte er ihr den Vorschlag, es mit Hypnose als Therapie gegen ihre Ängste zu versuchen. Und anders als üblich unterstellte sie ihm nicht sofort, wie jeder andere zu sein und sie nur von ihrer Phobie heilen zu wollen, weil er sie als Mangel empfand.

„Bob hat diesen Vorschlag schon vor zwei Jahren gemacht, und ich habe abgelehnt. Er wollte nur, dass ich wieder auftrete."

„Mir liegt nichts daran, ob du jemals wieder Konzerte gibst. Aber ich weiß, dass du deine Ängste verabscheust, weil sie dein Leben einschränken."

„Ich würde gern mit dir ausgehen, ohne dass mir der Schweiß ausbricht oder ich zu hyperventilieren beginne." Bei den Weinproben in Napa Valley hatte sie sich gut gehalten, und einmal hatten sie sogar in einem kleinen Restaurant gegessen. Aber Cass wusste auch, dass ihr das nur gelungen war, weil sie Neo an ihrer Seite gehabt hatte. Seine Nähe gab ihr den Mut, Neues auszuprobieren, und er stellte sich schützend vor sie, wenn eine Situation zu viel für sie wurde. Bei ihm fühlte sie sich sicher und geborgen. „Hattest du jemand Bestimmtes im Sinn?"

„Ja."

Natürlich, sie hätte wissen müssen, dass er einen solchen Vorschlag nicht machen würde, hätte er nicht bereits einen Plan.

„Sie heißt Lark Corazon und hat mit ihrer Methode viel Erfolg bei der Behandlung von Phobien gehabt."

„Du hast schon mit ihr gesprochen? Wie ist sie denn? Klingelnde Armreifen und Kristallkugel?"

„Du verwechselst Hypnosetherapie scheinbar mit Wahrsagerei."

„Vermutlich. Na schön, ich bin bereit, zu ihr zu gehen." Und das nur, weil der Vorschlag von Neo kam. Sie vertraute ihm, wie sie nie zuvor jemandem vertraut hatte.

Er nickte zufrieden. „Wir haben morgen einen Termin bei ihr."

„Wir?"

„Glaubst du, ich würde dich das allein durchmachen lassen? Wozu sind Freunde schließlich da?"

Sie kuschelte sich an ihn. „Einen Freund wie dich hatte ich noch nie. Du bist zu gut zu mir."

„Dito."

„Hypnose ... das ist so ... ich weiß nicht."

„Anders?"

„Ja. Und auch ein wenig angsteinflößend."

„Möchtest du, dass ich während der Sitzung bei dir bleibe?"

„Würdest du das tun?"

„Ja."

Und das tat er dann auch. Auf einem Sessel in einer Ecke des Behandlungsraums war Neo der Fels in der Brandung für Cass und ermöglichte es ihr, alle Fragen der Therapeutin offen zu beantworten.

Einen Monat später saßen Cass und Neo in dem Restaurant hoch oben im Space Needle Tower hoch über den Dächern Seattles. Cass hatte schon immer herkommen wollen, doch sie hätte nicht mit den vielen Menschen umgehen können, geschweige denn mit dem Gedanken, dass ein Verlassen des Restaurants nur mit der rasanten Fahrt im Aufzug möglich war. Jetzt sprudelte das Glücksgefühl durch Cass hindurch, perlend wie die kleinen Bläschen, die in der Champagnerflöte vor ihr aufstiegen. Inzwischen wusste sie: Sie war hoffnungslos bis über beide Ohren in Neo verliebt. Alle ihre Online-Freunde hatten es ihr bestätigt. Der Einzige, der nichts davon wusste, war Neo.

„Lark meinte, es würde noch einige Zeit dauern, bis ich meine Ängste wirklich unter Kontrolle habe, aber ich bin so froh, dass ich so etwas wie das hier unternehmen kann."

„Und ich bin froh, dich glücklich zu sehen."

Sie lachte auf. „Du hast mir versichert, dass dich unsere Freundschaft nie langweilen wird, ganz gleich, wie viele Einschränkungen ich auch an den Tag lege. Du kannst nicht ahnen, was mir das bedeutet."

„Wieso langweilen? Wir unternehmen doch viel zusammen. Wir haben ein Klavier gekauft, wir waren in Napa Valley ..."

Ja, und demnächst würde er sie zu der Eröffnung des fertiggestellten Gebäudekomplexes in Dubai mitnehmen. War es da ein Wunder, dass Hoffnung ihr Herz erfüllte, er könnte vielleicht doch mehr für sie fühlen als nur Freundschaft? Manchmal glaubte Cass sogar, er würde ein Geständnis von ihr willkommen heißen. Doch jedes Mal, wenn sie kurz davor war, ihm ihre Liebe zu gestehen, verließ sie der Mut, sodass sie im letzten Moment einen Rückzieher machte.

„… und heute Abend begleitest du mich zu der Wohltätigkeitsgala."

„Könntest du mir bitte noch einmal erklären, warum wir zu einer Veranstaltung gehen, bei der man für ein Essen fünfhundert Dollar bezahlt, die dann in einen Fond für Tiersterilisation gehen? Du hast nicht einmal einen Hund!"

„Ich werde mir auch keinen anschaffen. Aber auf solchen Veranstaltungen werden viele Deals vereinbart."

„Wie auch auf dem Golfplatz."

„Ein langweiliges Spiel. Dennoch bin ich ganz gut darin."

Sie schüttelte den Kopf. „Alles für das Geschäft, was?"

„Vielleicht ist mir unsere Freundschaft deshalb so viel wert. Sie hat nicht das Geringste mit dem Geschäft zu tun."

Seine Worte wärmten ihr Herz, und gleichzeitig verspürte sie einen kleinen Stich. Sie wünschte sich mehr als nur eine Freundschaft mit gewissen Vorzügen von ihm. Doch wieder einmal hatte er nur die Freundschaft betont. Und so wunderbar diese auch war … eines Tages würde Neo sich in eine Frau verlieben, und dann würde ihr nur eine Randexistenz in seinem Leben zukommen.

Neo und Zephyr saßen zusammen am Rand des Pools. Es war Monate her, seit sie ihn zur gleichen Zeit benutzt hatten.

„Wie stehen die Dinge zwischen dir und Cass?", fragte Zephyr. „Mir ist aufgefallen, dass du die Klavierstunden nimmst."

„Ja." Auch wenn er mehr Zeit in Cass' Bett verbrachte als auf der Klavierbank. Er hatte es sich zur Aufgabe gemacht, seine Klavierlehrerin so oft wie nur möglich abzulenken.

„Ist es ernst zwischen euch beiden?"

„Wir sind Freunde."

„Die fast jede Nacht zusammen schlafen."

„Woher weißt du das?"

„Ich bin nicht blind."

Neo zuckte die Achseln. „Wir sind Freunde", wiederholte er.

„Freunde mit einem Bonus?"

„Sie nennt es so."

„Es würde dir also nichts ausmachen, wenn sie anderen Freunden den gleichen Bonus gewährte?"

„Sie trifft sich nicht persönlich mit anderen Freunden." Doch jetzt, da sie ihre Phobie mehr und mehr in den Griff bekam, könnte sich das ändern, warnte eine kleine Stimme in seinem Hinterkopf.

„Seit du sie kennst, hast du keine andere mehr gehabt."

„Ich war die One-Night-Stands leid."

„Aber von Cass willst du nicht mehr?"

„Was gibt es denn noch mehr?"

„Heirat, Kinder …"

„Bist du wahnsinnig geworden? Ich habe keine Zeit für eine Ehefrau und Kinder. Ich habe ja so schon kaum genug Zeit für Cassandra. Außerdem ist es gut, so wie es ist. Mehr will ich gar nicht."

„Bist du da sicher?", hakte Zephyr nach.

„Absolut."

„Dann ist ja gut."

So leicht gab sein Freund auf? Neo hatte mit einer längeren Rede über die Vorzüge von Ehe und Familie gerechnet. „Wieso?"

„Weil Cass gerade hier war und schwimmen gehen wollte. Ich nehme an, sie hat so ziemlich jedes Wort mitgehört – so, wie sie auf dem Absatz kehrtgemacht hat, mit dieser entsetzten Miene."

Neo sprang auf. „Warum hast du nicht eher etwas gesagt?!"

„Ich hab sie erst gesehen, als es schon zu spät war. Außerdem hast du nichts ausgesprochen, was sie nicht schon wusste."

„Du hast gesagt, sie sah entsetzt aus."

Zephyr blickte nachdenklich drein. „Ich bin mir nicht sicher, ob diese Freundschaft mit gewissen Vorzügen für sie noch funktioniert."

„Steck deine Nase nicht in Dinge, die dich absolut nichts angehen!"

„Vielleicht sieht Cass das ja anders. Und anstatt mich anzubrüllen, solltest du dich besser aufmachen, um die Sache wieder in Ordnung zu bringen."

Neo wäre seinem Freund am liebsten an die Gurgel gegangen. Aber verdammt, er war eigentlich nicht auf Zephyr wütend, sondern auf sich selbst. Er hatte praktisch alles getan, um nicht anerkennen zu müssen, dass die Liebe sich in sein Leben geschlichen hatte. Hatte vorgegeben, keine tiefen Gefühle zu empfinden, hatte die Sehnsucht nach Liebe und Familie immer mit dem Argument zerschlagen, dass seine Kindheitserfahrungen ihn eines Besseren belehrt hatten.

Doch auch Cassandra hatte kein echtes Familienleben gekannt. Ihr Leben war fast genauso emotionslos gewesen wie seines. Warum hatte er dann seine Gefühle vor ihr zurückgehalten? Beschämt gestand er sich ein, dass Angst der Grund war. Er, Neo Stamos, einflussreicher Milliardär, hatte Angst, nicht gut genug zu sein, um das Herz seiner liebreizenden Pianistin zu gewinnen.

So wie er es nicht wert gewesen war, dass seine Eltern ihn liebten. Aber war er denn nicht erwachsen und vernünftig genug, um zu erkennen, dass nicht ihn die Schuld für den Mangel an Liebe in seinem Leben traf, sondern seine Eltern? Und schuldete er Cassandra nicht mehr als die Trümmer einer unglücklichen Kindheit, die er längst hinter sich gelassen hatte?

Stumme Tränen rannen über Cass' Gesicht, als sie die Tür zu ihrem Haus aufschloss. Sie war wütend auf sich selbst, dennoch konnte sie nicht aufhören zu weinen.

Sie hatte doch gewusst, dass Neo nicht mehr als Sex und Freundschaft von ihr wollte. Trotzdem hatte sie gehofft. Hatte es ihrer Fantasie erlaubt, auf dieser Glückswelle davonzuschweben ... Schließlich verbrachte Neo seine gesamte Freizeit mit ihr. Jeden Tag rief er mehrmals an. Er nahm weiter Klavierunterricht, lehrte sie im Gegenzug die Spielarten des Vergnügens. Sie liebten sich praktisch täglich und schliefen fast jede Nacht im gleichen Bett.

Doch die Wahrheit blieb – für ihn war es nicht mehr als Freundschaft, und sie liebte ihn so sehr, dass es ihr das Herz zerriss, ihr Geheimnis wahren zu müssen.

Sie wünschte sich eine Ehe mit ihm, wollte seine Kinder zur Welt bringen und mit Dora zusammen gesunde, aber vor allem schmackhafte Mahlzeiten zubereiten.

Sie wusste, sie wünschte sich Dinge, die sie nicht haben konnte. Sie war nicht die passende Frau für einen milliardenschweren Tycoon, nicht mit ihren „Eigenheiten". Neo brauchte eine Partnerin, die die Rolle der Gastgeberin für Businessdinner und strahlende Partys mit Geschäftsfreunden übernehmen konnte, die repräsentieren konnte.

Selbst wenn sie inzwischen in Restaurants und an öffentliche Plätze gehen konnte, war sie noch immer schrecklich schüchtern. Neo schien das nicht zu stören, vermutlich wohl deshalb, weil sie nur Freunde waren.

Cass stand in der Diele und schaute sich benommen um. Wieso lebte sie eigentlich noch immer im Haus ihrer Eltern? Schließlich verband sie kaum gute Erinnerungen damit ...

Als Neo endlich an ihrem Haus ankam, fand er Cassandra in ihrem kleinen Arbeitszimmer. Ihre rot geränderten Augen zeugten davon, dass sie geweint hatte. Doch noch mehr alarmierte ihn die Internetseite, die auf ihrem Computerbildschirm stand.

„Du willst umziehen?" Sein Herzschlag stockte.

„Warum nicht? Hier hält mich nichts."

Der jähe Schmerz raubte ihm den Atem. „Ich bin doch hier."

„Für wie lange?" Nüchtern sah sie ihn an. „Irgendwann wird unser Bonus dich langweilen, dann verabredest du dich wieder mit anderen Frauen."

Auf gar keinen Fall, doch noch war er nicht bereit, das zuzugeben. Noch immer war er vollauf damit beschäftigt, die Erkenntnis zu verdauen, die ihn jäh überfallen hatte. Und die lähmende Angst bei der Vorstellung, Cass zu verlieren. „Wir können weiterhin Freunde bleiben."

„Nein."

„Nein?" Es war wie ein Messer, das zustach.

„Vielleicht. Ich weiß nicht … Du bist der beste Freund, den ich je hatte. Du bist so gut zu mir. Ich möchte unsere Freundschaft nicht aufkündigen, aber ich weiß nicht, ob ich damit umgehen kann, dich mit anderen Frauen zu sehen."

Die Qual in ihrer Stimme zwang ihn fast in die Knie. „Das würde ich dir nie zumuten."

Sie sah ihn nur stumm an.

„Heißt das, du willst mehr?" Er musste sich zusammennehmen, musste seine Gedanken ordnen, wenn er nicht den wichtigsten Menschen in seinem Leben verlieren wollte.

„Was für einen Unterschied macht das schon? Du willst es nicht. Das hast du überdeutlich gemacht."

„Vielleicht habe ich mich getäuscht."

„Für die Dinge, die ich mir wünsche, reicht ein Vielleicht nicht aus."

„Was ist Liebe?"

Cass starrte Neo verständnislos an. „Was meinst du? Du weißt doch, was Liebe ist."

„Nein. Ich war nie verliebt, und niemand hat mich je geliebt."

„Zephyr liebt dich wie einen Bruder."

„Zephyr will ich nicht heiraten."

„Mich willst du auch nicht heiraten."

„Ich habe mich geirrt. Ich will dich heiraten. Ich will alles, zusammen mit dir, nur habe ich nicht gewagt, dich darum zu bitten."

Die Tränen begannen wieder zu strömen. „Wieso?"

„Vom Geschäft verstehe ich viel, von Beziehungen praktisch nichts."

„Wie kannst du das sagen? Obwohl wir nur Freunde sind, behandelst du mich wie eine Prinzessin. Du wärst ein anbetungswürdiger Vater und Ehemann."

„Wir sind nicht nur Freunde."

„Nicht?" *Oh bitte, bitte überzeuge mich!* „Was sind wir dann?"

„Wir sind alles. Du bist alles für mich, und nichts wünsche ich mir mehr, als alles für dich zu sein."

„Aber das bist du doch längst." Sie ging zu ihm und fasste sein Gesicht mit beiden Händen. „Wie ist es möglich, dass du das nicht merkst? Neo, du bist alles für mich, alles, was ich will. Ich liebe dich."

Er zog sie in seine Arme und blickte ihr tief in die Augen. „Ich liebe dich auch. Das habe ich noch zu niemandem gesagt. Aber dir werde ich es immer und immer wieder sagen. Ich hatte solche Angst, deiner Liebe nicht wert zu sein."

Sie brauchte nicht zu fragen, wie er so etwas denken konnte, sie wusste es. „Deine Eltern waren deiner nicht wert."

„Mein Verstand weiß das."

„Und ich werde dafür sorgen, dass auch dein Herz sich sicher sein kann. Ich liebe dich so sehr, Neo."

„Ich bete dich an, *yineka mou*, meine Frau, meine Geliebte. Das wird sich nie ändern."

Nun wusste Cass endlich, was die griechischen Worte bedeuteten. „Selbst mit der Therapie werde ich immer schüchtern bleiben. Ich werde nie die große Gesellschaftsdame sein."

„Ich brauche keine Gesellschaftsdame, ich brauche dich … die Frau, die mir hilft, eine Familie zu gründen, eine andere Art Familie als die, die wir beide kennen."

„Ja, ich kann mir nichts Schöneres vorstellen."

„Ich auch nicht", versicherte er voller Inbrunst, und dann küsste er sie …

… oder vielleicht küsste sie auch ihn. Auf jeden Fall war es der Kuss der Küsse. Ein Kuss, der von Liebe sprach, von tiefen Bedürfnissen, von Hoffnungen und Träumen und zukünftigem Glück. Sie beide hatten nicht viel Liebe erfahren, doch von nun an würden sie diesen Mangel mit der Liebe füreinander wettmachen. Nie würden sie ihr Glück als selbstverständlich ansehen.

Denn ja, sie waren alles füreinander.

– ENDE –

Diana Palmer

Liebe mich endlich

Roman

Aus dem Amerikanischen von
Katharina Lenzen

1. KAPITEL

*C*lark Devlin stand am Fenster seines Büros in einem der exklusiven Wolkenkratzer Houstons und starrte abwesend auf die in der Dunkelheit glitzernden Lichter der Stadt. Er quälte sich mit einem Problem herum, das sich nicht länger aufschieben ließ. Gleich würde er ins Vorzimmer seiner Detektei gehen und ein ernstes Wörtchen mit seiner Sekretärin und Fast-Stiefschwester, Teresa Meriwether, reden müssen.

Tessa war die Tochter des Mannes, mit dem Clarks Mutter verlobt gewesen war. Doch nur wenige Tage vor der Hochzeit waren die beiden bei einem Unfall ums Leben gekommen. Und obwohl Tessa und er nun doch nicht zu einer Familie gehörten, fühlte er sich seither für sie verantwortlich, hatte ihr darum den Job in seiner Detektei gegeben und setzte alles daran, sie vor Unannehmlichkeiten zu schützen.

Es hätte Liebe daraus werden können, wenn Clark – bis auf einen leidenschaftlichen Ausbruch – nicht so entschlossen gewesen wäre, Teresa auf Distanz zu halten. Er hatte bereits eine gescheiterte Ehe hinter sich und, nach einem fast tödlichen Schusswechsel im Dienst als Texas Ranger, auch am Körper einige Narben davongetragen.

Die Verwundung hatte sein Leben jäh verändert. Er musste den Polizeidienst quittieren und hatte daraufhin diese Detektei gegründet und ehemalige Kollegen angeworben. Clark genoss den Ruf, einer der effektivsten und diskretesten Männer seines Fachs zu sein und war überaus erfolgreich. Doch sein Privatleben war ein Trümmerhaufen.

Niemand stand ihm wirklich nah. Niemand außer Tessa, und die zog sich regelmäßig zurück, wann immer er nur in ihre Nähe kam. Manchmal fühlte er sich deswegen schuldig. Tessa wusste nicht, und er würde es ihr nie sagen, dass es im Grunde keine Wut gewesen war, die ihn damals angetrieben hatte. Sie dachte, er habe sie mit seinem leidenschaftlichen Ausbruch endgültig einschüchtern wollen. Ein verrückter Gedanke. Denn in Wahrheit hatte er zum ersten Mal in seinem Leben die Kontrolle über sich verloren.

Clark wandte sich vom Fenster ab. Clark Devlin war ein attraktiver Mann, groß und schlank, mit geschmeidigen Bewegungen und einer Art, den Kopf zur Seite zu neigen, die arrogant wirkte. Seine Vorfahren waren Spanier gewesen, von ihnen hatte er die dunklen Augen, das schwarze Haar und den olivfarbenen Schimmer der Haut geerbt. Er war ein Frauentyp, sich dessen aber nicht bewusst. Momentan hatte er ohnehin kaum Verwendung für Frauen.

Seine Mutter hatte ihn mit Verachtung gestraft, da er sie an seinen Vater erinnerte, der sie verlassen hatte, als Clark noch ein Kind gewesen war. Clark setzte alles daran, die Liebe seiner Mutter zu erringen. Erfolglos. Ihr Verhalten verletzte ihn tief. Er heiratete sehr jung, noch während seiner Zeit als Polizist und bevor er zum Texas Ranger aufstieg. Aber seine Frau hatte sich nur von seiner Uniform angezogen gefühlt, und das Leben mit Jane war hart gewesen. Sie hatte etwas von ihm gewollt, was er ihr nicht geben konnte, und war schon bald zu der Erkenntnis gekommen, einen furchtbaren Fehler begangen zu haben. Und dann wollte sie ihn nicht mehr, weder im noch außerhalb des Bettes. Als er angeschossen wurde, verließ sie ihn, noch während er im Krankenhaus lag. Wäre Tessa nicht gewesen, hätte er in jener albtraumhaften Zeit niemanden gehabt.

Welche Ironie, dachte Clark, dass Tessa damals in mich verliebt war. Sie war noch ein Teenager gewesen, kaum aus der Schule, als sie sich zum ersten Mal begegnet waren. Ihr Vater, Wyatt Meriwether, ignorierte sie ebenso wie seine Mutter ihn und überließ ihre Erziehung der Großmutter, um ungestört seinen ausschweifenden Lebensstil pflegen zu können. Tessas Unschuld und Sanftmut waren der Grund gewesen, dass er sich zu ihr hingezogen gefühlt hatte, mehr als zu irgendeiner Frau zuvor. Selbst jetzt, wo er nur daran dachte, wie sie während seiner Wiederherstellung im Krankenhaus zueinander gestanden hatten, war er beschämt über das, was er ihr angetan hatte.

Nie, weder vorher noch nachher, hatte ihm jemand eine so überwältigend intensive Zärtlichkeit entgegengebracht. Anfangs kämpfte er gegen ihre Nähe an. Sein Vertrauen in Frauen war zerstört, und überhaupt war Tessa viel zu jung. Aber sie ging ihm unter die Haut. Und all das, was zwischen ihnen war, hatte er in einem unkontrollierten Moment der Leidenschaft zerstört. Er hatte Tessa so sehr erschreckt, dass sie ihn noch heute, wann immer möglich, mied.

Ich muss aufhören zurückzuschauen, dachte Clark und fuhr sich unruhig durchs Haar. Es tat nicht gut.

Tessa wollte also im Außendienst arbeiten. Aber das kam nicht infrage.

Diese Jobs waren manchmal so gefährlich, dass er sich sogar scheute, Nick und dessen Schwester Helen, beides ausgebildete Polizisten, mit

Aufträgen wie der Observierung zu betrauen, in die Tessa ungewollt hineingeplatzt war. Um Haaresbreite wäre die Tarnung der beiden aufgeflogen. Und das konnte er Tessa nicht durchgehen lassen. Doch in erster Linie wollte er sie schlicht aus jeglicher Gefahrenzone heraushalten. Schon deswegen würde er sie für ihr Verhalten zur Rede stellen.

Beängstigend beharrlich hatte Tessa bereits begonnen, Helen einige Tricks und Kniffe und Karategriffe zu entlocken, und sie gebeten, ihr den Gebrauch einer Schusswaffe beizubringen. Gewöhnlich gelang es ihm, Ansätze eines solchen Unterrichts im Keim zu ersticken. Und im Büro, als seine Sekretärin, war Tessa ja auch relativ sicher. Draußen allerdings …

Seine Gedanken schweiften zurück zu jenem Abend, an dem ihre Eltern sie einander in einem Restaurant vorgestellt hatten. Er hatte bei Tessa den Eindruck erwecken wollen, dass er sie nicht mochte. In Wahrheit hatte sie ihm auf Anhieb gefallen, mehr noch, sie war ihm in einer Weise vertraut gewesen, als ob er sie schon lange kennen würde. Seine Reaktion hatte ihn reichlich befremdet, denn er war verheiratet, und neben ihm saß seine liebende Gattin. Jane hatte sich sarkastisch und widerwärtig gegeben, bis ihm der Kragen platzte und er sie in einem Taxi nach Hause schickte. Ganz anders Tessa. Sie war ruhig und scheu gewesen und sehr neugierig auf ihn.

Clarks Körper spannte sich unwillkürlich. Er hatte Tessa begehrt, und es war in all den Jahren nicht weniger geworden. Diese Jahre hatte er allein verbracht, und das bewusst. Er wollte keine Bindung mehr eingehen, geschweige denn je wieder heiraten. Tessa die Ursache für seine Entscheidung zu nennen war unmöglich. Doch für sein Begehren war dieses Alleinsein verheerend.

Grimmig blickte Clark auf die Tür, die sein Büro vom Vorzimmer trennte. Die Auseinandersetzung weiter hinauszuzögern wäre feige, und das war er nie gewesen. Aber Tessa konnte so verwundet aussehen, wenn er mit ihr schalt. Er hasste sich dafür, sie erneut zu verletzen. In den letzten Jahren hatte er es mehr als genug getan. Trotzdem, sie muss lernen, dass Regeln dazu da sind, befolgt zu werden, sagte er sich. Wenn er ihr diese Eigenmächtigkeit durchgehen ließ, brachte er sie unter Umständen in Gefahr. Widerwillig, doch entschlossen ging Clark zur Tür.

Tessa Meriwether stieß einen Seufzer aus und starrte noch einmal auf die geschlossene Tür zu Clarks Büro. Seit Stunden schon erwartete sie, dass das drohende Unwetter endlich losbrach, und fühlte sich überall schon ganz steif vor Anspannung. Aber bis jetzt hatte Clark ihr nur die kalte Schulter gezeigt, und sie hoffte, nun, da Büroschluss war, unauffällig verschwinden zu können.

Sorgfältig räumte sie ihren Schreibtisch auf und griff mit einem letzten Blick auf die Uhr nach ihrem Trenchcoat. Der Trenchcoat war Tessas ganzer Stolz, ein klassisches Kleidungsstück, wie es die Detektive im Film trugen. Überhaupt fand sie die Arbeit in einer Detektei ungemein faszinierend. Nur ließ Clark sie leider nicht an die Fälle heran. Nicht wirklich und hautnah. Eines Tages jedoch, das hatte sie sich fest vorgenommen, würde sie im Außendienst zum Einsatz gelangen, ob ihr übervorsichtiger Boss nun damit einverstanden war oder nicht.

„Gehst du?", fragte eben dieser Boss, der wie aus dem Nichts aufgetaucht im Türrahmen stand, eine glimmende Zigarette zwischen den schlanken Fingern. In seinem leger-eleganten dreiteiligen Anzug wirkte Clark wie der Inbegriff seines Berufsstandes.

Tessa musste sich zwingen, den Blick abzuwenden. Selbst nach allem, was er ihr vor drei Jahren angetan hatte, fand sie ihn nach wie vor überaus attraktiv. „Ich gehe nach Hause. Einwände?"

„Allerdings." Mit einer vielsagenden Geste bedeutete Clark ihr, in sein Büro zu kommen. Nachdem Tessa seiner Aufforderung gefolgt war, schloss er die Tür bis auf einen Spalt und trat zu ihr. Ihm fiel auf, dass sie sich augenblicklich verkrampfte, als er nun dicht vor ihr stand. Die Reaktion war vorhersehbar gewesen, und vielleicht verdiente er sie ja auch. Trotzdem schmerzte sie ihn, und seine Worte klangen unbeabsichtigt heftig. „Ich hatte dich gewarnt, auch nur in die Nähe eines Einsatzortes zu kommen."

„Bin ich auch nicht, jedenfalls nicht absichtlich", verteidigte Tessa sich. „Ich sah Helen und habe gewunken, weil ich dachte, die Überwachung, von der du sprachst, wäre einer dieser Mitternachtsjobs gewesen. Ich konnte ja wohl kaum ahnen, dass zwei unserer besten Profis am hellen Nachmittag in einem Spielzeugladen auf der Lauer liegen. Wirklich, ich dachte, Helen würde ein Geschenk für den Neffen ihres Freundes kaufen." Ihre grauen Augen funkelten. „Immerhin hast du dich ziemlich unklar geäußert, wo sich die Überwachung abspielen sollte. Und Houston ist eine riesige Stadt", fügte sie spitz hinzu. „Außerdem bin ich kein ehemaliger Texas Ranger, der sämtliche Stadtpläne im Kopf hat."

Ohne mit der Wimper zu zucken, sah Clark sie an. Der Rauch seiner Zigarette stieg ihr in die Nase, und sie hustete herausfordernd, wich aber keinen Zoll zurück. Clark lächelte sie an. Tatsächlich, er lächelte. Keiner von ihnen bewegte sich.

Ein zaghaftes Klopfen ertönte an der Tür, und sie schreckten hoch, der hochgewachsene, schlanke dunkelhaarige Mann und die zierliche blonde Frau.

„Ist es okay, wenn ich mich auf den Heimweg mache, Clark?" Helen Reed spähte durch den Türspalt herein und fügte hoffnungsvoll lächelnd hinzu: „Es ist fünf Uhr."

„Gehen kannst du. Aber nimm deine Ohren mit", entgegnete Clark mit Hinweis auf ihr Abhörgerät, ein unentbehrliches Arbeitsgerät für jeden Detektiv. „Dein Bruder braucht Rückendeckung bei der Beschattung unseres stromernden Ehemannes."

„Nein!", stöhnte Helen. „Nicht vier Stunden Liebesgeflüster und Gekeuche in Gesellschaft von Nick. Ich hasse das! Außerdem bin ich mit Harold verabredet."

„Hatten wir nicht ausgemacht, dass du unserer holden Kollegin hier" – Clark wies mit dem Kopf auf die wütende Tessa – „sagst, wann und wo diese Überwachung stattfindet, die sie dann fast vermasselt hat, weil sie nicht informiert war?"

„Ich habe mich dafür entschuldigt", maulte Helen.

„Aber nicht nachhaltig genug. Wenn du Nick begleitest, überlege ich mir den blauen Brief an dich noch mal."

„Falls du mich feuerst, Clark, gehe ich wieder zur Verkehrspolizei", erklärte Helen. „Und dann kannst du dich für den Rest deines Lebens vor Knöllchen nicht mehr retten."

Clark verzog spöttisch die Lippen. „Habe ich schon mal erwähnt, dass ich vor meiner Zeit als Texas Ranger zwei Jahre für die Abteilung Personalangelegenheiten tätig war?"

Nun öffnete Helen die Tür ganz, ließ sich graziös, was sie ihrem Balletttraining verdankte, auf die in Jeans steckenden Knie nieder und senkte demütig den Kopf, sodass ihr langes schwarzes Haar sich fächerartig über den Boden breitete. „Gnade, Boss", flehte sie.

„Okay, mach schon, geh nach Hause", sagte Clark knapp. „Hoffentlich stopft Harold dich so mit Pizza voll, dass du platzt."

„Danke, Boss. Und ich liebe Pizza." Helen grinste und war in der nächsten Sekunde draußen, bevor Clark es sich noch anders überlegte.

Tessa beobachtete, wie Clark sich rastlos durch das schwarze Haar fuhr. Dann wandte er sich ab und streifte die Asche seiner Zigarette in einen Aschenbecher. Nur für Nichtraucher stand darauf geschrieben. Der Aschenbecher war ein Geschenk seiner Mitarbeiter. Ein Wink mit dem Zaunpfahl, ebenso wie das Nichtraucherseminar, für das sie zusammengelegt hatten, um es Clark zu schenken. Er konterte, indem er alle nächtelang mit Aufträgen in Pornolokalen eindeckte. Das Thema Nichtrauchen war danach vom Tisch gewesen. Doch immerhin hatte Clark in allen Büros starke Luftfilter installieren lassen.

Clark war ein Mann, der ungeachtet aller Widerstände seinen Weg ging. Sie, Tessa, mochte manchmal anderer Ansicht sein als er, aber er stand für das ein, woran er glaubte. Und dafür respektierte sie ihn.

Sie folgte ihm mit Blicken, als er begann, unruhig auf und ab zu gehen. Von der Statur her glich Clark einem Cowboy. Durchtrainiert, breite Schultern, schmale Hüften und lange, muskulöse Schenkel. Nur wenn er müde war, erinnerte ein leichtes Hinken an die Schussverletzung vor drei Jahren. Momentan schien er müde zu sein.

Tessas Gedanken gingen zurück zu der Zeit, als Clark die Detektei gegründet und der Polizei erbarmungslos die besten Mitarbeiter abgeworben hatte. Er bot ihnen Gewinnbeteiligung statt fester Gehälter, bis die Detektei etabliert sein würde. Sie war es in Rekordzeit. Clarks Werdegang als Polizist und Texas Ranger war ihm dabei zugute gekommen.

Ein Ranger musste acht Jahre Dienst bei der Polizei abgeleistet haben, bevor er in den Genuss der Spezialausbildung kommen konnte. Die Anforderungen waren hoch: einwandfreier Leumund, überdurchschnittliche Intelligenz, Reaktionsschnelligkeit und die Fähigkeit, notfalls blitzschnell Entscheidungen zu fällen. Selbst wer all das mitbrachte, musste sich noch einem Test unterziehen, den höchstens zehn Prozent der Kandidaten schafften. Clark hatte es geschafft.

Obwohl ein Ranger es nicht mehr mit Indianern und mexikanischen Guerilleros zu tun hatte, war es in Texas nach wie vor unabdingbar, dass ein Mitglied der Spezialtruppe reiten konnte. Und Clark war einer der besten Reiter, die Tessa je gesehen hatte. Trotz der Beinverletzung saß er noch immer im Sattel, als ob er auf dem Pferd geboren wäre.

Doch gleichgültig, was er tat, ob Clark ritt, einen Wagen steuerte oder sich in Gesellschaften bewegte, er tat es mit einer Eleganz und Selbstverständlichkeit, die sie bewunderte und faszinierte. So war es vom ersten Moment ihres Kennenlernens an gewesen, und daran hatte sich in all den Jahren nichts geändert. Aber sie hütete sich davor, ihn das merken zu lassen. Die eine Kostprobe seiner gewalttätigen Seite hatte gereicht, ihr Verlangen nach ihm zu stoppen, noch bevor es sich entfaltet hatte.

„Du lässt mich nie im Außendienst mitarbeiten", beschwerte sie sich nun seufzend.

Clark warf ihr einen kurzen, doch wachsamen Blick zu. Er schien sich darauf verlegt zu haben, sie nie länger als unbedingt nötig anzusehen, als ob ihre bloße Existenz ihm schon unerträglich wäre. „Du bist Sekretärin, nicht Detektivin."

„Könnte ich aber werden, wenn du mich nur lässt", sagte sie fest. „Was Helen kann, kann ich auch."

„Inbegriffen, dich notfalls wie eine Hure zu kleiden und auf dem Strich auf und ab zu promenieren?"

Unruhig trat Tessa von einem Fuß auf den anderen und senkte den Kopf. „Nun, das vielleicht nicht gerade."

„In anrüchigen Motels intime Unterhaltungen belauschen? Heimlich Fotos von Liebespaaren in eindeutigen Positionen schießen? Unter Anklage stehende Mörder quer durch die Staaten verfolgen und dingfest machen?"

Tessa atmete tief aus. „Okay. Ich habe verstanden. Vermutlich nicht. Aber ich wäre bestimmt gut darin, Spuren zu sichten und Zusammenhänge zu erkennen. Das ist fast so gut wie hautnah auf Fälle angesetzt zu werden."

Clark drückte wütend seine Zigarette aus. Die heftige, wenn auch kontrollierte Bewegung seiner schlanken Finger dabei verunsicherte Tessa sofort. Seine kühle Selbstbeherrschung war reine Fassade. Nur selten gestattete sie es sich, daran zurückzudenken, wie er mit einer Frau umging. Allein bei der Erinnerung dieser geschickten kräftigen Hände auf ihrem Körper wurde ihr heiß, und sie erschauerte, aber nicht vor Begehren. Die Erinnerung an Clarks Berührung erfüllte sie mit Angst.

Plötzlich sah er sie so durchdringend an, als ob er ihre Gedanken gelesen hätte. Sie wurde rot.

„Bringt dich etwas in Verlegenheit?", fragte er in dem gedehnt gelassenen Tonfall, der den Ex-Polizisten verriet.

„Ich stelle mir gerade vor, einem Ehemann auf Abwegen nachspionieren zu müssen", redete sie sich heraus und griff nach ihrer Handtasche. „Ich mache mich besser auf den Heimweg."

„Ein heißes Date?", meinte er betont desinteressiert.

Das Thema Männer hatte Tessa schon vor längerer Zeit abgehakt, aber das wusste Clark nicht, und sie würde es ihm auch nicht mitteilen. So zuckte sie nur die Schultern und lächelte und ging.

Es war eine neblige unbehagliche Winternacht. Die Straßen lagen düster und kalt und leer da. Einsetzender Nieselregen dämpfte das Licht der Straßenlaternen. Fröstelnd schlang Tessa den Mantel enger um ihren Körper und machte sich lustlos auf den Weg zu ihrem Wagen. Es würde ein Abend wie jeder andere werden. Niemand erwartete sie in dem kleinen, zweckmäßig eingerichteten Ein-Zimmer-Apartment. Sie würde sich in der winzigen Küche etwas zu essen machen, sich anschließend vor den Fernseher setzen, ein oder zwei alte Spielfilme anschauen und danach zu Bett gehen. Der nächste Tag würde eine Wiederholung der vorangegangenen werden, mit etwas Glück bis auf die Spielfilme im Fernsehen.

Normalerweise wäre sie in der Stimmung, ihre Freundin, Kit Morris, die ganz in der Nähe wohnte, anzurufen und einen Kinobesuch vorzuschlagen. Aber Kit, gut bezahlte Chefsekretärin eines Konzerndirektors, hatte ihren Boss auf eine dreimonatige Geschäftsreise ins Ausland begleiten müssen. Tessa vermisste sie sehr, denn es gab niemanden sonst, bei dem sie sich uneingeschränkt aussprechen konnte. Helen war zwar sympathisch und sie hatte sich mit ihr angefreundet, aber über den einen großen Kummer ihres Lebens, Clark Devlin, konnte sie unmöglich mit ihr sprechen. Mein Leben ist ein Abbild dieser trübsinnigen Winternacht, dachte Tessa. Kalt, leer und einsam.

Auf ihrem Weg zu dem verlassen daliegenden Parkplatz kam sie an mehreren Geschäftshäusern vorbei. In einem der Eingänge standen zwei teuer gekleidete Männer. Abwesend, die Hände tief in den Manteltaschen vergraben, sah sie dorthin. Der eine übergab dem anderen einen aufgeklappten Aktenkoffer, in dem sich mehrere weiße Päckchen befanden, und nahm seinerseits ein großes Bündel Geldscheine entgegen. Immer noch in ihre eigenen Gedanken versunken, ging Tessa weiter, ohne sich der schockierten Reaktion der beiden Männer bewusst zu werden.

„Hat sie es gesehen?"

„Klar hat sie. Mach schon, schnapp sie dir."

Erst das Geräusch eiliger Schritte hinter ihr weckte Tessas Aufmerksamkeit. Alarmiert wirbelte sie herum und starrte, unfähig sich zu bewegen, auf die Männer, die schnell näher kamen. Dann blitzte ein Stück

Metall im Licht einer Straßenlampe auf, und bevor Tessa realisierte, dass es der Lauf einer Pistole war, traf etwas Heißes mit solcher Wucht ihren Arm, dass sie sich um die eigene Achse drehte. Sekundenbruchteile später dröhnte ihr der laute Knall in den Ohren. Als sie taumelnd zu Boden stürzte, schrie sie verwirrt auf.

„Du hast sie getötet! Du Narr! Jetzt lochen sie uns statt für Koksdealerei für Mord ein!"

„Schnauze! Vielleicht ist sie ja gar nicht tot."

„Lass uns abhauen! Bestimmt hat jemand den Schuss gehört!"

„Die Lady kam aus dem Gebäude da drüben, das, in dem die Detektei ist. Dort brennt sogar noch Licht. Verdammt!"

„Tolle Ecke hast du dir für die Übergabe ausgesucht. Lauf los! Ich höre eine Sirene!"

Das Heulen der Sirene drang kaum in Tessas Bewusstsein. Komisch, dachte sie, ich kann den Kopf nicht heben. Der nasse Asphalt fühlte sich kalt an unter ihrer Wange, ansonsten fühlte sie sich am ganzen Körper wie taub.

„Hierher, Officer!", rief ein Mann. „Ich habe den Schuss gehört und sie angerufen. Die Kerle haben jemanden erschossen! Da hinten laufen sie! Lasst sie nicht entkommen!"

Das Geräusch zuknallender Wagentüren drang an Tessas Ohr, kurz kamen schwarze Schuhe in ihr Blickfeld, als die Beamten an ihr vorbeirannten und die Verfolgung aufnahmen. Dann rief jemand so verzweifelt ihren Namen, dass sie die Stimme zuerst nicht erkannte. Clark war immer so beherrscht und überlegen, das Raue, Dringliche seines Tonfalls war ihr fremd.

Sanft rollte Clark Tessa auf den Rücken und erkannte sofort, dass sie unter Schock stand, denn sie starrte ausdruckslos zu ihm hoch.

Clark untersuchte den dunklen feuchten Fleck auf Tessas Arm. Die Wucht des Geschosses hatte ein großes Loch in ihren Mantel gerissen. Blut sickerte aus der Wunde, mit jedem Pulsschlag mehr.

Clark verlor keine Zeit. Unterdrückt fluchend zog er ein Taschentuch heraus und presste es, ohne auf Tessas Schmerzensschrei zu achten, fest auf die Wunde, um die Blutung einzudämmen. „Bleib ruhig, Kleines", besänftigte er sie. „Keine Angst, ich kümmere mich um dich. Alles wird gut."

Tessa rannen Tränen über die Wangen. Sie hatte keine Schmerzen gespürt, bis Clark begann, das Taschentuch auf die Verletzung zu pressen.

Nun waren die Schmerzen unerträglich. Hilflos schluchzend erduldete sie die Pein, als Clark mit dem Taschentuch einen behelfsmäßigen Druckverband anlegte und die Zipfel festzurrte.

Es war nur seiner Entschiedenheit und Selbstsicherheit in dieser Situation zu verdanken, dass sie nicht völlig in Panik geriet. Sie vertraute ihm und fühlte sich geschützt. Diese Wirkung hatte er früher immer auf sie gehabt. „Werde ich verbluten?", fragte sie sehr ruhig.

„Nein." Clark sah über die Schulter zur Straße, als die Sirene eines zweiten Streifenwagens ertönte, und hob Tessa kurz entschlossen auf die Arme. „Wir müssen sie sofort ins Krankenhaus fahren!", rief er dem Polizisten zu, der angerannt kam. „Sie verliert viel Blut. Wir dürfen keine Zeit verlieren und können nicht auf die Ambulanz warten."

„Ich hatte eben Funkkontakt mit meinen Kollegen. Sie haben einen der Täter gefasst", erklärte der Beamte und half Clark, Tessa vorsichtig auf den Rücksitz zu betten. Dann griff er zum Mikrofon: „Kommt ihr mit dem Abtransport des Verhafteten allein klar? Ich habe eine Verletzte im Wagen."

„Darauf kannst du wetten", kam es über Funk zurück. „Bring die Frau ins Krankenhaus. Wir bringen den Verhafteten jetzt aufs Revier."

Nur Minuten später trafen Clark und Tessa bei der Notaufnahme im nächsten Krankenhaus ein. Aber Tessa merkte nichts mehr von der ganzen Hektik, die plötzlich um sie herum entstand. Sie hatte das Bewusstsein verloren.

2. KAPITEL

Erst im Morgengrauen schlug Tessa die Augen wieder auf. Sie fühlte sich wohlig schlaftrunken, den Schmerz in ihrem Oberarm nahm sie nur allmählich wahr. Neugierig sah sie auf den dicken weißen Verband. Doch als sie entdeckte, dass in einer Vene ihres Handgelenks eine Infusionsnadel steckte, erschrak sie und griff mechanisch danach.

„Lass die Nadel, wo sie ist", warnte Clark sie, der auf einem Stuhl neben dem Bett saß. „Glaub mir, du würdest es nicht mögen, wenn sie dich erneut stechen müssten."

Tessa wandte ihm das Gesicht zu. Ihr war wieder schwindelig, und sie konnte sich kaum konzentrieren. „Es war dunkel, diese Männer kamen hinter mir her, und ich glaube, einer von ihnen hat auf mich geschossen", murmelte sie schläfrig. „War es nicht so?"

„Stimmt, du bist angeschossen worden", erklärte er grimmig. „Es waren Drogendealer. Was ist eigentlich geschehen? Bist du der Polizei bei einer Razzia in die Quere gekommen?"

„Nein", Tessa stöhnte. „Ich habe die Übergabe gesehen, das aber erst realisiert, als sie mich verfolgten."

Clark erstarrte. „Du warst Zeugin eines Drogendeals?"

Sie nickte zögernd. „Ich fürchte ja."

„Wenn sie sich dein Aussehen gemerkt und gesehen haben, aus welchem Gebäude du kamst …" Clark hielt sekundenlang den Atem an. „Einer ist entkommen, nicht wahr?"

„Der, der auf dich geschossen hat", antwortete Clark, und seine Stimme klang flach und gepresst. „Gegen den anderen hat die Polizei nicht genug in der Hand, um ihn lange festzuhalten. Sicher, man wird ihn anklagen, aber er dürfte schon bald auf Kaution freikommen."

„Kann man ihn denn nicht wegen Mittäterschaft festnageln?"

„Vielleicht, vielleicht auch nicht. Man weiß nie, was diesen Leuten alles einfällt, um sich herauszureden", erwiderte Clark leichthin, sah dabei jedoch sehr besorgt aus.

„Ich wette, du weißt es", murmelte Tessa schläfrig.

„Ich kenne die kriminelle Denkweise wirklich zur Genüge. Aber es ist etwas völlig anderes, wenn du plötzlich selbst betroffen bist." Eindringlich musterte er Tessas blasses Gesicht.

Ich muss ganz schön beduselt sein, dachte Tessa. Das klang ja, als ob es ihm etwas ausmachen würde, dass sie verletzt worden war. Eine lächerliche Vorstellung. Zwar hatte er ihr nach dem Tod ihres Vaters diesen Job gegeben, aber nur aus Mitleid. Gewöhnlich feindete er sie nur an. Warum sollte er also betroffen sein?

Clark streckte die müden Glieder, dabei spannte sich das weiße Hemd über seiner breiten Brust. Er hatte die ganze Nacht an Tessas Bett gewacht, war während der Operation unruhig im Gang auf und ab gelaufen. Es war die längste Nacht seines Lebens gewesen. „Wie fühlst du dich?"

Tessa berührte den Verband. „Nicht so übel wie gestern. Was haben die Ärzte mit mir angestellt?"

„Die Kugel herausoperiert." Er griff in die Tasche und präsentierte ihr das Geschoss. „Kaliber achtunddreißig. Ein Souvenir. Könnte doch sein, dass du sie dir einrahmen lassen möchtest."

Tessa verzog das Gesicht. „Ein von Gitterstäben eingerahmter Täter wäre mir lieber."

„Das werde ich wörtlich an die Polizei weiterleiten", erklärte Clark trocken.

„Kann ich bald nach Hause?"

„Wenn du ein wenig kräftiger bist. Immerhin hast du viel Blut verloren und eine Vollnarkose hinter dir."

„Helen wird außer sich vor Wut sein, wenn sie das hört", witzelte Tessa und lächelte schwach. „Sie ist die Privatschnüfflerin, aber angeschossen wurde ich."

„Oh, ich bin sicher, sie wird vor Eifersucht rasen."

Clark erhob sich, doch er blieb noch neben Tessas Bett stehen und betrachtete still ihr schmales, von zerzausten blonden Haaren eingerahmtes Gesicht.

„Mir geht es gut, falls dich das bedrücken sollte", sagte Tessa matt und schloss die Augen. „Ich weiß zwar nicht, warum es das sollte ... Du hasst mich doch ..." Ihre Worte verschwammen. Tessa konnte sich nicht länger wach halten.

Clark stand bewegungslos da. Er wusste längst, wie viel es ihm ausgemacht hätte, wenn Tessa gestern auf dem kalten Asphalt der Straße ihr Leben verloren hätte. Der Schuss hätte tödlich sein können.

Ein leises Stöhnen kam vom Bett. Er trat wieder näher und beobachtete die Schlafende. Das Krankenhaushemd betonte unvorteilhaft ihren schmalen, zerbrechlichen Körper. Sie ist viel zu mager, dachte Clark finster, als würde etwas an ihr zehren. Und er dachte schuldbewusst an all die Jahre, in denen er Tessa absichtlich die kalte Schulter gezeigt hatte. Lag es an seiner unerbittlichen Feindseligkeit, dass aus dem fröhlichen verliebten Teenager eine verschlossene, verunsicherte Frau geworden war?

Tessa hatte sich nach seiner Liebe gesehnt und von ihm nur rüde Zurückweisung erfahren. Nicht, weil es ihm Spaß machte, grausam zu sein, sondern weil er nie gelernt hatte, sein Verlangen anders als mit rauer Schroffheit zu zeigen. Aber er hatte nicht gewusst, dass Tessa noch Jungfrau gewesen war. In Tränen aufgelöst hatte sie sich ihm im letzten Moment entzogen und ihn danach nie wieder in ihre Nähe gelassen. Sein Stolz hatte es ihm nicht erlaubt, ihr zu gestehen, wie fremd es für ihn war, sich einer Frau zärtlich zu nähern. Tessa wusste deshalb nicht, wie tief auch ihn ihre verzweifelte Flucht aufgewühlt hatte.

Mit Feindseligkeit hatte er seinen eigenen Schmerz übertüncht und sich den Anschein gegeben, es sei ihm gleichgültig, dass sie ihn mied wie die Pest. Um seinen Stolz zu retten, tat er sogar so, als würde er sie sich absichtlich vom Hals halten.

Ein leises Klopfen an der Tür riss Clark aus seinen Gedanken. Eine Schwester kam herein, grüßte lächelnd und begann Tessas Werte zu überprüfen. „Sie hat großes Glück gehabt,", plauderte sie abwesend, während sie das Thermometer ablas. „Wenige Zentimeter seitlicher hätten ihren Tod bedeutet."

Es traf Clark wie ein Keulenschlag, seine Vermutung laut zu hören. Betroffen murmelte er eine Entschuldigung, verließ den Raum und hastete durch den langen Korridor nach draußen. Seine Umgebung nahm er nicht wahr, unablässig dröhnten die Worte der Schwester in seinem Kopf.

Erst als er bei seinem schwarzen Mercedes ankam, den Helen auf seine Bitte hin hierhergefahren hatte, wurde er sich wieder bewusst, wo er war. Clark sah auf die Uhr. Eigentlich sollten jetzt alle im Büro sein, und er nahm sich vor, auf dem Heimweg dort vorbeizuschauen, um sie über Tessas Zustand zu informieren. Beim Öffnen der Wagentür bemerkte er einen Blutflecken auf seiner Manschette. Tessas Blut.

Lange blieb er stehen und blickte wehmütig auf das Krankenhaus. Erinnerungen stiegen in ihm hoch, an die Zeit vor drei Jahren, die dunkelste Zeit seines Lebens, die er nur dank Tessa überwunden hatte …

Es war nicht gerade Clarks schönster Lebensabschnitt gewesen, als er Tessa kennenlernte. Seine Ehe lief nicht gut, und die Beziehung zu seiner Mutter hatte sich nicht gebessert. Es schien Rita Devlin sogar diebischen Spaß zu machen, ihren Sohn beiläufig wissen zu lassen, dass man Jane mit einem anderen Mann gesehen hatte. An dem Tag, an dem Rita Devlin und Wyatt Meriwether ihre bevorstehende Vermählung öffentlich bekannt gaben, geschah das Unglück. Bei einer Schießerei mit Bankräubern wurde Clark lebensgefährlich verletzt und in die Intensivstation des Krankenhauses eingeliefert.

Tessa war gleich, nachdem sie es erfahren hatte, zu ihm geeilt und die ganze Nacht sowie den folgenden Tag an seiner Seite geblieben. Sie hielt seine Hand, strich ihm sanft über die Stirn und verbarg ihr Entsetzen beim Anblick des zerfetzten Fleisches an Clarks Schulter, Rücken und Oberschenkel. Seine erste Frage, nachdem er das Bewusstsein wiedererlangt hatte, war gewesen, wo Jane und seine Mutter seien. Tessa war einer Antwort verlegen ausgewichen, doch ihre Ausflüchte entlockten Clark nur ein zynisches Lächeln. Er wusste bereits, dass Jane ihn mit seinem Partner betrog.

Die folgenden Wochen veränderten sein Leben. Jane stattete ihm einen steifen Besuch ab, teilte ihm mit, dass die Scheidung bereits liefe, und ließ sich nie wieder blicken. Rita tauchte kurz auf der Türschwelle auf, nahm zur Kenntnis, dass ihr Sohn überleben würde, und begab sich gleich anschließend auf einen Segeltörn mit Tessas Vater. Tessa dagegen, mehr als nur wütend über die Reaktion seiner Familie, trug mit liebevoller Hingabe zu Clarks Genesung bei.

An dem Tag, an dem man Clark mitteilte, dass er aufgrund der Rückenverletzung womöglich nie wieder voll einsatzfähig sein würde und deshalb aus dem Dienst scheiden müsse, war er so deprimiert, dass er kurz davor stand, sich aufzugeben.

Doch Tessa ließ das nicht zu. „Du darfst nicht klein beigeben, Clark", erklärte sie. „Schließlich haben sie nur gesagt, du könntest womöglich nie wieder voll arbeiten. Komm schon, beweis ihnen das Gegenteil. Du bist stark genug, alles zu überwinden, und hast viele Talente. Dir stehen so viele Möglichkeiten offen."

„Lass mich in Ruhe", erwiderte er mürrisch und mit gesenktem Blick. „Warum verschwindest du nicht auch?"

„Du bist bald mein großer Bruder. Ich möchte, dass du gesund wirst."

Daraufhin polterte er los: „Ich lege aber keinen Wert auf eine kleine Schwester. Und überhaupt, ich kann mit Weibern nichts anfangen, verdammt. Such dir jemand anderen zum Bemuttern."

Tessa steckte die rüde Bemerkung mit einem Lächeln weg. Sie weigerte sich schlicht, sich von Clark einschüchtern zu lassen. Außerdem nahm sie den Temperamentsausbruch als erstes Zeichen dafür, dass er sich auf dem Weg der Besserung befand. „Sobald unsere Eltern geheiratet haben, werde ich deine Schwester, daran gibt es nichts zu rütteln. Dass du von Weibern die Nase voll hast, begreife ich. Nach allem, was Jane und deine Mutter dir angetan haben … Aber wer würde dich davon abhalten, in Selbstmitleid zu zerfließen, wenn ich auch noch verschwände? Wie wär's übrigens mit einer Tasse Kaffee?"

Nach kurzem Zögern gab Clark seinem irritierenden Wunsch nach, sich sogar gern bemuttern zu lassen. Hilflos sah er Tessa nach, die fast zur Kaffeemaschine am anderen Ende des Ganges rannte, vor lauter Überschwang, ihm einen Gefallen zu tun. Es war eine gänzlich neue Erfahrung für ihn, von einer Frau gefragt zu werden: „Was kann ich für dich tun?" Bisher hatten Frauen nur Forderungen an ihn gestellt.

Aber Tessa war anders. Zu anders für seinen Seelenfrieden, denn sie begann, ihm unter die Haut zu gehen. Und das nicht nur wegen ihrer liebevollen Fürsorge. Wenn er ihren Körper betrachtete, verspürte er eine Sehnsucht wie seit Jahren nicht mehr. Tessa erregte ihn, wie Jane es nie getan hatte. Die Stärke seines Verlangens beunruhigte ihn, und er zerbrach sich den Kopf darüber, welche Probleme sich entwickeln könnten. Tessa war noch so jung. Doch immerhin war sie neunzehn Jahre alt und er war sicher gewesen, dass sie bereits sexuelle Erfahrungen gesammelt hatte, wie die meisten jungen Mädchen ihres Alters.

Clark hatte den Gedanken nicht weiter verfolgt. Ihm waren Tessas Worte eingefallen, dass beruflich so viele Möglichkeiten offen stünden. Und er hatte begonnen, Pläne zu schmieden.

Die Wochen waren vergangen. Tessa hatte Clark mit schöner Regelmäßigkeit in seiner Wohnung besucht, an seinem Bett gesessen, mit ihm diskutiert. Mit der Zeit akzeptierte er ihre Gegenwart und zeigte sich zugänglicher. Sie kamen sich näher, obwohl Clark nach wie vor gegen sein Verlangen ankämpfte.

Gerade dass Tessa ihn so sehr anzog, war Grund für sein oft bärbeißiges Benehmen. Eines Montagmorgens fand Tessa ihn teilnahmslos im Bett liegend vor, als sie in sein Apartment kam.

„Was willst du denn schon wieder hier?", fauchte er sie an. „Verschwinde. Müsstest du nicht längst in der Schule sein?"

„Es ist Sommer. Außerdem habe ich die Schule abgeschlossen."

„Dann such dir einen Job."

„Ich besuche eine Abendschule für Sekretärinnen."

„Und was machst du tagsüber?"

Mittlerweile an seine Temperamentsausbrüche gewöhnt, lächelte Tessa nur. „Tagsüber kümmere ich mich um dich, weil ich möchte, dass du schnell wieder gesund wirst."

„Bist du denn qualifiziert, dich hier als Seelenklempner zu betätigen?", bemerkte er mit beißendem Sarkasmus. „Ich brauche niemanden, der sich um mich kümmert."

Auch dieser Hieb prallte an Tessa ab. „Und ob du das tust", erwiderte sie freundlich. Ihr Blick glitt zu der Narbe an Clarks Arm, die nicht von dem kurzärmeligen T-Shirt verdeckt war. Auch die schlimmeren Narben an seinem Rücken hatte Tessa sich angesehen, allerdings ohne Clarks Wissen. „Es muss noch immer grauenhaft wehtun", sagte sie, die Stimme ebenso liebevoll wie der Blick, den sie ihm schenkte. „Es tut mir so leid."

„Ich brauche dein Mitleid nicht."

„Ach weißt du, Clark", begann Tessa und setzte sich auf den Bettrand. „Deine Mutter kommt kaum je vorbei, und mehr Familie hast du nicht. Mir geht es ähnlich. Meine Mutter starb, als ich noch klein war, meine Großmutter hat mich mehr aus Pflichterfüllung als aus Liebe aufgezogen, und mein Vater …" Sie zuckte die Achseln. Tessa war es nicht bewusst, wie klagend ihre letzten Worte geklungen hatten. „Er war nie ein Familienmensch." Entschlossen stemmte sie die Hände auf die Hüften. „Wir könnten einander die Familie ersetzen."

Clarks Gesichtszüge wurden steinern. Seine Augen funkelten wütend. „Ich will keine Familie! Und dich am allerwenigsten!"

„Eine echte Herausforderung, dir das Gegenteil zu beweisen", parierte Tessa und lächelte, um nicht zu zeigen, dass Clarks Worte sie nun doch verletzt hatten.

Clark hatte nichts mehr zu diesem Thema gesagt, doch von da an versucht, ihre Anwesenheit einfach zu übersehen. Aber Tessa ließ sich nicht einschüchtern. Sie kam wie gewohnt Tag für Tag, brachte ihm Bücher, kochte für ihn, setzte sich auf die Bettkante, sprach mit ihm, ermutigte ihn und verliebte sich trotz aller Zurückweisungen mit jedem Tag mehr in Clark.

Sie ahnte nicht, dass man ihr ihre Gefühle deutlich ansah, aber es war unmöglich, nicht zu bemerken, was sie empfand, denn die Liebe leuchtete ihr geradezu aus den Augen. Ebenso wenig fiel es Tessa auf, dass Clark sie mit jedem Tag, der ihn der Genesung näher brachte, verlangender ansah. Er gewöhnte sich an ihre Anwesenheit, genoss das Zusammensein mit ihr, und er begehrte sie. Tessa unterschied sich so sehr von den anderen Frauen, die in seinem Leben bisher eine Rolle gespielt hatten. Sie war liebevoll und sanft und strahlte eine rührende Verletzlichkeit aus.

Clark blühte auf. Er begann, sich regelrecht auf die Stunden mit Tessa zu freuen. Trotzdem wurde ihm manchmal mulmig. Allein der Gedanke an eine Bindung versetzte ihn nach dem Desaster mit Jane in Panik. Auch zu ihr hatte er sich zu Beginn hingezogen gefühlt, und sie hatte scheinbar seine Liebe erwidert. Ihre Abneigung gegen Intimitäten hatte Jane erst während ihrer Ehe gezeigt. Doch die Krönung war ihre rücksichtslose Affäre mit seinem langjährigen Partner gewesen. Der Hieb unter die Gürtellinie hatte gesessen und Clarks Glauben an so etwas wie wahre Liebe zerstört.

Er hielt es für möglich, dass auch Tessa ihn täuschen wollte oder einfach körperliches Begehren mit Liebe verwechselte.

Clarks Zweifel führten dazu, dass seine frühere Launenhaftigkeit auflebte und sich zu offener Feindseligkeit steigerte. Bei jeder Gelegenheit wies er Tessa zurück. Aber sie weigerte sich standhaft zu glauben, dass er sie wirklich nicht um sich haben wollte.

Schneller, als jeder es für möglich gehalten hatte, war Clark wieder auf die Füße gekommen und hatte seine alte Kraft zurückgewonnen. Und als Reaktion auf Tessas feminines Wesen wuchs mit zunehmender Gesundheit auch sein Verlangen nach einer Frau. Die Spannung zwischen ihnen stieg, bis sie sich an jenem verhängnisvollen Tag entladen hatte.

Clark hatte barfuß, in Jeans und einem weißen, vom Training verschwitzten T-Shirt, in der Küche gestanden, als Tessa an jenem Mittag mit einem selbst gebackenen Kuchen hereingestürmt kam. Sie wirkte unglaublich süß in dem schneeweißen Sommerkleid, um die Taille hatte sie einen farbenfrohen Gürtel geschlungen. Das blonde Haar umspielte seidig ihre Schultern, aus ihren Augen leuchtete ihre Verliebtheit in Clark.

Clark war machtlos gegen sein plötzlich mit aller Gewalt losbrechendes Begehren. Tessas Weiblichkeit war zu verführerisch, und er hatte zu lange keine Frau gehabt.

Doch Tessa hatte weder seinen zielgerichteten Blick noch das dunkle verheißungsvolle Glühen seiner braunen Augen gesehen, sie reagierte nur ein wenig atemlos, als Clark dicht neben sie trat und heiser fragte:

„Was für ein Kuchen ist das?"

„Nur ein Napfkuchen", meinte sie und senkte scheu den Blick, da seine körperliche Nähe ihren Puls hochschnellen ließ. „Ich dachte, du hättest vielleicht Lust auf was Süßes. Wie geht es dir? Aussehen tust du jedenfalls … viel besser."

„Und ob ich Lust auf was Süßes habe", raunte Clark leise, legte die Arme um Tessa und presste sie mit dem Gewicht seines Körpers gegen den Küchenschrank. „Dir dürfte es ähnlich gehen, sonst würdest du nicht dein halbes Leben damit zubringen, mich mit heißen Blicken zu verschlingen. Ich müsste blind sein, deine Gefühle für mich nicht zu erkennen. Ist es das hier, wonach du dich sehnst?", fragte er rau und drückte seine Hüfte noch eine Spur enger an ihren Unterleib, um Tessa seine Erregung spüren zu lassen.

Tessa errötete, aber Clark achtete nicht darauf. Sein Blick lag auf ihren leicht geöffneten Lippen. „Weiß Gott, ich begehre dich wahnsinnig."

Tessa konnte keinen klaren Gedanken fassen. Schock mischte sich mit Überraschung, und bevor sie auch nur ein Wort des Protestes hätte finden können, bedeckte Clark ihren Mund mit seinem und begann, sie hungrig zu küssen. Gleichzeitig legte er die Hände um ihren Po und schob sie aufreizend an seinen Schenkeln hoch. Mit der Zunge erforschte er ihren Mund derart lustvoll und gierig, dass selbst Tessa seine Absicht nicht verborgen blieb.

Sie war nur ein- oder zweimal geküsst worden, noch dazu von Männern, die wussten, dass sie noch Jungfrau war. Nun erlebte sie eine Art der Annäherung, die ihr fremd war und die sie erschreckte.

Tessa hatte sich versteift, die Fäuste gegen Clarks Brust gestemmt und verzweifelt versucht, ihn von sich zu schieben.

„Clark … nicht … bitte nicht …"

Weder Tessas Sträuben noch ihr panisches Flehen waren zu Clark durchgedrungen.

Er legte eine Hand besitzergreifend um ihre Brust und zwang sein Knie zwischen ihre Beine. Dann ließ er dem Knie die Hand folgen, streichelte die Innenseite ihrer nackten Schenkel und berührte Tessa, wie sie es noch keinem Mann erlaubt hatte. „Oh ja. Komm, Baby", raunte er mit bebender Stimme. „Du willst mich doch auch. Lass es uns tun, jetzt und hier. Im Stehen."

Tessa stöhnte an seinen Lippen, die intime Berührung jagte ihr ungeahnt wohlige Schauer durch den Körper. Doch sie fürchtete sich vor der rücksichtslosen Heftigkeit, mit der Clark sein Verlangen nach Sex stillen wollte. Und ihre Furcht war stärker.

Dann plötzlich ließ er von ihr ab. Sein Blick war verschleiert, als Clark schwer atmend den Kopf hob und mit belegter Stimme flüsterte: „Es ist zu viel für meinen Rücken. Wir müssen es im Bett machen, damit ich dabei liegen kann …"

Tessa erkannte, dass jetzt ihre einzige Chance war, zu entkommen. Sie riss sich von Clark los, tauchte unter seinem Arm weg und blieb erst in sicherem Abstand laut schluchzend stehen. Der bloße Gedanke an Sex ohne Gefühl versetzte sie in Panik. „Geh weg … Lass mich in Ruhe!", schrie sie entsetzt, als Clark ihr nachkommen wollte.

Ernüchtert blieb Clark stehen. Langsam dämmerte ihm, dass Tessa Angst vor ihm hatte. Ich habe zum ersten Mal die Kontrolle über mich verloren, schoss es ihm durch den Kopf, und frustriert rang er um Fassung. Seine Augen funkelten fast schwarz, als er barsch sagte: „Darauf hast du es doch die ganze Zeit angelegt."

„Nein!", schrie Tessa aus tiefstem Herzen.

„Du hast mich gewollt, weshalb wärst du sonst andauernd hier aufgekreuzt?"

„Weil ich dich liebe." Schluchzend, die Arme um ihren zitternden Körper geschlungen, stand Tessa da.

„Liebe!" Clark verzog den Mund zu einem spöttischen Grinsen, das verbergen sollte, wie durcheinander er war. Noch immer bebte er am ganzen Körper vor mühsam unterdrückter, schmerzlicher Erregung.

„Okay. Komm her, wenn du mich liebst. Beweis mir deine Liebe, du kaltes kleines Biest."

„Ich kann nicht", flüsterte Tessa gequält. „Du … du tust mir weh."

Ihre Angst machte Clark rasend vor Wut. Er fühlte sich an die Szenen mit Jane erinnert. Jane, die es gehasst hatte, mit ihm zu schlafen, und jeden seiner Annäherungsversuche boshaft und mit sarkastischem Spott im Keim erstickt hatte. „Wenn das so ist, verschwinde", sagte er kalt. „Ich wollte puren Sex. Meine Güte", brach es aus ihm heraus, als Tessa noch weiter zurückwich. „Warum ausgerechnet mit mir nicht? Bei anderen bist du bestimmt nicht so …"

Tessa hatte die Augen weit aufgerissen. Feuerrot vor Verlegenheit, noch immer am ganzen Körper zitternd stand sie vor ihm. Und da begann Clark zu begreifen. Wenn Tessa sexuelle Erfahrung gehabt hätte, würde sie nicht dastehen wie ein in die Enge getriebenes Reh, auch nicht, nachdem er sie derart unter Druck gesetzt hatte. „Bist du noch Jungfrau, Tessa?", fragte er mit einem Anflug von Horror in der Stimme.

Tessa wäre vor Scham am liebsten im Boden versunken. Sie konnte Clark nicht einmal mehr ansehen. Hastig griff sie nach ihrer Handtasche und floh aus dem Apartment.

Clark sah ihr wortlos nach. Er folgte ihr weder, noch rief er später an, um sich zu entschuldigen. Es war, wie er sich einredete, der einzige Ausweg, der ihm blieb.

Soll sie doch denken, ich hätte sie absichtlich so behandelt, um sie zu demütigen, hatte er gedacht und geglaubt, so wäre es für sie beide das Beste. Er konnte ihr nicht bieten, was sie wollte, denn Gefühle machten nur verwundbar. So gesehen, hatte er Glück gehabt und war noch einmal davongekommen. Zumindest war Clark damals dieser Überzeugung gewesen.

Später hatte Clark sich vorgeworfen, nicht gemerkt zu haben, dass Tessa noch Jungfrau gewesen war, und gehofft, dass sein Verhalten nicht zu tiefe Narben hinterlassen hatte.

Um ihr zu helfen, hatte er ihr nach dem Tod ihres Vaters diesen Job in seiner Detektei gegeben. Außer ihm war Tessa niemand geblieben, doch er hütete sich davor, irgendein Interesse an ihr zu zeigen.

Aber vielleicht hat meine geheuchelte Gleichgültigkeit sogar noch dazu beigetragen, dass Tessa ihre Spontaneität verloren hat und nur noch ruhig und höflich und manchmal fast scheu reagiert, wenn wir zusammen sind, gestand Clark sich ehrlich ein. Nur wenn er sie absichtlich reizte, zeigten sich Spuren der alten Tessa. Und das mochte ein Grund dafür sein, warum er es nicht lassen konnte, sie aufzuziehen.

Nein, ich hasse dich nicht, Tessa, sagte Clark zu sich selbst und blickte noch einmal zum Krankenhaus hoch. Aber ich kann verstehen, dass du das glaubst.

Aufgewühlt von den ganzen Erinnerungen fuhr er dann zum Büro, wo alle ihn bereits ungeduldig erwarteten und mit Fragen bestürmten.

„Wird sie wieder gesund?", wollte Helen wissen und blickte sehr besorgt.

„Tessa geht es den Umständen nach ganz gut", versicherte er allen. „Noch ein wenig schläfrig von der Narkose, aber sie wird keinerlei Beeinträchtigungen zurückbehalten."

„Wann kann sie das Krankenhaus verlassen? Sie kann bei mir wohnen. Jemand muss sie pflegen", erbot sich Helen. „Sie muss sich doch noch schonen."

„Sie wird bei mir wohnen", erklärte Clark zur Überraschung aller –

ihn selbst inbegriffen. „Ich werde sie zur Ranch bringen. José und Beryl können sich dort um sie kümmern, wenn ich ins Büro muss. Hast du einen zwischenzeitlichen Ersatz für Tessa aufgetrieben?"

Helen nickte. „Sie fängt noch heute an."

„Gut." Unwillkürlich blieb sein Blick an Tessas Schreibtisch hängen. Es schmerzte Clark, ihn verlassen zu sehen. „Konntest du Tessas Notizen entziffern? Was für Termine sind heute noch zu erledigen?"

„Lunch mit Harvey. Nachmittags triffst du die Allisons – du weißt schon, du sollst ihre Tochter finden –, und später gegen Abend kommt noch ein Ehemann, der möchte, dass wir seine Frau beschatten."

„Und morgen?"

Helen blätterte eine Kalenderseite weiter und schüttelte dann den Kopf.

„Gut. Dann fahre ich jetzt zu meiner Wohnung, ziehe mich um und gehe anschließend wieder ins Krankenhaus. Falls etwas Wichtiges ist, könnt ihr mich dort erreichen." Clark wandte sich zum Gehen.

„Okay, Boss. Wir schmeißen den Laden schon."

Clark nickte abwesend. Er war mit seinen Gedanken bereits wieder bei Tessa.

3. KAPITEL

*T*essa stöhnte im Schlaf auf und wurde langsam wach. Sie hatte geträumt. Wahrscheinlich von Clark, dachte sie schläfrig, denn sonst tauchte selten jemand in ihren Träumen auf. Es waren keine Albträume, und sie fand das nach dem, wie ihr Verhältnis zueinander geworden war, fast komisch.

Ein Geräusch durchdrang ihren Halbschlaf. Sie öffnete die Augen und entdeckte Clark in dem Stuhl neben ihrem Bett. „Was machst du hier?", fragte sie und versteifte sich. „Es ist ein Arbeitstag."

„Ich arbeite", erklärte er. „Ich kümmere mich um dich."

Seine Worte weckten in ihr Erinnerungen an die Zeit, in der er angeschossen im Krankenhaus gelegen hatte – und daran, was sich später ereignete. „Bitte, geh", flüsterte sie rau. Dann hob sie den Blick, und er verriet nichts über ihre wahren Gefühle. „Du bist nur mein Boss", erklärte sie ruhig. „Das beinhaltet nicht, dass du dich um mich kümmerst."

Clark setzte sich auf und sah Tessa eindringlich an. „Ich habe bisher nie danach gefragt. Vielleicht sollte ich es jetzt nachholen. Wie viel Schaden habe ich damals angerichtet?"

Errötend senkte sie den Blick und erwiderte steif: „Ich weiß nicht, wovon du sprichst."

„Wirklich nicht?" Clark lachte hart auf. „Wir schleichen seit drei Jahren um den heißen Brei herum. Du lässt mich nicht an dich heran, nicht einmal, um mich bei dir zu entschuldigen."

„Warum sollte dich das stören?", gab sie zurück. „Du wolltest mich nicht in deinem Leben haben. Das hast du erreicht. Nicht mal eine Handvoll Diamanten würde mich in deine Nähe bringen."

„Weder in meine noch in die jedes anderen Mannes", sagte Clark auf gut Glück.

Tessa zog das Bettlaken enger um die Brust und sah angestrengt aus dem Fenster. „Hast du nichts Besseres zu tun, als mich zu quälen?"

„Ich werde dich mit auf die Ranch nehmen. Dort kannst du dich erholen", sagte er barscher als beabsichtigt.

Tessa wurde kalkweiß. Ihre Hände auf dem Laken zitterten. „Nein", flüsterte sie erstickt. „Ich möchte nie wieder mit dir allein in deinem Haus sein."

Clark schloss die Augen. Er konnte Tessas Gesichtsausdruck kaum ertragen. Abrupt stand er auf und trat ans Fenster. Mit dem Rücken zu ihr sagte er barsch: „Ich wusste nicht, dass du noch Jungfrau warst."

Nicht, bis es zu spät war und ich dich bereits zu Tode erschreckt hatte. Glaubst du, ich wüsste nicht, warum du nie mit Männern ausgehst?" Er drehte sich herum und sah ihr zwingend in die Augen. „Denkst du nicht, dass es auch mich bedrückt, was ich dir angetan habe?"

Tessa schluckte. „Es ist lange her …"

„Es kommt mir vor wie gestern." Er seufzte. „Bitte hör auf, mich wegzustoßen."

Sie errötete. „Das habe ich nicht."

Sein Gesicht war ebenso angespannt wie ihres, als Clark wieder neben das Bett trat. „Ich weiß, dass du mich körperlich ablehnst, Tessa. Ich müsste blind sein, das nicht zu merken. Aber ich werde dir nicht wehtun. Ich möchte dich nur an einem Ort unterbringen, wo man sich um dich kümmert, bis du wieder auf den Beinen bist. Beryl wird nach dir schauen, wenn ich nicht da bin."

„Ich kenne Beryl nicht. Helen sagte, ich könnte bei ihr …"

„Wenn Helen nicht arbeitet, nimmt sie Ballettunterricht, und ihre knappe Freizeit verbringt sie Pizza essend mit Harold. Ihr Angebot ist gut gemeint, aber du wärst die meiste Zeit allein."

„Das würde mich nicht stören."

Er trat dicht zu ihr. „Hör zu", er wurde unwirsch, als er sah, dass sie sich erneut versteift hatte. „Du hast einen Drogendeal gesehen und wirst vor Gericht aussagen müssen. Du bist die einzige Augenzeugin, begreifst du jetzt endlich? Einer der Kerle läuft frei herum. Garantiert weiß er mittlerweile, wo du dich aufhältst. Leuchtet dir das ein?"

„Du kannst unmöglich meinen, dass er mich …"

„Und ob, zur Hölle. Ich habe jahrelang mit Dealern zu tun gehabt und weiß, wie weit sie gehen. Du wirst nicht sicher sein, bis der Typ geschnappt ist und man beide vor Gericht stellt. Bis es so weit ist, möchte ich dich in meiner Nähe haben, wo ich auf dich achtgeben kann. Wenn ich nicht auf der Ranch bin, ist mein Verwalter für deine Sicherheit verantwortlich. Er war in den vierziger Jahren ebenfalls Texas Ranger und kann mit der Waffe umgehen wie ich selbst."

Tessa barg das Gesicht in den Händen. Sie hätte es fast lieber mit den Drogenhändlern aufgenommen, als Clarks Vorschlag zuzustimmen.

„Wenn es dir hilft, hass mich", sagte Clark schroff. „Aber wirf nicht aus Stolz dein Leben fort."

Tessa strich sich eine zerzauste Haarsträhne aus dem Gesicht. „Was für ein Leben führe ich denn? Arbeit und Fernsehen und Fernsehen und Arbeit."

„Du bist zweiundzwanzig Jahre alt. Viel zu jung, derart zynisch zu sein."

„Oh, das habe ich von einem Experten gelernt", parierte sie angriffslustig. „Du hast es mir beigebracht."

Clark fühlte sich zunehmend unbehaglich. „Hör zu", erklärte er knapp. „Es gab nie jemanden, der mir wirklich nahe stand. Du kennst meine Familiengeschichte. Und das Debakel mit Jane hast du live miterlebt." Er beugte sich über Tessa. „Du wolltest mich lieben, aber ich ließ es nicht zu. Begreifst du denn nicht, Mädchen? Ich weiß nicht, was Liebe ist!"

„Sieh mich nicht so an, als ob ich dir gefährlich werden könnte", begehrte Tessa auf. „Diesbezüglich habe ich dich schon vor Jahren aufgegeben."

„Ich weiß."

Sie mied seinen Blick. „Ich liebe dich nicht. Ich hatte damals ein lästiges Faible für dich, das du mir gründlich ausgetrieben hast. Mich wirst du nie wieder abwehren müssen."

Clark legte ihr sanft die Hand an die Wange und umfasste ihr Kinn, als sie versuchte, sich seiner Berührung zu entziehen. Er sah ihr fest in die Augen. „Das gilt doppelt für mich. Ich werde dich nie wieder auf so eine Weise anfassen, wie ich es getan habe."

Sie sah ihn an, sich seiner warmen Finger an ihrem Kinn nur zu bewusst, und flüsterte erstickt. „Das zuzulassen, dazu würdest du mich auch zwingen müssen."

Clark presste die Lippen zusammen. Er wollte es leugnen, aber er konnte es nicht leugnen, dass er damals die Kontrolle über sich verloren hatte. „Du verstehst das nicht", sagte er rau und wich Tessas Blick aus. „Du warst noch Jungfrau. Ich dagegen hatte Frauen gehabt. Du warst so sanft, verletzlich und liebevoll, dass ich dich auf eine Weise begehrte, mit der ich ... nicht umgehen konnte."

Tessas Gedanken überschlugen sich. Bei aller Unerfahrenheit wusste sie doch, dass Männer bestimmte wunde Punkte hatten. Daran zu denken hatte sie zwar immer wieder von sich geschoben, aber manchmal hatte sie es sich doch eingestanden, wie ausgehungert Clark an jenem Tag gewesen war, wie verzweifelt er sich nach ihr gesehnt haben musste.

„Ich war wie von Sinnen vor Schreck." Sie lachte nervös. „Seither fürchtete ich immer, wenn ich mit einem Mann ausging, er würde ebenfalls nicht ... nicht damit umgehen können und ich käme nicht mehr rechtzeitig weg."

„Kein Wunder", erwiderte Clark. „Würdest du es mir dennoch glauben, dass es auch für mich nicht einfach war, damit zu leben? Du kannst dir nicht vorstellen, was in mir vorgeht, wenn du jedes Mal zusammenzuckst, kaum dass ich in deine Nähe komme."

Sie suchte seinen Blick. „Es ist seitdem viel Zeit vergangen. Ich glaube, ich habe das Ganze in der Erinnerung immer mehr aufgebauscht, bis es zum Albtraum wurde."

Tessas Blick war eine Spur weicher geworden, und Clark fragte zögernd: „Tessa, empfindest du nur Furcht, wenn du mit mir zusammen bist?" Er sah von ihren Augen auf ihre Lippen. Sie zitterten leicht. Langsam glitt er mit dem Daumen darüber, und Tessa hielt den Atem an. Seltsam, dachte Clark. Trotz meiner vierunddreißig Jahre bin ich nie auf die Idee gekommen, so den Mund einer Frau zu berühren. „Nein", sagte er mehr zu sich selbst. „Es ist komplizierter. Es ist nicht nur Furcht, nicht wahr?"

„Clark ..."

„Der Arzt sagt, du kannst das Krankenhaus morgen verlassen. Bis dahin wird ein Polizist vor deiner Tür postiert sein, und er wird dort bleiben, bis ich dich abhole." Er fing Tessas unruhigen Blick auf und hielt ihn fest. „Du bringst mich dazu, sanft zu sein. Das ist immerhin ein Anfang. Vielleicht könnte ich dich dazu bringen, dass du meine Berührungen willst."

„Nein", flüsterte Tessa. Kalte Schauer liefen ihr den Rücken hinunter. „Ich würde es nie wieder wollen, dass du mich berührst. Nicht, wenn du es so tust wie an jenem Tag."

„Ich hatte es nie mit einer Jungfrau zu tun, Kleines. Und ich schätze, dass ich auch nie ein sonderlich zärtlicher Liebhaber war", sagte Clark gedehnt. „Aber bei dir habe ich mich damals selbst übertroffen. Deine Reaktion auf mich hat mich veranlasst, mich mal gründlich unter die Lupe zu nehmen. Was dabei zum Vorschein kam, hat mir nicht gefallen."

„Ich möchte nicht mehr darüber sprechen, Clark." Tessa sah auf ihre ineinander verkrampften Hände.

„Hast du denn noch nicht erkannt, dass die meisten Männer ..." Clark suchte nach den richtigen Worten. „... dass ein Mann, der dich liebt, das Bedürfnis hätte, zärtlich zu sein? Dass er weniger ... heftig sein würde?"

„Woran merkt man, welche Gefühle jemand für einen hat?", fragte Tessa bitter und sarkastisch und sah zu Clark hoch. „Ich dachte damals, du würdest mich zumindest mögen." Ihre Stimme wurde rau. „Aber du hast mich nur abgewimmelt, damit ich dein Privatleben nicht weiter störe. Wie mein Vater, der wollte auch nicht von mir behelligt werden. Ich hätte ihm ja seine Affären vermasseln können." Fröstelnd lehnte sie sich in die Kissen zurück. „Bitte geh, Clark. Ich bin zu müde, noch länger zu streiten."

Warum habe ich nicht eher begriffen, was in ihr vorgeht? fragte sich Clark. Ich kenne sie seit Jahren und weiß kaum etwas über sie. Natürlich hatte sie sich zurückgestoßen gefühlt und nach jemandem gesehnt, den sie lieben konnte. Und dann hatte sie das Pech gehabt, auf einen Mann zu verfallen, der selbst nicht wusste, was Liebe war, der immer nur Ablehnung und Zurückweisung erfahren hatte, der eine gescheiterte Ehe hinter sich und einen angeschlagenen Körper hatte.

Er lächelte gequält. Tessa sah so niedergeschlagen aus. Er war zwar nicht für ihren ganzen Kummer verantwortlich, aber dazu beigetragen hatte er. „Magst du Pferde?", fragte er.

„Ich fürchte mich vor ihnen."

„Nur weil du nicht viel über sie weißt. Wenn du so weit bist, werde ich dir das Reiten beibringen."

Sie sah in seine Augen und bat mit unsicherer Stimme: „Tu mir das nicht an. Bitte. Ich brauche kein Mitleid."

Clark wollte etwas dazu sagen, aber er fand nicht die richtigen Worte. Er holte ein paar Mal tief Luft. „Wir sehen uns morgen. Ruh dich inzwischen aus."

Tessa nickte und schloss die Augen, um ihn nicht mehr ansehen zu müssen. Sie würde Clark nie wieder erlauben, ihr nahe zu kommen. Und gleichgültig, was sie tun müsste, um sich vor ihm zu schützen, eine zweite Chance würde er bei ihr nicht bekommen.

Clarks Ranch war ein florierender Viehzuchtbetrieb. Neben José Dominguez, der die Pferde zuritt, und Harley, dem Koch, kümmerten sich Beryl, die Haushälterin, ihr Mann Dan, der Verwalter, ein halbes Dutzend Cowboys und allerlei sonstiges Personal um den reibungslosen Ablauf des Betriebs.

Tessa hatte nicht die Kraft aufgebracht, sich gegen Clarks Wunsch aufzulehnen, sie zu seiner Ranch zu bringen. Er hatte alles bereits mit dem Arzt geregelt und ihr von Helen gerichtetes Gepäck im Wagen, als sie entlassen wurde, und fuhr mit ihr sofort nach Branntville. Die

Aussicht, einige Tage mit ihm auf seiner Ranch zu leben, machte Tessa noch nervöser, als Clarks Nähe sie es sonst schon machte. Hinzu kam, dass Clark sich irgendwie seltsam benahm.

Er hatte nie viele Worte gemacht, außer er war geschäftlich dazu gezwungen, doch heute auf der Fahrt schwieg er völlig. Tessa starrte aus dem Fenster, ihren schmerzenden Arm fest an den Körper gepresst.

„Ist das eine Ranch?", fragte sie schließlich, als sie den Ortsrand von Branntville erreichten, und betrachtete anerkennend das weitläufige, von einem gepflegten weißen Zaun begrenzte Anwesen.

„Ja." Clark nickte. „Es ist die *Big Spur*. Sie gehört Cole Everett. Neben der Brannt-Ranch, du kannst sie dort hinten am Horizont erkennen, ist es der größte Farmbetrieb weit und breit."

„Ist Branntville nach seinem größten Grundbesitzer benannt?"

Wieder nickte Clark. „King Brannt ist ein cleverer Farmer. Er kauft alles Land auf, das er kriegen kann. Er hat ein ehemaliges Model, Shelby Kane, die schöne junge Tochter des Filmstars Maria Kane, geheiratet. Niemand hätte gedacht, dass er je heiraten würde. Er behauptet, Shelby habe ihn in einem Moment gekapert, in dem er unzurechnungsfähig gewesen sei. Dabei würde er alles für sie tun." Er lächelte spöttisch.

„Fühlt Shelby sich auf einer Ranch denn wohl?"

„Wie eine Ente im Wasser. Die beiden haben mittlerweile einen Sohn und eine Tochter, und wie man hört, bezirzt die Tochter bereits einen der Everett-Söhne."

„Was für eine Fusion."

„Die beiden sind noch sehr jung. Und eine Ehe ist nicht immer das Ende des Regenbogens", bemerkte Clark ein wenig bitter.

„Zur Ehe gehört eine gemeinsame Basis, finde ich", sagte Tessa gedankenverloren und sah auf das Haus am Horizont. „Jedenfalls gehört mehr dazu als nur körperliche Anziehung."

Clark warf ihr einen Blick zu. „Zum Beispiel was?"

„Respekt. Gemeinsame Interessen. Eine vergleichbare Herkunft. Solche Dinge."

„Und Sex nicht?"

Tessa rutschte verlegen auf dem Sitz herum und sah weiter starr aus dem Fenster. „Ich denke, wenn man Kinder möchte …"

Clarks Blick umwölkte sich. „Kinder sind nicht immer möglich."

„Mag sein." Tessa sah auf ihre Hände. „Vermutlich macht es manchen Menschen nichts aus, trotzdem intim zu werden."

„Tessa." Clark seufzte. „Du hast keine Ahnung, wovon du sprichst, stimmt's?"

Sie errötete. „Nicht?"

Ihre zaghafte Antwort bestätigte Clark, dass sie wirklich nichts über die Beziehung zwischen Männern und Frauen wusste. Und er betrachtete es als seinen Fehler, weil er sie damals verschreckt hatte, dass sie in diesem Punkt solche Lücken hatte. Wenn er Zärtlichkeit lernen könnte, dann würde es so schön sein, mit Tessa im Bett zu liegen und gemeinsam zu erleben, wie erfüllend es sein konnte, wenn Mann und Frau zusammen waren.

Das Blut strömte heiß durch seine Adern, und sein Körper spannte sich, als er sich ausmalte, wie Tessa ihn liebte. Um ein Haar hätte er laut aufgestöhnt. Ich habe etwas sehr Kostbares einfach weggeworfen, dachte er. Welche Ironie, dass erst eine Kugel ihn zur Besinnung gebracht hatte, wo es ebenfalls eine Kugel gewesen war, die sie ihm geraubt hatte.

Clark bog auf einen Schotterweg ab. Rechts und links lagen Weiden, auf denen rot gefleckte Rinder grasten. „Das dort ist meine Ranch. Übrigens teile ich mir seit zwei Jahren einen Zuchtbullen mit *Big Spur*. Doch wir müssen ihn bald ersetzen."

„Wieso?", fragte Tessa verständnislos.

„Wegen der Inzucht. Länger kann man einen Bullen nicht zum Decken einsetzen. Es würde der Zucht schaden. Interessierst du dich für Viehzucht?"

„Nun, ich weiß nicht viel darüber", erwiderte sie stockend und sah ihn von der Seite an. „Vermutlich ist es kompliziert, nicht wahr?"

„Manches. Aber nicht halb so kompliziert, wie es klingt. Genau wie das Reiten."

„Ich denke … ich könnte es lernen", meinte sie zögernd.

Clark lächelte vor sich hin. Er fuhr den kurvigen Weg weiter und dann tauchte das lang gestreckte einstöckige Holzgebäude vor ihnen auf, umgeben von Blumen und hohen alten Bäumen.

„Wie schön!", rief Tessa begeistert.

Ihre verhohlene Bewunderung erfüllte ihn mit Stolz. „Die Ranch gehörte meinem Großvater. Er hat sie mir vererbt."

„Das Haus ist wunderschön. Und all die Blumenbeete! Ich wette, im Frühling sieht das fantastisch aus."

„Es ist Beryls Beitrag an die Verschönerung der Landschaft. Magnolienbäume, Azaleen und Kamelien, allerlei Blütenzeugs. Beryl kann es dir genau sagen, falls du es wissen möchtest."

„Ich liebe Gärtnerarbeit", erzählte Tessa ihm. „Momentan habe ich zwar nur einen Blumenkasten am Fenster meines Apartments, aber als meine Großmutter noch lebte, war der Garten mein Revier."

Schweigend steuerte Clark den Wagen vor die Stufen zur Veranda und schaltete den Motor aus. Dann wandte er sich zu Tessa, blickte sie ruhig an und sagte sanft, die Stimme eine Spur tiefer als sonst: „Ich kenne dich kaum, Tessa. Ich habe verflucht wenig Ahnung von dir oder deinen Interessen."

Zu Tessas Erleichterung ersparte ihr das Auftauchen einer kleinen weißhaarigen Frau auf der Veranda eine Antwort auf Clarks Bemerkung. „Ist das Beryl?", fragte sie.

„Ja, das ist Beryl."

„Wurde aber auch Zeit, Clark", schimpfte die zierliche alte Frau. „Du bist spät dran. Ist sie das?" Beryl blieb neben Tessa stehen und betrachtete sie von Kopf bis Fuß. „Mager und kränklich sieht sie aus. Darum werde ich mich mit guter Hausmannskost kümmern. Wie geht es dem Arm, Liebes?", fügte sie mütterlich hinzu. „Tut es noch weh?"

Tessa lächelte und fühlte sich bereits wie zu Hause. „Es geht mir schon viel besser."

„Falls du mit deiner Begrüßung fertig bist, Beryl, würde ich das arme Opfer gern ins Haus bringen", warf Clark gedehnt ein. „In der Kälte hier draußen bessert sich ihr Zustand bestimmt nicht."

„Kalt, pah!", schnaubte Beryl. „In weniger als einem Monat wird hier alles in voller Blüte stehen."

Tessa sah das Bild schon vor sich. Aber dann werde ich nicht mehr hier sein, rief sie sich wehmütig in Erinnerung.

Beryl ging ihnen voraus ins Gästezimmer, und sie ließ sich von Clark ins Haus führen, obwohl sie sich unwillkürlich versteifte, als er den Arm um sie legte.

„Keine Panik", sagte er knapp. „Ich werde dir nichts tun. Entspann dich, ja? Du bist hier unter Freunden."

„Das warst du nie", erwiderte sie steif.

„Ich bin mittlerweile vierunddreißig. Vielleicht habe ich es satt, allein zu sein. Sagtest du nicht mal, dass wir beide nur einander haben?"

„Und du sagtest darauf, dass du niemanden brauchst."

Er zuckte die Achseln. „Nach vierzehn Jahren als Cop ändert man seine Haltung nicht mehr so leicht."

Bei der Anspielung auf seinen ehemaligen Beruf dachte Tessa an den eigentlichen Grund ihres Hierseins. Der Gedanke an die Drogendealer und Clarks Bemerkung, als einzige Zeugin schwebe sie in Gefahr, behagte ihr ganz und gar nicht.

Clark schien ihre Gedanken gelesen zu haben. „Keine Sorge, hier kann dir nichts passieren", versicherte er ihr. „Niemand wird dir etwas antun."

„Natürlich nicht." Sie zwang ein Lächeln auf ihr Gesicht.

Sie hatten das Gästezimmer erreicht, und Beryl half Tessa beim Auspacken, während Clark ging, sich um die Ranchbelange zu kümmern. Tessa sah ihm nach. Ihr Blick und ihre starre Körperhaltung hatten Beryl einiges verraten. „Du fürchtest dich vor ihm", stellte sie ungläubig fest. „Kindchen, er würde keiner Fliege etwas zuleide tun."

Das wahrscheinlich nicht, dachte Tessa, aber mich hat er verletzt, und das auf eine Weise, über die ich mit Beryl nie sprechen könnte. „Clark mochte meinen Vater nicht sehr", wollte sie ihre Haltung dennoch erklären. „Und mich mag er auch nicht. Zugegeben, seit ich angeschossen wurde, benimmt er sich sehr fürsorglich, aber ich fühle mich nach wie vor wohler, wenn die halbe Stadt zwischen uns liegt."

„Du hast einen falschen Eindruck von ihm", versuchte Beryl es erneut. „Gut, er hat einen messerscharfen Verstand und kann sehr sarkastisch sein, und er hat ein hitziges Temperament. Aber Rachsucht ist ihm fremd. Ich kenne ihn seit seiner Geburt. Er war ein süßer Bengel, bis der Vater die Familie verließ. Die Mutter ließ ihre Enttäuschung an Clark aus. Ich tat mein Bestes, ihm so viel wie möglich zu ersparen, aber eine gute Mutter war Rita nie."

„Genau wie mein Vater."

„Na also. Dann habt ihr beiden ja etwas gemeinsam."

„Stimmt, wir sind beide Menschen", sagte Tessa trocken.

Sobald Tessa sich an den Rhythmus auf einer Ranch gewöhnt hatte, fand sie das Leben dort faszinierend und begann sich zu entspannen. Sie beharrte darauf, Beryl zu helfen, so gut sie konnte, deckte den Tisch und tat alles, niemandem Umstände zu machen. Einwände Beryls fegte sie beiseite, indem sie darauf hinwies, ihr Arzt habe gesagt, möglichst viel Bewegung würde verhindern, dass der Arm steif wurde.

Sie genoss die Freundlichkeit und Wärme, die alle auf der Ranch ihr entgegenbrachten. Nur zu Clark wahrte sie, zu dessen Missbehagen, Distanz. Sie fand immer eine Ausrede, einen Raum, den er betrat, zu verlassen, und war in der Küche unabkömmlich, wenn er sich nach dem Essen im Wohnzimmer statt in seinem Arbeitsraum aufhielt.

Im Büro war ihre Beziehung strikt beruflich. Tessa nahm Diktate auf, erledigte Telefonate und sorgte für einen reibungslosen Arbeitsablauf. Aber hier war Clark in seinem eigentlichen Element und ein völlig anderer Mensch. Es bereitete Tessa Probleme, sich an ihn als Privatperson zu gewöhnen. Selbst damals, als sie ihn gepflegt hatte, war er bis auf die eine Ausnahme, in gewisser Weise, immer die unantastbare Respektperson geblieben.

Aber der Misstritt hatte sich in seiner Stadtwohnung abgespielt, nicht hier auf der Ranch, und wenn es einen Ort gab, an dem Clark seinen inneren Frieden fand, dann hier. Wahrscheinlich ist das der Grund, weshalb er bisher peinlich darauf bedacht war, mich nicht hierherzubringen, dachte Tessa. Damit ich ihn nur nicht störe.

Hier, weit weg vom geschäftigen Treiben der Stadt, war Clark entspannt und locker und trug wie die Cowboys verwaschene Jeans, einen verbeulten schwarzen Stetson, schwarze Reitstiefel mit Sporen und den unerlässlichen ledernen Beinschutz eines Viehtreibers.

Manchmal hinkte er ein wenig, da die körperlich anstrengende Arbeit an seinen Kräften zehrte. Aber das änderte nichts daran, dass er ungezwungener war als im Büro. Genau das machte Tessa nervös. Außerdem kam sie sich hier weniger vor ihm geschützt vor als in seinem immer von neugierigen Mitarbeitern bevölkerten Vorzimmer.

Beryl mischte sich genauso wenig wie die anderen auf der Ranch in Clarks Angelegenheiten ein, und Tessa sträubte sich innerlich gegen die Vorstellung, Clark auf Gedeih und Verderb ausgeliefert zu sein.

Clark merkte, dass Tessa ihn mied, wo sie nur konnte, und reagierte zunehmend ungeduldig, bis er sich dann drei Tage nach ihrer Ankunft Luft machte. Er stellte Tessa zur Rede, als sie in der Scheune einem neugeborenen Kalb gerade die Flasche gab. Schon an seinem vorgeschobenen Kinn und dem Funkeln der dunklen Augen ließ sich unschwer seine Stimmung erkennen. „Hör auf, mir aus dem Weg zu gehen", sagte Clark ohne Umschweife. Doch trotz seines Ärgers stellte er fest, wie hübsch Tessa selbst in ausgefransten Jeans, einem karierten Farmerhemd und ohne Make-up aussah.

Nervös sah Tessa auf. „Ich füttere nur das Kalb ...", setzte sie zögernd an und deutete auf das Tierbaby, das vertrauensvoll den Kopf auf ihr Knie gelegt hatte.

„Lenk nicht vom Thema ab", unterbrach er sie unwirsch, nahm genervt den Stetson ab und ging neben ihr in die Hocke.

Clark trug ebenfalls Arbeitskleidung, seine Jeans und Stiefel sahen noch weniger repräsentabel aus als Tessas. Die Ärmel des blauen Baumwollhemds waren übersät von Blut- und Schmutzflecken, der Lederschutz war speckig und abgetragen. „Ich habe mehrmals versucht dir klarzumachen, dass ich mein damaliges Verhalten bereue." Er sah ihr fest in die Augen.

Errötend senkte Tessa den Kopf. Das Herz klopfte ihr bis zum Hals, doch warum das so war, wollte sie nicht näher ergründen. „Du wiederholst dich", murmelte sie abweisend.

„Weil du bisher anscheinend nicht zugehört hast." Er fuhr sich gereizt durch das dichte verschwitzte Haar. „Da du inzwischen gelegentlich mit anderen Männern ausgegangen bist und ein gewisses Alter erreicht hast, dürftest du bemerkt haben, dass die Leidenschaft manchmal mit einem Mann durchgehen kann." Er legte den Finger unter ihr Kinn und zwang sie, ihn anzusehen. „Habe ich recht?"

„Es gab nie jemanden. Jedenfalls nicht ... so", presste sie endlich heraus.

Clarks Gesichtsausdruck änderte sich schlagartig. Ernst ließ er den Blick über Tessas zitternde Lippen schweifen, dann sah er ihr forschend in die Augen. „Wie tief sind die Wunden, die ich dir geschlagen habe?", fragte er ruhig.

„Ziemlich tief." Sie lächelte schief auf und hob unbehaglich die Schultern. „Clark, ich habe zu arbeiten."

Er zog die Hand zurück, stützte sie auf sein Knie und sah zu, wie Tessa mit bebenden Fingern fortfuhr, das Kälbchen zu füttern. „Du bist damals immer wieder zu mir gekommen, egal wie abstoßend ich mich aufführte. Und du hast mir näher gestanden als je ein Mensch zuvor." Das war ihm unbeabsichtigt entschlüpft. Er zeichnete mit dem Finger verlegen eine Schmutzspur auf seiner Jeans nach und fuhr fort: „Die Situation ist mir über den Kopf gewachsen. Ich wollte eigentlich nie eine Frau in meinem Leben haben."

„Immerhin warst du verheiratet, als wir uns kennenlernten."

Er lächelte spöttisch. „Ich begann mit Jane auszugehen, weil meine Mutter sie nicht ausstehen konnte. Und geheiratet habe ich sie, weil sie sonst nicht mit mir ins Bett gegangen wäre. Aber sie ertrug es nur aus einem Grund, mit mir zu schlafen", sagte er, ohne näher auf den Grund einzugehen. „Da ich ihr nicht geben konnte, wonach sie verlangte, ergriff sie die erstbeste Gelegenheit, sich einen anderen zu angeln. In der Zwischenzeit dürfte sie zufrieden sein. Sie ist wieder verheiratet und hat ein Kind."

„Oh." Tessa sah ihm in die Augen und versuchte darin zu lesen, während sie allen Mut sammelte, die Frage zu stellen, die ihr auf der Zunge brannte. Doch Clark kam ihr zuvor.

„Du möchtest wissen, warum sie nicht gern mit mir schlief? Musst du das wirklich noch fragen?"

Er führt sich wirklich oft wie ein Bulldozer auf, überlegte Tessa. Vielleicht war die Kostprobe, die er ihr damals gegeben hatte, überhaupt seine Art, mit Frauen umzugehen. Allerdings hatte sie das nie für sehr wahrscheinlich gehalten. Und sein jetziges Benehmen sprach auch nicht dafür. Tessa hob den Kopf. „Bist du mit Jane so umgesprungen wie mit mir?"

Clark knirschte mit den Zähnen. „Ich habe noch keine Frau genug gemocht, um mich darum zu scheren, ob sie Spaß am Sex mit mir hat", gab er unumwunden offen zu. „Ich wollte Jane, dachte, sie liebt mich, und hielt ein großartiges Vorspiel für überflüssig."

Tessa seufzte tief. „Aber man kann doch nicht einfach über eine Frau … herfallen", erklärte sie fassungslos. „Clark, Frauen sind nicht wie Männer. Sie brauchen Zeit und … Zärtlichkeit."

„Woher willst du das wissen?", fragte er aufsässig. „Hast du nicht eben praktisch zugegeben, noch immer Jungfrau zu sein?"

Nun wurde Tessa tiefrot. Wütend funkelte sie ihn an. „Dass ich noch Jungfrau bin, heißt nicht, dass ich blöde bin. Ich habe sehr wohl eine Vorstellung davon, was eine Frau empfinden möchte, wenn sie mit dem Mann, den sie liebt, zusammen ist."

„Du hast mich einmal geliebt", sagte er düster. „Und trotzdem hast du nichts als Furcht vor mir empfunden."

„Ich habe für dich geschwärmt", berichtigte sie ihn und erschauerte bei der Vorstellung, wie leicht zu durchschauen sie gewesen sein musste. Aber mit neunzehn Jahren hatte sie noch keine Ahnung gehabt, wie man seine Gefühle verbarg.

„Und ich war hungrig … hungrig nach dir", sagte er zögernd. „Du warst so süß und verliebt, und ich dachte …" Er fluchte atemlos. „Was soll's? Du hast mich nicht gewollt."

„Du warst so brutal", flüsterte Tessa leise.

Clark ballte die Hand auf dem Knie zur Faust und sagte steif: „Ich habe eben nie gelernt, mich einer Frau auf andere Weise zu nähern.

Ich war ein Spätzünder, und meine Mutter hatte mir nur ihren leidenschaftlichen Hass auf Männer vermittelt und sie hasste auch mich. Als Polizist, der auf den Straßen Dienst tut, lernt man dort nun mal nur Frauen kennen, die mindestens so hart im Nehmen sind wie Männer. Meine sexuellen Erlebnisse waren hastige Quickies ohne Gefühl."

„Clark", flüsterte Tessa weich und berührte seine Wange. Zum ersten Mal berührte sie ihn aus freien Stücken. Ihre Finger waren eiskalt. „Es tut mir so leid."

Mit einem Ruck entzog er sich ihrer Berührung. Seine Augen funkelten und wurden schmal. „Ich brauche kein Mitleid, Honey", spottete er. „Ebenso wenig wie eine verdammte Frau."

Damit stand Clark auf und stapfte den Gang hinunter aus der Scheune. Zurück ließ er eine geschockte, verwirrte Tessa, die sich fragte, ob ihm überhaupt bewusst war, wie viel von sich er da eben preisgegeben hatte.

4. KAPITEL

*I*n den nächsten beiden Tagen war es Clark, der Tessa aus dem Weg ging. Es erschien Tessa fast so, als habe ihn sein Geständnis verlegen gemacht.

Ihre Nervosität dagegen schwand zunehmend seit der Erkenntnis, worauf Clarks Gefühlskälte gegenüber Frauen beruhte.

Sie hatte seine Mutter nie gemocht, denn Rita Devlin war ihr geradezu feindselig begegnet, wenn ihr Vater nicht dabei gewesen war. Und von Jane hatte sie auf Anhieb den Eindruck gewonnen, dass sie Männer ebenso sehr hasste wie Clarks Mutter.

Heißt es nicht, dass Männer sich unbewusst Frauen suchen, die ihrer Mutter gleichen? überlegte Tessa. Oder, dass ihre Vorstellung von Frauen zumindest von dem Verhalten ihrer Mutter geprägt ist? Clark hatte nur Kontakt zu Rita, Jane und Prostituierten gehabt. Vielleicht dachte er, Sex sei nur okay mit Frauen, die nicht sanft waren und kein Gefühl zeigten?

Eine ernüchternde Vorstellung. Aber Tessa blieb keine Zeit, sich darüber Klarheit zu verschaffen, denn Clark verkündete überraschend, er müsse dringend ins Büro. Und natürlich war auch sie bereit, die Arbeit wieder aufzunehmen. Ihr Arm war fast verheilt, nur die Narbe schmerzte manchmal noch.

Am nächsten Morgen lud Clark das Gepäck in den Wagen, und sie verabschiedete sich von Beryl. Die Rückfahrt verlief so schweigend wie die Hinfahrt. Clark benahm sich distanziert und unnahbar. Als er vor ihrem Apartment hielt und ihre Koffer nach oben trug, erklärte er kurz angebunden: „Ich werde jemanden vor deiner Tür postieren und dich beschatten lassen." Er stellte das Gepäck im Eingang der Wohnung ab.

Irritiert sah sie zu ihm hoch. „Ein Wachhund ist vollkommen überflüssig. Ich bin absolut fähig, die Polizei zu rufen, wenn ich es für nötig halte."

„Bist du nicht. Du kennst dich mit Dealern nicht aus. Ich schon."

„Oh, Mr Ex-Cop, Sir", spottete sie aufgebracht. „Wie konnte ich Ihre Autorität anzweifeln."

Er lächelte. Es war nur eine kleine Bewegung der Lippen, doch auf eine so sinnliche Weise, dass ihr Herz plötzlich schneller schlug. „Schön, dass du das einsiehst. Neben der Ranch hat mich nämlich nur die Arbeit als Cop wirklich erfüllt. Aber was ich jetzt tue, kommt dem ziemlich nahe. Insbesondere dann, wenn ich an einem Verbrecher dran bin."

„Es muss am Adrenalin liegen", murmelte sie. „Du bist süchtig nach Gefahr."

„Tatsächlich?"

„Es würde jedenfalls erklären, warum du nie das Tempo drosselst." Sie ließ den Blick über seinen schlanken und trotz der üblen Narben wohltrainierten Körper schweifen.

„Sieh mich nicht so an", meinte er mit dem Anflug eines Lächelns. „Ich war nie gebaut wie ein Pin-up-Boy, und seit der Schießerei damals biete ich in Badeshorts erst recht keinen berauschenden Anblick."

Unwillkürlich musterte Tessa ihn noch intensiver. „Ich habe dich nie in Badehose gesehen", sinnierte sie leise.

„Ich würde mich auch nicht mal als Leiche in einer präsentieren. Jedenfalls würde ich mich nicht in der Öffentlichkeit zeigen." Er atmete schwer. „Bei dir hätte ich vermutlich noch die wenigsten Hemmungen."

Ruhig erwiderte sie seinen Blick. „Warum ausgerechnet bei mir nicht?"

„Weil du mir nicht das Gefühl geben würdest, nur noch ein halber Mann zu sein", antwortete er schlicht. „Manche Frauen haben den Dreh raus, das Ego eines Mannes zu zertrampeln. Es gibt ihnen das Gefühl der Überlegenheit. Wenn ein Mann das Gleiche bei einer Frau tut, nennt man ihn einen Chauvi. So misst man mit zweierlei Maß."

„Nicht alle Frauen sind so."

Clark machte einen Schritt auf Tessa zu, und als sie nicht zu zittern begann oder zurückwich, machte er noch einen, bis er so dicht bei ihr stand, dass er den Hauch von Veilchenduft wahrnahm, der auf ihrer Haut lag.

Tessa trug einen silbergrauen Hosenanzug und eine pinkfarbene Bluse. Das Haar lag offen und leicht gewellt um ihre Schultern. Sie sah sehr jung und sehr hübsch aus, und sehr verletzlich. Ein wenig rau strich Clark ihr eine Strähne aus dem Gesicht, legte die Hand um ihren Nacken und zog ihren Kopf zu sich. „Zeig es mir", sagte er heiser.

Tessas Lippen öffneten sich, und sie atmete schneller, als ihr Herz wie wild zu klopfen begann. „Was?", wisperte sie. „Was soll ich dir zeigen?"

Er sah auf ihre Lippen und beugte sich über sie. „Zeig mir, wie man zärtlich ist."

Er sprach die Worte in ihren Mund. Es war eine so intime Berührung und sie schrak zurück vor seinen feuchten, warmen Lippen und seinem Atem, der schwach nach Rauch schmeckte und der warm durch ihren Mund strich. Sein Körper war in diesem Augenblick so nah und strahlte eine solche Stärke und Kraft aus, dass sie glaubte, auch ihn auf der Haut zu spüren.

„Was magst du, Tessa?", flüsterte Clark, knabberte sanft an ihrer Oberlippe und strich dann mit der Zungenspitze über die feuchte Innenhaut. „Sag es mir."

Tessa legte hilflos die Hände auf seine Brust. „Clark, das kannst du nicht", begann sie.

„Warum?", fragte er leise, den Mund weiter an ihren Lippen.

Seine Berührungen waren nur ein Hauch, und doch zitterten ihr immer mehr die Knie dabei. „Du ... du hasst mich."

„Ich habe meine Mutter gehasst." Clark suchte Tessas Blick. „Ich habe Jane gehasst ... ich habe die halbe Welt gehasst. Aber dich habe ich nie gehasst. Niemals! Tessa ..."

Sie fühlte ihn erzittern, als er ihren Mund nun ganz mit seinem bedeckte, ihn einfing in einem stummen Schrei unendlicher Sehnsucht.

Einen Augenblick war es wie damals, doch er riss sie bei seiner Umarmung nicht an sich, und sie merkte, wie sehr er um seine Beherrschung kämpfte, wie entschlossen er war, sie nicht unter Druck zu setzen. Der Moment der Panik schwand, und sie ließ es zu, dass er sie in den Armen hielt. Zum ersten Mal erlaubte auch sie es sich, seinen Mund auf ihrem zu fühlen, diesen Kuss, der von einer solchen Zartheit war, zu schmecken. Sie genoss ihn, mehr als sie es sich je erträumt hatte. Clarks Lippen waren fest. Sie mochte das, und sie mochte ihren Geschmack.

Eine plötzliche Hitze strömte durch ihren Schoß. „Clark ...", stöhnte Tessa an seinem Mund. Doch als habe sie etwas in ihm entfacht, fasste er sie fester und teilte ihre Lippen. Sanft schob er seine Zunge in die samtige, feuchte Tiefe hinein.

Schon einmal hatte er sie so geküsst, und Tessa keuchte auf. Clark hob den Kopf. Sein Herz klopfte laut. Einen langen Moment sah er in Tessas Augen. Was er sah, erfüllte ihn mit einer wilden Freude. Sie war nicht verängstigt, sie war erregt. Und es ist eigentlich komisch, dachte er, dass auch mich Zärtlichkeit so sehr erregen kann.

Doch ebenso sah er das leise Zögern in ihrem Blick, auch wenn sie es vor ihm zu verbergen suchte. „Du magst keine tiefen Küsse mit mir, nicht wahr?" Er sprach heiser vor Begehren, und seine Augen glitzerten. „Dieses Erschauern, wenn ich mit meiner Zunge in deinen Mund gleite, in ihn eindringe ..." Er strich ihr Haar zurück. Schweigend und ohne Abwehr an ihn gelehnt stand Tessa da, gebannt von dem tiefen rauen Klang seiner Stimme. „Es ist so ähnlich, als wenn ich ganz in dich eindringen würde", flüsterte er, die Lippen wieder an ihrem Mund. „Doch dann ist es noch viel intimer … und totaler … und sehr, sehr tief." Und dabei ließ er immer wieder seine Zunge tastend durch ihren Mund gleiten.

Tessa schrie leise auf, und in einer heftigen Bewegung schlang sie die Arme um seinen Nacken. Ihr Blick war wild, und sie zitterte. Aber dieses Mal nicht aus Furcht, sie hatte auch keinen Moment gezögert, ihn zu umarmen. Er hatte sie erregt, ganz erregt, und sie zeigte es ihm. Bei dieser Erkenntnis schlug Clarks Herz hart gegen die Rippen.

Das Schrillen des Telefons zerriss die angespannte Stille. Als Clark den Kopf hob und Tessa loslassen wollte, gaben die Beine unter ihr nach.

„Schon gut, ich halte dich", raunte er, hob sie auf die Arme und trug sie hinüber zum Sofa. Tessa schmiegte die Wange an sein Jackett und behielt die Arme um seinen Nacken. Clark setzte sich mit ihr auf dem Schoß auf die Couch und nahm den Hörer ab.

„Ja, sie ist wieder da. Ja, es geht ihr gut. Nein, du kannst jetzt nicht mit ihr sprechen. Ja, ich sage ihr, sie soll dich zurückrufen", sagte er trocken und sah Tessa in die Augen. Ihr Blick war verschleiert. „Sie wollte wissen, wie es dir geht."

„Wie nett von ihr."

„Ja, aber was für ein Timing." Er sah auf ihren Mund. „Ich bin glücklich, dass du mich willst, Tessa, dass es mir gelungen ist …" Und wieder bedeckte er ihren Mund mit seinem, streichelte ihre Lippen in einer langen Sekunde brennender Sehnsucht.

„Ich habe noch nie eine Frau so geküsst wie dich."

Die Arme um seinen Nacken geschlungen, antwortete Tessa leise: „Und du hast Dinge zu mir gesagt …"

„Die dich ganz schön in Fahrt gebracht haben." Er sah sie voller Begehren an. Tessa wurde rot und senkte den Blick auf seinen Hals. Eine Minute verging. „Ich habe noch zu keiner Frau je solche Dinge gesagt. Doch bei dir sind die Worte wie von selbst gekommen."

„Du hast mich nicht verletzt."

Clark schluckte hart. Wie gebannt sah er erneut auf ihren Mund, und mit jeder Sekunde wurde sein Verlangen quälender. Ich muss mich zusammenreißen, sagte er sich verzweifelt. Ich muss das hier stoppen, solange ich es noch kann. „Nein", entgegnete er heiser. „Ich habe dich nicht verletzt." Rücksichtsvoll zu sein war ihm nie wichtig gewesen.

Tessa brachte ihn dazu, es sein zu wollen – ob ihm das nun behagte oder nicht. „Ich könnte dich nicht verletzen, selbst dann nicht, wenn ich es wollte."

In einer rauen Zärtlichkeit rieb Clark seine Wange an ihrer und drückte Tessa fest an sich. Dann schob er sie von seinem Schoß und stand auf. „Ich gehe jetzt besser. Schließ die Tür ab und ruh dich aus. Morgen bringen wir wieder Ordnung ins Büro. Natürlich nur, wenn du schon wieder arbeiten kannst."

„Sicher kann ich das", stammelte Tessa. Ihre Lippen prickelten noch von seinem Kuss. Verwirrt sah sie, wie Clark seine Krawatte richtete. „Warum?", fragte sie ihn leise.

Clark kämpfte noch darum, sein inneres Gleichgewicht wiederzufinden. Nie zuvor hatte er eine solche Schwäche für eine Frau gefühlt, nie zuvor diesen tiefen Wunsch gehabt, einer Frau zu gefallen. Er wollte, dass Tessa ihn mochte, ihn wirklich mochte. Dass er noch verletzbar war, hätte er nicht gedacht, aber er war es. Gleichzeitig wollte er sie, wie er noch keine Frau je gewollt hatte. Aber er kannte sich, und er durfte diesem Hunger nicht nachgeben. Er sah Tessa scharf an. „Du willst, dass ich bleibe? Als Vergebung für vergangene Stunden?", fragte er spöttisch zurück.

Ihr Kopf sank auf die Brust. „Oh", hauchte sie hilflos.

Der Anblick ihres zarten Nackens drängte sein quälendes Verlangen zurück, doch die Anspannung blieb. „Zur Hölle, Tessa, ich bin ein Einzelgänger! Hast du das vergessen? Die ganze Situation ist für mich nicht einfach." Er zog eine Zigarette aus der Tasche und zündete sie sich an. „Ich wollte herausfinden, ob ich dich erregen, dir die Angst vor mir nehmen kann. So ist es doch, nicht wahr?"

„Das ist alles?"

„Nein. Du weißt, du musst es wissen, dass ich dich so sehr will, dass ich es kaum aushalten kann." Sein Blick lag erneut auf ihrem Mund. „Lass mich dieses Gefühl nicht wieder durchmachen, zu deinem eigenen Besten", sagte er schließlich und wandte sich ab. „Sagen wir einfach, ich wollte ergründen, ob Zärtlichkeit irgendeinen Geschmack hat."

„Und? Hat sie es?"

Bereits an der Tür, die Hand schon auf der Klinke, drehte Clark sich noch einmal um und sah Tessa mit stiller Verzweiflung an. Ohne auf ihre Frage zu antworten, erklärte er leise: „Tessa, ich bewege mich auf festgefahrenen Wegen. Für eine kleine Puritanerin wie dich bin ich zu hart und habe zu viel gesehen. Möglicherweise werde ich nie aufhören, dich zu wollen, aber ich will keine Verpflichtungen eingehen. Und darum darfst du nicht zulassen, dass ich dich verführe. Lass uns ein wenig Distanz schaffen, einverstanden?"

Tessa zwang sich zu einem Lächeln. Wenigstens war Clark ehrlich. Und die alten Wunden schmerzten nicht mehr so heftig. Nicht nach dem, was eben zwischen Clark und ihr geschehen war. „Okay. Danke, dass du für mich da warst, als ich Hilfe brauchte."

„Ich werde immer da sein, wenn du mich brauchst, Baby", sagte er sanft.

Das Kosewort ließ ihren Puls rasen, und sie konnte ihre Reaktion vor Clark nicht verbergen.

„Du hast gerade an das letzte Mal gedacht, als ich dich so genannt habe, nicht wahr?", sagte er ruhig. „Und glaub mir, trotz der Art, wie ich vorhin zu dir war, im Bett bin ich rau und schnell, und zuerst kommt mein eigenes Vergnügen. Ich passe nicht zu dir, genauso wenig, wie eine Jungfrau zu mir passt", fügte er mit brutaler Offenheit hinzu. „So ist das nun mal, und wir sollten es in Zukunft nicht vergessen. Gute Nacht, Tessa."

Er ging und schloss die Tür hinter sich. Tessa lief hin und berührte behutsam die Klinke, als könnte sie dort noch die Wärme seiner Hand spüren. Zum zweiten Mal trennte Clark und sie ein tiefer Graben – mit dem einzigen Unterschied, dass sie nun keine Angst mehr vor ihm hatte. Doch das änderte nichts. Wieder würde sie ihre eingefahrenen Wege gehen. Und keiner dieser Wege führte sie zu Clarks Liebe.

Was Tessas Bodyguard betraf, war Clark unbeugsam geblieben. Einer der Mitarbeiter der Detektei, ein Mann namens Adams, folgte Tessa auf Schritt und Tritt. Grinsend stimmte Helen ein paar Takte von *Ich und mein Schatten* an und improvisierte einige Tanzschritte, als Tessa am nächsten Tag das Büro betrat.

„Hör bloß auf, Helen", brummte Tessa entnervt. „Anscheinend glaubt Clark, man würde mich am helllichten Tag umlegen."

„Unser reizender Boss", sang Helen und zwinkerte fröhlich. „Stell dir vor, wie schnell sein Ruf als Detektiv im Eimer wäre, wenn seine eigene Sekretärin bei einem Fall ins Gras beißt."

Tessa lachte schallend auf und schloss sie herzlich in die Arme. „Du bist ein verrücktes Huhn. Aber es ist schön, wieder bei euch zu sein."

„Wir haben dich auch vermisst", erklärte Helen nachdrücklich. „Tut mir übrigens leid, dass ich vergessen hatte, dich wegen der Überwachung zu warnen. Aber Clark hat in diesem Punkt sowieso nicht mit sich reden lassen." Sie verzog vielsagend das Gesicht. „Er ist ein denkwürdiger Anblick, wenn das Temperament mit ihm durchgeht, nicht wahr? Obwohl, manchmal finde ich es fast schade, dass ich schon mit Harold zusammen bin. Clark wäre nämlich eine Sünde wert." Sie wurde ernst. „Seit Jane ihn verlassen hat, ist er, glaube ich, mit keiner Frau mehr ausgegangen. Meinst du, weil er angeschossen wurde?"

„Worauf willst du hinaus?", fragte Tessa neugierig.

„Na ja, er hinkt manchmal", erwiderte Helen und senkte die Stimme. „Es könnte seine Fähigkeiten im Bett beeinträchtigt haben."

Tessa räusperte sich. „Seine Fähigkeiten als Reiter sind jedenfalls nicht betroffen. Auf der Ranch saß er jeden Tag im Sattel. Er reitet wie der Teufel."

„Ein bemerkenswerter Punkt." Helen zuckte die Achseln. „Vielleicht findet er sich hässlich. Oder hasst ganz einfach Frauen. Wäre schade. Wenn er nur nicht immer so ein ernstes Gesicht ziehen würde. Für ihn ist anscheinend alles nur Business." Kopfschüttelnd überlegte sie laut: „Ob er sich bei Frauen auch so gibt?"

Bei der Erinnerung daran, wie Clark sich bei einer Frau geben konnte, wurden Tessa die Knie weich. Für sie strahlte Clark eine raue Sinnlichkeit aus, und, wie sie gerade erst gestern entdeckt hatte, er konnte durchaus einfühlsam sein. „Bring mich bitte auf den neuesten Stand, Helen", wechselte sie das Thema und nahm die Schutzhülle von ihrem Computer. „Mir kommt es vor, als sei ich einen Monat weg gewesen und nicht nur ein paar Tage."

„Das glaube ich dir gern. Ist dein Arm okay?"

„Klar." Tessa grinste. „Wir hartgesottenen Schnüffler stecken eine Kugel doch mit links weg."

„Reite ruhig darauf herum", sagte Helen und stöhnte. „Mittlerweile bin ich die Einzige weit und breit, die sich noch keine Kugel gefangen hat. Sogar die Sekretärin hat mich übertrumpft."

Tessa hob abwehrend mit gespielt ernster Miene die Hände. „Ich schwöre, nicht mal um dich zu übertrumpfen, hätte ich es freiwillig darauf angelegt."

Tessas und Helens Plänkelei wurde ein abruptes Ende gesetzt, als Clark aus seinem Büro ins Vorzimmer kam. „Kleines Plauderstündchen während der Geschäftszeit? Los, an die Arbeit."

„Ja, Sir", erwiderte Helen. „Sofort, Sir."

Tessa vermied es, Clark anzusehen. „Helen hat mich nur auf den aktuellen Stand gebracht." Dann wagte sie doch einen Blick. „Du siehst müde aus."

„Ich habe kaum geschlafen." Clark fuhr sich durch das dunkle Haar und richtete seinen Blick statt auf Tessa auf die Wand hinter ihr. „Ich werde den ganzen Morgen in einer Konferenz sein. Stell bitte keine Anrufe durch. Übrigens, du siehst heute so elegant aus. Eine Verabredung zum Lunch?"

Tessa hatte sich für einen hellbeigen Hosenanzug und eine lachsfarbene Bluse entschieden, das Haar hochgesteckt und Make-up aufgelegt. „Nein." Sie klimperte verlegen auf der Tastatur des Computers herum. „Ich wollte es meinem Schatten nicht antun, wie eine langweilige Tippse herumzulaufen. Deshalb das Mata-Hari-Outfit."

„Falsche Zunft. Wir sind Detektive, nicht Spione", entgegnete Clark knapp und fügte sehr ernst hinzu: „Der Verhaftete ist auf Kaution frei und niemand weiß, wo er sich herumtreibt."

Kalte Schauer liefen Tessa über den Rücken, denn wenn die Kerle verzweifelt genug wären, könnte ihr Leben keinen Pfennig mehr wert sein. Trotzdem versuchte sie, Clark zu beschwichtigen. „Adams hat mich nicht ein einziges Mal aus den Augen gelassen."

Er nickte. „Der Junge ist ausgezeichnet. Aber die bisherige Schutzmaßnahme reicht nicht. Er kann schließlich nicht bei dir schlafen."

„Du könntest mir den Umgang mit einer Waffe beibringen."

„Man braucht jahrelange Übung, um zielsicher zu treffen. Und Übungen im Schießstand sind nicht das Gleiche, wie in einer ausweglosen Situation die Waffen ziehen zu müssen."

Wer könnte das besser wissen als du? dachte Tessa. „Ich könnte zu Helen ziehen", schlug sie erneut vor.

Clark nahm die Hände aus den Hosentaschen, setzte sich auf die Kante ihres Schreibtischs und beugte sich dicht zu ihr, damit nur sie ihn hören konnte. Eindringlich sah er sie an. „Fass das jetzt bitte nicht falsch auf, aber ich möchte, dass du zu mir ziehst, bis der Täter gefasst ist."

„Ich soll bei dir leben?"

Er nickte und versuchte, die angespannte Stimmung zwischen ihnen mit einem Witz zu mildern. „Ich würde dich ja bei Adams unterbringen, aber das dürfte seiner Freundin sauer aufstoßen. Nein, im Ernst, falls du dir wegen gestern Gedanken machst: Ich sagte ja, dass ich keine Bindung möchte, und ich werde dich auch nicht verführen und mittlerweile müsstest du auch wissen, dass ich dich zu nichts zwingen würde."

Tessa biss sich auf die Unterlippe. „Schön, aber was für einen Eindruck würde das machen?"

„Niemand außer den Mitarbeitern würde davon wissen. Und die kennen den Grund. Es ist ja nicht so, als ob ich dir eine Affäre mit mir vorschlage."

„Das weiß ich."

Clark legte den Finger unter ihr Kinn und hob leicht ihren Kopf an. „Ich verspreche, nie nackt herumzulaufen und kein einziges Footballspiel anzusehen, während du bei mir wohnst."

Tessa lächelte schief. „Siehst du dir sonst oft Footballspiele an?"

Er schüttelte den Kopf. „Nein, aber ich laufe praktisch immer nackt herum. Ich werde mir einen Pyjama zulegen müssen. Und einen Bademantel."

„Ich trage auch gern Pyjamas."

„Nun, dann wäre ja alles geregelt. Ich werde dich gegen sieben in deiner Wohnung abholen. In der Zwischenzeit behält Adams dich im Auge." Damit erhob Clark sich von der Schreibtischkante und verschwand wieder in sein Büro.

Stirnrunzelnd sah Tessa ihm nach, bis die Tür hinter ihm ins Schloss fiel. Was hatte Clark bloß zu diesem Angebot veranlasst? Will er sich beweisen, dass er mich nicht begehrt? fragte sie sich und wünschte, sie wüsste die Antwort. Doch wie die auch sein mochte, es wäre dumm, darauf zu bestehen, allein in ihrem Apartment zu bleiben. Ihre Arbeit hier hatte sie gelehrt, wie wenig ein Menschenleben Drogenhändlern bedeutete. Und Clark hatte die beste Ausbildung, sie vor ihnen zu schützen. Dafür war sie unendlich dankbar, denn ihr Leben könnte davon abhängen.

Zum Glück verlief der Tag ungewöhnlich ruhig. Pünktlich um fünf verließ Tessa, Adams auf den Fersen, das Büro und packte in ihrer Wohnung ein paar Kleider für die nächsten Tage zusammen. Punkt sieben Uhr erschien Clark, um sie abzuholen.

„Ist das all dein Gepäck?", fragte er mit einem ungläubigen Blick auf den einzigen Koffer, der im Flur stand. „Tessa, ich möchte dich nicht erschrecken, aber möglicherweise wirst du eine ganze Weile bei mir bleiben müssen."

„Ich kann doch jederzeit herkommen und holen, was ich brauche, oder?"

„Stimmt. Hast du an Nachthemd und Bademantel gedacht?"

„Ja." Sie errötete. „Pyjama und Bademantel."

Clark lächelte sanft. „Du wirst dein eigenes Zimmer haben. Mein Apartment ist groß."

„Ich erinnere mich", sagte sie unüberlegt, bereute es aber sogleich, auf die Vergangenheit angespielt zu haben, denn Clarks Miene verdüsterte sich.

„Lass uns gehen", forderte er sie barsch auf, griff nach ihrem Koffer und trug ihn hinunter.

Auf dem Weg in die Tiefgarage sah er sich immer wieder wachsam um und suchte auch dort erst alles ab, bevor er Tessa in den Wagen half. Ergeben nahm sie zur Kenntnis, dass er eine Waffe trug, wie die leichte Ausbuchtung unter seiner linken Achsel bewies, doch sie erinnerte sie auch schmerzlich daran, dass Clark bei seiner Arbeit konstant in Gefahr schwebte.

„Wenn ich nur an jenem Abend das Büro pünktlich verlassen hätte", warf sie sich leise vor und lehnte sich zurück, während Clark den Wagen aus der Garage steuerte. „Dann wäre uns das alles erspart geblieben."

„Und ich musste dir ja unbedingt eine Strafpredigt halten."

„Ich hatte den Rüffel verdient, so wie ich euch die Tour vermasselt habe."

„Na ja, eigentlich bist du im richtigen Moment aufgetaucht", brummte Clark widerwillig. „Dem Besitzer des Ladens, unserem Verdächtigen, war Helen nämlich bereits aufgefallen. Aber als du auftauchtest und sie in ein unverfängliches Gespräch verwickeltest, wurde er unvorsichtig. Fünf Minuten nachdem du gegangen warst, haben sie seinen Neffen erwischt."

„Clark, das hast du nie erwähnt!"

Streng sah er sie an. „Ihr beide, du ebenso wie Helen, hattet euch eine Standpauke verdient, denn es hätte genauso gut schiefgehen können. Pass nächstens besser auf, ja?"

„Sklaventreiber! An die Sachen, nach denen ich verrückt bin, lässt du mich doch sowieso nie heran!"

„Zum Beispiel?" Die Ampel war gerade rot, und er legte den Arm um die Rückenlehne des Beifahrersitzes und sah ihr herausfordernd in die Augen. „Mit mir zu schlafen?"

„Eingebildet bist du ja gar nicht."

Clark lächelte nur. „Du willst mich."

Sie mied seinen Blick. „Es ist grün."

„Okay. Von mir aus wechsle das Thema", meinte er und fuhr an. „Aber ich schließe besser meine Schlafzimmertür ab, falls du doch auf dumme Gedanken kommst."

Tessa starrte ihn sprachlos an. Das klang so gar nicht nach dem strikt geschäftsmäßigen Detektiv.

Er hob eine Braue. „Tut mir leid, dich zu enttäuschen, aber ich bin nun mal ein altmodischer Junge und für seichte Affären nicht zu haben."

„Clark, fühlst du dich ganz wohl?"

„Ja, aber tritt mir bloß nicht zu nahe, um das zu überprüfen. Und nimm die Hand von meinem Knie. Ich bin nicht so einer."

Tessa lachte schallend auf. Sie hätte nie vermutet, dass Clark über einen derart köstlichen Humor verfügte. „Ich komme mir vor wie ein männermordender Vamp."

„Das sind die meisten Frauen auch – aber sexhungrige Jungfrauen kommen gleich danach."

„Das bin ich nicht!", protestierte sie.

„Da wäre ich mir an deiner Stelle nicht so sicher", parierte er und rangierte den Wagen auf einen Parkplatz vor seinem Apartment. „Dieser Trieb wächst bei Mädchen wie dir schleichend. Und dann übermannt er euch. In der einen Minute seid ihr nervös und verschämt, und in der nächsten reißt ihr eurem hilflosen Opfer die Kleider vom Leib."

Tessa zwinkerte Clark erheitert zu. „Ich verspreche, diesen … Trieb unter Kontrolle zu halten."

„Na gut, das hoffe ich auch. Und wehe du linst ins Bad, wenn ich unter der Dusche stehe."

5. KAPITEL

*D*as Zimmer, das Clark Tessa gab, war von den Tapeten über die Vorhänge bis zum Teppich in Blautönen gehalten. Tessa fühlte sich auf Anhieb wohl, und die ausgelassene Neckerei während der Fahrt hatte ihre Bedenken, bei Clark zu wohnen, zerstreut.

„Ich koche, wenn du möchtest", erbot sie sich. „Ich koche nämlich leidenschaftlich gern."

„Keine Einwände." Er nickte. „Ich kann zwar kochen, aber ich hasse es."

Tessa öffnete den gut gefüllten Kühlschrank. „Wie wäre es mit Steak und Salat?"

„Klingt nicht schlecht." Clark kickte die Schuhe von den Füßen, öffnete das Jackett und ließ sich aufatmend aufs Sofa fallen.

Dass er zu Hause gern auf Socken herumlief, gefiel Tessa, auch sie liebte in der Freizeit legere Kleidung. So ging sie in ihr Zimmer und tauschte ihren Hosenanzug gegen eine Jeans, ein weißes Sweatshirt und mollige Socken.

Als sie zurück in die Küche kam, hatte Clark bereits Jackett und Krawatte abgestreift und war eben dabei, sich das Hemd aufzuknöpfen. Tessa musterte ihn unauffällig, neugierig auf seinen Körper. Soweit sie es bis jetzt sehen konnte, war seine Brust von dichten schwarzen Haaren bedeckt und die Haut nahtlos vom Gesicht bis zu der muskulösen und flachen Magenpartie gebräunt.

„Es ist meine natürliche Hautfarbe. Einer meiner Großväter war Spanier", meinte Clark gelassen, der ihren Blick bemerkt hatte. „Im Sommer werde ich noch um einiges brauner."

„Tut mir leid. Ich wollte dich nicht anstarren."

Er trat so nah zu ihr, dass ihre Körper sich berührten. Sie versteifte sich unwillkürlich, doch er nahm ihr nur sanft die Packung mit den Steaks aus der Hand und legte sie beiseite. „Keine Übergriffe", versprach er mit tiefer sinnlicher Stimme. „Nur das hier." Die eine Hand locker um ihre Taille gelegt, zupfte er sich mit der anderen das Hemd aus der Hose und streifte es über die Schultern. Als er bis zum Gürtel nackt vor ihr stand, sagte er leise: „Nun, sieh mich an."

Nie zuvor hatte Tessa einen derart maskulinen, erregend gut gebauten Mann gesehen. Sie roch seinen männlichen Duft und nahm ihn gierig in sich auf, spürte seine langen kraftvollen Beine an ihren, und gebannt blickte sie auf seine nackte Brust, die er für sie entblößt hatte.

„Deine Augen sind sehr ausdrucksvoll", raunte er heiser. „Sie verraten viel." Er senkte den Kopf und küsste sie hart und fest auf den Mund. Es war nur eine schnelle Berührung, er hatte Tessa schon wieder freigegeben. „Verbirg so heiße Blicke lieber. Sie sind gefährlicher, als du glaubst." Damit bewegte Clark sich gelassen Richtung Schlafzimmer.

Wenig später, Tessa hatte sich kaum gefangen, tauchte Clark in knapper Jeans und weißem T-Shirt wieder auf. Die Sachen schmiegten sich wie eine zweite Haut an seinen Körper, einen Körper, für den die meisten Männer viel gegeben hätten. Seine Schultern waren breit und kräftig, die Hüften schmal und die Beine lang und muskulös. Selbst auf Socken überragte er Tessa um ein gutes Stück.

„Magst du Kaffee?", fragte Clark lächelnd und genoss ihre bewundernden Blicke.

„Ja."

„Dann gieße ich welchen auf."

Die Küche war für zwei zu klein. Das wird der Grund sein, dachte Tessa atemlos, dass Clark bei jeder Bewegung meinen Körper streift. Flüchtige Berührungen, die sie tief erregten. Doch auch als der Kaffee fertig war, verließ er den Raum nicht, sondern sah ihr entspannt gegen den Tisch gelehnt beim Kochen zu. „Ich beunruhige dich", meinte er nach einer Weile nachdenklich.

Sie wollte das bestreiten, aber dann fürchtete sie, Clark könnte in Versuchung geraten, ihr das Gegenteil zu beweisen. „Ja", antwortete sie.

„Warum kommst du nicht her und unternimmst etwas dagegen?", forderte er sie sanft heraus und lächelte sie auf eine Weise an, dass ihr die Knie weich wurden.

Fast hätte sie aufgestöhnt. Ich darf nicht so empfänglich auf ihn reagieren, sagte sie sich. Nicht nach dem, was beim letzten Mal in diesem Apartment geschehen ist. Trotzdem würde sie sich ihm nun am liebsten in die Arme werfen. „Clark", protestierte sie schwach und sah ihm in die Augen.

„Du vibrierst, und ich höre deinen schnellen Atem, Tessa", murmelte er mit tiefer Stimme, die Augen dunkel vor Verlangen. Er senkte den Blick auf ihre Brüste. „Denk nur, wie es wäre, wenn ich jetzt den Bund deines Sweatshirts hochziehen und meine Lippen um die Knospen deiner nackten Brüste legen würde, bis sie sich hart aufrichten."

„Clark!"

Tessa erbebte. Ihr Gesicht glühte. Ihr Körper brannte. Wie magnetisch angezogen ging sie langsam auf Clark zu.

Er streckte den Arm nach ihr aus, umfasste ihr Handgelenk und zog sie fest zu sich. Mit beiden Händen griff er nun den Saum ihres Sweatshirts und schob es genüsslich Zentimeter um Zentimeter hoch.

Leise aufseufzend schloss Tessa die Augen und lehnte sich zurück, kostete das Gefühl seiner liebkosenden Finger aus. Als sie seine warmen Lippen auf ihrem Rippenbogen spürte, sog sie scharf die Luft ein.

„Halt dich an mir fest, Kleines", flüsterte er ihr zu, leckte zart über ihre nackte Haut, schmeckte ihren Duft und schob das Sweatshirt so weit hinauf, bis Tessas Brüste nur noch von einem hauchzarten Spitzen-BH bedeckt vor ihm lagen. Aufstöhnend strich er mit den Lippen über das filigrane Material.

Tessa hing an seinen Schultern, sehnsüchtig und hingebungsvoll. Und voller Erwartung auf das, was Clark als Nächstes mit ihr tun wollte.

„Tessa!" Seine Finger verkrampften sich plötzlich, und er riss den Kopf hoch. „Mein Gott, es tut mir leid …" Er zog ihr Sweatshirt herunter, und ohne sie noch einmal anzusehen, verließ er die Küche.

Sekundenlang war Tessa unfähig, sich zu bewegen. Nur wie durch einen Schleier nahm sie wahr, dass irgendwo in der Wohnung Wasser rauschte. Dann drehte sie sich langsam um und trat wieder an den Herd.

Tessa hatte bereits das Essen aufgetragen, als Clark zurückkam. Sein Haar war feucht, offenbar hatte er geduscht, und er trug nun über dem T-Shirt ein geschlossenes Hemd. Mir würde ein Guss kalten Wassers auch nicht schaden, dachte Tessa, ich glühe ja immer noch. Kaum zu fassen, dass sie noch vor wenigen Tagen schier Angst vor diesem Mann gehabt hatte.

Schweigend begannen sie zu essen und mieden es, einander anzusehen.

„Die Steaks schmecken fantastisch. Meine sind immer entweder halb roh oder hart wie Schuhsohlen", sagte Clark schließlich. „Eigentlich könntest du mir das Kochen beibringen, solange du hier wohnst, Tessa."

„Ja, mach ich", erwiderte Tessa bemüht unbekümmert.

Er sah sie wachsam an. „Warum so bedrückt, Tessa?", fragte er ruhig.

„Es ist nichts passiert. Ich habe dich ja nicht wirklich intim berührt.

Die Sache ist nur etwas außer Kontrolle geraten. Aber im Grunde war es für mich ein Spiel, bis du dann so weich und hingebungsvoll …"

Nichts passiert? Fast hätte sie es laut herausgeschrien. Aber eins stimmte, sie hatte sich erwartungsvoll an ihn geschmiegt. „Ich habe die Botschaft verstanden", sagte sie betont kühl und unpersönlich. Der seltsame Ausdruck auf seinem Gesicht dabei überraschte sie. „Ich trage ebenso viel Schuld daran wie du."

Er lehnte sich zurück und sah sie offen an. „Das scheint mir ziemlich fair zu sein. Aber bevor du dir da irgendetwas über das eben Geschehene zusammenreimst, Tessa, es lag hauptsächlich an meiner Abstinenz." Er wirkte plötzlich angespannt. „Seit meiner Verletzung war ich nicht mehr intim mit einer Frau. Vielleicht bin ich ausgehungerter, als es mir bewusst war."

So ist das also, dachte Tessa. Es war hart, seine Hoffnungen begraben zu müssen, aber er wollte ihr wohl klarmachen, dass nicht unsterbliche Liebe ihn angetrieben hatte. Und trotzdem, sein Verhalten blieb verwirrend. „Warum diese Enthaltsamkeit?", konnte sie ihre Frage nicht zurückhalten.

Geschockt fuhr er zusammen. „Wegen meines Beins", antwortete er unwillig.

„Weil es immer noch schmerzt?"

„Weil es einen grässlichen Anblick bietet." Er runzelte die Stirn. „Und vielleicht auch wegen dir. Seit dem Tag, an dem du vor mir davongerannt bist, stand mir nicht mehr der Sinn nach Sex. Nenn es von mir aus angeschlagenes Selbstbewusstsein."

„Damals warst du ein anderer." Sie stockte. „Nun, vorhin hast du mich nicht im Geringsten erschreckt."

„Das habe ich bemerkt", sagte er knapp. Er sah ihr lange in die Augen, und Tessa wurde rot. „Hör zu, Kleines. Du solltest mir nicht vertrauen, okay? Eine Sekunde später, und ich hätte für nichts mehr garantieren können. Verdammt", brach es aus ihm heraus, „ich begehre dich wahnsinnig, aber du bist noch Jungfrau!"

Und wie er sie begehrte! Und mit jedem Tag ging sie ihm mehr unter die Haut. So hatte er sich noch nie erlebt. Dass sie so empfänglich auf seine Berührungen reagierte, machte alles nur noch schlimmer. Es schaltete seinen Verstand aus, machte ihn unvorsichtig und angreifbar.

„Und wenn ich nicht mehr unschuldig wäre …" Es fiel Tessa ungemein schwer, ihn das zu fragen, doch sie musste es wissen.

„Wären wir schon längst im Bett gelandet", antwortete er mühsam. „Ich weiß, diese Seite von mir ist dir unheimlich. Trotzdem willst du mich genauso wie ich dich." Clark suchte ihren Blick. „Beim ersten Mal wäre es für dich wenig angenehm, das ließe sich kaum verhindern, aber dann." Eine leichte Röte überzog seine hohen Wangenknochen, während er Tessa unverwandt ansah. „Beim zweiten Mal würde ich dir eine solche Lust bereiten, bis du vor Lust schreist. Und ich würde dabei zärtlich sein, so zärtlich. Ich würde dich so lieben, wie ich es vorhin getan habe, langsam und sanft. Zur Hölle ..." Er fuhr sich rau über das Gesicht, als müsste er die Bilder mit Gewalt verjagen. „Ich muss hier raus!"

Zitternd vor neuer Hoffnung sah Tessa ihm nach, wie er hinausstürmte. Von einer Minute zur anderen war er vollkommen aufgewühlt. So sehr begehrt er mich, dachte sie fassungslos. Dabei hatte er sie jahrelang fast feindselig auf Distanz gehalten. Nun entdeckte sie mit bestürzender Klarheit, welche Verletzlichkeit er damit zu kaschieren gesucht hatte. Ich bin ihm nicht gleichgültig, dachte sie, ganz und gar nicht. Er macht sich sogar sehr viel aus mir. Vielleicht war das schon damals so gewesen. Erst jetzt begriff sie ihn wirklich. Er war von zwei Frauen, die ihm wichtig gewesen waren, zurückgestoßen worden. Eine hatte ihn gehasst, die andere war vor ihm weggerannt, in einem Moment, da er ihr seine Leidenschaft zeigen wollte und er sie so dringend gebraucht hätte.

Clark hatte Angst davor zu lieben, aber er tat es. Sie hielt den Atem an. Er liebt mich. Es war die einzig mögliche Erklärung für sein Verhalten. Für seine Zärtlichkeit und Fürsorge.

Er wusste es nicht, aber sie wusste es. Das Herz wollte ihr zerspringen vor Freude. Doch ebenso wusste Tessa, dass Clark seine Liebe nicht eingestehen würde. Nicht vor ihr und nicht vor sich selbst.

Tessa genoss das Leben mit Clark. Sie hätte nie erwartet, dass es ihr schon so viel Spaß machen konnte, gemeinsam mit ihm gemütlich vor dem Fernseher zu sitzen und sich alte Filme anzusehen.

Clark liebte es, in irgendwelchen T-Shirts und Jeans, Socken an den Füßen, die Beine über die Lehne baumeln zu lassen und ein Bier zu schlürfen.

Nun, da Tessa voller Hoffnung war, dass irgendwann auch Clark seine Liebe zu ihr entdecken würde, entspannte sie sich immer mehr. Und es war aufregend und erregend für sie, zu sehen, wie sein Blick weich und verhangen wurde, wenn sie Clark anlächelte.

Clark dagegen achtete angespannt darauf, Tessa nicht zu nahe zu kommen, auch wenn sein Verlangen nach ihr ihn fast wahnsinnig machte. Es geht nicht, rief er sich immer wieder ins Gedächtnis. Sie war ein altmodisches Mädchen mit altmodischen Ideen, streng erzogen von ihrer Großmutter. Er konnte nicht einfach mit ihr ins Bett steigen und es dabei belassen. Er musste sie sich aus dem Kopf schlagen, zumindest ihren Körper. Sie hatte ihn auch so schon genügend durcheinandergebracht. Am besten, er lebte seinen gewohnten Rhythmus weiter, den Rhythmus eines Einzelgängers, und mied alles Persönliche. Der Boss und seine Angestellte, dachte Clark. Ja, so kann ich die Situation managen.

Ein paar Tage später sah Tessa sich im Fernsehen eine Sendung über Geburten an. Clark hatte nebenan gearbeitet und wollte sich nun zu ihr gesellen. Angesichts des Themas dieses Beitrags machte er auf dem Absatz wieder kehrt.

„Ich kann umschalten, wenn du dir das lieber nicht angucken möchtest", bot Tessa an.

Clark zögerte, unwillkürlich gefesselt von den Bildern einer komplizierten Geburt, die gerade gezeigt wurden.

„Ich war nur neugierig", sagte Tessa und schaltete den Apparat aus. „Ich weiß nicht viel über Babys, und es hat mich interessiert, wie sie sich im Körper einer Frau entwickeln."

„Du meinst, wie sie gemacht werden", berichtete Clark sie trocken. „Aber das haben sie nicht gezeigt, oder?"

Tessa räusperte sich verlegen. „Nicht direkt."

„Ich habe da ein Buch …" Er stockte. „Ich weiß, es wäre dir peinlich, es hier bei mir zu lesen, aber wenn du möchtest, suche ich es für dich heraus. Es zeigt, ohne obszön zu sein, wie zwei Menschen miteinander schlafen."

Obwohl er in der Tür stand und ihr nur das Profil zugewandt hatte, versuchte Tessa in seinen Zügen zu lesen. „Ich hätte nie gedacht, dass Männer sich solche Bücher kaufen. Ich meine, du weißt doch alles über Sex."

Er zündete sich eine Zigarette an. „Über Sex weiß ich alles", bestätigte er. „Aber ich wollte … mich informieren, wie man eine Frau auf sanfte Weise liebt."

Seine Verlegenheit bei diesen Worten rührte sie. Ruhig fragte sie: „Weil ich vor dir weggelaufen bin?"

Er fuhr herum, seine Augen blitzten. „Werd nicht persönlich."

Tessa lächelte. „Also habe ich recht."

Er schnaubte gereizt und zog heftig an seiner Zigarette. „Und wenn schon. Zusammen ins Bett gehen werden wir deswegen trotzdem nicht", erklärte er angriffslustig.

Sie sah, dass seine Brust sich schneller hob und senkte. „Jetzt hätte ich keine Angst mehr vor dieser Erfahrung", flüsterte sie leise. „Du bist sehr sexy, Clark. Vor ein paar Tagen in der Küche wollte ich nicht, dass du aufhörst."

Clark erschauerte. „Du führst ganz schön gefährliche Reden", murmelte er. „Du hast keine Ahnung, wie gefährlich."

Ihr Blick glitt über seine harten, verschlossenen Gesichtszüge. Doch er konnte ihr nichts vormachen. „Clark, hast du nie daran gedacht, ein Kind zu haben?"

Sein Gesicht verfärbte sich, und er zog nervös an seiner Zigarette. „Nein."

„Wirklich nicht?"

Blicklos starrte er auf die Glut. „Es hätte nichts geändert, Tessa", sagte er nach einer Minute. „Ich kann keine Kinder zeugen."

Tessa hatte die Worte zwar gehört, ihren Sinn aber nicht aufgenommen.

Clark trat zu ihr und blickte ihr fest in die Augen. „Jane setzte alles daran, schwanger zu werden. Sie war geradezu besessen davon. Vielleicht konnte ich deswegen nicht zärtlich zu ihr sein. Sie geriet außer sich, wenn sie wieder nicht schwanger geworden war. Schließlich kam ich mir wie ein Zuchtbulle vor, als sie auch noch begann, sich mir zu verweigern, wenn es nicht ihre fruchtbaren Tage waren." Er seufzte. „Ich schaffte es nicht, sie zu schwängern, und mit der Zeit konnte ich nicht einmal mehr mit ihr schlafen."

Heftig drückte er die halb gerauchte Zigarette aus. „Du glaubst, ich hätte dir damals Wunden geschlagen, Tessa. Ich wünschte, du könntest meine sehen." Damit drehte Clark sich schroff um und wollte gehen.

Tessa sprang auf und stellte sich Clark in den Weg. Voll zärtlichem Verständnis sah sie in sein Gesicht. „Es gibt eine Menge Gründe für vorübergehende Zeugungsunfähigkeit. Zu enge Jeans, zum Beispiel."

„Meine Jeans sind nicht zu eng, und knapp zehn Monate, nachdem sie wieder geheiratet hat, bekam Jane ein Kind." Clark zog spöttisch eine Braue hoch. „Überhaupt, mir scheint, für eine Jungfrau stellst du erstaunliche Überlegungen an."

„Oh, das Thema wurde gerade im Fernsehen behandelt", erklärte Tessa errötend.

Unter gesenkten Lidern sah Clark auf ihre Gestalt. Tessa hatte das Haar zu einem frechen Pferdeschwanz zusammengebunden und wirkte in Jogginghose und einem überdimensionalen grünen Sweatshirt sehr zart, sehr jung und überaus sexy. „Geh mir aus dem Weg, Tessa", sagte er sanft. „Denn wenn ich dich jetzt berühren würde, gäbe es kein Zurück mehr."

Tessa suchte seinen Blick, obwohl sie dabei rot wurde. Ihr Blick war wie eine Berührung mit den Lippen. „Ich weiß", hauchte sie.

Sein Atem ging plötzlich schnell und heftig. Instinktiv blickte sie tiefer und konnte deutlich sehen, wie erregt er war. Sie sah nicht weg, obwohl er das sicher wollte, doch sie wollte ihre Erregung nicht vor ihm verbergen.

„Du fürchtest dich vor mir", sagte Clark gepresst. „Vergiss das nicht."

„Ich fürchte mich nicht. Nicht, wenn du sanft bist." Sie sah ihm wieder in die Augen und hielt seinen Blick fest.

Er stöhnte auf und hob sie trotz seines lädierten Rückens in einer schnellen, geschmeidigen Bewegung hoch. Er blickte sie nicht an, während er sie in sein Schlafzimmer trug und mit dem Fuß die Tür hinter ihnen zustieß.

Clark legte Tessa mitten auf sein Bett. Mit versteinertem Gesicht stand er über ihr und sah auf sie hinunter.

Tessa hatte die Hände entspannt über den Kopf gelegt. Ihre Lippen waren leicht geöffnet, und voller Hingabe blickte sie zu ihm hoch.

„Es wird wehtun", sagte er knapp.

„Ich weiß", flüsterte sie.

Mit zitternden Händen zog er sich das T-Shirt über den Kopf. Dann stand er wieder bewegungslos da. Doch Tessa spürte genau, wie sehr er mit sich kämpfte. „Wenn du deine Meinung änderst, nachdem ich dich berührt habe, kann ich mich nicht mehr stoppen", sagte er heiser. „Weißt du das denn nicht?"

„Ich liebe dich, Clark. Und ich habe nie aufgehört, dich zu lieben, auch dann nicht, als ich mich so furchtbar vor dir erschrak."

Clark zuckte zusammen. „Tessa …"

„Zeig es mir. Zeig mir, wie es ist, sich zu lieben."

Die Fäuste in die Seite gestemmt, schloss er die Augen. Doch es gelang ihm nicht, sein Erschauern zu verbergen. „Ich wollte nicht, dass das hier passiert. Tessa, du bist Jungfrau!"

„Ich liebe dich."

Er öffnete die Augen, und langsam veränderte sich sein steinerner Ausdruck. Clark schien zu begreifen, was sie ihm anbot. „Ich werde so sanft wie möglich sein. Wenn ich dir wehtue, dann nicht mit Absicht. Verstehst du?"

„Ja."

Clark setzte sich aufs Bett und beugte sich über sie. Staunend und auch stolz glitt sein Blick über Tessas sanft geschwungenen Körper. Er berührte ihre Lippen und strich vorsichtig darüber. „Es gibt kein kostbareres Geschenk als das, das du mir machen möchtest."

„Ist es denn so seltsam, dass ich es dem Mann machen will, den ich über alles liebe?"

Er nahm ihr Gesicht in beide Hände. „Ich kann dir keine Liebe geben", sagte er bitter. „Tessa …"

Tessa legte die Finger auf seine Lippen. Er sprach nur aus Furcht vor seinen Gefühlen so zu ihr. Allein sein langes Zögern, die Vorsicht seiner Berührungen sagten ihr mehr als Worte. „Ich werde nichts von dir erbitten", sagte sie ihm. „Auch nicht deine Liebe. Aber ich möchte zu dir gehören, genau dieses eine Mal ganz zu dir gehören. Ich möchte wissen, wie es sich anfühlt mit einem Mann, den ich liebe."

Um Worte ringend beugte er sich über ihren Mund, und seine Lippen bebten, als sie auf ihren lagen. Er fasste sie um den Nacken, hob ihren Kopf leicht an und bedeckte ihr Gesicht mit zarten Küssen, um dann ebenso zart mit der Zungenspitze darüber zu streichen. Tessa lächelte glücklich. Es war so unendlich liebevoll, wie er sich die Linien ihres Gesichts ertastete.

Seine Hände glitten tiefer bis unter ihren Po, und er legte sich zu ihr. Er zog sie an sich, schob dabei ein Bein zwischen ihre Schenkel und begann mit verhaltenem Hunger ihren Mund zu küssen.

Dicht an ihn geschmiegt wühlte Tessa in seinem Haar, und ihre weichen vollen Lippen glühten unter seinem Kuss.

Ohne Hast rollte Clark ihr T-Shirt hoch. Sie setzte sich auf und zog es sich in einer fließenden Bewegung selbst über den Kopf. Er hakte ihren BH auf und streifte ihn ab. Doch als sie sich nun wieder zurücklegen wollte, hielt Clark sie sanft fest.

„Bleib so", bat er und nahm ihre Brüste in die Hände. Und während er ihren Mund mit den Lippen liebkoste, liebkoste er mit den Fingern die harten Knospen ihrer Brüste. Von köstlichen Schauern durchrieselt seufzte Tessa auf und bog sich zurück.

Clark sah in ihre Augen. „Es fühlt sich wunderbar an", sagte er heiser. „Und ich möchte dich ... dich in meinem Mund fühlen."

Und seine Lippen schlossen sich warm um eine ihrer Knospen, und er begann vorsichtig daran zu saugen.

Es ist, als würde ich fliegen, dachte Tessa. Dann zuckte es glühend heiß durch ihren Schoß, und stöhnend hielt sie sich an Clark fest.

„Ja", flüsterte er und knabberte und saugte an ihrer Brustspitze. „Ja, mein Kleines."

Tessa glaubte, weiter zu fliegen, als Clark sie langsam auszog. Immer wieder hielt er dabei inne und strich über ihre Haut. Tessa bewegte sich nicht. Sie fühlte sich wie schwerelos und war doch erfüllt von einem wohligen Prickeln.

Nackt lag sie dann vor ihm und erwartete, dass nun auch Clark sich weiter auszog. Doch sie merkte, wie er zögerte. Er wandte ihr den Rücken zu. Erst jetzt zog er Hose und Slip aus.

Sie sah die langen Narben unter seiner Schulter. Am Bein war er damals noch schwerer verwundet worden, und sie erkannte, warum er ihren Blick scheute. „Ich liebe dich", sagte sie. „Ich liebe dich, wie du bist." Ihre Stimme war warm und ruhig.

Clark drehte sich um. Unwillkürlich blickte sie zu seinen Hüften und war voller Bewunderung für das, was sie sah. Er bot ein so kraftvolles, erregendes Bild reiner Männlichkeit. Die weißen gezackten Streifen auf seinem Bein waren für sie, die ihn liebte, nicht mehr als ein Zeichen, dass diesem von Natur aus perfekt gebauten Mann übel mitgespielt worden war.

„Du bist schön", flüsterte sie rau und rutschte auf dem Laken unruhig hin und her.

Es war nur eine kleine Bewegung der Hüften, ihrer langen Beine, und doch lag darin das ganze Sehnen einer Frau nach einem Mann.

Im nächsten Moment war Clark neben ihr. Er bebte am ganzen Körper. Jahrelang hatte er keine Frau angerührt, aus Hunger, einem wahnsinnigen Hunger nach dieser einen. „Ich will dich, Baby", flüsterte er, den Mund an ihrem warmen Bauch. „Fühl, wie sehr."

Er glitt über sie, rieb seinen kraftvollen Körper an ihrem, und während er ihre Wärme, ihr Erzittern in sich aufnahm, teilte er ihren Mund mit seinen Lippen.

Sehnsüchtig ließ Tessa seine Zunge hineingleiten, und ihr Verlangen wuchs, als diese heiß und fest durch ihren Mund strich. Doch plötzlich überkam sie wieder ein Gefühl von Panik, und sie schrak zurück.

Clark hob den Kopf. „Es tut mir leid, dass ich dir gleich wehtun werde." Seine Augen waren schwarz wie die Nacht, und seine Stimme vibrierte vor Erregung. „Aber lass es mich erleben, wie du zur Frau wirst." Er senkte die Hüften über ihren Schoß und drang behutsam in sie ein.

Tessa krallte die Nägel in seine Schulter und rang nach Luft. Er begann sich in ihr zu bewegen, und sie schrie auf. Tränen schossen ihr in die Augen. Sie wollte ihn wegstoßen, doch er ließ es nicht zu. Und dann hörte der Schmerz auf, und sie entkrampfte sich.

Clark hielt in seiner Bewegung inne. Er atmete auf. Ruhig lag sein Körper an ihrem. Er hielt ihren Blick fest und lächelte sie an.

„Du warst sehr tapfer, Kleines." Sanft küsste er ihre Tränen fort, rieb seine Wange an ihrer und presste die Lippen auf ihr Gesicht. Und dabei flüsterte er ihr zärtliche und leidenschaftliche Koseworte zu.

Dann drückte er ihre Hüften wieder an sich und schob dabei seine Zunge in ihren Mund. Seine Hüften hoben und senkten, hoben und senkten sich, und in dem gleichen gedehnten Rhythmus glitt seine Zunge tief durch ihren Mund.

Geschüttelt von einer unbändigen Lust, schrie Tessa auf.

„Ja", flüsterte Clark in ihrem Mund und drang dabei tiefer in sie ein. „Jetzt zeige ich es dir. Jetzt zeige ich dir, wie es wirklich ist, Kleines."

Doch instinktiv wusste Tessa, dass er sich so wie mit ihr noch mit keiner Frau geliebt hatte. Auch für dich, Clark, ist es ein erstes Mal, dachte sie. Die Arme um ihn geschlungen, presste sie sich an ihn und folgte seinen Bewegungen, bis sie es vor Verlangen nicht mehr aushielt und ihn um Erfüllung anflehte. Und er schenkte ihr Erfüllung, total und vollkommen.

Clark sah die Lust auf Tessas Gesicht, das lustvolle Zucken ihres Körpers. Stolz lächelte er, bevor ihn seine eigene wilde Erregung fortriss und er stöhnend vor Ekstase kam.

Noch lange danach hielt er Tessa in den Armen. Sie schmiegte sich an ihn, und der Duft ihrer Haut, ihre Wärme und Weichheit ließen ihn alles vergessen. Es gab nur diese Nacht, nur dieses Glück, sich mit Tessa zu lieben.

Und sie liebten sich in dieser Nacht, hungrig und schrankenlos, zärtlich und voller Leidenschaft. Clark kostete Tessas süße Hingabe aus, ihre tiefe Sinnlichkeit, ihre heftigen Schreie der Lust. Erst im Morgengrauen schliefen sie ein, aneinander gekuschelt, erschöpft und glücklich.

6. KAPITEL

Am folgenden Morgen küsste Tessa Clark wach. Er öffnete die Augen, sah das zärtliche Funkeln in ihren und schloss Tessa aufstöhnend in die Arme.

Doch als seine Liebkosungen drängender wurden, entzog Tessa sich ihm und flüsterte bedauernd: „Ich fürchte, es geht nicht. Ich … ich fühle mich am ganzen Körper wie zerschunden."

Clark atmete schwer, doch er kämpfte seine Erregung nieder und strich dann sanft über ihre Brüste. „Ich habe dich überfordert", sagte er leise, „und dir wehgetan."

„Nein." Tessa schüttelte entschieden den Kopf. „Du hast mir nicht wehgetan. Es war wunderschön."

Er berührte ihre Lippen mit seinen. „Aber ich würde es, wenn wir uns jetzt lieben?"

„Vermutlich, ja."

Seufzend rollte er sich auf den Rücken. „Daran hätte ich denken sollen. Aber ich bin noch nicht ganz wach. Möchtest du Kaffee?"

„Gern. Ich werde ihn machen." Tessa wollte aufstehen, doch als sie realisierte, dass sie ja nackt war, zog sie verschämt das Bettlaken über ihre Brüste.

Clark hatte ihren verunsicherten Blick bemerkt. Mit einem unwilligen Brummen schwang er die Beine aus dem Bett und schlüpfte in seine Jeans. Beiläufig und ohne sie anzusehen, sagte er: „Zieh dich an, während ich mich rasiere. Und beeil dich ein bisschen, wir sind spät dran."

Tessa sah ihm zu, wie er seine restlichen im Raum verstreuten Sachen aufsammelte. So gerne hätte sie es ihm wieder gesagt, dass sie ihn liebte, doch obwohl sie nach dieser erregenden, so zärtlichen und leidenschaftlichen Nacht erst recht davon überzeugt war, dass auch er sie liebte, wagte sie es heute Morgen nicht, die Worte auszusprechen.

Hastig machten sie sich fertig und tranken nur eine Tasse Kaffee im Stehen. Clark war gewohnt schweigsam und gab sich distanziert und geschäftsmäßig.

Auf der Fahrt ins Büro suchte Tessa nach einem unverfänglichen Thema und meinte schließlich: „Helen sagte, ich könne mit ihr zum Lunch gehen und ihr bei der Observation dieses …"

„Nein", unterbrach Clark sie aufgebracht.

„Lass mich bitte aussprechen", sagte sie ruhig. „Ich wäre der Köder und würde die Aufmerksamkeit auf mich ziehen, während sie den anderen folgt."

„Nein, Lady", erklärte er knapp. „Hinter Helen sind keine Drogenhändler her, aber hinter dir. Es wäre zu gefährlich. Du wirst schön in meiner Sichtweite bleiben. Ich vertraue dich niemandem außer mir an."

„Schon gut." Sie schluckte.

Clark fluchte unterdrückt. „Und komm nicht auf irgendwelche Ideen, was die vergangene Nacht angeht. Es war eine einmalige Angelegenheit, verstanden?"

„Einmalige Angelegenheit?"

„Was hast du denn erwartet?", fragte Clark kühl, obwohl es ihn schon nicht kalt ließ, wenn sie einfach nur neben ihm im Auto saß. „Dass ich im siebten Himmel war?"

„Nicht direkt", meinte Tessa. „Aber ich für meinen Teil habe es genau so empfunden."

„Was soll das? Ich habe dir wehgetan."

„Nur beim ersten Mal", berichtigte sie ihn lächelnd.

Da er darauf keine Antwort gab, schwieg auch sie und schwelgte in ihren Träumen. Das Gefühl, geliebt zu werden, gleichgültig, wie heftig Clark es abstritt, beschwingte sie. Dass er gegen seine Liebe ankämpfen würde, hatte sie nicht anders erwartet. Aber schlussendlich würde er den Kampf verlieren. Denn sie gehörte zu ihm und er zu ihr.

Aber ich muss ihm Zeit lassen, dachte Tessa. Sie durfte ihn nicht unter Druck setzen, dafür stand zu viel auf dem Spiel. Der einzige Wermutstropfen war, dass aus ihrer Liebe nie ein Kind erwachsen würde.

Sobald Tessa und Clark das Büro betraten, wurde ihre Aufmerksamkeit von der anfallenden Arbeit in Anspruch genommen. Clark stürzte sich geradezu erleichtert in den nächsten Fall und überließ es Tessa, Ordnung in Einsatzpläne und Termine zu bringen.

Gegen Mittag verließ ein Kollege nach dem anderen das Büro, als Letzte Helen. Sie lächelte Tessa bedauernd zu, bevor sie ging. Clark hatte einen Termin in der Stadt. Vermutlich hat er übersehen, dass Tessa allein zurückbleibt, dachte sie. Aber er wollte ja nicht, dass sie mich begleitet.

Kaum war Helen draußen, beschloss Tessa, sich beim Chinesen an der Ecke einen Snack zu besorgen, und schlüpfte in ihren Mantel. Als sie abgesperrt hatte und gerade loseilen wollte, blieb sie wie versteinert stehen. Jemand hielt ihr von hinten den Mund zu und flüsterte rau: „Endlich hab ich dich, Süße. Wenn ich mit dir fertig bin, wirst du bestimmt keine Lust mehr haben, vor irgendjemandem gegen mich auszusagen."

Noch nie in ihrem Leben hatte Tessa solche Angst gehabt. Und fliehen konnte sie nicht. Der Mann drehte ihr den Arm auf den Rücken, drückte ihr ein Messer gegen die Rippen und zerrte sie zu der Glastür des Haupteingangs. Draußen, in einer chromglitzernden Limousine mit laufendem Motor, wartete sein Komplize.

Wenn ich erst einmal in diesem Wagen sitze, dachte Tessa zu Tode erschrocken, ist mein Leben keinen Pfifferling mehr wert. Subjekte wie die kannten kein Pardon. Sie hatten ihren Luxus auf dem Elend unzähliger Menschen aufgebaut und würden auch vor Mord nicht zurückschrecken. Clark hatte ihr das mehrfach gesagt, aber erst jetzt realisierte sie die volle Bedeutung seiner Worte.

Ihr Verstand begann fieberhaft zu arbeiten. Sie hatte eine verschwindend geringe Chance. Wenn er die Tür öffnet, muss er für einen Moment das Messer von meinen Rippen nehmen, dachte sie. Wenn ich schnell reagiere und einen klaren Kopf behalte, könnte ich es schaffen.

Ihr Herz klopfte wild, und sie zitterte am ganzen Körper. Aber sie konnte es sich nicht erlauben, jetzt in Panik zu geraten. Wieder und wieder rief sie sich Helens Griffe und Tricks ins Gedächtnis, wie man einen Angreifer abwehrte.

Sie ließ sich von dem Gangster führen und flehte ununterbrochen, fast hysterisch weinend, er solle sie gehen lassen, um seine Wachsamkeit zu untergraben. Doch die ganze Zeit konzentrierte sie sich auf den Moment, in dem sie aktiv werden musste.

Ihr Plan funktionierte. Der Mann lachte auf, ihre Angst schien ihm Spaß zu machen, und dabei lockerte sich sein schmerzhafter Griff. Als die Glastür nur noch einen Schritt entfernt war, hob er wie erhofft die Hand, in der er das Messer hielt, um die Tür aufzustoßen.

Tessa rammte ihm mit voller Wucht den Ellbogen in den Magen, und als der Mann sich krümmte, knallte sie ihm die Faust auf die Nase. Knochen krachten, und sie fühlte warmes Blut an ihrer Hand. Und dann rannte sie los auf die Straße.

Glücklicherweise war Mittagszeit und die Straße dicht bevölkert.

Nachdem sie dem Drogendealer mit dem Messer entkommen war, mischte sich Tessa unter eine Fußgängergruppe, die an einer roten Ampel wartete. Da sah sie aus den Augenwinkeln einen großen Wagen direkt auf sie zurasen. Nein, dachte sie von Entsetzen geschüttelt und schloss die Augen. Nein, das darf nicht sein ...

Erst als sie hörte, dass jemand verzweifelt ihren Namen rief, öffnete sie die Augen wieder. Der Wagen, der mit quietschenden Reifen vor ihr stoppte, war Clarks Mercedes. Clark hatte noch während der rasenden Fahrt die Beifahrertür aufgestoßen und schrie nun: „Steig ein, Tessa!"

„Clark!" Unendlich erleichtert ließ sie sich auf den Sitz fallen. „Sie hätten mich fast erwischt", flüsterte sie und klammerte sich zitternd an ihn. „Einer hat mir aufgelauert, als ich aus dem Büro kam. Er hatte ein Messer ..."

„Oh Gott ..." Clark presste Tessa an sich und strich ihr immer wieder über den Rücken. Er hatte sie rennen und eine Limousine plötzlich davonschießen sehen. Er hatte die Wahl gehabt, den Fluchtwagen zu verfolgen oder Tessa in Sicherheit zu bringen. Er hatte keine Sekunde gezögert.

Mit verzweifelter Inbrunst küsste er ihre zitternden Lippen, ohne sich um die Umstehenden zu kümmern. Erst dann reihte er den Wagen wieder in den Verkehr ein, den Arm weiter um Tessa gelegt. Er konnte sie einfach nicht loslassen.

„Helen hat mir mal gezeigt, wie man sich gegen einen Angreifer zur Wehr setzt", erzählte Tessa ihm und rieb die Wange an seinem Jackett. „Es ist mir wieder eingefallen, deshalb habe ich den Kerl ablenken und wegrennen können." Nun, wo alles vorüber war, lachte sie auf einmal auf. „Meine Güte, war das aufregend!" Sie sah mit funkelnden Augen zu Clark hoch. „Jetzt kann ich gut verstehen, warum du ... Clark?"

Er hatte den Wagen in eine Parklücke gesteuert und saß mit kalkweißem Gesicht, dumpf vor sich hin starrend da, die Hände um das Lenkrad gekrampft.

„Es ist vorbei", sagte Tessa sanft. Sie zog ihn an sich und bedeckte sein versteinertes Gesicht mit hauchzarten Küssen. „Es war nicht dein Fehler", flüsterte sie und barg den Kopf an seiner Kehle. „Du hattest nur vergessen, dass ich nicht mit Helen zum Lunch durfte."

„Ich hatte es nicht vergessen", erwiderte er gepresst. „Ich wäre längst rechtzeitig zurück gewesen. Aber ich hatte eine Reifenpanne."

„Clark ..."

„Schscht", flüsterte er gequält. „Sprich nicht, Tessa. Lass mich dich einfach nur fühlen."

Sie hatte ihm sagen wollen, dass er für einen Mann, der sie nicht liebte, in einem reichlich desolaten Zustand sei. Doch gerade jetzt, wo er unverhohlen seine Erschütterung zeigte, würde es ihm unerträglich sein, wenn sie ihn darauf hinwies. Er quälte sich so schon mit Schuldgefühlen, obwohl ihr unklar war, was er sich vorzuwerfen hätte. Und so hauchte sie ihm nur lächelnd einen Kuss auf den Hals.

Endlich entspannte er sich in ihren Armen. Er holte tief Luft, und seine Muskeln lockerten sich. Doch in seinen Augen lag pure Mordlust, als er sie nun ansah. „Hat der Kerl dir wehgetan?"

„Nein, aber ich ihm", versicherte sie vergnügt. „Ich glaube, ich habe ihm die Nase gebrochen."

Clark pfiff durch die Zähne. „Helen sei Dank. Ich werde ihr die größte Pizza von ganz Houston spendieren."

„Nett von dir." Sie lehnte die Stirn gegen sein Kinn. „Kaufst du mir auch eine? Ich habe nämlich Hunger."

„Armes Mädchen, du hast noch nichts gegessen? Natürlich bekommst du eine Pizza." Damit schob er sie zurück auf den Beifahrersitz, drückte ihr noch einen Kuss auf die Lippen und schnallte ihr fürsorglich den Sicherheitsgurt um. Dass er ihre Brüste streifte, ließ sich nicht vermeiden. Und trotzdem …

Verliebt und, wie Clark fand, eine Spur zu siegessicher, verschlang Tessa ihn mit Blicken. „Küss mich noch mal."

„Zu viele Leute", brummte er und startete den Motor. Es behagte ihm gar nicht, dass Tessa ihn in einem Zustand erlebt hatte, in dem er nicht fähig gewesen war, seine Besorgnis zu verbergen. Sie könnte auf die Idee kommen, ich wäre nun doch auf dem besten Weg, mich in sie zu verlieben, dachte er. Lächerlich.

„Wir könnten im Apartment essen, oder?", schlug Tessa vor.

„Könnten wir nicht." Er erriet ihren Hintergedanken dabei nur zu gut. „Erstens wirst du dich noch eine Weile von der letzten Nacht erholen müssen. Zweitens wirst du ab sofort wieder in meinem Gästezimmer schlafen. Allein." Mit jedem Wort war seine Miene strenger geworden. „Ich werde nicht zulassen, dass so etwas noch einmal vorkommt."

„Warum nicht?"

Er rieb mit dem Daumen über ihr Kinn. „Weil ich keine feste Bindung möchte", erinnerte er sie. „Ich werde nie vergessen, was für ein Gefühl es war, dein erster Liebhaber zu sein. Du siehst das anders, aber ich glaube schlicht nicht an die ewige Liebe. Die Illusion hat man mir gründlich genommen."

„Vielleicht würde ich dir mit der Zeit ans Herz wachsen."

„Das bist du schon. Aber ich kann dich nicht heiraten", sagte er unverblümt. „Du glaubst, du liebst mich, aber deine Erfahrung mit Männern beschränkt sich auf die eine Nacht mit mir. Eines Tages wird guter Sex dir nicht mehr genügen. Du wirst ein Baby wollen."

„Ich liebe dich, Clark."

„Du weißt nicht, was Liebe ist." Innerlich kämpfte er gegen den Gefühlssturm an, den ihre Worte jedes Mal in ihm entfachten. „Sex ist nicht Liebe."

Sie sah ihm fest in die Augen. „Was zwischen uns geschehen ist, war Liebe, nicht Sex. Und es war so wundervoll, dass ich mir nicht vorstellen kann, je im Leben einen anderen Mann an mich herankommen zu lassen."

Clark schloss die Augen. Auch er hatte jahrelang nur sie gewollt. Und jetzt? „Es war purer Sex", erklärte er und zwang sich, ihren Blick zu erwidern. „Und du hast verdammtes Glück, dass ich steril bin. Sonst hättest du wirklich ein Problem."

„Als steril habe ich dich eigentlich nicht empfunden." Tessa lachte übermütig.

„Hör auf, Tessa! Bist du dir eigentlich im Klaren, wie knapp das vorhin war?"

„Nerven", erklärte sie wieder ernst geworden. „Und Einsicht. Eben weil ich mir in diesem Moment nichts vorgemacht habe, konnte ich so reagieren. Und etwas war mir sehr bewusst, Clark", fügte sie eindringlich hinzu. „Dass es unendlich traurig wäre, dich nie wiederzusehen."

Clark wandte das Gesicht ab und starrte blicklos aus dem Seitenfenster. In letzter Zeit hatte einiges seine Gefühlswelt erschüttert, aber Tessa um ein Haar verloren zu haben ... Der Gedanke schnürte ihm die Kehle zu. Schweigend zündete er sich eine Zigarette an, legte den Gang ein und lenkte den Wagen auf die Straße.

Helen freute sich diebisch, dass Tessa dem Entführer nur dank eines ihrer Kunstgriffe entkommen war. Im Gegensatz zu ihr lief Clark mit finsterer Miene herum, obwohl er sich dazu durchrang, Helen für die Tipps an Tessa zu danken.

Er stellte sicher, dass alle Mitarbeiter ihre Waffe griffbereit hatten und man Tessa unter gar keinen Umständen allein im Büro ließ, und machte sich auf den Weg zum nächsten Polizeirevier, um ein paar alte Verbindungen spielen zu lassen. Außerdem war versuchtes Kidnapping eine schwerwiegende Straftat, die er anzeigen musste.

Als er zurückkam, steckte er Nick mit ein paar leisen Anweisungen einen Zettel zu. Ein alter Kumpel hatte ihm inoffiziell einige Informationen zugespielt, unter anderem die Adresse eines Mannes, der wahrscheinlich engen Kontakt zu einem der mutmaßlichen Täter pflegte.

„Tessa, würdest du bitte eine Minute in mein Büro kommen?", forderte Clark sie wenige Tage später in der Detektei auf.

Nick, ein ehemaliger FBI-Agent und Helens Bruder, war ebenfalls anwesend. Wenn sie nicht hoffnungslos in Clark verliebt gewesen wäre, hätte sie in Nicks Nähe bestimmt jedes Mal weiche Knie bekommen. Denn Nick war ein ausgesprochen gut aussehender Mann. Er lächelte ihr zu, als sie sich aufs Sofa setzte, während Clark die Tür schloss.

„Wir werden die Kerle in Zugzwang bringen", erklärte Clark ihr abrupt. „Auf meine Anweisungen hin hat Nick bei einem Kontaktmann der Typen ein paar Bemerkungen über deine Aussage in einem Prozess fallen lassen. Mit anderen Worten, wir werden dich als Köder einsetzen."

„Oh, danke. Ich wusste schon immer, wie viel dir an mir liegt, Clark."

Nick grinste. Nicht so Clark. Sein Gesicht wurde noch verschlossener. „Du wirst nicht wirklich in Gefahr sein, Tessa. Wir beide, die gesamte Belegschaft und zwei dienstfreie Polizisten werden dich keinen Moment aus den Augen lassen. Es ist die einzige Möglichkeit, den Verbrechern zuvorzukommen. Wir können nicht herumsitzen und warten, bis sie einen neuen Anschlag wagen. Das ist zu gefährlich."

„Was soll ich tun?", fragte Tessa ruhig.

„Erst die Schießerei, dann die Entführung. Doch du schaffst es, dich zu befreien und zu flüchten", warf Nick ein. „Schade, dass Clark dich nicht ins Team aufnehmen will, Tessa. Du bist ein Naturtalent."

„Sag's ihm." Tessa wies mit dem Daumen auf Clark. „Er denkt, ich wäre hoffnungslos unfähig für den Job."

„Sich anschießen lassen, erfordert kein Talent als Detektiv", betonte Clark.

„Nein, aber einem potenziellen Killer zu entkommen, schon", murmelte Nick. „Das hätten einige unserer Agenten nicht so ohne Weiteres geschafft."

„Ende der Debatte." Clark funkelte Nick wütend an. „Tessa, der Plan sieht folgendermaßen aus …"

Er schilderte ihr genau, wann und wo die Falle zuschnappen sollte. Tessa wurde nervös und bekam Angst, aber dann dachte sie an die versuchte Entführung. Es wird schon alles gut gehen, sagte sie sich fest. Ich weiß ja nun, dass ich einen kühlen Kopf bewahren kann.

Wenigstens würde sie nicht mehr in Gefahr schweben, wenn alles ausgestanden war. Aber auch ihr Zusammenleben mit Clark wäre dann vorüber. Doch im Gegensatz zu ihr schien er genau das kaum erwarten zu können. Sagte man nicht, besser ein Ende mit Schmerzen als Schmerzen ohne Ende? Vielleicht gelingt es mir, mich wieder aufzurappeln, wenn ich nicht mehr bei ihm wohne, versuchte sie sich einzureden. Dabei wusste Tessa längst, ein Leben ohne Clark würde leer und öde sein.

7. KAPITEL

An diesem Wochenende war Clark ungewöhnlich rastlos. Nicht einmal vor dem Fernseher hielt er es aus. „Hol dir eine Jacke und zieh Turnschuhe an, Tessa", erklärte er schließlich knapp. „Wir gehen reiten."

„Wo denn?"

„Auf der Ranch", brummte er und fügte, als er Tessa erröten sah, hinzu: „Heute ist Beryls freier Tag. Und überhaupt, es gelingt uns anscheinend gut, die Fassade zu wahren. Helen bat mich letzthin doch tatsächlich, dich nicht so einzuschränken. Sie glaubt, ich würde dir das Leben schwer machen."

„Tust du das denn nicht?", fragte Tessa keck.

Er wandte sich ab. „Mach schon. Den ganzen Tag hier herumzuhängen bringt uns beiden nichts."

Da du mich sowieso nicht anfasst, wohl kaum, dachte Tessa. Aber einen ganzen Tag mit ihm auf seiner Ranch zu sein, brachte ihr sehr viel. Denn jede Minute mit Clark würde zu den kostbaren Erinnerungen zählen, von denen sie in den kommenden Jahren zehren musste. Also schlüpfte sie in eine Jeansjacke, rosa Turnschuhe und folgte ihm zum Wagen.

Ein kühler Wind wehte, und Tessa war froh, eine warme Jacke angezogen zu haben, als sie im Schritttempo neben Clark über die Weiden zwischen seiner Ranch und der angrenzenden *Big Spur* ritt.

Ihre Anstrengungen, auf die friedliche Mähre zu steigen, die er für sie ausgesucht hatte, hatten eines der seltenen Lächeln auf Clarks Gesicht gezaubert. Doch nach einer Weile fühlte Tessa sich wohl auf dem Rücken des Pferdes und stellte fest, dass Reiten halb so schwer war, wie sie gefürchtet hatte. Es begann sogar, ihr großen Spaß zu machen.

Aus den Augenwinkeln sah sie, dass Clark sich verstohlen den Rücken rieb. „Ist dein Rücken nicht in Ordnung?", fragte sie besorgt.

„Bis vor ein paar Tagen war er es jedenfalls noch", meinte er mit einem ironischen Lächeln in ihre Richtung.

„Bereust du es?", fragte Tessa kleinlaut.

„Keine Sorge", versicherte er nun offen grinsend, „ich bekomme auch einen steifen Rücken, wenn ich stundenlang vom Wagen aus Routineüberwachungen durchführe. Da ziehe ich die Übungen mit dir im Bett bei Weitem vor."

Tessa räusperte sich verlegen.

„Feigling. Zuletzt hast du dieses Thema aufgebracht." Er ergriff ihre Hand und zog sie an die Lippen. „Danke für das Geschenk, das du mir in jener Nacht gemacht hast." Er hielt beide Pferde an und presste Tessas Hand an seine Brust, bis Tessa ihn endlich ansah. „Obwohl ich keine Kinder zeugen kann, fühlte ich mich wie ein ganzer Mann."

Sie blinzelte. „Clark, Kinder sind nicht der einzige Grund, weshalb zwei Menschen heiraten."

„Mag sein", sagte er müde. „Aber Kinderlosigkeit kann eine Ehe zerstören. Siehe Janes und meine."

„Ich bin nicht Jane!", begehrte Tessa auf.

„Daran gibt es keinen Zweifel." In seinem Blick lag nun offenes Begehren. „Jane konnte mich im Bett kaum ertragen, du dagegen ..." Er suchte nach Worten und presste die Lippen in ihre Hand. „Es war nie so schön für mich wie mit dir", gestand er mit rauer Stimme. „Allein daran zu denken, erregt mich."

„Ich dachte, ein Mann empfindet dabei ... immer gleich." Auch Tessa spürte Erregung in sich aufsteigen und sah Clark mit leicht geöffneten Lippen an. Für einen Moment durchzuckte sie wieder die Hoffnung, es würde doch noch viele gemeinsame Nächte mit ihm geben.

Doch dann lenkte das Geräusch näher kommender Pferde ihn ab. Er ließ ihre Hand los und spähte unter der breiten Hutkrempe zum Horizont. „Die alten Geier", murmelte er amüsiert, als er die beiden Reiter erkannte.

„Wer sind sie?", fragte Tessa und beschattete die Augen.

„Cole Everett und King Brannt." Clark löste einen Fuß aus dem Steigbügel, legte das Bein locker über den Sattelknauf und zündete sich eine Zigarette an. Gelassen grinsend sah er den Ankömmlingen entgegen. Die beiden Haudegen konnten es sich wohl nicht verkneifen, mal vorbeizulinsen, dachte Clark. Denn es war ungewöhnlich, dass er eine Frau mit auf die Ranch brachte.

„Schöner Tag heute", grüßte Cole und warf Tessa einen bewundernden Blick zu.

„Nur ein bisschen windig", fügte Brannt hinzu, der ebenfalls nur Augen für Tessa hatte.

„Sie heißt Teresa Meriwether, kurz Tessa", informierte Clark sie. „Ihr Vater wollte meine Mutter heiraten. Doch ein Unfall vereitelte das. Tessa gehört also quasi zur Familie ... und ist meine Sekretärin."

„Was du nicht sagst." Cole schob sich den hellen Stetson aus der Stirn und musterte Clark neugierig. Dann nickte er Tessa freundlich lächelnd zu. „Nett, Sie kennenzulernen."

„Dem kann ich nur zustimmen", meldete Brannt sich wieder zu Wort. Er war auf eine raue, kantige Art attraktiv, wirkte aber etwas einschüchternd. Scheu erwiderte Tessa sein Lächeln und fragte sich, woher Shelby, seine Frau, die Nerven hatte, es mit so einem Baum von Mann aufzunehmen.

„Wie geht es Heather und den Kindern?", fragte Clark an Cole gerichtet und grinste. „Sie dürften jetzt reif für dröhnende Popmusik sein."

„Ich kann sie dir ja mal ausleihen", meinte Cole und verdrehte die Augen. „Wart nur, du wirst auch noch in den Genuss pubertierender Gören kommen. So alt bist du ja noch nicht. Nie an eine zweite Ehe gedacht?"

Clark zuckte nicht mit der Wimper. „Nein. Wolltet ihr noch etwas, außer einen Blick auf meinen Gast werfen?"

Cole überhörte den Rausschmiss geflissentlich. „Bleiben Sie länger auf der Ranch, Miss? Heather würde Sie bestimmt gern kennenlernen. Ich schätze, dass Ihr Job ganz schön interessant ist. Der da redet ja nie darüber." Er wies mit dem Daumen auf Clark.

„Der da ist eben ein diskreter Mensch", bemerkte Clark trocken. „leider müssen wir in ein paar Minuten aufbrechen. Aber vielleicht bringe ich Tessa ein andermal wieder mit auf die Ranch."

„Tu das", meinte Cole gedehnt. „Na dann, Miss. Wiedersehen. War mir ein Vergnügen." Er tippte sich an die Hutkrempe.

„Ganz meine Meinung", rief King Brannt ihr zu, bevor beide in einer Staubwolke davonstoben.

Der Ritt zurück zur Ranch ging für Tessas Geschmack viel zu schnell vorüber, obwohl sie mittlerweile jeden einzelnen Knochen spürte. Clark ritt in düsteres Schweigen versunken neben ihr.

„Ich mag deine beiden Freunde", versuchte Tessa ihn aufzulockern. „Ich auch."

„Clark, lass dich doch von ihren Anspielungen auf Kinder nicht so mitnehmen. Kinder sind nicht alles und …"

„Wenn du keine zeugen kannst, doch. Tessa, endgültig und abschließend: Eine Ehe ohne Kinder ist zum Scheitern verdammt. Du kannst mir nicht weismachen, dass du dir kein Baby wünschst." Damit gab er unterdrückt fluchend seinem Pferd die Sporen und ritt ihr voraus zur Ranch.

Tessa ritt betrübt hinter ihm her. Clark würde seine Meinung zu diesem Thema niemals ändern. Obwohl er sie liebte, käme eine Heirat für ihn nie infrage. Deutlicher als eben hätte er es mir nicht sagen können, dachte sie.

Als sie bei der Scheune eintraf, war Clark ihr beim Absteigen behilflich – und missdeutete ihren gequälten Gesichtsausdruck gründlich. „Dir tut alles weh, ja?"

Tessa holte tief Luft. „Ich fühle mich ein bisschen steif, das schon", sagte sie mit einem schwachen Lächeln, „aber der Ritt hat mir gefallen. Ich glaube, reiten lernen könnte mir Spaß machen."

Forschend sah er ihr ins Gesicht. „Warum dann so bedrückt? Fürchtest du dich vor dem kommenden Montag?"

Er hatte die geplante Aktion so gut es ging aus seinen Gedanken verbannt. Nicht zuletzt, weil es ihn sehr bedrückte, Tessa einer Gefahr auszusetzen. Die mögliche Konsequenz eines Fehlschlags ließ ihm das Blut in den Adern gefrieren. Trotzdem versuchte er, Tessa zu beruhigen. „Vergiss nicht, Nick und ich verdienen unseren Lebensunterhalt mit solchen Dingen. Wir sind geübt im Umgang mit der Waffe und werden dich beschützen. Keine Sorge, Kleines, wir schnappen die Kerle."

„Okay", murmelte Tessa.

Das klang nicht sehr überzeugend, und Clark begann zu ahnen, dass Tessas Niedergeschlagenheit nicht allein mit der bevorstehenden Aktion zusammenhing. Er wünschte sehr, dass die Täter endlich in Haft kamen. Doch erst dann würde er die nötige Ruhe haben zu entscheiden, wie es mit Tessa und ihm weitergehen sollte. Dabei stand es im Grunde für ihn bereits fest: Er musste, zu ihrem eigenen Besten, dafür sorgen, dass sie aus seinem Leben verschwand, bevor er weich werden würde. *Selbst wenn es mich schier um den Verstand bringt, sie gehen zu lassen*, dachte er. *Aber ich darf nicht zulassen, dass sie sich in eine Ehe mit mir verrennt.*

„Komm, wir sollten uns auf den Heimweg machen", sagte Clark und übergab die Zügel der Pferde einem Cowboy, der eben aus dem Stall getreten war.

Tessa stand am Fenster und starrte hinunter auf die dunklen Straßen. Eisiger Regen prasselte gegen die Scheiben. Fröstelnd schlang sie die Arme um den Körper. Der warme graue Pullover und die schwarzen Wollleggins konnten nichts gegen die innere Kälte ausrichten, die in ihr aufstieg. Hinter Tessa stand Clark und rauchte eine Zigarette. Es war der Abend, an dem die Falle zuschnappen sollte.

Nick, Helen und Adams, die unterstützt von ein paar Kriminalbeamten Posten standen, hatten gemeldet, dass das Gebäude beobachtet wurde. Der Köder war also geschluckt worden. Lärmend, damit niemand übersehen konnte, dass Feierabend war, verließen die übrigen

Mitarbeiter das Gebäude, um, einmal außer Sichtweite, zurückzuschleichen und ihre vorgesehenen Positionen einzunehmen. Es sollte der Eindruck entstehen, Clark und Tessa würden als einzige Überstunden machen.

Clark sah nervös auf die Uhr. „Angst?", fragte er leise.

„Fürchterliche", gab Tessa zu. „Das ist normal, oder?" Sie drehte sich zu ihm. „Es ist nicht mangelnde Angst, die Helden schafft. Im Gegenteil, erst der Adrenalinstoß, der auf Furcht beruht, verleiht dir in gefährlichen Situationen ungeahnte Kräfte. Nachdem mir die Flucht vor diesem Drogendealer gelungen war, hatte ich das Gefühl, als wäre ich plötzlich federleicht."

Clark lächelte. „Wem sagst du das. Man wird fast süchtig danach." Seine Miene verfinsterte sich. „Eben deswegen setze ich dich nicht als Detektivin ein. Du wärst immer in Gefahr."

„Das bist du auch, trotzdem würdest du den Job niemals aufgeben", sagte sie und sah versonnen auf sein markantes Gesicht.

„Ich muss auf niemanden Rücksicht nehmen." Sein Blick warnte sie, Einwände zu machen. „Es ist kein Job für Verheiratete, egal ob Mann oder Frau. Selbst die besten Beziehungen gehen dabei in die Brüche. Jane hasste meine Arbeit als Ranger, weil ich nie zu Hause war."

„Aber wärst du nicht öfter zu Hause gewesen, wenn du sie geliebt hättest?", fragte sie sanft.

Seine Miene wurde ausdruckslos. Wieder sah er auf die Uhr und löschte dann die Zigarette. „Es ist Zeit. Du weißt, was du zu tun hast." Er nahm seine Aktentasche, tat einen Schritt und blieb zögernd neben Tessa stehen. „Geh keine Risiken ein. Falls sich eine unerwartete Situation ergeben sollte, schrei, wirf etwas durch die Fensterscheibe, tu alles, meine Aufmerksamkeit zu erregen. Egal, was geschieht, ich werde immer in Rufweite sein."

„Okay." Tessa schluckte. Ihr Mund war trocken, ihre Handflächen waren feucht. Das Herz schlug ihr bis zum Hals, aber sie wollte Clark ihre Angst nicht zeigen. Es hätte alles nur noch schlimmer gemacht.

„Du hast jede Menge Unterstützung", fügte er hinzu. „Alles wird gut gehen. Nach dieser Nacht hast du es hinter dir."

„Sie könnten wieder auf Kaution freikommen …"

„Nicht in diesem Fall. Es wird Augenzeugen geben. Und falls doch, sorge ich dafür, dass sie unerschwinglich hoch angesetzt wird." Er legte den Finger unter ihr Kinn und raunte leise: „Kopf hoch, Liebes." Dann neigte er den Kopf und drückte ihr einen festen Kuss auf die Lippen.

Doch bevor Tessa die Arme um seinen Hals schlingen konnte, um ihn festzuhalten, war er bereits aus der Tür.

Allein gelassen erschien ihr das Büro plötzlich düster und furchterregend. Sie ging nervös hin und her und ließ vor ihrem inneren Auge ablaufen, was Clark in diesen Minuten machte. Er würde zum Parkplatz gehen und die Aktenmappe im Kofferraum seines Wagens einschließen. Dann sollte er sich eine Zigarette anzünden und langsam, aber nicht ungewohnt langsam, wieder auf das Bürogebäude zuschlendern. Es sollte der Eindruck entstehen, dass er sie nur einen Augenblick allein ließ, denn alles andere hätte den Argwohn der Gangster geweckt.

Und die Gangster nutzten Clarks Abwesenheit. Eine dunkle Limousine fuhr vor, zwei Männer stiegen aus und schlichen geduckt, im Schatten der Hausmauer, zum Eingang, Clark, der eben den Parkplatz erreicht hatte, immer im Visier. Unbehelligt stiegen sie in den Lift.

Clark hatte jeden ihrer Schritte beobachtet. Nun verschwendete er keine Sekunde Zeit, rannte zum Nebeneingang und stieg in den Servicelift. Er führte direkt zum Hintereingang seines Büros. Clark hatte seine Waffe bereits entsichert in der Hand, als die Tür zum Vorzimmer leise aufgestoßen wurde. Tessa hörte es und wirbelte herum.

Mündungsfeuer blitzte auf, als einer der Gangster begann, auf die unbequeme Zeugin zu schießen. Der Schock machte Tessa bewegungsunfähig. Sie blieb stehen und starrte aus weit aufgerissenen, schreckerfüllten Augen auf die Lichtblitze. Niemand wird noch rechtzeitig eingreifen können, schoss es ihr in Sekundenbruchteilen durch den Kopf. Clark, dachte sie voller Qual, ich werde dich nie wieder …

„Duck dich!", schrie jemand, und Tessa warf sich im selben Moment, in dem rings um sie Kugeln einschlugen, zu Boden. Clark robbte im Zickzack, wie er es als Polizist gelernt hatte, neben sie. Ihm blieb nur ein Schuss, den Angreifer außer Gefecht zu setzen – und eiskalt schoss er.

Noch eine Salve löste sich aus der handlichen Uzi des Gangsters, dann flog die Waffe wie von Geisterhand entrissen durch die Luft, und der Mann fasste sich schreiend an die Schulter. Sein Komplize fuhr herum und rannte davon.

Clark sprang auf die Füße. Tiefe Furchen des Hasses, die Tessa noch nie bei ihm gesehen hatte, verzerrten sein Gesicht, als er neben dem Täter in die Hocke ging und ihn auf den Bauch rollte. Mit geübten Griffen tastete er ihn nach weiteren Waffen ab, bevor er ihm mit Handschellen die Hände auf den Rücken fesselte.

Dann kam er zurück zu Tessa, die nun am ganzen Körper schlotternd auf den Knien kauerte. „Der andere Kerl", keuchte sie atemlos.

„Keine Sorge, Nick wird ihn sich bereits geschnappt haben." Er nahm sie beim Arm und zog sie auf die Füße.

„Hol einen Arzt, verdammter Bastard!", brüllte der Angeschossene. „Ich blute! Das ist unmenschlich!"

„Die Lady hier hat auch geblutet, als du ihr auf dem Parkplatz eine Kugel verpasst hast", gab Clark zurück.

„Bist du in Ordnung?", fragte sie Clark und tastete seine Arme mit bebenden Fingern nach Wunden ab. „Hat er dich nicht erwischt?"

Clark verzog die Mundwinkel. „Ich bin mein halbes Leben lang Kugeln ausgewichen. Dafür wurde ich bezahlt. Bist du okay?"

„Jetzt wieder." Sie legte die Wange an seine Brust, schmiegte sich an ihn und starrte auf den Verbrecher hinunter, der sich vor Schmerzen am Boden wälzte. Blut verschmierte sein elegantes Jackett. Die Uzi hatte Clark an sich genommen.

„Tessa!", schallte Helens Stimme vom Gang her, als sie, Nick hinter sich, aus dem Lift gehetzt kam. „Wir hörten Schüsse …" Sie blieb stehen, musterte kurz den blutenden Mann, bevor sie besorgt zu Tessa und Clark sah. „Seid ihr unverletzt?"

„Wir sind okay. Aber was ist mit seinem Kumpel?" Clark wies mit dem Kopf auf den Verwundeten.

„Ich habe ihn Sergeant Graves Männern übergeben", antwortete Nick, sicherte seine Waffe und steckte sie zurück in das Achselhalfter. „Ich konnte ihn stellen, obwohl Miss James Bond hier mir direkt in die Schusslinie gelaufen ist."

„Bin ich nicht!", zischte Helen. „Warum soll immer ich schuld sein, wenn etwas krumm läuft? Du bist plötzlich aufgetaucht, und überhaupt … machst du nie Fehler, Mr Makellos?"

„Nein", feixte Nick.

Clark unterdrückte ein Lachen. „Hört auf, ihr Streithähne. Ruft lieber eine Ambulanz für unser armes Opfer hier." Er übergab Helen die Uzi, legte den Arm um Tessa und sagte sanft: „Komm, lass uns von hier verschwinden."

„Verfluchtes Schnüfflerpack", fauchte der Gangster hinter ihnen her.

Es wurde eine lange Nacht. Tessa musste auf dem Revier ihre Aussage zu Protokoll geben, während man den Verwundeten unter Bewachung ins Krankenhaus brachte. Danach würde man ihn dem Untersuchungsrichter vorführen. Der andere Mann saß bereits hinter Gittern und wartete auf seinen Anwalt. Zum ersten Mal seit Langem konnte Tessa frei durchatmen.

Als Tessa am nächsten Tag erwachte, war es bereits heller Tag. Clark hatte den Wecker abgestellt und eine Notiz hinterlassen, sie solle sich den Tag freinehmen und sich von den Strapazen erholen.

Und ich brauche Zeit zum Packen, dachte Tessa niedergeschlagen. Clark hatte zwar nichts dergleichen erwähnt, doch am Abend zuvor kaum ein Wort mit ihr gesprochen, sich freundlich, aber distanziert verhalten und sie mit dem fürsorglichen Argument, sie brauche jetzt nichts als Schlaf, zu Bett geschickt.

Aber man muss kein Hellseher sein, um auch so zu verstehen, dass er mich schnellstens loswerden möchte, sagte sie sich deprimiert. Vielleicht wollte er sogar, dass sie sich einen anderen Job suchte. Ihre Anwesenheit im Büro würde ihn nur tagtäglich daran erinnern, dass er für eine Nacht schwach geworden war.

Denn sie wusste, dass er immer noch gegen seine Liebe zu ihr ankämpfte. Ihre einzige Chance, wenn überhaupt, war, ihn nicht unter Druck zu setzen. Wenn er die freie Wahl hatte und sich allein und in aller Ruhe mit seinen Gefühlen auseinandersetzen konnte, erkannte er vielleicht, wie viel dafür sprach, das Wagnis einer gemeinsamen Zukunft mit ihr einzugehen. Und sie stand auf und begann zu packen.

Als er nach Hause kam, saß sie abfahrbereit, den Mantel neben sich, auf dem Sofa. „Ich dachte, du würdest es so vorziehen", erklärte sie, als sie seinen finsteren Blick auf ihr mittlerweile angewachsenes Gepäck sah. „Kein Theater, keine Schwierigkeiten." Sie stand auf. „Könntest du mich bitte nach Hause fahren?"

Clark holte tief Luft. Sie hat recht, dachte er. Es ist besser so. Allerdings hatte er erwartet, sie wie so oft auf das Sofa gekuschelt beim Fernsehen anzutreffen. Die Realität ihrer Abreise traf ihn wie ein Hieb. „Dann komm", forderte er sie steif auf. „Ich fahre dich, bevor ich es mir gemütlich mache."

„Danke." Tessa schlüpfte in den Mantel und folgte Clark ohne einen Blick zurück hinaus. Sonst wäre ihr das Herz gebrochen.

„Du brauchst dir übrigens keine Sorgen wegen der Täter zu machen. Man hat mir versichert, dass eine Kaution ausgeschlossen ist. Sobald der Verhandlungstermin ansteht, wird man dich benachrichtigen", informierte er sie unterwegs.

„Das sagte Sergeant Graves bereits." Tessa war zu aufgewühlt, das

Thema weiter zu verfolgen. Für den Rest der Fahrt starrte sie schweigend aus dem Fenster.

Als sie ihre Wohnung betrat, musste sie erst einmal die Heizung einschalten. Clark brachte derweilen ihre Koffer herauf. Förmlich, in seinem eleganten dunklen Anzug, stand er dann im Eingang und sah sie an. „Wirst du zurechtkommen?"

„Natürlich. Ich bin ja jetzt in Sicherheit, oder nicht?", fügte sie nervös hinzu. „Die Typen werden doch nicht etwa Freunde haben, die ihnen einen Gefallen schulden?"

Er schüttelte den Kopf. „Glücklicherweise sind die beiden Außenseiter, die in einem fremden Revier gewildert haben. Niemand weint ihnen auch nur eine Träne nach."

„Zum Glück."

Ein Schatten von Trauer lag auf seinem Gesicht. „Du musst morgen nicht zur Arbeit kommen, wenn dir nicht danach ist."

„Ich käme eigentlich gern, das heißt, wenn es dir nichts ausmacht, dass ich weiterhin bei dir arbeite …" Sie schlang die Arme um ihre Schultern und sah zu Clark hoch.

„Es wäre wohl der Gipfel des Undanks, dir zu kündigen. Die Kugel, die du dir eingefangen hast, ging auf mein Konto."

„Das stimmt nicht. Ich hatte gebummelt und zufällig etwas beobachtet. Du hast dir nichts vorzuwerfen."

Er sog tief die Luft ein. „Nun, das tue ich aber. Es gibt einiges, das ich mir zum Vorwurf mache."

„Clark, ich bin erwachsen", sagte sie tapfer. „Ich habe meine Wahl selbst getroffen."

„Meinst du?" Er sah ihr eindringlich in die Augen. „Vielleicht glaubst du, du hättest eine Wahl gehabt, aber ich bin mir dessen nicht sicher. Ich habe dich verführt."

Tessa schüttelte traurig lächelnd den Kopf. „Ich fürchte, das war anders herum."

Clark zündete sich eine Zigarette an und betrachtete Tessa mit hängenden Schultern. „Du wirst darüber hinwegkommen." Er zog an seiner Zigarette. „Du glaubst es nicht, aber es stimmt. Mit der Zeit verwindet man jeden Schmerz."

„Jane hat dich zutiefst verletzt, nicht wahr? Ich würde nie so handeln, aber eine Garantie auf die Zukunft gibt es nicht, und du magst nicht nur auf Gefühle vertrauen. Möchtest du wirklich für den Rest des Lebens allein bleiben, Clark?"

„Ja", erwiderte er knapp und wich ihrem Blick aus. Er wollte Tessa, aber aus ihrem Leben zu verschwinden war das Beste, das er für sie tun konnte. Wenn sie erst verheiratet ist und Kinder hat, wird sie mich vergessen, sagte er sich.

Er wollte allein bleiben. Sie würde ihn trotz aller Liebe nie vom Gegenteil überzeugen können. „Damit wäre alles gesagt."

„Ja", stimmte er ihr fest zu, blickte sie kurz an und wandte sich ab. „Ich sehe dich morgen früh. Pass auf dich auf."

„Ja, du auch. Bis morgen." Ihre Stimme war nur noch ein Flüstern. „Clark? Danke, dass du mir das Leben gerettet hast. Wenn du nicht rechtzeitig da gewesen wärst, wäre ich jetzt nicht hier."

Er schloss die Augen. Schon zweimal war sie nur knapp dem Tod entkommen. Eine plötzliche Welle des Schmerzes nahm ihm fast den Atem. „Gute Nacht." Hastig zog er die Tür hinter sich zu.

Erst draußen in der kühlen Nachtluft gelang es ihm, den dicken Kloß in seiner Kehle hinunterzuschlucken. Mit schleppenden Schritten ging er zu seinem Wagen, stieg aber trotz des ununterbrochenen Nieselregens nicht ein. Er starrte auf die erleuchteten Fenster von Tessas Apartment. Es scheint mein Schicksal zu sein, von Geborgenheit und Glück ausgeschlossen zu bleiben, dachte er bitter. Wenn wir ein gemeinsames Kind haben könnten … wahrscheinlich wäre ich in diesem Moment bei ihr, würde sie in den Armen halten, sie lieben. Aber es wäre grausam, ihr die Chancen auf Mutterschaft zu verbauen, egal, was ich dabei fühle.

Er warf den Zigarettenstummel auf den Boden und sah zu, wie die Glut zischend in einer Pfütze verlöschte. Auch ich muss meine innere Glut auslöschen, dachte er.

Noch lange stand Clark bewegungslos da und sah hinauf zu Tessas Wohnung.

Tessa hatte erwartet, dass Clark sie kühl behandeln würde, doch mit dieser Zurückweisung, ja sogar Gleichgültigkeit hatte sie nicht gerechnet. Er ging mit ihr um wie mit einem der Computer: bezog Informationen, fütterte sie mit Daten und strebte abends ohne Abschied aus dem Büro. Ihre Beziehung war auf den Punkt eines unterkühlten Arbeitgeber-Arbeitnehmer-Verhältnisses gesunken.

Tessa erledigte ihre Aufgaben gewissenhaft, doch mechanisch. Es war nicht zu übersehen, dass Clark sie nicht mehr um sich haben wollte, ihren Anblick kaum ertrug. Aber sie konnte sich nicht zu der Konsequenz durchringen, die er wortlos von ihr verlangte: zu kündigen.

„Hättest du nicht Lust auf eine Pizza?", fragte Helen sie ein paar Tage später bei Feierabend und lächelte schelmisch. „Jetzt, wo ich in der Zeitung als Heldin gehandelt werde, erfüllt der Pizzabäcker mir jeden Extrawunsch." Sie schnippte mit den Fingern. „Selbst die doppelte Ration Champignons und massenhaft Sardellen sind kein Problem."

„Eines Tages wirst du noch selbst zur Pizza", scherzte Tessa. „Zu einer kugelrunden."

„Nicht, solange Clark mich derart auf Trab hält." Helen grinste. „Komm schon, du wirkst in letzter Zeit ein wenig blass und ausgelaugt. Dir fehlt etwas Aufmunterung."

„Mir ist nicht nach Ausgehen", erklärte Tessa. „Ich gehe neuerdings mit den Hühnern ins Bett. Nachwirkungen von dem ganzen Druck, vermutlich", fügte sie entschuldigend lächelnd hinzu.

„Ich hoffe, die Kerle bekommen lebenslänglich", brummte Helen.

„Unwahrscheinlich. Aber ein paar Jährchen im Gefängnis sollten schon drin sein. Hoffentlich lebe ich auf dem Nordpol, wenn sie wieder herauskommen."

„Hat Clark dir nichts erzählt?", fragte Helen erstaunt. „Die ballistische Untersuchung der Uzi hat ergeben, dass mit dieser Waffe ein Mord im Drogenmilieu verübt wurde. Mit etwas Glück plädiert der Staatsanwalt auf Mord in einem und zweifach versuchten Mord in deinem Fall. Allein ein Mord reicht für lebenslänglich."

„Clark hat nichts dergleichen erwähnt." Tessa ersparte sich die Bemerkung, dass er sowieso nur das Nötigste mit ihr sprach und sie ansonsten mied wie die Pest.

Helen seufzte. „Er sieht übrigens nicht besser aus als du. Der Ärmste hat wohl kaum geschlafen, als du in Gefahr schwebtest. Und seit der Verhaftung lädt er sich das doppelte Arbeitspensum auf. Vermutlich stand er dermaßen unter Dampf, dass er jetzt die überschüssige Energie loswerden muss."

„Kann sein." Tessa rieb sich die Stirn. „Ich wünschte, das Gleiche könnte ich von mir behaupten. Überhaupt, ich bin seit ein paar Tagen nicht richtig auf dem Damm. Wahrscheinlich habe ich mir von Adams seine Magen-Darm-Grippe eingefangen. Oft ist mir regelrecht schlecht."

„Dann solltest du dich wirklich ausruhen", meinte Helen.

Tessa nickte. „Am besten, ich fahre gleich nach Hause."

8. KAPITEL

Tessa verbrachte eine unruhige Nacht. Als sie am nächsten Morgen nicht einmal das Frühstück bei sich behalten konnte, meldete sie sich krank und rollte sich gleich wieder im Bett zusammen. Zu ihrer größten Überraschung besuchte Clark sie nach Feierabend.

„Wie geht es dir?", wollte er wissen, kaum dass sie die Tür geöffnet hatte.

Mit zerzaustem Haar, das Gesicht aschfahl und von Kopf bis Fuß in einen abgetragenen roten Frotteemantel gehüllt, stand Tessa vor ihm. „Adams hat mich angesteckt", sagte sie matt. „Erschieß ihn für mich, ja?"

„Soll ich dir ein paar Lebensmittel besorgen?"

Sie schüttelte den Kopf. „Danke, ich habe genug Joghurt. Der hält mich am Leben."

Clark zögerte. „Vielleicht solltest du einen Arzt aufsuchen."

„Wegen einer Magenverstimmung?" Sie winkte ab. „Tut mir leid, aber ich muss mich wieder hinlegen. Nett, dass du vorbeigeschaut hast, aber in ein paar Tagen bin ich wieder fit. In der Zwischenzeit könnt ihr euch doch bestimmt mit einer Aushilfssekretärin behelfen, oder?"

„Wir haben schon eine." Er räusperte sich. „Sie stellt sich überaus geschickt an ..."

„Wenn du möchtest, dass ich kündige, musst du es nur sagen", erklärte Tessa leise und sah ihm in die Augen. Sein Blick bestätigte ihre Vermutung. „Frag sie, ob sie die Stelle ganz übernimmt. Falls ja und wenn du mich ohne Einhaltung der Kündigungsfrist gehen lässt ..."

„Du kannst nicht bei mir aufhören, ohne einen neuen Job zu haben", presste er zwischen den Zähnen heraus.

„Oh, du weißt, dass Mr Short mich schon lange für seine Detektei anheuern möchte. Er hat kein Geheimnis daraus gemacht, als ihr kürzlich gemeinsam einen Fall bearbeitet habt."

Mr Short war ein gut aussehender Witwer Ende vierzig und gewitzt und zuvorkommend. Die Vorstellung, dass Tessa künftig immer um Mr Short sein könnte, behagte Clark ganz und gar nicht. „Ich glaube nicht ..."

„Clark", unterbrach Tessa ihn müde. „Lass uns aufhören, einander etwas vorzumachen. Seit du mich in Sicherheit weißt, bin ich dir ein ständiger Dorn im Auge. Ich kann es dir nachfühlen. Mir fällt es auch nicht leicht, mit dir zu arbeiten, als hätte es diese Nacht nie gegeben. Lass mich gehen. Ich werde schon klarkommen."

„Sieh mich nicht so an", sagte Clark rau. „Du gibst mir das Gefühl, dich ausgenutzt zu haben."

„Das war nicht meine Absicht." Tessa stützte sich gegen die Wand. Ihre Liebe zu Clark hätte sie fast überwältigt. „Vielleicht gelingt es mir, zu vergessen, wenn ich dich nicht mehr täglich sehe", sagte sie trotzdem. Doch es kam sehr leise.

„Eines Tages wirst du dem Richtigen begegnen." Clark schloss sekundenlang die Augen.

„Sicher." Sie rang sich ein Lächeln ab, um sein Gewissen zu beruhigen. „Auf Wiedersehen, Clark."

„Es wäre nicht gut gegangen", rechtfertigte er sich mit so sanfter Stimme, dass Tessa hätte heulen können. „Alles sprach von Anfang an gegen uns. Ich möchte nicht heiraten …"

„Schon gut, ich weiß", meinte sie bedrückt.

„Nein, es ist nicht gut", entgegnete er und atmete schwer. „Du fehlst mir, ich fühle mich einsam. Nichts ist mehr wie vorher."

Tessa stiegen die Tränen in die Augen. „Bitte geh. Geh, bevor ich einen noch größeren Narren aus mir mache."

„Tessa", versuchte er sie zu trösten. „Was du für mich empfindest, ist körperliche Anziehungskraft, nicht Liebe. Es ist das Beste, wenn wir uns trennen. Eines Tages, wenn du verheiratet bist und das Haus voller Kinder hast, wirst du es einsehen." Ein unerträgliches Bild, und er wandte sich ab, damit sie seinen Schmerz nicht sah. „Wiedersehen, Kleines", flüsterte er mühsam beherrscht. „Helen wird dir den Scheck für dein letztes Gehalt bringen. Sag ihr, du könntest die Erinnerung an die Schießerei im Büro nicht länger ertragen. Sie wird das ohne Weiteres glauben."

„Mach ich", würgte Tessa heraus und flehte innerlich verzweifelt, dass Clark gehen möge. Sie konnte ihre Tränen kaum noch zurückhalten. Und sie wollte vor ihm nicht zusammenbrechen.

„Wenn du mich je brauchst …"

„Danke. Gute Nacht, Clark."

Clark ging. Er hörte, wie die Tür hinter ihm ins Schloss fiel. Es brach ihm fast das Herz, so aus Tessas Leben zu scheiden. Aber, rief er sich wieder und wieder jeden einzelnen seiner Gründe ins Gedächtnis, alles andere wäre ihr gegenüber unfair. Doch es nutzte nichts. Als Clark seine Wohnung erreichte, empfand er nichts als innere Leere und Einsamkeit.

Als Tessa sich körperlich ein wenig besser fühlte, nahm sie nach dem Wochenende sofort Kontakt zu Mr Short auf. Der war tatsächlich begeistert davon, dass sie für ihn arbeiten wollte, und da eine Stelle bei ihm frei wurde, bat er Tessa sofort zu sich in die Detektei.

In Mr Shorts Büroräumen ging es ebenso hektisch zu wie in Clarks. Die Agenten schienen Tessa jedoch eine Spur weniger sorgfältig ausgewählt zu sein. Aber die Position, die er ihr anbot, war genau die, von der sie immer geträumt hatte. „Ich hätte nie erwartet …"

„Ich habe nicht vergessen, dass Sie sich beklagt hatten, bei Devlin nur Sekretärin zu sein", unterbrach Mr Short sie fröhlich. „Die Arbeit einer Spurensucherin ist nicht so gefährlich und anspruchsvoll wie die einer Agentin, dürfte aber Ihren Hunger nach Aufregung und Geheimnis stillen."

„Ich kann Ihnen nicht genug danken, Mr Short."

„Doch, indem Sie hart arbeiten und mir Grund geben, stolz auf Sie zu sein." Er erhob sich, und sie besiegelten die Abmachung per Handschlag. „Bleiben Sie doch gleich, Tessa, dann kann Mary Sie gründlich einarbeiten, bevor sie uns Ende der Woche verlässt. Mich erstaunt eigentlich nur eines", fügte er neugierig hinzu. „Warum hat Clark Sie gehen lassen? Ihr beide seit doch praktisch verwandt, nicht wahr?"

„Es lag an der Schießerei." Verlegen flüchtete Tessa sich in die gleiche Ausrede, die sie schon Helen aufgetischt hatte. „Seit dem Vorfall im Büro konnte ich es nicht mehr betreten, ohne dass mir kalte Schauer über den Rücken liefen."

Mr Shorts Neugierde war besänftigt. „Ich verstehe." Er lächelte. „Nun, wir werden unser Bestes tun, zu vermeiden, dass Ihnen auch hier die Kugeln um die Ohren fliegen."

Mary Plummer war eine lebhafte Frau Anfang dreißig. „Sie werden den Job lieben", erklärte sie überschwänglich und drückte Tessa ein schwarzes Notizbuch in die Hand. „Hier, ich vermache Ihnen alle Kontakte, die ich geknüpft habe. Sie können sie anzapfen, wenn Sie sich einmal völlig festgefahren haben. Das hier kennen Sie wahrscheinlich bereits." Sie deutete auf einen dicken Wälzer.

„Ja." Tessa nickte. „Der *Cole's* ist das Gegenstück zum Telefonbuch. Man findet zu jeder Telefonnummer die passende Adresse. Clark sagte einmal, ohne den *Cole's* käme keine Detektei aus."

„Stimmt. Es war mein zweitwichtigstes Buch hier. Jetzt gehört es Ihnen. Es wird Ihnen eine große Hilfe sein."

„Sie sind ein echter Kumpel, Mary", sagte Tessa, dankbar für so viel Hilfsbereitschaft.

„Das sagt mein Verlobter auch immer. Samstag werden wir heiraten, und Montag bin ich bereits auf Nimmerwiedersehen in Richtung Bahamas verschwunden. Er ist stinkreich, wissen Sie, aber ich würde ihn auch lieben, wenn er ein armer Schlucker wäre."

Liebe ... Hinter Tessa lag ein langes, schreckliches Wochenende. Sie sehnte sich so sehr nach Clark. Vielleicht war sie sich seiner Liebe zu sicher gewesen, und sie hörte nie wieder von ihm. Endlos hatte sie darüber nachgegrübelt und war immer deprimierter und unsicherer geworden.

„Sie wirken sehr bleich", sagte Mary. „Sind Sie sicher, wieder auf den Beinen zu sein?" Tessa hatte ihr erzählt, dass sie krank gewesen war.

„Ganz sicher", erwiderte Tessa. Und noch am selben Tag nahm sie ihre Arbeit bei Mr Short auf.

In den nächsten Wochen verschlimmerten sich Tessas Magenprobleme noch. Sie behielt kaum einen Bissen fester Nahrung bei sich, ernährte sich mehr oder weniger von Joghurt und wurde immer schmaler und blasser. Doch sie redete sich ein, nur eine besonders hartnäckige Magenverstimmung zu haben – kein Wunder, nach allem, was in letzter Zeit auf sie eingestürmt war. Und sie ging weiter zur Arbeit, entschlossen, sich von ihrer angeschlagenen Gesundheit nicht unterkriegen zu lassen. Denn wenn überhaupt, würde nur noch diese Arbeit ihr Leben ausfüllen.

Doch als sie eines Morgens nach einer der vielen durchweinten Nächte ihr Apartment verlassen wollte und plötzlich bewusstlos wurde, dämmerte ihr, dass ihr Magenproblem schlimmer als vermutet sein musste.

Tessa sah ein, dass es Dummheit wäre, die Augen länger zu verschließen. Selbst wenn es eine bösartige Krankheit sein sollte, war es immer noch besser, die Wahrheit zu wissen.

Noch am selben Morgen bemühte sie sich um einen Termin bei ihrem Hausarzt und rief gleich anschließend im Büro an, um mitzuteilen, dass sie sich verspäten würde, da der Arzt sie sofort zu sich bestellt hatte. Meine Kollegen müssen glauben, mit mir ginge es zu Ende, dachte sie mit einem Anflug von Galgenhumor und machte sich auf den Weg zu Dr. Reiner.

Nachdem sie ihm ihre Symptome geschildert hatte, sah er sie eindringlich an. „Ich muss Ihnen eine sehr persönliche Frage stellen", begann er ruhig. „Waren Sie in letzter Zeit intim mit einem Mann?"

Ihr Herz begann wie wild zu rasen. „Ja, aber es war nur … eine Nacht!"

„Das würde reichen", meinte Dr. Reiner trocken.

„Aber er sagte mir, er sei … steril. Er kann keine Kinder zeugen."

„Wann war ihre letzte Mensis?", fragte er unbeirrt weiter.

Tessa schluckte und überlegte fieberhaft. Auch dass ihre Periode schon Wochen überfällig war, hatte sie auf den Stress und ihren Kummer geschoben. An die Möglichkeit, schwanger zu sein, hatte sie keine Sekunde gedacht. Woher auch? Vorsichtig legte sie die Hand auf den Bauch und sah den Arzt aus weit aufgerissenen Augen an.

„Nun, Miss Meriwether, alle Anzeichen sprechen für eine Schwangerschaft. Zur Sicherheit werden wir einen Test machen. Auch wenn er positiv ausfällt, ist das nicht das Ende der Welt. Ich kenne eine Klinik in der Nähe, die …"

„Nein!" Tessa erbleichte und schlang schützend die Arme um ihren Leib. „Oh nein. Das käme niemals infrage."

„Dann möchten Sie das Kind?"

„Von ganzem Herzen", flüsterte sie.

„Und der Vater?"

„Ich fürchte, er würde nicht glauben, dass es von ihm ist", antwortete sie traurig. „Eines weiß ich, er glaubt nicht an die Ehe, also muss ich ihn sowieso nicht damit belästigen. Jedenfalls nicht sofort. Eine endgültige Entscheidung werde ich später treffen, wenn sich herausstellt, dass ich wirklich ein Kind erwarte."

„Einverstanden. Schwester Wallace wird den Test vornehmen." Dr. Reiner klopfte Tessa auf die Schulter. „Machen Sie sich keine Sorgen."

Ein Ratschlag, der nicht leicht zu befolgen sein wird, dachte Tessa. Der Gedanke, vielleicht schon bald die Verantwortung für ein winziges Lebewesen zu tragen, ängstigte sie. Doch während sie den Test machen ließ, wurde sie ruhiger. Seit Menschengedenken brachten Frauen Kinder zur Welt, und wahrscheinlich fürchteten sich viele von ihnen anfangs vor der Verantwortung. Ich werde es schon schaffen, sagte Tessa sich fest und ging vom Arzt direkt zur Arbeit.

Als sie am folgenden Tag telefonisch von der Sprechstundenhilfe informiert wurde, dass sie tatsächlich schwanger war, musste sie sich an der Schreibtischkante festhalten. Ihre Kollegen sahen besorgt zu ihr herüber. Wie betäubt dankte sie der Schwester für die Auskunft und legte auf, ohne einen neuen Termin oder die Überweisung zu einem Frauenarzt zu vereinbaren.

Das kann noch einen Tag warten, dachte Tessa benommen. Ich trage Clarks Kind in mir. Er wird es nicht erfahren, denn womöglich glaubt er nicht einmal, dass er der Vater ist. Aber sie wusste es. Und es erfüllte sie mit Ehrfurcht und Glück, einem Kind – seinem Kind – das Leben zu schenken.

Houston war eine Millionenstadt, und da Tessa ausschließlich zwischen Büro und Wohnung hin- und herpendelte, war der Zufall, auf Clark zu treffen, äußerst gering. Trotzdem war sie sicherheitshalber umgezogen. Clark mochte sie in seinem tiefsten Inneren lieben, doch entscheidend war, dass er nicht daran glaubte, dass sie beide zusammengehörten. Er misstraute der Liebe.

Ihre Sehnsucht nach Clark war nicht geringer geworden, aber Tessa konnte sich nicht dazu durchringen, ihm von ihrer Schwangerschaft zu erzählen. Er würde bestenfalls das Kind akzeptieren und mich höchstens aus Pflichtbewusstsein heiraten, dachte sie. Aber es besteht auch die Möglichkeit, dass er mir nicht glaubt, der Vater zu sein, und mir vorwirft, mit einem anderen Mann geschlafen zu haben. Und diesem Vorwurf wollte Tessa sich auf keinen Fall aussetzen.

Aber es gab noch einen weiteren Grund für ihr Schweigen. Seit einiger Zeit hatte sie ziehende Schmerzen im Unterleib. Der Frauenarzt nahm die Symptome sehr ernst und hatte genaue Untersuchungen eingeleitet. Bis das Resultat feststand, wollte sie erst recht nicht mit Clark sprechen, denn falls sich herausstellen sollte, dass sie das Kind vielleicht verlor, wäre es regelrecht grausam, Clark von ihrer Schwangerschaft erzählt zu haben. Tessa versuchte, die belastenden Fragen vorerst aus ihrem Kopf zu verbannen, aber unterschwellig trieben sie sie um.

Der einzige Lichtblick in diesen Tagen war, dass ihre alte Freundin Kit sich nach ihrer Geschäftsreise bei ihr meldete. „Was ist hier eigentlich los?", fragte sie Tessa geradeheraus. „Wenn Helen nicht gewesen wäre, hätte ich nicht einmal gewusst, wie ich mit dir in Kontakt treten kann. Du wechselst überraschend die Stellung, ziehst in einen anderen Stadtteil und stehst in keinem Telefonbuch."

„Es musste sein."

„Es sieht dir nicht ähnlich, Freunden aus dem Weg zu gehen",
brummte Kit. „Da steckt mehr dahinter. Ich weiß es. Warum treffen
wir uns nicht zum Lunch? Du kannst mir dein Herz ausschütten,
und ich lade meinen Frust über meinen Boss bei dir ab. Wie in alten
Zeiten."

„Ich kann nicht …" Tessa schluckte. „Unser altes Restaurant ist für
mich tabu. Ich möchte nicht mit … Clark zusammentreffen."

Am anderen Ende der Leitung entstand eine lange Pause. „Ich dachte
mir schon so etwas Ähnliches. Warte, es gibt da ein neues Fischrestau-
rant auf halbem Weg zwischen deinem und meinem Büro. Du weißt
welches? Okay. Dann treffen wir uns dort. Pünktlich zum Lunch.
Abgemacht?"

„Okay. Abgemacht."

Das vornehme Restaurant, das Kit vorgeschlagen hatte, war einige Kilometer von Clarks Detektei entfernt. Dennoch sah Tessa sich immer
wieder nervös um, während sie am Empfang auf Kit wartete.

Endlich tauchte Kit auf. Sie war elegant wie immer und trug ihr
schwarzes Haar zu einem pfiffigen Pagenkopf geschnitten. Ihre strahlend blauen Augen funkelten unter dichten Wimpern. Tessa war keineswegs klein, aber Kit war größer – und momentan wesentlich schlanker. Kritisch musterte sie Tessa. „Du hast zugenommen", stellte sie
fest, obwohl Tessa diese Tatsache mit einem riesigen weißen Pulli und
schwarzer Hose zu verbergen suchte. „Im Gesicht bist du auch voller
geworden, und irgendwie hast du eine andere Ausstrahlung."

„In der Nähe meines Büros ist ein italienisches Restaurant", wich
Tessa einer offenen Antwort aus.

„Ich habe von deinem neuen Job gehört", meinte Kit kopfschüttelnd.
„Wurde höchste Zeit, dass du dich Clarks Einfluss entziehst. Bei ihm
wärst du nie mit deinen beruflichen Vorstellungen durchgekommen.
Er hat einen hoffnungslos übertriebenen Beschützerinstinkt."

Da Tessa sich ungewöhnlich steif und wortkarg benahm, wartete Kit
nur ab, bis sie einen Tisch zugewiesen bekamen. Dann erklärte sie unumwunden: „Du kannst es mir ebenso gut gleich anvertrauen. Ich gebe
sowieso keine Ruhe, bis ich alles gehört habe. Du kennst mich."

„Ich bin schwanger."

Kit erstarrte und pfiff dann leise durch die Zähne. „Ist Clark der
Vater?", fragte sie schließlich.

„Ja."

„Und er weiß nichts davon, und ihr seht euch nicht mehr", riet sie mitfühlend lächelnd.

Tessa nickte und sah auf die Speisekarte, obwohl sie dann nur ein Glas Milch bestellte. Kit schloss sich ihr an. Sie ahnte, dass Tessa noch mehr bedrückte, und wollte sich ganz auf sie konzentrieren. Ohne mit der Wimper zu zucken, brachte ihnen der Ober ihre Bestellung.

„Wie man weiß, hat Clark eine gescheiterte Ehe hinter sich", sagte Kit sanft und nahm ihr Gespräch wieder auf. „Und nicht nur das. Er musste seinen geliebten Job aufgeben, ist körperlich nicht mehr so fit wie früher und hat, angefangen bei seiner Mutter, mit Frauen nur schlechte Erfahrungen gemacht. Es ist nur natürlich, dass er sich gegen eine neue Beziehung sträubt. Insbesondere mit einer Frau, die so verletzlich ist wie du." Sie berührte Tessas kalte Hand. „Du wirst es ihm doch sagen, oder?"

„Irgendwann. Aber nicht jetzt."

„Warum nicht?"

Tessa zögerte und senkte den Blick. „Die Schwangerschaft verläuft nicht reibungslos. Morgen früh erfahre ich die Ergebnisse." Bekümmert sah sie auf. „Meine Beschwerden könnten erste Anzeichen für eine Fehlgeburt sein. Kit, was soll ich nur machen? Ich darf das Baby nicht verlieren. Ich darf einfach nicht. Es ist alles, was ich habe …"

Kit umschloss Tessas kalte Finger mit beiden Händen und sprach ebenso eindringlich wie beruhigend auf Tessa ein. „Hör auf, dich verrückt zu machen. Du darfst diese negativen Gedanken nicht aufkommen lassen, hörst du? Das ist gefährlich. Es wird alles gut gehen. Jetzt atme tief durch. Gut so. Noch einmal."

„Aber was soll ich machen, wenn …" Mitten im Satz brach Tessa ab und starrte zur Tür. Alle Farbe war aus ihrem Gesicht gewichen. „Nein …", flüsterte sie.

Kit durchschaute die Lage sofort. „Clark?", fragte sie, noch bevor sie sich umdrehte und den Ankömmling erkannte. „Er kommt sonst nie hierher."

Doch Clark war nicht nur dort an der Tür, sondern ganz offensichtlich suchte er auch jemanden. Als er Tessa entdeckte, straffte er die Schultern und kam direkt auf sie zu.

Bei Tessas und Kits Tisch angekommen, blieb Clark stehen und sah lange in Tessas bleiches Gesicht. In seinem Blick lag stille Verzweiflung, doch seine Stimme klang schroff, als er sagte: „Seit Wochen bist du spurlos verschwunden. Ich finde, du hättest wenigstens hin und wieder einmal im Büro vorbeischauen und Hallo sagen können. Oder bedeuten wir alten Kollegen dir nichts mehr?"

Eine erstaunliche Frage für jemanden, der praktisch zugegeben hat, meinen Anblick kaum ertragen zu können, dachte Tessa. „Ich arbeite am anderen Ende der Stadt. Es ist ein umständlicher Weg zu deinem Büro."

„Ja. Wie ich hörte, arbeitest du jetzt als Spurensucherin."

Tessa hob das Kinn. „Stimmt. Es macht Spaß, zur Abwechslung einmal richtig zum Einsatz zu kommen."

Clark sah ihr eindringlich in die Augen, und Tessa entdeckte einen Ausdruck darin, den sie bei ihm nicht kannte und den sie sich nicht erklären konnte.

So, dachte Clark, dein Job macht dir also Spaß. Sein Apartment, sein Job, ja, sein ganzes Dasein erschien ihm öde und leer, seit sie aus seinem Leben verschwunden war. Er hätte nie geglaubt, jemanden derart vermissen zu können.

Aber dass Tessa sich so entschlossen von ihm fern hielt, hatte sein Misstrauen in die Liebe nur verstärkt. Ist das die Frau, die mir ihre unsterbliche Liebe geschworen hat? fragte er sich nun und setzte boshaft hinzu: Dafür scheint sie ohne mich aber prächtig zurechtzukommen. Clark holte tief Luft und schob die Hände in die Taschen seiner eleganten grauen Hose. „Du könntest dich wenigstens hin und wieder melden, damit wir wissen, ob du überhaupt noch lebst."

„Ich werde versuchen, daran zu denken", erwiderte Tessa und wandte den Blick ab. „Vermutlich vermisst Helen mich."

Clark biss auf die Zähne und ballte die Fäuste. Ja, du fehlst Helen, sagte er im Stillen. Aber nicht so, wie du mir fehlst. Wie gern hätte er es laut ausgesprochen, aber so wie Tessa sich benahm, würde sie ihm ja doch nicht glauben. Überhaupt vermittelte ihre ganze Haltung nichts als Gleichgültigkeit. Wie kannst du nur, Tessa, dachte er bitter. Wie bringst du es fertig, mir nach jener Nacht so zu begegnen?

Zwar war er derjenige gewesen, der keine Beziehung gewollt und ihr das immer wieder gesagt hatte, doch das alles lag vor seinem Versuch, wie zuvor ohne sie weiterzuleben. Jetzt hasste er es, abends in seine leere Wohnung zu kommen. Sein Leben hatte jeglichen Sinn verloren, seit sie nicht mehr Teil davon war. Aber ich habe Tessa abgewiesen, sagte er sich, seufzte tief und sah voller Zärtlichkeit auf ihren gesenkten Schopf. Habe ich wirklich jedes Gefühl für mich in dir erstickt? fragte er sich hilflos wie nie zuvor.

„Möchtest du dich nicht zu uns setzen, Clark?", bemerkte Kit, als das Schweigen unerträglich wurde.

„Nein", antwortete er abwesend. „Ich muss wieder an die Arbeit. Tessa?"

Die Zärtlichkeit, mit der er ihren Namen ausgesprochen hatte, tat Tessa weh. Sie konnte nicht ehrlich gemeint sein. „Ja?"

„Geht es dir gut? Du scheinst …" Er war nicht sicher, wie er sich ausdrücken sollte. „Warst du wieder krank?"

„Im Winter wäre das nichts Besonderes, wie du weißt", wich sie aus und wagte nicht, ihn anzusehen.

Sie keuchte, als ein stechender Schmerz durch ihren Unterleib fuhr. Es war ein altbekannter Schmerz, wie sie ihn in letzter Zeit öfter erlebt hatte, wenn sie sich überanstrengt hatte.

„Tessa!" Clark kniete sich neben sie, umklammerte ihre Hände und versuchte besorgt, in ihren Augen zu lesen. „Was hast du, Kleines?"

„Ich vermute, es ist wieder der Magen", redete sie sich heraus.

„Tessa." Clark stöhnte auf. „Tessa, es könnte ein Magengeschwür sein!"

„Das ist es bestimmt nicht", flüsterte sie. „Wirklich, Clark."

Clark fiel auf, wie fest er ihre Hand umklammert hielt, und er lockerte den Griff. Beide hatten sie Kit, die an ihrer Milch nippte und sich alle Mühe gab, unsichtbar zu sein, völlig vergessen. „Such bitte einen Arzt auf, ja? Spiel nicht mit deiner Gesundheit."

„Werde ich", versprach Tessa. Sie musste sich zwingen, den Blick von seinen Augen zu lösen, und sah auf seinen Mund. Doch es half ihr nicht, sich zu fassen. Dieser Mund, der sie gelehrt hatte, was Liebe und Lust bedeuteten … „Geht es dir gut?", fragte sie zärtlich.

Der Klang ihrer Stimme ließ Clark das Blut in die Wangen schießen, sein Puls raste. „Nein", erwiderte er rau und kämpfte das Verlangen nieder, sie anzuflehen, zu ihm zurückzukommen. Er durfte sich keine falschen Hoffnungen machen. „Vielleicht vermisse ich dich, kleine Schönheit", rettete er sich in seine gewohnte Ironie.

„Vielleicht haben Bohnen Beine", ging Tessa lächelnd darauf ein.

„Komm zurück, Tessa", murmelte er leise. „Ich würde sogar einen meiner Spurensucher auf die Straße setzen. Gib uns eine Chance."

„Dem Job?", fragte sie vorsichtig.

Ich kann nicht ohne dich leben, wollte er sagen. Komm zurück, zieh zu mir, schlaf mit mir, heirate mich. Irgendwie wird es uns gelingen, auch ohne Kinder eine glückliche Ehe zu führen. Ich weiß, du hast mich einmal geliebt und kannst mich vielleicht wieder lieben. Ich bin bereit, jedes Risiko auf mich zu nehmen …

Tessa lachte auf und verbarg dahinter ihre Enttäuschung über sein Zögern. Auf sein Mitleid legte sie keinen Wert. „Nein danke, Clark. Ich fühle mich bei Mr Short rundum wohl. Stell dir vor, er hat mich sogar zum Dinner eingeladen." Dass sie die Einladung abgelehnt hatte, verschwieg Tessa. „Wer weiß, was daraus wird."

Clarks dunkle Augen glitzerten. „Short ist zu alt, um hinter jungen Mädchen herzu…"

„Ist es etwa schon so spät?" Kit hatte die Gefahrensignale sofort erkannt. „Meine Güte, Tessa, ich muss los."

„Ja, ich komme auch zu spät", nahm Tessa den Ball auf und sah vielsagend auf Clark, der ihr den Weg versperrte. „Es war nett, dich getroffen zu haben, Clark."

Langsam richtete Clark sich auf, von dem Gedanken, dass Tessa sich mit einem Mann wie Short einlassen könnte, wie vor den Kopf geschlagen. Sprachlos vor unterdrückter Wut sah er zu, wie Tessa aufstand und ihre Handtasche nahm, während Kit bezahlte. Plötzlich runzelte er verwirrt die Stirn. „Hast du zugenommen, Tessa?"

„Zu viele Doughnuts", stammelte Tessa hilflos.

„Nein, nein. Es steht dir gut."

Tessa biss sich fast die Lippe blutig. Seine Frage hatte sie völlig überrumpelt, und sie war kurz davor, ihm zu sagen, was wirklich mit ihr los war.

„Clark Devlin!", polterte da plötzlich ein Gast los, sprang auf und streckte Clark begeistert die Hand hin. „Ich wusste doch, dass Sie das sind."

Ein Wink des Schicksals, vorläufig den Mund zu halten, dachte Tessa und nutzte die Zeit, in der Clark den Mann begrüßte, sich hastig an ihm vorbeizudrücken und zum Ausgang zu streben. Kit war direkt hinter ihr.

„Wetten, dass Clark mir gefolgt ist?", bemerkte Kit draußen. „Er ist nicht umsonst ein guter Detektiv. Und er vermisst dich, Tessa. Das hätte ein Blinder sehen können."

„Vermissen und lieben ist zweierlei." Tessa seufzte.

„Ein bisschen musst du ihm schon bedeutet haben. Immerhin gehören zwei dazu, Kinder zu machen."

„Ich habe Clark verführt", sagte Tessa verlegen. „Ich hatte die verrückte Idee, wenn ich ihn davon überzeuge, wie sehr ich ihn liebe, würde er wieder an eine Beziehung zu glauben beginnen. Aber ich habe zu hoch gepokert. Er konnte mich gar nicht schnell genug wieder loswerden."

„Danach sah mir das eben aber nicht aus. Und glaub mir, Clark ist nicht auf den Kopf gefallen. Er dürfte bald herausfinden, in welchem Zustand du bist."

„Ich weiß. Aber damit werde ich mich auseinandersetzen, wenn es so weit ist. Jetzt muss ich wieder an die Arbeit. Und kein Wort zu Helen", warnte sie Kit.

„Ich schweige wie ein Grab. Und ich hoffe, du weißt, dass du dich auf mich verlassen kannst. Ich würde alles tun, dir zu helfen."

„Ich weiß. Du bist mir eine wahre Freundin, Kit."

„Und du mir. Wir bleiben in engem Kontakt, abgemacht? Sag mir gleich Bescheid, wenn du Neuigkeiten vom Arzt hast."

„Mach ich." Winkend verabschiedeten die beiden Freundinnen sich voneinander. Tessa fuhr zurück ins Büro. Doch sie konnte sich nicht auf die Arbeit konzentrieren. Es belastete sie schwer, Clark ihren wahren Zustand verschwiegen zu haben. Und sie hatte Angst vor den Untersuchungsergebnissen.

9. KAPITEL

*A*ls Tessa am folgenden Tag Dr. Boswick gegenübersaß, merkte sie schon an dessen Verhalten, dass etwas nicht stimmte. Schweigend durchblätterte er die Krankenakte, sah plötzlich auf und blickte sie ernst über den Rand seiner Brille an. „Sie leben allein und sind nicht überaus gut situiert. Also überlegen Sie sich Ihre Antwort gründlich. Wie sehr möchten Sie dieses Kind?"

Tessa wusste zwar nicht, was ihre finanzielle Situation damit zu tun haben sollte, aber die Frage war einfach zu beantworten. „Ich möchte das Kind mehr als alles andere in der Welt."

Dr. Boswick lächelte freundlich. „Schön, das zu hören. Ihnen stehen nämlich harte Zeiten bevor. Dennoch, auch wenn Sie alles Menschenmögliche dafür tun, gibt es keine Garantie, dass Sie das Baby behalten werden."

„Oh nein", stöhnte Tessa entsetzt auf. „Kann ich denn wirklich nichts tun?"

„Miss Meriwether, Sie sind einer der seltenen Fälle, bei denen die Plazenta problematisch gelagert ist, sich überdehnen, sogar reißen kann. Das führt zu Blutungen, und diese wiederum können eine Fehlgeburt nach sich ziehen. Ihre einzige Chance ist liegen, liegen, liegen. Sie müssten Ihre Arbeit aufgeben und sich Ruhe gönnen. Möglicherweise bis zur Geburt. Sind Sie dazu bereit? Können Sie sich das leisten? Verstehen Sie nun, warum ich wissen wollte, wie sehr Sie sich das Kind wünschen?"

Tessa stand unter einem unerträglichen Druck. Sie hatte kaum Ersparnisse, monatlich laufende Rechnungen und war auf ihren Verdienst angewiesen. Aber der Arzt hatte erklärt, sie würde das Leben ihres Kindes aufs Spiel setzen, wenn sie nicht zu Hause bliebe.

„Was genau habe ich zu tun, um das Kind nicht zu gefährden?"

„Wie schon gesagt, eine Garantie, dass Sie das Kind austragen können, gibt es nicht. Und noch etwas kommt erschwerend hinzu: Sie sollten möglichst nie allein sein. Mit fortschreitender Schwangerschaft könnten Blutungen auftreten, die schwierig zu stoppen sind. Ich möchte Ihnen keine Angst einjagen, aber Sie könnten verbluten, wenn niemand in der Nähe ist. Sie müssen sich in einem solchen Fall sofort bei mir melden, egal ob Tag oder Nacht. Vielleicht ist sogar ein Aufenthalt im Krankenhaus unumgänglich, bis die Blutungen gestillt sind. Gibt es keinen Weg, den Vater des Kindes hinzuzuziehen?"

Tessa schüttelte zögernd den Kopf. „Er hat keine Ahnung."

„Sie sollten es ihm sagen."

„Ja." Tessa hatte nicht vor, Clark einzuweihen, aber es war einfacher, Dr. Boswick zuzustimmen, als sich auf lange Diskussionen einzulassen.

„Sie sind ein gutes Mädchen. Also, in der Zwischenzeit werden Sie regelmäßig zur Kontrolle kommen. Und machen Sie sich keine Sorgen wegen meiner Rechnung", fügte er lächelnd hinzu, „wir werden uns diesbezüglich etwas einfallen lassen, einverstanden?"

„Danke, Doktor."

Tessa stellte Dr. Boswick noch viele Fragen, denn sie wollte sich ihrer Situation so klar wie möglich sein.

Wieder in ihrer Wohnung jedoch sank sie schluchzend aufs Bett. Aber zu weinen tat ihr gut, und danach überdachte sie ruhig ihre Lage. Keine Anstrengungen, kein Stress, ein ruhiger Lebensstil, gute Ernährung, viel Ruhe. Keine leichte Sache für eine alleinstehende Frau ohne Einkommen. Aber ich werde es schaffen, sagte sie sich fest. Es gibt massenhaft Frauen, denen es ebenfalls gelungen ist.

Clark würde sie nicht einweihen. Selbst wenn er die Vaterschaft anerkennt, überlegte sie, sähe es aus, als ob ich Unterstützung von ihm erwartete. Und er würde denken, dass ich mit ihm leben, ihm die volle Verantwortung für mich und das Kind aufhalsen will. Eines Tages, nahm sie sich vor, wenn alles vorbei ist und ich nicht mehr auf Hilfe angewiesen bin, werde ich ihm von seinem Kind erzählen und ihm freistellen, ob er seinen Platz im Leben des Kindes einnehmen möchte.

Als ihr Entschluss einmal gefasst war, ging Tessa in die Küche und machte sich eine Suppe. Wie sie wusste, gab es einige Organisationen, die ledigen Müttern weiterhalfen. Sie musste sich nur mit ihnen in Verbindung setzen.

Am nächsten Tag kündigte Tessa ihre Stellung bei Mr Short. Mr Short fiel aus allen Wolken, verstand sie aber gut, als sie erklärte, ein offenes Magengeschwür zu haben und laut Arzt ein paar Monate mit der Arbeit aussetzen zu müssen. Mitfühlend bestand er darauf, ihr für diesen Monat trotzdem den vollen Lohn zu überweisen, den Tessa in ihrer jetzigen Situation mehr als gebrauchen konnte.

Tessa machte sich daran, ihr Leben in neue Bahnen zu lenken. Sie fand einen Teilzeitjob als Zeitschriftenwerberin, den sie von ihrer Wohnung aus telefonisch erledigen und mit dem sie sich einigermaßen über Wasser halten konnte. Ihre Ersparnisse reichten für drei Monatsmieten inklusive Nebenkosten. Sie überwies diese Summe gleich an ihren Vermieter, damit sie keinesfalls während der schwierigsten Phase auf die Straße gesetzt werden würde.

Ihr Einkommen reichte knapp für eine angemessene Ernährung. Doch ohne Kit, die regelmäßig vorbeikam und immer verführerische Naschereien mitbrachte, wäre ihr Kühlschrank nicht so gut bestückt gewesen – und sie wäre sehr einsam gewesen.

Wenn sie es nicht für ihre Arbeit brauchte, stellte Tessa das Telefon ab. Sie wollte nicht erreichbar sein. Doch im Grunde hatte sie nur Angst vor einer Begegnung mit Clark.

Zwei Wochen nachdem Tessa den Job bei Mr Short aufgegeben hatte, klingelte jemand in aller Frühe an ihrer Haustür Sturm. Tessa kam eben aus dem Badezimmer. Sie litt noch immer sehr unter morgendlicher Übelkeit und sah elend aus. In ihren abgetragenen Bademantel gehüllt, unter dem sie einen gestreiften Pyjama trug, ging sie zur Tür, riss sie genervt von dem pausenlosen Klingeln auf und sah sich Clark gegenüber. Er reagierte, wenn möglich, noch erschrockener als sie.

„Mein Gott, Tessa!", rief er entsetzt.

„Oh, danke. Du siehst ebenfalls gut aus", spottete sie matt. „Komm herein und mach die Tür hinter dir zu. Ich muss sofort wieder zurück ins Bett. Ich kann nicht lange stehen."

„Warte, ich trage dich."

Bevor sie protestieren konnte, hob Clark sie auf die Arme und trug sie in ihr Schlafzimmer. Dabei runzelte er die Stirn, denn Tessas Gewicht bereitete seinem Rücken zum ersten Mal Probleme. „Du hast nochmals zugenommen. Ist das bei einem Magengeschwür denn normal?", überlegte er laut, legte sie vorsichtig aufs Bett und wollte den Gürtel ihres Bademantels lösen.

Da Tessa es nicht riskieren konnte, dass er ihren Körper sah, sträubte sie sich und griff zu einer Notlüge. „Mir ist kalt. Ich behalte ihn lieber an."

„Okay." Clark zog fürsorglich die Decke über sie und setzte sich mit besorgtem Gesicht auf den Bettrand. „Short hat mir erzählt, dass du gekündigt hast. Bist du wenigstens in guter Behandlung?"

Tessa starrte ihn an. In seinem dreiteiligen anthrazitgrauen Anzug mit Krawatte und dazu passendem Einstecktuch wirkte er überaus erfolgreich. Im Vergleich dazu sehe ich bestimmt wie eine streunende Katze aus, dachte sie und empfand ihre Lage als hoffnungsloser denn je.

„Behandlung?", murmelte sie. Heiße Tränen stiegen ihr in die Augen, und schnell senkte sie die Lider. „Dafür gibt es keine Behandlung", flüsterte sie erstickt. „Der Arzt hat bereits alles getan, was in seiner Macht steht."

Clark runzelte erneut die Stirn. „Bei einem Magengeschwür?"

„Ich habe kein Magengeschwür", gestand sie. „Und meine Krankheit kann man nicht mit Pillen kurieren. Clark, bitte, ich bin so müde."

„Was hast du Tessa?", fragte er derart betroffen, dass ihr aufging, was er vermuten musste. Er ist ja weiß wie die Wand, dachte sie, als sie ihn nun ansah.

„Oh, keine Sorge, es ist nichts Lebensgefährliches. Wirklich nicht, Clark."

Clark atmete zwar auf, aber beruhigt war er noch nicht. Nervös fingerte er nach einer Zigarette. Der gequälte Ausdruck in Tessas Gesicht war unverändert. Doch was quälte sie? Er strich ihr zart das wirre Haar aus der Stirn und suchte ihren Blick. „Du siehst grauenhaft aus, Tessa. Wirst du mir jetzt sagen, was mit dir los ist?"

Tessa zauderte und knabberte an ihrer Unterlippe. Endlich war er bei ihr. Doch warum? Ich habe Angst, Clark, und ich brauche dich, dachte sie und fühlte sich schutzbedürftig wie nie. Aber wäre es fair, ihm gerade jetzt von dem Kind zu erzählen. Jetzt, wo ich nahe daran bin, es zu verlieren?

„Ich weiß nicht recht, Clark. Du würdest mir vielleicht nicht glauben. Und selbst wenn, es wäre dir gegenüber nicht fair", sagte sie aufrichtig.

Clark betrachtete sie. Tessa war in einem miserablen Zustand, doch er empfand nichts als Erleichterung und tiefen Frieden, weil sie um ihn war. „Weißt du, mein Leben ist farblos ohne dich. Ich stehe auf, erledige meine Arbeit, gehe wieder nach Hause und liege nachts wach. Mir ist alles gleichgültig geworden. Als du gegangen bist, hast du mir alle Lebensfreude genommen." -

„Du hast mich fortgeschickt", sagte sie leise.

„Ja." Er hielt ihren Blick fest. „Ich wollte keine Bindung …"

„Ich habe dich nie in diese Richtung gedrängt", unterbrach sie ihn. „Und keine Sorge, egal wie das, was jetzt kommt, für dich klingen mag, auch jetzt stelle ich keinerlei Forderungen."

Er zog verständnislos die Stirn kraus. „Erklär mir das."

Tessa holte tief Luft und sah ihm fest in die Augen. „Clark, ich … bin schwanger."

Unter anderen Umständen hätte Clarks Mimik einen Lachanfall bei Tessa ausgelöst. Clark hatte sich eben die Zigarette anzünden wollen, doch er war mitten in der Bewegung erstarrt und wirkte wie jemand, der soeben einen Schlag auf den Schädel bekommen hatte. Ohne zu wissen, was er tat, stippte er die nicht brennende Zigarette in das Wasserglas auf dem Nachttisch.

„Du bist was?", fragte er erstickt.

„Ich werde ein Baby bekommen."

Seine Reaktion wurde Tessa langsam unheimlich. Clarks Gesicht war wie versteinert, einzig die dunklen Augen funkelten wie glühende Kohlen. Langsam, sehr langsam ließ er den Blick über ihren Körper wandern, streckte die Hand aus und zog ihr die Decke weg. Dann löste er den Gürtel ihres Bademantels und schob das Oberteil ihres Pyjamas auseinander. Regungslos saß er da und starrte auf ihren sanft gerundeten Bauch. Dann streckte er beide Hände aus und berührte ihn, unendlich zart, doch ohne jede Scheu.

„Du hast es mir verheimlicht", flüsterte er rau. „Ich war überzeugt, unfruchtbar zu sein, und du wusstest das. Wie um alles in der Welt konntest du mir das verschweigen?"

„Ich wusste nicht, wie ich es dir beibringen sollte. Es tut mir leid", sagte sie leise, zu erschüttert von seiner Reaktion, um ihm ihre Gründe auseinandersetzen zu können.

„Es tut dir leid ...", setzte Clark verächtlich an, brach dann aber ab. Tessa sah so elend aus. Er wollte sie nicht noch mehr peinigen. „Wann ist es so weit?", fragte er knapp und sah ihr dabei in die Augen.

„In fünf Monaten", erwiderte sie, hin- und hergerissen von dem Wunsch, ihm alles zu gestehen, und der Furcht, seinen trotz aller Wut unübersehbaren Stolz über seine Vaterschaft zu zerstören. Angesichts dieses Stolzes wollte sie ihn erst recht nicht mit der Sorge um das Leben das Kindes belasten. Er würde sich vor Sorge verrückt machen. Aber eine Erklärung für ihre Bettlägerigkeit musste sie sich einfallen lassen. Tessa schluckte. „Clark ... Ich muss bis zur Geburt liegen. Ich kann nicht mehr arbeiten."

„Warum?"

„Nun ... ich leide unter übermäßiger Übelkeit."

„Ich verstehe." Sichtbar erleichtert atmete Clark auf. Dann erhob er sich von der Bettkante. Er drehte Tessa den Rücken zu und starrte in Gedanken versunken auf die Wand.

„Du brauchst dich nicht verantwortlich zu fühlen", sagte Tessa hilflos.

„Werd nicht absurd. Es ist genauso mein Baby wie deins." Langsam wandte er sich wieder zu ihr. In seinem Gesicht mischte sich ungläubiges Staunen mit verletztem Stolz. „Und du hattest nicht einmal vor, mir etwas davon zu sagen."

Tessa zuckte zusammen. Doch sie hatte keine Wahl, sie musste bei ihrer Version bleiben. Du hast in den letzten Jahren genug durchgemacht, dachte sie. Den Tod der Mutter, den Verlust der Arbeit als Texas Ranger, die lebensgefährliche Verwundung. Und nun auch noch das Bangen um dein Kind? Nein, dachte sie, erfüllt von Liebe. Nicht auch das noch.

Tapfer hob sie den Kopf und bemühte sich um einen kühlen Tonfall. „Erinnerst du dich? Du wolltest keine Bindung, und ich bin auf deinen Wunsch hin aus deinem Leben verschwunden. Wenn ich dir von dem Baby erzählt hätte, hättest du geglaubt, dass ich dich festnageln will."

Ihre Worte trafen Clark an einem wunden Punkt. Ich habe ihr nie gesagt, wie tief ich für sie empfinde, dachte er ehrlich. Trotzdem, der Moment war ungünstig, ihr gerade jetzt seine Liebe und den Wunsch, sie zu heiraten, zu gestehen. Denn Tessa verschwendete offensichtlich keinen Gedanken mehr an eine Ehe mit ihm. Das Wichtigste ist nun das Kind, sagte er sich. Tessa und ich werden später Gelegenheit haben, uns zusammenzuraufen. „Inzwischen ist eine neue Situation entstanden", erklärte er ruhig.

„Du meinst, mich hast du nicht gewollt, aber das Baby ist etwas anderes?"

Ihre herausfordernde Bemerkung reizte ihn. „Natürlich", erwiderte er spöttisch lächelnd. „Und noch etwas, ich werde dich auf die Ranch bringen. Dort hast du wenigstens Beryl zur Gesellschaft."

„Das geht nicht", sträubte sich Tessa und senkte verlegen den Blick.

Clark brauchte einen Moment, bevor er begriff. Doch dann fiel ihm ein, was er Tessa bezüglich Beryls Einstellung gesagt hatte. Wir sind nicht verheiratet, aber sie ist schwanger, dachte er – und wie ein Blitz kam ihm eine Idee. Jetzt habe ich einen ganz praktischen Grund, Tessa zu heiraten, ohne ihr meine Liebe gestehen zu müssen. Momentan sind die Fronten zwischen uns zu verhärtet. Tessa würde mir nicht glauben, dass ich sie liebe, und ich muss erst darüber hinwegkommen, dass sie mir mein Kind vorenthalten wollte. Von mir aus soll sie denken, ich würde sie nur wegen des Babys nehmen.

„Was das angeht, sollten wir uns eben etwas einfallen lassen", meinte er, sah auf die Uhr und überlegte fieberhaft die nächsten Schritte. „Ich bin gleich wieder da."

„Clark, wir müssen uns aussprechen …"

„Später." Unter der Tür sah er Tessa fast streng noch einmal an, dann strebte er wortlos hinaus.

Tessa ließ sich verwirrt und betrübt über sein Benehmen in die Kissen sinken. Clark will nicht mich, alles, was er will, ist das Kind, dachte sie enttäuscht. Ihre Hoffnung, dass er sie aus unendlicher Sehnsucht zurückholen wollte, war zerplatzt wie eine Seifenblase.

Dass Clark plötzlich wieder in ihr Leben getreten war, war für Tessa bereits ein kleiner Schock gewesen, doch als er drei Stunden später, einen fremden Mann hinter sich her zerrend, zurückkam, begriff sie überhaupt nichts mehr.

Clark hielt ihr ein Schriftstück unter die Nase, deutete auf die Stelle, wo sie unterschreiben sollte, und ließ ihr nicht einmal Zeit zu lesen, was sie da unterzeichnete. Dann setzte er sich auf die Bettkante, nahm ihre Hand in seine und forderte den Fremden auf, seines Amtes zu walten.

Verständnislos sah Tessa zu, wie der ältere Herr ein kleines Buch aus der Tasche zog und amüsiert begann, das Ehegelübde vorzulesen. Fassungslos stammelte sie ein Ja, und bevor sie recht wusste, wie ihr geschah, streifte Clark ihr einen zwei Nummern zu großen Goldreif über den Ringfinger der rechten Hand.

Clark trat zu dem Mann und ließ das Schriftstück von ihm gegenzeichnen. Im Austausch dazu übergab er ihm einen Packen Geldscheine und geleitete ihn unter überschwänglichen Dankesbezeugungen hinaus.

Als er wieder ins Schlafzimmer kam, trat Clark neben das Bett und blickte mit glänzenden Augen auf Tessa. Nun ist sie meine Frau. Meine Frau. Mein Baby. Meine Familie, dachte er stolz und ergriffen.

Tessa betrachtete verwirrt den Goldreif an ihrem Finger und versuchte, diesen Ring und das Strahlen auf Clarks Gesicht miteinander in Zusammenhang zu bringen. „Man bekommt frühestens nach drei … nach drei Tagen einen Heiratstermin …"

„Einer reicht, wenn du drohst, den Richter zu killen", erklärte Clark vergnügt. „Keine Sorge, unsere Eheschließung ist rechtsgültig." Er runzelte die Stirn. „Ich weiß allerdings nicht, wie viele Jahre Knast auf Kidnapping stehen."

„Kidnapping?"

„Der nette Richter, der uns eben verheiratet hat, wusste nicht, was ihm bevorstand. Ich habe ihn einfach aus dem Gerichtsgebäude hierher geschleppt."

Tessa lachte und weinte gleichzeitig. Es sah Clark überhaupt nicht ähnlich, derart impulsiv zu handeln.

Clark fluchte leise. „Na gut, es tut mir leid, dass ich dich ohne Vorwarnung damit überfallen habe", sagte er steif. „Aber wir müssen Beryl vor vollendete Tatsachen stellen, wenn ich dich heute Abend dort hinbringe."

„Es ist ungerecht, ihr die Verantwortung für mich aufzuhalsen", sträubte Tessa sich erneut. „Dir gegenüber ist es das übrigens auch."

Clark sah ihr eindringlich in die Augen. „Mein Baby wächst in dir heran." Er musste an sich halten, Tessa nicht die Tränen von den Wangen zu küssen, sie nicht in die Arme zu nehmen und an sich zu pressen. „Und es gibt im Moment nichts Wichtigeres als dieses Baby", fügte er mit rauer Stimme hinzu.

Er wünscht sich dieses Kind so sehr, dachte Tessa traurig und glücklich zugleich. Aber was ist, wenn ich das Baby verliere und er ist trotzdem mit mir verheiratet? Seine Reaktion dann wird doch schlimmer sein, da ich ihm nicht gesagt habe, wie riskant diese Schwangerschaft ist. Aber schaffe ich es jetzt noch, es zu tun? Jetzt, wo er mein Mann ist? Und wo ich mich nie mehr von ihm trennen möchte?

„Hör auf, vor dich hin zu brüten. Ich werde mich um dich kümmern, Miss Meri… Mrs Devlin", berichtigte Clark sich. Der Name hatte einen ganz neuen Klang für ihn, obwohl es bereits eine Mrs Devlin gegeben hatte. Aber Jane und Tessa waren nicht miteinander zu vergleichen. „Mrs Teresa Devlin", murmelte er vor sich hin.

„Freust du dich wirklich so auf das Kind?", fragte Tessa leise.

Sein Gesicht wurde hart. „Das dürftest du bereits bemerkt haben. War dir nicht bewusst, wie elend ich mich fühlte, weil ich dachte, keine Kinder zeugen zu können? War dir das egal?"

Tessa fühlte sich miserabel. „Nein …" Doch dann flüchtete sie sich in die einzige Ausrede, die ihr sicher zu sein schien. „Du hattest deutlich gesagt, dass du keinen Wert auf eine neue Ehe legst. Ich wollte dir nicht das Gefühl geben, in eine Falle gegangen zu sein und mich heiraten zu müssen."

Unter gesenkten Lidern sah Clark sie schweigend an. Seit der Nacht, in der sie sich geliebt hatten, war Tessa zu seinem Lebensinhalt geworden. Doch erst als sie nicht mehr bei ihm gewesen war, hatte er das begriffen.

Das Kind würde die Krönung ihrer Liebe sein, aber am wichtigsten war ihm, dass Tessa ihn liebte, dass er ihre Liebe zurückeroberte. Sie dagegen sprach nicht von Liebe, sondern zog sich von ihm zurück.

„Ob ich je wieder heiraten wollte oder nicht … Die Frage dürfte inzwischen müßig sein, nicht wahr? Das Kind soll meinen Namen haben, und wir werden uns schon irgendwie zusammenraufen."

Du willst dich mit mir zusammenraufen? dachte Tessa niedergeschlagen. Sie sehnte sich nach den Worten, dass er sie über alle Maßen liebe und sie auch ohne Kind geheiratet hätte. Sie wollte hören, dass er sie vermisst hatte und sie brauchte. Reines Wunschdenken. In Wahrheit war er bestens ohne sie ausgekommen und hatte sich nur nach ihrer Gesundheit erkundigen wollen. Wenn ich ihm nichts von dem Kind erzählt hätte, wäre er wieder gegangen, sagte sie sich bitter.

„Kannst du dich allein umziehen, Tessa?", wollte Clark wissen.

Sie nickte nur.

„Dann packe ich deine Sachen. In etwa einer Stunde möchte ich zur Ranch aufbrechen."

„Zuerst möchte ich ein Bad nehmen."

„Mach das, wenn du dich danach besser fühlst. Vermutlich ist die Übelkeit frühmorgens am schlimmsten, nicht wahr? Egal, ich bin in Rufweite, falls du Hilfe brauchst."

Während der Fahrt zermarterte Tessa sich den Kopf darüber, wie Beryl die neue Situation aufnehmen würde. Clark plauderte über die Arbeit, über Helen und die anderen Mitarbeiter, aber es gelang ihm nicht, Tessa abzulenken.

Doch ihre Besorgnis war unnötig gewesen. Als Beryl zum Wagen kam, um sie zu begrüßen, schloss sie sie mütterlich in die Arme. „Armes Kind." Und entschlossen fügte sie hinzu: „Mach dir keine Sorgen. Alles wird gut. Wenn Clark in die Stadt muss, werde ich für dich da sein. Unter meiner Obhut bist du ganz schnell wieder auf den Beinen."

Bei Beryls liebevoller Umarmung und ihrer warmen Begrüßung gab der monatelange Druck in Tessa nach, und schluchzend schmiegte sie sich an sie.

„Ewig können wir nicht so hier stehen", brummte Clark schließlich. Er löste Tessa aus Beryls Armen und hob sie hoch. „Ich trage dich hinein. Du brauchst Ruhe. Es war ein langer Tag für dich."

„Und ich wärme etwas von meiner hausgemachten Hühnersuppe", versprach Beryl. „Die beste Stärkung für dich und dein Baby, Tessa", fügte sie hinzu, als sie den beiden mit verdächtig glitzernden Augen voraus ins Haus ging.

„Du hast es ihr gesagt?" Tessa schniefte.

„Ja." Clark packte sie fester. „Jetzt kann dir nichts mehr passieren. Alles, was du brauchst, ist Ruhe."

Tessa nickte nur. Aber ihr schien ihre Lage plötzlich noch grausamer zu sein als zuvor. Der Mann, den ich über alles in der Welt liebe, hat mich geheiratet – und ist unerreichbarer denn je. Mein Baby schwebt in ständiger Lebensgefahr. Nein, dachte Tessa. Es kann noch so viel passieren.

Clark und Tessa aßen gemeinsam im Schlafzimmer zu Abend.

Es war nicht der Raum, den sie bei ihrem ersten Aufenthalt bewohnt hatte, er lag in einem anderen Teil des weitläufigen Hauses. Aber Tessa ahnte, wo sie war, und als Clark nach einer späten Besprechung mit seinem Vorarbeiter zurückkam und völlig ungeniert begann, sich auszuziehen, wusste sie es.

„Ja, es ist mein Zimmer", erklärte Clark ruhig und nickte grimmig. „Und ja, wir werden es uns teilen."

Ihre Gedanken überschlugen sich. Aus den Augenwinkeln sah sie sehnsüchtig auf Clarks nackten Körper, doch gleichzeitig überlegte sie hektisch: Wie soll ich ihm bloß klarmachen, dass wir uns nicht lieben dürfen, ohne über die Diagnose des Arztes zu sprechen? „Clark", setzte sie besorgt an, als er nackt neben ihr unter die Bettdecke schlüpfte und die Hand nach dem Lichtschalter ausstreckte.

„Für eine Schwangere kann Sex unangenehm sein, ich weiß", sagte er unerwartet und lächelte schwach. „Ich möchte nur in deiner Nähe sein, falls du mich brauchen solltest. Das ist alles. Und du wirst dich schon an mich gewöhnen. Während deines Aufenthaltes in meinem Apartment habe ich nur dir zuliebe einen Pyjama getragen. Das weißt du. Was soll's. Immerhin sind wir jetzt verheiratet."

„Es macht mir nichts aus", murmelte sie erlöst. „Es ist dein Schlafzimmer."

Ihre Erleichterung stieß Clark bitter auf, aber es gelang ihm, im

Plauderton zu fragen: „Wünscht du dir eigentlich einen Jungen oder ein Mädchen, Tessa?" Und dabei löschte er das Licht.

Tessa war viel zu besorgt, dass das Baby überhaupt zur Welt kam, um sich ein bestimmtes Geschlecht zu wünschen. „Ob Junge oder Mädchen, Hauptsache, das Baby ist gesund."

„Ich empfinde es wie du." Plötzlich streckte er die Hand aus und legte sie auf ihren Bauch. „Werd nicht hysterisch", sagte er knapp. „Ich möchte nur fühlen, ob unser Kind sich schon bewegt."

Tessa schluckte. Das Gefühl seiner warmen Finger an ihrem Bauch war gleichermaßen tröstlich wie beunruhigend erregend. „Noch merke ich nicht viel", erwiderte sie gepresst. „Aber es wird schon bald anfangen zu strampeln."

„Hast du vor, es zu stillen?"

„Ich hoffe sehr, dass ich das kann." Sie hielt den Atem an. Halb hoffte, halb fürchtete sie, dass Clark sie nun in die Arme nehmen und sich an sie kuscheln würde.

Aber er tat nichts dergleichen. Im Gegenteil. Sie fühlte, wie er die Hand zurückzog. Dann wandte er ihr den Rücken zu und rollte sich zusammen.

Soll so unser Zusammenleben aussehen? fragte Tessa sich traurig.

Clark fühlte Tessa in seinem Rücken. Die Mutter seines Kindes. Nichts hatte er sich so sehr gewünscht wie dieses Kind. Nichts, außer Tessa. Wie sehr hatte er daran geglaubt, Tessa vertrauen zu können, weil sie ihn liebte. Aber sie hatte ihm dieses wunderbare Ereignis verschweigen wollen.

Wenn ich es aus Sorge um sie und vor Sehnsucht nach ihr nicht mehr ausgehalten hätte und zu ihr gegangen wäre, würde sie mir nie etwas davon gesagt haben, dachte er, und hin- und hergerissen zwischen Liebe und Groll schloss er die Augen. Und es dauerte lange, bis er einschlief.

10. KAPITEL

*V*on jener Nacht an wuchs die Distanz zwischen Clark und Tessa noch.

Tessa verhielt sich schüchtern und zurückhaltend zu Clark, suchte nie seine Nähe und sah ihn nie mit verliebten Augen an, wie sie es noch vor Monaten getan hatte. Das Baby begann sich zu bewegen, und sie sehnte sich danach, diese kostbaren Momente mit Clark zu teilen, doch sie scheute davor zurück, seine Hand zu nehmen und sie auf ihren Bauch zu legen, denn er war sorgsam darauf bedacht, jegliche Berührung zu vermeiden.

Manchmal sprach Clark über die Zukunft, aber was immer er dazu sagte, drehte sich um das Kind. Über Tessas und seine Zukunft sprach er nie.

Clark fiel auf, wie wenig Tessa sich bewegte, und da er gehört hatte, dass eine Geburt wesentlich leichter verlaufen würde, wenn die Mutter durchtrainiert war, sprach er sie eines Abends darauf an.

„Tessa, bis auf die paar Handreichungen im Garten, wenn du Beryl bei der Blumenpflege hilfst, sitzt du den ganzen Tag nur herum. Ich möchte, dass du dich bewegst. Heute ist es schon zu spät, aber von morgen an werden wir ausgiebige Spaziergänge unternehmen, wenn ich von der Arbeit zurückkomme. Keine Widerrede", erklärte er, als er sah, dass Tessa ihm nicht zustimmen wollte. „Deine Inaktivität ist nicht gut für das Kind."

Tessa hätte schreien können. Aber sie schwieg. Bei allem, was er sagte oder tat, schien Clark nur das Wohlergehen des Kindes im Kopf zu haben und sie nur Mittel zum Zweck zu sein. Er würde die Wahrheit nicht verkraften, dachte sie, überzeugter denn je. Und er würde sich von mir hintergangen fühlen, wenn ich sie ihm jetzt erst sage. Dabei hatte sich ihre Gesundheit spürbar gebessert, seit sie bei ihm auf der Ranch lebte, die Schmerzen hatten nachgelassen und es war zu keinen weiteren Blutungen gekommen. Ihre Angst um das Kind war weniger geworden, die Hoffnung, dass doch noch alles gut gehen würde, gewachsen. Und nun hatte Clark ihr diesen im Befehlston vorgetragenen Vorschlag gemacht.

Glücklicherweise stellte sich heraus, dass er die nächsten Tage aus beruflichen Gründen in der Stadt übernachten musste.

Tessa lernte zu lügen. Der Umstand, dass Beryl jeden Nachmittag einer älteren Nachbarin einen Besuch abstattete, kam ihr dabei zu Hilfe.

Als Clark zurückkehrte, schwindelte sie ihm vor, genau diese Zeit jeweils für einen längeren Spaziergang genutzt zu haben und das auch in Zukunft so halten zu wollen.

„Ist dir meine Gesellschaft derart zuwider?", fragte er kalt, „dass du lieber allein durch die Gegend wanderst? Immer schön dann, wenn ich keine Zeit habe?"

„Nein!"

„Oh, gib dir keine Mühe, Honey. Ich sorge mich um das Baby, nicht etwa um dich." Noch nicht einmal beim Spazierengehen will sie mich um sich haben, dachte Clark tief verletzt.

Tessa zuckte innerlich zusammen. Doch dann hob sie stolz den Kopf. „Ich werde schon dafür sorgen, dass dem Baby aus meiner Lebensführung kein Schaden erwächst."

„Das möchte ich dir auch geraten haben, Mrs Devlin."

Sie sah zu ihm hoch, stillen Vorwurf in den Augen. „Wenn ich nicht schwanger wäre, hättest du mich nie geheiratet, richtig?"

„Das dürftest du bereits wissen." Und von seinem Schmerz getrieben, fuhr er fort: „Du bist hinterhältig wie alle Frauen. Du bist zwar die Letzte gewesen, von der ich Hinterhältigkeit erwartet hätte, aber du fügst dich nahtlos in eine Reihe mit meiner Mutter und Jane. Mein Fehler, dass ich auf dich hereingefallen bin, aber eine zweite Chance wirst du nicht bekommen. Sorg nur dafür, dass meinem Kind nichts zustößt."

„Ich habe dir die Schwangerschaft nicht vorenthalten, weil ich dich verletzen wollte. Gerade das wollte ich doch nicht", brach es aus Tessa heraus.

Clark presste die Lippen aufeinander.

„Clark, sprich mit mir. Bitte", flehte sie.

„Was gibt es da noch zu sagen?" Ich sehne mich nach dir, aber du dich nicht mehr nach mir, dachte Clark verzweifelt, aber ich werde mich hüten, diese Worte auszusprechen. „Es ist dir gelungen, mich einmal zu verführen. Ich ließ es geschehen, weil ich dich begehrte. Aber es war eine rein körperliche Angelegenheit, verstehst du? Nur das und nichts anderes."

Deutlicher hätte er es nicht sagen können, dachte Tessa und verlor jede Hoffnung. „Gut, Clark. Ich habe verstanden", sagte sie erstickt, wandte sich ab und verließ blind vor Tränen den Raum.

Aus Wochen wurden Monate. Clark und Tessa lebten wie Fremde nebeneinander her. Tessa ging Clark aus dem Weg, wo sie konnte. Clark kam immer öfter spät nach Hause und hatte mit dem Argument, Tessas Schlaf zu stören, dafür gesorgt, dass sie ein eigenes Schlafzimmer bewohnte.

Er hatte gelogen. In Wahrheit konnte er es nicht ertragen, wie verletzt und niedergeschlagen sie ihn ansah, wann immer er in ihre Nähe kam. Ihm war zwar unerklärlich, warum sie sich zurückgestoßen fühlen sollte, da sie ihn ja nicht liebte. Trotzdem fühlte er sich schuldig.

Doch ihre Nähe fehlte Clark. Oft saß er da und beobachtete Tessa sehnsüchtig wie ein liebeskranker Schuljunge, wenn sie es nicht merkte. Sie zu sehen, ohne sie berühren, in die Arme nehmen zu dürfen, brachte ihn um. Seine Arbeit begann darunter zu leiden, dass seine Gedanken unablässig um Tessa kreisten.

Tessa wurde immer bleicher, ihr Leib rund und schwer. Eines Vormittags, nach einem Besuch beim Frauenarzt, legte sie sich sofort wieder ins Bett und war auch am Abend noch nicht wieder aufgestanden.

Besorgt rang Clark sich zu einem Besuch in ihrem Zimmer durch. „Bist du in Ordnung?"

„Natürlich", erwiderte Tessa, darauf bedacht, sich ihre seelische und zunehmend auch körperliche Qual nicht anmerken zu lassen. In letzter Zeit hatte sie wieder vermehrt unter Blutungen gelitten, und Dr. Boswick war deswegen in großer Sorge.

„Ich bin nur müde. Die vielen zusätzlichen Kilos, die ich mit mir herumschleppe …", flüsterte sie schwach.

„Wie ich bereits sagte", begann er ruhig. „Ich möchte nicht, dass du nur herumliegst. Dir fehlt Bewegung. Bestimmt ist der Arzt diesbezüglich einer Meinung mit mir."

Tessa war einer Panik nahe. Erst heute Morgen hatte Dr. Boswick ihr erneut eingeschärft, sich so ruhig wie möglich zu verhalten.

„Morgen … morgen werde ich einen langen Spaziergang machen", stammelte sie.

Clark sah in Tessas bleiches schmales Gesicht. Ihr bloßer Anblick zerschnitt ihm das Herz. Auch wenn sie sich dagegen sträubte, er musste etwas für sie tun. „Tessa, ich verstehe, dass dir das Gehen momentan schwerfällt. Aber von nun an werde ich mich persönlich darum kümmern, dass du dich ausreichend bewegst. Es ist nur zu deinem Besten."

„Nein", protestierte sie matt, und Tessa hielt diesen unerträglichen, seelischen Druck nicht länger aus. „Es geht nicht." Sie holte tief Luft. „Clark, es gibt da etwas, das ich dir bisher verschwiegen habe. Du musst wissen ... Oh!" Als ein stechender Schmerz durch ihren Unterleib fuhr, stemmte sie sich hoch und schrie gepeinigt auf.

„Das Baby!", rief Clark mit rauer Stimme. „Ist es das Baby, Tessa?"

„Ja." Tessa war leichenblass, eine wehengleiche Schmerzwelle lief durch ihren Körper und sie fühlte, dass erneut eine Blutung einsetzte. „Du musst nach einer ... Ambulanz telefonieren. Und ruf ... Dr. Boswick an. Schnell ..."

„Es könnte falscher Alarm sein", wollte Clark sie beschwichtigen. „Du wärst einen Monat zu früh dran. Ich trage dich zum Wagen und fahre dich in die ..." Aber als er die Bettdecke beiseite zog und den großen Blutfleck sah, erstarrte er. „Mein Gott ...", rief er entsetzt und blieb wie angewurzelt stehen.

„Besorg eine ... Ambulanz!", schrie Tessa.

Clark erwachte aus seiner Erstarrung und griff nach dem Telefon auf dem Nachttisch. Sie hatten Glück im Unglück, und ein Krankenwagen war ganz in der Nähe und würde sofort eintreffen.

Anschließend wählte Clark mit fliegenden Fingern Dr. Boswicks Nummer. Er schilderte ihm Tessas Symptome und informierte ihn, dass bereits eine Ambulanz auf dem Weg zu ihnen sei.

„Die Plazenta hat sich gelöst", kam die knappe Antwort des Arztes. „Als ich Ihre Frau heute untersuchte, warnte ich sie bereits, dass das jeden Moment passieren könnte. Aber das Baby ist schon weit genug entwickelt, dass es eine gute Überlebenschance hat. Trotzdem besteht immer noch die Gefahr, dass wir beide verlieren. Hat Ihre Frau heute irgendwelche anstrengenden Bewegungen gemacht, Mr Devlin?"

„Nein." Clark war fast das Herz stehen geblieben. Er umklammerte den Telefonhörer mit bebenden Händen und starrte auf Tessa. Plötzlich erkannte er alle Zusammenhänge glasklar.

„Zum Glück. Sie wissen ja sicher, wie heikel der Zustand Ihrer Frau ist und dass jegliche Anstrengungen und Aufregungen von ihr fern zu halten sind. Ich werde sie im Operationssaal erwarten und alles Nötige in die Wege leiten. Sagen Sie der Besatzung des Krankenwagens, dass jede Sekunde zählt."

Dr. Boswick gab Clark noch einige knappe Anweisungen, wie er die Blutung eindämmen könne, und hängte dann auf.

Während Clark unterstützt von Beryl Dr. Boswicks Anweisungen Folge leistete, machte er sich verzweifelte Selbstvorwürfe. „Oh Gott, Tessa. Du hast die ganze Sorge und das Risiko allein getragen, und ich habe dir nichts als die Hölle bereitet. Nicht wahr, du wusstest von Anfang an, dass nicht nur Übelkeit deine Schwangerschaft komplizieren würde."

Tessas Lippen waren weiß, so fest hatte sie sie zusammengepresst, um nicht vor Schmerzen zu schreien. „Du hast … dir das Kind … so sehr gewünscht", keuchte sie. „Ich wollte … dir die Sorge ersparen. Es ist … nicht deine Schuld."

„Oh, mein Liebes …" Clarks Stimme brach. Mit zitternden Fingern strich er Tessa das Haar aus der Stirn, als sie sich vor Schmerzen krümmte. „Halt durch, Kleines", flüsterte er erschüttert. Das Heulen einer Sirene ertönte, und er gab Beryl mit einer Geste zu verstehen, dass sie sich um Tessa kümmern sollte. Dann stürmte Clark aus dem Zimmer und rannte der Ambulanz entgegen.

Innerhalb kürzester Zeit waren sie auf dem Weg ins Krankenhaus. Tessa war kaum bei Bewusstsein. Clark kauerte verzweifelt neben ihr und sah zu, wie der Notarzt alles daransetzte, die starken Blutungen einzudämmen.

Dr. Boswick erwartete sie bereits an der Notaufnahme, und Tessa wurde sofort in den Operationssaal gerollt.

„Meine Frau kommt an erster Stelle", beschwor Clark den Arzt mit schneeweißem Gesicht. „Verstehen Sie? Egal was passiert, retten Sie meine Frau."

„Wir werden alles Menschenmögliche tun", versicherte Dr. Boswick. Er nahm eine Notoperation vor und holte das Baby per Kaiserschnitt.

Tessa befand sich in einer Art schwerelosem Zustand zwischen Realität und Traum, als eine leise Stimme in ihr Bewusstsein drang.

„Es ist ein Junge. Kannst du mich hören, Liebes? Wir haben einen Sohn."

„John …" Es war der Name, den sie gemeinsam mit Clark in einem der wenigen guten Momente der letzten Zeit ausgewählt hatte. Sie hatte da schon gewusst, dass es ein Junge werden würde.

„Ja, John." Clark küsste sie sanft auf die Lippen. „Wie fühlst du dich, Darling?"

Ich muss im Delirium sein, dachte Tessa. Es kann nicht sein, dass Clark mich Darling nennt. „Schmerzen …"

„Sie werden dir gleich eine Spritze geben. Oh, Liebling, unser Sohn ist so wunderbar."

Sie öffnete mühsam die Augen und sah mit vor Schmerzen verschleiertem Blick zu ihm hoch. „Ich ... liebe ... dich", stammelte sie. „Was immer geschieht ... vergiss es nie."

Clarks Augen wurden feucht. „Sprich nicht so. Du wirst wieder gesund."

Tessa konnte seine Tränen nicht sehen, doch am Klang seiner Stimme nahm sie seine Erschütterung wahr. Die Augenlider wurden ihr immer schwerer, bis sie sie nicht länger offen halten konnte. „Pass gut auf ihn auf. Du ... du hast ihn dir so sehr gewünscht."

„Ich wünsche mir nichts mehr, als mit dir zusammen zu sein", flüsterte Clark, die Lippen dicht an ihrem Ohr. „Hör zu, kleines dummes Mädchen: Ich habe dich belogen. Die ganze Zeit. Ich wollte dich, immer nur dich. Mein Gott, Tessa, ich habe fast den Verstand verloren, als Dr. Boswick mir sagte, wie es um dich stand, nachdem sie das Kind geholt hatten. Mach die Augen auf, Tessa! Hörst du mich? Öffne die Augen."

Mit unendlicher Anstrengung zwang sich Tessa, die Augen wieder zu öffnen. Clarks Gesicht war aschfahl und es schien direkt über ihr zu schweben.

„Du darfst nicht sterben, Tessa", presste er zwischen den Zähnen heraus. „Du wirst leben und gemeinsam mit mir unser Kind aufziehen." Als er erkannte, dass nichts die Mauer des Schmerzes durchdrang, suchte er voller Panik Zuflucht bei den einzigen Worten, die er ihr noch nie gesagt hatte. Clark holte tief Luft.

„Tessa. Ich liebe dich." Und er betonte jede Silbe. „Ich liebe dich, Tessa."

Das klingt schön, hätte Tessa gern gesagt, hatte aber nicht die Kraft dazu. Langsam verschwamm ihr sein Gesicht vor den Augen. Tessa war eingeschlafen.

Clark wich die ganze Nacht nicht von Tessas Seite. Ihr Gesicht war bleich, und sie stöhnte im Schlaf, trotz der Schmerzmittel. Clark konnte sich nicht überwinden, auch nur für eine Minute das Zimmer zu verlassen, nicht einmal, um seinen neugeborenen Sohn zu sehen. Als gedämpfte Geräusche verrieten, dass im Krankenhaus der normale Tagesbetrieb einsetzte, und Licht durch die Vorhänge sickerte, erlangte Tessa endlich das Bewusstsein wieder.

„Clark?", wisperte sie. „Mein Baby ... Ich möchte es sehen ..."

„Die Schwester wird ihn dir gleich bringen. Sofort, wenn du es möchtest", sagte er sanft und beugte sich über sie.

„Ja, bitte."

Kaum zwei Minuten später kam die Schwester mit einem winzigen Bündel auf den Armen ins Zimmer.

Sie legte das in eine Decke gewickelte Kind neben Tessa auf das Bett und zog den Zipfel der Decke von seinem Gesichtchen. Tessa betrachtete ihr Kind mit vor Glück strahlenden Augen. „Oh Clark, er sieht dir so ähnlich", flüsterte sie entzückt.

Clark beugte sich neben Tessa über das Bündel und berührte vorsichtig die Stirn seines Sohnes. „Aber er hat deine Augen, Tessa. Große sanfte Augen. Und schau nur, das runzelig kleine Gesicht. Ich hatte ja gar keine Vorstellung, wie ein Neugeborenes aussieht." Seine Stimme bebte vor Rührung. „Hast du noch Schmerzen, Tessa?"

„Nein", erwiderte sie. „Ich fühle mich nur ein wenig schwach, und die Narbe an meinem Bauch zwickt, aber es ist erträglich." Sie zog eine Grimasse und fügte mit gerunzelter Stirn hinzu: „Warum bist du nicht im Büro?"

„Ich konnte mich nicht überwinden, dich allein zu lassen, Honey", antwortete er still. „Du hast mir Angst eingejagt."

„Dir Angst eingejagt?"

Clark zögerte lange, bevor er sprach. „Du hast dich angehört, als ob du uns verlassen müsstest." Er legte zart die Finger an ihre Lippen. „Ich fürchtete, dass du deinen Lebenswillen verloren hättest."

„Ich kann mich an nichts erinnern."

„Mag sein, dass es an den starken Medikamenten lag, aber ich war mir nicht sicher." Er beugte sich über ihren Mund und küsste zärtlich ihre Lippen. „Du bedeutest mir alles", flüsterte er rau. „Ich hätte es nicht verkraftet, dich zu verlieren."

Tessa misstraute ihren Ohren und ihrem plötzlichen Glücksgefühl. Sicher bin ich noch nicht ganz wieder da, dachte sie lächelnd. Nur weil Clark so glücklich und stolz ist, endlich Vater eines Sohnes zu sein, möchte er mit mir zusammenbleiben. Der Mutter seines Sohnes.

Eine Woche später wurden Tessa und das Baby vom Krankenhaus nach Hause zu Clark entlassen. Helen und Kit kamen zu Besuch und bestaunten das Baby.

Im Verlauf der Wochen fanden die Bewohner der Ranch zu einer leicht veränderten Tagesroutine zurück. Clark stürzte sich wieder in die Arbeit, obwohl er dafür sorgte, jeden Abend zu Hause zu verbringen, doch er reagierte immer missmutiger, da Tessa sich bewusst von ihm fern hielt und auf kein von ihm angeregtes Gespräch einging. Sie hatte für sich entschieden, Clarks Worte im Krankenhaus auf seinen Stress zurückzuführen.

Inzwischen widmete sie ihrem Sohn John jede freie Minute, stillte ihn, sprach zärtliche Worte zu ihm, wiegte ihn in den Armen. Das Baby war ihr Ein und Alles.

Clark empfand für das Baby nicht minder tief, doch je intensiver Tessa sich um das Kind kümmerte, umso mehr entzog sie ihre Aufmerksamkeit ihm, Clark. Er begann, sich einsam und unerwünscht zu fühlen, und seine Stimmung wurde zunehmend düsterer und gereizter. Eines Abends, sechs Wochen später, war Clark mit seiner Geduld am Ende.

Er hatte den ganzen Tag auf den Weiden verbracht, trug Reiterkleidung und hatte den speckigen Stetson tief in die Stirn gezogen, als er auf der Türschwelle zum Schlafzimmer erschien. Tessa saß im Schaukelstuhl und stillte das Baby. Obwohl der Anblick ihn rührte, erklärte er fest: „Ich muss mit dir reden, Tessa.“

„Warte eine Minute, dann ist er satt.“

Clark setzte sich auf die Bettkante und beobachtete Mutter und Kind. Wie immer verfehlte die friedvolle Szene nicht ihre Wirkung auf ihn. Deutlich besänftigt lächelte er. „Ich kann mich nicht satt daran sehen. Mit dem Baby an der Brust siehst du aus wie eine Traumvision, Tessa. Trotzdem, wie lange wirst du ihn noch stillen?“

Die Frage erstaunte Tessa. Sie sah auf und strich sich eine Strähne des hellblonden Haars aus dem Gesicht. In dem grün geblümten Kleid wirkte sie wie ein junges Mädchen. „Darüber habe ich mir keine Gedanken gemacht. Warum? Spielt es eine Rolle?“

Er zögerte. „Solange du ihn stillst, bist du quasi an ihn gefesselt. Du kannst nie länger als ein paar Stunden getrennt von ihm sein.“

Tessa wurde bleich. Ihre Augen wirkten riesig in dem schmalen Gesicht. „Du möchtest, dass ich gehe? Ist das der Grund, weshalb ich ihn von der Brust entwöhnen soll?“, fragte sie rau.

„Um Himmels willen, nein!“ Clark stockte fast der Atem. Unruhig stand er auf und ging zum Fenster. „Vermutlich habe ich dir allen Grund gegeben, zu glauben, ich würde das Baby, aber nicht dich wollen“, erklärte er schroff und starrte verärgert hinaus auf die herbstliche Landschaft. „Aber ich bin kein solches Monster, dass ich dir das Kind wegnehmen würde.“

„Ich weiß“, sagte Tessa ein wenig eingeschüchtert. Das Baby hatte aufgehört, an ihrer Brust zu saugen. Tessa hob es hoch, wartete auf das obligate Bäuerchen und bettete John anschließend in die Wiege, die in einer Ecke des Zimmers stand. Dann verließ sie auf Zehenspitzen den Raum, es Clark freistellend, ob er ihr folgte oder nicht.

„Lauf nicht wieder weg", begehrte Clark auf und funkelte Tessa wütend an, als er sie auf der Veranda eingeholt hatte. „Seit du aus dem Krankenhaus zurück bist, meidest du mich, wo du kannst." Er zündete sich eine Zigarette an. „Tessa, es gelingt mir nicht, dich auch nur einmal lange genug für mich allein zu haben, um mich bei dir entschuldigen zu können. Ich habe einige sehr grausame Dinge gesagt, bevor das Baby zur Welt kam. Dinge, für die ich mich nun verwünschen könnte."

„Du wusstest ja nicht, was los war mit mir", sagte Tessa ruhig. „Ich wollte diese Sorgen von dir fernhalten. Du warst so aus dem Häuschen über die unverhoffte Vaterschaft." Sie lächelte flüchtig. „Ich wollte deine Freude nicht zerstören."

Clark schloss die Augen und stöhnte auf. „Und was war mit dir, du kleines Dummchen? Du hast dich zu Tode geängstigt, von mir nur die kalte Schulter gezeigt bekommen und musstest dir auch noch den Vorwurf gefallen lassen, faul zu sein!" Außer sich nahm er den Stetson ab und fuhr sich mit der Hand durchs Haar. „Ich kann die Erinnerung nicht ertragen, wie ich mit dir umgesprungen bin. Ich habe dir nichts als Kummer bereitet, Tessa!"

„Das stimmt nicht ganz", warf sie sanft ein. „Dank dir habe ich John."

„Das ist auch so eine Sache", bemerkte er nachdenklich. „Ich habe keine Vorsichtsmaßnahmen ergriffen, weil ich dachte, sie wären überflüssig. Aber wenn ich geahnt hätte, welches Risiko für dich mit einer Schwangerschaft verbunden ist …"

„Wir haben es beide nicht gewusst. Aber ich wäre das Risiko auch eingegangen, wenn ich es gewusst hätte, Clark", erklärte Tessa mit ruhiger Überzeugung. „Ich würde alles genauso wieder machen."

Clark versuchte, in ihren Augen zu lesen. „Ich wollte nicht nur das Baby haben, Tessa", gestand er rau. „Ich wollte dich. Ich sehnte mich nach dir, brauchte dich, ich … ich hätte dich auch ohne Kind geheiratet. Weil mein ganzes Dasein seinen Sinn verlor, als du gegangen bist. Dich wegzuschicken war der schlimmste Fehler meines Lebens."

Clark sah bei diesem Geständnis so verletzlich aus und seine Stimme klang so erfüllt von Liebe, dass es Tessa den Atem nahm. Sie errötete und betrachtete den Horizont, während sie meinte: „Ich weiß, wie schwer es dir fällt, Bindungen einzugehen."

Clark löschte die Zigarette und trat neben Tessa an die Brüstung der Veranda. Sanft umfasste er Tessas Schultern. „Bei meiner Mutter angefangen haben Frauen auf mein Leben nur einen verheerenden Einfluss gehabt. Sie haben meinen Stolz zerstört und mich erniedrigt. Zu der Zeit, als du in mein Leben tratst, war ich unfähig, echte Gefühle von falschen zu unterscheiden. Ich hatte Angst davor, mich mit allen Konsequenzen auf eine Frau einzulassen. Hast du das nicht gemerkt?"

„Unterschwellig vielleicht", gestand Tessa und sah ihm offen in die Augen. „Ich tat alles, dir zu verstehen zu geben, dass ich deine Gefühle niemals verraten würde. Aber du hast dich blindwütig dagegen gesperrt, mir Vertrauen zu schenken."

„Ich konnte mich einfach nicht dazu überwinden. Dinge wie Zärtlichkeit und Liebe waren mir fremd. Ich musste sie erst lernen. Und nur durch dich ist mir das gelungen, Tessa." Clark nahm ihr Kinn zwischen Daumen und Zeigefinger, hob ihren Kopf und zwang sie, ihn direkt anzusehen. „Ich liebe dich, Tessa", sagte er. Lächelnd senkte er den Kopf und drückte ihr einen liebevollen Kuss auf die Lippen. „Es wird höchste Zeit, dass ich dir meine Liebe auf eine andere … unmissverständliche Art beweise", raunte er heiser.

Erregend sanft strich er mit der Zunge über ihren Mund, bis er spürte, dass Tessa nachgab und sich an ihn schmiegte, die Arme um seinen Nacken schlang und die Lippen öffnete. Zum ersten Mal seit langer Zeit trafen ihre Lippen sich zu einem innigen, zärtlichen Kuss.

Doch schon bald wurde ihre Umarmung immer leidenschaftlicher. Ihre lange aufgestaute Sehnsucht entlud sich in Liebkosungen, die immer drängender, fordernder wurden, bis sie sich beide keuchend vor Begehren aneinander klammerten.

„Ich will dich, Tessa." Clark stöhnte auf und presste Tessa an sich, um sie seine Erregung spüren zu lassen. „Und ich will dich nicht nur, um meine Lust zu befriedigen. Ich liebe dich von ganzem Herzen und möchte mit dir schlafen, um endlich wieder eins mit dir zu werden."

„Ich will dich genauso", sagte Tessa leise.

„Ist es denn … ich meine … dürfen wir denn", suchte Clark ungewohnt verlegen nach Worten.

„Sicher", erklärte sie lächelnd. „Laut Arzt bin ich völlig wiederhergestellt." Sie lachte leise. „Die Frage ist nur: wo? Es ist noch früh. Beryl passt auf den Kleinen auf …"

Als plötzlich unüberhörbar die Hintertür geöffnet wurde, fuhren Tessa und Clark auseinander. Wie auf Stichwort tauchte ausgehbereit angezogen Beryl auf der Veranda auf.

„Der kleine John schläft wie ein Murmeltier", verkündete sie verschmitzt lächelnd. „Hättet ihr beiden etwas dagegen, wenn ich auf ein Stündchen bei Mrs Jewell vorbeischaue? Sie freut sich immer so, wenn sie Gesellschaft bekommt."

Tessa wäre ihr am liebsten um den Hals gefallen. „Geh nur, Beryl", versicherte sie eilig und fügte hinzu: „Und nimm dir so viel Zeit, wie du möchtest."

Tessa und Clark beherrschten sich gerade so lange, bis Beryls Wagen außer Sichtweite war. Dann schlichen sie sich, atemlos kichernd wie ausgelassene Teenager, auf Zehenspitzen ins Schlafzimmer.

„Pst", warnte Clark Tessa im Flüsterton, bevor er sie auf die Arme nahm und zum Bett trug, „weck bloß nicht den kleinen John auf."

„Was ist mit der Tür?", fragte Tessa ebenso leise, als er sich neben ihr ausstreckte und sie stürmisch an sich zog.

„Ist abgeschlossen", raunte er, den Mund an ihre Kehle gepresst, und begann, ihr genüsslich die Kleider abzustreifen. „Oh Tessa. Es ist so lange her."

„Fast ein Jahr", erwiderte sie und zog ihn ebenfalls aus, bis sie beide nackt waren.

Nie hätte Tessa von der aufreizenden Zartheit und der leidenschaftlichen Sinnlichkeit zu träumen gewagt, mit der Clark und sie sich liebkosten. Erfüllt von einer unbändigen Sehnsucht, sich endlich wieder mit ihm zu vereinen, drängte sie sich ihm entgegen.

Doch Clark löste sich kurz von ihr und holte eine kleine Schachtel aus seiner Nachttischschublade. „Vorläufig verzichten wir besser auf Babys, Liebes", sagte er und streifte sich den Schutz über. „Überhaupt, ich weiß nicht, ob ich dir ein solches Risiko je wieder zumuten möchte."

„Ich bin zwar wieder völlig gesund, aber Kinder werde ich aller Wahrscheinlichkeit nach keine mehr bekommen können", sagte Tessa offen.

„Lass uns lieber vorsichtig sein, bis wir es genau wissen. Ich liebe dich zu sehr, um dich nochmals einer solchen Gefahr auszusetzen." Aufstöhnend rollte Clark sich über sie und drang behutsam in sie ein.

Er stimmte einen sinnlich lockenden Rhythmus an, der Tessa mitriss. Keuchend und aufgelöst vor Ekstase rieben sie sich aneinander und bewegten sich immer schneller, bis sie gemeinsam ihren Gipfel erreichten. Eng umschlungen lagen sie da, während die Schauer ihrer Lust langsam abebbten.

„Du liebst mich", sagte Clark, noch etwas außer Atem, mit einem kleinen Zwinkern in den Augen. „Selbst wenn du es mir eben nicht mindestens zwanzigmal ins Ohr geflüstert hättest, habe selbst ich das bei aller Begriffsstutzigkeit gemerkt."

„Wenn ich mich nicht irre, hast du selbst, und zwar ebenfalls mehrmals, etwas ganz Ähnliches von dir gegeben", tat Tessa empört.

„Und? Glaubst du es mir endlich?" Clark drückte sie fest an sich.

„Endlich?", erwiderte Tessa erfüllt von überschäumendem Glück. „Etwas in mir hat es immer gewusst."

Endlich war nun alles ausgesprochen, und sie hatten keinen Grund mehr, nicht voller Hoffnung auf ihre gemeinsame Zukunft zu blicken.

– ENDE –

„In Touch" mit MIRA!

⊙ Das **Verlagsprogramm** elektronisch abrufbar

⊙ Interaktiv dabei sein:
Buchbesprechungen, Gewinnspiele, Aktionen, Leseproben und vieles mehr.

⊙ Folgen Sie uns auf **Twitter, Facebook, Instagram, Pinterest** und **google+**

⊙ www.mira-taschenbuch.de

MIRA
TASCHENBUCH

4 Romane in einem Band

Sandra Brown
Rachel Lee
Debra Webb
Lindsay McKenna

Zwischen tausend Gefühlen

Band-Nr. 20055
9,99 € (D)
ISBN: 978-3-95649-176-4
640 Seiten

Sandra Brown u. a.
Zwischen tausend Gefühlen

Sandra Brown –
Dschungel der Gefühle:

Kerry spielt mit dem Gedanken, Nonne zu werden. Doch auf einem riskanten Trip durch den Dschungel lernt sie den Fotografen Lincoln kennen. In heißen Nächten weckt er ganz neue Gefühle in ihr …

Rachel Lee – Geborgtes Glück?
Rafe kämpft um das Sorgerecht für seinen unehelichen Sohn und flieht zu seinem Bruder. Ausgerechnet jetzt lernt er die attraktive Angela kennen – dabei hat er doch gar keine Zeit für die Liebe …

Debra Webb – Riskanter Auftrag:
Der neue Auftrag ist die Karrierechance für die junge Agentin Erin – müsste sie nur nicht so eng mit ihrem attraktiv Kollegen John zusammenarbeiten. Ob sie die Mission überlebt ohne ihr Herz zu verlieren?

Lindsay McKenna – Schöner als jeder Edelstein:
Ingenieurin Cat erholt sich nach einem Unfall im Haus des Geologen Stanley. Mit viel Zartgefühl begleitet er sie zurück ins Leben. Sie kommen sich näher – bis Cat von seinem dunklen Geheimnis erfährt …

4 Romane in einem Band

Band-Nr. 25816
9,99 € (D)
ISBN: 978-3-95649-110-8
eBook: 978-3-95649-401-7
512 Seiten

Susan Mallery u. a.
Wo die Liebe hinführt

Susan Mallery –
Ja, ich will – ein Date mit dir!:
Katie braucht einen Begleiter! Aber wo hernehmen, wenn nicht stehlen? Die Auswahl an Männern in ihrer Heimat Fool's Gold ist nicht groß. Da arrangiert ihre Mom ein Date für sie, das zu einer wahren Überraschung wird …

Beth Kery –
Heißes Wiedersehen
in Chicago:
Durch eine Tragödie wurden Mari und Marc getrennt. Jetzt haben sie sich wieder, wenn auch nur für eine Nacht in Chicago. Allerdings wissen beide nicht, dass sie ein gemeinsames Reiseziel haben: Harbor Town.

Roxanne St. Claire – Verlockende Leidenschaft:
Wie elektrisiert ist Laura beim Anblick von Colin, ihrem heimlichen Schwarm. Drei Wochen muss sie mit ihm in einem alten Herrenhaus verbringen. Erfüllt sich auf „Edgewater" Lauras Traum vom Happy End …

Debbie Macomber – Ist das alles nur ein Spaß für dich?:
Unvorstellbar! Susannah scheitert an einem Baby. Ihre kleine Nichte hört nicht auf zu schreien. Zum Glück eilt Susannah ihr Nachbar Tom zur Hilfe …

4 Romane in einem Band

Susan Wiggs u. a.
Zwei Herzen im Schnee

Susan Wiggs –
Ein Prinz zum Fest:

Eigentlich ist Madelaine schüchtern. In einer kalten Dezembernacht fasst sie sich jedoch ein Herz – und fordert einen Fremden zum Tanz auf. Aber als es Tag wird in New York, ist ihr Märchenprinz verschwunden …

Band-Nr. 20053
9,99 € (D)
ISBN: 978-3-95649-091-0
eBook: 978-3-95649-379-9
432 Seiten

Sherryl Woods –
Zauber deiner Zärtlichkeit:

364 Nächte hat Catherine von dem faszinierenden Mann geträumt, den sie vor einem Jahr in einem Restaurant in Savannah getroffen hat. Für heute waren sie verabredet … ob er sich an sein Versprechen erinnert?

Liz Fielding – Rendezvous mit dem Boss:

Max Fleming ist zurückhaltende Angestellte gewöhnt, doch seine liebenswerte neue Sekretärin Jilly saust wie ein winterlicher Wirbelsturm in sein Leben – und bringt seine Gefühle gehörig durcheinander.

Jennifer Greene – So stark und so zärtlich:

Ausgerechnet Alaska! Aber nur hier, umgeben von Eis und Schnee, ist Mary ungestört und kann den Männern endgültig abschwören. Alles läuft wie geplant – bis sie den charmanten Tierforscher Steve kennenlernt.